猎香

伏弓 著

东方出版社

图书在版编目（CIP）数据

猎香/伏弓著.—北京：东方出版社，2012.8

ISBN 978-7-5060-5349-5

Ⅰ.①猎… Ⅱ.①伏… Ⅲ.①长篇小说－中国－当代 Ⅳ.①I247.5

中国版本图书馆 CIP 数据核字（2012）第 210207 号

猎香

（LIEXIANG）

作　　者：伏 弓
责任编辑：郭晓娜
出　　版：东方出版社
发　　行：人民东方出版传媒有限公司
地　　址：北京市东城区朝阳门内大街 166 号
邮政编码：100706
印　　刷：北京画中画印刷有限公司
版　　次：2012 年 10 月第 1 版
印　　次：2012 年 10 月第 1 次印刷
印　　数：1—5 000 册
开　　本：710 毫米×1000 毫米　1/16
印　　张：25
字　　数：370 千字
书　　号：ISBN 978-7-5060-5349-5
定　　价：48.00 元
发行电话：（010）65210059　65210060　65210062　65210063

自序

在我而言，写作不过是展示自己另一面的平台，我只想从这里获得自我梳理的过程，并以此弥补生活与工作双重压力下的内心。

很抱歉，我是个艺术青年，整天泡在颜料和画刀里面，身上缺乏女性的温柔和甜美。我拥有一个和同学们分享的大画室，到处都是松节油的气味，身上随处可见斑驳的油彩。挥动的画笔下划过的线条是有生命的，闪烁的色彩间奔流着创作者的激情。我和我的学生们非常热爱这样沉浸于专业的生活。我们热爱生活，我们也会适当地批判生活，因为这是艺术工作者的责任，也是艺术的社会职能之一。

除了画画、写字，我还喜欢看电影，它们能给人带来新鲜的灵感。我非常喜欢法国文艺片《红》、《白》、《蓝》，它们分别叙述了三个不同的故事，主人公会在一些细节处交织在一起，让我们深刻地感悟生活的错综复杂和命运的时效性。这本《猎香》，就是我笨笨地在尝试用类似的方式来发展同一个故事。前三季分别以第一人称来讲述，文章因此而更加真实；最后一季转而以第三人称叙述，一下子，三位主人公都成了故事里的人物。原因很简单，故事的结果需要一次性完成，否则会拖沓杂乱。

也许大家看到这样的文章，会觉得难以接受。不过，我始终认为文章如同绘画，形式的美非常重要。我们的创作是为了美而为之的，并非为了原则和方法。然而，好的原则和方法则可以为这个过程和结果提供可能。

这是我个人创作道路上的一种探索，可能结果未必令人满意，但这种通过三个人的嘴讲同一个故事的感觉非常特别。作为作者，我好似一个人经历了三种生活、三种人生。这样的人称变换也许在有些人看来是忌讳的，不过，我倒认为这样很有意思。艺术就是反复尝试的试错法，这和画画没什么两样。

通常我会对学生说，别怕画得不对或不好，只要把自己想的表达出来，后面的就不是问题，要进步就必须先有错误，错误可以指引你走向真理。而越接近真理的人，就是犯错误越多的人。我愿意做个善于犯错的家伙，因为只有这样，才能体味到什么是真正的艺术，什么又是真正的创作。

这本书的第一个名字是《花边女孩》，后来改成了《逆风绽放》，再后来变成了现在的《猎香》。这些变化，得益于一些朋友的建议。在工作的压力下，我曾几度放弃本文，但周围的朋友总是给我信心和鼓励，他们希望看到结局，希望故事里的主人公各得其所，不管那是欢喜的，还是悲伤的，总之我欠大家一个交代。

在这里，非常感谢那些对此文满怀信心的朋友。

我们不能祈求从这里得到什么，但至少要让该迸发的迸发，该释放的释放，这样才不辜负读者，才不辜负自己。

伏弓

2012年6月

注：本部小说全部地名皆为虚拟，请不要联系现实生活中的城市。

城市简介：

申州：*省的省会。*省拥有狭长的海岸线，四季分明，气候宜人。

人口：598万，其中市区人口374万，经济发达，人们生活水平很高。

市花：天女木兰。

城市特色：国际型大都市。每到春天，路边的天女木兰竞相开放，整个城市愈显高雅端庄。这里富豪云集，主要居住在大丰区，被市民戏称"万豪区"，主人公之一许青丸就住在这里。申州是个不眠之城，这里的商家总是通宵经营，因此也得了个"无眠城"的雅号。申州师范大学是我们三个主人公本科时的母校。

复盛：＊省的二级城市，规模不大，沿海，与申州接壤。

人口：200万左右，城市人口在130万上下。

市花：木槿

城市特色：复盛的海岸线要比申州的长，而且海产品丰富，因此吸引了很多游客，路边摊非常有名。这里风景秀丽，但终年刮风。近几年发展迅速，逐渐成为＊省二级城市里面的佼佼者。随着经济的发展，这里涌现出了很多颇具特色的小酒吧，成了众多另类艺术家向往的地方。复盛是齐玫的家乡，就像齐玫一样妩媚多姿，是座颇风情万种的海滨城市。

林渠：＊省的二级城市。

人口：235万，城市人口150万。

市花：桂花

城市特色：这是座"香城"，处处金桂飘香。这里的小吃也特别多，尤其出名的是路边摊，这和复盛差不多，但和复盛不同的是，林渠的路边摊主要以烤肉为主，而复盛是以各式海鲜见长。＊省人们常说："吃在林渠。"那是因为这里的特色小吃实在太多。林渠的物产非常丰富，这里虽没有狭长的海岸线，但却拥有很多山脉，这里农村人口众多，因此农副产品充足。主人公魏龄雪毕业后就扎根在这里，并逐渐升入林渠的上流社会。不过这里黑社会势力比较猖獗，治安不是太稳定。

旅阳：这是本部小说里，唯一一座＊省以外的城市，也是本部小说开始时出现的第一座城市。齐玫在旅阳美术学院读研究生，那里也是李桥生工作的地方，张怀敬在旅阳的一家时尚杂志做美编，后调转工作去了申州。

目 录 CONTENTS

第一季

玫瑰小姐：梦魇

一片血红色由远及近，我拼命睁大眼睛，却发现那红就好像化不开的血浆，黏腻浓稠，就像一团可恶的残肢，空气里弥漫着腥热腐败的气息。我想后退，却无法动弹，只能狠命地晃着头，急促的呼吸似乎要将肺叶炸掉。几秒钟的空白过后，我的大脑仿佛就要窒息而死。随着身体不由自主地狂躁晃动，那令人作呕的红逐渐褪去，越褪越远，渐渐的，一个模糊又依稀可辨的形象浮现出来。我挣扎着睁开酸涩的眼睛，大口大口地喘着粗气，却被眼前的景象惊呆了。

玫瑰！红得像血浆一般的玫瑰！鲜红的液体，正顺着妖冶的花瓣汩汩而下……

随着一声尖叫，我从梦中惊醒。

凌晨3点46分，我慌乱地在开满鲜红色玫瑰花的被子里面坐起来，没命地喘着气。

第二次，这是第二次了。讨厌的梦境！

"怎么啦？"同寝的张月顺手打开壁灯。我抬头看了看她，她身穿一件粉白色的棉质睡衣，很委屈地站在那里，单薄的身体竟有些发抖。我无力地垂下头去，她一定是被我吓到了。

"没什么。"我的嘴唇干裂地粘在一起，刚一张嘴，就仿佛被撕裂了一般。张月仔细地看着我，转身来到我的床边。她伸出手，抚上我的额头，指尖传来微微的凉意。

"上火了吧，看，嘴都出血了。"她有些意外地说。我用手抹了下嘴角，果然，轻薄的血痕出现在手腕上。

"可能吧。"我将黏在身上的睡衣甩在一旁，任自己赤裸着上身，瘫软地偎在一团玫瑰花之间。

"又做那个噩梦了？"张月撩开我额前过长的刘海，掩藏在细密发丝下的一双眼睛此刻微闭着。听到张月的话，我茫然地点了点头。她叹了口气，在这深静的凌晨时分，薄凉如蝉翼微震。

"我看你该去看看心理医生。"

我裸露的双肩感受到空气清澈微凉的湿气，汗水蒸发后的凉爽是有害的，于是我缩了缩脖子，缓缓抱住双膝，摇了摇头。

"总得知道原因吧。"张月的眼神里充满了怜悯。

"快去睡觉吧，明天就是毕业宴会，长熊猫眼别怪我！"我推了推她，自己却仍保持着刚才的姿势。

张月转身回到自己床上，刚钻进被窝就扭过脸来对着我："别担心，李桥生快回来了吧，结了婚一切就好了。"她笑着把被子拉到下巴上，安静地闭上了眼睛。

我神经质地将发丝卷到脑后，转身下床，抓起桌上的镜子。镜中人朦胧的眼神和散乱的头发就像是个被丢弃的洋娃娃，即便失眠却仍旧美好的脸庞如今却让我觉得负累。李桥生，我差不多就要忘记的一个名字，此刻好似一枚钢丝，随着张月不经意的提起，刺痛了我最敏感的神经。

就在这时，床头的手机忽然响了，我无力地抓起电话。

"姜瑶……死了。"电话那边，魏龄雪的声音像长了触手的怪物，一瞬间便扼住了我的喉咙。我的身子痉挛般地挣了挣，手中的镜子竟啪的一声掉在地上摔碎了。

"自杀……"龄龄继续说着，那声音犹如一只盘旋在电话里的鬼，"自杀……她是自杀。"

最后一次聚会，我却坐在清晨温暖的阳光里，目光呆滞地望着窗外的一棵桃树。窗外几个本科女生正拎着大堆零食往寝室这边走来，路过那棵桃树，投下一段窈窕的侧影。阳光中的尘埃在脸颊上跳舞，轻轻扑面而来却一掠而过。

　　大学的三个好友中，许青丸是最特别的一个，魏龄雪是最单纯的一个，而姜瑶就是最像我的一个。姜瑶成绩一般，但会拉关系，最终考上了我们学校——申州师范大学的研究生，我当时也是因为要回避她的锋芒，才选择了现在这个远在省外的旅阳读研。起先，我听说她留校了，却没想到接踵而来的竟然是她的死讯。足足一瓶的安眠药，让她决然地与这个世界作别。

　　三年里，在我平静地蜗居在学校宿舍里发呆时，姜瑶到底发生了什么？

　　我一杯一杯地喝着咖啡，直到我的心找到了宣泄的理由。我坐在阳光里，面对着桃树下的女孩子们无声无息地哭泣起来。然而就算眼泪再凶猛也不能带走恐惧，我终究还是明白了，成年人的恐惧是哭泣无法驱散的。

　　下午三点左右，我将见了底的咖啡杯子轻轻放在窗台上，起身去参加毕业晚宴，将悲伤关在身后那个窄小的空间里。

　　我穿了件希腊式浅蓝色小礼服裙，冰凉的，让人想起云端的芭蕾和海水浸泡着沙滩的蓝。银色的细高跟鞋扣在大理石地面上，就像金属色的蝶。门口的阳光疏懒地散落在走廊的尽头，把那一片小小的台阶染成了淡淡的金色。

　　有什么被改变了吗？我这样问着自己，然后觑起眼，将目光投向金色深处。当我再次仰起头时，已经站在淡金色的阳光里。远处的桃树默默地看着我，用一种亘古不变的姿势。

　　"有什么被改变了吗？"我轻声问着。周围一个人都没有，只剩下阳光和远处的桃树。

　　就像本科告别时一样，聚会里充满了眼泪和祝福，可我却只是笑。渐渐地，世界变得寂静，人们就像一幕无声的电影，色彩被抽走了，声音被抽走了。我一路笑着，就像忽然间发了疯的人。

　　晚上十点多，我拖着疲惫的身体回到宿舍。张月和几个朋友出去疯了，寝室里的黑暗就像一张足以遮挡疲惫的面纱。夜格外的沉重，透过窗子弥漫着沼泽一般的窒息感。我缓缓缩进床里，喉咙里发出咯咯的声音，自己竟然在流泪。极度的寂寞让我无助，我忽然间想听听那个人的声音。我迅速爬起来，像动物那样弓着身子去找电话。我狠狠地甩去眼泪，跪坐在冰冷的地板上，在黑暗里拨通了她的手机，我们的故事就这样展开了。

这也是我在多年以后才领悟的，也许命运就是要让傲慢的我和淡定的她在此交汇，勾勒出一道凛冽生动的人生轨迹。

"在做什么？"我扬了扬脸，让声音显得淡然一点，然后轻声问道。那冰凉的丝裙仿佛夜晚的露水，沾在我柔软的指尖。

"交出最后一份设计手稿。"青丸的声音疲惫但清晰。

"干嘛那么累呢，当初利用一下伯父的关系，读个研究生有什么难的。"我一直喜欢能这样带着怜悯的口吻和她说话。这多多少少能弥补我内心的虚荣和空洞。

"进修也不错，反正都是学东西。"青丸的语气仍然一如既往的淡定，她的态度总让我不寒而栗。跟她说话就好像往深井里扔石头，你不知道会激起怎样的涟漪，因为你永远没机会看到那深藏在井底的水纹。我讨厌她的淡定。

"姜瑶……"我干咳了一声，忽然觉得心头有种崩溃的痛楚。

"她的葬礼我去了……"青丸轻声道。仔细辨认的话，会感觉她的声音有那么一瞬间的黯淡。

"嗯，你们都在申州……"我不知该说些什么。

"她走得很安详，很漂亮，身上还穿着那件太阳花的短连衣裙……"青丸似乎已经调整好了情绪。

我本来是想问她姜瑶的死因，可看样子她是不知道的。我告诉她，毕业后我会回申州师大任教，那是我们的母校。她似乎很高兴，淡淡地说了一些恭喜的话。我们聊得断断续续，就好像是在彼此应付，可谁也没有挂电话的意思。

夜里，我那怪异的血玫瑰梦再次袭来。

清晨六点，我来到学校整理剩下的东西。连着两个晚上没有睡好，我有点恍惚。在走廊的拐角处被一个高大清瘦的身影挡住时，我晃了晃，手里的书掉落一地。我本没有注意那个人，可就在他俯身捡起那些书时，熟悉的古龙香冲进了我的鼻孔，我的神经猛地被震动了。缓缓抬起头，额前的刘海落进眼睛里，瞬间感到一阵刺痛。

眼前的男人身穿深咖啡色西裤，蓄着很欧式的络腮胡，硬朗的脸部线条被他僵硬的表情拉得很长。我的心猛然间一沉。

"齐玫，你走不了。"他厚厚的嘴唇微微动了动。

我绷直了身子，用不易察觉的方式，深深地吸了口气："桥生，我很抱歉……"就这样，我们完成了两年后见面的第一句问候。

李桥生摇了摇头，把左手插在裤兜里："抱歉？没有什么因时间而改变，我来兑现你的承诺。"

李桥生的脸透着一股隐隐的阴郁，犀利的眼神让人不敢放肆，这是个三十多岁的英俊男人，家世显赫，血管里流着高贵却残忍的血。接近他是我今生最大的错误。这时几个同学从走廊的那端走来，见到桥生都很惊讶，经过仔细辨认，方才一起惊呼起来。我渐渐挣脱了他的视线，钻进不远处的画室。至于他们聊了什么我一点都没听到。

当我收拾好东西之后才发现屋子里已经没有人了，只剩下桥生。我拿起东西往外走，他就那样跟在我的身后，没有接我手里的东西，也没有和我并肩走的意思。他知道，这样更会给我压迫感。我的步伐无法改变彼此之间的距离，我拼命地喘着气，就像一条快要干死的鱼。

来到宿舍楼门口，我停下脚步，鼓足勇气回过头去。他正立在那棵桃树下，盛夏的阳光充足得很，我的眼皮微微颤动了一下。他笑了笑，左边的嘴角稍稍上扬："我还会来，你走不了。"那一刻，我终于意识到他真的回来了。五年了，他仍记得那个承诺。我仍然是他的未婚妻，没见过家长，却仍然是他不容置疑的未婚妻子。

五年前的一个初秋，我的大三生活即将走进尾声。8月26日，是青丸的生日，我们被邀请参加她的生日宴会。起初我们并不知道她的家庭背景，直到大二下学期，姜瑶才偷偷告诉我，她在替老师整理档案时，看到了青丸的材料。

万翔总裁的独生女！拥有几家跨国企业的金牌大小姐！从那时起，我的心里开始对这个一直以来最好的朋友竖起隐形的壁垒。我并没有问她为何隐瞒家世，这种做法在我看来，不过是对我们这些小老百姓的嘲笑。我依旧矛盾着，一方面对她难以解释的信赖，而另一方面，却因钦羡她的显赫家世而无法平衡。

青丸生日那天天气非常好，天空湛蓝，只有几片流浪的云朵从我们头顶经过。我已经习惯了做别人心中的女主角，那天我精心挑选了件粉红色碎花雪纺连衣裙，周身被玫瑰香氛笼着，更显妩媚。其实我最大的目的不是为许青丸庆生，而是为了一个叫李桥生的男人——旅阳美院研究生部主管招生工作的富二代，李氏集团的长公子。李氏集团，申州除万翔外，最大的跨国企业。这个男人是青丸爸爸几天前介绍给她认识的男朋友，但对我却更有用。

　　那晚的一切至今仍旧那么清晰，那是我第一次接触上流社会。从未想过的奢华就在眼前，而我就像进了头等舱的杰克，目瞪口呆地望着眼前的一切。

　　万豪区，申州最有权势的人集中的地方。我和魏龄雪还有姜瑶被人用一辆布加迪威龙带入了这座富人区的最深处。

　　全欧式建筑，多立克柱式组成了强有力的大门结构，旁边有着两排大理石的高脚花托，里面深厚的土壤中盛开出淡粉色的微型月季。魏龄雪兴奋地打开车窗，那甜甜的芬芳便飘了进来，瞬间便盈满了人们的感官。当我推开车门走下去时，姜瑶已经踮着脚尖指向那巨大建筑开始尖叫了。

　　"看，我说得没错吧，她就是许格楠的女儿！"

　　"没错，她果然是公主！"魏龄雪紧张地握着自己的另一只手，全然觉察不出手心里都是汗。

　　我默默地抬起头，姜瑶的手指头恋恋不舍地划过那栋建筑物的轮廓，那是笼罩在月色下的王宫。好像被涂了荧光一般，在我们眼前闪闪发光。

　　有人走出来，为我们打开大门。车被开走，留下我们战战兢兢地走在那条宽阔得足以并排行驶两辆欧式马车的鹅卵石路上。我们手挽着手，小心翼翼地落脚和迈步，仿佛怕自己劣质的鞋跟踩碎了那些如玉石般娇贵的石子。走完了笔直宽敞的大道，石子路就分成几条蜿蜒的小路分别通向了不同的地方。

　　绕过那座雄伟的欧式建筑，我们的脚便踩在柔软的草坪上了，前方是一个很大的游泳池。来往的人轻声交谈着，远处一个水晶玻璃搭建的舞台上，有人在吹萨克斯。周围有钻石一般的灯垂落下来，组成了流星雨一般的帘幕，仿佛缀满了星子的夜空被倒悬。风吹来，那些灯在缓缓颤动，就像随着呼吸起伏的精灵。到处是锦簇的鲜花，餐台上摆满了了丰盛的食物。这一切在烛火的笼罩下，固有色都被弱化，成了统一的、泛着暖金色光晕的柔美静物。我不敢相信，这竟是我的同学——许青丸的家。这个家太美了，美得有点像天堂。我真希望太阳能忽然出现，照一照它，看看是不是连地缝里都塞满了幸福。

我们被带到二楼青丸的房间，我一直都默默的。这突如其来的奢华刺痛了我敏感的神经，让我不由自主地将自己绷紧。也许是戒备，总之我不想交谈，不想评论，不想去关注任何事情。我主观屏蔽了之后我所看到的更为繁复和华丽的室内陈设，就像保护自己的小兽一般变成了暂时的盲人。我只默默地跟在人群后面，然后，他们安排我们在仪式开始时走在青丸的身后。

许青丸——这场奢华派对的主角，竟然拒绝化妆。只见化妆师小姐尴尬地站在那里，不断地劝说，后来还派人去请示青丸的母亲，可得到的答复是：由着她吧。

当音乐响起，我们走下旋转楼梯，人们仰起头艳羡地看着青丸的时候，还是有一些目光遗漏了出来，落进了我的掌心里。我微微地笑着，仿佛自己才是这里的女王，窗外那些美丽的灯火都是为我准备的。

在众人的簇拥下，我们来到草坪上。许格楠走上来，一身黑西装就像个儒雅的哲人。他挽过女儿的手臂，指着一旁的十层蛋糕，笑眯眯地说："来，许个愿。"

青丸来到明亮的蜡烛跟前双手合十，我不知她许下的是什么愿望，此刻的我就像一个焦急的猎人。青丸的右边是她身穿大红礼服裙的母亲，虽有些发福，但妆容得体，年近五十还仍算得上窈窕。这女人的雍容华贵和青丸的质朴纯厚，有着天差地别，我甚至怀疑她们是否是真正的母女。再右边是她叔叔的女儿——表姐许敏英。金丝眼镜，一丝不苟果绿色的西装套裙。她挑剔的眼神不时扫过我的脸，让我觉得很不舒服。而那边，许格楠旁边的年轻人却冷不防将眼神落在我的身上。他很清瘦，硬朗的面部轮廓，小麦色皮肤，很像运动员。我对他笑了笑，谁知他只冷冷看了我一眼，就把眼光重新落回正在许愿的青丸身上。

在青丸俯身吹灭所有蜡烛后，掌声响起。她回过身来，圆圆的脸上，露出了大大的笑容。

"这是李桥生，李氏集团的独子。"许格楠笑眯眯地对青丸说道。

青丸转脸对着李桥生的一刹那，我发现有些什么不太对，某些奇怪的东西一闪即逝。接着，她把手递给了他。

"很高兴认识你，桥生。"青丸的手指很美，青葱纤细，古人形容的玉手该是这个样子吧。

桥生？我忽然觉得这个称呼有些别扭，以青丸的性格怎么可能对一个刚刚认识的男人这样称呼？青丸是个粗枝大叶的女孩，什么事情都不往心里去。她甚至连李桥生的臂弯都没有挽起。

"看来，他们很合适！"魏龄雪兴奋地说。

"我看他比方云澳强。"姜瑶咬着嘴唇。

我什么都没说，只是默默地看着眼前的一男一女，然后百无聊赖地端起一杯咖啡，筹划起该如何吸引这个冷漠的男人来。不一会，李桥生端着酒杯停在餐桌旁。我踱步向他走去，顺手拿起一只盘子。

"不好意思哦！"我看着和李桥生一起夹起的生鱼片，轻声说道。

他斜过眼睛，注视着我的脸。

"没关系。"说着，他放下手中的东西，示意我可以将它拿走。

"李先生喜欢生鱼片？"我笑着说道。

李桥生再次看着我，不过这次的眼神并不似先前那般含糊，而是直接看住了我的眼睛："不，青丸喜欢它。"说着，他左边的嘴角轻轻扬起。他的微笑原来是这样。

"那就让给你吧。"我说着，伸手夹起一块贵族马卡龙放进盘子，微笑着从他身边走过。"马卡龙"的意思是少女的酥胸，是法式甜品中的小玩意，在申州只有高档西餐厅才会做。那一刹那，我闻到了他身上浓烈的古龙香。

"是齐小姐吧？"他喊住了我。

"你怎么知道。"我有些兴奋，但确定应该没有被他发现。

"刚刚青丸已经向我介绍了。"说着，他朝我举了举酒杯，"你，很漂亮。"虽然是赞扬，可他眼里却没有多少喜悦。他只是冷冷地看着我，那眼神让我的脊背上游起一丝寒意。

我笑了笑，转身离开。余下的两个小时，我一直都在观察着这一对男女。青丸似乎不太看他，只是似有似无地和他说几句话，那神情有些奇怪。

如果说，这是我和桥生的初识，那么后来事情的发展就有些太过迅猛。在宴会结束后的第五天，李桥生找到了我。这是我没想到的。不过，来得正好。我正在为用什么理由约他而发愁呢。

　　我们去了海边，那天天气阴沉，让人有些压抑。他出其不意地把头发剪短了，身穿一件白色麻质长款衬衫，下面是条同质的长裤。他脱下鞋，光脚踩在松软冰凉的沙滩上，在海风的吹拂下就像一个印度行者。

　　天空乌云密布，眼前的海面蓝得发黑，随着不断加强的海风，涌起一道道大浪，似乎下面藏着巨大的怪兽，随时准备掀翻整个沙滩。我用手捂着被风频频吹起的长裙，跟在李桥生的身后。我们无言地在海边漫步。

　　"为什么约我？"我笑着问道，顺手将凌乱的头发掖到耳朵后面。他什么都没说，只用整个身体迎向海面，湿凉的海风雕刻着他的轮廓。

　　"你给我的印象很深。"他的声音不大，险些淹没在呼啸的海风中。

　　"为什么？"我抬高了声音。

　　他转过身，朝我走来，我微笑着看着他。他居然把鼻子探了下来，我清晰地看到他下巴上坚硬的胡茬和微微颤动的喉结。"因为，我喜欢玫瑰。"

　　我抬起头，迎上了他朦胧微闭的眼睛，那是种沉醉其中难以名状的神情。我接过了他递下来的唇。这吻划开了天边浓厚的乌云。我竟然成功了！但似乎一切都来得太容易，可是我没有时间考虑整件事的细节。就在我和桥生认识后的第十个夜晚我们上了床。

　　那天是周六，他约我去看海。我穿了一件嫣红的小肚兜，下面配一条同色的水裤，头发用一根有红色珠子的发簪蓬松地盘在脑后。

　　夜空很晴朗，我不知道原来在海边会看到那么多星星，它们比平时显得更大，更亮。李桥生说过他喜欢玫瑰，所以我选择了玫瑰精油。海边的夜美极了，如梦似幻，没见过的人永远不会明白。星星好像有生命一样，不规律地闪动着，忽明忽暗。海面和天空都成了墨蓝色，听不见海鸥的鸣叫也看不见来往的人群，我们仿佛被隔绝在了尘世之外。他平日里有些冷漠，可那天却心猿意马。

　　"你是在用冷漠掩盖不安吗？"我看着他深邃的目光问道。

他低头看了看我："不安？"

"是的，不安。"我重复着，举手轻撩额前的头发。

他的眼神有些异样："你怎么看待死亡？"

这问题让我有些诧异。"我……没想过。我猜那该是一片黑暗……"我将眼睛微闭，海风微拂我的脸颊，"还有寂寞和冰冷……"正在我努力思考他提出的问题时，他已经把脸凑近，在我耳边低声说："愿意做我的玫瑰吗？"

这突如其来的接近，让我的心剧烈震荡起来，似乎连呼吸都乱了频率。那高贵的古龙香，让我不想睁开眼睛。"李桥生，你不该当老师，你该去和你爸爸做生意。"我仍就那样闭着双眼，体会着夹杂着古龙的海风，轻抚心灵的酥软感受。

"为什么？"他的手在我微凉的手臂上摸索前行。

指尖灼热的温度，瞬间点燃我的心房。"为什么不呢？"我只是喃喃自语地重复这个问题罢了。此刻的我已经失去了理性，管它是为了什么。我们倒在沙滩上，大海的低吟是夜色唯一的伴奏。这个看似桀骜不驯的男人竟这样疯狂，一时间我忽然觉得害怕，我只是想利用他，他到底是什么样的人我一无所知。当他阴郁的眼神随着一道白光出现在我的眼前后，我猛地推开了他，反身坐了起来。我不知道这是怎么回事，但直觉告诉我，如果再继续下去将无法收拾。可我没想到，当我回头时，正好和他的眼神碰个正着，那双细长的眼睛充满了血丝，眼梢微微吊起，样子就像传说里的狼人。

一股热气扑面而来，他重重的鼻息带来浓重的男性荷尔蒙的味道，竟让我不能呼吸。他一把拔掉我的发簪，长发瞬间随风飘舞。接下来的进攻是彻头彻尾的掠夺。我们的呻吟声伴随着海浪跌宕起伏。

海水打湿了他的衣服，那白色长衫有一半浸在腥咸的海水里。我的小腿和一只胳臂感受着海水冰凉的触摸，和李桥生炙热的身体形成了鲜明的对比。那种冰火交融的感觉，将人瞬间劈成两半。

是啊，死亡是什么？有那么一瞬间，我的脑海里竟然窜出这样的想法。在李桥生有力的臂膀下，我无须挣扎；在他略带烟草味道的唇齿之间，我无须抵抗；在他长驱直入的那一刻，我似乎体会到了死亡的意义。

甜蜜残酷，温存战栗，但已毫无意义。李桥生是我的第一个男人，但并不意味着我要用一辈子来跟随。他不过是我向上爬的梯子而已。我的家庭很复杂，爸爸早在我上高中前就去世了，是一场车祸。他去世不到一年后，妈妈和一个瘦小的男人结了婚，从此我开始了无声的抵抗。

这期间发生了一件让我终生难忘的事儿。一天夜里，我在卧室温习功课，这时窸窣的响动从门外传来。我听见有人说话，是继父和一个女人的声音。我竖起耳朵来到门前，从门缝里我看见两条影子拐进妈妈的卧室。我顺着门缝溜了出来，他们没锁门，屋里开着一盏昏黄的床头灯。只见继父赤身裸体地趴在那个女人身上雄劲地喘息着，那个女人的红色长发在白色的床单上恣意倾泻。血液一下冲到我的头顶。我悄悄跑回卧室，心里充满了愤恨。

写字桌上有一把水果刀，我翻身下床把它抓在手里。就在我要冲出去的时候，继父忽然间发出一声惊呼。我情不自禁冲出卧室，只见他披着睡衣疯了似的从卧室冲出来，怀里抱着一个几近昏厥的赤裸女人。

"你要干什么？"继父张开了颤抖的双唇，朝我挤出了这么几个字。我手里还握着那把水果刀。

我不知该说什么。突然，他怀里的女人开始剧烈的抽搐。还没等我反应过来，继父已经夺门而出了。接下来我的脑子一片空白，似乎记忆被人挖空，事隔多年仍然想不起后来发生了什么。我只记得第二天早上他回来时脸色惨白。我什么都没说，吃过早饭上学去了。此后每次遭遇继父的眼神，他都狠命地看着我，似乎想把我看到骨头里，但奇怪的是，他从来没再提过此事。而从那天起，我也再没和他主动说过一句话。

妈妈什么也不知道，她一直以为我是个倔强的孩子，只是因为在重点高中借读压力太大，才会表现得这么偏激。从那时开始，我坚定了一个信念，我要强大，强到足够保护我的妈妈。我要带她离开这里。

就在高考前一个月，继父突然找到我。我们的对话很简单：他给我足够的钱供我上大学，但是希望我对那晚发生的一切永远保密。我鄙视眼前的这个人，但是我需要钱，于是我点了头。接下来的一个月，我用他的钱疯狂地请同学吃饭，买学习用品和复习材料，甚至给一些家庭困难的同学予以资助。可他什么都没有说，只是默默地拿钱出来，填满我那似乎永远填不平的口袋。

我最终考上了申州师范大学美术系，也终于开始重新憧憬未来。

在我回忆这些不堪的往事时，张月推门进来，带着大大的黑眼圈。"怎么一个人发呆？开心点，他们说李桥生回来了。"她边脱下那套已经有点发皱的浅绿色礼服裙边说。

"哦，回来了。"我看着她白皙的手臂气若游丝地附和。

"准备什么时候结婚啊？"张月的话像炸弹一样，在我的头顶炸响。

为什么每个人都在问我结婚的事，我不想结婚！

"别忘了这两年还有个张怀敬，你要小心喽！"她已经找出睡衣穿上，没心没肺地钻进被窝。

张怀敬是《艺影时尚杂志》的美编，我曾和他合作过一期《寻找最美丽大学女生》的专访。那时他来到旅阳美院，希望学校推荐一些女孩子配合他做这个专栏，结果学校推荐了正读研一的我。后来他要求我再帮忙介绍几位优秀女生，于是我想到了在申州师大读研的姜瑶。姜瑶是短发，微烫后染成红褐色，配上她小麦色的健康皮肤，非常抢眼。我皮肤白皙，所以选择了件冰蓝色的抹胸纱裙，更显清丽。摄影师让我和姜瑶合拍了一幅照片，放在杂志的最前面。

这本杂志到现在还在我的书架上。自从知道姜瑶自杀的消息后，我一直都不敢再看它，我觉得姜瑶好像是另外一个自己。

访问之后，姜瑶似乎对张怀敬很感兴趣，还和他要了电话号码，我知道她喜欢上了这个男人。张怀敬二十九岁，长相虽不十分俊朗，五官也没什么特点，却还算有棱有角、干净清爽。不过，我敢肯定，张怀敬心仪的人是我。

他的追求有些不同。他没有像其他人那样给我送花，或是去什么高级酒楼，只是每个星期都打车来看我，陪我看看电影，或是带来几个烤红薯。

对于这样的追求我也是享受其中的，因为我很寂寞。认识张怀敬的时候我已经上了研一，而李桥生去了西班牙。于是我和张怀敬成了相互慰藉的两个人，但是我们却一直没有肉体上的任何关系。

那时候的张怀敬总是穿着一件黑色T恤，留着半长不长的头发，永远是破洞牛仔裤和大美军包包。记得一天夜里我给青丸打电话，告诉她有个叫张怀敬的男人追求我。她问我今后想要什么样的生活，我说我只想找一个好人嫁了。但是青丸却笑了，说："你想要的可能是地位、金钱、爱情，但绝不是家庭。"

我真的赞叹青丸的洞察力。她总能看到我试图掩盖的最隐秘的缺点。而我，却实在不喜欢被人轻而易举就看穿。我讨厌青丸的淡定，因为那是我没有的，但她却是我唯一相信的人。我从她身边抢走了李桥生，她甚至都没问我为什么。

　　我的脑子很乱，一会儿是张怀敬，一会儿是死了的姜瑶，一会儿又是多年未见的许青丸。洗过脸后已经是晚上八点了，外面的桃树婆娑着纤长的身影，却不知，这热闹的校园里，是否还有像我这般坐立不安的女子。

　　一夜辗转反侧终于熬到了天亮。梳洗完毕，我坐在床头整理东西，再过几天就必须搬出这个寝室了。可头脑中李桥生的身影如鬼魅般再次浮现，一切都仿佛发生在昨天，清晰得就好像报纸上的字。

　　引诱李桥生不过是因为我需要他帮助我考研，我要给妈妈一个安静幸福的晚年。另外，青丸也要考研，从家世上我们比不了，但我不希望自己连学习都输给她。

　　就这样，在我们发生关系后，我并没有直接开始我的计划。不知道为什么，我总觉得这个人有些异常，他的眼神，他的吻，他讲话的方式和跟在我后面轻轻的步子，都让我觉得心里发慌。

　　似乎时刻被人监控。对，就是这种感觉。

　　一天中午，桥生来电话约我去吃饭。他平时在旅阳工作，有时会回来看我，因为我当时还在申州读本科，所以他要来回跑，不过好在距离并不遥远。我们来到一家火锅店，点了菜。那天的他很不一样，尽管我已经逐渐熟悉了他多变的情绪，不过有时候仍觉难以应付。

　　他看住我："我可以为你做很多事情，但是需要有代价。"

　　我愣了一下，抬起头看了看他："什么代价？"

　　他笑了笑，摇摇头："没什么，齐玫……"他顿了顿，"你是个很有魅力的女人，我愿意为你做些事，我认为这是值得的。"

　　然后，他邀请我去他家。我觉得有些不妥。桥生看出了我的尴尬："不是去我父母的家，是去我自己的家，我在这里也有公寓。"

　　我答应了他。

那天晚上我刚要出门就碰到了魏龄雪，她张大嘴巴看着我："去选美啊！干嘛这么花枝招展的？"

"我有约会。"我简短地回答了她的问题。魏龄雪是我们寝室里问题最多的一个，也是最坦白单纯的一个。

"你晚上不准备回来了吗？"她睁大眼睛看着我。

"可能吧，我现在还不知道。"

魏龄雪急了："你到底去见谁？男的？"

我没有说话，拿起背包走到门口，却被她一把扯住："齐玫，我不知道这个人是谁，但是希望你别太轻易把自己交给他，男人不是各个都靠得住。"

"谢谢你，我知道。"一贯自己做主的我很少听别人的意见，但是别人的好意我还是会感受到的。

刚出门，姜瑶和青丸就回来了，姜瑶见我要出门的架势，忙问道："去哪？这么晚了，明天的课不上了吗？"而青丸则没说什么，只是疑惑而担忧地看着我。

我朝她们笑笑说："明天上课前会赶回来的。"

来到李桥生的家已经是晚上六点了，这是个非常安静的小区，不豪华，但是很整洁安详。

桥生走在我前面，顺手打开玄关的吊灯。屋子非常大，厨房和客厅是相通的，客厅和卧室用一小排透明的玻璃隔断略做间隔。站在客厅就可以看到卧室里的一切：浅米色格子床单，乳白色麻质窗帘，深咖啡色壁纸，上面隐隐带有暗花。卧室内还有一个小小的胡桃木茶几，方方正正的，上面放了两只杯子。整间屋子弥漫着简洁又厚重的线条感，男性味道十足。

这里简直是另一个世界，李桥生的世界。

正在我欣赏这里的装修和色彩时，一只大手从后面抱住我。海滩之夜后，他的疯狂令我有些畏惧。"齐玫，你喜欢这里吗？"他的下巴正好抵在我的脸颊，坚硬的胡茬扎进我毫无防备的皮肤里。

我伸手推了推他："很有品位。"

他似乎没感觉到我的不适，仍紧紧拥着我。那双大手，好像铁钳一般。他说："如果让你永远待在这里你愿意吗？"他的声音轻轻的，却有种说不出的怪异。

我转过身去，昏暗的灯光下，他的脸有些模糊，他的眼神迷离，似乎并没有看我。"你在和我说话吗？"我疑惑地问道，同时将脸扭向一旁，以确定这屋子里是否只有我们两人。

一扇窗子半开着，风卷起窗帘，却悄无声息，露出外面明灭的灯火。我不能不承认，我们的海滩之夜的确很完美，但总有些东西不对……

"你总是带着玫瑰的味道，这是上天对我的补偿！"他沉醉的眼中掠过一丝贪婪，鼻子再次凑近我的脸颊，顺着耳畔缓缓滑下。

"补偿？"我轻声重复着，而就在此时，他半睁双眼的迷离神情落入我的视线。李桥生明明是在闻，并不是吻！顿时，一种屈辱感袭上心头，我用力将他推向一旁。谁知，这一举动竟将李桥生生生定在了那里。他迷离的眼神顿时变得一片死灰，接着，他举起一只手，缓缓伸向站在远处的我，那动作伴着他僵硬的表情在昏黄的灯光里显得异常可怖。

"你……不要总想逃走……"

我颤抖着向后退去，此时，我开始怀疑他是否真的是在对我说话。

李桥生的确没有给我逃跑的机会，他死死抓住我的手臂，顺手将我推倒在那张收拾得一尘不染的大床上。我的心也随着他疯狂的吻碎成了两半。

他点了一支烟，将身体靠在床头边。我将脸埋在被子里，身体在痛，每一个被他占有过的部位都在痛苦地嘶叫，一种被撕碎的屈辱感挥之不去。

"看着我。"他的声音低沉而沙哑，也许是刚才耗掉了许多力气，此刻他略显疲惫。

我不愿意抬头，却又怕他再次做出可怕的举动，只能勉强转过身来，抬眼看向他隐藏在烟雾里的脸庞。

"齐玫，考研对你真那么重要吗？"他重重吐出一个烟圈，却并不看我。

我愣了，床边的发簪掉在地上，发出清脆的断裂声。过了好久，我才缓过神来："你怎么知道的？"我的声音极轻，仿佛一张嘴，就会消逝在空气里。

他淡淡地笑了一下："你放心，我会帮你。"

我忙抬眼望去，只见此时的李桥生，镇定自若，一副安闲自得的样子，不冷酷，也不暧昧。我一时间不知道该喜还是该忧，这么早被他识破我的目的，到底是不是好事。就在这时，他忽然间迎上我的目光："但是齐玫，你该给我个承诺。"

"什么承诺？"我有些诧异。他说得太认真了，而他的认真让我害怕。

李桥生突然发疯似地掐住我的脖子："我不管你怎么想，你这一生只能属于我一个人！"他的眼睛好像旷野中的狼，犀利狂躁，仿佛随时都能将我吞没。

"做个承诺吧，我要的是你的一生！"

他已经掐得我要喘不过气来了，我拼命挣扎，他的双手仍像铁钳一般死死扣住我的脖子，我已经感到眼压升高，血流停滞，咽喉就要被压碎了，整个呼吸系统似乎就要崩溃，眼前李桥生的脸一阵模糊。

"好，我答应，我答应。"我拼命挣扎着，不得不在自己还没有昏厥前答应他的要求。他终于放了手。空气涌入，我干咳了几声，感觉差点将晚饭吃的东西都呕出来了。我伏在床边痛苦地喘着粗气。

"你的承诺就是到研二的时候就和我登记，搬到我家里来！不许踏出半步。"他的声音仍低低的，冷冷的，仿佛没看见我正没命地大口倒着气。难道这就是他要的承诺？这个承诺太危险。我并不了解他，我只知道他的经济实力和社会地位。与其说这是个承诺，倒不如说是陷阱。

我拖着沉重的身体，心情凌乱地踏上回学校的公共汽车。心情实在太复杂，不想打车，乘公共汽车慢慢回学校，可以让我有时间把纷繁的思绪整理一下，最起码我不想让姜瑶她们看到我的狼狈。

脑子里乱七八糟的我竟睡着了，当醒来的时候已经到学校了。收拾了手边的东西，我惺忪的眼睛忽然一个激灵。就在车站边，一个身穿深灰色运动服的女孩，正在东张西望。

许青丸！

我忙低头看了看表，差两分钟六点，这么早，她在这里干什么！可是现在就算再尴尬我也要下车，因为这是终点。我咬了咬牙，硬着头皮走到车边，希望能夹杂在人群中不被发现。可乘早班车的人实在太少了，只有稀稀拉拉的三五个人陆续下了车，我低着头，快步朝校门走去。在我没走出两步远的地方，她就伸手把我手里的东西接了过去。我愣住了，不明白她的意思。她连看都没有看我，大步越过我径直离去。

"你，这么早来这就是为了等我？"我惊讶地问，并努力赶上她的步伐。

"嗯，担心你。"她拉了拉衣领，虽然是夏季，早上仍有点冷。难道她什么都知道吗？我的心里忐忑不安，毕竟是我抢了她的男朋友。

我们一路无话回到寝室，魏龄雪和姜瑶还没起床呢。我和青丸蹑手蹑脚地爬上床。钻进被子我感到一阵温暖，昨晚的一切似乎都不过是一场梦罢了。现实给了我踏实的感觉，我终于可以放松呼吸了。

可李桥生的话又响起在耳畔："研二我们就结婚！"我该如何选择？放弃他？那我美好的未来怎么办？我晃了晃头，不管怎么说，先把研究生考上再说吧，也许事情不如我想象得那么坏，不过只是一场虚惊，李桥生只是性格古怪点，富家子弟的通病罢了。我继续为自己的失足寻找借口。

过了好久，魏龄雪和姜瑶起床了："咦！她什么时候回来的？"我听见姜瑶在问。

"别吵到她了，可能很累了。"魏龄雪说。

她们两个细细碎碎的声音过了好久终于离开了。我睁开眼睛，屋子里只剩我和青丸，但是她始终没说话。

我实在按捺不住了："为什么不说话？"我翻身坐了起来，因为我隐约意识到，青丸知道得很多，一直以来她都在装傻。我讨厌她这样，为什么每次她都这样？好像做什么事都出人意料，让人捉摸不透。

"你喜欢玫瑰吗？"青丸的话打断了我。

我有些摸不着头脑，她怎么不问我昨天去哪里或是和李桥生做了什么。

还没等我反应过来，青丸兀自接下去："齐玫，如果让你选择一种花来形容自己，你会选玫瑰吧？你的确很像玫瑰。其实玫瑰是唯一放在瓶子里比在原野中更美丽的花。所以你的生活注定会和我们不同。昨天晚上魏龄雪问了我一个问题。"

"什么问题？"我说。

"她说，你们会选什么花来形容自己？"

我没有说话，只是认真地听着。

她笑了笑，每当她这样微笑的时候眼里总是有一道隐形的光环。"姜瑶选了蔷薇，魏龄雪选了百合。大家都觉得你应该是玫瑰。"

"那么你呢？"我问道。

她笑着说："我选了满天星。"

我也笑了："满天星不适合你，我觉得你是牡丹。"

她笑了，笑得很好看，露出了一颗小小的虎牙。我也笑了。我们开始大笑起来，不知道为什么，好像很久没有这样笑了，一直以来我们都被无休止的考研计划搞得紧张兮兮的。最后我们各自倒在床上。"青丸，昨晚我在桥生家里过夜了。"我沉沉地说。

"我知道。"青丸短短的几个字验证了我的怀疑，她什么都清楚。

"你不生气？"

"李桥生不是我的，我为什么要生气。"

"你是什么时候知道的？"

"一开始。"

我很惊讶，难道给她庆生那天，我对桥生的诱惑她全都看在眼里？难道她平时的粗枝大叶仅是我的错觉，真正的她竟心细如发？

我实在惭愧："可你怎么知道我今天会在这个时间回来？"

"你昨天说要回来上课的。"

平时她总和我们嘻嘻哈哈，记性也不好，忘东忘西，可关键时刻我的每一句话、每一个举动，她都记在心里。

"齐玫，我劝你一句，"青丸竟一骨碌坐了起来，"不要再和李桥生来往了，他这个人很危险。我知道你要考他们学校的研究生，但是凭你自己的能力不是没有可能，如果……"

"好了，青丸你别说了，我现在已经没有回头路了，我们已经……你知道的。而且现在我已经答应他了，我给了他一个承诺……"我不知道该怎么表达，我第一次在别人面前这样因失去方向而语无伦次。

"承诺？什么承诺？"青丸看住我，她拧紧的眉头让人透不过气来。我隐约觉得她好像比我更了解李桥生。

今夜的雨特别大，浇灌着这个本来并不多雨的西部城市。夜风将豆大的雨点吹进屋内，打在开满玫瑰花的被褥上。我起身将窗户关严，腥凉的雨水让我打了个寒战。张月忙着收拾东西，准备明天下午把一些比较重的行李先运回家去。我看着她忙忙碌碌的身影，竟觉得有些恍惚。

毕业了，终于毕业了！

"你的那些破烂们呢？"张月朝我挤了挤眼睛。我笑了，她指的是我的香水。的确，我很迷恋它们，喜欢那种融化在各种香氛里的感觉。连自己都被沉醉，这个世界又怎能不爱我呢。

"托张怀敬邮寄回家了。"我淡淡地说。

她故作惊讶地看着我："喂，好好想想啊！李桥生可比张怀敬好上百倍！长得帅，气质好，最重要的是，李氏集团独子！你可真有福气！"

我倒了杯水，轻轻啜了一下。

"别不珍惜，我就不明白，为什么当初不先跟他结婚再读研？"她眨了眨眼睛，盯着我问道。

我放下手里的茶杯，坐回床上，摆弄着刚买的一件杏色的睡衣。

"你不说我也知道，读研是为了积累点资本吧，这样好更顺理成章地嫁入豪门？"张月很坦白地猜测道。

是啊，在他们眼中，也许我读研就是为了镀金，为日后嫁入豪门做准备。张月见我不说话，也只好作罢。她是四川人，爸爸在戒毒所工作，妈妈是老师，所以自小就是一副小家碧玉的样子。长得虽然不漂亮，但非常讨人喜欢。

"哎，你看，我高中时候的日记！"她在一团乱糟糟的破旧笔记里面翻出了一个蓝皮的小本子，拍了拍上面的灰尘，举在手里向我挥舞着。

我瞥了她一眼，顺手拿起一本杂志，装模作样地看着。我并不讨厌张月，只是今天她的话多了点。其实除了许青丸，任何的女人我都不会太放在心上。

"你看，我当时还暗恋班里的班长呢。"她边说边坐在自己的床头，一页一页翻看着。也许对她来说回忆很美好，我从杂志后面抬眼看了看她，她坐在寝室温柔的灯光里，两颊飞起一道红晕。

有时候我也会羡慕她的单纯。这样的感觉，在我的爱情里已经找不到了。对初恋，我似乎没有什么记忆，那是什么时候的事情？我还真要仔细想想。我从张月脸上收回目光。

"那时候，我爸爸总是很忙……"张月似乎一直被近在咫尺的离别笼罩着，显得有些伤感，今夜，似乎很想和我聊天。以前我经常听她讲一些"瘾君子"们的可怕行为，甚至认为她的父亲很可怜，不得不和那些让人鄙视的人们搅在一起。

"好吧，那你念一段我听听。"我敷衍着她，至少这个比问问题好些。她看着我，笑了笑，顺手翻开一页。

"爸爸回来吃饭了，说他晚上要加班。妈妈很不高兴，问他为什么这几天这么忙。他皱着眉头说有个新来的人情况很糟糕。妈妈问是什么人，爸爸不说。妈妈撇着嘴抗议说她早听邻居说，认识这个人，他叫钱镇哲……"

"等等！"我手里的杂志差点掉在地上。

"怎么啦？"她不解地看着我。

"刚才那个人是谁？你重复一遍？"我的声音有些变了。

"这个人叫钱镇哲……"张月的声音变得很细小，仿佛怕我再次喝断她。

我的脑子一阵空白。难道是同名吗？我看了看表，已经夜里十一点多了。

这一夜，我梦到自己回了家，家里很乱，屋子里没有人，我疯狂地喊人，可就是没人答应。我被困在那个小小的屋子里出不来，怎么跑也跑不动……

就这样辗转反侧，挨到了天亮。睁开眼睛，望着天花板发呆，我被梦境弄得筋疲力尽，于是重新把眼睛闭上，试着让自己再睡一下。张月睡衣窸窣的声音摩擦着我的耳膜，看来她已经起床了。

"月月，"我叫住她，"我想知道你说的那个人是什么时候被抓的。"我仍闭着眼睛问道。

"你怎么了！越来越敏感了知道吗？"她瞪大眼睛看着我。

"月月，快点告诉我！"我已经坐了起来，一手扯住了月月的睡衣。

"好吧，你现在很怪异。"她不得不转过身去把床边的抽屉拉开，拿出那本日记甩手扔给我："自己看吧。"

我的心簌地收紧了，迅速翻开日记。在月月的指引下，我很快就找到了：1997年9月4日。难道这是巧合？钱镇哲，这个名字……

　　我拿起了电话，可是这个电话我该打吗？我该怎么说？经过一番思想斗争，我还是拨通了妈妈的电话。

　　"小玫啊！"电话那边传来妈妈的声音。

　　"哦，妈妈你最近好吗？"我有些不知所措。

　　"好啊，你呢？快离校了吧，工作怎么样了？"

　　"工作都已经定了，回我以前本科的师大当老师，妈妈你一直都很希望我当老师吧？"

　　"是啊，女孩子当老师最好了。我可总算是熬出头啦！妈妈真开心！"

　　犹豫再三，我还是决定问问她："妈妈，你和我现在的爸爸是怎么开始的？是别人介绍的吧？"

　　"是啊，怎么了？"

　　"你们是1998年结婚的吧？"

　　"是啊，想想也真快，转眼你都毕业了！其实也该感谢你爸，不然我哪有那么多钱供你上学？还读了研究生——"

　　"妈妈，"我打断她的话，"你很了解他的过去吗？"

　　电话那边一阵沉默。

　　"妈妈……"我轻声地叫她。我有很不好的预感，此时心里七上八下的。

　　"我不知道他的过去，也不想知道，我只要他对你好，对我好，这就足够了。小玫，妈妈的年纪也大了，需要有个安定的家，你明白吗？"

　　我知道妈妈一直是个非常善良厚道的人，自从爸爸去世以后她就更加爱我，希望能给我和以前一样的生活，她怕我因为缺少父爱而缺少生活中的安全感，怕我过得不好。但是……对她来说这样的生活已经很满足，我不忍心打破它。于是我问了最后一个问题："爸爸是哪里人？"因为月月家住四川成都。

　　"他是本地人啊，以前在四川做过生意，好像是在成都。他回来的那年和我结的婚。怎么了？"

　　我的心随着妈妈的话越来越沉，当她说完这短短的几句话，我已经有点控制不住了："好了，妈妈，我同学叫我，我先挂了哈。"电话那头妈妈似乎还想嘱咐什么，我已经匆忙地挂断了电话。

事情果然是这样，成都的确很大，可是叫钱镇哲的人难道真就多到如此巧合吗？如果这个人真的就是他，那……我不能再想了，也许真是巧合，对，一定是巧合。再说月月的日记里写的仅仅是吸毒，还好不是贩毒，我这么紧张干什么！我惶惶不安地看了看表，已经上午九点了，我再次来到画室。

东西已经收拾得差不多了，张怀敬早帮我把大部分东西发回家去，余下的工作好做多了。看着这个满地狼藉的屋子，想想这匆匆的三年研究生生活，比起本科时似乎暗淡了许多。

张怀敬是我在这个城市收获的唯一朋友，有时候我会产生这样的想法，如果把桥生的家世背景、工作地位和张怀敬的性格综合一下，我或许真的会嫁给这个人。但这也只能是妄想，上帝不可能创造那样的男人。正在我胡思乱想的时候，手机忽然响了，是张怀敬。他要来帮我收拾东西，我拒绝，他却执著地挂了电话。我知道，一个小时之后，他会出现在这里。

我焦急地看着手表，自从李桥生回来我就开始心神不宁，不知道在西班牙的几年，他过着怎样的生活，可不管怎样，那种忧郁压抑的感觉却有增无减。

不行，不能让怀敬现在出现。

我站在明亮的教室里来回踱着步，高跟鞋踩在青色的理石地面上发出清脆的声音。窗子外面的校园沐浴在离别的悲伤里，楼下几个女生正依依不舍地抱在一起，那是隔壁雕塑专业的几位研究生。也许在她们的世界里，这场离别很伤感，但在我的内心中，离别不就是那么回事吗？有的人已经逝去，我们这些活着的，根本就没必要把时间和精力浪费在这些没用的东西上。

地板上有同学们扔掉的废旧画布，上面模特扭捏的笑脸僵硬怪异，我顺手抄起一把画刀撒了过去。画室里松节油的味道仍随着热气蒸腾着，我感到一阵眩晕，俯身倚在墙边干呕了两声，却什么都没吐出来。可能是早上没吃饭，肚子里空空的。我揉着太阳穴，擦擦嘴巴，准备去买些吃的。

来到楼下，那几个雕塑专业的女生还腻在一起，我瞥了她们一眼，笔直地擦身过去。桃树浓绿的叶子散发出清爽的香味，阳光透过叶片的过滤，轻柔地将星星点点的光斑洒在我的脸上。一阵耀眼的光亮后，我的眼前一片白芒。

我低下头，边走边揉着眼睛，却在这时撞在一个人身上。我惺忪的眼前，那人在冲我微笑。太阳花连衣裙，美丽的笑脸，小麦色的皮肤。姜瑶？我哆嗦了一下，不自觉地后退。她笑着，很甜美，就像站在阳光下的天使。

　　"齐玫，别学我，这样不快乐！"她美丽的脸庞依旧灿烂润泽。我倒吸了口凉气。

　　"姜瑶？你还在这个世界上吗？"她微笑着摇摇头，又点点头。我疑惑地睁大双眼。这时一个小孩从后面跑来，我被撞得一个趔趄，他朝我做了个鬼脸就转身跑开了。当我再回过头去，姜瑶已经不见了。眼前不过是块光亮的空地。

　　我拎着泡面回到寝室，刚才的幻觉仍萦绕在脑海，挥之不去。姜瑶的身影那么清晰，清晰得仿佛可以看见脸上的毛孔。正在我胡思乱想的时候，门响了。我战战兢兢地站起来，怕是桥生。正在我犹豫不决的时候，外面传来了张怀敬的声音："齐玫，你在吗？"我的心随着他的声音一阵雀跃，一把打开房门，真的是怀敬。我忽然觉得整个人被一种莫名其妙的感动充斥着，眼泪不听话地流了下来。

　　"张怀敬，真的是你！我就知道一定是你……"我像小女孩一样一下子扑到张怀敬的怀里大哭起来。张怀敬没想到我会有这样的举动，"齐玫，你怎么了？真这么想我啊。哈哈……"我们交往这么多年，一直都是以普通朋友的姿态相处，我突如其来的忘我举动，反倒让他有点尴尬。

　　"张怀敬，你是喜欢我的对不对？"我的问题很突然，他愣在那里。

　　"啊？我……这个……哦。"我始终不愿抬头，我从来没有想过张怀敬整日藏在宽大T恤下的身体竟然这么结实，他散发出的清爽干净的气味好像阳光下的男孩般清澈健康。我把头深深埋在他宽阔温暖的怀抱里。我并不是想要什么答案，我只是在和自己说话吧，我希望确定自己不是一个人。

　　仿佛看出我的反常，他让我坐在床边，自己则俯身蹲在我的身旁。"小玫，有什么事，你要先告诉我，我对你的帮助和爱情无关。"他的回答如同我的问题般突然，让我不得不抬起头注视着他的眼睛。他的眼睛轮廓很长，单眼皮，但是很深情，牙齿很白很齐。这么干净的男人用他生命里最好的时光来守候了我将近三年，为什么我一直都没有好好地去看看他？

就在这时，我忽然发现在怀敬背后的楼道拐角处一双眼睛在狠狠地盯着我，高大而清瘦。李桥生布满血丝的愤怒眼神让我仿佛被高压电击中一般，一下挣脱了张怀敬的怀抱。

"怎么了？"张怀敬被我的突然举动弄得不知所措。

我抬头看他，竟不知道该说什么。怀敬顺着我的眼神望过去，可是什么也没有。等我稳定情绪再次抬头看去的时候，楼道拐角的走廊处的确什么都没有，难道我眼花了。不可能啊，刚才明明看到了李桥生，难道是幻觉？我拉过张怀敬关了门，还上了锁，这才觉得安心点了，长长地舒了口气坐下来猛灌了几口水。张怀敬被我的奇怪举动吓到了，也伸头向窗外望，然后走过来，看着我说："小玫，是不是有什么人跟着你，你为什么这么紧张？"

看着他清澈的眼睛，我的心里突然好酸："能再抱抱我吗？"我渴望他那纯净坚实的臂弯，让我觉得无比的安全。张怀敬张开双臂，紧紧地抱住我。我把脸紧紧贴在他的胸口，那强健有力的心跳敲打着我的心口。

晚上，月月打来电话说她去和朋友通宵派对，明天上午回来拿了东西就回家。张怀敬没有回家，我让他睡到我的床上，他说什么也不肯，就那样坐在我的旁边看着我。我拉着他的手，那是典型的艺术青年的修长手指，他不吸烟，手指很干净。为什么他的一切都那么干净……

"怀敬，你这一生有什么非要实现的理想吗？"我问他。

"有啊，每个人都有的。"

"有时候我觉得你很像我的一个朋友。"就在这时，我忽然想到一个人，许青丸。对，我为什么一直都没想到她，或许她可以帮我揭开一些我始终没有找到的答案。

牡丹小姐：毒药

　　申州的月色清凉迷人，马路上熙熙攘攘，是啊，这本就是个不夜城。启凤小区，最顶楼的房间，亮着一盏昏黄的灯。

　　深夜，这样的夜晚总是令人不安，燥热烦闷中透着湿湿的疲惫。冲了凉，镜子上的水雾还没有散去，透过这薄纱般的迷雾，脸庞显得模糊不清。我伸出手，使劲地擦拭眼前的这块镜子。朦胧的灯光下，弥漫着雾气的镜中映出一张丰满圆润的脸孔，星眸闪烁，睫毛浓密。这就是我，许青丸，一个刚刚失业的女人。

　　我将手轻轻抚上脸颊，一些细小的雀斑依稀可见。搬出来生活已经三年整，该学会独立了。三年的教师生活，让自己变得好像渐渐沉入湖底的石子。我所在的学校是一所不大的初中，校舍陈旧，师资力量薄弱。爸爸曾几次要帮我调离，但这毕竟是我凭自己的能力找到的第一份工作，我希望得到肯定。回想大学时的情景真是恍如隔世，那时我们每天穿梭在图书馆和资料室之间，生活很简单，却很充实。那时我们好像什么都有，有友谊，有信仰，当然也有甜美的爱情。

　　然而时间真可怕，它改变了很多事，很多人。就在考前一个月，我开始精神恍惚，经常头晕目眩，一次竟晕倒在图书馆里，最终不得不放弃考研，可能是精神压力太大吧。毕业仅仅三年的时间，姜瑶就死了。她的死让我一度迷惘，也让我开始静下心来思索现在的生活，于是我向学校提出了辞职。校长问我为什么，我什么都没说，只是将一张五十万的支票放在了他的桌子上。

明天我的婚纱行就要开业了，我的人生又多了一条可以选择的道路。我围上浴巾，赤脚走出浴室，头发上的水滴落在地板上，身后留下一条蜿蜒的痕迹。我喜欢这样坐在窗边，我的窗子非常大，晕高的人恐怕难以接近它，而我却恰恰喜欢这样通透高绝的感觉。巍巍而立，感觉心里干净孤独，有一种俯视大地的壮阔。

我端着一杯西红柿汁欣赏着这遥远的风景，就在这时电话响了，竟是齐玫。她说要问我一件很重要的事情，我的心一沉。看来，我担心的事情终于要发生了。从我们大学毕业到现在已经整三年了，齐玫的研究生生活就要结束，李桥生已经从西班牙回来了吧！我想起他们之间那个邪恶的承诺。

果然，齐玫问得很委婉，直到今天她仍无法和别人真诚相对。

"你父亲和李桥生的父亲在生意上是有来往的吧？"透过电话，她试探着问道。

"你想知道更多关于李桥生的事，对吗？"我简洁地说道。是的，我早就知道会有今天，从那天我的生日宴会上，齐玫妩媚的笑脸和伶俐的眼神，我就知道李桥生必是她的囊中之物。可我又能做什么呢？齐玫长袖善舞，对每个异性都极尽能事，我比任何人都了解她，即使我说了，她能信吗？

"青丸，我知道以前我从你身边把李桥生抢走，我……"齐玫的声音很轻，但我能听出她不规律的呼吸。

"为什么以前你不问我关于桥生过去的生活？"

"我，我不知道你能否原谅我，毕竟……"

"你的自负和执著就是你的毒药，其实李桥生从来就不属于我，我们根本就没有开始恋情。李桥生不是我喜欢的类型，我和他一直都只是普通朋友，他是个很危险的人……"我虽轻声说着，却连自己都觉得战栗。

"危险的人？既然你早知道他很危险，为什么不告诉我？！为什么让我掉进这样的旋涡？！难道你就一点同情心都没有吗？！你已经有很多东西了，有个有钱的老爸，有幸福的家庭，有很高的社会地位，为什么这么害我？！"齐玫一下子变得很激动，一连串的指责向我袭来。

是啊，为什么当时我不告诉她？难道真的是缺乏证据或者顾及李桥生父亲的面子？还是因为那朵玫瑰实在太美。难道，自负和执著不是我的毒药吗？

魏龄雪的电话打破了我的沉思。龄龄的声音听起来涩涩的，并不像平时那么润泽。龄龄是个活泼的女孩，记忆中，她几乎从不悲伤。当我问到她的近况时，电话那边陷入了沉默："青丸，我们分手了。"魏龄雪的声音忽然变得僵硬，仿佛一腔鲜活的生命一下子被人抽空了，在电话那边显得遥远而孤独。

我顿时愣住了，她和关池是我们大学同学中硕果仅存的一对。

"他，爱上了自己的学生，一个只有十九岁的女孩。"魏龄雪再也难以掩饰语调里的愤恨，冲口而出。此刻龄龄的泪水一定夺眶而出了，她从来就不是善于掩藏感情的人。

我轻轻叹了口气，将手指点在眼前的玻璃窗上，玻璃被阳光照射了一天，直到现在仍旧温热如另一个人的手臂。"别难过，我知道你很乐观，你一直都很乐观。"此刻的她需要朋友的安慰。到了我们这个年纪，已经不像小时候那样，痛苦的时候希望找个肩膀大哭。彼此独立和适度的距离感会让我们觉得安全，而这样的安全感反倒可以让人把内心真正的情感掏出。

"青丸，我明白你的意思，我不会像姜瑶那样的。"魏龄雪淡淡地说。

电话挂掉后，我恍然惊觉，又一段爱情从一个女人的手里溜走了。

今天是我的婚纱店开业的日子。早上刚刚五点半，我就起床梳洗打扮。我精心挑选了一件浅绿色真丝礼服裙，走起路来，轻盈的绿纱会随风飘舞，就像我今天的心情一样欢畅。随后我来到离店最近的一家花店，买了一大捧新鲜百合抱在怀里。

六点整，我打开店里的卷帘门。

晨光将我的身影投射到嫩粉色的地板上，屋内的婚纱各自安静地舒展着优美的躯体，仿佛一场精美的童话演出刚刚结束。墙壁贴着浅紫色牡丹图案壁纸，在清晨柔和的光线中显得干净清爽。我伸手打开华美的水晶吊灯，它看起来像极了缀满钻石的王冠，每一片水晶都仿佛晶莹欲滴的水珠。

屋内的礼服都是我亲手设计的。利用工作的间歇进修服装设计的研究生，现在看来的确小有成绩。虽不能和名师作品相提并论，不过从布料的选材和制作的工艺，包括设计思路来说，在申州均属上乘。昨天刚刚展示，就引来众多女孩子争相观看。橱窗外一双双渴望的眼睛，让我找到了自己的价值。

我在屋内踱着步，经过每一件婚纱前都驻足欣赏，并进一步发现问题。

墙角处香槟色修身礼服是我最钟爱的一款：抹胸款式，五米长托，胸前和拖尾缀满表姐从美国带回的珍珠和小钻石，没有多余的蕾丝。这款婚纱缝制起来非常困难。表姐让钻石切割师在那些细小的钻石上钻孔，然后我用极细的丝线，将它们一一缝制在抹胸的边缘。它是我的非卖品。表姐问过，是否为了未来的婚礼。我并未否认。可直到现在，我还不知那个能陪我走过今生的男人在哪里。

八点多，客人们陆续到来。妈妈也穿着酒红色套裙，风尘仆仆地走了进来。我笑着迎了上去，妈妈开心地一把抱住我："我女儿真了不起！"她拉着我的手，轻抚着我披在两侧的头发。我知道有家人做后盾，自己永远都有后路可走。他们为我编制了无数的道路，每一条都铺满锦绣，可这反而让我觉得自己更加无力。如果有一天我失去了他们该怎么办？我也要成为能为别人展开未来的人。

一整天的忙碌过后，晚上下起了小雨。七点钟我准时来到车站，有旅客陆续走下站台。我不停地东张西望，终于在人群中发现了一个熟悉的身影：一身黑色，长发披肩。旁边还有一个穿宽大T恤的男人，背着个大包包，应该是齐玫常说的张怀敬了。于是我撑开手里的伞迎了上去。

夜色朦胧中，齐玫始终没有说话。来到我的住处后，齐玫用眼睛盯住我："许青丸，你一直是我最信任的人。"

张怀敬看了看齐玫，转身要去阁楼。他是怕这段往事被揭开后的尴尬，的确，这个时候他应该回避。谁知齐玫却一把扯住他，她白皙的手指头泛着青。

见他们已经达成共识，我也没了顾虑："好吧，既然这样，我就把我所知道的李桥生的事全告诉你。问吧，你想知道什么？"我也坐了下来。

"我想知道，你和他是怎么认识的？关于他，你到底知道多少？"齐玫愤怒地看着我。

"那是我在初中的事，那时候我们的父亲还没有什么生意上的来往……"

那是个充满了百合花香的夏日，我照常去画班补习，老师把一组静物摆放好以后，就招呼我们各自选好角度开始画。刚画了几笔，老师就从外面领了一个男生进来。真是个帅气的男生啊，高高的个子，很清瘦。后来，我渐渐知道他叫李桥生。

在那个朦胧的夏日，李桥生竟然转到了我们初中，我的心开始了少女的萌动。听几个高年级的朋友说，他的父母在外地做生意，现在住姑姑家里。他话不多，但是专业课却好得出奇，他的素描强劲有力，雕塑感非常强。他的色彩感也是一流，他的画色彩绚烂，好像无数生机勃勃的线条在画布上蜿蜒盘旋。他创作的时候总是一声不响，连同学和他说话都听不见。这样的人，应该是真正热爱艺术的人吧！我总是很轻易就被那些有才华而又努力的人感动。

好多女生开始策划着要追求他。或许那就是我生命里最早的一次爱情吧。但李桥生对我似乎并不在意，我开始自卑，每天对着镜子发呆。妈妈问我怎么了，我就会对她发脾气，说她把我生得不够漂亮，妈妈更觉莫名其妙。

可后来我失望地发现他和其他男生不一样，从不打球，从不和女同学开玩笑。确切地说，他从不注意别人。也许李桥生并不知道，在他身后总有一双眼睛充满青春的懵懂，想窥视他内心最深处的角落。

他不管拿到什么东西都会先在鼻子底下细细闻过，然后抬起头，闭上眼睛，一种恍惚而迷茫的复杂神情一闪即逝，他习惯这样。

我开始模仿他的举动。当我闻书本时，发现纸张的味道原来很清香，有点接近青草。当我把鼻子贴近书桌时，那种木质清朗的气息让我身心舒畅。而当我把鼻子凑到自己的手臂，少女温润的体香，让我幸福而满足。我闭上眼睛，想象着李桥生那迷茫的神情。我发现，原来任何东西都有它自己独一无二的味道，它总是能刺激你头脑中的某一根神经，让你产生某种联想。

就这样，命运好像用刻刀，把李桥生深深刻在我的心里。直到现在虽多年未见，可回想他时，依然恍如隔日。

"难道你就这样单恋着他？你们没有过正面的接触吗？我的意思是——"张怀敬打断了我的回忆。

"我明白你的意思，我和他之间的确发生了一些事情……"

我和他总在画班里碰面，虽没说过几次话，但渐渐感觉不那么陌生了。有时，他也会把眼神投向我，我也总会为这一个偶然的对视兴奋好久。

"那是个仲夏，老师要带我们去山里写生。也许是命中注定，就是因为这次写生，我得到了李桥生的一个承诺。"

"承诺？他对你的承诺？"齐玫的话打断了我的回忆，他这样一个放荡不羁的人，竟给你这个小丫头一个承诺。

"是的，一个承诺，他给我的。"我点头承认。

齐玫似乎觉得很惊诧，她欠李桥生一个承诺，而李桥生却欠我一个承诺，这到底是怎么回事？！

"许青丸，你说清楚！那天到底发生了什么？"

"那天我们其实并没把心思放在写生上，大家都很贪玩，几个同学鼓动大家去爬山，老师同意了，但是叫我们下午三点前必须回来。

画班女生本来就少，有几个女孩来例假不能和我们一起，留在山下陪老师了，我就成了队伍里唯一的女生。我们来到山脚下，几个男生说就从这里向上爬。有这样好的机会可以和李桥生一起我当然求之不得。我默默跟在李桥生的身后，看着他高大的背影，心里甜甜的。那是一种朦胧的倾慕和恋恋的眷意。

同学们渐渐走远，李桥生却走走停停，我的心扑通扑通乱跳个不停，树木和青草混合在一起的芬芳伴随着野花的香气，让人神清气爽。

"大自然真美啊！"我感慨万分。

李桥生回过头来看了看我："没什么美能永恒。"

他的回答令我猝不及防。"为什么这么说？"我是个喜欢追根究底的人。

他笑了一下，一边的嘴角划出了美丽的弧线，这笑容虽然好看，可让人感觉很不舒服。"美的事物不能长久，是因为世上没有什么是长久的，就是这么简单。"

这么悲观的话怎么会从一个少年口中说出，我感到很纳闷。虽然我是那么喜欢他，甚至模仿他，可就是不能允许别人那么轻易把自己否定掉。"可我不这么认为，你看这树，"我指着他手扶着的那棵老松树，"它很美，古朴苍劲，我认为它可以永远存在。"我倔强地坚持着自己的看法。

他看了看我，似乎觉得很有意思："是吗？可我认为它总有一天会死掉，可能就在今晚，一个雷击就会毙命。那它还美吗？"他看着小小的我。

"当然美，难道死亡就不是一种美？"我已经绕到他的前面，现在是我用后背对着他。

他沉默了一会，忽然笑了起来。我回过头去，歪着脑袋看着他："你笑什么？"他止住了笑，眼神悠远地看着我："你不是一般的小女孩。"

我走了几步，停了下来，回头看了看他："这么说，'死亡也是一种美'让你震撼了？"

他来到我身边，伸手从青青的树丛中扯下一片绿叶，把玩着，眼神迷离地看着我："一切都会毁灭的，包括你和我。"说着把那片树叶放在鼻子下面深深地闻着。

我们就这样边说边聊，他思考问题的切入点和方法都和常人不同。他太悲观，这样的人会有快乐吗？

天渐渐暗淡下来，可我们迷失了方向。

"李桥生，怎么办？我有点害怕。我们能回去吗？"

李桥生紧紧握住我手的那一刹那，我的心狂跳不止。好想就这样一直走下去啊。我梦想了好久的手，就这样牵着我，走向生命的远方，哪怕是走向他所说的毁灭又何妨？我的心也一下子迷失了。

随着夜幕的降临，我的心又重新找回了理智，恐惧占据了一切，刚才因为和他在一起的喜悦开始被一种可怕的不安代替。正在这个时候，走在前面的李桥生忽然慢了下来。

"你怎么了？"还没等我说完，就被他挥了挥手打断了。我不解地探头向前望去，可前面什么都没有。我又把脸转向李桥生，他眼神闪动，表情怪异，似乎在寻找什么。不对，应该说他在拼命闻着什么。见他这样，我也不自觉地打开嗅觉：夜晚的山林，气味比白天更清爽，空气仿佛被过滤了，没有一丝尘埃。潮湿的水汽夹杂着野玫瑰的芬芳……对，就是这野玫瑰的香气。浓郁而热烈，但被流动的气流稀释成一种更为清澈而轻薄的幽香，盈盈绕绕，时有时无。李桥生被这充满诱惑的香气牵引着不停寻找。

"喂，你干什么？别去啊，我一个人害怕。"我在后面喊着。我真没想到，这个人碰到玫瑰的气味，竟会像这样追寻，难道他对玫瑰的味道有特别的偏爱？就在我胡思乱想的时候，他忽然停住脚步。

"许青丸，你有特别喜欢的人吗？"

"什么样的喜欢？或许应该有吧。"我觉得他问的好奇怪，难道他看出我对他的爱慕了吗？我已经顾不得脸红，因为他的表情实在让我害怕。他眼神游离，似乎根本看不到我，只是自顾看向我的身后。他看到了什么？我惊恐地慢慢回过头去，可什么都没有，除了无尽的夜色。

"我也有。"他猛地转过头来看着我，我被吓得一个激灵。

"你怎么了！"我叫道。他忽然反过身向我走来："你不是一直都很喜欢我吗？为什么不告诉我？你也怕我？对不对？"眼前的李桥生好像变了个人。他步步紧逼，我慌不择路地后退。

"你们都怕我，是不是？你也怕我，是不是？林小林，你为什么总是这样！你不是喜欢我吗？小林！"李桥生的脸开始扭曲，他已经不是我认识的那个李桥生了。

"你在说什么？谁是小林？！你怎么了！"就在这时，李桥生已然扑了上来，可我的身体由于脚下打滑猛地倾斜了一下，他扑了个空。我下意识地伸手扯住李桥生，然而也就在这时，我才发现原来我们后面是个断壁。

一切都发生得那么突然，我已经完全懵了，只知道用尽全力抓住李桥生的手。可他的身体对于我来说实在太重了，我把腿伸到旁边一棵碗口粗的树后，用脚钩住，慢慢把身体移向这棵树，转眼间我的汗珠就已顺着额头往下淌了。

"李桥生，你坚持住！"

李桥生被这一摔也搞得有些清醒了："我这是在哪啊？"

"我不知道你刚才怎么了，我是许青丸，不是什么小林！你别乱动！"我对着李桥生大喊。

"我……刚才是不是？"

我已经开始觉得体力不支了，必须尽快找办法："别再说了！"

李桥生一时没了声音，我把半边身体死死地靠在树上，使出全身力气，借助树的力量，竟硬生生把他的上身拉了上来。他身体极好，借着我的力，两手一挺就爬了上来。他上来后，我却一下子瘫坐在地上，感觉整个人都虚脱了。

李桥生大口喘着气，坐在离我不远的地上。我看不清他的脸，我不知道此时他会是什么样的表情，我只想回家。

"你那样抓着我，可能会和我一起掉下去的！"

"我知道。"

"那你也不怕吗？"

我忽地从地上坐了起来，大喊一声："李桥生！你别总问我怕不怕你，我不喜欢听！以后别再问我这个无聊的问题！"

李桥生愣愣地坐在那里。他也许做梦也没想到，我这个小小的身体里竟能爆发出这么大的力量。

过了好久，我们谁都没再说话，远处渐渐传来时有时无的叫喊声。我回应着他们。转眼间我们周围围了好多人，老师急得大声责骂我们，几个女生架起我，发现我和李桥生受伤了，这才停止了指责。李桥生忽然看住我，说道："谢谢，以后我就欠你的，只要你有要求，我什么都答应。"

张怀敬愣愣地看着我："原来是这样，你真的很喜欢李桥生吗？"

我看了看齐玫，她面无表情，只是死死地看着我："在那件事之前，我的确喜欢他，可是在那次写生以后，我对他的恋慕就消失得无影无踪了。我意识到他可能有什么问题，我很想知道谁是小林。"

"那后来呢？"齐玫问道。

"后来我一直都没有再去画班，我开始尽量避免和他见面。现在回想那段朦胧的初恋，觉得好像特别天真……"齐玫冰冷的眼睛狠狠瞪了我一下，把头转到一旁去了。

也许是命运的安排，一天放学我值日，走得很晚。和其他同学分手后，天已黑了下来。那是个深秋，我看着满地的落叶有点害怕，便加快了单车的速度。就在我急急穿过一条小巷时，一个人影忽然从我眼前闪过，紧接着另一个高大些的人影也飘了过去。

那个人影看起来好熟悉，刚拐过这个弯，却见那两个人影又出现在我的正前方。这是条通往我家的必经之路，沿着这条路走下去就是这个城市最富有的人云集的"万豪区"。当然，我的家就是这些别墅群中最豪华的一个。因为向这里走就没有同伴了，所以每天放学上学，我都是独自骑着单车从这里经过。我减慢了速度。当我离人影越来越近时，我竟然发现，其中一人是李桥生。

自从那次写生事件后，我没向任何人说起过李桥生的奇怪举动，我和他的关系也变得微妙起来，我开始有意回避他。但他开始主动和我打招呼，甚至有意无意和我搭话，有些女生甚至因为这个向我投来艳羡的目光。

就在我胡思乱想的时候，却发现眼前的情况有些不太对劲。跟他一起的是个女孩子，个子不高，长发披肩。奇怪，这么晚了，平时跟女生连招呼都不打的李桥生，为什么会和这个女生在大路上拉拉扯扯？就在这时，他们两个一拐从路边消失了。

我加快车速跟了上去。这里是一个极荒僻的平地，在秋草枯荣的远处，一栋古朴的别墅孤独地伫立着。"万豪"所在地是旧时的城郊，是块地地道道的风水宝地。这栋别墅的位置曾经是片荒地，民国时期是翟姓富豪的老宅。翟家不听风水先生的劝告，硬是将南门外的两株千年古柏砍倒做了棺椁，结果后来家道中落。新中国成立后，这栋别墅被其后人高价出售，听说是被一位归国富商买了去，可却始终不见有人来住。关于翟家，我还听说过许多离奇的故事。在萧瑟的秋风中，夜色已经越发浓重，老宅突兀地隐藏在夜色中，让人有些毛骨悚然。他二人就这样消失在夜色之中，仿佛被无尽的黑暗吞噬，眼前只剩下那个庞大得有些森然的别墅。于是我调转车头，径自回家去了。

"这件事不会就这么完了，否则这么多年了，你怎么会记得这么清楚。后来是不是又发生了什么？"张怀敬严肃地看着我。

他敏锐的目光和刚见面时不太一样，这个男人很聪明。我抬眼看了看齐玫，她正怨恨地盯着我，见我望向她，随即把头转了过去。从进门她就不愿和我对视，她的心情我能理解。

"是的，我原以为根本不会发生什么，可第二天来到学校，就听到了一个消息。"

"什么消息？"齐玫问道。

"夏露露是我最好的朋友，是李桥生的崇拜者。她的消息很灵通，第一节数学课刚下，她就迫不及待地飞到我的旁边，一把拽住我……"

我最讨厌数学，听得我糊里糊涂的，好不容易混到了下课，刚想趴下打会瞌睡，夏露露就一屁股坐到我的身边，在我的脑袋上使劲拍了一巴掌。

"喂！别睡了！有个坏消息哦！李桥生受伤了！"

我仿佛被当头一盆冷水浇下，一个激灵。难道……昨天真的发生了什么？

这时，夏露露已经拉着我来到李桥生的班级外面，我们偷偷向里望去，只见李桥生一个人坐在那里，头上包了纱布，一只手也包得严严实实，看来伤得不轻。

这是怎么回事？

接下来的几天，我一直在回忆当天晚上的情形。李桥生和那个女孩一起来到那片荒凉的老宅，对了，那女生好像在挣扎，显然很不情愿。可这个女生是谁呢？我没看到她的脸，而且背影也很不熟悉，应该不是我认识的人……我反复回忆着，难道……难道李桥生和这个女生之间有什么秘密？难道李桥生的病又发作了？他伤成这个样子，那个女生呢？

当天放学，我一个人骑着单车，心里仍然想着李桥生的事情，竟不知不觉来到了那老宅门口。

我停了车，背着书包来到老宅门前。从外观上看这老宅并不张扬，不大不小的花园将其包裹在内。当年翟家鼎盛时期应该种有许多花草吧，然而岁月变迁，物是人非，这里已经不复当年的繁荣，入目之处皆是枯草败叶，秋风不时吹动地上的落叶，刚飘了几下又重新跌回原地。这番破败景象让人觉得时间仿佛也凝固了。我缓步前行，来到一扇非常古典的黑色实木大门前，我盯着这门，忽然觉得有点不对劲，这儿应该很久没人来过，可为什么把手上几乎没什么灰尘？我轻轻推了推，门被锁得紧紧的，于是我绕到别墅的落地窗处。这窗户本来很大，但里面挂了厚厚的窗帘，挡得严严实实，什么也看不见。

我有点不甘心，这时我忽然发现花园里有好多假山的碎石片，于是我弯腰捡了一块大一点的来到窗边，想要砸开玻璃看个究竟。可转念一想，这个宅子已经被人买下了，这样做可有些不妥。李桥生很可能是碰巧受伤，更何况我又不是一个喜欢窥探别人隐私的人。于是我放下了手里的石头，走回窗边，再次使劲推了推，见实在没什么动静，便向我的单车走去。我忽然觉得自己好可笑，李桥生和那女生的事和我有什么关系？如果真出了事，恐怕警察早就来了。我晃了晃头，跨上单车飞也似的走了，甚至为自己那么怀疑桥生感到有点愧疚。

"这到底是怎么回事？你并没有追查到底？"张怀敬问道。

"是的。我当时只是个上初中的小女孩，我相信李桥生的确心理不太正常，也许受到过什么重大事件的刺激，但我不相信他会做什么过分的事，所以到现在我也不清楚那天在老宅里到底发生了什么。"

我说着看向齐玫，我知道此时她心里并不好受。

"我承认李桥生的确是一个很有魅力的人，但是对于女人来说他太危险。他很矛盾，一方面用情很深，另一方面根本就不相信任何人。悬崖事件和老宅风波过去几个月后，冬天到了，一天我收到了一张小纸条……"

同学交给我一张小纸条，我觉得很奇怪："今天下午，学校附近的加达冰点城，我等你。李桥生。"

放学后，我和夏露露背起书包就往学校外面跑，希望躲开李桥生。我们飞快地来到自行车停车处，骑了车转身刚想走，一只大手轻轻地拍了拍我的肩膀。我回头一看，原来是李桥生。"我们走吧。"他冷冷地说，和平时没什么两样。我看看和我一起出来的夏露露，她没办法地耸耸肩，眼神中似乎带着那么一点点嫉妒，我也只好跟着李桥生来到加达冰点城。

"我要冰咖啡，给你来什么？"李桥生很绅士地看向我。我耷拉着脑袋，心里嘀嘀咕咕。不知是不是心理作用，这个人的每个举动现在在我看来都觉得奇怪莫名。

"你喝什么？"李桥生看我走神，轻声喊我。

"啊！我喝橙汁，要冰的。"我总喜欢喝些果汁类的饮料。

我们点完东西，他看着我的眼睛，说："其实，我是想正式一点和你说声谢谢。"

我小愣了一会儿："别这么说，在那种情况下，谁都会这么做的。"我赶忙回答。

现在我和他说话已经很客气了，因为我实在不想再和这个奇怪的人存有任何瓜葛，说实在的，我真有那么点怕他。

"不是，不是这样的。不是每个人都会像你这样，大多数人都很自私。我，我希望我们能成为朋友。"

"朋友？什么样的朋友？"我瞪大眼睛，惊讶地看着他。

"特别特别好的朋友！"李桥生坚定地说。

"这个，这个……"我有点不知所措，和这样的怪人成为好朋友，会不会有点危险呢？

"其实我一直没什么朋友，而你那天用那么小的身体把我从山崖下拉了上来，我觉得，你是可以相信的人。"

"你不会要以身相许吧？"我有点语无伦次，竟开了一个冷场的玩笑。

"不是这个意思，我只是希望你能做一个能走近我的真正的朋友。我这个人，你已经看到了，有点怪是吧？我很痛苦，我会不定期地发作，不知道这是怎么了！我希望你能帮助我。我也不想这样，有时候我控制不了自己，我并不想伤害别人。"他说得很诚恳，一直低着头。

我忽然被一种莫名的正义感驱动着，这个人很需要我的帮助，而且他没有朋友，他需要我。那我该怎么办？

"好吧，我们是好朋友。不过我可不确定到底能不能帮得了你。"我冲着他绽开了一个大大的笑容。

"那你们真成了朋友？"张怀敬不解地问。齐玫则皱着眉头看着我，可能她觉得我很傻。

"我的感情很复杂，我不想再和他接触，可我不想让他看出来，我不想伤害他。他对我的确和以前不同了，每次去上课的时候，他都给我拿来很多好吃的，很多同学看到以后，背地里都问我到底是不是和他有什么……"

一年过去了，李桥生一直都很正常，至少我没再看到他发作。我们只在画班碰面，似有似无地聊天，生活得慵懒而随性。有时我会偷偷注视着他，心想其实他应该是可怜的吧。每个人都经历过痛苦的噩梦，李桥生坚强自负的背后一定隐藏着什么可怕的事情。渐渐的，我开始真的同情起他来，但我从来都没问过他的过去和那次老宅的事。因为我知道那和我没关系，我只是默默祝愿他能保持现在的清醒，哪怕自负都好。我也没向任何人提起他的异常，这是我作为朋友能为他做的唯一的事了。

后来，李桥生顺利考上了我们这里的一所重点高中，我们的接触就更少了，这就是所谓"君子之交淡如水"吧。这样挺好，我开始遗忘，我慢慢相信，那个叫李桥生的人不过是我生命里的一个过客，甚至以后都不可能再见面了。我的生活又恢复了往日的宁静，每天过着阳光灿烂的日子，开着大大咧咧的玩笑，和朋友们在马路上飞车，任马尾在身后飞扬。一幅幅作品在画室里洋洋洒洒，我将青春的激情毫无保留地倾泻在铺满书墨香气的小小案头。

很快，我上了初三，今年的圣诞节好像特别美丽，天气预报说会有大雪，可是一整天都阴阴沉沉。我有点失望，收拾好书包融入涌动的人流。走到学校门口时，听见背后有人叫我的名字。我回过头去，远处一个大个子向我走过来。直到身影走到眼前我才看清，是他，那个我已经好久没见的李桥生。

"好久不见了！"

我呆呆地看着他，竟一时没有反应过来。他的长相变了好多，眼睛变小了，但是更显英俊，身材不但高大，而且比以前强壮。他身着浅灰色棉衣，围着黑色围巾，下面配一条阔腿牛仔裤，显得清爽自然。头发剪得很短，看起来非常精神。这个李桥生和我以前认识的他有点不一样。他爽朗地朝我笑着，以前我从没看到他笑得这么开心。

他见我盯着他好长时间不说话："怎么了？不认识我了啊？"

我这才反应过来："哦，不是，只是……有点……突然。只是，我从没看到你这么阳光！"虽说李桥生的出现很突然，不过过了这么长时间能再次见到他，我仍然感到很高兴。毕竟过了这么久，我是个很容易遗忘和恢复的女孩，以前的种种早已成为过眼云烟了。

"天这么黑你都看出来我阳光啊？"他开玩笑说。

"哈，是感觉，真的，见你这样我特高兴。李桥生，你就该这样。"我开心地说，真没想到他也会开玩笑。

"是啊！"他伸手拍拍我的头。

我傻傻地笑。

"我们边走边聊吧，今天请你去吃东西，想吃什么？"

一听说要去吃好吃的，我的兴致一下来了："好吧，不过我先给妈妈打个电话。"

"好。"他开心地笑了。

我们来到一家烧烤店，今天是圣诞节，店铺的生意不错，不大的屋子坐满了人，我们好不容易在角落里找到一个小桌。

"为什么不去吃西餐却来这里啊？"李桥生不解地问。

"我更喜欢随便吃些小吃，别看西餐厅里的食物精致讲究，可这些小餐馆的风味却是他们做不出来的。瞧，小老板吆喝着给你上菜，满面红光的，这种感觉你不觉得很生动吗？他们的感情更加多彩和真实。"我边吃边说，而李桥生则若有所思地看着我。

当我们从小店出来时，天空开始飘雪了。我欢喜地大叫着跑起来，李桥生也笑着跟上。我们跑了好久，我累得停下脚步，他也跟着停了下来。他推着我的车，我们就这样慢慢地走着，此时雪已经很大了。

"青丸，认识你是我的奇迹！"

"什么？"我被他这句话弄得有点吃惊。

"我一直都有个毛病，你，应该知道的……"

"啊。"我表示肯定，没有接下去。我知道这是他不愿意提起的，也是我不愿意回忆的。

"因为一些事，我心里一直有阴影。有时候会莫名其妙产生错觉，做一些连自己都难以理解的事情。我很难控制自己……"他的脸色追着回忆沉了下来，我的心头忽然抽搐了一下。

"李桥生，"我打断了他，"我并不想知道你过去的事情，那个时候的你可能遭遇了一些不幸和痛苦，但这不是你封闭自我的理由。别总去想那些事情，不是都过去了吗？你自己也说那是你以前的事情，现在的你就应该开朗地笑！你说呢？"

我不想让他说出往事，因为他阴沉下来的脸色让我有种担忧——他喜欢回忆过去。然而这种回忆很可能就是他病发的导火索。我从他手里接过了车子，他笑了："青丸，我觉得虽然你是个女孩，可是却很坚强。你的身体里好像有种力量，让人觉得很安全。你是那种有能力帮助别人的人。我现在已经在接受治疗，目前来看，效果非常好，你放心吧。"

我也笑了："李桥生也是个坚强的人，过去的事情不会成为捆绑你的枷锁。加油。"

"好吧，或许你说得对，我应该忘了以前，重新回到现实生活里。"他望着雪花飘飞的远方说道。

张怀敬打断了我："那这么说，你并不知道他病发的原因是什么？"

"是的，我只知道这些。"我也陷入了迷茫。

"许青丸，你当时为什么不告诉我。"齐玫终于开口了。

"齐玫，你好好想想，其实我是提醒过你的。那次我去车站接你回到寝室的时候。"

"可那是我去他家之后了！而且你只说他很危险，刚才的这些话为什么不说？！"齐玫站了起来，情绪显然很激动。

我也腾地从沙发上站了起来，说："如果你真那么在乎他的品行和过去，当时为什么不追问我他的事呢？是你自己太功利。齐玫，我承认我不对，但是请你不要把责任都推在别人身上，好吗？你自己的选择才是起因，承诺是你自己给的！"

我和齐玫的争吵被张怀敬打断："好了，其实这件事不是你们能左右的。别再为以前的事情耿耿于怀了，其实你们是惺惺相惜的，不是吗？"

"我们别吵了，下一步你想怎么办？"我打破僵局。

齐玫没说话。

"好吧，这几天就住我这吧——"

"对不起，我不想待在这里，我自己的事情我自己会解决。谢谢你，大小姐。"齐玫突然开口了。

张怀敬刚想说什么，被她硬生生地顶了回去："怀敬，我们明天就走。"

月光如洗，我一个人坐在露台上，一壶普洱茶伴着柠檬的香气萦绕在喉头。我的露台上种了好多盆栽牡丹，我最喜欢的就是白牡丹。夜色笼罩下，雪白的花瓣在柔光中无比爽丽，香甜的味道让我的小露台充满了梦幻。夏虫在沉吟，这个夏天好像湖底的水，沉沉的，郁郁的，令人想起很多往事。

"你还没睡吗？"

"你怎么也没睡？"我回过头去，见是张怀敬站在身后。这个男人很安静，并不张扬，但却有种让人不可忽视的力量。浓浓的夜色中，我仔细地观察着他的轮廓。

"你在观察我？"张怀敬问道。

"是，我在观察你。"我承认，随后干脆直视着他。我想看清眼前这个男人的真实面目，因为我不太相信男人。

"你很特别，你和齐玫不一样。"他坐到我对面的那把藤椅上。

"有什么不一样？"我看着他。

"她看起来很坚强，其实很脆弱，就像玫瑰花带着刺。你看起来很柔弱，其实很刚毅，就像这露台上的牡丹。"

"那又怎么样？"我眯起眼睛，借着月光观察着他，他好像要说什么，对，他想向我暗示什么。

"所以，有的时候强者和弱者未必是用肉眼分辨的。"他把身体向前倾了一下，双手扶在茶几上。

"然后呢？"我知道他的话才刚刚步入正题。"你有种力量，安定人心的力量。我看得出来，你是关心齐玫的。"

我没有说话，只是用眼睛紧紧盯住张怀敬。

"你的内心远比齐玫强大，所以……"他低下头搓着双手，"虽然我们是第一次见面，但是她经常提起你，她其实非常羡慕你。我希望你能帮助她，她现在很需要你的帮助。"

"那么，你希望我怎么帮她？"我问道。

"我希望你能见见李桥生，或许你可以说服他放过齐玫，因为……"他忽然显得局促不安起来。

"因为什么？"我抬头看着他。他没回答我，只是定定地看着我。

"那个承诺？"我恍然大悟。

张怀敬狠狠地点了点头。

"对不起，我不能答应你。"我直截了当地回绝了他。

"为什么？"他有点急了。

"这么多年，我不敢保证他还记得儿时的承诺。而且这个忙我真的未必能帮上。"我说。

"但是不管怎么样，请你答应我，去见见李桥生。请你尽力。"他坚定地说道。我忽然间被他这种义无反顾所震撼。这个男人真的很爱齐玫，齐玫应该觉得幸运才是，可为什么她总是对眼前的幸福视而不见，却去争那些无谓的东西呢？

"你别求她！"齐玫颤抖的声音打破了小露台的宁静。张怀敬站起身来想伸手扯住她，可没想到齐玫很大力地甩开他的胳膊，他们两个一前一后一瞬间就消失在我的眼前。

一切都发生得太突然，齐玫仿佛把对李桥生的愤怒都发泄到了我的头上，我一下子觉得好累。

露台上的牡丹仍静静地开放，而那壶普洱茶已经变得冰凉。

清晨的火车站，我穿着咖啡色的针织外套，牛仔裤上是我自己手工刺绣的古铜色牡丹。现在我也烫了头，是为昨天的开业典礼准备的。看来烫头也没什么不好，至少可以让我看起来成熟些。可是我真的成熟吗？

"青丸，请你考虑我的请求。"张怀敬在上车前回过头来小声对我说。

我没有回答他，只是看向已经落座在车窗口的齐玫。她还是来时的一身黑色裙装，脸色苍白，她并没有回头看我，有意回避着我的眼神。

人在受到伤害时，最先想到的永远是自己的家。我一个人站在站台看着远去的火车，周围的人渐渐稀少。张怀敬临行时的眼神一直在我眼前萦绕，他的要求其实很无礼，我没有办法去解决他们的麻烦，每个人都有自己的人生，人生之所以不同是因为我们的选择不尽相同。假如齐玫多些理智，也不会被李桥生追逐至此。这世上没什么假设，一旦你做了，它就成了事实，就必须面对，必须承担。

撑着伞，我独自走在马路上，忽然手机响了，是方云澳。他告诉我他恋爱了，我祝福他，可他似乎并不开心。就在这时，一辆摩托车飞驰而过，我只感觉耳边天昏地暗的一声刹车，整个人一阵眩晕摔倒在地。

当我醒来的时候，发现自己躺在一张洁白的床上，四面的白墙提醒我回忆刚才的一幕。火车站、张怀敬的眼神、摩托车、齐玫的身影、电话……这些片段不分先后地在我头脑中纷纷闪过，这么说我现在是在医院了。我挣扎着想抬头，可头却像裂开了一样疼。正在我拼命想弄清状况的时候，门开了，一个穿着白大褂的男人走进来，可后面的那个人是谁？高个子，白皙的脸孔，一身深蓝色工装。这个人我不认识，该不会是失忆了吧！为什么我搜寻记忆的每个角落都找不到这个人的名字？

"小姐，你被车刮倒了，是——"医生走到我旁边开了口。

"是辆摩托车。"我有气无力地补充道。

"是的。小伙子你可以放心了。"医生冲那个陌生人点了点头。然后转过身对我说："不过你还要休息几天，你的脚踝轻微骨折，已经很走运了。"说完就把门带上出去了。屋子里只剩下我和那个陌生人的年轻人。

"我非常抱歉，我已经把住院费和医药费都交齐了。我叫吕意卓，这个给你，上面有我的住址和电话，如果有什么事还可以再联系我！"说完递给我一张纸条。

我接过纸条："是你撞了我？"

"是的，我赶着去送货，没想到把你撞了。我是做电脑生意的，刚起步，虽然没多少钱，但我会负责到底。"

他脸色很健康，白里透着红，可见奔波的时间并不长。他的眼睛小小的，给人懒懒的感觉，嘴唇上和下巴上露出青青的胡茬，蓝色的工装裤上有浅浅的油墨痕迹。

"我要赶紧走了，货还没送到呢。"他向我点头表示抱歉后，就匆匆离开了，我也没拦着。现在好多人撞了人都逃之夭夭，可他不但送我到医院还主动把联系方式给我，难道就不怕我敲诈？真是个有趣的怪人！这时门忽然开了，这个怪人又回来了。

"你的电话被我顺手揣在兜里，现在你没事了，还你。刚才有个男人来电，我帮你接的，他说他要来看你，我想可能是你男朋友，就告诉他你出事了，在这里住院。"说完把电话放到我旁边的桌子上，起身走了。他说话声音很轻，像在哄小孩，我第一次见到说话这么温柔的男人。在他伸手放电话的一瞬间，我发现他手上戴着一枚旧旧的金戒指，很老的那种款式。这个男人的一切都和我以前认识的异性不同，好似在一种莫名的苦涩之中浸泡了很久。

我拿起手机，发现那个电话是方云澳打来的。他是我大学时的同学，当然也是我的男朋友。不过，那都是曾经了。

1999年我刚上大学，那年圣诞，全班开了一个特热闹的party。班长一个突发奇想的决定把晚会推向高潮：他把班里男同学的名字都写成纸条抽签，抽到谁，谁就要当众说出心中最可爱的女生是谁，并把准备好的玫瑰花送给她。这个活动一下就把大家的胃口吊了上来。第一个被抽到的是关池。他站起来，用羞涩的眼神望向我们寝室坐着的位置。大家都很清楚他从开学就看上了魏龄雪，他该怎样表白爱意就很难说了。不过怎么说都会是一场好戏哦。因为当时的魏龄雪是有男朋友的，在另外一个城市读书，两个人的关系有点紧张。

关池走到花篮边，抽出一枝玫瑰径直走到龄龄旁边，双手举起，说："大家都已经知道我的选择，但我仍要以最诚挚的态度表达这份感情。魏龄雪，在我心中你就是美丽纯洁的百合，但是今天只有玫瑰，不过她代表爱情，我爱你，请你接受她。"说完单膝跪倒，将那朵玫瑰高高举过头顶。男同学打着口哨，女同学开始尖叫。大家都期待着龄龄的反应。

龄龄慢慢起身，轻轻接过那朵象征关池爱情的玫瑰。顿时全班同学一起拍着桌子大喊助威。看来那个远在他乡的家伙要失恋了！大家都很激动。当时我就坐在龄龄旁边，我看到了她夺眶而出的泪水，也看到了她雪白的十指紧握花茎过后留下的血痕。现在想来，那血痕似乎预示着这段恋情的结局。

就在我傻乎乎替龄龄和关池高兴的时候，命运之手也把戏谑的皮球抛向了我。班长第二个抽到的人就是方云澳。方云澳是班里专业课最好的高材生，中等身材，偏瘦，但是很白净，眼睛总是神采奕奕，说起话来吐字非常清晰，有点像主持人，有种飞扬抖擞的气魄。有很多女生背地里很喜欢他，包括齐玫。他应该对齐玫也很有好感，所以另外一场好戏应该又要上演了。我已经做好了充分的准备，鼓掌和尖叫。

就在方云澳起身的一刹那，我偷眼看了看齐玫，似乎她也预感到了什么。只见她稳稳地坐在那里注视着方云澳，显得有些严肃和局促。可方云澳却没有走向任何人，只见他走到屋子中间，说道："今天特别开心有这样一个天赐良机，能向她表达我的好感。我要把一首歌献给她，我觉得这娇艳的玫瑰虽然美丽，可不能代表她的高贵质朴，尽管这两个词听起来有些矛盾。这首歌就是《夜色》。"

夜色正阑珊
微微荧光闪闪
一遍又一遍
轻轻把你呼唤
阵阵风声好像对我在叮咛
真情怎能忘记
可记得对你许下的诺言
爱你情深意绵

此时的方云澳，淡蓝色牛仔裤，米色高领针织毛线衣。他手拿一朵鲜红的玫瑰……等等，我没看错吧！这个备受瞩目的家伙竟站在了我的面前！他身上的毛线纤维中还带着松节油的气味。他最近刚临摹的《向日葵》的柠檬黄好像还充盈在我眼前，那蔓延着的生命的色彩，闪烁着让人目眩的光辉，深咖色厚底休闲皮鞋，在如白昼的灯光下似乎变成了一对爱情的符号。

"青丸，刚才关池说魏龄雪是百合，我想我心中的女神应该是牡丹，可今天只有玫瑰，请你接受，我的牡丹小姐。夜色中的牡丹是我心中最美丽的风景。"说完也单膝跪倒。

刹那间，我以最快的速度看向齐玫，我看到的是一张苍白的脸，在同学们欢呼晃动的双手缝隙中，我能感受到她惊诧的目光，但瞬间又被大家的口哨声掩盖。我的头忽然嗡嗡作响，这个令很多女生着迷的男生此刻正手捧玫瑰跪在我的面前，可，我对他似乎……

"你想什么呢？喂！快点接着啊！"我旁边的魏龄雪这时候来了精神，全然忘记刚才她也遭遇了同样的境遇。我有点慌乱，我本以为这一幕的女主应该是齐玫。

对面的方云澳似乎对这眼前的一切视而不见，也许他早已料到大家的反映会有多热烈。他只是坚定地看着我。这个人有时顽强得像一块石头，坚韧之余却让人感觉寒冷。

此时我已无法抵御大家的尖叫了，魏龄雪几乎是把我架了起来，全体同学都站了起来，也许这也是大家都没料到的结局吧。

"我……想问你一个问题。"我竟和他讨价还价起来。同学们一下子安静了下来。

"问吧。"跪在地上的方云澳似乎觉得我的话很有意思。

"你凭什么断定我是牡丹？你又如何看待爱情？"我定定地看着他的眼睛，面对这样疯狂的一幕我们还是需要些冷静。

"小姐，我只能回答你一个问题，因为你说'我想问你一个问题'，而你却问了两个。"他在这样的情况下竟开始和我开玩笑。没人笑，也许大家都太关注事态的发展，一时间整间屋子鸦雀无声。

"好吧，你随便选一个问题回答好了。"我也来了兴致，我喜欢和聪明的人打交道。

"那我就说说爱情。"他仍跪在地上，"爱情是很虚无的，如果你只把她看成生活的目标；爱情也是坚硬的，如果你把她看成生活最真实的一部分。"他仍旧坚定地答道。我第一次如此近距离观察他：略显方形的下颌，宽阔的额头，笔挺的鼻子，线条分明的眼睛，饱满的嘴唇，唯一的缺点是脸上过于干净，似乎没有一点沧桑。

我深深地看着他的眼睛，他也直率地看着我，这样的对视真能让我看透他的内心吗？

终于，我缓缓伸出手，从他手中接过了那朵玫瑰。他俯下身来对我说谢谢。很显然他对我能否接受并没有把握。他微笑的时候很好看，眼神坏坏的。

片刻的安静过后，大家一下子爆发了，震耳欲聋的尖叫和掌声混成一片。

"别太得意了，我觉得我更适合满天星。"我也凑到他跟前轻声说。他身上的松节油味道让我觉得很特别，也许我还真有点喜欢他。

　　我在病床上辗转难眠，李桥生的回忆、张怀敬的眼神、从天而降的车祸、怪人吕意卓、方云澳的电话，都让我觉得这个上午太过充实，似乎把我塞成鼓鼓的皮球。一个人的承受能力是有限的，好多事情同时压来的时候，人们本能的反应就是逃避。别人的事我无能为力，自己的事我也觉力不从心，生活还真是让人捉摸不透！

　　转眼间我和方云澳已经分手三年了，时间过得真快，让人追不上它的脚步。我看着外面倏忽变幻的流云，想起师大的校园里，有一棵属于我们两个的树，我们常在树下写生、聊天、嬉闹……想着想着，我竟睡着了。

　　梦里我看见李桥生神情恍惚地蹲在墙角，好像在地上画着什么，他到底在做什么？我从他后面走过去，想看得清楚一些。好像是一个女人的脸，长头发，大眼睛，不是齐玫。正当我仔细辨认时，他猛一回头，苍白的脸上没有五官，鲜血顺着额头流了下来。

　　我惊呼着往后退去，却撞到一个人的怀里，那个人用双手蒙住了我的眼睛。他始终站在我的身后，我看不见他。"你是谁？"我惊恐地问道。"嘘！别说话，这是一个圈套！"那个人阴阳怪气地说着，他吹出的气好凉啊，让我的脖子起了一层鸡皮疙瘩。我用胳膊肘使劲顶他，他终于松开了手，我拔腿就跑，慌乱中好像看到了一件米白色的毛线衣……

　　下午三点，我从疲惫中醒来，该死的噩梦依然在我脑中盘旋不去，我挣扎着坐了起来想去厕所，可是左脚怎么这么疼！正在我无比懊恼的时候门开了，我抬头一看，原来是上午的那个"怪人"。

　　"你怎么又来了？"我奇怪地问道。

　　"哦，我来看看你怎么样了。"他笑了笑，早上还白白净净的一个人，到了下午就满面潮红，头发也凌乱许多，蓝色工装裤上还多了好多污渍。

　　"我很好。"我回答他。

　　"你想干什么？我能帮你吗？"他见我努力起身想往外走。

　　"哦，我要去下洗手间。"我看了看他，觉得有点好笑。

"这样啊……"他显得有点不好意思，站在那里不知所措。

"这样吧，麻烦你帮我找下护士。"见他这样尴尬，我忽然有些不忍。

"好的。"他答得很干脆，转身就出去了。

当我回来的时候，发现他正在削苹果，动作很熟练。见我回来，他笑了笑。虽然我对这次车祸很生气，但是他的歉意已经冲淡了我的愤怒。

他不算健谈，我的话也不多，不过还是能聊得来。我没想到自己会跟他单独相处这么长时间，而他也挺自然，只是脸色看上去有些疲惫。我正要让他回去，门却开了，一个发型整洁到有些华丽的男人走了进来，是方云澳。

"青丸你没事吧？"他直奔我的病床走过来，连看都没看杵在一旁的男子。

"没关系的，我已经好多了，本来也没什么的，就是脚有点骨折。"我尴尬地笑了笑说。方云澳可能意识到了这个不大的空间里还有第二个男人，于是扭头看了看"摩托怪人"，颇有些戒备地问他是谁。我便简短地解释了事情的经过。

"是的，很抱歉！我……"吕意卓想再次表达歉意。

"你？你知道她是谁吗？！你是想出名吧？！"方云澳低吼道。

我忽然觉得头疼，索性对他们二人一同下了逐客令。

夜色降临，我一个人躺在床上，我不喜欢睡觉的时候拉窗帘，这是我一直以来的习惯。我总是想把眼前的一切看得清清楚楚，窗外影影绰绰的石榴花在我的脸上投下了斑驳的影子。其实我并不确定方云澳对我的感情，他像谜一样让人看不清。那次元旦晚会后，他开始频繁约我，但我并没有赴约。一开始大家都认为他会选择齐玫，我能感到他们两个彼此对视的眼神里隐藏着的感情，可为什么他会在晚会上向我求爱呢？那时没人知道我是许格楠的女儿啊。可他一如既往的苦苦追求终于打动了我，大三下学期，我们终于开始恋爱了，但是并没有公开，确切的说是还没来得及公开，因为这段爱情实在太短暂。

姜瑶是学生会干部，在一次帮系里老师整理学生档案的时候，看到了我的资料。她发现我是许格楠的女儿，并以最快的时间传扬开去。也就在这时，我和方云澳发生了激烈的分歧。

我满以为他会凭借自己的能力打拼出一片天地，可一天他突然说道："你能推荐我到伯父的公司工作吗？我是你男朋友，理应为他效力。"他自以为我会高兴，可我的心却在听见这番话的同时感到屈辱。我陷入了长久的沉默，然后转身离开了。此后的一段时间里，我们没有再联系彼此。

我们就这样矛盾着，直到一天，当我从图书馆出来准备去吃饭的时候，突然手机响了，原来是关池打来的，他说方云澳的母亲生病了，他就要动身回家。我不希望他回家时带着情绪，便急忙来到他的寝室。

看着他收拾行李的背影，我走过去，问他需不需要我陪他一起回去。他沉默地摇了摇头。我问他有什么可以帮忙的，他想了想，转过身来，说了这样的话："我没什么特别的需要，只是……"他好像有点犹豫，停下了手上的动作。

"你说。"我似乎明白了他的心思。这几天他为了工作的事情一直和我冷着脸，我也一直都没有让步，我希望他能做个真正靠自己的力量立足于社会的人。最重要的是，他是我见过的最有艺术天赋的人，如果坚持下去，一定会有好的前途。我真不希望他为了一份衣食无忧的现成工作而葬送了一身的才华。

"你知道的。"他这才抬起头看向我。

此时我觉得他好陌生，这是他真实的一面，还是迫于生活的压力？我坐在他旁边的椅子上，眼睛盯住地板，不知道怎么回答才好。是的，给他安排个工作对我来说是很容易，那只是爸爸一句话的事。可是每天坐着豪华轿车，出入高档场所，和商场上形形色色的生意人过招，这就是他一生的追求吗？我不能理解，难道就是因为钱？

"你确定，你真的很热爱我父亲那样的生活？"我问他。

"我很喜欢，也很向往。"他忽然站了起来，眼睛看向窗外，"男儿志在四方，我希望能有一番作为。"他背对着我，我看不到他脸上的表情，但我能感觉到，那的确是他的心里话。

"那你的天赋呢？你真能放下艺术吗？"我迷惑地问。

"天赋？"他的声音忽然提高了，猛地转过身来，"如果没有钱还谈什么天赋？我不像你，生来就衔着金汤匙。我的父母只是地地道道的农民，你让我怎么办？！"

"可天赋是一个人最宝贵的财富，你怎么知道不能用自己的天赋换取财富？连这个信心你都没有吗？"

他忽然间鄙夷地笑了："你太单纯，生活很复杂，不是你想象的那样简单。每个人都有野心，我的野心是改变，彻底的改变。我想你能听懂我的话。请你给我一个机会，你会发现我的天赋不止于艺术。"他的鼻尖快碰到我的额头了，鼻息浓浓地压了下来，带着香香的松节油味道。我扭过身去，躲开了他的吻。

"你先回家吧，这几天我们也冷战得够了，我会好好考虑你的提议。"

那天，我一个人回到寝室，躺在床上，心情很复杂。心里不断自问，生存压力和坚持自我是否真的这样水火不容？究竟是哪里出了问题？是这个社会，还是我们自己？心目中的那个方云澳渐行渐远。我爱上他，是因为他的激情四溢、才华满腹，可现在他却要放弃这些去做商人。我不讨厌商人，只是不希望他以我为阶梯，这让我觉得不安。一种按捺很久的疑惑再次涌上心头：他到底是因为什么而追求我？

正在我朦朦胧胧时，魏龄雪回来了，她买了新衣服，在镜子前哼着歌，比比划划地试着。

我睁开眼睛看着她，没精打采地说："你说我是不是很没魅力。"

"你怎么了？这么有气无力的？"她扭过头来，这才注意到我苍白的脸色，于是一屁股坐在我旁边。

"我觉得好累。"我再次闭上眼睛。

"是不是和方云澳吵架了？"她皱着眉头问。

我一时沉默了，她也没再继续追问什么。也许她看出了我的疲惫。我翻身坐了起来靠在她旁边，压低声音说："你有没有觉得，方云澳最开始喜欢的是齐玫？"

"你怎么了？怎么忽然问这个问题？"魏龄雪显得有点惊讶。

"说说你的看法！"我把脸枕在膝盖上看着她。

"这个……"她用眼角瞥瞥我，"那我可说实话了啊！"

我点了点头。

"好吧，"魏龄雪咽了口唾沫，"我们一开始都觉得他对齐玫有意思，可晚会那天他却向你表白。我们当时也觉得有点奇怪，不，应该说有点惊讶，可转念一想，也许是我们看错了呢，你自己该有感觉哦！"说完用手肘推推我，仿佛要听听我的意见。

"是啊，不过，我觉得好像哪里有点不太对头！"我皱了皱眉头。

我们两个似乎都陷入了沉思，一时没了声音。寝室的灯光突兀地亮着。

"嗯……青丸啊，"魏龄雪忽然开口，"还有件事，我不知道该不该告诉你。"她低头看着床单，眼神变得好严肃。

我不明所以，只能疑惑地看着她。

"我只是听说，听姜瑶说的。她说其实在她去帮系里整理我们的档案时，那个管档案的老师问她，你们班是不是有个大款的女儿啊。她很惊讶。后来那老师说，大一的时候学生处的方云杰老师和他弟弟来翻过一次档案，她偶然听到过他们的谈话。在她的提醒下，姜瑶才翻看了你的档案。但是由于当时你和方云澳正处朋友，姜瑶叫我别说，怕引起你的误会反而对你们的感情不利。"魏龄雪一口气说完了这段话，我却愣在了一边。

原来事情果真如我所料，他们竟然查了我的档案！

我开始反思自己对方云澳的感情，仔细想来连自己都觉可怕。其实我们的感情并不十分融洽，我们经常会因为意见分歧而发生口角。他太有野心，太自我，总希望我能跟随他的脚步。而我一直都在怀疑他对齐玫的暧昧。那次晚会上，我的理智被虚荣压倒，他选择我而没有选择齐玫，这让我有一种难以言表的快感和荣耀感。为什么要这样蒙蔽自己，做下了如此幼稚的选择？其实方云澳说错了，我不是太单纯，而是太狭隘。

当我发现他并不如我想的那么纯粹，一种厌恶油然而生。任何人都无法承受这样的利用和背叛，我忽然觉得自己连齐玫都不如。她虽自命不凡，但总能正确估计自己在男人心目中的位置，最终征服他们。比如，李桥生。

我知道齐玫当时一定很纳闷，为什么我不愿接受李桥生。她想和我抢，她想激怒我，当然最重要的还是她有自己的目的。而我当时知道李桥生有病在先，知道方云澳对我并不是全心全意也在先，却一直保持着微笑，保持着沉默，看着齐玫沉沦，看着自己的爱情走向死亡。我是怎么了！

我在自责、彷徨、不安中度过了一周。一周后方云澳回来了，我约他去喝咖啡，一周的时间足够我想明白很多事情，既然已经看到了事情的真相，就应该把它说清楚。

"你最近看来还不错。"我轻轻瞟了他一眼。他看了看我，啜了口咖啡。可能有点烫，他缩了缩嘴。

"你妈妈没事儿吧？"我问道。

"嗯。"他拿了一块糖，轻轻投进他的带着金边的咖啡杯中。

"这音乐是《昨日重现》。"我歪了歪头，享受地把身子靠向后面的椅背说道。

他终于抬起头看向我："你很喜欢这首歌吗？以前怎么没听你说过？"

"你说，我们有过热恋吗？"我忽然凑到他跟前，把眼睛眯成一条线，从长长密密的睫毛后看着他。

他用手托着下巴看着我，学着我的样子把眼睛眯了起来："热恋？热恋中的女人智商为零，你想把自己的智商清零吗？"

我也学着他的样子，用手托住下巴："可我认为在你的眼里，我的智商似乎早就清零了！"

他忽然笑了，用手点着我的脑门："怎么了？真为这几天的事儿生气了啊。好了，别气了。"

我也笑了："这个是送你的。"我把事先准备好的一个暗紫色大礼品盒递给他。

"这个是什么？包得还挺漂亮！"他有点惊讶。

我低头啜着咖啡，鼻子有些发酸，我努力地克制着自己。他似乎并没太注意到我的变化，只顾着拆礼物那繁重的包装。

"这是……MY GOD！西装！最新版！很时尚啊。这个颜色也——"他的感慨还没发表完毕，就被我打断了。

"准备做个生意人吧。"我说。

他愣了愣，伸出手来握住我的手指尖，他的手在明显地颤抖。咖啡溢了出来，落在我的手上，好烫，他的自我让他经常伤害周围的人而不自知："这么说，你父亲同意了！"

"是的，很顺利。"我说。

"这太好了，伯父一定会对我满意的，这个你放心，我一定为你争取一个好的未来，以后你想做什么就做什么，不用上班，我来养你！我相信我有这个能力！你父亲就你这么一个女儿，我不会让他失望的！"他太兴奋，显得有点语无伦次。然而，这过于激动的言语暴露了几年来他苦心隐藏的居心。

我摇了摇头："不，你误会了，我爸爸并不知道我们的事。"

他愣在了那里，手里的衣服无声地滑落下去。

"方云澳，我想我们必须分手了，理由我不想多说。"

"为什么？"他忽然间垂下头去，将那两道锐利的目光掩藏住。许是察觉了自己的失言，他有些懊悔："难道就因为我不想搞艺术？"

"不，你最好别问。我不想说得太多。我只想告诉你，我的智商并没清零，我什么都知道。"我拿起包包准备离开。

"等等！"他的声音忽然变了，我看见他的眼睛红了："真的，要分手吗？请别这样好吗？不管最初如何，我也不想再提那些事了。但是，我是真心的，请你相信我。我……"他有点手足无措，像个孩子一样搓着脸。

"我也不想提开始，我们的开始源于各自的复杂心理。而结束，则是基于一个最简单不过的原因，就是互相猜疑。"

医院里的消毒水味道永远让我害怕。当清晨的第一道阳光穿透我的病床时，我的心才稍微安稳了一些，过去的种种又在我的梦中出现。

窗外的石榴花怒放着，火红的颜色好像生命的赞歌。我能原谅自己，也就能原谅别人。如果要埋怨的话，只能怪那个时候的我们都还太不成熟。

这时我的手机响了："是我，龄龄，我现在要死掉了，我必须去找你。"

百合小姐：情变

林渠的商业区五光十色，一家颇具规模的彩妆店工作间里，我已经放下电话好久了，自己尖涩的声音还回响在耳畔。我的脑袋嗡嗡作响，今天早上发生的一切都让我血压暴增。我真是想不明白，为什么关池会变成这样？他怎么会爱上自己的学生？更可恶的是，这个叫吴亚京的女孩子竟然打电话找我谈判！关池的手机处于关机状态，我联系不上他，青丸也帮不上什么忙，我只能一个人慢慢缓解情绪，否则我真担心一会儿见了她，会将巴掌拍在她的脸上。

我低头看了看表，眼看就要到十一点了。虽说是中午，可今天天气有些阴沉，我随意披了件米白色西式洋装就出了门，我倒要看看自己到底输给了一个什么样的人。

吴亚京约我在多利威尔餐厅见面，我讨厌那里，没有为什么。我打了车，利用这短暂的时间反复思量着，脑子里仍旧理不出个头绪。

中午十一点整，我来到多利威尔餐厅，明知道我的对手只不过是一个高中还没毕业的小女生，可心里却怎么也轻松不起来。犹豫不决是我的致命弱点，我和青丸、齐玫、姜瑶都不一样，她们似乎什么事情都很有主见，而我却总不清楚下一步该做什么。每当面对选择，我总希望从别人那里得到提示。可这次吴亚京来得太突然了，使我本就迟钝的神经一时间处于紊乱状态。

"小姐，您自己吗？"服务生很有礼貌地和我打招呼。

"不，我们已经预定了，应该是十三号位子。"我没好气地说。服务生畏惧地偷眼看我。

绕过一扇玻璃屏风和一个非常漂亮的室内小喷泉，向餐厅最深处走去。一个穿黑色衣服的女孩背对着我，安静地坐在那里。她的头微微低着，看上去是在想事情。这个背影很清瘦，很落寞，有着一种说不出的疲惫。这分明是个受伤的女人，虽然她的年纪很轻。

我轻轻地坐在她的对面，尽量摆出一个高高在上、不以为然的表情。她注意到我的到来，立刻把头抬了起来。

我仔细端详着眼前的这个女孩子，确切的说是我的情敌。她的眼睛很细，很长，看起来有点近视。皮肤红润，泛着新鲜的光泽，头发漆黑油亮，看起来很健康。也许年轻真是最好的化妆品，忽然间我明白了为什么关池会无可救药地爱上她。珍贵的青春在我的身上正渐渐逝去，而她却正值韶华。

就在我品评她的容貌的同时，她也在定定地看我。我不知她在想什么，也许在做比较吧。不知不觉中我已开始把她当成一个成熟的女人来看了。

"魏姐姐。"她忽然开口了，声音怯生生的。

我被这个声音弄得很不自然。我不喜欢她叫我姐姐。

"没想到你真的会来。"她低下了头。我能看出她似乎也觉得很尴尬。

"你为什么不去找关池？"我说。

"其实，我实在是没办法了。我找不到他。"她的眼圈已经开始红了。

我不知道该说什么好。难道关池知道他的小情人要来找我谈判，竟吓得一走了之了？

"关老师以前说你伶牙俐齿，很厉害的，所以我一直都非常怕你。可这次我真的没办法了……"她显得很不安，"但是，他也说过，你虽然嘴巴厉害，但是心肠最软，最善良……"她的话让我莫名其妙的气愤。

"什么事非要现在联系我们？"我问道。眼里露出鄙夷的神色。我很满意这种俯视情敌的感觉。我在心里想着，也许自己做得还不错。

"我想求你帮我，我怀孕了。"她说着，红了脸。低下头。

我的嘴动了动，却一句话都说不出来。许久之后，我狠命地叹了口气："这和我有什么关系？你的父母呢？他们才是你的监护人！"我提高了声音。我实在想摆脱这件事，我知道自己不能太多地纠缠进去，否则以我没头没脑的个性，不知会惹出什么事端来。

"你的父母知道这事吗？"我问道。

她沉默了片刻："我没有父母，我的父母都已经不在了，我是奶奶养大的，她不知道，我没敢告诉她。"

我真不知道该说什么了，为什么关池要这样对她？一个不到二十岁的女孩子要怎样才能负担这些。我的心开始猛烈地颤抖起来。当初和关池分手是因为这个女孩子的存在，我本可以往死里恨她诅咒她的，可当真面对她、听她说自己怀孕的时候，又觉得自己连恨的力气都失去了。

"你到底想要我怎么帮你？你知道的，我不可能喜欢你。"良久以后，我深吸了口气，真是疲惫啊，我在心里说着。

"我现在不知道该怎么办。"她的眼泪真的流了下来，在我的面前她还是个小女孩啊。我已经二十七岁了，应该算是比较成熟了吧，可当我面对关池的背叛仍很痛苦，更何况这个比我小了将近十岁的女孩。

"你确定自己怀孕了吗？"我问道。

"你看，这是诊断书。"说着，她递给我一张纸。

我接过来扫了一眼，是的，没错了。

"你自己告诉关池吧，"我看了看她，"还是别要这个孩子的好。你还太小，想想你的将来，你还要考大学。大学知道吗？那里有好多新鲜的东西，你还会有很多很美好的生活，我觉得你不该把自己绑在关池身上，你还这么年轻，你人生的花季才——"还没等我说完，就被她打断了。

"可我爱他。"她的声音很大，有一丝激动，不过没有过火。

我惊讶地看着她坚定的眼神，心里掠过阵阵寒意。

爱，这个字好可怕。

"你，你懂什么是爱？"我有点沉不住气了，真想拍桌子，"你真是傻瓜，你相信爱情，可你的爱人呢？他在哪啊？！他能抛弃我，就不能抛弃你？"我有点按捺不住了。最怕这种单纯得可怕的人，在这种人面前心里会觉得很痛。

"你以前不是也有男朋友吗？你不也是抛弃了他跟关池在一起的吗？我没做什么伤天害理的事情，你们也没结婚，我为什么不能介入？再说他爱我，这就足够了。"她也显得有点激动。

我愣了愣："你怎么那么笨啊！你是学生，你不考大学了？决定当个家庭妇女了？现在就生孩子，你奶奶对你就没有别的希望了？你在搞什么啊？真不懂你们现在这些孩子！"我们几乎要吵起来了。

"我奶奶想我考大学，可我现在没法考了，我满脑子都是他！我已经完了。"她用手使劲地揉着自己的额头，眼泪已经流成了河。

没错，这种痛苦，我刚刚经历过。爱得太深却失去，就是这样让人难以承受。我沉默了好久，不知该说什么好。现在我只恨关池一个人。如果让我碰到他，非把他大解八块。

"好吧，你说，你想要我做什么？"我很无奈。

"我想把孩子生下来。"她斩钉截铁地说。

我知道她已经打定主意了，看来我说别的也没用了。

"你能帮我吗？"她根本不给我任何余地。

"我帮你？把你接我家？照顾你，伺候你生关池的孩子？我是脑子进水了吧？你竟厚颜无耻到向我提出这样的要求！你还有没有自尊心啊！"

"那你是不肯帮我了？"她的眼神忽然变得很犀利，让我看了觉得害怕。

"你要上学，上学，知道不知道！"我不能示弱。

她看着我，没说话。

"我不能答应你，今天真不该来见你，浪费我的时间。"我说着拎起包准备离开。

"你真冷血！"她看着我，大声说。

"随便你怎么说，你没资格和我讲条件。"我说，"但是要打掉这孩子的话，可以联系我。"我回头看看她，"我能帮的只有这么多了。"说完就转身离开了。

离开多利威尔以后，我的心乱得很，于是一个人去逛街，打发这一下午的沉闷。为什么现代人的爱情那么脆弱？对人生、对爱情，难道我们这代人注定要这样迷失吗？真想去旅行啊，把所有的不快都忘掉，统统忘掉。

我掏出手机，再次拨响关池的电话。"该用户不在服务区……"我真想把手机摔了，这个家伙到底在搞什么？难道他不知道吴亚京怀孕的事吗？

正在我气愤得要骂人的时候，迎面一个人的出现吓了我一跳：灰突突的土黄色棉布袍子，一双黑色布面鞋——是个尼姑。在这个现代化的城市里，她的出现让人一阵错愕和恍惚。我刚想转身绕开，却被她拦住了。

"这位施主，可是被俗世所扰，不得解脱？"她看起来慈眉善目，实在不像什么坏人。

"师太……"我被自己搜肠刮肚找到的称呼弄得哭笑不得，"您是化缘吧？"我说着掏出了一张百元大票递给她，可她连看都没看一眼，只是对着我摇头。

不够？我心想，这个老尼姑胃口可不小啊。于是又伸出手掏钱包，不知道为什么，心底总是对她们有种隐隐的敬畏。

"不，"她伸手拉住我，"施主，你眉头紧锁，面露晦暗之色，看来心事很重啊。"她眼神炯炯，看得我有点不好意思。

我心想，这个人怕是算命的。"算一次多少钱啊？不过我不太信这个。"我觉得自己好傻，说着些语无伦次的话。

"施主，请珍重自己，你眉心有颗胭脂痣，有佛缘啊！我不是算命的，但是想忠告施主几句。"她说着从袖子里掏出一个金色的小佛递给我。我疑惑地接过来看了看，实在不明白她要说什么。

"施主，你眉带慈善，眼露清秀，可浑身透着一股戾气，这戾气是要靠潜心修行才能化解的。你本就善感多情，可正因此反倒容易被人蒙蔽。你襟怀坦荡，但大多无法把持自己，易怒易喜，做事多不计后果。凡事皆有定数，但好在你的佛缘不浅……"她正说得神乎其神，我却有点沉不住气了。

"大师，我有急事，如果要算命还是找别人吧。"我说着转身要走。

"不久你就会明白，你命里多磨难，情路多艰，不如潜心向佛，以修来世多福啊！"后面的话我都没再细听，心里嘀咕着，今天实在晦气，一个吴亚京还不够，又碰到一个老尼姑。

当街拦了辆计程车准备回家，上了车才发现，手里还握着那个小金佛。

回到店里已经是下午了。小林正在和几位打扮时尚的年轻女孩介绍最新彩妆，看她神情专注、落落大方的样子，真觉得自己没雇错人。恍惚中，我隐约觉得小林长得很像一个人，一个我很熟悉的人。可是来不及想这些无所谓的事情，今天的收益不错，心情好了许多。

三年前我大学刚毕业，为了和关池在一起，我和他一起来到这个我并不熟悉的城市，离开了我的父母和朋友。那时候一切都很新奇，我天生就是闲不住的个性，喜欢喧闹的城市，喜欢开心的派对，可在这个陌生的城市里，我们一下子就迷失了方向。

　　关池先找到了一份高中教师的工作，是个很小的学校，没什么名气，也不给落编，每月就七百元钱的补助，之外再无别的收入，而我还在四处游荡找不到工作。我们的生活开始陷入困境。我的父母和关池的父母都是普通的工薪阶层，我们不想给他们徒增烦恼，心里一门心思想靠自己闯一条路出来。

　　起先，我们在关池学校的附近租了一间房子，二十几平。房子虽小可我们却很开心，那是我最幸福的时光。每天关池去上班，我就早早爬起来给他做早饭，最拿手的就是煎鸡蛋、煮牛奶。他走了，我就开始打扫房间。我喜欢这样的生活。我们住六楼，每天清晨都有小鸟落在阳台上我养的那一大盆绿萝旁边。关池尽管没钱，却总会买盛开的百合放在窗台的花瓶里。阳光在百合花瓣上跳跃，空气里都散发着阵阵香气。

　　中午和晚上关池不回来吃饭，我就尽量不吃午饭，晚上随便吃个馒头咸菜，或者泡个面应付了事。胃病就是那个时候落下的，现在疼起来都很要命。我一直没找到工作，所以花钱很慎重。我很爱美，可为了关池，为了我们即将建立起来的小家，我只随便套上T恤、仔裤，背上双肩大包包就出门了。在偌大的城市，我们都那么渺小，他改变不了什么，只能默默努力。我们只能相互依偎，用彼此的体温温暖对方。

　　就在我们一筹莫展的时候，许青丸来了电话，那是最终改变我们命运的一次长谈。开始她只是试探地问我的近况，我谎称自己很好，想在好友面前维持自己那小小的尊严。可聊着聊着，我还是忍不住哭了，把那些不能告诉父母的委屈都告诉了她。那时候我们真的很苦，我真没想过自己竟会有食不果腹的日子。"我是不是要沦落为社会最底层的家庭妇女了？再也不能买漂亮衣服和包包……"我语无伦次地哭诉着。青丸一直没说话，直到我渐渐敛住哭声，她才跟我说，她想在林渠投资彩妆店。我一下子高兴起来，问她可不可以让我去打工。她笑着说，不是打工，是去管理。我们四六分成，你六，我四。

事情就这样敲定了。

那天晚上，我和关池去超市买了啤酒。回家的路上，我们就像是重获新生的犯人那样高声唱着，叫着。我们甚至等不及到家，在路边打开酒瓶就喝了起来。路人投来鄙夷的目光，我和他疯狂地朝那些人挑衅般地大笑。有青丸的帮助我们一定可以打一场漂亮的翻身仗。我搂着他的脖子，狠命地吻他，他将我抱在怀里，仰身倒在地上。我们积累了那么久的压抑和委屈，都在那一刻烟消云散。兴奋之余，我真真切切体会到了财富的伟大。

很快，青丸汇来了足够的资金，而我也没有让她失望。三年后的今天，我开始穿名牌，开始筹划买房；而关池也迎来了事业上的高峰，他的画班办得越来越好。于是，我开始试探性地提出要组建一个真正的家庭。然而他却总是说，等等，再等等。

结果，我等来了吴亚京。

关池开始住在画室不回家，而每次我打电话过去，他都说忙着搞创作。为了他的事业，我也没办法，可心里却怎么也放心不下，我怕他因为工作累坏了身体，也开始怀念我们最初的生活。如今，我穿着时尚的名牌立在喧闹的霓虹里，却觉得心里一阵阵落寞。

阳台的花瓶里，也已经好久没有百合的飘香了。

第一次见到吴亚京，是在关池的画室。我答应过关池尽量不去他的画室，以免影响学生们画画。那天因为顺路经过，便想去瞧瞧他最近的得意之作。一进门，迎面几个女生正风风火火地走出来。

关池对我的到来有些不耐烦："说了嘛，没事儿不用过来的。"

"来看看你的大作啊！"我撒娇地说。

关池无奈地摇摇头，用手指点了点我的鼻尖，然后把我带到一扇屏风后面。这是他自己的创作间，普通学生是不允许进来的。我知道他不喜欢别人看他的未成品，但除了我。

他小心翼翼地将蒙在画布上的暗红色麻布揭开……

闯入我视线的是一片柔光，画面很干净，亮灰背景下一个白裙女孩孤零零站着，乌黑的头发沉甸甸地垂在肩膀上，一双清澈的眸子就那么空荡荡地看向我。她的面色苍白，薄薄的嘴唇微微上扬成一个完美的弧度，凝视久了，竟恍惚觉得那神情酷似蒙娜丽莎的微笑。这女孩有种莫名其妙的压迫感，她深而静的眼看得我心慌。我讨厌空灵的人，那无我的姿态，让人觉得正与从躯壳里脱离出的一缕幽魂对视。我默默将眼垂下去，看到了她手里的百合，枯瘦如女孩惨白的手指。灰白的主调下，女孩的唇和百合的茎是整个画面唯一的亮色。

我扭头去看关池，他陶醉地欣赏着画面。当我把视线重新移回画布时问他："这画你确定能入围？"

"不。"他斩钉截铁地回答。

"那为什么还这样画？"我讨厌画里的女孩子，她的美让人害怕。直到后来我才明白，画里的人就是吴亚京。不过，她的气质并不如画中人那般空灵静寂，关池为画中人赋予了一种与世隔绝的病态的孤独。

"是你太久不接触绘画了吧？你的艺术嗅觉已经被金钱的臭气掩盖了。"

我大吃一惊："我其实是想帮你。"我看着他。

他没说话，从兜里掏出一盒烟，抽出一根塞进嘴里，从旁边桌子上捡起一个打火机，点了烟，又把它扔回桌子上，然后一屁股坐进旁边的沙发里，仰着头，吐出一个一个浓浓的烟圈。这一系列动作和以前一样，可唯独刚才掏出的那盒烟，变成了"555"。

"你原来不是嫌这个烟太冲嘛？"我问道。

"想追求点变化，我觉得我现在有点不顾一切。"他淡淡地说。

我不知道为什么他会这么说，可能是太长时间不在一起，我们都太忙了。

"关池，"我用祈求的眼神看着他，"今天回家吃饭，好吗？"

他抬起头看着我："好。"声音里充满了久违的温存。

我笑了，把手递给他。他拉住送到嘴边吻了吻，我最喜欢他这样亲吻我的手背。

傍晚我们一起去了超市，准备买些东西回家做饭，我们两个一直都在忙各自的事情，连一起吃顿晚饭都是件奢侈的事情了。就在这时，关池的电话响了。他讲电话的声音却越来越小，后来干脆躲到一边去。我望着他，隐隐觉得有些不安，于是我偷偷转到他后面，想在他回头时吓他一跳。

"我都说了，今天不行，你这样叫我多为难啊。好了好了，明天就回去啊。"他好像在哄小孩一样，声音饱含着柔情。我正在走神，他忽然回头，险些撞到我。

"你在偷听？"他有些生气，几根长发已经掉了下来，挡在眼前，他顺手将头发掖在耳后。

"我没听到什么，你怎么了？"

"好了，回家吧。"他有点慌乱，有意回避着我的眼神。

接下来的气氛有些不对，我们开车回家，一路上两人都沉默不语。我感觉有些憋闷，顺手打开了车窗，看路两旁倒退的桂树，有桂香飘进车子。关池则目不转睛地盯着前方，手指扣住方向盘，指节透出惨白。

回到家里，我一头钻进厨房，不管有什么不快，只要精心准备起食物，心情就会一点点变好。

"你说生活到底是什么？以前我们没钱但很快乐，可现在什么都有了，却变得越来越麻木。"关池将车钥匙仍在沙发上，忽然说道，像是在自言自语。

我愣了愣，故作轻松地笑了笑："为什么这么说？你对什么麻木了？创作没有激情了？"我没信心得到什么答案，边说边系上围裙洗菜，直到最后几个字被淹没在哗哗的水声里，我的心才缓缓放下。

"对好多事情都觉得无聊。不仅是创作。"关池说道。烟圈大朵大朵地从他的嘴里吐出来。他连着咳了两声，可能是自己都被呛着了。他的烟抽得越来越凶，脸色发乌，眼窝深陷，整个人看起来颓废消瘦极了。

我透过隔断的玻璃去看他的脸，心里忽然间有些酸。"关池，"我走过去，握住他的手，脸枕着他的腿，"我们结婚吧！我会好好照顾你的，我们的未来一定很好，我新买的房子很大，我们组成一个真正的家庭吧！"没想到，这本是我一直等待的话，如今竟从自己的嘴里说出来。我在求婚。

然而，他愣愣地看着我，忽然笑了："说什么傻话呢，"他拍拍我的脑袋，"别想这些事了，还是好好做你的生意吧。"

"到底是为什么？我们不过差一个手续，为什么不呢？"我迫不及待地站起身来。

他沉默了好久才说："龄龄，我希望你能幸福，但现在我还没做好准备……"

"大学四年，毕业三年，整整七个年头了，关池，你还没做好准备？你要准备到什么时候？！你还让我等你到什么时候？！别告诉我你根本就不想结婚！"我忽然急了。我这么拼搏，吃苦，不都是为了跟着他？如果没有他，我会回老家安稳快乐地生活。可如今他竟还说自己没有准备好。

"再等？！再等我就成老太婆了！！"

也许是我太激动了，关池有些为难地叹了口气："和你的店相比，我的一切都太平凡，等我拿下全国美展再说吧，你先让我专心把创作搞完。"

我看着他，知道这件事已经没有什么商量的余地了。

"好吧，但我希望你别以金钱来衡量我们的关系。我能有今天不也是靠许青丸吗？人和人之间的关系有时不像你想的那样，你别这么敏感。人是需要相互依靠的。我接受了青丸的帮助，我用整个一生来感激她，在她需要我的时候我会尽全力回报，这并不影响我们的友情，她仍是我最信任的人。如果没有她的投资，你认为我能做什么？我都不敢去想。"

关池低着头，并没有说什么。

那一夜，我们什么都没做，我忽然觉得关池离我越来越远了。

接下来的几天，关池没有去画室，而是很安分地帮我装修新家。我很快又忘记了被他拒绝的不快。只要他在我身边，我总是很开心。这样的日子持续了一个多星期，可忽然有一天，关池的电话响了，他看到号码后，马上躲开我去接，然后匆忙地进来拿起衣服。

那天他匆匆走了，我的红烧肉没能留住他，也许他真的厌倦了，我们长达七年的恋爱让他开始变得麻木。我一个人立在窗前，望着他瘦削的背影，忽然间觉得这个人好陌生，他还是那个跪在我面前举起玫瑰花的年轻人吗？我有些心虚。

我觉得自己像是一只负重的鸟，疲惫不堪。生活在折磨着我，也在折磨着关池，我开始隐隐感觉到，他对我的爱，似乎已经死了。但另外一朵鲜红的爱情之花，正在悄然升起。

我来到沙发前，重重地坐下，深深地陷进去，闭上眼睛，我什么都不愿去想。那晚我就这样在沙发上睡了一夜。

就像现在我坐在店里的沙发中一样，傍晚的阳光轻柔地洒在我的头发上，被我焗成古铜色的头发，在金色的阳光里闪着坚硬而热烈的光芒。我不烫发，只作造型，就好像瞬息万变的彩妆一样，对我来说任何一种发型都不能满足变化的快感。

"魏小姐，今天的生意不错。"小林笑眯眯地看着我。

"辛苦了，先回去吧，你们几个，都早点回去休息吧。"我向小林点点头，又把头偏向其他几个女孩。

见我放话提前下班，大家都很开心，各自换好衣服回家去了。

我一个人坐在偌大的店里。这间店，从一开始的三十多平米，到现在的一百四十平米，在这都市最繁华的闹市区里，已经稳稳地立足了。生活已经给了我很多，我是不是有点太贪心了？我忽然想到什么，拉开包包，那个金闪闪的小佛还在。我愣愣地看着他，他慈眉善目，双目微闭，我忽然间觉得怅然，索性将他握在手里。

就在这时门忽然开了，一个高个子男人走了进来。

"是你？李桥生？"

"是的，很高兴你还认识我。"

我因为过于震惊，以至于没想到要请他坐下。

"你是不是很疲劳，你的脸色看起来有点苍白。生意太累了吧？"他关切地问，随后仔细地打量了我一番。

"哦，没有，还好啦。"我咧嘴笑了笑，随即偷眼向李桥生身后的镜子看了看。我的脸的确白得可怕，连忙伸手理了理头发，又尴尬地看了看他。

他也笑了笑，没再说什么。

"怎么忽然大驾光临呀？"我好奇地问道，"不是在旅阳吗？"

我和他已经好多年没见了。他是齐玫的男朋友，应该快结婚了吧。我也是在上学的时候见过他几次，但是印象很深刻。这个男人非常有魅力，但看起来总是阴阴郁郁，尤其他看人的眼神太特别，让人觉得不怎么舒服。

"哦，没什么，我就是来买香水的。"他笑着说，"要带玫瑰味道的。"然后自顾自地走向香水柜台。

我见到李桥生？不是在做梦吧？我使劲掐了一下自己的大腿，疼得要命，可他为什么会忽然到我的店里来了呢？难道齐玫也来了？我伸头向窗外望去。

"魏龄雪……"李桥生见我心不在焉，马上喊我。

"哦……"我这才反应过来，忙迎过去。

"不是自己来的吧？齐玫呢？"我问道。

李桥生看了看我："哦，是我自己来的，今天是公出，以前听齐玫提起你在这里有家店，所以特地来看看。"说着环顾了一下四周，"非常好。"

我也笑了。拿出一款紫色Anna Sui来，递给他。

他看了看："样子很特别，很漂亮。"

我赶紧凑上前去说道："这款是Anna Sui第一瓶以品牌命名的香水，她集果香、花香和木香于一身，最适合齐玫那样的女人。它的前味融合了佛手柑、杏、桃、桑葚等果香的多元丰富气息，到了中味融揉着保加利亚玫瑰与茉莉的迷幻，后味的杉木、檀木、顿加豆更让香氛持续温暖……"还没等我说完，他就掏出皮夹。

"看样子，你真是个做商人的料哦。"

我开心地笑了，男人掏钱的动作总是很帅气。这几年的开店生涯，已经让我变得非常"拜金"。如果换成读书时的我，一定直接把香水送给齐玫，可现在我却只给他打个八折，我知道李桥生不缺钱。

"齐玫家在什么地方啊？我给她送去。"李桥生问我。

"哦？你还不知道她在哪里住吗？"我觉得有点奇怪。

他没有解释，只是笑眯眯地看着我，举起手里打好包装的Anna Sui。我会心地笑了，这更像是一笔交易，我狡黠地凑上去。"我知道，她和我是老乡，她家在复盛……"

当时我并不知道，自己狡黠的一笑会给齐玫带来多少恐惧，我只是凭着一个商人的小聪明在和李桥生交换了一个信息。令我没有想到的是，后来我也不得不为自己的多嘴付出了代价，卷进那个可怕的漩涡。

李桥生走后，我一个人在店里待了一会，才怏怏地回家。家很空，我忽然好想我的关池。

就在这时，电话响了。我在玄关处甩掉鞋子，几乎是不顾一切地飞奔进去抓起电话。我不断的"喂"着，可对方却始终沉默。我忽然一个激灵，我知道，那一定是关池。

"关池，是你，对吗？你是关池？"我正想继续追问，那头已经挂断了。

我看了看，来电显示并没有号码，应该是用路边的IC电话亭打的，为什么不用手机？难道遇到什么危险了？怎么可能？我开始坐立不安起来。

不一会儿，电话又响了，我赶紧跑过去，一把抓起电话："关池，你听着，无论如何，回来。有事可以商量。"

"和关池打架了？"电话那头传来齐玫的声音，冷冷的，有点不怀好意。

我不喜欢她，一直都不喜欢她。她和许青丸不一样，她是那种需要防备的女人。还好，她没有和我啰嗦，直接问我是不是有个舅舅在复盛公安局做事，又跟我要了舅舅的电话号码，好像要查什么人。我没空和她周旋，索性一股脑都告诉了她。她要挂电话的时候，我忽然想起李桥生的事。可谁知道，她听说后竟没露出一丁点的兴奋。短暂沉默后，电话那头出现了深不见底的忙音。

然而，我自身难保，已经没时间去留意此刻齐玫情绪的变化。神秘的电话印证着我的不安，一些杂乱的想法就像地面上的灰尘，被我一点点地翻起来，飞涌在脑袋里面。细细想来，这几年我除了工作就是工作，根本没时间去关心关池。有时候他说去采风，消失一个月也是常事，可回来的时候却连一幅作品都没带。我也懒得问他，问多了我们就会吵架。现在想来，那些日子他究竟去了哪里？他如此频繁的出门，到底在忙什么？他那迅猛如饿狼一般的吸烟姿势，像一道闪电在我脑子里划过。回顾最近几年他的创作，自那副病态的女孩画像被全国美展抛弃之后，他并没有改换风格，愈发病态和疯狂。一幅浸泡在血液中的少女画像，让我们彻底分了手。画仍旧以吴亚京为模特，那时我已经知道他们在一起了，可我无能为力。

我一晚没睡，现在最重要的是弄清关池到底在哪里。我有一种很不好的预感，似乎要发生什么大事。

清晨，我简单收拾了一下，来到店里。我很累，一头便倒在沙发上。小林倒来咖啡。清晨的阳光轻柔地透过落地窗洒遍我的全身，我忽然觉得昨天的一切都那么不真实。

"小林，今天几号？"我忽然问道。

"8月13号。怎么了？有什么重要的事情吗？"小林问道。

"哦，没什么，我只想确定自己是不是还正常。"原来一天也没少，我苦笑着。

小林比我大些，具体大多少，我也不清楚。我总是忽略别人，也许关池就是因为这个才离开了我。

"小林，也许我该叫你林姐，你也有爱的人吗？"我忽然好想和她聊聊。

她沉思了一下，看向外面，然后把头扭过来："女人都有刻骨铭心的爱情，我们都为它付出了很多，可结果却不尽相同。我只想平静地生活，但你不一样，你有资本，你应该活得比我们这样的女人精彩。"

我不解地看着她，我竟没有发现，她清秀的脸庞真的很美，这又让我想起了吴亚京。也许关池在她的身上赌上了某种希望，希望从她那里发掘出我和其他女人没有的东西？

小林轻轻推了推我："这里怎么少了一瓶安娜苏？"

"哦，我忘记了，是我昨晚卖掉的。"我说。

"是这样，你昨晚待到很晚吗？"小林问道。

"也没有，你们刚走，我一个朋友的未来老公来了，是他买的。"我说，"他爸特有钱，自己是个知名画家，真是个公子级的人物。我的朋友可是花了很大工夫才把他骗到手的哦。"说到齐玫，我总是有心情来挖苦一下。

"那这两个人应该有很多故事喽。"小林笑了。

"嗯，他叫李桥生，李氏集团的长公子，你知道吧？"我淡淡地说。

小林的脸就那么一下子僵在那里。在我继续慢慢讲着他们的浪漫故事时，小林的脸色完全苍白下来。我有些莫名其妙，却也没有想太多。

我的手机始终没再响过，关池也不是小孩了，应该只是一时逃避责任吧，我就这样安慰着自己，但心底里总是掠过隐隐的担忧，仿佛事情并不那么简单。就在这时手机响了，竟是妇幼医院。护士用甜甜的声音对我说，你妹妹吴亚京正在这里接受治疗，请你快点过来。我的天，这个吴亚京还真是难缠啊！我气冲冲地破口大骂，整间店都在震颤。我的员工们目瞪口呆地立在各自的位置上竖起耳朵，只有小林，仍旧面色苍白地站在香水柜台前。

我是打车来到妇幼医院的，因为我不确定自己开车的话会不会出事。我的愤怒几乎可以烧毁我自己了。我使劲用高跟鞋砸着医院的走廊，一路上病人和家属都在用怪异的目光看着我，我管不了那么多了，我要杀了那个死丫头。

一个战战兢兢的小护士把我带到302病房，推开门便赶紧小跑着离开了。

吴亚京一个人躺在病床上。我走过去，手早就攥成了拳，准备直接落在她的脸上或者身上。总之，只要能给她带来伤害的事，我都愿意做。

她紧闭着眼睛和嘴巴，脸色苍白，头发散落，脸上还依稀有些泪痕。当我靠近她时，她正在努力克制着自己的眼泪。我的手颤了颤，指甲刺进掌心。

"吴亚京，不管你现在出了什么事，你的借口都令人恶心！！！"

她没有说话，也不睁眼。

"你为什么不去死，不去自杀！非要来缠着我，就像没有尊严的鬼！"我知道她能听见我的声音。

她的脸开始抽搐，似乎在勉强忍住即将爆发的情绪，眼泪开始湿润她的眼角，我最讨厌楚楚可怜的女人。

"神经病！"我转身要走，却被一只形如枯槁的手紧紧抓住。这一抓把我吓了一跳。我回过头，看见一个很瘦小的男人，面色蜡黄，后面还站着一位中年妇女，核桃脸。看那架势是要把我吃了。我想挣脱，却被那女人从侧面抓住肩膀，女人个子不高但力气可不小，我被她拽得一个趔趄。我拼命挣扎，却怎样也挣脱不了这两个家伙。

"干什么！你们是什么人？！"我一时有点懵了。我是来兴师问罪的，我才是受害者，我被抢了男人，还要受情敌的骚扰。我凭什么啊！我愤怒地挥舞着手臂去打那个矮小的女人，却被男人挡住。他拖住我，我无论如何也够不到那女人，我有点后悔，为什么刚进来的时候，不直接去打躺在床上的吴亚京。

"你赔我侄女！"这两个家伙竟然说出这样的话。

这时护士进来了，见状赶忙拉开了他们。那核桃脸女人指着我的鼻子："你不看好自己男人，要他来糟蹋我的侄女啊！你们都不得好死！快把你男人叫来，一定是你把他藏起来的，快点叫他出来……"

我这才明白，这两个人是吴亚京的叔叔婶婶，现在知道了侄女的丑事又找不到关池，一定是气疯了才会这么对我。面对他们我忽然不知该怎么说才好，一时竟僵在那里。

"这和她有什么关系！你们非要把我逼死吗……"这时吴亚京突然从床上坐了起来，喊声撕心裂肺。隔着玻璃，我看见走廊里迅速聚拢过来的人群。

女人两步走到她跟前，扬手就是一巴掌："你也是个不要脸的小贱货，你才多大？就学着大人勾三搭四，找个有钱人真能嫁给他倒也行，你自己没本事，叫他耍了，现在连人都找不着，你真是比猪还蠢。你奶奶白养了你一场，现在在家病得都快死了。你说你有什么用？肚子怎么办，你说？"说着指着她的肚子啐了一口。扬手又是一巴掌，结结实实地打在吴亚京的脸上。

"你打也打够了，我的孩子差点就被你打掉了，你还想怎么样……真要我死吗？要死也行，我得见关池最后一面！"我忽然间脊柱上结了冰一般，原来吴亚京在家就被毒打过，难道是因此才被送到医院的？

这时，那个黄脸男人凑上来："你别跟你婶子说废话，赶紧谈谈赔偿问题。"说完把那张瘦黄脸转向我。

我这才明白，原来他们找我不过是要钱，这样，我反倒放心了。

"你想要多少？"我开口了，一屁股坐在吴亚京的床边。

"怎么也得这个数。"男人说着伸出两根手指头。

"我不明白，你直说。"我瞥了一眼吴亚京，她愣愣地看着我，惊恐的眼神有着说不出的可怜。

"你看，你是老板，这二十万对你来说，应该只是小意思吧。这可是我家小丫头的青春损失费。"说着，他掏出根烟，摆出一副谈判的架势。

"好，没问题。"我说着，掏出纸和笔，一会工夫就将一张二十万的支票递给他。

他瞠目结舌地看了半天，似乎怕出错，确认无误才笑着说："算你还有点良心，要不我们非告你男人不可，还老师呢，就是个流氓。"

说完冲着吴亚京说："得，明天就安排打胎。你别跟我死撑，小心你婶子扒了你的皮。"

"不，我不打！"吴亚京奋力挣扎着大声喊道。

她婶子又伸出手来要打她，这次我有了提防，一把抓住她的手。

"这个孩子是她的，谁也没权利叫她打掉！"因为我刚刚给了他们钱，这个女人也不敢太过分。狠狠地瞪了吴亚京一眼就把手缩了回去，可嘴里嘟嘟囔嚷很不服气。那男人看了看我，说道："那也行，魏小姐，你先回吧。看来你还是个好人，比你那男人可强多了！"

我也实在不想和这些人再待在一起，索性站起身来说："这钱我给你了，孩子的事你必须听她的，你得给我保证。"他见我说得很严肃，便也一脸正经地说："老板你放心，既然你都这么说了，这个事我保证。"

我走出医院，真没想到原来吴亚京的状况竟这么可怜，原来我只知道她和爷爷奶奶住在一起，却不知她的叔叔婶婶竟禽兽不如。

回到家里，我楼上楼下乱转了一通，忽然想给吴亚京打个电话，可我能说什么？问候？太可笑了。躺在床上想到我那打了水漂的二十万，心里真不是个滋味，怎么倒霉的事都让我碰到了，越想越睡不着。索性爬起来，抓起电话。

电话那头传来青丸朦胧的声音。

"你睡了吗？"我说。

"哦，刚刚差点。"她好像清醒了好多。

"你脚怎么样了？"我问道。

"哦，已经好了。你呢？"

"我快要崩溃了，今天我私自动用了咱们的二十万，向你报账。"我垂头丧气地说。

"二十万？是不是出什么问题了？"青丸问道。

"青丸，我知道这二十万是用你的钱赚的，而且我们每年都分红的，这点钱对你可能也不算什么，但我必须把每一笔花销都明确告诉你，我们说好的，这个店算是我们一起做的。"我解释说。

青丸什么都没说。我知道她在等我的原因。她在乎的不是钱，而是别的。

"我给吴亚京了……"

我看着那尊小金佛，他在黑暗中闪着悠悠的光。我打开台灯，又一次注视着他，如果他真有灵性，那么请保佑关池平安无事，保佑吴亚京顺利生产。我不是不恨他们，只是在生命面前，一切都微不足道，我的爱恨情仇不至于让一个男人在这个世上消失无踪，也不至于让一个女人失去孩子。在爱的面前，仇恨也许就是纸老虎，在生命的尊严面前更是不堪一击。我轻轻握住小金佛，许下了一个心愿：如果关池平安回来，我愿意成全他和吴亚京。

就在这时门铃响了。我警觉地起身来到门口，原来是吴亚京。我彻夜等待归来的不是关池，而是吴亚京。

"我无家可归了！"吴亚京带着满眼泪痕。

我的心忽地一沉。

我坐在床边看着她，她穿着我的睡衣，米白色的绸缎在她的身上显得有些不协调。看着她微微隆起的腹部，我的心似被什么东西狠狠刺痛。她端着热水一杯一杯地喝，断断续续地讲述着自己被叔叔婶婶赶出来的遭遇。她奶奶今天晚上去世了，带着对她的失望走了。她的叔叔需要奶奶的房子，于是把吴亚京赶了出来。而这一切就发生在这几个小时之中。在我跟青丸讲述我的霉运的时候，不满二十岁的吴亚京就失去了她生活的全部依靠。

"我奶奶是被我活活气死的。"她愣愣地看着水杯，一双失去血色的手抖得厉害。

不知为什么，我竟本能地伸出手去，握住了她的手："生活就是这样，越是拼命想留住的人，越是急着要离开我们。"

她抬起头看着我："对不起！"说着，她竟整个人跪了下去。我也身不由己地随着她调整了身子，以同样的高度坐在了地板上。也许我们都承受了难以承受的东西，巨大的压力和痛苦使我们互相抱住对方。我只听见她不住地说"对不起"。我不住地摇头，却不知该说些什么。我知道这是她发自内心的忏悔。此刻的我更清楚地明白了，我已经彻彻底底失去了我最爱的人。关池，我不能再以那种接近纵容的方式来爱你了，我不能伤害眼前这个可怜的女人。再见了，我最初的，最真的爱情……

清晨，我起得很早，看了看身边的吴亚京，她睡得很熟，也许她很久没睡得这么安稳了。现在的她的确应该多休息，她比我初见的时候瘦了很多。我披上睡衣来到厨房，不一会，一碗热气腾腾的燕麦粥就出炉了。我习惯煲粥的时候一直用勺子顺时针均匀搅动，这样的粥会格外香甜。我把鸡蛋稍稍煎了一下，软软的，这样不容易上火。又准备了几款小菜，都是凉拌的，这可比腌渍的健康许多。我刚摘下围裙转过身来，就看见吴亚京依在门边。

"好了，可以吃了。"我说。她站在那里始终没有动。我看着她。

"我觉得自己太可恶。"她的眼睛开始被眼泪浸湿了。

"你先过来，我慢慢跟你说。"我说着把她扯到桌边。

她吃得很香，看起来已经很久没得到这样的照顾了。这更让我坚定了自己的想法。

"我……"我发现自己竟有点语塞。

她抬起头看着我，随即有点不好意思地低下头。

"你吃你的，听我说就好了。经过昨天的事，我开始反思自己。其实我也有做得不好的地方，以前我对你的态度太强硬，我希望你能原谅我。因为我实在是……"她停住了筷子，但始终低着头。

"我现在想告诉你我的真实想法。"

她听我说到这里，忙抬起头。眼神很复杂。

"我答应你暂住在我这里，到关池回来，我会把你完整交给他，或许还有他的孩子。"我一口气说完了这些，顿觉轻松了很多。不知为什么，和吴亚京较劲的那几天特别累，可现在把话说开了，反倒周身舒畅。

她惊愕地看着我。

连我自己也惊讶自己的慷慨，也许这就是女人，我为什么为难她呢？难道她不比我更需要关池吗？她才二十岁不到就怀了孩子，而这个孩子的父亲却突然失踪了，失去家庭的依靠，甚至走投无路到来投靠情敌。我放了他们，不就等于放了自己吗？给各自一条活路吧，爱情一旦走入末路是没有胜者的。也许老尼姑说得对，我的痛苦不就是过于执著吗？

我把吴亚京留在家里，让她好好休息。在去店铺的路上，我接到了青丸的电话。

"龄龄，你是不是把齐玫的地址告诉李桥生了？"青丸显得很焦急，我还很少看她这样。

"是的，怎么了？"我被问得突然，竟觉后背隐隐发凉，好像要发生什么大事。

"这下可糟了。我一时没法和你解释。总之，我希望你下次见到李桥生的时候小心些，这个人很不一般。"青丸说着挂断了电话。

这是怎么了？李桥生有什么问题吗？我嘟嘟囔囔地进了店。

"魏小姐，有电话找。"小林满脸堆笑地迎上来。

是谁啊，我有点不耐烦了，走过去接过电话。

"龄龄，是我，关池。"电话那头声音急促。

我如同被一盆冷水淋了个透，一下子清醒过来。我狠命地抓住电话："不管发生了什么，你快回来，你单位已经无数次打电话来了，你的画班还很需要你，那些学生需要你啊。当然还有……"我顿了一下。

"龄龄，我现在的处境很危险，你帮我做件事，好吗？"

"什么危险？"还没等我说完，关池就激动地说道："我用我的生命祈求你的原谅，我走错了很多路，不止是和吴亚京，我知道你恨我们，但请你帮助她。你可以把自己照顾得很好，可她不行……"

"好了，关池，你别说了。现在我已经收留了她，希望你快点回来，我决定退出你们的生活。她怀孕了，你快点回来吧。"我用最简短的词语告诉他我的想法，不管发生什么，总不能耽误他回来看他未来孩子的母亲吧。

在电话那头，他忽然沉默下去，良久以后，我听到了这样的话："我是个禽兽！我会找个机会回去的。"他的情绪很不稳定。

"为什么要找机会？你到底做了什么？！"我显得有些焦急了。

可就在这时，电话已经被挂断了。

我呼吸急促得差点背过气去，许多个问号在我的头脑中闪过。全乱了，我只觉得一切都乱了。

下午，我不堪重负地回到家中，可刚进屋就被吴亚京迎面抱住。

"关池怎么了？"她很显然是刚刚哭过。

我奇怪地看着她。

"刚刚警察来过了，他们说关池涉嫌贩毒，现在正在通缉中，要我们一旦发现他的行踪马上报案。你信吗？我不信，关老师他不是这种人……"

我已经被关池上午的那个电话搞得精神紧张了，现在忽然又听到这样惊人的消息，顿觉眼前一黑，倒了下去。

接下来的日子里，我和吴亚京照顾着彼此。我们待在不同的两个屋子里，尽量避免看见对方。我做好饭，她自己端进屋子里吃。晚上，没有人坐在客厅看电视，我们将自己笼罩在黑暗里，就像罪犯那样，连灯都不敢开。就这样，两天过去了。我不知道吴亚京在想什么，可我却在疑团里反复折磨着自己。

我不能报案。贩毒，那就意味着关池的生命即将走到尽头。不报案？可他是在贩毒啊！

也就在那天晚上，关池真的回来了。雨下得很大，他整个人都虚脱了，我差点认不出他来。一进屋，吴亚京就把他紧紧抱住，泪水再次打湿了关池胸前的白色衬衫。而我则远远地站着，看着这一对苦恋的男女。关池从吴亚京的肩头抬起脸来看向我，眼神里有很多只有我才能读懂的东西。我点点头，随即转过身去，可就在我即将离开屋子的时候，门忽然被人撞开，几名警察夺门而入。关池没有反抗，一瞬间，伴随吴亚京刺耳的尖叫和警察的厉声断喝，关池被夜色吞没，随着警车的长鸣消失在无尽的雨夜里。

接下来是无休止的等待，我托了很多人打听消息都没有结果。

我没告诉吴亚京，关池被抓，是我们两个的决定。我通知了警方，他是回来自首的。吴亚京毕竟还小，她难以理解成年人的决定，何况她还有孕在身。我每天都正常上班下班。我知道，我必须习惯没有关池的生活，他很快就将从这个世上消失，我再也不能爱他，更何况恨他。吴亚京整天哭哭啼啼，吵着要去见关池。可我呢？我必须振奋精神，迎接关池即将来到这个世界的孩子。

夜里，我一个人打开窗户，万家灯火，这个陌生的城市，对我来说还有什么意义？我是为了关池才来到这里，当初我们住在城郊的小屋里，每天他都送我一朵百合。这个城里的人都在忙着什么？一个年轻的生命就要离开，对他们来说只不过是茶余饭后的谈资。大学毕业时我们满怀豪情，希望能在这里建立一个美满的家庭，可当我们逐渐融入这个城市时，却失去了方向，迷失在这钢筋水泥的丛林里。关池，你后悔吗？

第二季

玫瑰小姐：老宅

"齐玫，我希望你能给许青丸一点时间。"张怀敬递给我一碗速食面。我接过来，看了看他，说："给她时间？我自己的事情我自己能解决，不用你们操心。"

"我认为她还是一个可以信赖的人，你们之间有误会。"张怀敬锲而不舍。我没说话，继续低头吃我的面。他见我没反应，也只好作罢。

车窗外面好像是另一个世界，而我们被困在小小的车厢里，连喘息都显得很局促。来往的旅客有的已经睡着了，有的打扑克，而我的心里却七上八下的。我自作聪明地利用了李桥生，却没想到他根本就不是正常人。许青丸一直是我最好的朋友，可她却像看戏一样看着我自导自演这场闹剧。

就在我发呆的时候，一个衣冠楚楚的男人走了过来。

"我可以坐在这里吗？"

我斜眼看了看他，一身笔挺的西装，手里拎着一只黑色的包包，看来应该是上好的牛皮。他身材修长，脸色健康，头发很短，眼神炯炯，但额头好像有道疤痕，不过不是很明显，不影响他整体的帅气。

"可以。"我说。

他很绅士地坐过来，我用余光偷偷看他。只见他袖口处，白色衬衫露出一寸左右，手指修长干净，黑色西装看起来价格不菲，皮鞋干净得好像没走过路一样。这个男人真是无可挑剔。他伸手拉开包包拉链，取出笔记本电脑放在膝上。我抬头看看张怀敬，他正睡得香呢，于是我又把余光投向这个坐在我旁边的男人。他的电脑屏幕正停留在K线图上，看来他炒股。我就这样用余光注视着他的一举一动，而他好像并没有察觉，继续做自己的事。

三小时后，我们到达了目的地——我的家乡复盛市。张怀敬提着我的包，那个男人也在这里下了车。我和张怀敬打了车准备回家。这时一辆崭新的宝马迎面而来，正好停在我们旁边，刚才那个男人上了车，扬长而去。

张怀敬见我愣愣地看着宝马，推了我一把："喂，怎么了，还不快上车。"我这才回过神来，俯身钻进车里。

当真正回到复盛，我又被另一个浓重的阴影笼罩。钱镇哲，这个名字我再熟悉不过了，他就是我的继父，张月的日记已经向我揭开了他的冰山一角，我要进一步撕掉他所有的伪装，弄清他到底是个什么样的人。虽然我一直用着他的钱，对他却没有一点感激，这个人给我钱，不过是要堵住我的嘴，我就是要让他无处遁形，让妈妈知道我最初的直觉是对的。

张怀敬准备把我送到家就回单位，有家里人的陪伴，应该也没有什么问题，更何况，李桥生已经好久没出现了，我们两个都松了口气。

我家住四楼，这个楼是妈妈工厂的家属住宅，已经显得很破旧了，我继父虽然有点钱，但两个人始终没换房子。我和张怀敬自己开了房门，屋子里的摆设还和以前没什么两样。我的床被妈妈打扫得非常干净，粉红色床单看起来很温馨。墙上都是我以前喜欢的明星图片，妈妈还不舍得摘掉。我只在读研一的时候回过一次家，其余的时间都忙着自己的事情。

张怀敬见我若有所思，便走上前来打岔："我给你弄点吃的？"

"哦，不用了，我不想吃。"我抬头看了看他，"你什么时候回去？"

"明天，我单位实在离不开。你的工作基本上也定下来了，什么时候去上班？"他顺手把我的东西从包包里拿出来，非常整齐地摆好。

"下个星期，这几天我会住在家里。"我说。

"你去上班后给我打个电话，我会找领导谈，尽快调到申州分社。"他轻轻坐在我身边握住我的手，我能感受到他坚定的力量。

快中午了，张怀敬开始动手烧饭。我还真不知道他竟然什么都会做，不一会儿就把妈妈冰箱里的鸡翅变成了令人垂涎的可乐鸡翅，另外还有一锅非常诱人的蛤蜊汤。我一直对做饭不感冒，长这么大几乎从没下过厨房。

正在我频频夸奖他的手艺时，门开了，妈妈回来了。

"妈妈……"我迎面扑过去。

妈妈被我突然的归来吓了一跳，让我抱着很长时间才反应过来，忙用手捧着我的脸说："你这个坏丫头，怎么不说一声就跑回来了……"说着，眼睛已经湿润了。

"妈妈，这是张怀敬，我的朋友。"我拉过张怀敬站到妈妈面前。

妈妈揉了揉眼睛，仔细打量了一下，又看了看我，高兴地用双手拍着他的肩膀："这小伙子真精神，多大啦？"看得出妈妈对他的第一印象还不错。

"阿姨好，我二十九了。"张怀敬显得有点不好意思。

妈妈发现桌子上的菜，立刻惊讶地看着我："小玫？你做的？"

我笑眯眯地指着张怀敬："是绝世好男人做的。"然后咯咯笑起来。

这下妈妈更惊讶了，忙拉住张怀敬，从上看到下，又从下看到上。"可真是绝世好男人啊！"妈妈重复着我的话，却把张怀敬也逗得哈哈大笑。

张怀敬坐早上7点34的车走了，他回去争取到申州工作的机会。

我送他回来后，发现继父已经回来了，我并没和他说话，只一个人坐在那里看电视。只听妈妈和他叨念着："你怎么才回来啊，昨天晚上去哪了啊！"

"我这几天生意不错，去找几个朋友打麻将。"他懒洋洋地说着，嘴里正嚼着妈妈早上煮的鸡蛋。

"你们两个就是这样，都这么长时间了，怎么还是一副水火不容的样子？小玫才回来，过几天就去申州上班了，那可是省城。你也没个孩子，以后就当是自己亲生的，将来老了小玫也能对你好，毕竟你供她读书，又读研究生，她嘴上不说，心里是感激你的……"继父见妈妈说到这份上了，也没办法，放下鸡蛋，抹抹嘴，干咳了两声，用眼睛瞟瞟我："小玫，你妈说的对，以后咱们也别像仇人似的，都过去了，咱毕竟是一家人，以后你就是我亲闺女……"

我打断他的话："你只要对我妈好就够了，至于我，已经长大了，什么事情我都可以自己处理，你供我读书，我不会忘的。"妈妈听了，似乎很满意。乐呵呵地去刷碗了。

我见妈妈离开，便坐到继父对面，他正悠闲地准备回卧室睡觉，见我坐了过来，奇怪地看着我。

这么多年了，我第一次面对面地仔细看他的脸，他老多了，眼角布满了皱纹，一双死气沉沉的眼睛由于昨晚一夜没睡，发黄的眼白和血丝绞在一起。

"你昨天真去打麻将了？"我盯着他。

"是啊，怎么？"

"我希望你说的是真话。"

他回过头向厨房那边看看，见门关得好好的，里面传出哗哗的水声，确定妈妈听不见我们的谈话，这才把头又转向我："我知道你不相信我，但你也看到了，你妈这几年过得很好，你还想怎么样？"

我定定地看着他："那个女人怎么样了？"这几个字好像千斤铁锤落地，他的神色一瞬间紧张起来，警觉地再次回头，看向厨房。

"放心，没人听得见。"我凑到他跟前，用很低的声音说。我享受这种让他坐立不安的快感，看到他如此惊慌失措，我的心里竟充满了快乐。

他仿佛见了魔鬼，向后退去："齐玫，你答应过我的……"

"小玫答应你什么了？"妈妈推开房门走了出来。

"哦，没什么，我和他聊天呢。妈我出去一下，要买点东西。"我站起身准备走。

"什么家里没有，还要现在去买？"妈妈问。

我一抬眼，见继父已经一溜烟钻进他的卧室了。心想，这次你躲了，我就不信没有下次。

"哦，买点卫生巾。"我对妈妈挤挤眼睛。

妈妈会意地点点头。

真快啊，已经八月了，又是一个秋天了。

其实我是找借口独自出来给魏龄雪打个电话，她有个舅舅在复盛市公安局，我希望她能帮到我的忙，获得一些钱镇哲的资料。

电话通了。

"关池……是你吗？"那边传来魏龄雪急促的声音。

我暗地里觉得好笑，这个女人最近借着许青丸发了小财，和关池怎么吵架了？看来真是商场得意，情场失意啊。

"是我，齐玫，你和关池吵架了？"我有点幸灾乐祸。

"怎么是你，找我有事？"她问道，显得有点失望。我心下奇怪，难道关池和她玩失踪。反正不关我什么事，我现在对他们的事根本就不感兴趣。

"我知道你舅舅在复盛市公安局，我想和你要他的电话号码。"我说。

"要他的电话干什么？"我知道她总是喜欢打破沙锅问到底，所以干脆打断她。

"你告诉我，我有很重要的事情。"我说得很严肃。

"哦，好吧，159########，哦，对了，今天李桥生来我店里了，他公出，给你买了香水，还说要给你送去呢。"

我的头顿时嗡嗡作响。这个人真要缠上我了！我再也听不进她的话，挂断电话警觉地看看四周，除了几个过路人，没有李桥生的影子。

这个人怎么会找到这里来？我以为自己最高明的就是，没有向他泄露过我家的地址，可没想到，他居然自己找来了。

妈妈见我刚出去没多一会儿就跑回来了，觉得奇怪，问我："这么快就买完了？"可低头一看，我手里空空的。

"小玫，你的东西呢？"

"哦，妈妈，我有点事，一会我和朋友去歌厅，几个同学好多年都没见了，去聚一聚。马真妮要我去她家住两天……"我说着，便回到自己屋子开始换衣服。我得出去避一下，他见不到我应该会走的。

妈妈很奇怪，走过来想说什么，却被我连哄带骗地推了出去。

我匆匆找了条破洞仔裤穿上，又找了件平时很少穿的白色抹胸。这样穿，至少看起来和我平时的打扮差别大些。我又匆匆拿了几件衣服装进包包里。可我能去哪里呢？马真妮是我的高中同学，可她现在并不在复盛。在这个城市我没什么可去的地方。总之不能待在家里，先找个地方落脚再说。过一个星期，我就可以去申州上班了，到那时候张怀敬也许就能调到申州。

我匆匆拿了东西从家里出来，走在大街上，烈日炎炎，我真有点后悔没拿防晒霜。这样暴晒不到一个钟头，就该晒黑一圈。我一个人逛来逛去，忽然想到刚才对妈妈撒的谎，于是快步向中南路走去。中南路是复盛市有名的酒吧一条街，去那里坐坐，安静又不引人注意，李桥生绝对找不到。

"老酒鬼"酒吧。

酒吧里一派美国乡村风格的布置，调酒师带着大大的牛仔帽，动作娴熟地调着我最喜欢的"冰火玫瑰"。

这种酒很特别，上面是澄清的透明液体，越向下越浓郁，逐渐成艳红色。我很喜欢这酒，也许魏龄雪她们说得很对，我是玫瑰。但玫瑰代表爱情，而我呢？出卖爱情。

当我喝完最后一杯"冰火玫瑰"的时候，看了看表，已经是凌晨了，于是趴在吧台上，暗自寻思下一个栖息地在何方。这个时候，"老酒鬼"的人正多，形形色色的人从外面拥进来，看来复盛的夜生活真正开始了。走在最前面的是几个耳朵鼻子上一堆孔孔的另类摇滚艺人，他们嘴里开着粗俗的玩笑，手里拿着电吉他。当他们走过我身旁的时候，使劲打着口哨。我没心情搭理他们，厌烦地别过头去。

这时，一个熟悉的身影从我的眼前一晃而过……是继父！

我一直坐在酒吧深处的吧台，他并没有看见我，径直向里间走去。我怕被他发现，急忙收敛了目光，低下头去。待我再次抬起头搜索他的身影时，发现他已经坐在灯光幽暗的角落里，那里原来已经有三四个人了。我偷偷观察着他们的一举一动，他们似乎在认真地谈论着什么，可惜我听不见。

"小姐，要不要再来一杯？"我正聚精会神地盯着继父，却被吧台伙计的问话吓了一跳。

"我……哦，不要了，谢谢。"我连忙摇了摇头，他对我笑了笑，忙自己的去了。

我稳定了一下情绪，拎起包包，偷偷向继父他们的方向移动，希望找个更近点的位置。可就在这时，他们当中一个男人忽然回过头来，脸正好对着我这边，我吓了一跳，怕被继父发现，慌忙找了个位子坐了下来。

大概两分钟后，我偷偷回了一下头，他们并没有发现我，这时我已能清楚地看到他们的脸了。其中一个四十多岁，样子凶凶的；另外两个大概三十出头，恭恭敬敬地坐在那里。继父和平时不太一样，他仔细思索着，眼睛眯成一条缝，嘴里叼着烟卷不停地吸着，看似遇到了什么大事，一时解决不了。

旁边的几个男人又开始贼头贼脑地回过头来张望，我连忙把头低下，不小心碰到了刚刚来到我身边的服务生。就在这时，一只大手迅速接住从空中落下的杯子，我的脑袋幸免于难，可里面的红酒洒了我一身。

"你没长眼睛啊！"我气愤地骂了回去。

"小姐，是你的动作让他来不及躲闪，刚才的情形我看得很清楚。"

我正在气头上，见有人出来管闲事，便斜着眼睛道："先生，请你别管闲事好不好！我衣服已经这样了，怎么出去见人！"我毫不客气地回敬着。现在我可是在逃亡，心情都糟透了，居然还碰到这么倒霉的事。

那个人回过头来，说："如果我不管闲事，恐怕那个杯子已经掉在你的头上了。"

我这才发现他手里拿着一支空杯子，里面还残留着一点红酒。他笑了笑，把杯子放在桌子上，抬手示意服务生离开。

我正想发作，忽然觉得这个人很眼熟。一张无可挑剔棱角分明的脸，五官虽没什么特别之处，但组合在一起非常耐看，戴一副黑框眼镜。我以前一直认为李桥生是我见过最帅的男人，但和这个人比起来似乎也逊色许多。他只穿了一件暗紫色的花衬衫，很华丽。这个人我一定在什么地方见过。

我瞪了他一眼，但看在他为我挡了一个杯子的份上，并没有再发脾气。

"那我的衣服怎么办啊！"我匆忙出来也实在没带什么衣服，现在已经报废一件了。

"你现在要离开吗？"他很绅士的说。

"要你管。"我说着拎起包包，准备去厕所换件衣服。

可我没想到他也站了起来，我狠狠地瞪了他一眼走了出去。这时一件大大的黑灰色休闲西装搭在我的肩膀上。紧接着，一只有力的胳膊从后面揽住了我的腰，我猛地回头，看见的是"黑框眼镜"桀骜不驯的浅笑。我本是想去洗手间换衣服的，却被他强健有力的臂膀带出了"老酒鬼"。

"喂！你干什么？"在大街上我挣扎着。

"你不是怕别人看见你衣服上的酒渍吗？"他坏笑着说。

"放手！"我挣脱了他，站得远远的。

"这么晚了，肚子饿了。"说着，他用手使劲拍拍肚子，朝前面的小吃摊走去。复盛的小吃很有名，很多都是彻夜经营的。

我心里生气，只是远远地跟着他。

他要了一碗拉面，坐了下来，自顾自吃了起来。我踏着高跟鞋在水泥路上踩出哒哒的节奏，他抬起头看着我。

"你怎么跟来了，我可没要你的份哦！"说着又低头自己吃了起来。

我看着他不怎么雅观的吃相，回敬道："还以为是个有身份的人，居然在这种地方吃东西！我才不要呢。"说着坐在他对面的凳子上。

他抬起头，斜眼看了看我："哦？我很像有身份的人吗？那这么说，你应该很有来历哦，不然为什么不能在这里吃饭啊？"说着又继续吃起来。

我赌气看着他："我是来还你衣服的！"说着把衣服甩给他。

他手疾眼快一把接住，然后冲我努努嘴，坏坏地笑着。

我不明白他是什么意思，懒得理他，转身要走，忽然想到他是在指我满是污渍的衣服。于是不得不回到他对面坐下，死死地看着他。

他笑着晃着脑袋，我真想把他的眼镜扔到马路对面去。

"我想商场还没关门。"他看着我一字一顿地说。

现在都凌晨一点多了，商场仍开着，但人已经少很多了。

我披着"眼镜"的衣服显得很尴尬，可他却毫无所谓，慢悠悠地走着。我选中了一款玫红的半袖。来到收银台前，我刚掏出钱包，一张金灿灿的卡片递了过去。我抬起头，他一脸严肃，刷了卡后，径直出了商场。

"喂，你等等。"我跟着他跑了出去，此时我已经把新衣服换上，整个人显得精神了好多，心情也不错。

他回过头来："怎么？衣服都买了，还有什么不满意吗？"他看起来很轻松，吹着口哨。

"谢谢。"我说。

"没什么，男人付钱是风度。"他说着招了招手，一辆计程车在面前停了下来："你也回家吧！"他一说我才想到，自己还在躲避李桥生，于是一下子没了声音。

他打开车门钻了进去，车轻盈地启动，在我眼前划过一道优美的银色曲线，悠然驶去。

我忽然灵光一动，哦！我想起来了，他，是他。是那个在回复盛火车上坐在我旁边的人！今天他戴着眼镜，我竟没注意到他额头的伤疤，一时没认出来。可正当我恍然大悟时，他已经消失了。

　　我垂头丧气地走在马路上，该去哪里啊？这里虽是我的家乡，可却没有一个可以去的地方。正在我胡思乱想的时候，银光一闪，车窗摇了下来，"黑框眼镜"从里面探出头来。

　　"我忽然想到，这么晚了，让你一个人回家好像有点不够绅士。你家在哪？我送你回去。"他显然没有认出我来。

　　"我……我不知该如何解释，但我确实没地方可去。"想到他在车上操纵股票镇定自若的情景，再加上刚才他掏钱的爽快，我喜欢这样的男人。

　　他沉吟半刻，朝我点点头，示意我上车。

　　我也不推辞，钻进车里。

　　"你是不是碰到什么事了？如果不介意，跟我走吧。"又似乎想到了什么似的，回过头来看着我，"你不怕吧？"说着，笑了，露出一排整齐洁白的牙齿，"我不是坏人哦。"他下意识地举起双手，做出了一个坦白的姿势。

　　我也笑了："好吧。"

　　一个开宝马还有司机的男人，会对我做什么坏事？就算发生什么，恐怕吃亏的也未必是我。他也许并不知道那天在车站，我是看着他离开的。

　　"你是不是碰到什么危险了？"

　　我警觉地看着他，惊奇为什么这个世界的人都这么聪明。

　　"哦，当然这是你的私事，我不该问。只是在酒吧里，你的神情看起来怪怪的。"说着很纳闷地看着我，忽然眼睛一亮，张大了嘴巴："你不是特工吧？在跟踪别人？"说着瞪圆了眼睛上下打量着我，见我面露惊异便大笑起来。我这才知道他是在开玩笑，便斜眼瞪了他一眼。

　　我们来到一座大厦前，车停了。他下车，来到我这边打开车门。

　　"这里？"我奇怪地问，很显然这是座办公大厦。他住在这里？

　　"十七层，是我的办公室。"说着带我走进大厦。

　　他的办公室很大，坐椅背后是一面透明的玻璃墙，站在墙边让人觉得眼晕，下面的车子都成了火柴盒，在灯红酒绿的带状马路上爬行着。

"你就先在这里凑合凑合吧。"说着他带我来到办公室里面的套间，看起来好像是专门用来休息的。趁这里灯火通明，我仔细观察他，果然一道隐约可见的疤痕在他的额头上若隐若现。是的，就是他，坐宝马的男人！

我看了看他，他解释道："我在这附近有公寓，你可以在这里睡到明天早上八点，但是记住，九点我们上班，所以请你在九点前离开，我不想别人传出什么绯闻。"说着朝我点点头。

我很清楚他的意图，但我还是对他感到好奇："你是这里的老板？"

他笑了笑："就算是吧。"

"那这里是什么公司？"我在他开门的瞬间忽然想到这个问题。

"刚进门的时候你没看到吗？"他回过头显得很诧异。

"哦，我……没有。"我有点不好意思，我不是个善于观察生活的人，更不想被他看出刚进大厦时华丽的装饰给我的震撼。

"呵呵，明早离开时自己看好了。"说着关门走了。

我冲了个澡，收拾完毕钻进被子，忽然一个念头冲进我的脑袋，如果我能嫁个比李桥生更强悍的男人，不就能真正甩掉他了吗？张怀敬虽然对我有爱情，但这能管什么用！他太天真了，竟还想求许青丸帮我劝说李桥生。想到许青丸，我用力抓紧被子，这个女人从此就是我的仇人，是她害的我东躲西藏，有朝一日我一定要讨回来。

想着想着，我朦朦胧胧地进入梦乡。不知为什么，这一夜我睡得很安稳，甚至比在家里还踏实，梦里没有没完没了的考卷，没有血红的玫瑰，也没有李桥生的纠缠，于是我一直睡到被人推醒。

"喂！喂！小姐醒醒！"我朦胧地睁开眼睛，尽管拉着窗帘，我仍感觉到阳光的刺眼。不对，我没做梦吧，眼前怎么站着一个欧巴桑啊，看起来五十多岁，梳着很老派的齐耳短发。我揉揉眼睛刚要坐起来，可忽然想起昨晚因为没睡衣，所以根本就是一丝不挂。于是我只是看着那个老女人尴尬地笑了笑，还没等我说话，她就按捺不住了。

"我的天，小姐，是谁让你睡在这里的啊？！"她看起来很惊慌。

"别那么大惊小怪的，是这里的主人！"我有点不高兴了，大清早被人从床上拉起来，还那么一副天都塌下来的表情，我最讨厌的就是别人大惊小怪。

她见我没好气，连忙凑到我跟前说："我们这里就这么一个主人，可……"

她也好像很为难的样子，我顺着她的眼神望过去，天啊！杵在墙角的确有个人，可并不是昨天那个眼镜。

他的脸并没有对着我，我只能看到他的侧脸，看起来棱角分明："你是怎么进来的？"他开口了，可还是没有看我。

"我……我是……是这里的老板带我来的！"慌乱中，我把手伸出被子摸索着衣服。

"老板？"他把头转过来看着我。"我就是这里的老板。"他语气淡定，目光炯炯。这双眼睛很不一样，冷冷的。

"你？怎么会？"我看着他，没有意识到自己正在说着很可笑的话。他似乎已经失去耐心，把头转了过去。

"张婶，交给你了！"说着转身出去了。

我这才发现，由于刚才的惊慌，被子滑了下来。此刻的我一定蓬头垢面，没准眼睛上还挂着眼屎呢。我的天，我还真没这么丢过人，只好灰溜溜地起床收拾东西。

而那个被唤做张婶的人则开始打扫房间了。还不时用眼睛瞟瞟我。

我红着脸以最快的速度收拾好东西，心里暗骂那个"黑框眼镜"，没想到他竟然骗我，害我这么尴尬，下次被我逮到一定好好修理他。

我收拾好东西出了那个小休息间，低着头向办公室的门口走去，他正背对着我站在玻璃窗前抽烟，见我出来喊住了我。

"昨天是不是一个戴黑框眼镜的家伙带你来这里的？"他低沉的声音让人不得不说实话。

"是的。是个戴眼镜的。"我抬头看他，他仍是背对着我。只能看见一个高大的背影和一缕缕烟。

"他什么时候走的？"他冷冷地说。

什么？这个混蛋一定以为我们发生一夜情了。

"你这个人真是无聊，昨晚在这里睡觉的只有我自己。"说着我砰地关了门离开了。

来到楼下正准备离开，忽然想起昨晚"眼镜"对我说的话。我糊里糊涂在这里过了一夜，这究竟是什么地方？我回过头去，来到指示牌处，只见上面绿色的黑体字清晰的标注着：17楼金艺影视公司。

上午的阳光格外刺眼，我坐在市中心的欧式喷泉边吃汉堡。这几年复盛的变化真是太大了，居然还建起了这么豪华的大厦和影视公司。

许多孩子在喷泉边来来回回地追逐着，他们还小，什么也不懂，在他们的生活里没有苦涩，一切都那么阳光。他们不知道以后自己的命运，也不知道这个社会有多么复杂。我看着他们，心情很怪。

最终我还是决定去旅店住几天，避开李桥生。可就在这时我的手机响了。是个陌生号码，我漫不经心地接听。

对方没有说话，我的心忽地一沉。

"你是谁？"我压低了声音，一丝寒意从心头掠过。

"我买了你喜欢的香水，为什么躲着我？"

我顿时惊慌失措，是李桥生的声音，沉沉的，让人觉得无比压抑。我四处张望，"你……你为什么就不能放过我？"

"我早说过，别自作聪明。你换了电话号码，但我仍能找到你！你跑到家里，我也能跟来，下一步应该去申州报到了吧。"他说得很轻松，好像在评论一场和自己无关的表演，可我的心已经开始战栗。然而随即而来的却是一种破釜沉舟的勇气，这样东躲西藏的生活已经让我疲于应对，他完全掌握着我的生活轨迹，想逃避恐怕是不可能。

"好吧，你能把我怎么样？想杀了我？那就来吧！我不会嫁给你，我从来就没爱过你，自始至终我都没爱过你！"我不知道自己不计后果的话会带来什么，我什么都不想管了。

可奇怪的是电话那边竟没了声音。"你说话啊！说话啊！"我开始大喊起来。接着电话那边传来忙音。

我一个人僵在那里，这个人难道真像青丸说得那么可怕？他到底能做出什么事来？待我回过神来，才发现刚才玩耍的孩子们被我可怕表情吓住了，立在那里瞪大眼睛看着我。我朝他们笑笑，尴尬地拿起包包。

就在这时，一个西装革履的男人向我走来。我擦了擦眼睛，这人不是昨天的"眼镜"吗？只是他今天没戴眼镜，看起来和昨天很不一样，显得精干得多，和那天在火车上完全是一个神情。

于是我迎了上去："你不是说你是那的老板吗？你把我害惨了知道吗？"我瞪了他一眼，真想把他狠狠修理一顿。

可他却带着漫不经心的笑容，好像早就预料到我会被人家赶出来一样。

"你这不是好好的吗，没必要这么生气嘛。"他真像一个看戏的人，让人讨厌。

"我刚才开了一个会，听他秘书说你被他赶出来了，所以出来找找，果然被我找到了。"他好像很开心，对我狼狈的结局表示满意。

我气愤地看着他："骗子！男人都是骗子！"我的情绪很不稳定，不然我不会对一个英俊的有钱人说这样的话，此刻的我被李桥生的电话搅得惊魂未定。

"你似乎不怎么开心，今天的你和昨天很不一样呀，走吧！"说着他转过身去。

"去哪里？"我问道。

"我不是骗子，你放心，我是金艺的投资人，带你去个地方。"

投资人！这个词太有诱惑力了。"等等！"我忙踏着高跟鞋追了上去。

"我们这是去哪里？"我坐在一辆漂亮的银色宝马里，惬意地调整了一下姿势。

"我的朋友想见你。"他换了套深粉色的棉质衬衫，整个人像极了韩剧里的男一号。

我忽地坐直了身子："你说什么？我连你的名字都不知道，你怎么能带我去见你的朋友？我有什么义务去见他。"我有点生气了，现在我对所有男人都很敏感。

他偏过头看看我，浅笑着转过脸去："我叫章知远。我要带你见的人可是百分百的好人，他想请你帮个忙。"他继续开着车，对我的抗议仿佛并不放在心上。

我恨得直咬牙，但看在这辆漂亮的宝马的份上，我还是忍了。

当我们轻巧地滑进一座漂亮的花园别墅时，已经是下午一点四十五分了。我下了车，阳光特别慵懒，晒在脸上痒痒的。已经进入初秋，但绿意仍旧浓郁得化不开。大门是黑灰色的铁艺，门口有爬藤的玫瑰。花虽然败落，却如同绿色的绸带，缠裹出拱形的门廊。隐约能看见院子里有古罗马石膏像，是天使和爱神。水从小天使手里的瓶中流淌出来，落在爱神的肩膀上，她坐在那里目光恬然。主人一定热爱艺术，这让我对接下来的会面多少有些期待。

来到门口的台阶处，一只棕色短毛猎犬从里面跑了出来，它冲着我们叫了几声后，便开始围着我打转。我穿着裙子，腿部暴露在外，被它的毛发蹭得很痒。我不喜欢动物，所以不屑于低头去抚摸它。它见我毫无反应便转身扑向章知远，他倒是来者不拒，伸手拍拍它的头，

"TOM，办完事儿就来和你玩。"看来他们极其熟悉，TOM转身跑回屋里，显然很开心。

我们跟在TOM后面来到屋内。实木地板中央是一张尼泊尔羊毛地毯，上面绣着一团团白色牡丹，和中国传统的牡丹样子有些区别，其实那应该是大丽花。我试着把目光从地毯上移开，屋里所有的家具都是紫檀木的，博古架和月亮门组成了一个小的隔断。我们穿过去，阳光中的露台旁，摆放着两张玫瑰椅，椅背上嵌着繁复的雕刻。由于紫檀木的坚硬，刻工的刀功发挥到了极致。工整利落的小楷，笔法纯熟，刀力绵劲，收放自如间隐隐有自持的挥洒。我走过去，情不自禁地伸出指头抚摸着，紫檀木的质感有些像丝绸。院子里有棵香樟树，凌空洒下浓密的树荫，遮蔽了一部分刺眼的光线，留下疏朗的清润沿着字里行间游走，犹如是水，温润着每一个字。紫砂壶放在几上，它将折射的光线吸进去，然后咀嚼。慢慢的，阳光仿佛融化在那些沙泥的缝隙里，缓缓地变成了油，一点点渗出来。

当一个苍老的声音从里屋传来，我缓缓转过身去。老人一袭白衣，皮肤保养得很好，但仍可见极深的皱纹，一副金框眼镜架在眼睛上。

"隋奶奶，这就是您要找的人。"刚才还在开玩笑的章知远，此时变得非常严肃。

她摘下眼镜，来到我身边，抬头仔细看着我的脸。一边看，一边微张着嘴

唇轻微地颤抖。我离她很近，她的每一个表情都能看得很清楚。

"像！真像！"她拉着我坐到玫瑰椅上。

我用余光看向章知远，他似乎变成了雕像。

"你叫什么名字？"她的眼睛自我走进这间屋子就没离开过我的脸。

"我叫齐玫。"我终于找到说话的机会了。

"鼻子很像，脸型很像，嘴唇很像，但眼睛不太像。蝶住的眼睛比她的更大些，但蝶住的皮肤可没她这么好。如果蝶住还在，应该也有这么高了吧！"她苍老的眼睛里闪烁着我读不懂的东西。

章知远也凑过来："奶奶，这个女孩叫齐玫，她不是蝶住，但重华说你看到她应该很开心。"他在提醒奶奶我的身份。

奶奶意识到自己的失态，连忙收回了手，重新戴好眼镜，把目光移开。

我有些尴尬，同时也对章知远冒昧把我带到这里表示不满。

"你别怪他，的确是我想请你来的。"老奶奶叹了口气，幽幽地说着。

"我不明白。"我瞪大了眼睛看着她。这个老人家不是脑子有问题了吧？我对老人和孩子都没什么耐心，我还是喜欢跟男人打交道。

"孩子，我孙子今天见到你，发现你和我的孙女很像，所以我就麻烦知远带你来，你们真是太像了。"说着，她摘掉眼镜，又开始仔细观察我。

我对她这样子很难适应，连忙找些话来搪塞。

"您的孙子？我好像也不认识吧？"

这次竟轮到她纳闷了："你和重华不认识？"

刚才还在逗TOM的章知远，马上从沙发上弹了起来："奶奶，这个您还不知道，他们是刚刚认识的，还不知道彼此的姓名。"说着冲我挤挤眼睛。

我明白他是示意我不要再说什么，不过也算是替我解围了，不然真不知道该怎么和这个老人家解释好，于是瞥了他一眼再也没说话。

奶奶这才点点头："我的孙子叫隋重华，和知远是好朋友。你该不是我孙子公司的演员吧？"说着赞赏地又一次从下看到上。

我听过很多赞美，可这次最打动我的心。像演员！章知远好像没听见，低头翻看一旁的影集。奶奶好像被他提醒了，拉过我的手，拿过他手里的影集，轻轻翻开。这本影集款式很古旧，上面是墨绿色的缎面。

第一页，上面有一张全家福，我一眼就看出端坐其中的老人就是眼前这位奶奶，她身旁还有一位老爷爷。

"这是我丈夫！"她的手深情地抚过照片，这勾起了她对丈夫的追忆。"已经去世了，就在去年。"

"那这个呢？是您儿子和儿媳？"我指着后面站着的一对中年人。我总要试着和老人家谈点什么，反正都已经来了。

"是的，他们现在在加拿大。自从蝶住失踪以后就不愿再回到这个伤心的地方了。"说着她叹了口气。

"那这个……"我的眼神停留在一位英气逼人的年轻人身上。他大大的眼睛很有神采，体型健硕，比起章知远顾长的身形要魁梧很多。这个人不就是今天早上那个毫不留情把我赶出"金艺"的人吗？没想到他以前竟这么阳光。

"是啊，这个就是我孙子，重华。"奶奶脸上洋溢着灿烂的笑容，看来她对这个冷酷的孙子还挺满意。

"哦，是吗！"我嘀咕着，心里很别扭。早上刚被人家赶出来，下午我竟跑到他家里来，世界真是奇妙。

我发现隋重华身边还依偎着一位漂亮的小姑娘，看起来很可爱。令我惊讶的是，她除了眼睛比我大上好多以外，真的和我很相像。

"奶奶，这个就是您说的……"

"蝶住，就是她，我最心爱的孙女。"说着，奶奶又一次摘下眼镜。这一次我看到一粒很大的泪珠从她的眼角滚落。

坐在一旁的章知远此时也放开了TOM看着相册。

"这么说，你也认识蝶住？"我忽然灵光一闪，看着章知远。

他望着蝶住的照片有些失神，点点头："是的。"

我忽然间好气愤。这个人原来是因为我长得很像他朋友的妹妹所以才这么关注我！于是恨恨地瞪着照片上的蝶住。

"你的家在复盛吗？"奶奶忽然问道。

"哦，不是的，"我撒了一个我一生最不该撒的慌。

"哦？"奶奶觉得很奇怪。

"我是到这里旅游的，我家住申州，我喜欢自助游，听说复盛是港口城市，这里有很多好玩的地方，所以自己跑到这里，结果半路钱丢了，所以到处乱逛，准备过几天就回家去。"

"是这样，你在上学还是工作了？"奶奶很显然非常关心我。

"哦，我研究生刚刚毕业，是旅阳美术学院，准备回申州师大当老师。"每当提到这个，我总是非常自豪。

"是这样，真不简单啊！这么说，你是艺术家哦！"奶奶面露喜色。

章知远也禁不住抬头看着我。

一种幸福感顿时升腾在我的胸中，我穷尽一切，追求的就是这种感受。

"既然这样，那就别住宾馆了，来我这里吧。你也看到了，我这里的条件应该比宾馆好多了，而且，我也想和你多相处一下，就好像我的蝶住还在我身边一样。"说着她用恳求的目光看向我。

"这……"我没想到她会提出这样的请求。

那边章知远已不再和TOM玩耍了，他倚在沙发里，眯着眼睛看着我。他的这种表情真要命。说实在的，他是我见过最帅的男人。他身上的贵族气质夹杂着顽皮男孩的执拗，连额头的浅浅疤痕都令人窒息，再配合他那副懒洋洋的嘴脸，真有些让人心跳加速。

"那……好吧。"我看着对面的章知远，又把头转向另一边的奶奶，点头表示同意。

这时，章知远掏出手机。"喂，重华，晚上我留在你家蹭饭了哦！"说着挂断电话，冲我咧嘴坏笑着。

晚上，重华也回来了。我坐在蝶住的房间里，想象着晚上的表演。

蝶住的卧房很温馨，米黄色的墙壁，上面还挂着小熊宝宝的装饰。这里仿佛还保持着少女蝶住的气息。可一个好好的女孩子怎么会失踪了呢？我觉得有点累了，便倒在她的床上。这床很软，比我的床好多了。这个世界就是这么不公平。

看了看表，现在是四点四十三。隋重华应该也快回来了。包包被我整个翻了一遍，最后只能穿章知远买的那件玫红色的短袖衫，下面找了条白色的沙滩热裤。我对着镜子换了好多发型，最终决定梳成歪歪的小髻，看起来很俏皮。

我满意地点点头。这个样子应该是最符合重华心中可爱妹妹的形象。收起性感女人的外套，我换上了可爱女生的面具。直觉告诉我，这对兄弟更喜欢本色的女人。我暗自思考着，偷偷拿出手机拨通了妈妈的电话。我骗她和同学去乡下玩，过几天才回去。她叮嘱我注意安全。我怕事情败露，又告诉她，乡下信号不好，我可能会关掉手机。

就在快挂电话的时候，她似乎想起什么事来："今天早上有个男的来找你，给你送来一瓶——"她不解地跟我说着，她以为我的男朋友是张怀敬。

"他，他都说什么了？"我掩饰着心虚。

"他没说什么，就问你新换的手机号码。"妈妈说。

挂了电话，我缓缓抬起头，镜子里的我，脸色有些苍白。怎么才能甩掉他？靠张怀敬是不行的。绝对不行。

我来到饭厅，章知远带着TOM也凑了过来，奶奶年纪大了，所以家里一直跟着个老仆人，唤作李妈。

闻着饭菜的香气，看起来这李妈的手艺应该不错。我钻进厨房象征性地问问有什么需要帮忙的，自然被推了出来。

章知远坐在客厅里，似笑非笑地看着我。

"看什么！"我讨厌他那种事不关己的样子。可虽然嘴上这样和他死磕，心里却在盘算着怎样才能引起他的注意。

他把一块巧克力放进嘴里，凑到我眼前，笑眯眯的样子活像电视里的淘气男生。

"研究生，不简单啊！"

看着他眯成一条缝的眼睛，我把嘴撇到一边。

"你多大了？"一股巧克力淡淡的香甜的味道扑面而来。这个家伙在做什么，挑逗我？

"我还以为你是个很有教养的人呢。难道不知道随便打听女人的年龄很无礼吗？"我瞪了他一眼，欲擒故纵的伎俩我用的最是自然。

他伸手摸摸额头的疤痕，然后把身体窝在沙发里长长地叹了口气。"这也难怪。"说着拿眼睛瞥了我一下。

在灯光下，他的粉色衬衫衬托着健康的肤色。

"什么难怪？"我问道。

"读了这么多书，应该是个老女人吧，看起来不像啊！不如这样吧，让我猜猜看！"说着他又来了兴致，凑到我跟前。

我知道他在激我，不过对我的年龄感兴趣应该是好兆头："好，你猜吧。"我饶有兴致地看着他。

"你也就二十六七岁吧。"说着，他开心地看着我。

是时候告诉他了，只有这样才能继续发展，让我赌一赌他的年纪。看他受过很好的教育，应该也在二十六七上下，实话实说应该没问题。

"是啊，我二十七岁。你猜对了。"我笑着看他："那你呢？"

"我们同岁。"他开心地说。

"哦，蝶住，她是怎么失踪的？"我忽然想到了最关键的问题。

"这件事很蹊跷，她要是活着应该比我们大一岁。"章知远的表情严肃起来，看来这件事真的不简单，"她小时候胆子小，很善良，没什么朋友，除了我和她哥哥，她几乎从不和外人来往。当时重华的父母闹离婚，闹得很凶，隋奶奶他们老两口住在加拿大，只有隋家伟夫妇带着重华和蝶住生活在中国……"

"重华的父亲叫隋家伟？"我好奇地问道。

"是的。当时他们两个感情不和，整天吵吵闹闹，这事在重华和蝶住的心里都造成了很大的伤害……"

就在这时，院子外面传来汽车声，是隋重华回来了。我和章知远停下谈话来到门边。隋重华是这个家里唯一的男人，连奶奶都从卧室出来到门前等他。

他走路很重，踩在石子路上发出很沉闷的声音。李妈开了门，他风尘仆仆地走进来。

李妈很熟练地接过他的西装和丝巾。脱了西装的他，露出雪白的衬衫。他习惯性地顺手解开一粒扣子，然后一手搂过等在门边的奶奶，在奶奶的额头重重地吻了一下。奶奶开心的表情真让人羡慕。他们祖孙还保留着国外生活的习惯，可是在这个中式风格的环境中，似乎总感觉怪怪的。

我下意识地瞥了眼博古架上的古玉，偷偷整理了一下自己并不凌乱的头发，在脸上绽出一个自认为最可爱的微笑。可谁知他竟连看都没看我一眼，转身上楼去了。

我感觉很尴尬，一个人杵在那里，可是他要章知远带我到他家来的，怎么看到我连个招呼都不打！正在我暗自生气的时候，却看见章知远坏坏的表情。

"小玫啊，你别介意啊，重华这孩子就是这样，他看起来冷，其实心地是很好的！"奶奶替我解围。

"哦，不会啊！"我只能这样说，要不还能怎样？不过隋重华，我给你记下了，没有哪个男人能真正对我视而不见。

我们坐在酡红色的餐布前，面前长长的餐桌上，铺着华丽的锦缎桌旗，祖母绿和茶灰色的繁复花纹点缀其上。桌旗上摆放着两盆鲜花，都是没有气味的香槟色康乃馨，被装在小巧精致的陶艺花插里，显出一种绵软的质感。这栋房子里到处都是深邃的色彩，看来主人对那种泥土色很偏爱。虽然厚重，却不显沉闷。这让我想起许青丸。

我深深地吸了口气，打算将这个念头从脑中挥去。

正在我暗自较劲的时候，隋重华从楼上走了下来。他换了件淡蓝色的针织衫，比上班时多了点亲切。尽管这样，他的脸色还是那么严肃，让人难以接近。

我坐在奶奶旁边，奶奶对面坐着章知远，而隋重华则坐在正座。

"好了，可以吃饭了。"奶奶说着用手臂碰碰我，示意我自便。

李妈端上一个水晶托盘，里面摆着几个贝壳。我有些纳闷，她将一枚贝壳放在我的面前时，里面盛的是鱼子酱。晶莹饱满的鱼子，就好像黑色的珍珠，难怪有人说它们是可以吃的黑色黄金。奶奶见我盯着鱼子酱发呆，忙笑着碰了碰我的胳膊："先尝尝，这是刚刚做好的鱼子酱，不是今天的主食。"

我拿起勺子，好冰啊。那勺子一定是冰过的，用这种冰过的勺子吃鱼子酱是最搭的。我暗自点了点头，然后戳了一小口放在嘴里。舌尖轻轻碾碎鱼子膜壁的瞬间，海洋的味道就盈溢出来，那种清爽的感觉，让心情顿时变得愉悦。

"怎么样？"奶奶得意地晃着头。我忙点头："这是我吃过最好的黑鲟鱼子酱了。"

她笑着递给我一杯香槟："有眼光，是真正的里海鲟鱼子。"

我品着美味，有点忘乎所以。偷眼看了看隋重华，他吃得很斯文。奶奶则细嚼慢咽，仔细品尝，不时地点点头，看来这位老奶奶是个美食家。当我向章知远望去的时候，却迎上了他的目光，他的眼中永远带着点挑逗的味道。我瞪了他一眼，他坏笑地抓起一块刚刚递上来的羊排塞进嘴里，真纳闷他怎么总是那么开心，恐怕这个世界上只有他这种人可以和隋重华交朋友。

"一会吃完饭，你到我书房来一下。"隋重华说道。

"哦？"我四处看看，转头看着他，问道："你……你说的是我？"我有点不确定。

"嗯。"他点点头，自顾自地打扫着他盘子里的东西。

"哦！"面对这个强势的男人我有点心虚。怕单独面对他会被拆穿谎言，这个男人太冷漠，太精明，让人觉得很不安，但也绝对够刺激。可我还是不太情愿这么快就被他"召见"，因我还没做好十足的心理准备。

我磨磨蹭蹭地吃完这顿饭，章知远去和奶奶告别。同样是拥抱，却和隋重华不同，章知远把奶奶像孩子似的搂在怀里，亲昵地用脸蹭着奶奶的额头，看起来更像在撒娇。奶奶笑哈哈地叮嘱他小心开车。他离开时，还冲我笑着眨了眨眼睛。

奶奶目送他离开，回到客厅，见我还立在那里，便说："重华的书房在楼上，你上去就看见了，记得一会下来到我卧室，我很想和你好好聊聊。"说着用手轻抚我的头发，喊来了李妈，让李妈带我来到楼上。

楼上有三间房，我住的蝶住的房间就是其中的一间，对面有两间，下午一直锁着。因为刚来这里，也没好意思向李妈打听。现在才知道一间是隋重华的卧房，一间是他的书房。

我来到门口，李妈转身离开了。房门并没关，隋重华背对着我坐在书桌前，手里捧着一本书，从后面看去，他的肩膀出奇的宽厚。

"我可以进来吗？"我立在门口。

他转过身来，点点头。我顺从地走进去，他伸手示意我坐下。这个男人身上有一种震慑力，让人不得不服从。他见我低着头并不搭腔，便皱起眉头："你叫什么名字？"声音低沉但掷地有声。

"我叫齐玫。"我回答着。心里暗自打定主意只回答不多嘴。

"家住复盛？"他把目光从我的脸转移到手里的书上。

"不，不是，我家住申州，是来复盛旅游的。"我继续回答。

"旅游？那怎么住到我公司里来了？"他仍不看我。

"哦，那是因为我的钱在酒吧里丢了，我怀疑一个人，正跟踪他，却被服务员撞到，不巧和章知远发生了争执，后来我们就认识了。他见我没地方去，又没什么钱，就把我带到你的公司。可他说自己是老板，我并没想过他会骗我。"我努力做出无辜的样子，希望能骗过他。

"是这样。"他抬头看着我的眼睛，"你自己出来旅游？"看来他并不怀疑我说的其他东西，只对一个人旅游这事有点想不通。

"嗯，我是艺术学院的学生，喜欢自助游，算是采风。"我期期艾艾地看着他。

"搞艺术的？"说着他又把眼睛看向手里的书，这时他已经翻了一页。

"嗯，是的。"我说。

"毕业了吗？"他问道，这次显得有点漫不经心。

"是的，刚毕业。"

"找到工作了吗？"他轻描淡写地说。

"嗯，找到了，再过几天就要去申州师范大学报到。"我努力观察着他的神色。

"嗯。"他点点头，竟没有再谈下去的意思了。

这人怎么回事？就这么对我视而不见？一种很强烈的失落感油然而生。

"那我走了？"我试探地问他，他却什么也没说，只是拿起咖啡喝了一口，然后缓缓地把书翻了一页，继续看着。我闷闷不乐地关了他的房门。奇怪，怎么好像他房间里的空气都比外面的凝重！看来我还是把目标锁定在章知远身上划算些，可心里却总觉得不甘，难道我在他眼里一点魅力都没有吗？

次日清晨，我从睡梦中醒来，心情不错。虽然在这里只能住几天，但我还是很开心的，老天爷对我真是不赖，让我碰到条件这么好的兄弟俩！我躺在床上望着天花板，蝶住的房间是典型的欧式风格。

整栋房子都是古朴的中式风格，唯有这里例外。想来，应该是蝶住喜欢吧。这个家在风格上显得有些矛盾，似乎有两种不同的审美观在碰撞。我环顾四周，壁纸上的米黄色花纹，似乎有些年头了，繁复的花朵雕刻环绕在白色的妆台和床头。躺在床上，我的目光很自然移向天棚，我不断扭着脖子以调整观察的角度。我不喜欢这个吊棚，线条太复杂，石膏天使在棚角翻飞，在本应利落垂下的墙壁上形成了巨大的累赘。那些小天使摆出可爱的样子，可眼神却空洞无物。头顶的壁纸有些细微破损，壁纸的一角脱落了，下面鼓鼓的，可能时间长了有空气进入。总之，压抑，是我对蝶住房间的直接印象。

下楼吃早餐，看见奶奶正在院子里浇花。清澈的水划过晶莹的弧线，在阳光里飞出一道虹形的水柱，落在远处的灌木上，将那片绿洗刷得愈发欢腾。

"奶奶，你很爱花吗？"我走出去，站在阳光里。

"是的，你呢？"奶奶笑呵呵地回头看我。

"我很喜欢玫瑰。因为它是插在瓶子里最漂亮的花。"我说着，却发现这曾是许青丸对我说过的话。

"是啊，我的园子里也有玫瑰，但现在过了花期。看来你对花挺有研究的嘛，玫瑰的确是放在瓶子里要比长在野地里更漂亮的花。"她赞赏地看着我。

我笑了笑，暗自得意。

"但我更喜欢牡丹。"她意味深长地说，"玫瑰虽香艳，但过于世俗。"她擦擦额头的汗珠，"武则天曾命百花齐放，当时并非花期，但众多花卉皆因畏惧武后的威仪争相开放，只有牡丹因花期未到执意不从，惹得武后大怒，将其贬出皇家花圃。此花重气节，有情操，我最欣赏。"奶奶慢条斯理地说着。

"那不过都是传说罢了。"我讨厌人家说喜欢牡丹，牡丹总让我和许青丸联系在一起，让人听了就生厌。

奶奶自然不知道我的想法，笑着看我，说："我这园子里牡丹和玫瑰就种在一起，只是现在已经入秋了，如果是初夏，你就会认同，牡丹的大气磅礴真是震撼，相比之下这玫瑰就显得不那么生动啦！"说着转过身去，整理园子里的落叶。

真不明白，她为什么要亲自做这些辛苦的事。

"奶奶，我想了好久，蝶住的名字怎么感觉这么奇怪？隋蝶住，似乎不太顺口哦！"我不想在牡丹和玫瑰究竟哪个更美的问题上纠缠下去，故意转移了话题。

奶奶忽然停住了手头的工作，蹲在那里没了声音，我正暗自奇怪。

"她，不姓隋。"奶奶的声音变得瑟瑟的，让人觉得有些不安。

我刚想问下去，可她已经起身收拾了东西，进客厅去了，留下我一个人在园子里发呆。蝶住不姓隋？那姓什么？看来这个家族的内幕还不少呢！今后几天说话可要小心了。我想着，顺手抓住一片叶子。这叶子很绿，绿得发了黑，我的心正又一次卷入了复杂的人性漩涡而不自知。

上午的阳光很不错，我坐在蝶住的卧室里，品味着骨瓷杯子里的蓝山，我喜欢这种咖啡的味道，很悠扬。自从我问及蝶住的姓后，奶奶便一直躲在屋子里不出来。这事倒还真是奇怪，为什么蝶住不姓隋？可明明奶奶说她是自己最心爱的孙女呀？

我放下咖啡，躺在床上，百无聊赖地望着天棚发呆。那个鼓鼓的小包在平整的天棚中显得很扎眼。其实什么都是有瑕疵的，就好像这天棚一样。这个看似完美的家庭不也一样？有钱，有地位，却有着难以告人的秘密。

就在我胡思乱想的时候，李妈进来了。

"小姐，这是你的衣服，都烫好了。"说着把我的几件衣服摆在床边。

我起身看着她："谢谢。对了，李妈，您在这个家里做了多少年了？"

"那可有年头了，我想想。大概也有个四十年了吧！小姐问这个做什么？"说着李妈坐在我的床边。

"哦，我还以为您是奶奶在中国临时雇的人呢。奶奶以前不是住在加拿大吗？"我解释着，其实是想探听点消息，我对这个复杂的家族充满了好奇。

"哦，是这样的，我一直跟着老爷和太太住在加拿大，老爷他们祖上是清朝的翰林啊，可有学问了。听说洋务运动的时候，一位叫隋之纯的祖先就开始经商了，祖孙几代积累了很多财富。在当时可算是富可敌国啊。这个隋之纯是个进步人士，他让他的儿子隋四和出国留学，四和少爷非常刻苦，回国以后扩大了隋家的生意。接着几代人都不再为官而成了商人，再后来小日本来侵略了，隋家见中国局势动荡，便举家搬去英国，在那里继续做生意。一开始在中国主要是做丝绸生意，到了国外就改做餐饮，建了好几家中国餐馆。这餐馆一开不要紧啊，真是生意兴隆啊！隋家的生意越做越大，走了好多国家，只可惜啊，香火不旺，到了隋老爷这一辈成了独子，于是所有家业就都交到老爷手上。老爷实在太累了，他走南闯北发现加拿大这个地方好，于是便带着太太和孩子们搬到了加拿大，就这样一直住到去年才回了国。我们家祖祖辈辈都给隋家做事。"

"哦，原来是这样啊。可是蝶住，她到底是怎么回事啊？"我小心翼翼地问道。

李妈皱纹深刻的眉头忽然拧紧了，她看着我眼神怪异："这件事……"

我忽然明白了她的意思，于是拉过她的手说："李奶奶，你别瞒着我了，说实话，有时候我挺害怕的……"我摆出一副可怜兮兮的模样，保证任何人见了都受不了。

"怕什么啊？"说着她环顾了一下房间，眉头拧得更紧了，一丝慌张的神色窜上了眉梢。

我灵机一动："奶奶，我晚上睡觉的时候总觉得不踏实……"说完用眼睛看了看周围。

李妈的手忽地抓紧我："孩子，你看到什么了？"她的眼神令我的心里打了一个寒战。

"我……"我不知道接下来该说什么，"我……我什么都没看见。"我观察着李妈脸部每一个细微表情的变化。

"那就好……"她似乎松了口气。

"可我总能听见有人和我说话……"我试探地说。

"什么？！"李妈一个激灵，差点从床上跌下去。

"在哪里？在哪里？从哪里传出来的？"说着环顾房间，好像被吓坏了。

看着她我不免想笑。没想到我的一个小小的玩笑，竟把这个老太太吓成这样。转念一想，顺手指向窗帘："就那里……"

"啊！怎么会！她又回来了？"说着她已经瘫软了下去。

这次该轮到我发蒙了，什么东西回来了。

"什么意思？李妈，你怎么了？"我奇怪地拉住她，防止她栽到床下。

她面露惊恐的神色："齐小姐，这间屋子里……死……死过人！"

我惊呆了。

待我回过神，李妈已经飞一般地逃了出去。我一个人坐在床上动弹不得。

死过人？什么人？怎么死的？死在哪？我的天，原来我一直住在一个死了人的屋子里！恢复了知觉的我，第一件事就是冲出房间，来到客厅。奶奶，奶奶那里一定最安全。可当我推开奶奶的房门，却发现屋子里空无一人。

"奶奶！奶奶！"我的声音由于惊恐已经走了调，听起来完全不是我的，差点把自己吓到。奶奶呢？她去了哪里？顿时屋子里的一切在我的眼里都变得那么可怕，我慢慢往后退去。

忽然我的手臂碰到了什么，就在我的身后，可刚才什么也没有啊。我不由自主地尖叫起来，顿时天昏地暗的，险些把自己叫晕了过去。

一双大手扳住我的肩膀，很有力地将我整个身体扭转过去。我不敢睁眼，依旧大叫着，浑身发抖。

"怎么了？"一个低沉的声音在我额头响起。

不对，这声音？这手是有体温的，我缓缓睁开眼睛。

眼前的人不是什么鬼怪，而是隋家的大公子，隋重华。

"你怎么了？"他眼神犀利，一双大手强壮有力。

"这……这里死过人，是吗？"我仍在发抖。

他关切的目光忽然收起，马上变得奇冷无比："死人？你听谁说的？"说着，已经松开刚刚扳住我的手。他的手刚一离开我的胳膊，我便仿佛一下子掉进了冰窖，身体凉得不行。他转过身去，用后背对着我，我看不到他的脸色。

"你别不承认了，到底是怎么回事？"我追问道。

他停顿了一下，大踏步走出了奶奶的房间，我也跟了出来。此时屋子里只有我们两个，李妈已经不知道跑到哪里去了。

"你说话啊！"我近似尖叫。

他来到楼上，打开书房，抓起书桌上一本蓝皮材料，回头看着我："我是回来拿文件的，如果不敢待在家里就跟我走。"说着已经走出房间。

我愣在那里，不敢相信那是他说的话。可眼见他已经来到园子里，正向他的汽车走去。我赶忙奔出去，跟着钻了进去。他面无表情地发动汽车，我则努力平复刚刚起伏的情绪。上午的阳光依然充足，车在法桐笼罩的马路上前行，我回头看向小别墅，它是那么恬静出尘，根本不像曾发生过命案的样子。

"那不过是幻觉。"他不露声色地说着。

"幻觉？"我回过头，惊讶地看着他。

"什么事都没发生过。"可他紧锁的眉头让我感到不安。

我舔了舔嘴唇："怎么可能是幻觉！明明是李妈和我说的。"我倔强地辩解着。

"李妈，又是李妈！"他的声音很低，可语气冷得可怕。

这一路我们都没再和彼此说过任何话。我们不知道都在想着什么，可有一件事是肯定的，从此这个家将不得安宁。

汽车载着我们两个滑进停车场，我跟在他后面下了车，看来今天我只能跟着他。他大踏步地前行，跟上他的步伐还真有点困难。来到十七楼，一位戴着眼镜，皮肤雪白的女人迎面走了过来，手里抱着一份材料："老板，我们要开会了，时间刚刚好。"说着用眼角瞥了我一眼。隋重华微微点了点头。

"喂，那我呢？"我紧走几步，仍旧贴在他的身后。

他回过头看了看我："到我办公室等我。"说完，头也不回地走了。

那位秘书小姐回头看了看我，表情很奇怪。想到隋重华办公室的大窗户，我的心微微宽慰了些，那么大的窗户，阳光充足极了，一定不会害怕了，于是我瞪了秘书小姐一眼，扭头钻进他的办公室。

高大的落地窗下，我观察着隋重华办公室里的陈设。办公桌上放着一个和田玉的笔筒，做成竹节形，上面还趴着一只俏皮的蚱蜢，翠绿翠绿的。我对玉器不是很有研究，但看笔筒那润泽晶莹，还有油脂般的触感，就知道定然价值不菲。旁边还有一个水晶相框，里面镶着在奶奶那里看到的全家福。相框边是一枚小巧的镂雕象牙名片盒，我仔细观察着上面的图案，是百子图。"难道他还喜欢孩子？真是个表里不一的怪人。"我一边嘀咕着，一边伸出一根指头，轻轻挑开盒盖，象牙的质感并不沉，里面露出金色的名片来。我拿起一张，好沉。阳光下，那张名片随着我的动作，唰的闪过一道锐利的金光。

"贴了金箔！"我倒吸了口凉气，小心翼翼地将那张名片放了回去。桌子非常整洁，除了文件外没有太多的装饰物。可单凭那几样东西，就知道此人的品味了。我走过去，用手指轻轻扣着桌子："臭小子，用黄花梨做这么大一张办公桌，还真是够霸道的。"

我一个人待在屋子里也没意思，索性趴在他的办公桌上懒洋洋地晒着太阳，想想刚才李妈的表情，还是觉得有点后怕。要不要离开这个地方？可我能去哪呢？回家，不行，李桥生随时可能找到我。到申州呢？难道李桥生能跟到复盛就不能跟到申州？乱，真乱！

　　正在这时，隋重华桌上的电话响了，我犹豫了一下，顺手抓起。

　　"喂，你好。"我有点紧张，这里可是金艺的总裁办公室啊。

　　对方顿了一下："请找一下总裁。"一个非常甜美的女声。

　　"他在开会，有什么事，我来转告吧。"我有点得意地说着，感觉不错。

　　"这个……待会儿有个和万翔集团的约会，请转告。"说完便挂断了。

　　万翔，不是许青丸家的公司吗？金艺是影视公司，和万翔能有什么生意上的往来？这时门开了，隋重华走了进来，后面跟着章知远。我忙站起来迎上去。隋重华面无表情，后面的章知远却笑嘻嘻的。

　　"刚才我接到一个电话，让我提醒你，待会儿有个和万翔集团的约会。"我说。

　　"知道了。"隋重华看都不看我一眼，把手中的材料扔在桌上，回过身去站到落地窗旁，看着窗外一声不吭。我正奇怪，章知远凑了过来："齐小姐看来比陈秘书还尽责啊。"我知道他在拿我开心，索性也不理他。

　　"你怎么跑这来了？不是在家待得好好的？"章知远一屁股坐在旁边的沙发里，笑嘻嘻地看着我。

　　"关你什么事。"我嘟着嘴说。在他们兄弟前，我做足了功课，清纯女生的样子可不是那么好拿捏的，不足显得呆板，过了又会矫情。

　　"待会儿你和我一起去。"说着隋重华坐回办公桌边，从抽屉里拿出一根雪茄，放在鼻子底下闻了闻，随手松了松打得过紧的领带，然后点燃雪茄，一缕萦绕的烟雾升腾起来。

　　"嘿嘿，有意思！"章知远坐在那里笑出了声。

　　"你笑什么？"其实我倒还真想去看看金艺和万翔有什么好谈的。

　　"没什么，没想到这件事重华会邀请你一起去。"说着看了看重华。

　　隋重华却什么都没说。是啊，怎么说呢，难道说我怕见鬼？还不把章知远笑死。

我跟在隋重华后面，这场会晤应该很精彩。当我们来到旋转餐厅时，对方已经等在那里了，怎么只有一个女人？戴着金丝眼镜，打扮很干练，一身灰色的西服套裙，气质不俗。见我们进来，那女人连忙起身，我惊讶地发现，此人竟然是许青丸的表姐，许敏英。

隋重华和那女人寒暄了片刻便落座了。章知远始终跟在我们后面，见他们两人打招呼，也朝那女人点了点头。那女人奇怪地看了我一眼，但没说什么。想必这么多年过去了，她已经认不出我来了。我朝后挪了挪身子，尽力把脸偏向一旁。

"隋先生，您要的东西我已经带来了，请过目。"说着她把桌子上的一个暗红色木质礼盒推到隋重华的面前。

随着木盒的移动，我闻到一种非常奇怪的香味。这味道很特殊，我不自觉得伸头朝这木盒看去。

隋重华却并没有立刻伸手去打开盒子，但是他稳健的外表下似乎流露出难以掩盖的激动，呼吸显得有些急促。我看了看章知远，这个家伙却并没有表现出什么不同，仍笑呵呵地看着对面的女人。

"隋先生，这是家父前些年从泰国高价买回的。听说原本属于你们隋家，便命我将其送还。"说着用手推推眼镜。看来这是她的习惯动作。我早就听说过她，出国留学后帮助父亲管理万翔旗下的珠宝行，很有魄力。

这时隋重华好像已经准备好了，伸手打开盒子。他动作缓慢，看来心情很复杂。随着盒子的开启，一股沁人心脾的香气迎面扑来，是玫瑰香，但这香气比任何玫瑰的味道更浓郁诱人，仿佛置身玫瑰花园。在座的每个人都好像产生了幻觉一般，身子软软的、飘飘的。

正在这时，隋重华重重地盖上了盒盖，众人仿佛如梦初醒。对面的女人，面目潮红。她推了推眼镜，似乎有点尴尬。章知远则眼神迷离，恍然若梦。隋重华的额头布满了密密麻麻的汗珠。我自己则心跳加速。这是怎么回事？

里面究竟有什么我还没来得及看清，为什么在盒盖开关的短暂时间里，时间仿佛凝固了？！这香气好邪门啊！我下意识地朝那暗红色的小盒子偷眼看去，古色古香，上面雕刻了缠绕的玫瑰图案，精致得连叶脉和花托都看得清。暗红色的盒子表面很光滑，应该经过无数的抚摸吧。

"谢谢你，许小姐。您父亲花了多少钱？"隋重华抬起头看着对面的女人说道。

说到这个，那女人打起精神："隋先生，家父说，这本就是您家族祖物，又由他出金买回国，这是缘分。所以，就按原价卖给您。六十万美金。"说着，看着隋重华绽出一个职业的笑容。

"好的。"隋重华掏出一张支票，快速写了几笔，然后递给那女人。

"隋先生真是爽快人，可惜我们两家经营的项目有太大不同，不然真应该多多合作呢！"说着递给隋重华一张粉红色的名片。隋重华礼貌地接了过来，随即起身道别。那女人目送我们离开。

"哦，对了，知远，你带她出去逛逛吧，我还有其他的事情要办。"隋重华把我和章知远扔在金艺后便自己走掉了。

"为什么？"章知远看着我。

"什么为什么？"我瞪着眼睛看他。

"为什么今天一定要跟着我们啊？"章知华笑呵呵地说。

"我……"见没法瞒他，我只得说，"我实在不想一个人待在家里。今天……李妈说我住的那间房死过人。"我说。

他的脸色变了："这个李妈可真多嘴！"他又习惯性地摸了摸额头的伤疤。

"你也知道？"我努力地看着他。

"或许你觉得这个家很奇怪，但我只想跟你说，别问太多，尽快离开。"说着他示意我上车。

我钻进车里，凑到他跟前，说："为什么？可我很想知道。这和蝶住有关系吗？"

"说了，别问。"他猛地发动车子，冲劲儿竟把我整个人甩到后面，后背撞到椅背上。我痛得大叫，可他对我的喊叫根本就是置之不理。这个家伙很少这么无礼的，这态度倒很像隋重华。

过了好久，我也累了，把头靠在后面，看着外面的风景。

"想吃点什么？"章知远忽然问道。

我不理他，把头别到一旁。

"不说话，那就这个吧。"说着他把车停了下来。这是什么地方啊？不会吧，又是路边摊？这个人怎么这么抠门！

"老板来一份土豆粉。"说着他一屁股坐了下来。

我嘟嘟囔囔跟在后面："你就不能吃点别的？又不是没钱。"

他脱了西服，放在旁边的凳子上，露出里面果绿色的丝绸衬衫，搭配西装显得很另类。

"看来你很喜欢钱。"说着他乐呵呵地看着我。

我真后悔刚才那句话，被精明的他听出了弦外之音。"不是的，只是，我觉得你不该在这种地方吃饭。"我辩解着。

他笑着摇摇头："喜欢钱也没什么不对，每个女人都这样，何必隐藏呢。"说着倒了点酒在我的杯子里。

"我……我不会喝酒。"我推辞着。

"好了……喝吧。别忘了咱们可是在酒吧里认识的。"

我狠狠地瞪着他，他却视而不见，微笑着只管倒酒。

土豆粉冒着热气，我们吃得很香，其实我不是不喜欢吃这些东西，只是虚荣心作怪罢了。"刚才你看见那盒子里面的东西了吗？"我好奇地问道。

他吃面的动作忽然僵住："没有。你呢？"他抬起头看着我，嘴里还叼着半截面条。

"我……我也没有。"我失望地回答，"可你觉得这盒子奇怪不奇怪，那香气你闻到了吗？"

"闻到了。"他把那半截面条吞了进去。

"你觉得是什么味道？"我问道。

"玫瑰，是玫瑰的气味。但太浓郁了，足以让人产生幻觉。"他说着，又塞了一大口进去。

"嗯，我觉得也是，你……你产生了什么样的幻觉？"我问。

"难道你也是？"他惊讶地看着我。

"嗯，我好像看到了一片玫瑰园，可奇怪的是，这园子里的玫瑰都没有叶子，只是一片片妖艳的红，让人觉得更像鲜血。"我坦白自己刚才的幻觉。

他摸了摸额头："我的和你不一样。"

"快说说，你看到什么了？"我追问。

他白了我一眼："快吃饭！"

"你怎么这样！我都说了，你怎么不说？真是骗子。"我撒娇地放下筷子，"不说，我就不吃了。"

"你可真是小孩，"说着他笑了笑，"我看到一处很大的空地，在空地的深处有个好旧的别墅，一个女生正朝那里走去。我想看个究竟，可重华已经关掉了盒子。"说完，摇了摇头，"重华，看来只有重华才能克制这种幻象。"

"什么？你说什么？"我觉得他这是话里有话。

"哦，没什么，你别问了，我可吃完了，是坐我的车走，还是想打的？"说着他已经准备穿衣服了。我恨恨地瞪了他一眼，真是个无耻的人。

当我们回到别墅，已经是晚上七点多了，一切好像恢复了正常。章知远的确是好人做到底，一直把我送了回来。奶奶迎了出来，一把拉过我的手。

"你这孩子，一天去哪了？"

"我……"还没等我说话，她已经接了下去。

"我的蝶住就是这样一走就再也没回来，如果什么时候要回家了，可一定要告诉奶奶，别一声不吭地走掉。"说着，她眼神诚恳地看着我。

"哦，怎么会呢……只是……"我四处看看，见家里只有奶奶一人，于是我试探地问道，"李妈呢？"

"哦，她今天下午和我说身体不舒服，要去女儿家休息一段时间。"奶奶笑着说。

我看了看章知远，他每次来都只顾着和TOM玩。

"李妈是您的老仆人了吧？"我问道，忽然好想了解李妈的底细。

"是啊，李妈很忠诚，一直跟在我身边，后来我们出钱让她女儿上了大学，找到了一份不错的工作，她很感激。其实到了这个年纪，她完全可以回家安享晚年了，但她就是不肯，说什么也要跟着我……"奶奶满意地说着。

"那，奶奶，李妈的女儿是做什么的啊？"我啜了口茶，问道。

"具体做什么我也不清楚，但应该收入不错，李妈的晚年会很幸福的。"

"奶奶，大概四天以后我就要离开了，要去上班了。"我把自己的打算告诉她。

"那祝贺你，可是……"奶奶慈祥地看着我，"可以答应我一件事吗？"

"好啊，只要我能做到。"看着奶奶闪动的眼神，我的心忽然变得好软。

"能不能在以后放假的时候，来看看我，就当旅游了？"

"好的，我会的。"我望着奶奶，这句话是发自内心的。

回到卧室后，我一个人坐在床边，怀里抱着枕头紧紧靠住床头。

"这屋子里死过人……"今早李妈的话又回响在耳畔。我环顾四周，一切都是原来的样子，屋顶上的天使正瞪着空洞的眼睛望着我笑，梳妆台上我的化妆品在灯光下闪闪发光，只有，只有头顶天花板的那处破损显得不那么和谐。我抬起头来看着那个小包，忽然觉得有些不对，这小包看起来很实，里面似乎有什么东西，感觉硬硬的。

我站了起来，这样可以离那个小包近点，可依旧碰不到它。我下床把梳妆凳搬到床上，踩着凳子我刚好可以碰到天棚，好在壁纸的边缘已经破损翘起，勉强抠得开。果然不出所料，这个看起来酷似气泡的地方真的有硬物，我迫不及待地两手开工，也就两分钟的时间就把里面的东西拽了出来。

竟然是，一个纸团。

这纸团被压得扁扁的，几乎接近圆形，我轻轻地剥离，打开，里面竟离奇地露出了字迹。这个发现令人错愕。这字看起来清秀极了，用纯蓝的钢笔写成，因为时间太久已经开始发黄，有些地方有很明显的破损。纸应该是从笔记本上扯下来的，由于纸张硬挺，折痕非常明显，使很多字迹看不清了。随着我的打开，这纸团已经断成了几段。我小心翼翼，生怕再有什么破损，毁掉里面的内容。

足足经过半个多小时，我才将这纸团完整地展开平摊在梳妆台上。

"我是……！真是天大的笑话！……你为什么要这……报复……！这是你们之间的恩怨，为什么……？我曾那么幸福，我以为……是……，虽然跟……姓。可既然……已经……，我是……，那我也……家……，我要走了，离开……，永远都不回来！可我能去哪里呢？看来只能找他了，只有他能帮我。我把……在……子里面，永远也不让……就当-……留在这里唯一……"

仔细辨认了上面已经模糊的字迹后，我惊呆了。这是什么？应该是蝶住留下的，可越到后面字迹越不清晰，怎么也辨认不出来。我看了几遍，可就是连不成完整的内容，好像是蝶住忽然间得知有关自己的天大秘密，而正是这个秘密让她很痛苦。这封信应该不是遗书，至少不能说明她要自杀。

我为自己的发现欣喜若狂，这家人在这里住了这么多年却没人发现这封信，难道说我和这个家真的有缘？这个想法令我兴奋。正在这时，门外传来脚步声，是隋重华重重的步调。我看了看手表，六点半，他很少这么早回家的。那脚步似乎在我的门边停下了。我连忙收起纸条，跑过去打开门。

果然不出所料，他正立在门外。见我这么快打开房门，似乎有点尴尬。

"哦，我看看你……"他一时竟有些不知所措。

"你想看看我是不是被吓死了？"我和他开了一个冷场的玩笑。

"我回房去了，有事喊我。"说着，他已经转身离开了。

我关了房门，关掉灯，躺在床上，等待睡眠的来临。可能是由于天花板的重大发现，我怎么也睡不着，脑子里乱乱的。恍惚中窗帘动了动，一股浓郁的玫瑰香气便扑面而来。这不是今天小木匣子里的香气吗？为什么出现在我的房间里？不，这是蝶住的房间。这个想法令我一个激灵，浑身的汗毛都竖了起来。我把被子拉了拉盖住鼻子，这一定是幻觉，对，是幻觉，今天我就产生了幻觉，我还看见了罕见的玫瑰园，没有叶子的玫瑰，红得那么惨烈，仿佛浓浓的鲜血。

"谁让你住在这里的？"一个缥缈的声音忽然在我的耳边吹着凉气。

我一骨碌爬起来："谁？是谁？"我用被子包住自己的身体，回头看去。

"这是你住的地方吗？"还是那个声音，这次在窗帘附近。

我吓得魂不附体，连滚带爬地下了床，赤着脚站在屋子中间，瞪大了眼睛盯着窗帘："是谁？你别吓我？"

"妈妈来看你了……"这次我清晰地辨认出这是个女人的声音，确切的说是个令人发毛的缥缈的声音。屋子里的玫瑰香味已经越来越浓，浓得让我呼吸困难，我要窒息了，眼前的东西都成了红色。我看不清东西，意识开始模糊，头疼得要裂开了。

窗帘开始明显地抖动起来，窗户忽然间被人从外面一把推开，玫瑰的香气仿佛一下子全冲我压过来，我无法呼吸了！眼前变成了一片血红色，我整个人跌倒在地板上。

红色……无尽的红色……是鲜血还是红色……

这红色变幻成了人形，又变幻成其他的形状，分不清是什么。

"醒醒……"一个遥远的声音在呼唤着我，时有时无，缥缥缈缈。我在努力寻找，是谁在喊我？可眼前浓得无法拨开的妖冶的红，仿佛来自地域的毒草牢牢地把我缠住。

我感到一双大手在我的胸前不住地按压，终于我深深地喘了一口气，眼前的红色，逐渐变薄，似乎就要散去。我拼命睁开眼睛，如果不趁自己还有一点力气把眼睛睁开，恐怕真会一命呜呼。

"小玫，你不能死！对不起，是我自私，你死了我会内疚一辈子。请你睁开眼睛。"那个声音紧张急促，在我的耳畔不停地呼唤着。

我呻吟着，睁开眼睛，薄薄的红色尽头，一张满是汗珠的脸从模糊中渐渐清晰起来。一双大眼睛布满了血丝，一颗汗珠滴落下来，落在我的睫毛上，我眨了眨酸痛的眼皮。

一双大手轻轻地托起我："谢谢你！谢谢你肯醒过来！"

"隋……我刚才是不是见鬼了！"我疲惫不堪，但仍心有余悸。

隋重华什么都没说，只是忽地抱起我，大踏步走出蝶住的房间。

"去哪……"我无力地垂着头。

他没有说话，而是将我放在他的床上。这是我第一次进他的卧室，先前只进过他的书房，在我来的几天，他的卧室一直都锁着门。

接着他端来一杯水递给我："喝点水吧。"

我接过水，喝了个精光。我的喉头真的干得火烧火燎的。真没想到这个男人竟然这么细致入微。

"你……还是尽快离开吧。"说完，他已经用被子把我盖了个严严实实。

我忽然有种奇怪的感觉，这个人那么熟悉，难道这个世界上真的有缘分？

"为什么？"我问道。

"你这样很危险。"他说，接着又倒了一满杯水放在床边。

"那，你呢？"没想到我竟问了这么一个问题。这是他的家，可为什么我总觉得这里危机四伏呢？

他没说话，却抬头看了看我。这个男人身上有种很特别的东西，让人联想到基督山伯爵。"我也很想知道我会怎么样。"他的回答竟比我的问题更让人难以理解。

"哦，对了，"我努力坐了起来，从睡衣的口袋里掏出了天棚里的信，递给他，"这个……我觉得该给你看看。"

他接了过来，展开那几片碎纸后，他惊讶的表情让我震惊。

"这……你是从哪里得来的？"他用血红的眼睛盯着我。

"我在蝶住房间的天棚里发现的。"

"天棚？"他的奇怪是可想而知的。

我点了点头："这是蝶住的笔迹吗？"我问道。

"是的，是她的没错。"他面如死灰。

"那你能看明白上面的内容吗？"我迫不及待地问他。

他摇了摇头。

"齐小姐，请你尽快离开，我想你回到申州是最安全的。"说着他把那纸条夹在一个黑皮笔记本里坐在我的床边，严肃地看着我。

"我为我的自私感到抱歉，但请相信我，我会尽力保护你的安全，不会让你成为第二个蝶住。"说着，他用坚定的眼神看着我。

"难道蝶住的屋子真的闹鬼？"我胆战心惊。

"这个世界上根本就没有鬼，但有的人却比鬼还阴险。"说着他的脸上露出了深不可测的愁容。

"我不明白。"我诧异地看着他。

"你不需要明白什么，这是我们家的事，本来就和你无关，是我硬把你扯了进来。"

"可是，我还想问最后一个问题，可以吗？"我问道。

"可以，问吧。"他说。

"蝶住不姓隋，那她到底姓什么？"我深深地看向他的眼睛。

他一脸惊讶："你怎么知道她不姓隋？"

"我曾经问过奶奶，隋蝶住是个很怪的名字，为什么要给她起这么个怪名字，奶奶说，她根本就不姓隋。"

他看着我，叹了口气："是的，她姓林。"

"姓林？"我有点惊讶。

"确切地说，她其实叫林小林。"隋重华的脸色很难看。

"什么？"这次该轮到我吃惊了。林小林，这个名字我在许青丸那里听说过，这个林小林，是和李桥生纠缠不清的那个女孩吗？

"你怎么这么惊讶！"隋重华很显然看出了我的失态。

"哦，不是，我……我是在想，为什么她会叫这么个完全不同的名字，而且你们怎么叫她蝶住？这太复杂了。"我的确不明白，为什么连名字都改了，那蝶住这个名字是从何而来？

"我随爸爸姓隋，她随妈妈姓肇，妈妈给她起了肇蝶住这个名字，可爸爸却不喜欢。爸爸一直都在和妈妈作对，从我们懂事开始。妈妈喜欢中式风格，他就偏偏把蝶住的屋子弄成欧式的。他说这名字听起来很不舒服，他喜欢简单明了的名字，于是叫她小林。可在家里，大家仍喜欢叫她蝶住，包括奶奶，小林自己也更加喜欢蝶住这个忧郁的名字。"

"可是，不管怎么说蝶住这个名字都怪怪的，妈妈为什么一定要让她叫这个名字呢？"我奇怪地问。

隋重华叹了口气："好了，别问那么多了，你现在需要好好休息。修养几天，身体好些了就回申州去。"他说得斩钉截铁，让我没有任何讨价还价的机会，只好作罢。但林小林，是不是就是青丸提到的那个女孩儿？如果是的话，追查出林小林的失踪原因，是否就可以揭开李桥生的秘密？我应该离开吗？

我就这样犹豫着，几乎一夜没睡。隋重华则一直坐在沙发上，我相信他也不可能睡着。

秋夜似乎很静，整个花园除了小虫子的鸣叫没有任何动静，这些小虫的生命也即将走到尽头，等待他们的将是秋风残忍的宰割。我呢？我在寻找什么？我很茫然。

回想往事，我还在上小学的时候，亲生父亲由于车祸永远离开了我。在此之前，我对车祸并没有太多的概念，可就从那天开始，我终于知道，车祸就是鲜血。无尽的鲜血，似乎染红了整个马路，染红了我眼前的世界。爸爸无助地躺在地上一动不动，皮包被甩到马路对面。人们在车轮下面找到了一朵被碾碎了的玫瑰。

后来我才知道，那天是爸爸和妈妈的结婚纪念日。也许爸爸是想用这朵玫瑰来表达对妈妈的一心一意，当然最可能的还是爸爸实在没什么钱，一束玫瑰对他来说太奢侈了。

我曾经无数次在梦中惊醒，但从不对妈妈说，因为我知道妈妈才是最想爸爸的人。可为什么在我十八岁的时候，妈妈竟然嫁给了姓钱的。我以为她会用一生来悼念爸爸。那个是我的亲爸爸啊！那个躺在车轮下面，满脸满身鲜血的、后脑塌陷的、只能买得起一朵玫瑰的人。

二十岁以前我从未设计过自己的未来，也根本不懂什么是爱情，总以为爱就是那压得粉碎的玫瑰花，就是那贫穷的相依，我以为那是可以追悼一生的情感。二十岁以后，我夹在妈妈和姓钱的中间，生活起了变化。我们有钱了，妈妈开始不断地往来银行间，开始很少提到爸爸，逐渐的，爸爸只能住在我的心里。妈妈总是看继父的脸色行事，责备我对他太冷淡。我曾为此恨她，可直到那天，我看见了姓钱的和红发女子，才恍然感到原来妈妈比我还可怜，她是在为了钱委曲求全。说到底，一切都还是因为我的缘故。当然我采取了报复行动，利用我知道的事情，榨取了他很多钱。可这也说明，他是真想和妈妈在一起，否则也不会默认我的无理取闹。

可爸爸该怎么办？我终于明白了，一切都是钱惹的祸。爱情是建立在财富地位之上的奢侈品，如果没有这些，最好别碰爱情。否则即使付出了生命也不会有任何意义。那朵残破的玫瑰就是最好的证明。

秋季，红色的鲜血，没有叶片的玫瑰，这都让我想起了父亲。那个把我带到这个纷乱世界的我唯一深爱的男人。深夜，我似乎能听见自己的心碎裂的声音。沙发上的隋重华，手托着下巴，不知道在想什么。夜色笼罩，我看不清他的脸，但我猜想他的眉头一定是紧锁的。这个家令他头疼，这家里的秘密使他不能与外人道来，又寻求不到解决的方法。一个男人，掌管着庞大的公司，回到家却丝毫感受不到家庭的温馨，难怪如今的他和全家福上的样子完全不同。

我浑浑噩噩地躺到了次日清晨。隋重华准备离开，我也爬了起来，今天他让我跟他去公司，也许他不想让我待在这个谜团重重的家中，或许这里面的危险他远比我更害怕。清晨的阳光，让我重新找到活力。

"我可以叫你重华吗？"我问道。

他回头看了看我，没说什么，只是微微点了点头。

"我决定一直在这里住到我回申州。"我坚定地说。

他惊讶地看着我："别开玩笑了，赶快回家。"

"我想过了，你说得对，其实世界上根本没有鬼。蝶住的信是我找到的，冥冥之中好像有种力量指引我，我似乎是可以帮你的人。"我看着他，一字一顿地说。其实留在这里也是为了我自己，我要为自己解开枷锁。直觉告诉我，只要找出李桥生和林小林的过去，就离我的自我救赎不远了。我要靠自己拯救自己。

他看着我，眼神里有着一种说不出的东西。"值得吗？"他低下头说道。

我笑了笑。天知道，我其实并没有那么高尚。

当我们来到金艺，大家似乎都很高兴，秘书小姐第一个冲上来："总裁，刚刚您奶奶来电话，催促您别忘记今天的相亲哦！"隋重华什么也没说，直接推门走进总裁办公室。我跟在后面，隐约听见几个八卦女在小声说："你看人家有钱人的女儿就是好啊，这么有福气，我们总裁可是很多女人的梦中情人啊！""是啊，能和我们总裁这样的人相亲，实在是好命啊！谁叫人家是大小姐呢！""最近这个女人总跟在总裁后面，她是干什么的啊？""谁知道！"

隋重华刚进屋就往章知远的办公室打了个电话。

"你……有约会？"我看着他。

"哦。"他支吾着。我忽然有点失落。就在这时，门响了，章知远推门进来。今天的他没穿西装，只穿了件咖啡色夹克，里面是米黄色的圆领T恤，下身一条发白的牛仔裤。

"叫我？"他说着，眼神却落在了我的脸上，"齐小姐怎么也有空来这里啊？"说着，饶有兴致地观察着我的表情。

"知远，你今天帮忙照顾下齐小姐，我要去……"说着，他的目光落在我的脸上。

"你要相亲，我听奶奶说了，至于齐小姐，我很乐意效劳。"说着章知远冲我眨眨眼睛。

隋重华看了看他："上班的时候要正式些，你怎么又穿成这样？"看来他对章知远随意的穿衣风格很不欣赏。

章知远倒是一点都不生气："重华，我穿得那么正式，可怎么陪美女逛街啊！说不定一会儿我还要破财呢？你可要给我报销哦！"说着，他一脸坏笑地看着我。

我没好气地瞪了他一眼。每次碰到这个人总是被他嘲笑。隋重华也拿他没办法："好吧，随你。不过中午带她吃点好的，中式的。"说着别过头去。

这次该轮到我震惊了。原来这个人一直在观察我，他一定看出我吃不惯他家的西式饭菜。章知远好奇地看看我，又看看隋重华，点点头："我会嫉妒哦！"说着轻笑了两声。

隋重华尴尬地干咳着，随后看了看手表："我该走了，你们什么时候出去随便。"说着起身离开了。

"相亲的是什么人啊？"我试探着问章知远。

"据说是万翔的大小姐。"章知远轻描淡写地说道。

"万翔？"真是冤家路窄，难道是许青丸？"是许格楠的女儿？"

章知远看着我："万翔还真是了得哦，连你都知道当家的姓名？"

这么说就对了，一定是许格楠没错了。他只有一个掌上明珠，就是许青丸。她怎么总是阴魂不散！

"喂！你还走不走啊，表情很奇怪哦！"一旁的章知远捅了捅我。我没说话，只是大踏步地走了出去。

坐在舒适的车里，我的心情放松了好多。和章知远在一起总是让人放松。章知远和我同岁，竟成了金艺的投资人，这个我还真有点好奇。

"对了，章知远，你和隋重华是怎么认识的？"我知道对章知远这种聪明人不能直截了当。

"我们是同学，同班的。"他得意地看着我。

"同班？怎么可能，隋重华少说有三十了吧，你才多大呀，怎么成了同班同学了？"我惊讶地问。

"难道你不觉得我有跳级的潜力吗？"说着他呵呵笑着，"学校教的东西太简单了，后来重华转来我们学校，他很孤独很忧郁，我因为是华人，又是班里最小的，自然也没什么朋友，看到重华就觉得很投缘。虽然我们年纪上差了三岁，但灵魂是很近的哦！"说着笑哈哈地看着我。我已经习惯了他这种半开玩笑的口气，但我知道他现在说的应该不假。

"我们上的是当地最好的学校，那里多数都是加拿大本地的学生，他们瞧不起华人，我和重华疯狂地锻炼身体，那个时候很傻，总认为只要身体强健，就不怕人家瞧不起我们。"

"那个时候蝶住失踪了吗？"我问道。

"还没有……"他边开车，边回答。

"可不是说，那个时候重华的爷爷奶奶住在加拿大，可他的父母带着重华和蝶住住在中国的吗？"我觉得事情好复杂。

"是的，可后来就出事了，重华的父母吵得很凶，最后，他父亲带着重华回了加拿大，遇见了我。而蝶住则和她母亲住在这里，当然就在你现在住的那间房子。"

"这么说你和蝶住并没见过面？"我说道。

"是的，我只在蝶住寄给重华父子的DV录影里见过她，但印象深刻……"他说着，陷入了沉思。

"她是个什么样的人呢？"我问道。

"她，很漂亮，当时也就才上高一吧。长发披肩，很温柔，长相……"他转过头来看看我，"的确和你有很多地方很像，不过你们的气质很不同。她看起来很柔弱，很忧郁，你却很……怎么说呢？总之就是感觉不太一样。"

"你和重华的气质也不一样。"我回敬道。

他笑着看着我，说："这个自然。重华的家族是世代经商，我爸爸原本不过是公司小职员，后来继承了一笔遗产才一夜暴富。不过他在股票方面很有天赋，特别善于投资，就这样，我们家逐渐在加拿大站稳了脚跟。后来爸爸给我一笔钱叫我自己尝试投资，因为和重华关系好的缘故，自然选择投资了他的金艺。"

"这么说，金艺并不是隋家的家族企业，而是隋重华自己创办的？"

"是的，确切的说是我们两个的！"他好像很不满意地看着我，"要不能说自己是老板吗！"被他这么一说我又想起被隋重华赶出金艺的狼狈经历，顿时瞪了他一眼。

"好了，别说这些陈年旧事了。今天有个画展，都是名作哦，有萨金特的。有没有兴趣？"说着他歪着脑袋看我。

"好啊！"萨金特是我最喜欢的一个画家，我欣赏他的绘画风格，这么好的机会，当然要去了。

长兴画廊是复盛最大的画廊，不过说实话，这还是我第一次在家乡的画廊看画呢，感觉很特别。

章知远陪着我，看来他的确很喜欢油画。长兴为了配合萨金特的风格，重新设置了场景和灯光，感觉非常豪华。

我们来到萨金特的《X夫人》面前，这幅画是我最喜欢的，原名《高屈奥夫人》。高屈奥夫人活跃于巴黎的社交圈，在当时的上流社会是赫赫有名的人物。她的成功与美丽相得益彰，画面上，她嘴唇薄而优美。大量蜜粉擦在双肩、胳膊、胸颈和脸颊上，看起来白皙嫩滑。她穿着低胸黑色吊带长礼服，身材匀称丰满。当时，她只有二十三岁。

"其实这幅画当时在法国社会引起了很大争议，本来高屈奥夫人的吊带裙有一侧带子滑落下来，可当时上流社会认为过于邪恶，而且画中人物苍白的肤色，也被人们非议。一开始高屈奥夫人很满意这幅作品，可后来迫于舆论的压力，她便找到画家，要求对其滑落的吊带进行修改，这对当时崭露头角的画家是很大的打击……"一个温润的声音在娓娓讲述着这幅名著的前生今世。

我抬头看去。就在离我不远的地方有一个身材修长的女人，围着大红和暗绿花纹相间的披肩，一身粗麻的波希米亚式连身长裙，脚下是棕色的平底牛皮鞋。许青丸！我差点没认出来她。她化了淡淡的妆，长发在脑后松松地盘了一个很古典的发髻，衬托着那张有着象牙色皮肤的鸭蛋脸更有女人味。我怎么一直都没发现，许青丸原来这么漂亮！而她旁边的男人就是隋重华。我忙垂下头去，必须避开这两个人，否则我苦心经营的谎言会在一瞬间被戳穿。

"哦，我忽然饿了，去吃饭吧！"我推着章知远向门口走去。

好在他还没发现隋重华。

"才几点啊！就吃饭？"章知远低头看了看手表。

"快走吧，我都饿死了，早上没吃饭。"我连忙挽起他快步走出了长兴。

"这么着急，想吃点什么？"章知远问道。

"吃点什么都行。"我心不在焉地说道。

"路边摊？"章知远笑着问。

"好啊！"我根本就没听见他在说什么。

"不是吧，今天怎么了？"他奇怪地跟在后面。

"我要吃海鲜大餐！"我看着一脸不情愿的章知远说。

"好吧，谁让重华交代了呢。不过回去你可得让他给我报销哦！"说着他发动了汽车。

我们来到天满意海鲜楼，这是复盛最好的海鲜馆子。

"我来点菜。"我看着章知远，撅着嘴说。

"好，随便你！"他叫来了服务生。

"我要生炊龙虾、香辣蟹还有……人参海鲜汤、海鲜鸡蛋饼……"我仔细地看着菜谱。

"好了，好了，还真是能宰人哦！再加两份海鲜烩饭就好了。"章知远抗议了。

"还真是小气！"我故意气他。

"你有这么大的食量吗？两个人吃得了这么多嘛？"章知远大声说。

见他这样我觉得很好笑，这么有钱总吃路边摊，现在被我逮到了，终于可以大宰他一次。

"你喜欢吃海鲜？"章知远问道。

"是的，我最喜欢的就是海鲜。"我毫不犹豫地回答。

正在我们大快朵颐的时候，魏龄雪的生活却发生着戏剧性的转变，当然这是我后来才知道的。关池就在这天夜里入狱了。可直到后来我也不明白为什么他会吸毒？为什么会和自己的学生有染？令我更不能理解的是魏龄雪，她竟然收留了那个抢走关池的女学生，还照顾她生产。女人！难道你的名字不是弱者吗？就那么爱这个男人？爱到要为他承担一切，包括他的孩子？

那天下午我和章知远去逛街，我疯狂地购物，不过消费的都是他。这不就是我梦寐以求的生活吗？开心无忧的，任意挥霍的，风光无限的……

"你什么时候回申州？"章知远手里拎着好几个袋子，跟在我的身后。

我正在摸索着一件桃红色的羊绒连衣裙。"三天后。"我回答着，"小姐，我要试试！"我找到服务员。

"为什么不现在走？"章知远跟在后面。

我回过头去："不为什么，在复盛还没待够呢，你们都对我这么好！"我一边说着一边朝他挤挤眼睛。

从更衣室出来的我，对着镜子满意极了，后面的章知远也不住地点头。

"的确很漂亮。"他眯着眼睛看着我。

"是吗？谢谢。我想这个应该很适合我。"我示意服务小姐包起来。

"你很会花钱啊。"他笑着说。

"你花得起嘛！"我笑道。

"要是找个你这样的女朋友，我可惨了。"他转身走向收银台。

我跟在他后面，心里喜滋滋的，更是下定决心搞定他们两个中的一个。不过，我还是觉得隋重华似乎更好些，和他在一起更安心。可是，可恶的许青丸，什么事都要插一腿。想起这个我就生气。刚才在长兴画廊见到她的时候，她的美丽让我吃了一惊，她是那种经得起岁月打磨的女人，像钻石一样愈发耀眼。隋重华跟在她旁边，看起来心情也不错。他该不会真的爱上许青丸吧？

"喂，走吧，已经很晚了，送你回去。"章知远轻轻地推了我一把。

"你觉得我有魅力吗？"我忽然问道。

他上下打量着我："如果眼睛再大一点会更漂亮。"说着咧嘴笑了。

我们走出商场，他打开车门，我钻了进去。还没坐稳呢，就听他叹了口气，问道："为什么又跟着重华到公司来了？是不是了出什么事？"他的表情透着凝重。

"是有点事，"我低下头，"昨晚我差点出事了……"

"出什么事了？"章知远警觉地望着我。

"我真的听见有人和我说话了……"说到这里，我不仅打了一个寒战。

"谁？什么样的声音？"他问道。他眉头紧锁的表情有点像隋重华。

"一个女人的声音，虚无缥缈的感觉，听不出年纪的大小，还有就是……"我的声音越来越小，因为他的表情越来越可怕。

"还有什么？想急死我啊？！"他大声说。

"我闻到了一种很特殊的味道，就是……就是那天小匣子里的气味。"我战战兢兢地说。

"玫……瑰……"他瞪大了双眼。

我点了点头。

他用力倚在靠背上，眼睛望着前方玻璃窗外的世界。这时，天忽然下起了小雨。好一会他才说话："事情发展得太快，已经超出了重华的预料。现在是时候离开了，你不能住在那里了，实在不行去我那吧。我虽然住酒店，但绝对安全。"他没有看我，喃喃地好像在自言自语。

"我不。"我撅着嘴说，"我要待在那里，我要帮助重华找到答案。"我执拗地说。

"你知道什么？答案？答案不是你找的，那是重华的事，和你无关。不能住那了，重华也未必能保护得了你，要不回申州，要不去我那，你自己选择！"他已经有点愤怒了。

我看着他，嘟着嘴不再说话，可我的真实想法他又怎么会知道？我要找的答案是我自己的，和隋重华无关，当然和他更无关。

晚上六点，我和章知远回到别墅里。奶奶见章知远也来了，很开心，忙着叫刚找来的保姆做他爱吃的沙拉和鹅肝酱。

我也懒得再搭理他，自己跑到楼上去换衣服。我小心翼翼地推开屋门，屋里没有什么变化，天棚上小天使的眼神依旧无着无落。我战战兢兢地来到屋子中央，很奇怪，一点气味都没有了，昨晚那浓重的玫瑰香气早已散开，好像什么都没发生过。地毯很干净，床铺也很整洁，可就在我的眼睛划过妆台的时候，一个小小的细节引起了我的注意。我的妆台始终摆着奶奶用花窖培育的百合，我走到近前，竟发现在花瓣的深处有一些红色的粉末。这是什么？我拿在手里仔细观察，没有什么特别的，又放到鼻子下面闻了闻，顿时惊出了一身冷汗。一股好强劲的玫瑰味。可能被百合的香气掩盖了，刚进屋的时候我竟一点没闻到。不对，我敢保证，以前这里没有这种红色的东西，难道昨晚有人潜进我的房间？这个大胆的推断令人毛骨悚然。

"小玫……干什么呢？下去吧，重华回来了。"奶奶推门进来，见我站在妆台前，手里还拿着那件要换的衣服发愣。

"我换了衣服马上就下去。"我冲奶奶点点头。

我来到楼下，重华、奶奶和章知远都坐齐了。我坐在奶奶身边，只顾着低头吃饭。重华仍紧锁着眉头，奶奶依然用心地品尝她盘子里的东西。但很显然，她对新来的保姆不是特别满意，而章知远则不住地狠狠往嘴里塞东西。

"重华，我看你也该考虑考虑我和你说的事了！"说话的是章知远。

"什么事？"奶奶问道。

"生意上的。"隋重华应付着。

"对了，重华，今天的相亲怎么样？"奶奶笑眯眯地看着隋重华。

"很好。"重华说。

"我就说嘛，我的眼光没错，万翔的丫头，那可不是一般的女孩子。"奶奶一个劲地点着头。

我心里很不是滋味，看来奶奶对许青丸一定很满意，要动摇她在奶奶心中的地位应该不容易。

"那决定继续交往了吗？"奶奶问道。

"这还要看人家的意见。"隋重华说道。

奶奶满意地点头。

吃过饭，章知远和隋重华来到书房，关了门不知在说些什么。我蹑手蹑脚地跟了上去，把耳朵贴在门上，隐约听见了里面的谈话。

"重华，这样不是办法！"

"我也没想到事情原来这么复杂。"

"那你准备下一步该怎么办？"

"我想按你的说法送走齐小姐。"隋重华说。

"好，那你还准备继续追查下去？"

"是。我不能让妈妈和蝶住白白死掉。"隋重华重重地说。

"重华，你听我一句好不好，这样恐怕会带来更多的伤害，何必呢？齐小姐就是最好的例子，你把她当做诱饵，可看看现在她正遭受的危险！如果她出了什么事，你怎么和人家父母交代，何况……"章知远停了下来。

我的脑子里顿时闪过一道惊雷。原来这一切都是隋重华预谋的，他竟然把我当成诱饵！难怪他发现我的当天就派章知远把我带到了这个别墅，还让我住在这里。难道？奶奶也和他们是一伙的？

"何况，我看得出，你有点喜欢她。"章知远接了下去。

我的心微微一颤。

"谁说的，我没有。"隋重华说道。

"不，你有。"

"我，没有。"最后，我听见隋重华斩钉截铁地回答。

我恨恨地瞪着那道门。不过是骗局，原来我只是一个诱饵。怒火在胸中燃烧的时候，我转过身悄悄离开。

似乎只要有许青丸出现，我的事情都会混乱。在上学的时候，我曾想得到方云澳，我以为可以利用他哥哥的关系留校。可最终，那人却成了她的男朋友。现在，我想抓住隋重华，却也被她捷足先登。我的指甲几乎抠进肉里，为什么就不能让我赢一次！我一定要让她明白失去的痛苦。

我躺在床上，看了看表，已经晚上八点了，外面传来章知远的脚步声，看来他已经走了。我在心里寻思着，起身下了床，赤着脚推开了隋重华的房门。

"重华！"我朝夜幕中喊去。

他打开了床头灯，坐了起来。

"我有点害怕！"我没说谎。我拎着睡衣赤脚站在门口。

隋重华穿着浅咖的绸缎睡衣，看脸色应该也是刚刚躺下。

他沉吟了片刻："到这来吧，我把床让给你。"说着从床上下来朝沙发走去。我走过去，却只是默默地看着他。

"快躺下吧，现在已经入秋了。"说着他身子一歪，一头倒在沙发上，也不看我。

我翻身上床。他的床比蝶住的要高很多，不那么软软的，但躺下去仍然很舒服，很温暖，能隐约闻到淡淡的雪茄味，我慢慢地闭上了眼睛。

"你对那个大小姐的印象怎么样？"我仍闭着眼睛。

他似乎陷入了沉思，很久以后，才缓缓说道："很不错，非常特别。"

"特别？"这个词让我感到别扭，比起"漂亮"、"性感"，这样的形容更让人不安。

"她身上有种东西让你过目不忘。"听得出他语气里的惊喜，看来今天的相亲让他出乎意料的满意。

我心里酸溜溜的，可却翻过身，把脸转向他的方向："重华，我们能相识也是有缘，我一直都没有兄弟姐妹，以后就当你是哥哥吧！"

"这或许就是缘分吧。我不会忘记昨天你面对的危险，我很愧疚。"隋重华很诚恳地说。

"为什么要愧疚？"我假装什么也不知道。

"第一次见到你，我一下就想到了蝶住，而我回国的重要目的之一就是找到她。我怀疑家里存在一些阴谋，对这个我不太确定，也没什么证据。所以我告诉知远务必把你带回家，我要看看还会发生什么。但这只是碰运气，因为每个人都知道你并不是蝶住，只是直觉告诉我你是我找到蝶住的线索。请你原谅。"隋重华终于说出了他的目的。

如果他直接告诉我，我应该不会怪他，可现在这感觉已经变味了，我不可能原谅他。我要让他得不到自己的爱，让他更痛苦。

"是这样啊，不过这个也没什么，人人都有苦衷。"我笑着说。翻了个身。心里暗自盘算着自己的计划。那时候，我只关心自己是否得到，却不明白这样做到底会带来什么。因而，因为我的鲁莽和狭隘，经常给周围的人带来无法弥补的伤害。

夜一点一点深了，我感受到了沉沉的睡意，是纷乱的妄念让人疲惫，肉体无法支撑意识，我渐渐睡去。就在这时，外面传来了窸窸窣窣的声音。仿佛一根刺勾起了那萎顿的神经，我忽然间清醒了，屏住了呼吸，这声音断断续续，似乎是门外传来的。混乱的黑暗中，我极力睁大眼睛，鼻翼扇动。在确定空气里没什么味道后，我警觉地坐了起来。难道昨夜潜进来的人今天还会来？

当我摸索着来到重华的沙发前，却发现沙发上空空的，隋重华人呢？我顿时一惊。

就在这时，那声音奇怪地消失了。我回头朝门的方向摸了过去，门竟自己开了。一股阴凉的邪风直扑到我的脸上。我连忙用手捂住嘴巴，寒气趁着我混乱的呼吸钻了进去，噎在嗓子里森森地颤抖着。

夜幕中，一个人影晃了一下。

我的脚本能地向后退去，我很确定自己看到的是一个人。然而就在一瞬间的犹疑后，我拔腿跟了下去。也许是因为这个家族的内幕和我的安危息息相关。正如隋重华说的，这个世界上根本就没有鬼。我咽了口唾沫，给自己打着气。空气越来越凉，秋夜的冷风从睡裙下面呼呼地往上灌，此刻我已顾不得自己还赤着脚，一直追下了楼，朝花园跑去。

一个黑色的人影消失在花园的尽头。

我停下脚步，不敢直接追过去，虽说这世上没鬼，但立在风中，冰凉的露水打在我的胳膊上，我还是觉得怕。我战战兢兢地举目四望，周围的一切看上去是那么的恍惚，可感觉上又是那么的真实。我已经有点冷，潮湿的草地让我的脚底很不舒服。我注视着那人消失的方向，却忽然间觉得有些眼熟。

我加快了脚步，直觉告诉我，这个人在园子里寻找着什么。不知不觉中我已经来到了园子的深处，这里种满了玫瑰和牡丹，这些灌木都长到齐腰高，花都已经谢了，却因在院子深处无人打扫，地下还残留着花瓣。花瓣沉沉地铺满地面，腐朽的红和枯败的紫在朦胧的夜色中仿佛人体的某个部位在流淌。我慌乱地撤回目光，却碰上树木在夜色中怪异的影，它们挥舞着手臂，缠绕在我的周围。月光给这里蒙上一层奇异的银绿色的光。我仰起头，发现自己似乎掉进了一口暗绿色的井中，时间发出沉重的破碎声，我的呼吸也即将崩溃。

忽然一丝凉风从脖颈后面吹了过来，身后的花丛猛烈地晃动。我的呼吸终于彻底被撕碎，强烈的胸闷袭来，接着，我听见了自己沉重的心跳声。我努力睁大眼睛，草丛仍在晃动，我的视线也开始摇动，天旋地转，我知道自己已经和那个东西面对面了。

"你……是什么人？"我从干涩的嗓子眼里挤出这么几个字后，就觉得世界仿佛被塞进了玻璃罐中，然后摔在了石头上。轰的一声，粉身碎骨。

一切都停止了，没有梦。

凌晨2点45分。

两个小时后，我发现自己还活着。还穿着那件真丝睡衣，只是头疼得厉害，心脏也沉得要命。我闭着眼睛，尽量不去回忆那一幕。

当我艰难地从床上爬起来，已经是早上五点半多了，对面的沙发上，隋重华仍好好地睡着，他睡得很香，仿佛什么都没发生过。这个家真是邪了！我这样对自己说着，然后将身子靠在床头上，用疑惑到极致的目光看着那个背影。

"重华哥……"我喊醒了他。

他揉着朦胧的睡眼："醒了啊！"

"昨天你睡得好吗？"我小声地问道。

"很好，一夜无梦。"他应承着，翻了个身。

"你昨晚没起夜吗？"我又问道。

"没有啊。昨天白天很累了，晚上一觉就睡到了现在，我还想再睡会。"说着，声音已经越来越小了。

我狼狈地坐在他的床上，看着他躺在沙发上的背影，心里越发慌乱起来。为什么我总是在一些奇怪可怕的梦境之中徘徊呢？我翻过身去，重新躺回了床上，闭上了眼睛，浑身的酸痛感让我很快进入了梦乡。

这次，我真的做了一个梦。我梦见爸爸，他向我走来。血已经变黑，在他身上就像附着着一层恶心的虫子。手里还拿着那朵被汽车压扁的玫瑰，叶子萎顿地贴着枝干。随着他的步伐那可怜的花在微微颤抖："这个送给你……"他笑得诡异，一只胳膊像被扯下来后又重新装上去，方向都反了。

"不……我不要……"我在睡梦中喊叫着。

我在哭喊中醒来，枕头已经被我的泪水打湿了，我揉着水肿的眼眶，看了看沙发，隋重华已经走了。

我下楼来到奶奶房里，她刚从花园回来，正摘掉帽子，用毛巾擦着额头的汗水。

"奶奶，你又去花园了？"我问道。

"是啊，花园今天可真怪的，也不知谁把地翻了好几处……"奶奶皱着眉头说。

我惊讶得张了张嘴。

"尤其是我种玫瑰和牡丹的地方最严重，被挖了几个大大小小的深坑。"

奶奶说着坐到我的身旁，递给我一杯咖啡。

"是什么人做的？"我想起昨晚的那个奇怪的梦。

"谁知道，可能是哪个路过的小孩！可不应该啊，小孩子应该没那么大的力气，一夜之间挖了好几个坑。而且为什么要这么做呢？园子里什么也没有呀？"奶奶低沉着声音自言自语着。

"找什么呢？"我也嘟囔着。

"不过也别管他了，这个房子我本来就是要卖掉的，只是因为重华不肯，所以一直耽搁到现在，看来也是时候找找买家啦……"奶奶目光忧郁地看向窗外说。

"这房子挺好的，为什么要卖？"看来奶奶并不知道隋重华利用我这件事，所以应该可以从奶奶嘴里套取点东西。

"哎……说来话长啊……"奶奶喝了口咖啡，把一束百合插在她床头的黑色花瓶里，雪白的花瓣配着黑色有螺旋纹理的花瓶很雅致，但有点太素净了，素净得有点凄凉。

"我一直没告诉你，你也别怪我，实在是怕你害怕，但我本人和重华一样，并不相信这些东西。重华的妈妈就死在这栋房子里。"奶奶满含歉意地看着我："而且她就死在蝶住的房间。"

我这才恍然大悟，原来那个人竟然是他们的妈妈。看来这个家庭真的有很多不可告人的秘密。

"孩子，你刚来的时候我没告诉你，也是因为我的自私。要知道，我们家有任何风吹草动都必须封锁消息，否则一旦被外界知道了，就会上新闻的，希望你能体谅。"说着奶奶充满希翼地看着我。

我明白她的意思："我会保密的。"我诚恳地向奶奶保证。

也许是太久没有和人交流，眼前的老人实在需要发泄，于是，就在这个恬淡的周五下午，我得知了这个华丽家族背后的惊天内幕。

蝶住的爸爸隋家伟是个花花公子，从不过问生意上的事。奶奶为了这个很是伤心。有一次，他和父母回国旅游，认识了一个京剧演员后便无可救药地爱上了这个女人。这女人的确非常漂亮，可因她家境不好，所以奶奶和爷爷有些迟疑。

但隋家伟却因为追求她留在了中国。经过调查，奶奶发现这个女孩人品倒没什么问题，于是说服爷爷同意了这桩婚事，当然前提是隋家伟要回加拿大管理公司。重华的父亲当时的确是很爱这个女人，于是非常干脆地同意了。这栋别墅就是奶奶送给重华父母的结婚礼物。

然而一场盛大婚礼过后，隋家发生了巨变。

二人在中国度了蜜月后，便去了加拿大和奶奶住在一起，婚后的生活很幸福，很快就有了重华，这个名字是那个女人给起的，她说她喜欢这个华丽雍容的名字。可就在生下重华的第二年，他们开始无休止的争吵和冷战，原来重华的父亲在妻子怀孕期间有了别的女人，而这个女人竟跑到家里来威胁她。重华的妈妈非常生气，可隋家伟并不想离婚，因为此时他已接过了隋家的所有产业，如果现在离婚，会对隋家的生意造成很坏的影响。于是两位老人将隋家伟训斥了一顿，又命他处理好那女人的事情。后来那个第三者竟真的没再出现。尽管如此，二人的感情仍旧出现了裂痕。由于工作的缘故，隋家伟带着妻儿回到中国，生活在这栋小别墅里。他总是出门，留下重华妈妈带着孩子，可时间久了，就引来了很多非议，渐渐竟传到了隋家伟的耳朵里。他开始变得敏感，时常神经兮兮地派人监视妻子的行踪，发脾气闹事也就成了家常便饭，后来演变到经常动手。这个可怜的女人就这样生活在丈夫无尽的辱骂殴打和周围人的恶意毁谤中。

这个女人太美了，让很多女人嫉妒，她也太有福气了，嫁给了这么个有钱人家的少爷，人们就这样用猜测、妒忌的言语将她一步步逼向毁灭。

听李妈说，重华妈妈整天眼神哀怨地对着镜子，精神恍惚地唱着一些京剧里听不懂的唱词，神经兮兮的。

我奇怪地问："李妈？"

"是啊，"奶奶说，"我怕他们夫妻生完孩子后不会照顾，特地从加拿大派李妈回来的。"奶奶继续说着。

奶奶知道儿子的个性，急着要回国来，可怎奈偏巧赶上身体不适，做了心脏手术。就这样，几个月过去了，重华妈妈竟又一次怀孕了。这次她很开心，精神也好多了，她比第一次生育更精心，注重调养身体，准备生一个健康的宝宝。就在这时，那个女人又找到了她。她的骚扰令重华妈妈十分疲惫，隋家伟却听之任之，就这样一直僵持到孩子生了下来。这个孩子就是蝶住。

我恍然大悟："奶奶，那蝶住到底是不是他们的女儿？"

奶奶苦笑着，蝶住生下来很漂亮，但身体不好，动不动就生病，而且还很胆小，这可能是和她母亲怀孕时的心情有关，后来经过检查发现她有先天性的心脏病。蝶住的妈妈希望丈夫能把孩子带到加拿大治疗，但隋家伟却说这孩子不是他的，没必要管她。

重华对这个妹妹很好，他相信这是他的亲妹妹，也没有为什么，就是相信。可惜的是，后来隋家伟把重华带到了国外，当时蝶住才只有五岁。

"可是，为什么我在全家福上看到的是十几岁时候的蝶住呢？而那时候的重华应该已经有二十岁了？"

奶奶看着我苦笑着："我在病情稍微好转后回到中国，把家伟押了回来，希望他们夫妻能够和好。"

回到中国以后，奶奶发现蝶住的妈妈很憔悴，整日蓬头垢面，不修边幅。蝶住由于长期待在这样的母亲身边，行为性格都显得木讷内向，于是奶奶叫正在放暑假的重华也回来。蝶住很喜欢哥哥，面对重华的时候她总是很开心。那个做第三者的神秘女人自从奶奶回来后，就再也没有出现过。隋家伟和妻子之间的感情似乎又好了起来，蝶住的妈妈经过治疗基本痊愈了，于是就在这个假期，他们一家子照了这张全家福。令任何人都没想到的是，就在这个假期即将结束时，蝶住的妈妈自杀了。

"她……"我的声音有些颤抖，"她是怎么死的？"

奶奶擦了擦眼角的泪水，叹了口气："割腕，那个血啊，把整个地板都染成了红色，现在想想，这也是我不喜欢玫瑰的原因吧，那新鲜的红色玫瑰，让我想到蝶住妈的血……"

"为什么不阻止她？"我惊讶地问道。

"当时我们都去了超市，本来我是不想去的，可蝶住妈叫我去透透气，我是和重华一起去的。"奶奶抹着眼角。

"那重华的父亲呢？"我着急地问。

"他当时在公司开会，当天有个非常重要的股东大会……"奶奶含泪说道，"这孩子不声不响地就走了，谁也没预料到她能选择这条路。记得那天早上，她心情还很不错，特地穿了件很漂亮的碎花连衣裙，后来接了个朋友的电话，说十点她也要出去赴约。我和重华走得早些，大概也就九点多吧，可没想到，这竟成了她和孩子的最后一面。"

"那蝶住呢？"我继续追问。

"参加学校组织的夏令营了，然后就再没回来……"

我已经无法再追问下去了，在我眼前的是个老人，回忆这些心酸的往事对一个心脏本就不好的老人的确是件很难过的事。

"蝶住妈死的时候，手里还握着一张亲子鉴定单。"奶奶平复了一下情绪缓缓说道。

"是蝶住的？"我如同触电般来了精神。蝶住妈妈的故事让我心里乱乱的，好像有只手在揉弄着整颗心脏，说不上是痛还是什么。

"是的，蝶住是家伟的亲生女儿。"奶奶很难再抑制自己的情绪。我伸手轻抚着奶奶那苍老的脊梁，命运似乎跟隋家开了个玩笑，可这玩笑太离谱了。

隋家伟很后悔，他一向嚣张惯了，从小就养成了跋扈而多疑的个性，可当他推门见到妻子尸体时才知一切都晚了。随后他就得知女儿失踪的消息，重创下的隋家伟一病不起。三个月后，他主动放弃了所有隋家的产业继承权，独自一人搬到加拿大的一个农场里，在那里隐居起来，从此不再见任何人。

我终于知道了事情的经过，原来这个富足的家庭背后竟隐藏着这么大的悲剧。儿媳的横死，儿子的离家出走，孙女的失踪，让整个隋家长时间笼罩在一片慌乱的阴影之中。当时重华还小，所有的家业都被隋老爷子重新担了起来。本来健康的他，却已经力不从心了，就这样一直挨到了重华大学毕业，隋老爷子也撒手人寰。

重华很争气，不但接管了整个隋家的产业，更是经营得井井有条。可就在去年年末，重华告诉奶奶，他在中国投资了一家影视公司，就在复盛。奶奶虽然不愿他回到这个伤心地，可由于这是工作，也没法阻拦，就这样他们在今年初回了国。经过一段准备，金艺开业了，又没过多久，他遇见了闯入总裁办公室的我，于是我们的故事正式开始了。

我一个人来到园子，奶奶说这里被人挖了好多坑，我要来看看到底是怎么回事。我沿着昨晚记忆中的路线走进了这园子的深处，一路上的花草，让我的心咚咚直跳，这不都是昨晚梦到的吗？难道那不是梦！

　　果然，我来到了种满了玫瑰和牡丹的花丛，周围种了一排高大的梨树，把这块空地围了起来，看上去像块洼地，与世隔绝。

　　就在一片玫瑰花丛中，真的有个深坑！为什么挖得这么深？足有半米。这是做什么？我仔细查看了周围，似乎有些不对，新土上有几个不太清楚的脚印，我蹲在那里辨认着，应该是皮鞋。咦！上面有一个不太明显的字母，Gu…c？我倒吸了一口凉气，难道是Gucci？穿这个牌子的人？他在这里找什么？

　　忽然一个景象像电流一般闪过我的脑海，园子，园子……但此时的我仍整理不出什么思绪，这里不能久待，站在这里我的心跳就会加快，我觉得一定有什么事情就要发生。

　　当我再次回到奶奶的房间，她告诉我今晚家里有客人。可当得知来客是谁后，我却惊出了一身冷汗。许清丸。

　　"哦，奶奶，我今晚可能不回来了，我想找章知远陪我出去逛逛。"我有点像是恳求地说。

　　"那可不行，知远也来，都说好了。"说着指挥着新来的保姆做这做那。

　　我独自来到楼上，经过再三权衡，终于掏出手机，装上电池，拨通了许青丸的电话。

　　"喂，你好。"那边传来了青丸的声音，我换了号码，难怪她不认得。

　　"听着许青丸，你一会到隋重华家里赴约，会遇见让你意想不到的情况。请你答应我，不管看到什么都不要说话，就当我们不认识。"我坚定地说。

　　"我不明白你在说什么！"

　　"你能答应我吗？"我不想和她解释太多。

　　"李桥生有没有找到你？"许青丸提到李桥生，这更令我气愤。

　　"我问你的问题，请先回答我！"我压低了声音。

　　"好，我答应你，但我希望你别再做傻事了，我和隋重华只是普通朋友，我并不想和他继续发展，他不是我喜欢的类型，所以，你放心，我接受他的邀请，只是出于礼貌，毕竟这也涉及两个家族间的事情……"她解释着。

得知她不喜欢隋重华，我并不开心，反倒有点失落，但现在不是和她纠缠这个问题的时候。

"好的，谢谢。"我斩钉截铁地说着，挂断了电话。

不知道为什么，她就不能和我正面较量一次吗？正在这时，我的手机响了，我下意识地接了电话。

"找了你好久，怎么手机也关了，我已经和单位说好了，大概三个月以后就能去申州了，开心吗？"是张怀敬。

我差点就把他忘了，这几天只专注地周旋在隋重华和章知远之间，竟忘了张怀敬。

"哦，我最近在乡下和同学写生，这里信号不好，你别打来了，我过两天就去申州，有什么事到时候再说吧。"我有点迫不及待地想挂断电话。

"对了，有件事，姜瑶有一本日记，一直到她死亡的前一天……"

我这一惊也着实不小："你怎么知道的？"

"是邮寄到我办公室的，因为报社包裹比较多，我一直没留意，就在三天前我才发现。里面写了很多令人吃惊的内容，我不知道该怎样处理，所以找你商量。"张怀敬说。

正在这时，我发现梳妆台镜子里有个人。我的神经最近一直都处于高度的紧张状态，这种景象立刻让我像触电一样弹起身子，慢慢地转过头去。

"小玫，最近怎么样？李桥生没找到你吧？"电话里张怀敬的声音不断传来。我摸了摸额头的冷汗，原来是章知远。他笑眯眯地立在门口打量着我。

"哦，没有，谢谢你的关心，我的信号不太好，有点听不清，先这样吧。"我急忙挂断电话，做了个急促的情绪转变，然后对着章知远摆了个大大的笑脸。

"有电话？"章知远看着我说。

"哦！是啊，呵呵。"我有点不太好意思，不自然地把头发掖在耳后。

"你不是说都被小偷给偷走了吗？"他皱着眉头问道。说着两手从裤兜里拿了出来，抱在胸前。

"啊！是啊，这个是昨天刚买的。"我应付着他。

"是吗？不是连钱也一起偷走了吗？"他露出了一个坏笑。

"这个……"我支支吾吾不知道该怎样回答。

就在这时新来的保姆见门没有锁，便朝屋子里探头探脑："奶奶找你。"

"好了，知道了。"我忙借着这个当口躲开了章知远的目光。

来到楼下，见奶奶朝我招手，便躲进了她的屋子。

"小玫，看看我穿哪套比较好？"奶奶手里拿了两套套裙，一套是米黄色，另一套是浅蓝色。看来奶奶是很重视这次见面的，许青丸，你真是我命里的克星。

"我来看看。"我拉过奶奶，把衣服一套一套地比过去。米黄色的在椭圆的领口处手工缝制了珍珠，看起来很高贵，下面的裙装也是极细致的羊绒掺天丝织成的，手感光滑均匀。浅蓝色的在胸部坠满了闪光的亮片，小V领，下面是更浅的蓝色裙子，质地也都是羊绒加天丝。我比来比去，还是觉得米黄色的更趁奶奶的肤色，但我知道许青丸喜欢暖色，对冷色没有好感，而且最讨厌蓝色，更何况她最看不上亮闪闪的精致服饰。于是我兴高采烈地把那套蓝色的套裙递给奶奶："奶奶，就这件吧！"

"这件会不会太闪了啊！"奶奶在镜子前比比划划。

"奶奶，你还不相信我的眼光吗？"我撒娇地撅起了小嘴。

奶奶笑了："好，就这件。"说着把米色的收了起来。

"太太，今晚的主食做西式的还是中式的？"保姆敲门进来。

"就中式的吧，西式的人家可能吃不惯。这位许小姐一直都生活在中国，我们就吃中餐，而且你做中餐也比较拿手。"奶奶说着。

来到这里这几天奶奶从来都没有这么细心过，看来她真把这个女人当成未来的孙媳妇了。

"小玫，帮我想想该准备什么菜给许小姐？"奶奶把脸转向我。

"哦，好，我想想啊！"我应承着。许青丸的口味比较重，喜欢吃川菜，这个我比谁都了解。"我看吃点清淡的吧，现在的女孩都怕胖。"我说道。

奶奶点点头："说得对，快去准备吧，一定要准备清蒸的菜，这个比较健康……"说着奶奶跟着保姆出去了。

我突然很开心，我知道只要答应的事许青丸就一定会做到，她会为我保密的。而我偏要做一些她不喜欢的事情。折磨她会让我觉得很快乐。今天我要化个漂亮的妆，我不相信许青丸能把我比下去。

我比较适合淡紫色眼影，这样会把小小的眼睛衬托得神秘诱人，选择樱桃红唇彩，配合我雪白的皮肤，就像芭比。最后又涂了一遍睫毛液，这样就更完美了。对着镜子，我努力地画出了一个大大的笑容。雪白整齐的牙齿像阳光下的贝壳。穿上件玫红色的连衣裙，领口的小锆石闪闪发光。绝对完美！我冲着镜子挤了挤眼睛。我喜欢冒险，这样复杂的情况反倒让我兴奋。

章知远再也没来敲我的房门。而那时候的我，并没有聪明到注意这些细节。我看了看闹钟，她估计该到了，于是我来到楼下，见章知远正坐在沙发上看报纸，TOM懒洋洋地趴在他脚边。忽然一个念头划过我的脑海，昨晚那个神秘人在园子里搞鬼，为什么TOM没叫？难道，难道是熟人！还有那晚潜进我屋子的人……会不会是同一个人？

这时门铃响了，奶奶穿着那件浅蓝色的衣服，满脸堆笑地站到门边，章知远也从沙发上站起身来到门边。我一阵心慌，转瞬又恢复了下来。

门开了，隋重华在前面，后面跟着一个穿着深驼色高领针织衫、背着超大鹿皮包包的女人。没错，是许青丸。奇怪的是，今天的她什么妆都没化，深驼色的毛衣下面一条绣着牡丹花的古铜色牛仔裤，脚下穿一双驼色的平底鹿皮鞋。一头卷发松松地盘在脑后，甚至连个发卡都没带。几缕碎发从两鬓垂了下来，整个人风尘仆仆的。

"这位是许小姐。"隋重华向奶奶和章知远介绍。

"您好。"许青丸迎了上去，和奶奶做了一个法式的贴面礼。奶奶开心极了，转过头来看着章知远。

"你好。"章知远很有礼貌地朝她伸出手去。

"你好。"许青丸略欠了欠身。

不知为什么，我觉得有点尴尬，她的落落大方让我相形见绌。在她随意朴素的外表面前我的精致妆容却显得很笨拙。

当隋重华看到我时，仿佛吃了一惊。我不知为什么，但他的确愣了一下，眼神有些异样。

"这是我的妹妹。"隋重华指着我说道。我没想到他会这么介绍我。章知远也感到很诧异，张了张嘴，但也没说什么。

"你好。"许青丸把手伸给了我，好像并不认识。

"你好。"我却有点迟疑了。

"好了，大家快进来坐。"奶奶招呼我们来到客厅。

"许小姐，我早就听说过你。"说话的是章知远。

"是吗？"许青丸笑了笑。

"你父亲母亲都好吗？"奶奶问道。

"都很好。"青丸说。

"你喜欢牡丹？"奶奶注意到青丸裤子上的牡丹花。

"哦，这个，是我自己绣的。"许青丸说着，又偷眼看了看我。

"真好，这个真好，我也喜欢这花，非常喜欢。"奶奶高兴地点着头。

青丸看着奶奶，看得出她不喜欢奶奶的装扮。隋重华一直都没说话，章知远却把目光牢牢锁定在许青丸的脸上。这时TOM已经摇着尾巴来到青丸旁边，青丸伸手摸摸它的脑门，TOM很喜欢她，跟在她身后不停摇着尾巴。

"您是重华的妹妹？"许青丸看着我，语气里的复杂含义只有我能听懂。

我不想骗人，可没有办法，有时候环境总是逼着我们说假话："是的。"我望着许青丸的眼睛，我知道她有很多不解。可那又能怎么样呢？谁也休想阻止我。

"许小姐，听说你也是学油画的？"奶奶满眼笑意地看着她。

"是的。"许青丸淡淡地说。

"这位齐小姐也是，你们应该很有默契哦。"奶奶笑着看着我。

"我是旅阳美院的研究生，马上去复盛师大，你呢？"我看着许青丸，眉毛扬了扬说道。

"我毕业于复盛师大，但现在失业。"许青丸看了看我，淡淡地回应着。

我最讨厌她那种淡淡的口气，仿佛什么事情都和她无关，难道我这样和她挑衅，她就一点应战的意思都没有吗？

许青丸啜了口咖啡，皱了皱眉头。她的眼睛很特别，轮廓鲜明，睫毛漆黑，好像天生就涂了眼线，所以她很少打睫毛液。她象牙色的皮肤很光滑，但两颊有些小小的黑斑，额头还有个淡了些的痘印。她的脸比大学时圆润了些，身体也成熟了好多。她身体的比例好得很，我不得不承认，其实论身材我是不如她的。大学毕业以后，她的发育才真正开始，原先扁平的胸部现在已经高高隆起，她的腰很细，显得胯部很性感，所以穿裤子也一样漂亮。许青丸还是许青丸，永远喜欢潇洒的大披肩和素色的粗麻衣服。我知道她一直不喜欢刻意的精致，而就是这样一个富有秋天味道的女人，却喜欢喝果汁，纯粹的压榨果汁是她最喜欢的，甚至连蜂蜜都不放。所以我让奶奶准备了咖啡，我知道她最讨厌的是什么，我知道她的弱点在哪。

我就这样一直盯着她的脸，我不知道她在想什么，但我能感受到，她一定在分析我的出现。她喜欢动脑子，一抹难以察觉的冷笑闪过我的嘴角。可就在这时，我发现另一个人也在目不转睛地看着她。章知远，他在干什么？

"许小姐，既然你父亲这么厉害，为什么不去他公司帮忙？或者做点别的？读个博士？这些应该都不是问题！"章知远，似乎对眼前这位不施粉黛的女人很感兴趣。而一旁的隋重华也抬起头，看着许青丸。

许青丸看了看章知远，忽然笑了，然后举起了一只手："章先生，看我的手漂亮吗？"

章知远愣了愣，看了看我，我也是一头雾水，不知道许青丸卖的是什么关子。

她的手非常修长，皮肤雪白，远比她脸上的皮肤还要好，在水晶灯灯光的笼罩下愈显柔嫩光亮，长圆形的指甲非常干净，古人形容的青葱玉手应该就是这样吧。

"很美，简直可以做手模！"章知远诚恳地说。

许青丸笑了，露出一颗小小的虎牙："是啊，但实际上我并不是手模，我的手是用来拿画笔的。"

章知远先是愣了一下，紧接着竟拍起了巴掌："重华，许小姐好厉害的一张嘴！如果不是奶奶先介绍给你，我一定要追的。"说着眼睛却一直没有离开许青丸的脸。

我的心里一惊，章知远从来没有用像看许青丸这种欣赏的眼神看过我。我转头看了看隋重华，不巧正好碰上他的眼睛，他的眼神很复杂……

"太太，饭好了。"赵妈走过来说。

晚饭吃得很慢，大家一边谈一边进餐，气氛还不错。许青丸吃得很少，我想只有我知道原因。这些过分清淡的口味并不适合她，她从来都不担心肥胖，她是个淡定的性情中人。

隋重华一直都没怎么说话，我不知道他到底是怎么谈恋爱的，也许这个三十多岁的男人并没有真正恋爱过。

许青丸的脸在灯光下闪着奕奕的光彩，看着吧，我们到底谁能笑到最后。

牡丹小姐：幻香

我的脚好得差不多了，这次受伤我并没告诉任何人，包括爸爸。不过吕意卓倒是很负责，每天都来看我，带不同的水果，虽然并不贵重，但我能体会到他深切的歉意。转眼夏天已过，初秋的天气让人神清气爽。我喜欢秋天，这种天气明净透彻。每到这个时候我都喜欢出去旅行，不过现在由于脚伤的原因，医生叮嘱我不能去太远的地方。本来打算去乌镇的计划看来要泡汤了。

接到魏龄雪电话到现在已经一个多星期了，她说要来找我的，可怎么竟没了动静。我猜她那边一定陷入了混乱的僵局。

终于在三天后的一个下午，申州的街道被滂沱的秋雨洗刷得一尘不染，店里的落地窗前像挂满了水帘，我独自坐在电脑前设计这个秋季最新款的婚纱。这时电话急促响起，是龄龄。这声音很不对劲儿，似乎刚刚哭过。

"青丸，我现在才真正读懂这个词的含义……"龄龄喃喃地说。

"什么词？"我问道，同时停下了手头的工作。

"绝望。"龄龄重重地叹了口气。

"关池怎么了？"我知道能让魏龄雪感到绝望的，除了关池没有别人。

"青丸，你说好好的一个人，怎么就能去做这样的事了？他什么都不缺啊！"魏龄雪有些难以控制自己的情绪。

"他做什么了？"我问道，可心却忽然间揪了起来。

"吸毒，贩毒。"龄龄斩钉截铁地说了四个字。

我的头好像一下子炸开了，嗡的一声，有一瞬间似乎什么都听不见了。

"你别瞎猜。"我有点懵了，一时之间竟找不到安慰她的话。

"都是我不好，我太不关心他了，为了赚钱我不顾一切，冷落了他太久。直到昨晚他被警察带走……我是不是再也见不到他了？"龄龄语无伦次地说。

窗外的雨依旧酣畅地下着，老天仿佛也在宣泄着愤怒和怆然。我第一次不知该如何去安慰一个人。

当龄龄的声音消失在电话那边，我才发现电脑死机了，刚刚忘记保存，设计的婚纱样板已经找不回来了。我拼命地重启着电脑，电脑却无论如何也动弹不得。这几天就该上新款了，本来因病就耽误了很多时间，现在又碰到这种问题，手绘图纸太慢了。

忽然想起一个人，那个撞到我的怪人。哦，他叫吕意卓。

当吕意卓三下五除二完成任务时，我的心终于落了下来。他是顶着雨来的，蓝色的工装裤都湿了，看他这样我觉得好抱歉。

"维修费，怎么算？"我问道。

"算了吧，都是朋友。"他拍了拍电脑，憨笑地看着我。他的皮肤很光洁，感觉有些油油的，可能是经常奔波没时间打理的原因吧。额头很宽阔，那双睡眼还是那么懒懒的。短短的头发，被雨水淋得像一只只小剑指向天空。看着他的模样，我忍不住笑了。

他被我这一笑弄得不知所措："笑什么？"

我忍住笑："没有。"说着拿了毛巾递给他。

谁知他竟躲开了："不用，不用。"说着用手摸了摸湿漉漉的脸。这举动让人见了竟有些莫名其妙的心疼。

"对了，许小姐，你店里的婚纱好漂亮啊，以前在别的地方从没见过，款式很特别。"他看见我店里的婚纱，觉得很好奇，想伸手摸摸，却有点不好意思，又把手缩了回去。

我忙走上前去："没关系的。"

他回头看了看我，腼腆地笑了："还是算了，我手脏。"他在我店里转了一圈，最后停留在那款我为自己准备的五米长拖前。

"这个真漂亮！"他发自内心地赞美着。

我跟在他后面："这个是我为自己的婚礼准备的。"

"自己的婚礼？你要结婚了吗？"他回过头来看着我，一脸开心的笑容。他笑的时候其实很好看，不能说是帅气，我想该是可爱吧，和善纯洁的笑容让人看了心里非常舒服。那双永远朦朦胧胧的眼睛，好像小孩子刚从床上爬起来，那么清澈和无辜。

"哦，不是的，是将来的婚礼。"我解释着。

"明白了，那天医院那个男人是你男朋友吧？"他转过身去，注视着那套婚纱。我忽然间不知该怎么解释。

"你是学服装设计的？"他转过身来问我。

"我专业是油画，后来进修了服装设计。"我说。

他惊讶地看着我："厉害！"

见他这么说，我也笑了："不是的，这也没什么。"

"这些对我来说简直就是梦。"他默默地低下了头，然后又腼腆地看向我，坐回椅子上，仍不时回头去看那套婚纱。

我意识到自己的失言："哦，这个，可以一点点来啊。你多大了？"我问道，想缓解一下紧张的气氛。

"二十五岁。"他诚恳地看着我。

"哦。"他看起来二十七八岁的样子，可能是为生计奔波的结果吧，显得比实际年龄要稳重成熟。可一个二十五岁的男孩子，为什么不上大学呢？

"其实当初我考上了高中，但爸爸下岗，实在没钱，就读了中专。后来毕业了，我去考了成考，也考上了，不过，还是因为家里没钱，爸爸说什么也不让我读，说那钱是给妈妈治病的，所以……"他低着头。

我能看出他心底的苦涩，从我一开始见到他，那个苦涩孤寂的背影就让我心里酸酸的。

说着，他举了举右手，给我看那枚有些破旧的金戒指。

"这个，是妈妈说能给将来儿媳妇的唯一的东西。"说着，他干咳了两声，看了看我。又把眼光移到那套婚纱身上。"不像你，能为自己准备这么美丽的嫁衣。你真厉害。我的店什么时候能做到你这样呢？"说着他环顾四周。

记得当初表姐还说我的婚纱店不够精致，现在看来，在很多人眼里，它已经很完美了。

他走的时候，我给他钱，可他说什么也不收。就像来的时候那样，举着一柄破旧的深蓝色雨伞，消失在大雨中。

我长久地伫立在那款婚纱前，是的，它的确很漂亮。但我是第一次，见到一个人这么欣赏它，甚至都不愿意把目光移开。

我的露台上，牡丹已经凋谢，残留的花瓣被雨水打得满地都是。这是今年的第一场秋雨吧，我拿起扫帚把掉落的花瓣扫成一堆，又重新放回花盆里。我总是喜欢这样，因为在我心里，花瓣、树叶、果实都来自于土壤，把它们放在垃圾袋里的做法让我不能接受，我宁愿让它们躺在泥土里，慢慢地安静地消磨着它们最后的生命。

牡丹？记得当时魏龄雪问我什么花可以比喻自己的时候，我选择的是满天星。满天星的随和朴素令我敬佩，我一直希望自己成为那样的女人。可为什么他们都认为我是牡丹？奇怪的是，渐渐的我竟真的接受了这个说法，甚至在自己的衣服上绣了牡丹的图案，又在露台上种了大片的牡丹。直到今天我才真正领悟到，满天星那样亲切如邻家女孩的女人只是我一直向往的形象，但真正的我，却是另一个样子。

关池的案子还在追查，看来我该尽快养好脚伤，赶到魏龄雪身边，这个时候她需要朋友的支持。

医生检查了一下我的脚踝，告诫我，不要太操劳，更不要远行，一定等养好了以后才可以活动，否则后果严重。这次我不得不回家和爸爸妈妈同住了。

申州万豪区，我的家。精致的别墅，精致的家具，一切都闪亮耀眼。我趴在窗户边看窗外的景色，远处时隐时现的山峦，像是一幅刚刚展开的水墨画，青葱的树木散发出浓浓的木香，让人神清气爽。我的家，已经好久没回来了。

黑色铁艺床上挂满了深紫色的柞蚕丝纱帷帐，随着窗外的清风缕缕飘动。深紫色的床盖，垂下金色的流苏，手工刺绣的大团大团木槿图案装点其上。这是妈妈为我选的。墙上挂着我自己喜欢的深绿色壁挂，还有梳妆台上的粗制陶器。妈妈虽不喜欢，但仍允许我保留下来。妈妈的华贵和我的粗朴，在卧室里冲撞着。但，现在看来，一切都刚刚好。

"哈哈，我女儿终于肯回家了！！"爸爸推开房门笑哈哈地看着我。

"爸爸！"我一瘸一拐地走过去。

"好了，我看你那套小房子就别住了，虽然收拾得不错，但太粗陋了，不配我的女儿！"爸爸开心地看着我说。

"那可不行，我好了以后还是要搬回去的，你忘了吗？爷爷常说的，居陋室方可思得失！"我笑着说。

"好吧，都听你的！哦对了，告诉你件事。"爸爸神秘地拉我坐在床边。

我好奇地看着他，很少见到久经沙场的爸爸这么神秘兮兮的表情。

"你叔叔最近得了件宝贝。"说着笑眯眯地看着我。

"爸爸，你叫它宝贝，那可真是个宝贝了。"我开玩笑地说。

叔叔有收藏古董的嗜好，其实我也很喜欢这个，但是毕竟见得太少，没有经验，但叔叔的眼力很好，一般不会看走眼。

"不过可惜的是，你叔叔已经答应物归原主了，所以今天我们只能见一见。"爸爸有点遗憾地说。

"物归原主？"我不解地看着爸爸。

"是啊，一会你敏英姐姐会带它过来，说是过几天就要送走了，所以特地拿来给我们看看的。"爸爸说。

我们来到楼下，等了大概二十分钟，果然敏英姐来敲门了。她身后跟着司机大哥，手里捧着一只红色绸布包的包裹。

"里面是什么？"我好奇地用手指挑了挑那层红绸子。

"小心！"敏英姐翻了翻白眼，脱了高跟鞋，来到客厅里。

"伯母，我早就劝你把这个水晶吊灯换掉，你就不听！"

妈妈笑了笑，说："你大伯父不让我换！你问他吧。"说着看了看爸爸。

"我觉得还不错，为什么要换啊？"爸爸示意大家都坐下。

"表姐，你总喜欢干涉别人的私生活！"我抗议着。

"好吧。不过今天这个东西可不一般哦！"说着她推了推眼镜，用奇怪的眼神看着我们。

"是什么？"我有点着急了，探头探脑地盯着那个红色布包。

"还是，青丸，你来打开吧。"说着敏英姐把布包放在茶几上，然后向后挪了挪身子。

我暗自奇怪，难道这里面有什么怕人的东西，她看起来很犯怵的样子。

"我可以吗？"我看了看爸爸。

爸爸没说话，只是盯着箱子点了点头。我走上前去，直接跪在茶几边上，伸出手去。

"等等！"是爸爸的声音。

我被吓了一跳，忙抬头看着他。"还是我来吧。"说着爸爸伸出手去，揭开那层红绸子，我瞪大了眼睛，原来里面是一个方方正正的紫檀木匣子。

空气里有点不对劲，是什么？我四下里张望，只见妈妈也瞪大了眼睛，而表姐却掩住鼻子，看来她对即将到来的事情有所防备。

随着一阵冰凉的香气传来，爸爸已经将盒子打开。

玫瑰，是玫瑰的味道。我的天，我有生以来第一次闻到这么诱人的气味。这缥缈的、好像有生命的气息让人有些目眩，眼前一阵模糊，我讨厌这种迷幻。深红色的窗帘在阳光里一动不动，灰色陶瓷瓶里的黄色马蹄莲好像战斗的士兵昂着高贵的花头，墙上的油画泛着微微的咖色光芒，爸爸杯子里的咖啡还在徐徐冒着热气，这一切好像都静止了。那香气好像一个漩涡，在屋子里肆意流转，牵引着我的嗅觉。一切都好像在往下坠，往下坠……

不！我不要这样！这种混沌又舒服的感觉让我难受！我狠命晃头，一下子从沙发上弹起来，睁开眼睛……那一刹那，我被眼前的一切惊呆了。

爸爸坐在那里，手里捧着盒子，仰面朝天，呼吸急促，豆大的汗珠已经从鬓角淌了下来，嘴里还在喃喃自语，却听不懂他在说什么。妈妈则表情呆滞地坐在沙发里，似乎看不见我。她好像在哭，但没有声音。表姐的裙子被自己的手指拉到了大腿以上，光洁的皮肤裸露在外，面目潮红，眼睛微闭。这到底是怎么回事？短短几分钟，每个人竟出现了如此不同的表现。

"爸爸！你怎么了！"我边把表姐的裙子拽下来，边按住爸爸的人中。表姐倒是稍微好转，可爸爸却没有丝毫清醒过来的意思。于是我忙跑到窗边，一把拉开窗子，让阳光和空气一股脑冲进屋子。这扑面而来的清风夹杂着青草的芬芳，顿时冲淡了屋子里浓重的玫瑰香气。

爸爸的眼睛终于从无意识状态下睁开了，颤抖的眼角有黏稠的液体，神采被瞬间抽离出去，他的眼变得浑浊。

"爸爸，刚才怎么了？"我有点害怕。

爸爸抹去额头的汗珠，说："没什么，我只是看到……"他顿了顿，"一座墓地。"

"墓地？"我惊讶地重复。

他的眼神仍在游离："我一个人在墓地里走，很累，仿佛在找什么。后来出现了一个墓碑，很高很大，于是我靠近些，想看个究竟……"当他扭过来看我的时候，眼神闪过一丝悲绝，"墓碑……我自己的墓碑……许格楠……"

我的脊柱仿佛被冻住，一下子僵在那里。

"我也看到了些奇怪的事情。"妈妈忽然间说道。

我转过脸去，惊恐地看着她。

"我看见你，可我怎么喊你，你都不理我。你朝一个空旷的地方走去，我看不清那究竟是个什么地方。于是我就跟着你，后来我发现你来到一栋别墅前，你就在那里停了下来，我刚要过去，就见一个男人出来把你拉了进去。我怎么喊你，你都听不见……"妈妈看着我，眼泪还在流着，仿佛不能自己。

为什么他们都产生了幻觉，我的心跳得越来越狂乱。

"青丸，你看见了什么？"表姐盯着我问。

"我？我什么也没看见……"我忽然意识到，好像在场的人中只有我没有被这可恶的香味控制，而其他人却都难以避免地产生了幻觉。

"怎么可能？"表姐有点不相信。

我点点头，看着大家，心里有些忐忑。

"那快告诉我，这盒子里有什么？我已经打开过两次了，可每次都产生了奇怪的幻觉，却始终没有看见里面的东西。你一定看见了，里面装的是什么？"表姐的好奇让我有点奇怪。忙转向妈妈和爸爸，我顿时明白了，原来他们都被刚刚的幻觉蒙蔽了，根本没看到盒子里面的东西。

我看了看他们："沙子。"

"什么？"表姐惊愕地摘掉眼镜，盯着那个雕花精致的檀木盒子。

"青丸，你没看错吧？"妈妈也有些不相信。

"是的，没看错，是沙子，是红色的沙子。"我斩钉截铁地说道。

大家惊讶得面面相觑。我知道我的答案令表姐很不满意。

爸爸若有所思："敏英，你爸爸从哪里得到的。"他渐渐恢复了平静，现在仿佛是在思考着什么呢。

"泰国，他在那里的一个古董市场淘到的。"表姐说。

"看这盒子的雕花，应该不是泰国当地的东西，是中国的吧？"爸爸问。

"是的，听说这个是宫里流传出来的。"表姐说。

爸爸小心地拿起盒子，从上到下看了几遍，并没找到什么可以证明其身份的字样或印章："真的确定是皇家的东西？"

"听爸爸说，这个他其实也说不准，年代很符合，大概是同治爷年间的物件，后来辗转流传在几位皇帝手中。而且那个泰国古董贩子说，这个盒子没人打开过，里面装的是什么他自己也不知道。是因为不敢打开，说这东西不吉利。几个得到它的人都离奇得死了，所以他想赶快脱手，就以很低的价格卖给了爸爸。"姐姐一口气说着。

"这个都是迷信的，不过……"爸爸看着盒子意味深长地说，"这里面一定有文章。你要把它还给谁？听说是个商人？"爸爸问道。

"是的，隋家，是加拿大的一个归国富商，主要做酒店和纺织业。现在隋家的后人在中国投资开了一家影视公司，看来大有在中国发展的意思。爸爸说，这东西是隋家祖上传下来的，所以要归还，毕竟有点邪，留着也不是太妥当。"表姐道出了事情的原委。

"祖上？这个隋家我听说过，他们家是汉人，虽然世代为官，但也并不是十分显赫，最大的官，也就做到翰林，怎么能有宫里的东西？"爸爸表示怀疑。

"这个就不清楚了。也可能是赏赐？反正这东西不吉利，还是早早还给他们的好。"姐姐说着收拾东西要走，"我还有点事，大伯父我先走了。"

夜晚来临，我陪爸爸妈妈吃过晚饭。期间张怀敬打电话来询问我有没有齐玫的消息。原来齐玫一直没开机，而张怀敬又不知道她家里的联系方式，担心她出事。我只能说不知道。齐玫到底在搞什么？忽然间我觉得越来越不了解她了。张怀敬仍要求我和李桥生见面，让我有些不耐烦。我筋疲力尽地挂断电话后，妈妈发现了我的不对劲。

"是谁啊？"她有点担心我。

"哦，一个朋友。"我应承着妈妈，却在心里掂量着张怀敬的话。

"对了，青丸，听你说有个做电脑生意的朋友？"爸爸打开电视机说。

"哦，是啊，怎么了？"我歪着脑袋看向他。

"最近我们公司要换一批电脑，所以……"他笑着看着我。

"真的！"我开心地从沙发上跳了起来，"爸爸，如果你想照顾他一下，我可以马上给他打电话。"

"好吧，就让他明天上午九点整到总经理办公室找你罗叔叔吧。"爸爸见我这么高兴，也笑眯眯的。"哦，对了，还有那个……"爸爸小心地看了看我。

我不解地看着他。

"方云澳和你是什么关系？"爸爸看着电视问道。

我偷眼看了看他："不过是普通同学。"

"这个人很有能力啊，要不要考虑一下？"爸爸调了一个台，"你也不小了，是同学应该会比较了解，据说他现在在分公司的表现还不错。"

"爸爸，你准备重点培养他？"我已经领会了爸爸的意思，他知道我对经营这么大的企业没有兴趣，所以早就到处物色接班人了。当然他最希望的还是由未来的女婿接手，一开始他选择的是李桥生，现在看来应该是看好了方云澳。

我手捧着番茄汁踱到窗边，看着夜色中的树影："爸爸，方云澳很有工作能力，但我并不希望你提拔他，理由我不想说。"我语气僵硬，令爸爸和妈妈很奇怪。妈妈刚想问我什么，却被爸爸一抬手拦住了。他目光深沉地看着我："青丸，我们家庭比较特殊。财富是很多人都想得到的，可真正拥有了才能理解这其中的滋味。你外表的装饰越多，人家就越容易爱上这些装饰，爸爸希望你生活得幸福，选择一个真正爱你的男人，而不是爱着你头顶的光环，这个很重要。"

妈妈却看着我摇了摇头。我明白妈妈的意思，是啊，我富裕的家境不但没能给我带来幸福，却让我的生活处处充满疑惑，天才知道我什么时候才能真正放心去爱一个人。

第二天一早，我就抓起电话联系上了吕意卓，告诉他我认识的人在万翔，帮他联系了一单生意。他很开心，连连道谢，并说如果成功了一定请我吃饭。挂断电话我忽然觉得很轻松，坐在床上，紫色纱幔温柔地垂在四周，整个人都被这团紫色的光影笼罩。阳光透过帷幔似乎也变成了紫色，轻柔地抛洒在我的脸上。我静静闭上眼睛，很久没有这么放松了。

下午三点，我正在书房整理以前的画册，爸爸敲门进来："青丸，爸爸考虑过了，有些事还是要找你谈谈。"说着，坐到我的身边。

我疑惑地看着他。

"方云澳这个人你妈妈很喜欢，这阵子你不在，他经常来家里坐坐，但是我觉得……"爸爸顿了一下。

"爸爸也喜欢他吗？"我问道。

"我很欣赏这个人的工作能力，但我还是认为你该找个家世背景和我们差不多的人，这样爸爸才能放心，明白吗？"爸爸关切地看着我。

"知道了。"我说。

"爸爸最近的身体不是太好，希望你能尽快找到好对象，将来也好继承我们家的产业。所以我擅自做主，给你安排了一场相亲，你该不会怪爸爸吧？"

我呆呆地看着他。虽然我从没想过要去相亲，但爸爸的心情我能理解："好吧，爸爸，我会去的，但不保证结果。"我放下了手中的书。

"在复盛，我安排好了，正好你的脚也好得差不多了，去那里玩玩。复盛是个海滨城市，气候也不错，去散散心。"爸爸说。

我看着爸爸日渐苍老的面孔，心里涌起一股感伤的热流。他身体一直不好，最近睡眠又出现问题，已经连续一星期无法入睡了。刚五十多岁，白发就出现在两鬓。以前他的精力很旺盛，可现在却显出力不从心。他眼角和额头上深深浅浅的皱纹中，应该有为我而生的吧。我总是不听他的话。他不止一次精心为我安排生活，都被我一口回绝。爸爸为了我一直都在坚持，可我却宁愿做回自己而拒绝他的帮助，是不是太自私了？

就在这时，电话响了："喂，许小姐，今晚五点，恺撒酒楼我等你哦！"吕意卓雀跃的声音出现在我的耳畔。

恺撒酒楼是申州的一家很有品位的酒店，到那里一般都要着正装，我虽然不喜欢正装，但还没到无视礼节的地步。

四点四十六分零三十六秒，我出现在恺撒门口。穿了自己设计的绛红色桑蚕丝吊带礼服裙，手拿红色貂毛小手包，头发松松盘起，一串鲜艳的石榴石耳环轻盈坠在耳下，看起来很精神。

当服务生把我引进餐厅时，眼前的吕意卓让我吃了一惊。一身黑色西装，规整的白衬衫，挺拔的身姿，还有一脸懒洋洋的微笑。

"许小姐，请坐。"说着他很绅士地拉开了椅子。

我笑着坐下。他回到对面，笑着看住我。

"我点了菜，可是，说实在的，我是第一次到这里来，不知道该吃什么。一会儿你别嫌难吃就行。"

我看着他，觉得很有意思："这里是西餐，你喜欢吗？"

他撇了撇嘴："我当然是不喜欢了，但是想想你应该喜欢吧，看你那么洋气……不过说实话，我连哪只手拿刀子都不知道。"说着他开心地笑了。

见他心情这么好，我也很高兴。

"这么说，生意成了？"我问他。

他喝了口冰水："成了，而且，他们真的很大方！真要谢谢你！对了，你说你认识的那位公司主管，能不能让我见见，我想当面谢谢他！"他一脸诚恳地说。

"哦，这个就不用了，他很忙，我可以替你转达。"我说。

他点点头，不一会儿菜就上齐了，正是我喜欢的七分熟的黑椒牛扒。

"很好吃，谢谢你。"我边吃边说。

他见我说好吃，也很高兴，说："你喜欢就好。是他们介绍的，我也不懂，嘿嘿。"

我笑着点头："像那些果木烟熏牛扒什么的，都没这个经典，很合我口味。"我把一块牛扒塞进嘴里，"你，有女朋友吗？"

他抬头看了看我："没有，其实以前有，但是后来分手了。"

我点点头，却不想问太多。"这次能赚多少？"我关切地问道。

见我问这个，他也来了兴致："这次你真是帮了我大忙。我能赚十多万呢，他们不单换了原来的电脑，还把耗材部分也交给了我。我真该好好谢谢你！”

我笑着说：“那为什么不去追回那个女孩子？”

他的目光忽然暗淡了：“她，已经结婚了。”

“是这样。”我有点遗憾。

“许小姐，你今天真漂亮！！”他由衷地说。

“是吗？谢谢！”不知为什么，对这个人我很信任。他很早就经历了人生的无奈和痛苦，却很乐观地承担了下来。这是一个顽强的生命，在人生的波澜里颠簸起伏着，可在他的脸上找不到埋怨，我看到的都是希望，一种充满温暖和爱的希望。

“有个问题我一直都想问你。”我忽然想到一件事。

“什么？”他说，好奇地停下了手里的动作。

我想了想：“为什么当时不离开？我是说你撞到我以后。”

他坦然地笑了笑：“撞了人当然要负责，我可没想那么多，而且当时确实是我违反交通规则在先。那时你好像在打电话，我按喇叭你没听见，我其实很害怕，真怕把你撞坏了。我抱着你跑了很远才拦到出租车，因为你的脚和身上有很多擦伤，流血了，所以他们都不拉，我跑出了二百多米才找到一个好心的司机，把你放到车里以后，才发现后面跟着一兄弟，那兄弟跑得都喘了……”

“什么人？为什么跟着你？”我有点好奇。因为以前在医院我从没问过他当天的事，怕给他过重的心理负担。

“说来也真是好人多，那家伙手里拎着我的电脑，见我找到车后跟我说，‘哥们儿，东西！’就这么几个字，我却打心眼里感激他……”他说着，眼睛竟有点红了，“那可是我卖出去的第一台电脑。”

我看着他，这些平凡得不能再平凡的小人物总是能让我惊喜：“也可能他是被你的举动感染了！”

说这句话的时候我忽然感到心头一颤。他抬起头看了我一眼，举起了手里的红酒：“来，咱们喝一杯，为了……”

我也举起了手里的酒杯：“为了爱我们，并帮助过我们的好人！”

“铛……”两只玻璃杯在空气里撞击出最生动的音符后，我们两个一饮而尽。立在旁边的服务生尴尬地笑了笑。

被吕意卓发现了，他压低了声音凑到我跟前说："他们笑什么？"

我也忍不住笑了出来，看着一脸疑惑的他说："没这么喝红酒的。"

他顿时不好意思地挠着头，自己也笑了，笑得很坦然。

"没什么啊，我觉得很好，别理他们！"我说。

他开心地笑着，像个可爱的孩子，眼睛眯成了一条小缝。

"你是个能让人信任的人。"我看着他说，"这个不容易做到。"

他的嘴里塞满了东西，傻傻地看了我一眼："我也很相信我自己！"说着，用餐巾抹了抹嘴。

"你会找到好女孩的，每个人都能看到你的努力，生活不会亏待勤奋的人。"对他说着这样赞美的话，我一点都不觉得肉麻，因为这是事实。

我们谈得正开心时，他的手机突然响了。只见他的笑容瞬间凝固，然后匆忙挂断电话："许小姐，我不能送你回家了，很对不起，我现在要马上去医院，我妈在家里忽然晕倒了！"

他转身要走，被我一把拉住："等等，我和你一起去！"

当我们来到申州市中心医院，已经是晚上八点多了。

医生们正在忙碌，一位中年女人躺在病床上。可能是还处于休克状态的原因，她脸色惨白。她实在太瘦了。吕意卓坐在床边，一遍遍地呼唤着妈妈。他妈妈身体非常虚弱，心脏很不好，医生建议她做搭桥手术，可由于一直没钱就拖到现在。我拍了拍他的肩膀示意他到窗边来，他会意地跟了过来。

"这次是不是该给你妈妈准备手术了？"我提醒他道。

他用手使劲搓了搓脸，用力点点头。

"万翔的钱什么时候给你打过去？"我问道。

"下个月。"他说。

"那来得及吗？"我怀疑地看着他。

"这个我会想办法的，找他们谈谈，希望能先支给我，我一定能谈成的，为了我妈。"他原本慵懒的眼睛，此时竟发出如此锐利的光芒。

"用不用我……"还没等我说完，他随即便说："不了，许小姐，你这个朋友我交定了，你为我做的已经够多了，谢谢你。我预感成功的大门已经打开，至于以后就要看我自己的了。我能办成。"

就在这时，护士出来了："谁是病人家属，她已经醒了。"

吕意卓马上冲进屋子，我也快步走了进去。那女人脸色微微好了些，可看起来仍然很虚弱。

"妈！我已经弄到钱了，下个星期就能手术啦。"他坐在病床前，脸色郑重地说。

"钱？你怎么弄的？"女人看着他，眼神很复杂。

"我最近接了一单大生意，基本上够给你治病了，就是这位小姐介绍的。"说着把我拉到她妈妈的跟前。

我明白吕意卓的意思，于是大方地来到她的床前："阿姨您好，我叫许青丸，是意卓的朋友。我在万翔集团有认识的人，所以帮他拉到了一个大生意。我相信凭他的才干，一定能越做越好，您就放心养病吧，一切都会好起来的。"我帮他证明着，希望老人家能放心。

他母亲勉强抬眼看了看我，然后用手指揉了揉眼睛："这孩子怎么这么漂亮啊，穿得像明星一样。"

我笑了说："阿姨，是因为刚才意卓请我吃饭，那里要求客人必须穿正装的。"

她的脸色略有好转，却被我的话吓了一跳："还有那样的馆子？那得花多少钱啊！"说着责备地看着吕意卓。

我意识到自己的失言，刚要说什么却被吕意卓打断："妈妈，我送许小姐回家，马上就回来！"

"哦，不用了，我自己可以。"我忽然觉得有些不大好意思。

"是啊，意卓，外面出租很多，你给我弄点水吧。"他妈妈闭上了眼睛，深深地吸了口气。

"好，那我走了，再见。"我看着不知如何是好的意卓说。

这时，一个满身酒气的男子出现在病房门口，那是我第一次见到吕意卓的父亲。

"怎么又病了啊！"这是我印象里，他说的第一句话。那夹裹着酒气的声音让我的头皮有些发麻。

"爸，我的忍耐是有限的！"吕意卓的声音冷得像冬天里的冰坨。

"这是谁啊？"那男人并没理会他，而是径直凑到我的跟前。

"你别闹了！"吕意卓像触电一样冲到我的跟前，挡住了他的父亲。

我更是一愣。

"你女朋友吧！有什么！"说着他从吕意卓的肩头看着我，"长得还挺好看啊！有钱！肯定是个有钱人！"他眼睛通红，跌跌撞撞，满身酒气。

"爸爸！"吕意卓的声音已经有点怕人了。我躲在他背后能感受到他的身体在微微颤抖。

"好了，意卓，我走了，再见。"我用只有他能听到的声音说。

回到家后，我发现方云澳正在客厅陪妈妈说话，爸爸忙着开会还没回来。自从我回家来住，这还是第一次见到方云澳。他见到我，很客气地从沙发上站了起来。头发打理得一丝不苟，一个十足的生意人模样。看着他我真有点恍惚，这还是当初那个穿着厚底休闲鞋、米色高领毛衣、临摹凡高向日葵的方云澳吗？尽管他的脸颊依然英姿勃发，目光仍旧炯炯有神。

"什么时候来的？"我望着他。

"有一个多小时了，想来看看你的脚怎么样了。"他说着，上下打量着我的华丽装束。

妈妈说："你怎么才回来，吃个饭怎么这么久？是什么朋友？"

"哦，最近刚认识的新朋友，我帮了他点忙，他想谢谢我。"我脱了鞋，准备回卧室换衣服。

"我先回屋去，云澳好容易来了，你陪他说说话。"妈妈给方云澳递了个眼神就离开了。我放下手里的包包，坐在沙发上。

"这么晚了，和谁见面了？"他紧紧地盯着我。

我歪着脑袋，把耳环拿了下来，其实我并不喜欢这些多余的装饰，便顺手扔在茶几上，石榴石撞击着玻璃发出了清脆的叮当声。

他见我没说话，便坐了下来："这么晚了，多不安全！我知道你恨我……"

我抬起头看着他："方云澳，我觉得你这么做很不妥。"我从进门起就在压抑心里的怒火，但现在终于要爆发了。

他一时没反应过来："什么意思？"

"你已经有女朋友了，这个时候为什么要跑到这里来？我有我的生活，我和什么人交往，这个也不需要你来操心。"我很生气地说。

他看着我，眼神复杂："谢谢你提醒我，但我希望你能理解我关心你的心情。今天我来这里，是希望能得到你的安慰，因为我们分手了……"他也有点激动，这很符合他的性格。

"很抱歉，我并不想知道你分手的原因，也无法安慰你，谢谢你的关心，但我要休息了。另外我还要告诉你一个消息，我明天要去复盛，请你也回你的城市，好好工作。爸爸很看重你，别让他失望。"我揉着有点疼的脚踝，看来我还是不太习惯穿高跟鞋。

"复盛？为什么？"他问道。

"相亲。"我没有看他，最近我很烦。

他没有说话，我也不知道他此刻是什么样的表情。总之一切都该结束，我不喜欢拖拖拉拉。感情已经破裂，就没有重新修复的必要。从他最近的言谈，我已经体会到他的用意。重修旧好看来对他来说很有必要，这个人做任何事都有自己的目的。提拔，就是为了提拔，他已经看出爸爸的力不从心和疲惫，也看出妈妈对他的信赖和欣赏，而我就又一次成了他进军权钱的棋子。这个人太小看我了。我，许青丸，决不会在同一个地方跌倒两次。

大概几分钟后他离开了。走之前说了这样一句话："我会重新追求你。"

我刚回卧室，吕意卓的电话就打来了。他很担心刚才在医院的情景让我尴尬，说了很多抱歉的话。尽管心里不太舒服，但不想让他看出来。其实今天的情形我真是没有想到，难怪他的身上总是带着深深的苦涩，在我第一次见他的时候就察觉到了。可为什么我的心会跟着难过？他虽然很坚强，却让人心疼。以前我从未接触过这样的人，他没人可以依靠，只能靠自己默默地努力着。

当我坐上去复盛的火车，已经是三天以后了。方云澳的电话不断打来，但我却从没接过，我从心底里鄙视这种利用女人的人。至于爸爸安排的相亲对象，我倒也有些好奇。爸爸说是表姐去还神秘盒子时遇到的。他叫隋重华，是个青年企业家，和奶奶一直居住在加拿大，最近刚刚回国。这个人很特别，和我一样能抵御那诱人的香气，所以表姐说什么也要爸爸联系我们见面。

表姐的眼光果然不错。我知道爸爸和姐姐的打算，这个人的确有足够的智慧和魄力成为万翔的接班人，而两家雄厚的资金更是爸爸对他偏爱有加的理由。至于那花香，我倒不怎么感兴趣，也不想去追查，直觉告诉我，那是个邪恶的东西。

复盛的长兴画廊虽说比不上申州的宏浩，但装修还是不错。米色的墙壁，明亮的灯光，宽敞的展厅，配合悠扬的夜曲，也很有一翻情调。一队小学生在老师的带领下，手拉手在一幅幅画前走过。老师很尽责地讲解着，小孩子们听得入神。对他们来说，看到的不是一张张布满技巧的油画，而是一个个有趣的人生故事。

这是我到复盛后的第一站，而现在走在我身边的是隋重华。虽然刚认识不久，但他的确给我留下了很好的印象。他似乎很喜欢艺术，看得很专注，只不过偶尔松松领带，看来出门时扎得有点紧。

"是从公司过来的吧？"我回过头去，看着他紧锁的眉头说。

他有点诧异："你怎么知道？"

我笑了："你浑身都带着紧张，这不是准备约会的气氛。或许你遇到什么问题了？"我转过身去，朝斜对面的《X夫人》走去。其实当时的我并不知道，我和齐玫的生命就要再次交会，而之后将会有很多事情随之改变，直到多年后回想起来，都让我心惊肉跳。

"其实这幅画当时在法国社会引起了很大争议……"我讲述着眼前这幅萨金特的成名作。隋重华也目不转睛地欣赏着。

萨金特是齐玫最崇拜的画家，而我并不欣赏他为了钱而创作的心理，总认为他并不是真正意义上的大师，尽管他具备了一个大师级画家所该具备的一切。而齐玫对他的欣赏却很执著，她常常说，一个人活在世上就是为了钱和名，如果不能在生前享受自己才华所带来的一切财富，那么死了以后有再多的人缅怀和追捧都没用。

正在这时，一个晃动的人影引起了我的注意：修长的身材，婀娜的姿态，走路时有力的节奏……是齐玫。这是复盛啊，是她的家乡。是的，一定是！于是我警觉地看向她旁边的男人，还好不是李桥生。还不等我细看，他二人已闪身消失在入口处。

看她离开得如此匆忙，应该是看见我了，多年的同学竟变得这般形同陌路，就为了一个李桥生？我真该去找那个人谈谈吗？事到如今我还能做什么？

"许小姐，我奶奶想请你去我家吃饭，赏脸吗？"隋重华说。

我一时没反应过来，愣在那里。

"许小姐！"他轻声叫着我。

"哦，好啊！"我回过神来，忙回答着。

虽然我和重华是以相亲的名义见面，但他并没有表现出追求我的意思，我倒也觉得这样很好。可令我惊讶的是，就在一天后，我接到了齐玫的电话，她提出了一个让人吃惊的要求。

"你到隋重华家里来，不管看见什么，都什么也别说！"她的语气近似命令，我立刻猜到她认识重华，而且很有可能就在重华家中。齐玫不是个普通女人，她对爱情的不负责一定会伤害到别人，这次难道她又看上了隋重华？这里面到底出了什么事我暂时还无法得知。

"好吧。"我只能答应她，这个女人简直不能用愚蠢来形容，为什么总拿自己来做筹码？难道男人就是天，就是整个世界吗？

我回到酒店，这是复盛最好的酒店，我住三十层。这可能也是自己的偏执吧，总喜欢住高层，喜欢那种接近天幕的感觉。或许我的心注定是孤独的。

开了灯，拉开窗子，暗蓝色的天空好像厚厚的幕布。我睁大眼睛，这浩瀚的天宇背后是什么？在这令人敬畏的苍穹下，我们是何等渺小。当我们腐烂在泥土里，这个世界是不是还是这么遥远地、冷酷地看着我们？

墙上的钟，已然指向晚上九点。我来到浴室，放了满满一盆热水，准备给自己一个柑橘泡泡浴。我钻进浴缸，柑橘清爽的气息让心情一下子明朗了好多。热气蒸腾着脸颊，我顺手掬了一捧水拍在脸上，热热的香滑的感觉很惬意。忽然间又想到吕意卓，不知道他妈妈怎么样了，于是我抓起旁边的手机。

好久，电话那头传来吕意卓的声音："怎么这几天你不在店里？"

"我现在在复盛。"我有点不太想让他知道我来这里的原因。

"哦，因为我朋友结婚，所以我带他去你店里选礼服。"他解释说。

"对了，你妈妈怎么样了？"

"她没事了，已经准备手术了，还真要感谢你！可那天……我妈的态度……请你别介意。"他很不好意思地说。

"哦，没事的，能手术就好。"我放心了。

"其实她以为你是我的女朋友，所以才那种态度。"他的语气有点变化了。

"哦。"我也有点不好意思了。

他知道我不明白其中的原因，便进一步解释："她一直想叫我找个门当户对的女孩，怕我们穷，被人家看不起。"

"哦，不会的。"我冲口而出，却发现这话说得太急，忙收住了话锋。

"许小姐，他们已经把钱给我了。我找他们谈过了，万翔的罗总经理人很好，他先把钱预支给了我，其实我真没想到他们会这么做。请你回来以后一定把你的那位朋友请来，我必须谢谢他。"他诚恳地说。

"好吧。"我哭笑不得地回答他。

挂断电话后，心里放松了不少，可我干嘛不告诉他我来复盛是相亲的？真是可笑。他是个比我小两岁的男孩。还是想想隋重华吧，他和我一样，都对匣子里的香气不感冒！这个问题……

对了，一个念头忽然闪现在我的脑中，香气，那特异的香气，是玫瑰，浓郁的玫瑰气味，它可以导致人出现幻象，我亲眼看见了爸爸产生幻觉的情形。李桥生，他的一些怪异举动不就和这个很相像吗！而齐玫总喜欢使用含玫瑰气味的香水。这一切有没有什么联系？难道李桥生也在哪里闻到过这种味道？可闻过之后就会导致那么严重的后果吗？还是有别的原因？或者我想多了？

柑橘的香气让我彻底放松下来，闭上眼睛，脑子里浮现出十年前的影像。

自从我离开那栋古老的别墅后，心情难以平复。李桥生到底和那个女孩做了什么，为什么在离开时仿佛听到有人喊我？难道只是错觉？

我不是个放着问题不去解决的人，在事情过去一个星期后，我又来到那片空旷的荒地，远处灰黑色的别墅孤零零地立在那，天空里阴云密布，应该快下雨了。我加快了步伐，风掀起我的衣角，马尾在脑后使劲地摇晃着。我迈着坚定的步伐，只想印证自己的直觉。

今天是星期一，可我逃学了，这是我长这么大头一次逃课……

这黑色的古老别墅，越走近越让人心寒。我立在别墅门口，抬起头，黑黄的天空仿佛张开的大嘴。黑色大门上的几个手印引起了我的注意，有正的，有反的。我尝试着把自己的手放在这些印记上，顿时恍然大悟。这里最近一定有人频繁进出，否则不可能留下开门和关门的痕迹。这个人一定是习惯了先走出来，然后边探查周围的情况，边回手关门，而这个动作并不需要他转身进行，所以门上留下了相反的手印。

一刹那，我被一股莫名的感觉牵引，似乎这门阻隔了一个可怕的秘密。

我轻轻推了推门，门是锁着的。于是，我绕到了房子的后面，因为这里有一个大落地窗，这是我在第一次来这里时见到的。

果然，当我来到落地窗前，发现窗帘还是严严实实地拉着，看不到里面的情形。我的脚边躺着一块石头，上次就差点用它砸了这扇窗子。我来回踱步观察着窗帘，这么密闭的房子，我该怎么进去呢？难道真用石头来砸？我再次拿起那块石头，正犹豫着，忽然发现窗帘的一角动了一下。我忙跑过去，也不知哪来的勇气，伸出拳头，在窗子上轻轻敲了两下，然后躲到一边的草丛里。

借着昏暗的天色，我自认里面的人一定不会发现我，这样比较安全。果然，在我刚刚俯下身子后，窗帘被人掀起一点儿来，但仍无法看清里面的情形。好像是一个人在用头狠命地撞击着玻璃，发出"咚咚"的声音。

"是了，一定出事了。"过了一会，里面的声音消失了，我悄悄从草丛中爬了出来，摸到窗子底下。这次窗帘有了变化，里面似乎有个人坐在那里倚在上面，一个明显的人形出现在窗子旁边，窗帘被紧紧地压在玻璃上。

我的心跳得厉害，那种感觉让我窒息，但我必须弄清楚事情的究竟，因为一种很不好的感觉让我害怕。

我从书包里掏出笔和纸，然后用手再次敲响了玻璃。窗帘急促地扭动，随着里面人的抖动，玻璃窗后面慢慢露出了一张脸，我差点坐在地上，因为眼前的一切是我从未料想到的。

长长的黑发披散下来，苍白的脸庞，深黑的眼睛瞪得大大的，白眼球上布满了血丝。难道见鬼了？

我尖叫着扭头就跑。忽然间，豆大的雨点噼里啪啦打在我的身上。我用尽全力跑着，大口大口地喘着粗气，雨水顺着脸颊流进衣服里，胸前彻骨的冰凉。我跌倒在地，挣扎着慢慢回过头去，那灰黑色的老屋已经变成浓重的黑色。我抹了抹眼睛，是雨水，没有眼泪。我怕什么？是里面的人？我知道那一定是人！可她是谁？难道是那天跟李桥生来的女孩？我迅速在脑海里搜索，可惜当时我并没看到她的脸，我见到的只是个背影，长长的头发……

长头发，一定是她！刚才在窗子后面，我仿佛看见她隐约闪现的暗蓝色校服。是的，一定是她！

我从地上爬起来，踩着被自己压塌的杂草，返了回去。

雨水洗刷着老屋。我立在窗子前面，里面的她转过头来。这次我举起了手里湿淋淋的纸："需要帮助吗？"我被雨水打湿的衣服紧紧贴在身上，满是泥污。

那张脸在流淌着雨水的窗子后面无助地点着头。

得到了答案，我连忙凑到跟前，再次在纸板上写道："里面还有别人吗？"

她用力地摇了摇头。

我明白了，她行动不方便，不能用手语提示我，于是我捡起那块石头，站起身来。她会意地把身子挪走，腾出了好大的空间，免得自己受伤。

随着一声暴响，整扇玻璃窗轰然而下。我迈进屋子，一股呛人的霉味扑鼻而来。我一边用力挥舞着手臂，想赶走那讨厌的气味，一边在黑暗中寻找刚才的女孩。

"在这儿……"墙脚处发出微弱的声音，我忙跑过去，俯下身子想拉她起来，却发现她的手和脚都被捆得结结实实，根本无法动弹，她好像完全虚脱了。

"你等等，先打开绳子。"我在黑暗里摸索着。可当我接触到她的腿时，她发出了痛苦的呻吟。因为被捆绑得太久，腿部已经发青了。

"这里有刀吗？"我问她。

她的眼神忽然变得让我害怕，看向我的身后。我心下一紧，缓缓地回过头去……

后面没人，一把丢弃的弹簧刀躺在离我不远的地面上。我忙跑过去拿起它。可就在这时，一个东西跳入我的视线。一只狗，死狗，死得很惨。头被人割了下来，两只眼睛在黑暗中发着幽幽的光，四肢分别被丢在不同的地方，还有黏糊糊的内脏……

我倒吸一口凉气，难道这是屠宰场？当我放出视线的一刹，头皮上似乎有成群的虫子爬过。不远处，密密麻麻地堆着不同动物的尸体，和那只狗一样被弄得支离破碎。而我手里的刀！我慢慢低下头，枯败的血已经失去了温度，冰冷丑陋地附着在我的手上，散发着恶心的臭气。我一下子扔了刀，向后退去。

"他就是用这把刀杀了它们……"一个细若游丝的声音在我耳边飘过。

我猛地回过头去，看向角落里的她。她无助地蜷缩在那里，惨白的脸色像结了霜。我忽然想起她被勒得青紫的脚腕……

我鼓起勇气，一把抓起那刀，大步来到她旁边，用刀割开绳索。她的手脚都已经不能动了，我拖着她离开那间可怕的老屋，后来我干脆把她背在肩上。雨水无情地打在我们身上，我们在泥沼里摔倒，又爬起。她青紫的手腕无力地垂在我的肩头，雨水顺着额头淌进眼睛里。我奋力睁大双眼，以便看清前面模糊的路。就这样，我挣扎着，跌跌撞撞地把她带到马路边。我们两个同时摔倒在那条路上，然后我就什么都不知道了。可能是精神过度紧张，也可能是体力透支，我一下子休克了。

只记得，我做了一个梦，很长的梦，梦到我背着一个比我大的女孩奔跑。没有目的，却怎么都跑不到尽头。四周是无尽的黑色。雨水，有雨水落在我的身上，冰凉的，我的身子沉重得像个铅陀。我挣扎着，耳畔只有女孩微弱的呼吸声。雨那么大，可我仍能清楚地听见她的喘息。我开始绝望了，雨水像巨大的帘子遮蔽了我的双眼，我不知该往哪里去。有腥咸的味道从嗓子里传来，我的腿越来越软，可我仍在坚持，就像后面有魔鬼在追。可路在哪里啊？

再次醒来时，我发现自己躺在家里，妈妈正忧心忡忡地看着我。

我忽地从床上坐起来："我怎么会在这里？"

"这是你的家，你不在这里在哪里？"妈妈端着一碗莲子银耳汤递给我。

我看了看那温润的银耳，顿觉一阵恶心。

"一定是睡得太久了！"妈妈拍着我的背说。

我怪异地抬起头，看着她的眼睛，想从中发现什么。

"我睡了多久？"我问道。

"整整一天了。你不是说不舒服，今天不去上学了吗？"妈妈看着我，眼神却显得有些异样。

不对啊，我早上明明是背着书包走的，不过我的确没去上学，可是……

"不可能！"我翻身下床。妈妈拦不住我。

我冲出房间，我要找到那个女孩。

"青丸！去哪！"爸爸坐在沙发里背对着我。

"我……"我杵在那里，对着他的背影，却不知道该如何回答。

"是不是睡过头了！"爸爸的语气有些阴郁。

我光着脚来到爸爸身边："爸爸，我真的睡了一天？"我满心疑惑，难道发生的一切只是一个梦？

"是啊，爸爸还骗你不成。"他说着，却并没看我。

我抬起头，看着墙上的钟，下午四点二十四分。

"她还好吗？"我看着爸爸，突然问道。

"你说谁啊？"他看了看我，又去做自己的事了。

难道真是梦？可这个梦太真实了，越想我的头就越疼。没办法，只能暂时放弃这个念头。我默默起身，朝自己的房间走去，我能感觉到爸爸在背后看我，于是停了下来轻声说："今天的雨不小吧。"

"嗯，很大！"爸爸叹了口气。

我点了点头，消失在他的视线里。

这件事很奇怪，在我的记忆里，就像水下的景物般模模糊糊。并不是我有意不告诉齐玫，而是我并不确定这事儿到底是否真的发生过。在很长的一段时间内，我都很恍惚，似乎那就是一个梦，直到今天……为什么一下子一切都清晰起来？也许是这清爽的柑橘香刺激了我的神经，把记忆的一些片段串了起来。

可爸爸为什么从没提起过？难道爸爸知道这一切？！

对了，那个女孩子，她的脸，很像……齐玫。

今天天气不错，我对着窗子伸了个懒腰，一些事情似乎正在从模糊转向清晰。深秋将至，外面的树叶纷纷飘落，一转眼，青春又走过了一个年头，也许金秋的复盛真会发生一些让人始料未及的事。我拨通了张怀敬的手机，他有些惊讶。当我告诉他，或许我可以为齐玫做点什么时，他竟陷入了沉默。

当我围着酒红色小披肩跨出酒店大门的时候，一个穿着米色风衣的人影在我眼前一闪而过。我只觉得熟悉，却并没太在意。今天隋重华和章知远邀请我参加他们的烧烤派对，齐玫也一定会去。

刚走几步，就听见后面有人按喇叭。转过身，看见章知远伸出头来："有没有兴趣搭我的车？"他笑嘻嘻的样子让人看了很舒服，在这秋天明朗的阳光中，他橙色的棉布衬衫显得很耀眼。

我笑了笑，钻进他的车里。他歪着头看着我："现在可以离开了吗？"他一脸严肃的劲头让我笑了起来。

"好啊，请您开车吧，司机先生。"我也开了个玩笑。

他车里很干净，有淡淡的薄荷味儿。我打量着他的脸，一道不太明显的疤痕在他的额头上若隐若现，我把头转向一边注视着外面的风景，也许每个人都有自己的故事吧。

"齐小姐是重华的妹妹？"我似有似无的问话打破了原有的平静。

他转过头来看了看我："不完全是。"

"什么意思？"我问道。我需要先搞清楚状况。

"重华的亲妹妹在多年前走失了，她和齐玫很像，我们是无意间碰到齐玫的。但她也快离开了，过几天回申州去。你是重华的女朋友，所以才说的哦！"

"我？"我不太同意他的说法，女朋友，我认为我还不能算是。

"怎么这么问？"他看了看我。

我沉默不语。

来到海边，一切已经准备就绪，连野外用的小型冰箱都带来了。白色的餐桌和餐椅上铺着碎花的餐布，水果、羊肉、海鲜被串在一起。重华破例穿了件花衬衫，很夏威夷，和我刚见他的时候很不一样。他正磨着手里的黑胡椒粒。

"要亲自磨制？"我奇怪地问他。

他笑着点头，眼睛却一刻都没离开手里的工作："这样更纯正，我喜欢纯正的东西。"他的回答令我微笑。这个人很安静，但在这种安静里似乎有一种涌动的光辉，让人禁不住想要接近。我们应该会成为很好的朋友。我这样想着，便又抬头去看了看他的脸。旁边的齐玫正跑来跑去，看来很开心，和我认识的齐玫大相径庭。我静静地观察着她，这个女人在期待什么？难道是爱情？

章知远笑着将炭装进炉子里，然后点了火，用手扇着。当火星随风飞出时，他开心地叫着。

162　猎香

在章知远和隋重华离开的空当，我逮住齐玫。

"你在想什么？"我直直地看着她。

"这和你有什么关系。"一个很怪的笑容爬上了她的脸庞。我忽然觉得她已经不是以前的齐玫了，这个笑容让我整个心都感到寒冷。

"张怀敬还在等你，你难道忘了在你最需要保护的时候，是谁及时出现的？"我看着她那我再也看不透的眼睛。

她顿了顿："那又怎么样？我已经找到了自己的方向。这次我们较量一下怎么样？"她看着我，缓缓把头凑到我跟前。我忽然觉得她有点像李桥生。

我没有说话，我知道，我说什么她都会反驳。这个女人已经进入战备状态，而我就是她的假想敌。

她把眼珠转向走得很远的隋重华："就是他，看我们谁能得到！"

我转过头去，重华的背影变成了一个小点，是这个男人让她开始重新幻想地位和金钱。

"你爱他？"我生硬地挤出了三个字。

"这个重要吗？"她似笑非笑地看着我，低头喝了口咖啡。

"可我知道，我不爱他。"我瞥了她一眼，看来我已经没必要再对她客气了，她的心已经离我好远，远得永远都追不回了。

她沉默了，抬起头，并没有看我。

"如果你永远这样把我当做敌人，我也没有办法，但我可以选择永不迎战。"我站起身，我知道说得再多也没有用。这时远处那两个人已经往回走了。

"齐玫，关于李桥生的事，我又想起了一些。如果你想知道，明天来我住的酒店，或许真的只有我才帮得了你。"我重新披好披肩。至于此时她是什么想法和态度，我都不想知道，一切就看她明天是否来找我了。

很快那两个家伙就回来了，不过很奇怪，两个人脸色都不太好，似乎出了什么事。

我知道，在这四个人当中，我才是真正的局外人，所以问得越少越好。

"哦，对了，重华哥，我已经和学校打过招呼了，我可以下个月再回去。"齐玫用一种很甜美温柔的语气说道。

隋重华马上放下了手里的烤肉："怎么突然做这样的决定？"他说这话时

阴郁的脸色让我觉得奇怪。

齐玫也不理他："我以前就是申师大的学生，和老师领导都认识的……"

隋重华叹了口气，把头转向章知远。章知远的表情很复杂，但并没说什么。我假装什么都没听见，我能感觉到隋重华对齐玫的关心，也许这个男人真会爱上她。这时，我的手机忽然响了。可奇怪的是，电话那头没有声音。是谁？我连续问了几声，刚想挂断。

"你好啊，青丸。"声音阴沉得很。我忽然一个激灵。是他，李桥生！我忽地起身，转身向海的方向走去，想避开众人。

"听着，离开这里。"李桥生的声音再次响起。

"为什么？"我压低了声音。

"为了你的安全。"他的声音清晰地响在耳畔，让我不寒而栗。

"你也听着，"我倔强地说道，"我们是朋友，对吗？是你在那个圣诞夜来找我时我们说好的。"

电话那边忽然沉默了。

"你放过她吧。"我斩钉截铁地说。可这话却像抛到深远的大海里一般，消失在了电波的另一端。

接着传来了忙音，他挂机了。我绝望地立在那里，一望无际的大海平静得出奇，一抹黑云隐约浮现在天边。他苦苦追寻着齐玫，难道真会为了我的一句话而放弃吗？忽然我的脑子电光一闪，那个刚才出现在我酒店门口的熟悉身影……高大，清瘦，米色风衣。李桥生！

当齐玫来到我的公寓时，已经是第二天上午九点了。她踩着清晨的阳光踏进我的房门，我们什么都没说，她只是默默地看着我，眼光里有我看不清的迷雾。信任一旦失去就再难修复。

"说啊，你又想起了什么？"在长时间的沉默过后，齐玫淡淡地说道。

"你曾问过我，李桥生到底能有多危险，我没有回答你。"我深深吸了口气以平复内心的恐惧。

她瞥了我一眼："是，那又怎么样？"

我忽然站起身来，坐到她的旁边，一把握住她的手。她被我突然的举动吓到了，表情凝重地看着我。

"齐玫，请你相信我，我是发自内心想帮你。还记得我曾告诉过你，跟踪他和一个女孩到我家附近老宅的事吧。"我焦急地说。

她没有回答，只是冷漠地微微点了点头。

"那个老宅我怀疑是李桥生家的。"我一字一顿地说。

"什么？"齐玫瞪圆了眼睛。

我点了点头："我想起了一件事，当时我想用石头砸开窗子，可犹豫了一下，结果离开了。但一个星期后，我又去了那里。"

"你？又去了？"齐玫的脸色顿时变了。

"是，"我狠狠地点着头，"这次我很确定，以前我总模模糊糊记不清后来发生了什么，但就在前几天，我想起来了。"我有点兴奋地说。

"那里发生了什么？"齐玫用她冰凉的手指紧紧抓住了我。

"我看见那个女孩遍体鳞伤！"我的声音有些激动得发抖，"她的手被捆着，旁边还有很多动物的尸体。"

齐玫圆睁的双眼和发紫的嘴唇在我眼前顿时僵住。

"我怀疑是他！"我轻声说。

忽然她把头狠狠转向我，眼神变得很复杂："你想不起来？这么重要的事你说你想不起来？"

我知道她又一次误会了。"可这是真的！"我第一次觉得这么委屈。

"你别再装了，既然不想说就别说啊，搞得这么复杂干什么？！"她有些歇斯底里了。

我无奈地揉着额头，把身子深深陷进沙发中。

"随你怎么认为吧。不知为什么，那段记忆好像被人击碎的粉末，在我的脑海里弥漫，可总也无法拼合，不知到底哪里是真哪里是假。有时我怀疑是有人做了手脚，可谁能修补和删除别人的记忆呢？是谁？一定是谁。当时……"说到这时，忽然觉得有什么念头一闪即逝。

"我的爸爸！"我忽然脱口而出的四个字让齐玫也惊呆了。我把头转向她，看到的是一张苍白的表情怪异的脸。

"许青丸，你在语无伦次，知道吗？"她用眼睛深深地看向我。

"我把她背出来了，当时还下了雨，我背着她跑，泥水飞溅，雨声和风声在我周围呼呼巨响，一切都是灰色的。后来我们一起摔倒在路边，再后来，当我醒来以后，发现我躺在家里。我问爸爸，他一口咬定我没出过门，可为什么？"我看向齐玫，她也疑惧地看着我。两人焦惧的目光碰撞在一起，片刻胶着后便迅速分离开来。

"为什么告诉我这些？"她顿了顿说。

"希望你知道他很危险。"我焦虑地看着她，"而且，我昨天在这家酒店门口看到他了，他来了复盛。"我说。

可谁知她并不惊讶，反而浅浅地笑了："是的，他来了。我早就知道。"

我呆呆地看着她的背影："齐玫，我希望了解你现在的境况，这样才能帮你。"

她缓缓转过身来："我想那个你救出的女孩应该就是隋重华的妹妹。"一抹神秘的微笑爬上她秀美的嘴角。

"你怎么知道？"我站起身来，跟着她来到了窗边。外面的枫树已经开始变红，深秋了，人们匆匆地行走在街头，低着头赶着自己的路。而我和齐玫的人生却注定要在这里交会。

"因为她就是小林。"她的声音很平静。

我抬起眼帘静静地注视着她。是的，她变了，但似乎更成熟了。这个女人的心里到底在酝酿什么？这次我真的看不透了。

"你不用担心了，以后的事，我会自己处理。"她拎起皮包朝门口走去。

"等等！"我急切地喊住她。

"昨天我接到李桥生的电话了。"我说。

"他说什么？"这次她平静得出奇。

"他要我离开。"

她没说话，但我感觉到她深深叹了口气："那就快走吧，留在这里对你没什么好处。"说着已经迈步走出了房间。

"我不会走的！"我大声说。

她的高跟鞋停在了门口。

"因为我们是最好的朋友！"我轻轻地说。我知道，她听得见。

再次拜访隋家，是在一个很正式的场合。

丹庭酒店，复盛一家非常豪华的西餐厅，为隋家刚刚回归的古董举行盛大party。

我没带礼服来，更没想到在他乡还参加了这样高档次的聚会，所以只穿了一条白色亚麻西班牙大舞裙，披一条白色有长流苏的针织大披肩。可不管怎样，这都显得太悠闲。于是在临出门时，我把酒店门口的桂花折下来一串，对着计程车的内视镜用发卡斜斜地固定在鬓角处。这样应该足够了。

隋家准备了日式自助，刺身和寿司做得相当精巧，鱼糕的种类也很繁多。我最喜欢的还是白酸梅，虽然只是开胃小菜，但让人食欲大增。奴达也很不错。红鱼子虽不像欧式的黑鱼子那么昂贵，却在柔和明亮的光线里温暖晶莹着。汁烤鳗鱼、煎牛仔骨、金枪鱼寿司……我慢慢走着，嘴角带着微笑。

有人来调了一下灯光，瞬间，整个会场便被一种清淡的春绿色笼罩。我仰起头，冬已近，而我们仍旧刻意地制造着春意，这是浪漫，还是矫情？

奶奶一身绛红晚礼服，显得雍容华贵；一身黑色修身西服，让隋重华的身姿显得格外挺拔；而齐玫则穿着浅雪青色小礼服裙，头上一枚璀璨的小皇冠熠熠生辉。

"许小姐，你的装束有点特别哦！"章知远不知何时出现在我的身后。

远处的齐玫正缠着隋重华说话。

"你很注意齐玫。"章知远微笑地看着齐玫和隋重华。

我看了看他，没说什么。

"是怕她抢走重华？"他挑了挑眉毛看着我。

我抬起头看住他，还没等我说话，后面一个声音在叫我。

"许小姐。"是奶奶，"马上红匣子就要和大家见面了，要睁大眼睛哦！"她开心地说。

果然不远处，隋重华带着几个人已经开始在准备主持了。

伴随着优雅的音乐，隋重华讲述了隋家的历史。这次宴会也出于生意上的考虑，一些行业的头面人物都出席了，看来隋重华的野心不小。我对这个并不在行，但他们家是从加拿大回来的，这总让我联想到一个人，那就是李桥生。

随着重华的解说，仪式也逐渐进入高潮，来宾们听得很专注。

"'红匣子'是家母肇美伶从娘家带来的，早年遗失，今由万翔集团于泰国购买后送还，我在此向万翔集团总裁之女——许青丸小姐表示感谢！"顿时掌声一片，我忙朝大家一一点头。

这时，一位小姐手捧红木托盘朝大家姗姗走来。我的心顿时一紧，这匣子的威力我已经见识过了，难道隋家要在大庭广众之下打开它吗？

"隋先生，可以打开吗？"一位好奇的女士按捺不住了。

我焦急地看向隋重华，碰触他眼神的瞬间我缓缓地摇了摇头，我想他应该知道这匣子的厉害，因为表姐说过，他也曾打开过这个匣子。

"对不起，这个恐怕不行。"隋重华大声地说着，嘴角却带着让人莫名其妙的笑意。

"可是我们已经闻到好闻的玫瑰香味了！"有个男人说，"是匣子里发出的吗？"

"是的。"隋重华毫不隐藏地回答，"这匣子的神奇就在于它能散发奇怪的香气，当然还有里面的东西……"隋重华故意拖长了声音，这令我觉得诧异。他虽然在阻拦，但语气里似乎在鼓动大家一探究竟。他到底在搞什么？

"里面有什么？"已经有个年轻人着急了。"是啊，隋先生，既然都请出来了，难道还吝啬给我们看一眼吗？"好多人随声附和着。

隋重华用眼睛环视了一下四周，最终落在我的脸上。我的心提到了嗓子眼，难道他真要当众打开这邪门的东西？！

我盯住他的眼，却无论如何也看不懂他的眼神。

"好吧。"他笑着点了点头。我的心猛然间沉落。

红绸揭开，盒盖上精致的雕花玫瑰露了出来。众人发出赞叹，不愧是宫廷里的东西，一定经过无数把玩才会被磨砺得如此光洁润泽。这匣子定和隋家儿媳肇美伶一样，有着凄美动人的故事吧。

"啪"的一声，匣子被重华打开，大家齐齐探头过去。我的脑子犹如山崩一般轰的一声。这么多人同时产生幻觉会是什么场面？我无能为力，只得将头转向一边，直至禁不住干咳起来。

就在这时，我迎上了齐玫锐利的目光，不知什么时候她来到我的身后。

"你也打开过这个盒子？"齐玫压低了声音。我被她的突然出现和奇怪的问题问住了。"不然为什么神色这么紧张！"她用更小的声音说，同时抬眼环顾四周。

我顺着她的眼神望去，奇怪的是大家都很正常，没人产生幻觉。意识到这个之后，我忙回身看去，只见隋重华手里的盒子中赫然装着一块羊脂白的玉璧。纹饰清晰，光亮如新。

在众人兴奋的赞叹声中我迅速看向齐玫，只见她泰然自若地端着红酒一饮而尽。

隋家今天如此张扬地操办这个party难道另有意图？关于隋重华母亲的事，我从爸爸那里也知道一些，爸爸曾说这个匣子是皇宫里的东西，而刚才重华说是她母亲祖上传下来的，他的母亲姓肇，我明白了。

"齐玫，重华的母亲是旗人吧？"我问道。

齐玫想了想，又看了看我："应该是，我听奶奶说起过。"

这肇姓很不一般，大部分是大清土崩瓦解后爱新觉罗氏选择的汉姓。看来重华的妈妈应该是爱新觉罗的后裔。如果这么理解就顺理成章了，就算她留有皇宫里的稀罕物件也是很正常的了。

就在这时，墙角处一个米白色人影一晃而过，很熟悉，是……我跟了过去，来到酒店大厅外的走廊尽头，可却不见那人的踪影。

"为什么还不离开？"

我猛地转过头，高大、清瘦、穿着米色风衣的男人，摘下咖啡色的墨镜，一双如鹰般犀利的眼睛，嘴角扬起诱人的弧线，手里拿着一个淡紫色的盒子。

"李桥生！"我有些失声。

他举起紫盒子闻了闻，那双忧郁的眼睛顿时蒙上了一层奇怪的薄雾。

我愣在那里，就像被腊月天的冰锥贯穿一般。这么多年，当再次见到李桥生的时候，我发觉自己找不到语言，于是，只能那样，心情复杂到无以复加得彼此对望着。直到那笑容在他脸上渐渐冷却，我才缓缓开口："告诉我，你不远万里来这追寻的是什么？"我走近了一步，直视着他的眼睛。

"齐玫。"他定定地看着我，从牙缝里挤出了两个子。

"不，绝不是。"我又走近一步，已经很近了，我看到他眼睛里的自己，可为什么看不透他的内心？

他斜斜地扬起了嘴角："这世上恐怕只有你敢靠这么近跟我说话。"说着，他慢慢俯下身子，我闻到他身上成熟男人的味道，混杂了古龙的香气，独特到神秘，神秘到残酷。

"你在和我较量！"他淡淡地说，伸手抚上我鬓角的桂花串。他的动作异常轻柔，甚至让我有点眩晕。

"八月的金桂，真的很香！"说着，他缓缓闭上眼睛，伸出另一只手揽过我的腰。这突如其来的举动把我吓到了，可奇怪的是，我并没有挣扎。为什么这一瞬间我感受到的是极度的寂寞和空虚，他的怀抱仿佛结了冰，让人感到彻骨的寒意。

"请你放过她。"我抓住这最后的一线希望。

他微微抬起头，看了看我，一朵乌云在他眼中升起。

"把这个交给齐玫。"说着，他举起了手里的紫色盒子。

"许小姐！"后面有人叫我，是章知远，我回过身去。

"你怎么自己跑出来了？大家准备跳舞了，就等你了，这第一支曲子可是你和重华的。说着他笑了笑。

我再回过头去的时候，李桥生已经消失得无影无踪。

"刚才的，是你朋友？"

"是。"我无奈地回答，却仍显得惊魂未定。章知远的眸子忽然间一觑，目光深邃地朝走廊尽头望去。

当我们再次返回时，大家已经呈半圆形站好了。隋重华很绅士地走到我的面前。我努力配合着他的步调，可心里却在想着刚才的事。李桥生突然出现在这里，除了寻找齐玫以外还有其他原因吗？我怎么觉得事情不会这么简单？我抬头看了看隋重华。"那盒子……"我第一次开口问了不该问的问题，"我也曾经打开过，里面不是那块玉璧。"我直截了当的说法，让他有点措手不及。幸亏现在大家都在跳舞，灯光也随之暗了下来。

"很抱歉，并不是我想欺骗大家。"他沉吟了一会说道。

"可，我想知道为什么要这么高调地介绍这匣子，难道你们有什么意图？"我在黑暗里注视着他的眼睛。

"是的，但我希望你不要问，知道得越多，伤害就越多。"他解释道。

我没再说什么，但心里却在盘算如何才能真正介入这几个人中间，把问题实实在在搞清楚。如果为了自己，我会尽快离开这里，这种复杂的形式不是我喜欢的，但为了齐玫，我想我应该坚持。

一曲结束后，我把齐玫约了出来。外面的空气很好，齐玫脸色红润，看来她很喜欢这样的交际生活。

我举起手里的紫色盒子："刚才李桥生来过。"

她惊愕地睁大眼睛，小心地朝四周望了望。

"他叫我把这个给你。"我把盒子塞进她手里。

她深吸了几口气，慢慢打开盒子。我也做好了各种各样的心理准备。可出现在眼前的东西，却大大出乎我的意料。

"香水？"我睁圆了眼睛。

夜幕中的齐玫不知在想什么，但我能感觉到她的心沉重得无法呼吸。

八月的夜风凉得很，夜色把一切都笼罩起来，让人看不清对方，但却能更加清醒地认识自己。

"齐玫，我有种直觉……"我淡淡地说。

她伫立在夜色里，并没有做任何回应，秋风刮起她雪青色礼服的裙角，头顶的小皇冠在月光下闪着冷冷的光。

"或许李桥生是迷上了你身上的某种气味。"我喃喃地说，像是在自言自语。说真的，我并不能确定，因为这个推论连我自己都觉得很离谱。

"你是说……"她定定地站在那里。

"玫瑰的味道。"我看着如月下精灵般的她。

"我也这样怀疑。"她出乎意料地说出了这样的话。

"你也怀疑？"我觉得齐玫已经探查到了什么秘密。

"或许这真是我的宿命。"她的声音仿佛飘得很远，冷静得让人有些害怕。

在我正欲追问的时候，她已经转身离开了。

我重新回到舞池的时候，奶奶笑盈盈地向我走来。

我没想到，她竟会邀请我到他们家去住。因为我是女孩，奶奶担心在外面不安全，已经事先得到爸爸的允许，所以向我提出了请求。也许奶奶是真想撮合我和她的孙子，没办法，只能接受。最重要的是，只有真正走进他们，才能了解这其中的隐情。

而当我真正走进隋家之后，才知道，原来复盛真的暗流滚滚。这一切的一切竟如汹涌的洪水一般，席卷了周围的一切，当然包括齐玫和我。

面对人生，我们有时很无奈，命运好像一张巨大的棋盘，而我们就好像这盘上的棋子，再聪明的人也难以预测每一步的方向。人生该何去何从，当面对自己和他人时，我们该如何抉择，是保全自己，还是保护他人？我只是个女人，未曾想过要面对如此多的疑问，而就在金秋的复盛，我却失足掉进了命运的黑三角中不能自拔。

我收拾好东西来到隋家，奶奶的盛情款待之余，我没有忘了自己的目的。

这天下午，我来到花园，这花园很美，我惊奇地发现奶奶种了牡丹。可奇怪的是，这里好像有被人挖掘过的痕迹，我蹲在旁边仔细观察，有好几处土是回填的。

"你也觉得这里可疑？"齐玫来到我的身边。

我点点头，没出声。

"你为什么要来？"齐玫看了看我。

"你曾说过，重华的妹妹就是小林。"我抬起眼睛看着她。

她站起身来说："谢谢。"

我没想到，时至今日，在她的口里我还能听见这样的话。

"齐玫，我承认，因为方云澳，我曾嫉妒过你。"我憋了好久的话，终于出了口。

她愣愣地站在那里，缓缓转过身来，秋日艳丽的阳光热烈地洒在她粉红色的衣服上，一张洁白如玉的脸庞透着成熟女人娇媚凌厉的气势。

"因为你太美了，面对你我没有足够的信心。我一直认为，方云澳爱的是你。"我如释重负地吐了口气。

她不大的眼睛很有神采，却在这一瞬间闪烁出了异样的东西。

"你……没有信心？"她轻轻重复着我的话。可随即她却笑了，笑得艳若桃花，却苦涩难耐。

"对不起。"我垂下了头。很久了，我终于能真正面对自己。嫉妒，是的，是源自于女人的嫉妒。齐玫的美貌让我产生了一个女人最常有、却最不应有的情绪。它害了我，也害了齐玫。

她没说什么，只是默默地立在树影里，然后转身离开。

是啊，她有生气的理由，是我对她的嫉妒蒙蔽了自己的良心，让我在她上了李桥生的床后，才亡羊补牢地告诉了她桥生的可怕。这也是我今天拼了命也要帮助她的原因，因为我要赎罪，赎回自己的良知。

我住三层的阁楼，不太大，墙面贴着淡咖啡色的壁纸。我对居住环境的要求并不高，何况坐在窗前正能看到外面种玫瑰和牡丹的那片空地。这里以前一定是重华他们经常来玩的地方，在角落里还依稀能看见一些老旧的玩具。奶奶不赞成我住这间，一直要求我和齐玫住一起，但在我极力说服下她才勉强同意。我知道齐玫这次要钓的是隋重华这条大鱼，我实在不想参与她的爱情。

重华上来帮我整理东西。他捡起墙脚的一只小木马，吹了吹上面的灰尘。

我放下东西，让随后而来的赵妈先忙她的去了。

"长大了，就多了很多不开心的事。"我淡淡地走到他身后。

他没说什么，只是默默注视着手里的小木马。

我站到他的身旁："你很想她？"

他抬起头看了看我："章知远告诉你关于我妹妹的事了？"我知道，以章知远的个性，决不是个口无遮拦的人。他在告诉我重华妹妹身世的同时，一定会告知当事人本人，这就是绅士风度。

我笑了笑，点点头。

"齐玫和蝶住真的很像，但她现在可能已经不在人世了。"他的眼神有些迷离。

"你妹妹不会死的。"我坚定地说。

他奇怪地转过头来看着我，眼神中充满疑惑。我把头转向窗子，看向远方："有时候不仅是家人之间互相关爱，互相保护，陌生人也可以的。"

他先是愣了愣，随即笑了起来。他笑的样子很好看，说："但愿蝶住能早点回家。"

我干脆坐在地下的蒲团上。这里已经被打扫得非常干净了。窗边的水竹长得很高，黑白格子床单和一块淡绿色羊毛地毯，加上蒲草编的蒲团和小方几，让整个房间充满禅意。我脱下风衣扔在一旁，露出里面的黑色低领毛衫："重华，能告诉我你妹妹失踪的经过吗？"

他倒了杯茶给我，我低头闻了闻，是上好的碧螺春："我喜欢这种茶，不像铁观音那么浓。"

"我妹妹从小性格就有些古怪，她很少和其他孩子在一起玩，胆子又小，总是哭哭啼啼的，所以我特别疼她。那时候我父母不和，经常吵架，有一次……"

那是个炎热的午后，重华和妹妹在阁楼上玩累了下楼找水喝，经过爸妈房间的时候，听见父母的争吵，随后传来响亮的巴掌声。蝶住猛地收住脚步，一头撞进了重华的怀里。重华将手指放在唇上，蝶住瞪着无辜的大眼睛，无助地点了点头。孩子们已经习惯了家里的暴力，即便没有看见，却也猜得出是怎么回事。重华拉着蝶住，透过虚掩的门朝里看去。

午后明亮的阳光里，雕花窗映出好看的影，落在肇美伶散乱的头发上。她歪在一张玫瑰椅上，嘴角带着一丝血迹，脸上仿佛被火钳烫过一般的红。隋家伟的手再次举起来，却颤抖着停在了她的头顶。他的嘴角簌簌地抽动着，额前的头发神经质地颤抖起来，手指一根一根地握紧，指节里发出咯嘣咯嘣的声音。

"你说！蝶住到底是谁的孩子？！"隋家伟牙缝里蹦出的几个字让重华的身子一抖。肇美伶笑了："我说过，她是你的孩子，你为什么总是不信我！"

"我的孩子？蝶住？分明是曾云蝶的种。"隋家伟气急败坏地说。

肇美伶猛的开始大笑起来，目光深处有着崩溃一般的绝望。她的笑让隋家伟不知所措，他高高举起的手忽地落下，又重重打在她的脸上。肇美伶的头一下子就撞到了桌子上，发出可怕的声音。隋家伟像头发了疯的野兽，狠狠扑上去，抓起肇美伶的头发就朝桌子上撞去。他的眼变成了红色，就像是狼。

"戏子无情！戏子无情！"他一边发疯般撕扯着眼前的女人，一边不知所措地重复着这四个子，仿佛与他的厮打形成了某种和谐，那叫骂声让他精神亢奋。重华被眼前的一切吓傻了，他想冲上去拉开爸爸，却又害怕得颤抖。就在他垂下头去的时候，他看见了蝶住惊慌的眼和默默流下的泪。因过度惊惧，她哭不出声音来，只是缓缓伸出手，紧紧捂住了自己的嘴巴。

"就因为这个，你才去找那个女人？"肇美伶忽然间说道，血从她的鼻孔里涌出来，她却没有任何表情。

重华忽然间反应过来，抱起蝶住朝阁楼跑去。

"我知道自己在爸爸面前是无力的，我也恨妈妈，我不知道他们为什么要结婚。但我知道有个人我还是可以保护的，那就是蝶住。"时隔多年，他回忆起这些事的时候，仍旧有些激动。

我默默地伸出手，握住他的手臂，不忍心再问下去。看得出来，他花了好长时间练就了现在的沉着淡定，而这沉稳外表下的内心却依旧汹涌。这样的心结不解，恐怕这个男人一辈子都无法真正云淡风轻。

"为什么我总觉得你和小玫好像很熟悉？"隋重华看着我的眼睛问道。

这次我被问住了。

"原来你们在这啊！"章知远笑嘻嘻地从外面进来。

这次他的突然到来让我很开心，否则真难以回答隋重华如此直接的问题。

"我们在聊天。"我悄悄舒了口气。

他顺手把衣服扔在地板上，坐了下来："在聊什么？"

我忽然有些惊讶，这样性格迥异的两个年轻人居然能成为朋友。

"许小姐，笑什么？"隋重华捕捉到浮现在我嘴角的笑意。

"重华，你似乎没有注意到一个问题。"我看了看他岔开话题。

他歪着头看了看章知远："什么问题？"

我笑着啜了口茶，缓缓吐出两个字："称呼。"

他二人不解地看着我。

"你总叫我许小姐，而称呼齐小姐为小玫，"我笑着说，"不觉得很怪吗？或许这代表着你内心的某种想法，而你并不自知。"我已经觉察到，其实隋重华对齐玫的感情有些暧昧。

"哈！许小姐吃醋了！"章知远竟开心地笑翻在地板上。

我微笑着，并没说什么。其实我知道，重华心里并没有我，或许他很欣赏我，但绝不是爱情，而我对他的感情也是一样。我们是两个不会擦出火花的人。

隋重华无奈地笑了笑，然后抬头看了看我："谢谢你的提醒。"

我和重华是有默契的，这种默契是朋友间的，虽然很模糊，却永远难以成为爱情。

"你有喜欢的人吗？"他突然问道，这个问题却把章知远吓了一跳。

"喂，说什么呢？"章知远抗议着。

我低头笑了笑："怎么说呢，我也不确定，那种感觉似乎有时清晰有时模糊，我有点没有勇气。"我解释着，我相信隋重华听得懂。

"是个什么样的人？"重华问道。

"你们说什么呢？我怎么听不懂！"章知远觉察到事情有些不对。

我放下茶杯，看向远方："一个没有学历、没有地位的男人。"

"哦？"隋重华感到很好奇。

"那种感觉让我第一次手足无措，不知该怎么对他。我想保护他，可他却很坚强。我想向他伸出援手，却发现他镇定自若地规划着自己的人生。在很多名门望族子弟身上找不到的谦虚、隐忍、认真、坚强，他都有。他追逐着理想，背负着家庭的责任和期望，开心地挥洒汗水，在茫茫人海中摸爬滚打，我想是这些东西打动了我……"我凝望着远方，一个身影浮现在眼前，脏脏的工装裤，被风雨捶打的健康肤色，在生活中拼尽全力的人，我想就是他。

"这家伙比重华强吗？"一边的章知远严肃地看着我。

我回头看着他："他和重华没法比，可我就是喜欢他。"

重华摸了摸脑门："甘拜下风！"

我们都笑了，来复盛第一次这么开心。可我却发现章知远看我的眼神有点不同。

当我们来到老酒鬼时，已经是晚上八点多了。

齐玫要了杯冰火美人，我只点了柳橙汁。从我来这里，齐玫就一直表现得不冷不热，但对我来说这已经足够了，至少她不再把我看成敌人。

"重华你喜欢什么颜色？"齐玫笑嘻嘻地问。她的清纯玉女形象扮演得惟妙惟肖。

"咖啡色。"隋重华很直接地回答，然后看了看她，眼神里的东西不知齐玫到底能否读懂。重华是那种感情并不外露的人，永远一副冷冷的样子。在面对齐玫和我的时候，他的表现很不一样。跟我在一起他好像很放松，能以各种方式交谈，可在齐玫面前他的话总是很少，这反倒让我觉得他对齐玫更为珍惜。

"那你呢？"说着齐玫眯着眼睛看向章知远。

章知远一直在盯着我："许小姐喜欢什么颜色？"

我被他突然转换的话题问得有点发愣。

"我喜欢绿色，黄色。"我说。然后笑笑，喝了口橙汁。

"问你呢？"齐玫有些气愤地看了看我，又看了看他。

"我喜欢绿色。"他干脆地说。

我抬头看了看他，他正用一种坚定而迷离的眼神看着我。这个男人和隋重华完全不同，他不屑于隐藏感情，这是个强健而磅礴的生命，洒脱轻松的气质如清风拂面般令人舒畅。我低下头去，没有再说什么。

好长时间谁也没说话，大家都觉得有些尴尬。章知远低头喝着杯子里的啤酒，隋重华不知道在想什么，可齐玫……我发现齐玫的眼神有点不对，她在看什么？我顺着她的目光看去，原来是右手边的角落里几个男人正窃窃私语。一个大概五十多岁的男人起身离开。其他人仍在嘀咕着什么。

"我去下洗手间。"齐玫说，随即转身便走。

"我也去一下。"我忙起身追了出去。

齐玫已经随着那个男人七拐八拐地出了酒吧。老酒鬼很大，是复盛一家高级酒吧。我忙加快脚步紧随其后。就在门口处，齐玫喊住了那个人。我忙停在门口，实在不是想偷听。

"你为什么到这来？"齐玫用很强硬的语气和那个男人对话。

"你？没去申州报到？"那个男人用沙哑的声音说。

"这个你别管，我在问你，那几个人在说什么？你和他们预谋什么？"齐玫的话实在很过分，但我相信这一定事出有因。

"赶紧回去上班，你放心，我对你妈好着呢……"那男人极力辩解着。

"别以为我不知道。"齐玫四下看了看，转过身去："你吸毒是不是？"

我顿时一惊。

那男人一下子僵在那里："说什么呢？"

"那个女人，那个差点死在我们家的女人也和毒品有关吧？难道你只是吸毒？"齐玫的声音越来越高。

"好了，你别再说了。我的确吸毒，我还贩毒，怎么样？"那个男人的声音忽然变了，他一步步逼近齐玫，"你最好给我闭嘴！你别忘了，是谁供你读了这么多的书？！你用的钱都是我的，装什么清高！"说着他狠狠地瞪了齐玫一眼，然后转身离开了。

齐玫傻傻地立在夜风里，微风吹动她额前的发丝。我终于理解她为何如此迫切想要得到地位和金钱。她要摆脱一些东西，一些她不得不去面对，但又不屑于去屈从的东西。

"你？"就在我暗自思量的间隙，齐玫已经回来了，正好迎上了我的目光。

"我……"我不知道该说什么。

"你在偷听？"她又本能地竖起防线。

莫名的感情涌上心头，我走过去握住她的手："一切都会过去的。"

她没说什么，只是默默地看着我。

当我们回到座位的时候，两个大男人已经等得不耐烦了。

"怎么去了那么久？"重华问道。

"没什么，说了点女生的小秘密。"齐玫冲他眨眨眼。她真是天生的演员。可一旁的章知远却一直注视着我，让我有种不太好的预感。

夜深了，我躺在榻榻米上看着窗外的园子，那些大大小小的深坑到底是怎么回事？齐玫对此守口如瓶，却让我觉得越发奇怪了。窗帘被我习惯性地打开，夜风起了，树枝在微微摆动，一些叶子随风离去，我默默注视着眼前的一切，没有一丝睡意。

这时，一个黑影匆匆在园子里闪过。我翻身起来，蹭到窗边。阁楼的窗子是三角形的落地窗，我把自己贴在玻璃上，悄悄推开窗子，一股腥凉的夜风迎面扑来。我屏住呼吸观察着那个人的一举一动。我的视力不太好，只能看见一个模糊的黑影，却难以判断是谁。那人鬼鬼祟祟的姿势好像是在摸索着什么。我努力眯缝起眼睛想把他看得更清楚些，发现他原来是在挖什么东西，还不断四下张望着。难道就是这个家伙在隋家的园子里捣鬼？可这人是怎么进来的？TOM为什么没能发现他？难道，他就在我们中间？！

我就这样注视着这个人的一举一动，忽然，他好像发现了什么，扔了手里的工具，改用手挖。他一定担心坚硬的工具会碰坏它。接着，他的手上多了什么东西，看来不大，随后他简单收拾了东西起身准备离开。我的目光一刻都不敢远离，他，竟然朝我们住的这边走来。身影一晃就消失在夜色下的灌木丛里。

直到一抹鱼肚白从天边升起，我长长出了一口气。一些难以理解的问号在脑海里翻来覆去。是他？难道会是他吗？

清晨七点，我仍坐在窗边，这个姿势已经保持了两个多小时，我在思考，用尽全力去理解和分析。我的电话忽然响了，这突如其来的尖锐声音把我吓了一跳，挪了挪僵硬的四肢，费力地爬了过去。

"许小姐，我是章知远。有空吗？我想约你。"他直截了当的说法让我觉得有些尴尬。

"去哪？"我问，眼前顿时浮现昨天章知远的复杂眼神，心里忽的一紧。

"我去接你吧。"他说着挂了电话。

我收拾好东西下楼吃早饭。见齐玫已经红光满面地坐在那里，旁边的隋重华正埋头吃着碗里的东西。

我坐下，看着他们。"奶奶呢？"我问道。

"哦，出去晨练没回来。"赵妈说。

"你们昨天睡得好吗？"我问。

齐玫看了看我，没说什么。隋重华笑了笑："还好，应该我问你的吧，忽然换了环境睡眠不受影响吧？"

"我睡得不太好。"我看着他说。

他抬头看了看我，没再说什么。

"我要上班去了，你们慢慢吃。"说着拿起文件夹离开了。

齐玫看了看我："为什么这么问？"

我只管吃碗里的东西，并没再回答。

吃过饭，我来到二楼齐玫的房间。她正在看书，房间里米黄色的壁纸上，淡雅的花纹让人想起阳光下的花朵。

"这里曾经是蝶住的房间？"我问道。

"是的，而且这里曾死过人。"齐玫平静地说。

我有些惊讶，不明白她怎么会如此淡定。

"肇美伶，他们的妈妈，就死在这里。"齐玫眼神复杂地说。

我盯着她："你，不怕吗？"

她笑了笑："怕，事实上我非常害怕。"

"那为什么不离开这里？"

"要彻底摆脱李桥生，就要弄清小林的事情，我总觉得这两个人之间有着莫大的关系。"她坚定地说。

我点了点头："我想这个我能帮你。"

她诧异地看了我一眼，又转过头去看她的书了。

最近无人陪同下，她不轻易出门，估计是怕李桥生突然袭击。

我离开她的房间，发现对面房门是虚掩着的。我知道，这里是隋重华的房间。一个莫名的念头出现在我的脑海。我四处看了看，没人，于是轻轻走了过去，用手推了推，门自己开了。

这是我第一次偷偷闯进别人的房间，尽管很不礼貌，但我想证实一些东西。屋子并不大，我很快就站在屋子中央，很整洁，桌子上有一些细碎的文件。我顺手翻了翻，又放回原处。

床旁边立着一个很大的衣柜，里面衣服不多，仔细勘察后，并没有什么特别之处。待我刚要离开时，忽然发现一个地方被我忽略了。于是，又反身来到床边，这里是这间卧房最后一个可能了。我平复了一下情绪，坚定地掀开垂下来的床单。果然，一双沾着泥巴的Gucci赫然出现在床下。

我俯下身子，拉出了一只鞋，翻过来仔细一看，是院子里的泥土没错。原来昨晚我看到的那个黑衣人就是隋重华！

就在这时，赵妈的喊声从楼下传来："许小姐……"

我忙把鞋子放回原处，整理好床单，大步走出房间。在我关好门，回过身去的一刹那，齐玫出现在我眼前。

"重华平时都把房门锁上的。"见我居然从隋重华的房间出来，她很奇怪。

我看着她：“也许是太慌乱忘记了。”我冷冷地说着，回身下楼去了。

　　章知远已经来了，正坐在那里逗着TOM，他穿着粉色的提花衬衫，白裤子，一派轻松自然的模样。

　　“来了？”我笑了笑。

　　“走吧，我领你去个地方。”他神秘地笑着。

　　我跟着他往外走，可他却停住了：“不用换衣服吗？”

　　我看了看自己，从早上到现在，我一直都穿着蓝色运动服：“这样，不好吗？或者我们要去什么特别的地方？”我有点诧异。

　　他挠着头笑了：“我第一次和穿着运动服的女人约会，感觉怪怪的，你们不是都喜欢打扮一下的吗？”

　　我低头打量了一下自己的装束：“那我去把头发拉直好不好？”

　　“哈哈，你真会开玩笑！走吧。”说着他率先离开房间。

　　“其实，你真的很特别。”他边开车边说。我看了看他，没说什么。

　　“很少见到像你这样的富家女如此不拘小节的。她们都喜欢名牌服装和高档化妆品，好像每天为镜头准备的，和她们在一起觉得很累。”他开心地说。

　　“看来你有很多女朋友哦！”我笑着说。

　　他摸了摸额头的伤疤：“好像是这样。”

　　我歪着脑袋看他，在这个男人身边感觉不到任何的负担和压力，他的笑容很漂亮，在他几乎毫无缺陷的脸庞上无疑是锦上添花。不知道该用什么样的词来形容他。阳光？健康？不羁？还是性感？似乎都有，但又都不确定。他的眼睛不像隋重华那么大而深情，但看起来很智慧。眉毛硬朗，鼻梁挺直，这些象征男性力量的特征都显得恰到好处。嘴唇不太厚，有很明显的唇线，脸上的胡子总是刮得非常干净。

　　“你看什么？”他似笑非笑地看着我。

　　我回过头去：“觉得你是个很帅气的男人。”

　　“够坦白！”他好像很高兴的样子。

　　忽然一道美丽的风景出现在眼前，我从没见过这么多的百合，好大的一片！“好漂亮！这是哪里？！”我惊讶得几乎从座位上跳起来。

"是我准备买的地方，怎么样？"说着，他指给我看。

原来这里是一片空地，以前可能是个废弃的公园，坐落在半山坡处，但好多百合仍争相开放，讲述着这里往日的繁华。我跳下车来，顺着废弃的石子小路往山坡上走去。"你要买下这里？"我问道。

他跟在后面，缓慢地前行。"是的，觉得很喜欢，站在这里可以看见远处的大海。"说着，他停下了脚步。迎着清风，他的脸上洋溢着满意的笑容。

我也跟着停下脚步，极目之处果然尽是灰蓝色的波涛，粼粼的在清透的阳光里荡漾。

"很好，站在这里，似乎一切都可以变成永恒。"我轻声说。

他回过头来看着我。

"你，真的喜欢那个小子？"这次他的语气异常严肃。我疑惑地望着他。

"以前，我以为你会是重华的女朋友，却没想到原来你们并没有继续相处的意思。"他说着，又把眼睛转向海的方向。

"我想这辈子，谁和谁在一起是注定的。"我说。

"好了，不说这个了。有件事，我想问你。"说着，他径直越过我朝山坡顶上的废弃凉亭走去。我不解地跟在后面。他掏出一只手帕铺在石板上，示意我坐下。"我有个推测，请你如实回答。"他的话顿时令我一惊。

"什么推测？"我问道。

他缓缓坐到我的身边，拧紧的眉头让我感到有些不对劲。

"你和齐玫是认识的，对吗？"他的话令我不寒而栗。

"为什么这么说？"我有点猝不及防。

"齐玫在说谎。"他盯着我说。

"她是不是有什么麻烦？"他直接的问话已让我无法隐瞒。

"你是怎么知道的？"我看着他那双犀利的眼睛说。

"那天你们在老酒鬼的对话，我都听见了。"说着，他又坐回了原处。

这一惊又是非同小可。"你，什么都听见了？"

他缓缓地点了点头："其实我早就开始怀疑她了。她说东西都丢了，我却发现她还藏着手机。那天，她竟用手机给一个人打电话。还有，她对蝶住的事情过于关心。任何一个女人都不会胆子大到这种程度。"说着，他深深地看向我。

"我能先确定你的用心吗？"我直接问道。

他转过头来看着我："我喜欢你的谈话方式。你有男人的思维方式，很磊落。你放心，我没有恶意，我想或许她是需要帮助的。"

我把几缕乱发掖在耳后，"我的确认识齐玫，其实我们是大学同班同学。"说着，我站了起来，眺望远处朦胧闪烁的海面，浩瀚的灰蓝色让我感觉异常冷静。是的，我相信眼前这个年轻人。直觉告诉我，他不是个简单的人物，或许我们真需要外来力量的协助，才不至于以卵击石。他也起身跟了过来，高大的身体挡住从后面射来的刺眼阳光，让我在他的身影里感觉很舒服。

"她正在被一个危险的男人跟踪，那个男人有心理疾病，齐玫为了考研答应和他结婚，但她并不爱他，后来在达到自己目的以后她反悔了，于是这个男人就一直跟踪她。我们并不知道他想干什么，可我们能感觉到即将面对的危险有多么可怕。"我立在风里，任卷发翻飞，运动服被大风鼓成了面包形。旁边的章知远却什么都没说。我看了看他："为什么不说话？"

他揉了揉额前的疤痕："为了前途出卖尊严，呵呵。"说着，一抹轻蔑的浅笑浮上嘴角。

"当一个人什么都没有的时候，尊严不奢侈吗？"我看向汹涌的大海。

"平凡有什么不好！"他叹了口气。

"那是因为你并不平凡，而一个真正平凡的人会觉得那是他们最可耻的事。"我回过头看着他的眼睛。

"这么说，我们都被欺骗了。"他说着，额头暴起了一道青筋。

"这不是欺骗。"我说，"她之所以留在隋家，是因为她要调查那个男人的底细，她是为了解救自己。"

他不解地看着我。

"是啊，这也是我始终没有说出真相的原因，蝶住或许是那个男人的第一受害者。"我叹了口气说。

"什么？！"章知远顿时提高了声音，很显然，这让他始料不及。

"是的，"我点点头，"我曾经救过蝶住。"

章知远被我的话吓住了："难道真有这样的事？"

"你会去告诉隋重华吗？"我深深地看着他的眼睛。

他愣愣地走在前面，眉头紧锁，好像思绪纷乱。是啊，这是出人意料的真相，也许比最初他想得更离奇。听到我的问话，他缓缓转过身："放心，或许我可以帮你们。"

我知道，他不会说出去的，就算对奶奶也一样。他是那种看起来神经大条甚至喜形于色的人，但真实的他并非如此，至少我该相信他的绅士风度。

我看着他风中的剪影："这个疤，我可以问吗？"

他笑了笑："小时候打架弄的。那时候我特别能打架，经常和比我大的人打。那会儿我们华人都很团结，可偏偏有个小子很孤僻，于是我总欺负他，尽管他比我大。有一次放学，我和重华骑单车回家，结果碰到这小子正围着一棵树打转，好像还看得出神。于是我朝他扔了块石头，谁知道，那天他特别奇怪，疯了似的朝我扑过来，结果我们就打起来了。呵呵。"说着他无奈地笑笑。

这次我也被他逗笑了："你小时候那么调皮啊，人家又没惹你！"

"你不知道。他总一副苦瓜脸，而且每天都神神秘秘的，总把鼻子贴在东西上，讨厌得很。"他笑着说。

"把鼻子贴在东西上？"一幅幅画面在我眼前闪过。

"等等，我接个电话。"说着，章知远掏出手机，看样子是重华。在他们间断的交谈中，我发觉他的面色越来越惊讶。挂断电话后，他马上拉住我："你马上回去，我必须去趟重华办公室，我们有重大发现，如果对你们有帮助，我会联系你，你相信我吗？"说着，他眼神复杂地看着我。

我疑惑地看着他，但还是点了点头，钻进车子。

风中的百合无助地摇摆，醉人的清香随风乱飘，似乎钻进我们的车子里，头发里，衣服纤维里。

"你回来了？"齐玫站在门口，给我开了门。

"哦，出去逛逛。"我回答着，脱了鞋子。

她皱着眉头，从上到下看了看我："运动服？"

我低头看了看自己，眼前的齐玫穿了件嫩黄色的针织毛衣，斜马尾，黄绿色的超短裙，很青春。

"运动服有什么不好。"我笑了笑说。

"等等。"她示意我到她的房间。

我虽不明白她的意思，但看起来似乎是有什么话要说。

"你想说什么？"我说。

"那些深坑，你也很疑惑吧？"她轻轻放下头发，一头乌黑的卷发倾泻下来，犹如黑色的丝绸，这才是真正的齐玫，冷漠、性感、孤傲、寂寞的女人。

"是的，好像在找什么。"我回答着，坐在她的床边。

"我曾发现那坑旁有个奇怪的脚印，显然是那个人留下的。"她的脸上带着冷漠的微笑。

我心里奇怪，怎么一上午的工夫，她好像变了，变得有些可怕，让人觉得凛然。

"不过，你说人家在自己家里作案，怎么能算是贼？"说着，她眯着眼睛看着我。苍白的脸上浮现出令人害怕的神情。

"你说什么？"

"隋大少爷在自家园子找东西，还能叫贼吗？"说着，她竟大声笑了起来，可我为什么觉得这笑那么凄厉可怖。

百合小姐：瓷瓶

关池的案子还在调查当中，具体的情况我始终没能得知。自从他被抓，我就再也没见过他。现在我照常上班下班，带着职业的微笑，可天知道我有多么痛苦。我不能当做生命中从来没有过这个男人，每当夜深人静的时候，他的哪怕是丁点小事，都被我重新忆起。我不止一次推开窗子，拼命吸着外面的空气，仿佛已经置身湖底，每一寸空气都压得我喘不过气来，真想从楼上跳下去。

上午十点半，林渠市，我带着鲜花来到市妇女儿童医院，吴亚京已经住院一个多星期了。医生说她体质虚弱，精神又受到强烈刺激，加上已经五个月的身孕，这次真要住院观察了。

"魏姐，来啦！"吴亚京勉强坐了起来。她脸色惨白，一双大眼睛深深陷进眼窝，双唇好似枯萎的玫瑰。

"这花喜欢吗？"我笑了笑，把花放进她病床旁的玻璃瓶中。

她看着我："魏姐，我能求你件事吗？"说着把手里的东西递给我。

"是什么？"我接了过来。原来是个不大的玉佩，鸭蛋圆形，上面很粗糙地刻着端坐莲台的观音像。

"什么意思？"我问道，有些不解。

"这个将来给我的孩子。"说着她用祈求的目光看着我。

"那得你亲自给他。"我说着，又把它塞给吴亚京，可心里却骤然一紧，这个丫头怎么了。

她没说什么，只笑了笑，又把它带在脖子上。

"这是我奶奶临终时给我的，她以前信佛，她说这个可以保佑我。"说着，她淡淡地笑了。

"好了，别想那么多了，一切都会好的。"说着给她盖了盖被子。

我离开医院的时候已经是下午一点多了，我陪她吃了饭，这才准备回店里。这时，看见一个人匆匆忙忙从对面跑过来打车。咦！那个不是小林吗？这还是我第一次这么远距离看她。她平时总是穿着店里的工作服，今天却换了便装，从远处看去，卷发翻飞，竟和齐玫如此之像。我的天！难怪我一直觉得她那么面熟！可她这么匆忙要去哪里？我下意识地叫了辆车跟在她后面。

谁知刚上车，我就后悔了。自己在做什么啊，怎么忽然这么好奇起来。可没办法，又不能马上下车，于是只能硬着头皮看着司机大哥慢慢发动引擎。坐在车上，我第一次有时间整理思绪。小林工作一直很卖力，从来不多嘴，我也从没听她提起自己的父母亲友，难道她是个孤儿？以前的我从不关心周围的人，我被金钱蒙住了眼睛，连关池的出轨我都没能及时觉察，更何况是我的雇员。真是无可救药！

正在我不断自责时，那辆车便七拐八拐地进了一个胡同，这里很偏僻，我从没来过。

只见那辆出租车猛地刹住，小林从里面钻了出来。她理了理头发，四下张望着。我也下了车，悄悄地跟了过去。就在这时，我发现小林身后的拐角处出现了一个女人，大概四十出头，身材丰满，很是妖艳。她一身浅绿，看上去颇有身份，可不知道为什么竟出现在这么个破烂不堪的小胡同里。

猛然间听到响动的小林转过身去，被身后的女人吓了一跳。

"大小姐，你好啊！"那个女人似笑非笑地扬了扬下巴。

"你就是Amanda！"小林的声音听起来怪怪的。

"越来越漂亮了！"说着，那个丰腴的中年美妇用细长的手指在小林脸的位置凌空画了个圈，然后眯起眼睛。

"你约我来有什么事？"小林的语气显得很害怕，我从没见过这样的小林。

"只是想请你去坐坐。"说着，那妇人上前一步，笑眯眯地看着她。

"我不会去的。"小林后退了一步。

"既然知道有危险，为什么还敢来赴约？"说着，那中年美妇转过身去，两个穿着黑西装的高个男人出现在小林面前。

"因为我想看看，是什么人抢走了我的爸爸！"小林已不再退缩，直视着眼前这个女人。

女人有一丝不悦，接着又笑了起来："可这有什么用呢？你和你妈妈一样，很美，但很笨。"说着，她回过头来又向前逼近了一步，"我好不容易找到你……"

"喂，你在这里啊！我可没允许你旷工！"说着，我现身朝她们二人走去。

那中年美妇一愣，忙看向我，小林更是惊讶。

"走，马上跟我回去！"我大声说，"你不知道今天有多忙吗？！"我说着上前扯住小林，转身要走。

"魏小姐……"小林有些惊讶得不知说什么才好。

"这位小姐是？"那中年美妇一脸震怒地看着我。

我甩甩额前的刘海，抱着双臂踱到她跟前："这位太太，你在我员工工作期间把她约出来，这已经违反了我们公司的规定。还没下班，我有权利带她走！哦，对了，我想，在工作期间，她的安全由我负责。还有，这两个男人想做什么？"我扬了扬眉毛，瞪着眼前的两个黑衣人。

"我和林小姐是老相识，只想和她叙叙旧，既然你是她的老板，那得罪了，我下次再来找她。"说着，她用那双狐狸般的眼睛越过我狠狠盯着小林。

"那就好，我在林渠也算得上有点面子，如果有什么事情，我可以帮忙的，尽管说，下次再出来用不着带这么多人。"说着，我纵身挡在她们中间，似笑非笑的表情让她很气愤。

那美妇看了看我："好，那么再见了，大小姐。"

当我带着小林来到街心公园，这里的桂花已经开了。是啊，八月了，这支离破碎的一年也即将结束，可谁来结束我心里的伤痛？

"魏小姐，谢谢你。"小林突然开口了。

我闭了眼，让浓郁的桂香胀满在我的肺叶里。听到她的声音，我猛地吐了口气。

"林姐，"我轻声说，"我不知道她们为什么那么对你，也不想管一些我无能为力的事。总之，希望你不要在我店里惹麻烦，可以吗？"我慵懒而冰冷的声音连自己都被吓了一跳。

她沉默了好久："好的，我知道了。"说着，她起身离开。

我微微张开眼睛，她单薄的身影在烂漫的金桂林里，显得落寞孤单。一阵清风吹过，桂花的气味又浓了些许。

不久，局里有了消息。关池很配合，他们从他身上问出了很多有用的消息。但无论如何关池都难逃一死，我终于托人见到了他。

这是我有生以来第一次到这种地方。

那天很阴，看起来就要下雨了。我的高跟鞋踩在水泥地上发出沉闷的"咚咚"声，一切在我的眼里都是黑蒙蒙的。我努力克制自己，我知道这很可能是我最后一次见他了，而且只有十五分钟，旁边还有警察……

随着一阵铁链碰撞的声音由远及近，我的心仿佛要炸掉了。在警察推开房门的一刹那，我猛地从椅子上弹了起来。那一幕我一辈子都无法忘记，关池的络腮胡已经挡住了他脸的三分之一，黑黄的脸色完全不似从前。高高的个子反倒使他有些佝偻，灰蓝狱服松松垮垮地垂在他的身上，长发被剃光，瘦削的脸庞完全暴露在外面。他的眼眶发黑，只有鼻子还是跟以前一样那么挺直，仿佛在顽强地告诉我们，他以前是个很帅气的男人。

他什么都没说，只是默默地走到桌子对面缓缓坐下。随着他的走动，手铐和脚链的声音再次响起，我忽然觉得眼前一黑，身子晃了晃，忙用手扶住旁边的桌子。那种声音仿佛千金重锤狠狠砸在我的心头，直到多年以后，仍像幽灵一样缠着我。

关池看出我的不支，想起身扶我，却被警察大声阻止并强行摁住。这大声断喝仿佛一盆冷水把我泼醒，我忙稳住身子，缓了缓神，坐了下去。我知道，我们只有十五分钟，每句话都十分珍贵。"吴亚京快六个月了，医生说有早产的迹象，不过我会照顾他们的，你放心……"我盯着他，我想把他看进眼睛里，我真怕以后会忘了他的样子，忘了他的味道，忘了他那拿着画笔的修长手指……

"对不起。"他忽然打断了我，我们的目光在空中交汇，这一分钟的对视我们什么都没说。这时我才发现，原来我对他的爱并没有随着他的背叛而有一丝一毫的减少。

"听我说好吗？"他说，声音略微有些颤抖。我知道，他正在用尽生命中最后的力量来克制自己的感情。

我点点头，身子已经有些发颤。要不是有桌子，我真不知道自己会不会瘫倒下去。

"我曾怨过你，为什么那么会赚钱，弄得我很狼狈。可后来我才知道，你变成这样是因为我的无能。于是我开始恨我自己，放任自己。再后来，我发现吴亚京很像大学时的你，倔强、单纯，最重要的是，她和你最初一样，心里只有我……"说着，他扬了扬头，仿佛想把即将流下的泪水咽回去。

"我就这样矛盾着，开始吸毒，又被人唆使进行了几次人体藏毒，就是我骗你说去外地采风的那几次……"说着，他用手抹了抹眼睛。

"我不是缺钱，而是空虚。"他的声音不住地颤抖着。

我的身子不停地战栗，甚至能听到自己牙齿相撞的声音。

"我只能用最后的生命向你忏悔。我现在开始祈祷了，向佛祖祈祷能让你尽快摆脱我带来的阴霾。"他开始哽咽，这是认识他以来第一次见到他哭。

"你认为我的心里除了你还有什么？"我暗暗用拳头顶住桌沿，以此支撑起颤抖的身体。

他似乎有点诧异，却没说什么。

"如果让我选择，我宁愿待在农村，打理一个小园子，悠闲地生活，我只是想为我们在这个城市拼出一个好的未来，这一切都是因为我爱你！"我迫不及待地说着，甚至有点上气不接下气。我知道现在不说，就再也没有时间了。

他目光炯炯地看着我，似乎一下子恢复了生气，可随即又迅速暗淡下去："龄龄，听我说，忘了我。从踏出这个大门开始，彻头彻尾地把我忘掉！"

"你为什么这么狠心！"我已经有点控制不住了，声音变得刺耳，"忘了你，跟把另一个自己从身上剥离有什么区别？"

"时间要到了，还有两分钟。"旁边的警察有点不耐烦了。

我顿时觉得胸口一闷，眼前开始发黑。不行，不是现在！我要尽量看他，这样才能记住他的脸。我晃了晃头，使劲抹了一把眼睛。他的脸色顿时变得苍白如纸，嘴角不住地抽动却一句话也说不出来。

"孩子，你的孩子将来叫什么名字？"我用这最后的时间突然问道。

他先愣了愣，随即苍白的脸上竟露出一丝微笑："念龄。"他坚定地说道。

当他被警察架走后，我整个人瘫倒在桌子旁边，泪水不住地流着，难道天真的要塌了，还是我要死掉了，为什么心跳得这么快，眼前什么都是黑的……

接到许青丸的电话时，我正发着烧。她很担心，可苦于齐玫的事情无法分身。她说我成熟了，劝我放宽心，一切都会好的。可我知道，这都是安慰的话。但无论如何自己的事只有自己来面对，我会强迫自己打起精神来。

吴亚京得知我去看了关池，再也没办法躺在床上，她含着眼泪握住我的手。

"魏姐，他说什么了？他有没有提孩子？"她哀求的眼神让我不得不说了假话。

"他说很想你……"我望着她干瘪的嘴唇和瘦黄的额头，"他说孩子要好好养，将来受和他一样好的教育……"

吴亚京的眼睛里闪烁着急切的渴望："那，我拜托你的事？"

"哦！"我咳了一声，此时我的烧还没完全退，心依旧慌得很。也许是她提到了最敏感的问题，她曾求过我，如果有机会见到关池，务必要问问给孩子取什么名字。可，我该怎么告诉她……

"魏姐，你怎么了？"她盯着我闪烁其词的眼睛。

"他……"我有些不知所措。

吴亚京的眼睛忽然暗淡下去："魏姐，你说吧。"她是个聪明的女孩。

我把心一横："他希望这孩子叫念龄。"我只是尊重关池的意愿，并不想伤害吴亚京。她的眼帘垂得很低，我看不到她眼底的东西，只能看见长长的睫毛在轻微地抖动。一种酸涩的味道从心头升起，我好想大哭一场。

"关念龄，好名字，我也很喜欢。"她抬头看着我，眼睛红红的。

我沉默了，命运毫不留情地把我推进了宿命的漩涡，那场元旦晚会改变的又何止是我一个人的命运？

我仿佛又看见年轻的关池，手捧玫瑰跪在我的面前，同学们的尖叫声让我目眩。漩涡的中心，就是我和关池单薄的生命，我们就这样沦陷在青春的爱情魔咒里。我盲目地跟随着他的脚步，可当我们真正扎根于这个冷漠的都市，却发现，原来我们都偏离了各自的轨道。

"魏姐，我想去看看关池的画。"吴亚京忽然间说。

"为什么？"我猛地从回想中醒过来。

"就是那幅他要参赛的作品。那画，画的是我。"说着，一滴泪珠已经悄然滑落。

这时我才恍然大悟，难怪那画莫名苍白，一切都像影子一样灰暗，只有女孩手里的百合那么真切，鲜绿的叶子清澈动人，白嫩的花瓣仿佛透着香气。而除此之外的一切都是那么恍惚，画中女孩的神色很木然，仿佛洞悉一切、又好似天真无邪般的眼神让人觉得有些怪异。苍白的，含糊的，灰暗的，没有生气的，除了那只纯净的百合。

关池啊！为什么那时我没能看出，你的内心有多么无助和痛苦？我一直以为你是因为一些我缺乏而吴亚京拥有的东西离我而去。事实证明我错了。其实，你是在寻找那个大学时代清澈透明的我，画中的女孩是我的替身啊！出轨的人到底是谁？是你？还是我？

我答应了吴亚京，明天陪她去看那幅画。这时电话响了："魏小姐，快回来！店里被砸了！"

我不得不抛下吴亚京快速返回店里。却不曾想过，我波涛汹涌的生活即将暗流再起。屋里虽没什么重要的损失，但已经不能正常营业了。店员们都害怕得哆哆嗦嗦。里间的休息室里，小林的胳膊正流着血，头也破了。

　　"怎么回事？"我问道。

　　小林抬头看了看我，马上低下头去。

　　"魏小姐，今天我们来的时候已经八点了，小林来得早些，她负责开门。可是她刚打开门，就有几个摩托车仔来砸店，小林也受伤了。魏小姐，你是不是得罪什么人了？"新来的一位姓于的女店员说着。

　　我看了看小林，脑子里飞速寻找着线索。我在林渠有段时间了，各方面的关系都处理得很好，应该不会有什么问题！尤其是公安方面的关系更是不用说。在我的眼神再次碰触到小林的视线时，她顿时收住了视线，转过头去。

　　"你们先出去。"我正色说道。那几个店员见我如此严肃，都知趣地连忙走开了。

　　我盯住对面的小林，她额头的伤势不重，但血却流了不少，应该是被玻璃划到的，胳膊的伤势比较严重些，疼得她不敢伸直。

　　"林姐。"我开口了。

　　她眼神闪烁地看了看我："对不起。"

　　"为什么说对不起？"我问道。

　　"我没能遵守约定，给你带来了麻烦。"她倒是很诚实。

　　"我现在很想知道这是为什么？"我说着，递给她一杯咖啡。

　　她惊讶地抬起头看着我。

　　让我万万没有想到的是，小林，这个我雇佣了两年多、毫不起眼的女店员，竟怀有惊天的秘密。

　　小林出生在一个富有的家庭，父亲是归国华侨，母亲是著名京剧演员肇美伶。可两人婚后并不幸福，小林的父亲怀疑肇美伶与其唱花旦的师哥云蝶有染，生下两个孩子后开始不停地争吵。小林从小就有自闭症，长时间处于父亲怀疑中的她最终选择了逃避。

　　"你就这样逃走了？"我严肃地看着她。

　　她看着已经凉掉的咖啡，若有所思。

"那是因为我不想再害妈妈，我知道我不是爸爸的女儿。"

我不解地看着她。

"那天，爸爸硬拖着我去做了DNA检查。"说着，小林的声音有些颤抖。

我看着她，冰冷的咖啡仿佛凝固的油脂，腻腻地待在米黄色的杯子里。屋里光线并不好，阳光透过百叶窗洒在我身上，小林则坐在我放大了的影子里瑟瑟发抖。命运真是残酷，把一个本该拥有万贯家财的公主变成穷途末路的打工妹，把潇洒骄傲的关池变成蹲在大牢里的死刑犯，却把像我一样平凡普通的女孩推上了林渠的上流社会。为什么人总是在不断偏离自己的轨迹。

"我知道，我一定是云蝶的女儿，于是我找到了他……"她说着看了看我。

"那事实上呢？"我问道。顺便给自己倒了杯咖啡。

她低下头，沉默了一会："不知道。"说着，苦笑了一下。

"为什么？"我很惊诧。

"他并没有对我解释什么，但他收留了我，并一直和我生活在一起。他的确爱着我的母亲，一生未婚……"

"或者说，你更希望他是你的父亲？"我看着她。

"可这又和今天的袭击有什么关系呢？"我问道。

"这个我也不知道，但我知道是谁干的。魏小姐，我知道你最近也有很多麻烦，我不会连累店里的，今天我就辞职。"说着，她站起身来。

看着她远去的背影，我的心猛的开始抽搐。可此时此刻的我，真不想再给自己找什么麻烦了。不幸的人太多了，而我又能做什么呢？

只能关门了，我也正想休息几天。我没有报警，似乎觉得那样会打扰小林的生活，这也是我唯一可以为她做的。

一个星期以后，关池被执行了枪决。

吴亚京的坚强是我没有想到的。也许是孩子的缘故，我只觉得她冷静得有些怪异。但好在这样我倒可以放心了。

我每天都去医院，看着她日益增大的肚子，我的心也渐渐安静了下来，一个新的生命即将到来，他是关池的孩子，是我最爱的人的孩子。

已经是秋末了，我不断接到青丸的电话，得知她在复盛，那里发生了很多异常的事情，似乎她和齐玫一同卷进了另一个漩涡之中。

　　我把那个小金佛擦得很亮，摆在床头。渐渐的，我养成了这样一个习惯，每天晚上都要对着它说很多很多话。一开始是因为太想关池了，慢慢的，我发现这是个很好的办法，可以安抚心里难平的怨气。后来，我把每天做的事都和它汇报一下，甚至开始为自己的过错忏悔。就这样，我开始平淡而忙碌的生活，店里又恢复了平静。自从小林走后，再没出现那样不愉快的事。不明就里的员工以为是我开除了小林，于是对我畏惧起来。

　　转眼，吴亚京已经七个月了，最近她的情况很不稳定，我很担心，于是将她转到最好的人民医院。她的主治医师是我托朋友找的，人很负责，每天都来探视，这样我也很放心。

　　今天是星期日，我提着一大篮水果去医院，准备拦辆出租车，却人满为患。正在我一筹莫展的时候，一辆空车迎面驶来，我忙朝它挥手，可就在它停下的瞬间一个男人出现在我身边，原来那出租车是停给他的。我歪着脑袋狠狠瞪了他一眼。他看了看我，似乎有点不太好意思。

　　"你想去哪？"他略带尴尬地说道。

　　"人民医院。"我瞥了他一眼，准备再拦辆车。

　　他忽然笑了，笑声不大，但很清晰："真巧，我也去那儿，我们一起吧。"说着，他拉开车门，很礼貌地向我笑了笑。自从关池走后，我几乎再没和其他男人接触过，我的生活开始变得单一。这个人的礼貌重新勾起我对男人的记忆。我看了看他，什么都没说，直接钻进车里。

　　我们什么都没说，也没什么可说的，反正不过是萍水相逢，这个人给我唯一的印象就是眼睛小小的，懒懒的。

　　来到医院门口，正看见吴亚京的主治大夫徐欧。他见到我，迎了过来，然后我看见身旁的小眼睛男人面露惊讶的表情。

　　"你？"说着，他张口结舌地比比划划了半天。我也觉得很奇怪，转过头去看那个人。

　　"是你？徐欧？我是吕意卓啊！"说着他张开手臂迎上去。后来我才知道，原来这两个人是中专同学。

　　"真羡慕你，可以接着读大学，现在这么有出息！"那个叫吕意卓的男人很羡慕地看着徐欧。

"嗨，记得以前在中专的时候，你是咱班学习最好的，年年拿奖学金，再说你不也考上了吗，只是你爸不让你读。对了，现在做什么？怎么到这来了？看病？"徐欧说话很快，这几天我也习惯了。

"哦，来看我妈妈。"说着，吕意卓淡淡地笑着。

"你妈住院了？"徐欧关切地拍着他的肩膀。

"没办法，心脏病，听说你们医院治心脏病最有名，就来了。"

"别担心，不会有事的！"说着，徐欧郑重其事地握着他的手臂。

"嗯！"我使劲咳了一声。

两个人这才想起我的存在，不好意思地转过头来。

"正好，有件事情我要告诉你。"徐欧收了笑，正色道。

"你妹妹体质太弱，贫血症状严重，而且情绪非常低落，不知道是什么原因，她的丈夫呢？为什么总是你陪着她？还有……"

我皱着眉头听着："麻烦您不要打听我们的私事好吗？"不知为什么，我现在特别讨厌男人，"还有什么？"

他挠了挠头："对不起……今天我给她做了全面检查，发现她胎位不正，脐带缠脖。所以决定剖腹产，和你商量一下。而且，应该通知她的丈夫，到时候需要他签字的。"

我把头转过去，也不看他："知道了，你是医生，听你的。"

他和姓吕的男人可能觉得我很奇怪，两个人愣愣地站在我身后，看着我的背影。

"哦，她的丈夫死了，她的事情我全权处理，有什么事直接和我说就行了。"说着，我头也不回地走了，留下那两个男人傻傻地站在那里。

剖腹产，我虽然没生过孩子可也懂得这个在现代社会很普遍，没什么值得大惊小怪的，可脐带缠脖却不太好了。佛祖保佑，我已经习惯在遇到问题时向他老人家祈求，因为我知道自己无能为力。

"为什么不进去？"徐欧站在我的身后。

此时的我正站在吴亚京的病房门口。

"我看你太累了，出去散散心吧，你妹妹我帮你照顾。"徐欧关切地看着我，"正好，吕意卓要去昭平寺给他妈妈求个签，你带他去吧，我太忙走不开。"

也许徐欧也感受到了我身上沉重的压力，在这个时候能得到别人的关心实在难得，我感激地看着他，却什么都没说。

当我再次踏出家门的时候是和吕意卓一起。他只穿了件朴素的白棉布衬衫，仍然是懒懒的眼神。我冷着脸，根本不理会他。我只是受徐欧之托，略尽地主之谊罢了，再说我和徐欧也不过认识不久。一路上，吕意卓始终看着窗外，似乎若有所思。

"大男人还信这个？"我有点不怀好意地说。

他仍看着外面的风景，似乎没听见我的问话。我觉得有点尴尬，于是也把头扭向旁边。

"我妈妈信佛，我也希望在那里寻找到心灵的安慰。"他似有似无地回答。

昭平寺是林渠的著名景点，坐落在康嶙山。这里的签特别灵，许多善男信女都慕名而来。昭平寺有尊大佛，据说每到连雨季节，佛像的眉心就会沁出一团金色的圆环。记得以前关池总想来看看，可我实在没时间，就一直耽误至今，终于失去了最后的机会。

站在涌动不息的人群中，我扬起头，面前青黑色的山脉仿佛俯卧的青龙，连片的茂密植被覆盖住山体，空气中荡漾着清爽的草木芬芳，头顶的流云不时变幻着姿态，高远地俯瞰着地面上的生灵。眼睛被阳光刺痛，我下意识掏出太阳镜戴上，吕意卓已经眯着眼睛走到我的前面去了。

沿着蜿蜒的山路行进，人们流连于周遭的景色，野花就在脚边怒放，不时听到鸟类的鸣叫和从树叶上抖落的水滴声。

来到昭平寺前，吕意卓停下了脚步。"你信吗？"他淡淡地问。

是啊，我们这些尘世中人，在遇到无法解决的难题时，总是来叨扰佛祖，可到底我们心里乞求的是什么呢？

"我也不知道，但吴亚京的奶奶信这个，我是替她老人家来的。"我说，随即又回想起前些日子，吴亚京拿着那枚小小的椭圆形玉石挂件的情形。

吕意卓看了看我："她好像不是你妹妹这么简单。"

"是，他是我男朋友的女人。"我苦笑着作了解释。

他非常诧异，用了很长时间来体味这句话的意思，而后惊讶地看着我。

"你男朋友为什么把她丢给你，而你为什么一定要照顾这个情敌呢？"他似乎也觉得这个问题过于复杂，刚说完，就长长地吐了一口气。

我平静地看了看他："他死了，而这个女人又怀了他的孩子，至于我为什么一定要管她，我也不知道，有时候我也觉得自己脑子有问题，可是……"说着我扬起头，望向那金漆的大字，"也许只有不违背自己的良心，才能真正太平吧。"说完，我大步走了进去。

进了大门，里面和我想象的差不多，到处都是芳草绿树。我们沿着长长的台阶走去，不远处就是大雄宝殿了。

终于在这台阶的尽头，我们看到佛殿的红墙绿瓦，令人更为惊讶的是，佛殿院内有一株百年白牡丹，可惜现在不在花期，但这一树的浓翠也足以让人神魂颠倒了。"这种花很像我的一位朋友。"我低声说。

吕意卓来到我身边，看了看这磅礴的牡丹："虽然这花贵为花中之王，却太过娇气，不是我们普通人家能养的。可为什么这绝尘断世的佛家也凑这个热闹，养起这么富贵的花卉来了。"

我抬眼看了看他："你还真是不懂啊。牡丹并不像人们眼中那样只是妖娆浓艳，知道武则天下令百花齐放时谁敢抗命不尊吗？只有她。"说着，我把目光移向那株千年牡丹，"那时候，所谓象征君子的兰花、代表节气的梅花都唯命是从，竞相开放，唯有这牡丹，一身凛然正气，不是花期绝不为权势绽放，这样的生命难道不值得尊重吗？"我又把目光转向他。

"这不过是传说罢了。"吕意卓似乎觉得我的认真有点幼稚。

"不，现在花卉种植技术已经非常发达，但牡丹催花后成活几率仍很低，这种植物几乎难以制成盆景，就连盆栽都很不容易。如果花有感情的话，牡丹是最向往自由、最具独立个性的花种。"我继续固执地说道。

他忍不住笑了出来，挠了挠头："或许吧。我对花没什么了解，不过照你这么说，倒觉得这花的确带着与生俱来的霸气，是我这样的俗人太肤浅了吧！"他笑了笑，眼睛眯成了一条小缝。

见他这么说，我方才罢休。

我们信步来到殿前，静静注视着眼前这尊足有两层楼高的巨佛。他平展的额头和微合的双眼让我疑惑。两千五百年前，这男人放弃了王位，融入古印度肮脏喧闹的街头。他走了，身后有妻儿的呼唤和老国王的叹息。然而，他还是走了。沿街乞食，山洞避雨，雪山修行，最后讲经说法四十九年，成就了一段出世的传奇。可这仅仅只是传奇吗？卑微如我，无法参透。

我缓缓上前叩拜下去。深深三拜以后，一位老和尚双手合十来到近前。

"可要测签？"

我抬起头，愣了愣："好吧。"我跟他来到旁边铺着黄绸子的桌子旁边。

老和尚示意我先坐下，他定定看了看我后，道："可是有打不开的心结？"

我顿时一凛。

老和尚伸手递给我一个光滑的竹筒，里面装满竹签。看着这些竹签，我忽然觉得这就是我们的命运。在芸芸众生拥挤不堪的俗世中，我们颠簸沉浮却不知下一步该何去何从。

随着我的摇动，一支竹签不情愿地从竹筒里跌了出来。我拾起来，只见上面刻着"寒门芳茗待佳婿，玉堕泥丸恨不堪。只待春来随风去，留与杏子挂红幡。"我不解地看着，是个中签。

老和尚接过竹签，瞥了一眼，又看了看我："可是姻缘上出了差错？"

我惊讶地看着他："师傅怎么知道的？"

老和尚道："你定出身寒微，不过才智过人，现在生活得很不错。你一直在执著于一段根本就不可能的情缘。此人的确才貌俱全，但一念之差……一念之差啊。"

我听他说得句句贴切，心里不由得一阵酸痛。这时，吕意卓已经来到旁边："那后面两句该怎么解呢？"

"转机在明年春天，杏子花开时必见分晓。"

我抬头看了看吕意卓："你也测一个吧。"

吕意卓看了看老和尚："好吧。"

我站在一旁，看着他快速摇动竹筒，随后一支竹签掉在桌子上，只见上面写道："心如浩海性自宽，命恋空月叹无缘。自从揽起千重浪，再难半杯琥珀魂。"

"这是什么意思？"我问道，只见下面赫然写着：上上签。

吕意卓慵懒的眼皮却在那一霎跳了一下。这明明是个好签，他为何不安？我不解地看着老和尚。老和尚抬眼仔细打量着吕意卓："这位小伙子将来必是人中之龙啊！这个签，很难碰到主人。"

"能解一下吗？"吕意卓淡淡地说。

"你是个心性平和宽厚的人，将来必定是个能推波助澜的大人物，只是……"老和尚顿了一下，"只是命里注定偏偏爱上如皓月般不切实际的对象，最终是事业成功，感情上却孑然一身啊！"

我仔细读了读他签子上的刻字，再看看眼前的他，始终觉得这个人不像能有什么作为的样子。

当我们想要离开的时候，老和尚再次喊住了我们，递给我一串佛珠，我不明白他是什么意思。

佛前的香火不断，人们正忙着将自己的心愿一一塞进佛祖的耳朵。来到门口，经过那株牡丹时，吕意卓停下了脚步。他的眼睛微微发红，可能被里面繁盛的香火熏染的。那牡丹仍静静地以舒展劲拔的姿势执著于自己的生存状态。

"你相信吗？"他说。

我不知道该怎么回答。他就这样看了那牡丹大概有两分钟的时间，随即转身离开了。我跟在后面，觉得有些奇怪，不时地回头看看。那香火缭绕的寺院，和门口的苍翠花王交相辉映。正午，太阳毒得很，我拿出墨镜。在一片茶色的光晕下，这幽幽禅寺竟显得恍如隔世。

再次见到吴亚京是一天以后，我是被急促的电话从睡梦中吵醒的。徐欧在电话那头焦急地告诉我，吴亚京早产了。这时，她怀胎才刚满七个月。

当我慌忙来到医院后才得知，吴亚京已经被推入手术室。一切按计划进行，我果断地在徐欧递给我的单子上签了名字。

下午三点十六分四十二秒，随着一阵纤弱的哭声，关池的女儿出生了。

当我第一次抱住她时，一股全新的血液将我沉睡了许久的神经激醒。这是关池的孩子，她身上留着关池的血。我深情地抱着她，反复吻着她的小脸。她很健康，虽然是早产。

吴亚京疲惫地躺在床上，我把孩子送到她怀里。这是个年轻的母亲，她还只有二十岁，她默默地低着头，不停地打量着孩子。我知道她和我一样，怀念着关池。于是，我伸手拿出那串佛珠："这个给你。"

她抬起头，忽然露出了久违的笑容。

"你怎么知道我信这个？"她说。

"因为它。"我也笑了，指了指她胸前的玉坠。

接下来的几天，我一直都陪在医院，吴亚京身体还很虚弱，医生建议住院观察几天。孩子很健康，天天都在睡觉，这个小生命带给我们的快乐真是难以形容。我从未料到自己竟然像着迷般地对她围前围后，新的生活似乎要开始了。

秋已经很深了，我仿佛听到了冬的脚步。路边的梧桐已经变成形如枯槁的骨架，一阵寒风从窗缝钻进来，我坐在休息室里缓慢地旋转着椅子，面前的桌上静静地躺着刚从店员手里接过的包裹。

这包裹不是我的，而这个人……

我转过头，注视着上面的字：小林收。

"小于。"我喊道。

不一会，小于出现在我的眼前。

"记得你来的那会儿，林姐还没走吧？"我问道。

"是啊。"小于答道。语气里仍带着对我的不满。我知道从她来到这里开始，就一直和小林保持着非常好的关系。

"你该知道如何才能联系上她吧？"我接着道。

她一脸疑惑地冲我眨了眨眼睛。

在我拨通小林电话的时候，并不知道接下来还会发生什么。

奇怪的是，电话响了很久都没人接听。我放下电话，将身体深深陷进老板椅里。

小林在金桂林里落寞的身影再次出现在我的眼前，她的确有怪我的理由，在她最困难的时候我没有帮助她，我怎么变得这么冷漠。

我猛地从椅子里弹起来，离开了休息室。

现在人们都用手机，已经很少有电话亭了。我走了很久，才在一个比较偏僻的街道发现一个破旧的小电话亭。一个老太太正站在旁边佝偻着身子看着什么，见我来了忙放下手里的东西，摘下眼镜看了看我。

"我想打个电话。"我说，顺便看了看她手里的东西，一张最新的报纸。

我拿起电话，这次电话又响了好久，不过……

"你好。"电话那头传来慵懒拖沓的声音。

"是林姐吗？"我试探地问道。接下来的是沉默。

"我是魏龄雪，我这有你的包裹，你可不可以来取。"我快速说道，因为我有种预感，她正准备挂断电话。

"哦，是我。"终于，电话那头传来了小林的声音，可这声音听来总觉得不对劲。

"你，喝醉了？"我问道。

"我今天下午过去吧。"她并没有直接回答我的问题。

"好吧。"我没再多说什么，她已经挂断了电话。我能确定她一定是喝酒了，而且喝得很多。强烈的不安从心头涌起。我放下电话，那老太太还在专注于手里的报纸。

"有什么特别的新闻吗？"我只想缓解一下情绪，并没想要得到什么结果。

"有钱人真是不得了啊！"老太太发自内心地慨叹着。

我笑了笑，准备走人。

"你看，这个姓隋的归国华侨家有传世之宝，而且还是万翔集团的千金送还的。你看这俩人多配！"说着，老太太把手里的报纸递给我。

我忙接过来，一幅巨大的合照赫然出现在眼前。是许青丸。她穿着白色的西班牙大舞裙和白色披肩，鬓角插着一串桂花，笑得很灿烂，露出一个小小的虎牙。她比上学的时候丰腴了许多。我迅速把眼睛移向旁边，这个男人就是隋重华？

"这报纸可不可以给我？上面的人是我朋友。"我解释道。

老太太惊讶地看着我，茫然地点了点头。我道谢后离开了。

下午三点左右，我在公园见到了小林，竟差点认不出她来。眼前的人，足蹬黑色漆皮高跟鞋，黑渔网袜直探入超短裙下，妆容精致的脸庞像极了齐玫。

"魏小姐。"她有点不好意思地坐在我旁边的木椅上。

"差点认不出你。"我实在惊讶。

她笑了笑："我必须要工作啊！"

"什么？"我忽然一下子警觉起来。

"啊，没什么，你找我来是为了包裹吧？"她的眼睛比齐玫的大，头发比齐玫的黑亮，其余的真的很像，尤其在化了妆以后。

"哦，在这里。"我把包里的包裹推到她眼前。

"谢谢，那我先走了。"说着，她起身要离开。

"等等。"我一把拉住她的背包，"我们可以谈谈吗？"

她不解地看着我。然后点了点头。

我先请她吃了点东西，这么久不见了，突然之间也不知道说些什么好，我们沉默地吃完饭，天已经黑透了。

"这段时间过得怎么样？"我有点明知故问。

她笑了笑："还好啊！"说着，左手悄悄把裙子向下扯了扯。

我看了看她："说实话吧，你在做什么工作？"

"现在找份工作实在困难，我又没什么学历。"她有些尴尬，有点欲言又止。我示意她说下去，其实自从她离开的那天起，我就一直在懊悔。

"也没什么，我爸爸病了。"她低着头，语气里并没有什么怨气。

"爸爸？"我的疑惑很正常。

她看了看我，点头苦笑："不是原来的爸爸，是现在的。"她的解释恐怕只有我能听懂。

"是你母亲的师兄？"我继续问道，有些明白了。

她点了点头："其实在我离开前就接到他的电话了，是胃癌，做了手术，所以我必须尽快找到一个能赚很多钱的工作。"

"可为什么当时不告诉我？"我说，心里却把自己骂了个千百遍。我简直太过分了，为什么总是忽视别人？从关池到吴亚京，再到这个长相酷似齐玫的小林，我这样冷漠的人的确该得到报应！

她笑笑说："魏小姐，我会给你带来很多麻烦，你在这个城市打拼的每一步我都亲眼所见，你是个跟我不一样的女人，你很坚强，很勇敢，可我不行，我总是软弱退缩，有时候我真希望自己能像你那样，想说什么就说什么，想做什么就做什么。我总觉得童年是个梦，一个已经破碎无法还原的梦。"

"那你妈妈爱你爸爸吗？"我突然问道。

小林抬起头，看着远处深深的夜色："当时我还小，但现在想来，我觉得妈妈是非常爱他的，不然为什么要坚持留在他身边呢？而且我相信，他们现在应该非常开心地生活在一起，可能已经去了国外吧……"说着她皱了皱眉头。

我没说什么，只是继续看着她闪烁的双眼。

"那次，我和哥哥从阁楼上下来，结果碰到爸爸打妈妈，打得很重，从他们的争吵中我们得知，原来爸爸早就有了另外一个女人，或许妈妈是因为这个才和他的师兄生了我吧。"说完，她如释重负地吐了口长气。

"于是，你就逃跑了？"我问。

她看着我，笑了笑："那时候，我还是个小孩呢，但是离开的念头从那一刻就开始酝酿了，我真不想再看见那样的场面，太可怕了。"

我的心为之一震。她仍继续说着："那次后，我更加封闭自己，不愿意和任何人接触，包括妈妈。因为我恨她，她不负责任地把我带到这个世界上，却给爸爸增添了那么多的痛苦，或许那个时候我更同情爸爸。他总是很干净，很潇洒，高高的个子，抱着我笑的时候毫不掩饰，牙齿白白的，口腔里总有薄荷的味道……"她陷入深深的回忆中。

"看来，比起你的妈妈，你更爱爸爸？"我问道。

她茫然地回过头来看着我："或许是吧，妈妈是个不幸的女人，可她的不幸是她自己造成的。她起先不爱爸爸，却为了钱嫁给他，是她先欺骗爸爸的。后来因为爸爸的背叛她也开始报复，结果有了我，难道我不该恨她吗？"

我不解地问道："难道你就自己逃跑了？那时候你多大？"

"十七岁，我认为自己已经足够成熟了，更重要的是，那时候我认识了一个人，他在关键时刻帮了我。"可不知为什么，她的眼里竟然飘过一丝惊恐的神情。

我刚要追问，她的手机却响了。

"不好意思，我要走了，谢谢你听我说这些没用的话。"她起身要离开。

"等等，"我忙起身，从椅子上拿起那个包裹，"别忘了这个。还有，以后有事别忘了我这个朋友。"

　　她接过东西，愣愣地看了我一会，终于笑了起来，笑得温暖多情："我知道了。"

　　看着她的背影，这高挑身影让人越看越迷惘。她在做什么工作？这才想起还有好多问题没弄清楚呢。我忙收拾起东西，再次跟在她的身后。

　　二十分钟后，我跟着小林来到一家叫"混沌空间"的迪厅跟前，里面汇聚了各色人等，当然还包括黑势力。她一闪身消失在拥挤的人群中，我追了过去。正是营业高峰，穿着奇装异服的青年比比皆是，却单单不见了小林的身影。

　　我来到靠近吧台的椅子，一屁股坐下，一些年轻人正围在一个透明玻璃台前不断吹着口哨。

　　不一会，随着音乐的轰鸣声，一位身穿明黄色纱裙的丰满女人扭动着身躯上了台。合着动感的音乐，下面的男人疯狂地骂起脏话。台上的女人，已经脱去了罩在外面的纱裙，露出苗条但丰满的身体。年轻女人诱人的身体顿时引得全场骚动，一些男人使劲吹着口哨，有一个人竟翻身上台，掏出几张百元大钞狠狠塞进她的内衣。

　　我毫无感觉地看着眼前的一切，女人仍在卖力地舞动着身体，只是我看不出她的表情，一切都是那么职业。她和我一样，看着眼前大受刺激的男人们不断将手里的钱塞进她的胸罩和底裤，红润的乳晕随着灯光的调亮，闪动着炫目的光彩。这场面触目惊心。她用身体尽力讨好台下的男人们，可眼中却流露出可怕的淡漠。她和那些男人究竟哪个更可怜？我看着她，竟有些惺惺相惜的感觉。正当大家舞劲正酣时，台上的女人一个漂亮的转身，带着一身的收获，消失在人们的视线里。

　　音乐还在继续，人们又开始拼命吹口哨。我则抓住这个时机四处搜寻小林的身影。这里人太多，我使劲伸展着视线，却仍旧一无所获。就在这时，旁边的门开了，几个穿着黑西装的男人鱼贯而入，最前面一个留着长发，在脑后扎成一个马尾，后面一个则顶着一头黄发。他们一来，就钻进里面的包间里。

　　不一会，舞台上风云又起。两个红衣少女乘坐着可以升降的机关从天而降，两人均穿着改良过的日本和服，赤着脚，一个手里拿着画着画眉的纸伞，另一个手执银色纸扇。

正在这时，我发现一位胖胖的中年女人，带着几个打扮妖娆的女人从我身边经过。走在中间的身材尤其正点，一袭白色的裹胸连衣短裙坠满流苏。我抬头瞥了这个女人一眼，正好和这个女人的目光相对。

小林！我惊讶得差点叫出来。她也看见了我，可马上别过脸去，仍然规规矩矩地跟在那女人身后。我忽的从座椅上弹起身来，不过待我拨开人群追过去的时候，却发现她已经拐进刚刚那个黄毛的包间了。

我像急刹车似的停在门口，这些人一看就知道不是什么良民，我这么贸然跟进去，一定不会有好果子吃，于是我干脆找了个靠近这扇门的椅子坐下，观察着里面的动静。

时间一点点地过去，那时候我才真的相信，她的确是走投无路了。

迪厅里的时间总是过得很快，已经一点半了。我有点累了，靠在椅子里面，拒绝了所有人，并把警局朋友的电话设置成1号。女人独自在这里是很危险的，我并不想把自己搭进去。

就在这时，我身后的门开了，里面的人醉醺醺地走了出来，长发男人和小林走在最前面。我见小林已经看到了我，便按兵不动。

那男人和她纠缠了一会就离开了，小林返回来，拉起我往外走。

"你怎么自己来了？这里很不安全。"她看着我布满血丝的眼睛。

"别管我了，你现在可以走了吗？"我问道。

她回过头去看了看远处的老女人，然后朝我点了点头。当跨出"混沌空间"时，新鲜的空气让我们为之一振。

"你当了坐台小姐？"我直截了当地问道。

"嗯，不过，我还没出过宵夜。"小林满怀无奈却有些庆幸地说。

"还好，那就别做了。"我说。

小林没有说话。

"没关系的，回我店里工作，需要多少钱，我先提前支给你，以后从你工资里扣。"我坚定地说。

"谢谢你，但是，我只有在这里才是最安全的，否则还是有人会找我麻烦的。"

"你先把事情和我说清楚，我想我们会有办法的。"说着，我拉着她朝远处走去。如果事到如今我还允许她再次返回那个地方，我就真是罪孽深重！

我和她来到一间昼夜经营的大排档边坐下。路边小摊虽说不怎么卫生，可吃起来远比高档酒店有风味，所以即使现在已经凌晨，仍有很多夜行动物在这里吃吃喝喝。

"来点什么？我请客。"我大方地说。

小林也不再客气了："就烤肉吧。"说着把手里的包裹放在旁边的椅子上。

"再喝点酒吧！"我说，心情出奇的好。

她点了点头。我喜欢这样和朋友大吃二喝，从上大学时就这样。

"林姐，你的身世……就和我说说吧。"我夹了一块肥嫩的牛肉，刚刚烤好，嗞嗞地冒着油花。

她举起酒杯毫不犹豫地一口灌了下去。

"喂！少喝点，可不是叫你这么喝的，刚刚陪那几个小流氓已经没少喝了。"我用筷子敲着自己的碟子说。

她用手抹了抹嘴，笑了："这是我第一次和朋友坐在一起喝酒吃烤肉。"说着，她看着我。

我抬起头看她，觉得她实在可怜。

"后来，我认识了一个同学，他比我大一届，那时候我已经变得非常自我封闭了……"

小林那时候上的学校是一所很普通的初中，并没有像许多有钱人家的女儿那样去接受私立高中的教育。那时候她的爸爸认定这个女儿是别人的孩子，根本就懒得理她。肇美伶已经精神分裂，精神状态时好时坏，连自身都难保的妈妈，自然不会过多关注女儿。于是小林认识了一个她这一生最不该认识的人。

刚上初一不久，小林周围就没有一个朋友，其他女生都不喜欢她那种郁郁寡欢的样子。最重要的是她很排斥别人。可尽管这样，小林还是有了一个朋友，一个学美术的男生。

小林所在学校的美术教室在六楼，这里是教学楼的最高层，是天光教室，采光非常好，还可以通过一扇小偏门爬上七楼的露台，美术班的同学们经常在那里写生。她知道，一般美术班的学生只在下午才会来这个空旷的露台，而且同学们并不喜欢在夜晚爬上去，因为那个通往上面的楼梯黑漆漆的，恐怖得很。于是，每当晚自习的课间，她就会一个人爬到上面去。看着下面星星点点的灯光，仿佛一切都离她好远，只有这样她才觉得安全。

有一天，小林照常来到露台吹风，忽然发现后面好像有人。"谁？"小林大声说。只见门口一个黑影渐渐清晰，高大、清瘦的身体挡住了小林的视线。

"没想到，这个时间也会有人来。"那个人先说话了。

见不过是个男同学，小林就不再搭话了。

"我是美术班的，来拿白天落在这里的画笔。你是哪个班的？这么黑，你不怕吗？"那个男生又问道，并且向小林走近几步。

小林还是没吭声。

"你不会说话？"那个男生又问，同时，他开始在地上找着什么。

小林默默注视着他的举动，却并不想和他交谈。这个莫名其妙的男生打扰了她。

不一会，那男生显得有点焦急了，不住地用手搓着头发。

"是这个吗？"小林终于说话了，手里多了一只画笔。

那个男生走过来，接过笔："谢谢。"

这就是小林和他，这个影响他一生的男人的第一个照面。

从此以后，小林经常会在夜晚的露台上看见他。只是，他并不像第一次那样多话，只是默默地看着下面的景色。和小林一样。就这样，一个月过去了，两个月过去了。夏天来了，人们开始换上轻薄的衣服。

一个周二的夜晚，小林又一次爬上露台。夏日的晚风真凉爽，她舒展着手臂，任清风从腋窝和胸口轻柔地抚过。她独自在露台上转悠，希望能看见那个男生的身影，可接下来的几天，他一直没再出现，小林感到有些失落。

后来她鼓起勇气，偷偷来到美术班门口。那个人的座位是空的。她开始懊恼，为什么自己要去关心这个人？

她从来就无声无息，家里人也都习惯了。可那天，当她路过妈妈卧房门口的时候，闻到一股很特别的香气。空气中弥漫着馥郁的玫瑰花香，深厚悠远，挥之不去，感觉被绵绵的丝绸包裹着，人往下坠，仿佛永远都坠不到底。她缓缓闭上了眼睛，这个时候有嗅觉就足够了。

自从妈妈开始疯疯癫癫，就不修边幅，小林已经好久没再闻过这味道了。以前妈妈的身上总是有这样的味道，每次妈妈抱住小林的时候，她都用力吸啊吸。爸爸也总是喜欢把头埋进妈妈的头发里，满足地闭上眼睛。家里唯一对这味道不怎么感冒的，恐怕只有哥哥一个人。

于是小林趴在门缝偷偷向里张望。果然，肇美伶正手捧什么往一个小瓶子里面装，表情十分严肃。可奇怪的是，妈妈的化妆台上从没有香水之类的东西，这香气又是从哪里来的呢？

不一会，李妈就叫大家吃晚饭了。小林磨磨蹭蹭地下了楼，却发现今天的妈妈有点不同。穿了件大红色真丝旗袍，体态优雅，俨然还是十几年前叱咤舞台的那个肇美伶。

肇美伶看了看自己的女儿："看什么？这衣服是不是有点瘦？"说着，淡淡地笑了笑，一股冰凉的玫瑰香随着她的举手投足阵阵钻进小林的鼻孔，脑子里顿时清清爽爽。

小林愣在那里，她的妈妈已经好久没这样笑了。

不一会，隋家伟也回来了。这几天家里出奇的平静，小林有些不太适应。哥哥已经到国外去了，爸爸要他接受最好的教育，希望他将来能接管自己的家业，至于这个莫名其妙的女儿，他根本不愿意看上一看。

"回来了，少爷。"李妈献媚地迎过去，接了衣服挂了起来，而那个名正言顺的隋太太却被冷落在一旁。隋家伟也不看她，径直回到自己的卧室。肇美伶惨白的瓜子脸上飘过一朵乌云，小林则站在那里不敢出声。

李妈忙忙活活地从厨房出来："少爷，吃饭了。"小林总觉得这个家的女主人应该是李妈，而妈妈，不过只是个摆设。这让小林一直很反感，以前哥哥在的时候李妈还不敢太过分。小林总觉得，李妈似乎很怕重华，可对爸爸，却并不那么畏惧。

隋家伟推门出来，也不说话，一屁股坐在饭桌旁。肇美伶忙跟了过来，静静地坐下。小林战战兢兢落座后，隋家伟拿起筷子。

"今天的菜怎么样？"还没等妈妈说话，李妈已经插嘴了。

"不错。"隋家伟平静地说，眉头仍紧锁着。

肇美伶未出口的话被人硬生生截住，坐在那里有些尴尬。

"李妈，你也吃吧。"隋家伟示意她坐下。

李妈倒也不客气，直接拿了碗筷坐了下来。

"家伟，"肇美伶连忙抓住这个时机，"你看，这是我们刚认识的时候我穿的衣服……"说着，尖尖的下巴微微抖了抖，小林似乎感觉到空气忽然凝结了。隋家伟停了下来，用眼梢瞥了肇美伶一眼："是吗？我不记得了。"

肇美伶的筷子停在了半空中，嘴角抽动了两下："你连那个味道都不记得了吗？"

隋家伟没再说话，只是慢慢转过头去。而李妈的眼神却有点不对。

"为什么要和那个女人在一起？"肇美伶扬起头，眼神哀怨地看着自己的丈夫。

"我和她其实认识比你早，我们从小一起长大，一起留学。"隋家伟说。

"这么说，插足的人其实是我？"肇美伶很惊讶。

"我们一直恋爱，甚至同居，直到我认识了你。"隋家伟倒也不隐瞒，"她还为我打过一个孩子。那时候因为她的身份和我相差太多，为了不影响我的名声，她毅然把那个孩子打掉了……"隋家伟说。

"我今天又接到她的电话了，"肇美伶淡淡地说，"她约我去喝咖啡，但我到了那里却没有人。"

"不要去！"隋家伟大声说。

"为什么？我很想知道是个什么样的女人一直窥视着我的丈夫。"肇美伶的眼睛里多了一份坚毅。

隋家伟这次没再说什么，而是直接抱住了妻子："不，别去见她！再给我一次机会！"

"她没在那里，桌子上只留了一样东西。"

"什么东西？"隋家伟问道。

"一朵揉皱了的玫瑰。"

我望着小林手里冷掉的烤肉："放在上面热热。"

小林的妈妈是肇美伶，难怪她这么漂亮呢，眉宇间还真有些相像。她爸爸叫隋家伟，这个名字怎么这么耳熟。

后来，隋家的确平静了好久，二人还一同参加了不少慈善活动，国外的老两口也终于松了口气。

"你知道那个女人是谁吗？"我插嘴问道。

小林点点头，随后又摇了摇头。

"就是那天你见过的绿衣女人，"她说，"可我并不知道她的具体身份。"

我若有所思地点了点头，脑海里迅速搜寻着那个女人的样子，一双魅惑的眼睛，风情万种的嘴角，也是很美的人。

"我只知道她的英文名字叫Amanda。"

原来小林那个时候一直用着另外一个名字：蝶住，是她母亲起的，很怪，但很美。后来，她依旧每天去露台，依旧在那里遇见那个高大而清瘦的男生。

渐渐的，他们的话开始多了，聊到美术、生活，当然还有父母。这个男生也有着非常显赫的家世，他们家从前一直住在加拿大。他们在一起的时候话并不多，但很有默契。爱，就这样伴着青涩的青春悄悄降临。

"你觉得那是爱吗？"我插嘴问道。

"当时是这么觉得。"小林笑了笑，"记得他第一次牵我的手是在一个非常美丽的夏天，我们一起去海边。"

"海边？"我惊讶道。

她点点头："我们家在复盛。"

我听着，心下忽然明朗起来："那你哥哥是不是叫隋重华？"

小林不解地看着我："是啊！你怎么知道？"

我从包里拿出那张报纸："看。"

她接过去，顿时露出诧异的表情。

"是的，是哥哥，这么久都没他的消息，我还以为他们都在加拿大不再回来了……"小林惊喜地用手抚摸着图片中那个英俊男人的脸庞。

"旁边那个女的是我同学，我是因为她才和人要了这张报纸，但没想到居然这个男人就是你的哥哥！"我有些激动。

"那你一定知道他们的近况！"说着，她也兴奋起来。

"这个我不太清楚，我的朋友现在就在复盛和你哥哥他们在一起，可她也没说具体情形如何。"我遗憾地说。

"这么说，他们回来了？"小林慢慢站了起来，可眼神里竟多了许多我看不懂的东西。

"你应该回去找他们。"我说。

"我没有理由再回到那里，那里毕竟不是我的家，我和亲爸爸在一起过得很开心。和他在一起，我得到了从未有过的父爱，我不能离开他，何况他现在还在生病。"说着，她垂下了眼帘。

我轻轻拍了拍她的肩膀："也许你说得对，你妈妈真的很爱他，他的艺名是曾云蝶，蝶住、云蝶……"我反复重复着这两个名字，不知怎么，竟然一股沉重的惆怅油然而生。

"真感谢你，听我说了这么多。"小林似乎如释重负。

"就这样吧，去我家，你现在也没地方住。"我说。

小林的爸爸一直住在一个叫三营子的地方，是林渠下面的一个小镇，那是他的老家。退休后，他就回到那里过着与世无争的生活，所以小林目前在林渠是租房子住。

就这样，小林作为第一位客人踏进了我刚刚装修好的新家。

"这个为什么感觉怪怪的！"她指着墙上的一幅油画。

是关池画的那幅肖像。

"画的是谁？"小林有些好奇。

"我也不知道。"我望着画中女孩苍白的双唇，什么都没说。

她奇怪地看着我："为什么画中人那么无力和苍白，而那朵百合却这么鲜活动人？"仿佛在喃喃自语。

是啊，谁看到这画都会觉得怪异，而画中的深意恐怕只有我能读懂。

"这女孩其实是那花的影子……"我轻声说。

就在这时，电话忽然突兀地响了。

"魏小姐！你妹妹出事了！"是徐欧的声音。

还没等我作出任何反应，他就匆忙挂断了电话。

见我顾不得换衣服便飞奔出去，小林也跟了出来。

当我们赶到医院时已经是凌晨三点多了。

再次见到徐欧，他只对我摇了摇头："自杀，服毒，抢救无效。"

我冲到病床前，掀开被子，看到的是一张全无血色的惨白面孔。

"吴亚京……"我小声喊她，"你干什么？我已经被你拖累得身心俱疲了，难道你还想把孩子留给我？！！快起来，自己的事情要自己解决！！"我的声音越来越大，到最后已经声嘶力竭。

小林扶住我："你冷静点！她已经死了……"

我不停摇着吴亚京纤弱的身子："快起来，念龄还需要妈妈……快起来！你这个逃兵，胆小鬼！"

"好了！龄雪！"小林配合护士把我从吴亚京身上拉开。

在我歇斯底里的撕扯中，被子的一角被掀开，一串念珠露了出来，吴亚京惨白的手臂上端端正正地戴着那串我从昭平寺带给她的念珠。

大家被我忽然间停止的动作惊呆了，看了看我，才把她推了出去。

"看到什么了？"小林看了看我，又看了看越来越远的吴亚京。

徐欧这时也过来了："原来她不是你妹妹，对不起，我一直以为你不够关心她。"

我的视线越过他们两个的身体，直直地盯着远去的吴亚京。

"拿着吧，以后会有用的。"昭平寺佛前的老和尚给我念珠的时候曾说了这样的话。小林戴着它走了，是为了安慰我和她那难以平静的灵魂吧。

"好吧，好吧！这次我不和你抢，关池是你的了！去见他吧！和他好好生活！"我断断续续地低声说着。

徐欧和小林对视了一下，都觉得莫名其妙，却谁也没再说什么。

"死者枕头下面有封信。"一个小护士走到我面前。

我用冰冷的手将信打开：

魏姐：

　　当你看到这封信的时候，我希望我已经死了，请医生不要抢救，这是我一直想要的归宿。我之前没过过什么好日子，家里一团糟。如果说这个世界上有什么值得留恋的，就是念龄。

其实我知道关池一直爱的人是你，我不过是个替代品罢了，但我仍愿意这样欺骗自己。请你原谅我！我是发自内心地请求宽恕！念龄以后就是你的孩子，别告诉她有关我的任何事情，因为我觉得自己是个可耻的人，我怕孩子恨我！孩子交给你我就放心了！

　　还有，我带走了你送我的佛珠，我知道它会保佑我的，似乎到了阴间我也有朋友。

　　最后，我只能说这两个字：谢谢！你会幸福的，我已经向佛祖请求过了，把我没用完的寿命和幸运都送给你。相信我，佛祖会听到的。

吴亚京绝笔

　　里面还夹着那枚她一直戴在身上的观音吊坠。我无力地摔倒在旁边的病床上，小林慌忙扶住我。那次她对我说，要我以后把这玉坠交给孩子，我还觉得怪怪的，现在才恍然大悟，可一切都晚了。

　　接下来的几天，我和小林奔波于吴亚京的丧事。不需要请什么人，只我和小林，还有徐欧和陪妈妈做手术的吕意卓。我们在城郊为她选了一处墓地。这里有很多人，她不孤单，我们将来也会来。我沉默不语，望着初冬萧瑟风中墓碑上吴亚京定格在黑白照片里的甜美笑容。

　　这是我在吴亚京走后，第一次抱住小念龄。她小小的身体已经度过了危险的一个月，这个早产儿恢复得很快，我已经可以把她带回家了。小林早就奔波于各大商场为她购置了许多生活用品，当我们把她放在洒满阳光的小摇篮里才发现，原来生命延续的力量是如此强大，这个小小的孩子让我们再次看到了坚强生活的价值。

　　我再次动用了我和许青丸的公用账户，提了十万交给小林。她说什么也不要，但我说这是报酬，让她先给我当保姆，以后再给我免费打几年工，这样她才勉强接受这笔给她爸爸治病的钱。可谁知，就在那天下午，小林接到电话，他爸爸病危了！

　　我离不开，只能干着急，她收拾好东西匆匆忙忙走了。那天夜里下了好大的雨，我印象中，只有在关池被抓的那天夜里才下过这么大的雨。外面风声雨声不断拍打着我的耳膜，小念龄也不停地哭闹。我抱着她从这屋走到那屋，偌大的房子里只有我们两人，墙壁上的那幅画在苍白的灯光下显得那么可怖。孩子一定很怕这画，每次经过时她总是大声啼哭。我把孩子放在沙发上，摘掉画，翻过来扣放在墙边。这下好了不少，念龄竟不知不觉睡着了。

我就这样等待着小林那边的动静。可谁知，三天了，竟连个电话也没有。我的心开始乱了，真不该叫她一个人离开。

"那是什么？"我发现厨房餐桌下的角落里有个白乎乎的东西。来到餐桌旁，这才恍然大悟，那是小林的包裹。

"不是放在餐台上吗？"原来这几天我和小林都忙得晕头转向，谁也没想到还有这个包裹静静地躺在这里。

我猛地发现有些不对，包裹是从三营子寄来的！小林的爸爸不就在那里吗？都怪这几天事太多，为什么把这么关键的东西忘掉了。应该打开！我的心这样告诉我。我咬了咬下唇，伸手扯掉了上面的胶条。里面是厚厚的纸盒，我慢慢打开盒盖……照片，很多照片，黑白的。

随手捡起一张，是两个京剧扮相的女人。一个是花旦，一个是青衣。我又挑了一张，是一男一女的合影。女人穿着青衣的戏服，男人则只穿普通练功服，身材不算魁梧，却自有一段风流。另一张是女人的单人照，眉目清秀，眼神悠远，嘴角轻扬，身穿印有玫瑰图案的旗袍，优美典雅。不就是肇美伶吗！那这男人，我连忙伸手抓起第一张照片，原来她的师兄曾云蝶是唱花旦的，难怪这男人眉宇间隐隐透着一种妩媚。

我把照片一一整理出来，忽然，一个小青花瓷瓶出现在盒子底部。这是什么？旁边还有一封信。我拿起瓷瓶仔细端详着，做工很精细，上面的盖子用蜡密封着。我不想私自打开瓶子，里面的东西一定很特别，否则曾云蝶不会特地邮寄给小林。而这封信……我还是放下了它。

最近店里的生意越来越好了，我急于照顾店面，然而对小林的迟迟不归愈发坐立不安起来。已经一个多星期了，每次拨她的电话总是关机，难道是他爸爸出事了？于是，在给念龄喂过奶后，我私自拆开了那封神秘的来信，却发现原来小林犯下了一生中最大的错误。

小林：

　　爸爸得了不治之症，这个已经在几天前的电话里通知你了，我想来想去，觉得还是应该给你写这封信。不要为我拼命赚钱！千万别这样！爸爸对不起你！

　　我知道，今天我得这个病是老天在惩罚我，我做了最可耻的事情。

　　其实，那天你像个泥猴似的站在我面前叫我爸爸时，我的心情很复杂，你长得那么像你妈妈，看到你，我的心……坦白说，我一直非常怨恨隋家伟，是他从我身边抢走了你的妈妈。但，他却是你真正的爸爸……

　　看到这里，我的心顿时感到一阵剧痛。

　　原来，曾云蝶原名林长杰，是复盛京剧团的一名花旦，但并不太出名，远不及同在一个单位的肇美伶。二人同是拜在一位师傅门下，从小在一起练功，感情不比常人。

　　肇美伶原名何馨怡，母亲出身于满洲没落贵族，姓爱新觉罗名嘉惠，祖上本是王爷，自小接受传统贵族女性的教育长大，可以说知书达理，特别精通戏曲和女红。但乱世无依，最后嫁给一个无业游民。文化大革命时期，这样出身的人实在没什么出路，家里早就被红卫兵搜过一遍又一遍，本来还保留了几件值钱的东西都被抢走了。不得已，爱新觉罗嘉惠随其夫躲去陕北农村，一待就是五年。何馨怡的爸爸总说他这辈子是被老婆连累了，所以每每喝多了回家，就往死里打嘉惠。这个男人从不干活，一家的生计只由嘉惠给人做绣活维持。

　　馨怡一点点长大，转眼就十七岁了，不少男人开始垂涎她的美貌。

　　一天，嘉惠去给张大婶子看花样子，爸爸一个人喝得酩酊大醉，家里一点水也没有，馨怡不得不拿起扁担，独自往柳洼口走去。村里人吃水都要到几里外的柳洼口去打水，那里有一口老井，井很深，站在井边就觉得阵阵阴风吹得人心发毛。

　　就在馨怡放下井绳时，一双大手从后面抱住了她，是村长。馨怡挣扎着，可正午时分，大家干完了活，都回家休息了。村长捂住她的嘴把她拖进旁边的地沟里，恶狠狠地说了一句话："老子惦记你他妈的一年了！"

　　黄昏，馨怡一个人蹒跚地走在夕阳里，头发散乱，悄无声息地回了家。

"你这是怎么了？"爸爸点了根烟惊讶地说。

"是啊，这怎么弄的全是伤？"妈妈一把扯过馨怡，眼神复杂。

馨怡闭着嘴什么也不说。

"裤子，这裤子……"妈妈发现馨怡裤子上大滩的血迹，顿时眼前一黑，晕倒了。

"啪，"一记响亮的耳光打在馨怡的脸上："不要脸！和你妈一样！都不是什么好东西！都给我滚！谁也别回来啦！"馨怡的酒鬼老爸将两人一起扔出了门外，"真给我丢人，真他妈的走霉运！"

一个月后，嘉惠带着馨怡回到了复盛，租了间小平房开始了新的生活。这时候大城市已经和以前不一样了，人们都在忙着搞生产，没人再注意这两个可怜的贵族后裔了。

虽然已十七岁，但由于基本功好，馨怡终于拜到刘世微老先生门下学习戏曲，并认识了先她两年拜师的曾云蝶，同时改名为肇美伶。

二人渐生情愫，可肇美伶总是郁郁寡欢，从不轻易表露自己的想法。刘老先生说，美伶性格娴静内敛，非常适合唱青衣，就这样中国京剧界升起了一颗璀璨的新星。曾云蝶一直迷恋师妹，无心向学，遭到师傅的责骂。后来，二人都被复盛京剧团要走。曾云蝶的表白并没有得到应有的回应，便认为肇美伶嫌弃他贫穷，放弃了对她的追求。他哪里知道，肇美伶是因为对自己的往事耿耿于怀，怕一旦被曾云蝶发现会瞧不起她，所以每每都是若即若离。可谁知，就在这个时候，隋家伟出现了。

隋家伟陪父母回国旅游，本并不喜欢国粹的他迫不得已地坐在了复盛剧院。然而，他做梦也没想到，他的人生会在这里出现戏剧性的转折。

"爸爸，这东西有什么好看的？"他瞥了一眼台上的青衣。

"你懂什么……"隋老爷子正听得起劲。

不一会，青衣退了下去，换成一位花脸，挥舞着大刀哇呀呀地冲上台来。隋家伟见换了这么个主儿便忙不迭地溜了出来。来到门口，他掏出烟塞进嘴里。就在这时，台上刚刚下来的青衣迎面过来，离得近了，隋家伟才发现原来这身京剧扮相还真不赖，便眯着眼睛看着这位翩翩而来的女人。

只见她头戴假髻，坠下闪亮的珠翠，两绺长发从耳后柔柔地垂在胸前。身穿水青色长衫，裙摆处用银色丝线绣着两只翩翩欲飞的蝴蝶。这女人的身材在如水的长衫里忽隐忽现，随着她轻柔的步伐骚动着隋家伟的心。

几乎不到五秒钟的时间，这女人就从隋家伟的身边飘过。她仿佛没看见面前这位颇有身份的帅气男人一样，独自幽幽地消失在不远处的一扇门里了。隋家伟也许并不知道，这擦身而过的瞬间，已定格了他一生的痴恋。

"什么味道？"隋家伟喃喃自语，竟下意识地伸出手想揽过一丝空气来闻，可这气味还没浸透他的肺叶就随着空气的流动飘飘袅袅地散了。他回过头去看着那个青衣，细长的眼睛里升起一团别样的迷雾。

三天以后，公演的《嫦娥奔月》已经接近尾声。

化妆间里闹哄哄的，这是肇美伶第六次参加这么大型的演出了。在舞台上她永远是主角，可台下的她永远少言寡语，不知情的人都以为她自命清高。

此时肇美伶正端坐在自己专用的大黑胡桃妆台前卸妆。今天她心情不错，因为三天前，她终于确定了和师兄云蝶的感情。这么多年来，她第一次接受了一个男人的吻。

爱情让她的脸颊透着健康的红润，也平复了许久以来内心的孤独和创伤。肇美伶觉得一切都会好起来。

"肇美伶！有人找！"

肇美伶回过头去，只见门口站着一位穿黑色西装的高个子男人，手里还捧着一束好大的玫瑰。

"谢谢。"肇美伶有些不咸不淡地说。这种场面她见得多了。就算是省领导，她也不过是点点头罢了。这毫无顾忌的高傲神色却让风流惯了的隋重华觉得有些意思。他缓缓走到肇美伶身后，也不出声，看着她纤细修长的双手，轻巧地摘掉头顶的饰物，光洁的象牙色脖颈凝脂般细腻柔嫩，那身水青色的戏服包裹着纤弱的身段……

"你有事吗？"肇美伶感觉后面的人有些不对劲儿，慢慢转过身来仰头看着他说。

此时浓妆已经卸掉，露出一张标致的瓜子脸，隋家伟顿时吃了一惊，他从未见过这样清新脱俗的女人。象牙色皮肤细腻光洁，一双杏眼黑白分明，上扬的眼梢让她整个人都显得精神利落，鼻子、嘴唇、脖颈，组成一个非常理想的曲线，像意大利歌剧院的女演员一样高傲。

"你就是中国的茶花女。"隋家伟脱口而出。女人最喜欢听奉承，他这样的花花公子自然明白。可他并不了解肇美伶。

她微微皱了皱眉，随后用眼梢淡淡瞟了隋家伟一眼后，优雅地转过头去，轻哼一声，摘掉头顶的最后一个假发髻。还没待隋家伟反应过来，就已经起身离开了。隋家伟也没在意，他抬眼环视了一下化妆间，大家本来都在看热闹，结果见他这么一抬眼，都缩回头去忙自己的事情了。那个年代，即使有些知识分子之类的人喜欢送花，也都暗地里进行，怕被人骂小资产阶级情调。

正在这时候，肇美伶已经换好衣服出来了。她穿了条湛蓝色的裤子和浅蓝色的确良衬衫，长长的头发被编成一个大辫子甩在脑后。

见隋家伟还没走，她便自己离开了。

"等等。"隋家伟快步追上她。

她奇怪地看着眼前这个怪人。

"我们可以认识一下吗？我叫隋家伟，是你的观众，非常喜欢你的戏。"隋家伟说，接着伸出了手。

这时，肇美伶还不知道，自己将会为眼前这个有点"讨厌的男人"生下两个孩子，成为叱咤一时的隋家少奶奶。

"像你这样的名角却穿得这么朴素，真是有意思！"说着，隋家伟笑了。

"美伶，我们走。"只见一个短小精悍的男人从一边过来。

肇美伶马上绽开了微笑，这个微笑看得隋家伟嫉妒。肇美伶马上跟了过去，和那个男人消失在京剧院的大门口。

隋家伟回了家，越想越不服气。自己在加拿大时有多少女人追捧着，回了国怎么反倒变成女人避之不及的角色了。而这时，隋家的老爷子，正为这个顽劣的儿子头疼呢。隋家的产业发展迅速，日益扩大的规模已经让隋老爷子有些力不从心了。

接下来的一周，隋家伟几乎每天都跑京剧团，虽然他听不懂这些人在咿咿呀呀地唱着什么，但听常了也觉不那么难听。

曾云蝶本就是个多疑的人，见总有个英俊的男人跟在肇美伶身后，便起了疑心。谁知就在这个时候，肇美伶的酒鬼爸爸找到了他们母女。他威胁母女二人收留他，否则就把肇美伶曾被人强暴一事公开，让她永远别想登台，被逼得走投无路的肇美伶只能收留了这个无耻的男人。

　　自从肇美伶的爸爸回来，一切都变了。他不停地和家里要钱，出去喝酒。再加上他还在陕北欠了一屁股的债，肇美伶开始为他那填不满的口袋发愁了。自己再出名，一个月也就几十块钱的工资。一个多月后，肇美伶的爸爸找到团里。

　　人们都在排练，却被一个醉酒男人的大骂声打断。

　　"他妈的！给钱！给钱！破鞋！"

　　团长急了："这是谁啊！门卫怎么看的！"说着，朝后面颠颠跑过来的门卫吼道。

　　"他，他说来找肇美伶的，是她爸爸！"门卫有点委屈地辩解着。

　　肇美伶站在人群里，眼前发黑。

　　"叔叔，您是美伶的爸爸吗？"曾云蝶走上去，眼神里充满了疑惑，随即又转过头来看了看肇美伶。

　　的确，这个男人一身蓝布衣服还算整洁，可酒气大得连站在最后面的人都能闻到，而且申形脸，眼神呆滞，和肇美伶没有丝毫相像。

　　"你他娘的是谁？我就是何馨怡她爸，妈的，听着这个名就别扭，我就说她该叫何春花，她那个骚货妈非要给她起这么个屌名，妈的，春……花多好。屌名……"说着，一屁股竟坐在地上不起来了。

　　"哎！叔叔，你起来啊！"说着，曾云蝶便去扶他。

　　他却冲着肇美伶大叫起来："你给不给！老子今天要喝酒！"说着用死鱼样的眼睛盯着站在人群中瑟瑟发抖的肇美伶。

　　"我真的没钱了！"肇美伶忽然觉得一切都完了。

　　曾云蝶看着脸色苍白的肇美伶，又转过头看着地上的男人："要多少？我给您！"

　　"你？好，那你就多给点。你给我一千块钱，我把她卖给你做老婆！"说着，他盯着曾云蝶嘿嘿怪笑。

　　曾云蝶一下子僵在那里。他忽然意识到，这个人根本就是个沾不得的主。

"爸！"肇美伶几乎是尖叫。

"你，你叫什么。娘的，还装什么大姑娘……"他翻着白眼，拖着打了卷的舌头说。

肇美伶只觉得全身的血液一下子都涌到了头顶，直直地仰了过去。

她多希望生命到此为止，一切就都结束了。可她还是在一个小时后睁开了眼睛。她重重地叹了口气，发现自己躺在换衣室里，周围没有人。正当她要坐起来，一个男人的声音从后面传来。是云蝶！

"他走了。"他说，却没有回头。肇美伶愣在那里。

"隋家伟来了，他给了他一千块钱。"说完，他推门出去，留下肇美伶一个人傻傻地望着他的背影。一千块钱在那个年代可是很大一笔钱，足够那个老男人半年不回家了，终于换来了一段平静的日子。可曾云蝶却再也没和她说过一次话，每次都是擦肩而过却互相逃避。肇美伶不知道自己昏倒后发生了什么，她不敢问别人，而其他人也都保持沉默。人们本来就不大和她亲近的，这次更加疏远了。可为什么隋家伟也不来了？肇美伶开始惦念这个总是穿着黑色西装的英俊男人了。不管怎么说，也该当面谢谢他。

谁知就在半个月后，隋家伟突然出现在肇美伶下班的路上。

"肇小姐！"他停了车，从里面探出头来。

"是你！"这次见到他，肇美伶显得很开心。

"身体好了吗？"说着，他关切地看着肇美伶。

"嗯，好了，上次的事情，真的谢谢你。"说着，肇美伶有些不好意思地低下了头。

"上车吧，我送你回家。"说着他打开车门。

坐在隋家伟舒适的车里，肇美伶忽然觉得很安全，她抬头看了看这个男人："钱我会还的。"

"哦，那钱你就别放在心上了。"他似乎对这点钱并不在意。

"你……好像不是我们这里的人？"肇美伶忽然发现自己原来对这个人一点都不了解。

"我以前一直在加拿大，我是在那里出生的，这是我第一次来大陆，没想到就遇到了你。"他回过头来看着肇美伶，浓密的眉毛下，一双大眼睛轮廓很长。

"难怪……"肇美伶暗暗吃了一惊。原来真是个有钱人。

"以后有什么事，可以找我。"他大方地笑笑，"哦，你爸爸他还好吗？"

这句话仿佛触动了肇美伶最脆弱的神经，她忽然觉得自己很无能，需要别人的施舍才能过活，而且仿佛世上的每个人都知道了自己失身的事情。

"请你停车。"说着，她焦急地用手推着车门。

隋家伟没想到她的反应会这么激烈，连忙靠在路边停了车。

"我会把钱还给你的。"说完，肇美伶嘭的关了车门走了。

真是好奇怪，这个女人好像迷一样。隋家伟眯着眼睛看着她远去的背影。

肇美伶来到市中心公园。天气不好，眼看就要下雨了。风冷得很，吹在她单薄的的确良衬衫上，瞬间就透了进去。她用手抓紧衣领，仿佛这样就可以保护自己。自从十七岁那次意外以后，她开始习惯了这个动作。她断断续续地想着云蝶和爸爸，猜测二人之间到底发生了什么样的对话，转眼就来到公园的深处。这里很幽静，八福湖就在这里。

湖水一定很凉，肇美伶看着深绿色的湖水想。豆大的雨点已经落下，砸在她的衣服上，裤子上。她还是用手紧紧抓着领子。在这里做个孤魂野鬼也不错吧。她想着，身体也随着摇摇欲坠。是啊，就这样，只要跳下去，就什么痛苦都没有了。她缓缓闭上眼睛，垂下双手，任凭雨点顺着脖颈流到胸前，那冰凉的感觉好像一把利剑刺进了胸膛。

忽然一只大手从后面揽住她，并用力地将她向后拖去。

隋家伟并不知自己这动作会再次刺激到肇美伶，这让她想起十年前强奸她的那个混蛋，随即一记响亮的耳光落在隋家伟的脸上。隋家伟当即愣住了。肇美伶则神志不清地狂乱挣扎起来。

见她这样，隋家伟冲过去一把按住她。

"放开我，放开我，流氓……"肇美伶声嘶力竭地哭喊着，又是几个巴掌打在隋家伟的脸上和身上。隋家伟竟有点摁不住她。索性将她揽在怀里，死死抱住，任凭她抽打。雨仍在下着，两个人仿佛石刻的塑像，隋家伟的白色衬衫上满身污渍，被雨水冲刷得紧紧黏在身上。他怀里的肇美伶由挣扎转为号啕大哭，仿佛要将压抑了十年的创痛都一股脑宣泄出来。

"我不值得你救！为什么不让我死！"肇美伶边哭边说。

"因为我不想你死，你还欠着我的钱呢。"隋家伟说。

肇美伶回到家时，已经是晚上九点多了。隋家伟，又救了她一次。这次，救的是她的命。

就这样，三个星期以后，一个惊人的消息传遍了复盛市京剧团：肇美伶要嫁给一个归国华侨。人们开始猜测："是不是上次给他爸钱的那个人？""那个人早就来过了，还送过她好几次花呢，一看就是个花花公子！""说不定他爸说的那个强暴她的男人就是他呢，要不他干嘛给那老头子那么多钱！"……

肇美伶也知道平时大家对她的漠不关心，现在都转变为背地里的毁谤。曾云蝶终于意识到自己犯了一个天大的错误，可事到如今说什么都晚了。他的骄傲让他最终也没能开口请求肇美伶再给自己一次机会。而肇美伶的心已经冷了，她认为这个自己一直迷恋的男人其实根本就不爱她，或者只爱她的名声。

外表冷漠超脱的肇美伶，其实内心伤痕累累，她不过是想为自己寻找一个能够依靠的人而已。至于爱情，她不想考虑。就这样，她糊里糊涂地跟着隋重华去见他的父母，默默地看着他为了自己跟两位老人据理力争，任由他领着自己穿梭在上海街头。她开始穿旗袍，烫发，擦口红，开始学一点点英语。最重要的是，她开始有能力高高在上地看着自己的爸爸，并顺手将钱扔在地板上。

超脱飘逸的肇美伶，变成了富贵优雅的少奶奶。岁月的变迁并没有带走她的美貌，反而使她更加诱人。

在她待嫁的最后一个晚上，她的母亲从身后的柜子里翻出一个小匣子。

"这是什么？"肇美伶说。

"就是你喜欢的那个'香粉'啊！"说着，爱新觉罗嘉惠淡淡地笑了。

"真的吗？原来有这么多，可为什么上次您只给我一点点啊？"肇美伶不解地问。

"因为它有毒。"嘉惠的眼睛里闪着异样的光彩。

肇美伶不明所以地望着母亲。

"记得，不能用太多，只要你的小指甲蘸上一点点就够了！"嘉惠郑重其事地小声说。

"可你不是说，这是以前皇太后赏给我们家祖上的吗？怎么会有毒？"肇美伶说。

"这是皇太后赏给你太姥姥的没错，现在你也大了，我就和你说了吧……"

原来，这东西本是皇太后年轻时秘制的香料，是专门用来邀宠的。那个时候皇上妻妾众多，任凭太后貌美如花也不能抵挡一年年充实进来的年轻秀女。深宫中如没有子嗣在旁必无出头之日，所以还是妃嫔的皇太后差人秘密制作了这种神奇的香料。得到这样的奇物太后自然喜欢，却不料那制香人一定要求亲自面见太后。

太后甚奇，便招他秘密觐见。

原来，这香料除使用能刺激人性欲的玫瑰和其他辅助药材之外，又添加了许多剧毒之药。制香人说，这药如果用量过多，便会导致昏迷或死亡；如果直接打开匣子，便会马上进入昏迷状态或产生幻觉。太后慌了，忙问这样毒的东西怎能给皇上使用？他说，其实只用小指蘸上一点即可达到催情的作用。可这时太后又问，常人连盒子都打不开，又怎么取药呢？他便笑着解释说，只有他才可以，这是因为他事先服用了解药，而这解药更是慢性毒药，和这匣子内的药粉互为作用方能相互克制，如太后不将他留于身边，他也将于一个月之内暴毙，太后更是永远无法打开盒子。听罢，太后便将此人留下。就这样，这个神奇的制香人一步登天。太后当然也得到了她想要的东西，在后宫佳丽皆无所出的情况下，她诞下龙嗣，从此一跃成为皇贵妃，一人之下，万人之上。

"太后临终前怕此药落入其他宫妃手中，便暗中将此物拖人送到你太姥姥家中，因为你太姥姥姓叶赫那拉，是太后的本家，她不敢对别人讲，便将其掩埋在王府的东花园里。天底下没有真正的秘密。后来她将此事告诉了她的长女，也就是你的姥姥，并且嘱咐她，此物只传给家里的长女，否则必惹大祸。"

"原来是这样。"肇美伶感叹道。

嘉惠看着自己的女儿："孩子，以前的都过去了，家伟虽然有些吊儿郎当，但是人不坏，你能遇到他也算是我们家的福气了，而且听说他们家以前是翰林，这门婚事我觉得还是很合适的。你本该是个贵族小姐。"说着，她有些哽咽了。想起十年前的那个夜晚，当看见女儿回家时裤子上的鲜血时，她就觉得心被人用尖刀剜去了一块。

"妈，你放心，我会过得很好的。"肇美伶懂事地说。

"男人总是会变心的，孩子，把这个拿好。"说着，她将手里的盒子递给了美伶。

"可，我也打不开啊！"美伶有些不明白。

"也许说了你不信，你小时候，我曾在你面前打开过，"爱新觉罗嘉惠兴奋地说，"而你，并没有昏倒，也没有产生幻象。"

"什么时候？"肇美伶惊呆了。

"还记得那个时候你爸爸总打我吗？有一次，我非常绝望，想自杀，便想起有这样一个东西，于是偷偷将它翻出来希望能死得不太痛苦。"

"那你没有……"美伶惊讶地说。

"是的，我并没有产生幻觉。以前我从不敢打开，可当我真的打开时，却发现自己根本没什么反应，倒是那气味，好闻得紧，让我顿时放弃了轻生的念头。而你，只有三岁的你，也坐在盒子旁边毫无反应。"爱新觉罗嘉惠说。

"难道，它对我们不起作用？可这是为什么呢？"肇美伶实在无法理解。

爱新觉罗嘉惠默默地摇了摇头。

就这样，肇美伶得到了这件传世之宝。

第二天，随家伟把肇美伶接到复盛举行了婚礼。隋家伟为了肇美伶改变了很多，他开始学习怎样经营公司，因为他答应了父母，如果能娶到美伶，就按照他们规定的生活轨迹来生活。可以说，他用自己的自由换来了和美伶的姻缘。

一开始，肇美伶只是沉默，沉默地对待公公婆婆，沉默地对待隋家伟，沉默地对待家里的仆人，沉默地对待每天晚上的那个时刻。

隋家伟是个精力旺盛的男人，可肇美伶的冷漠让他渐渐对自己失去了信心。就在他思绪混乱的时候，他们迎来了第一个孩子。隋家伟非常爱自己的妻子，就连孩子的名字都让她来做主。时间长了，肇美伶开始觉得自己其实已经足够幸福，有深爱自己的丈夫、通情达理的公婆和可爱的孩子，生活还能怎样？于是她开始笑了，开始喜欢上躺在自己身边的那个男人了。

正当一切在肇美伶的眼中越变越完美的时候，突然有一天，她接到了曾云蝶的电话，原来他们的师父刘世微老人退休后，回到家乡林渠，如今患下重症，弥留之际想要见几个徒弟最后一面。肇美伶准备回林渠去看望，不料……

"真是这样吗？"隋家伟显然并不相信肇美伶的话。

"当然，难道我还能骗你？"她有些吃惊。

"是曾云蝶通知你的吧。"隋家伟懒懒地说。他知道，曾云蝶此刻也一定赶往那里了。他和刘老是同乡，都是林渠三营子人。当年是刘老带着他来到复盛京剧团，这才有了后来的故事。但在肇美伶嫁给他之后，曾云蝶就主动提出申请，调回了林渠。如今老人家患病，他又怎么可能不去探望？二人一定会在刘老的病榻前相遇。因此，他是无论如何也不希望妻子走这一遭的。

"你怎么了？为什么最近总是很奇怪？"肇美伶觉察到丈夫的异样，却没料到，另一个女人即将闯进他们的生活。

"不去好不好？"隋家伟忽然像个孩子似的一把抱住她。或许那个时候隋家伟是想给自己一次机会，可惜肇美伶并没体察到。

"对不起……"肇美伶无奈地说。

连夜，她离开了自己的丈夫和孩子，只身赶往林渠。于是，一切罪恶从这晚开始了。隋家伟在外喝了个烂醉，回家后就一屁股倒在沙发里。紧接着门铃突然响了，一个高个子女人闪了进来，正是Amanda。李妈刚想问什么，却被她示意不要吱声，于是李妈忙退了下去。

"家伟！"她喊着。

隋家伟迷迷糊糊扭头一看，竟吓得从沙发上弹了起来。

"你怎么回国了？！"说完，他警惕地环顾四周。

那女人妖艳地伸出一根指头挡在他唇边："这里难道不该是我的家吗？"说着，她把绯红的脸颊凑到隋家伟肩旁。

隋家伟艰难地保持着现在别扭的姿势："不，这里是美伶的地方。"

那女人忽然僵在那里，随即一声长笑，她笑得浑身颤抖，用手扶住旁边的桌子，鲜红的嘴唇仿佛一朵绽开的鲜花。

"隋大少爷，你可真健忘。这么多年了，是谁在加拿大一直陪着你？你说过要娶我的，难道你忘了？还有……"说着，她收了笑，静静地坐在桌旁，直直地注视着隋家伟。

"我父母不会同意的。"他有些气急败坏。

"那你怎么就能说服他们娶那个白痴女人？"Amanda点了根烟，烟雾顿时徐徐升起。她细长的狐眼透过缭绕的迷雾瞥着隋家伟。

"总之，我们的事不能让美伶知道，我们以前的事都过去了，你也好好生活吧，我不是已经给你钱了吗！"隋家伟把目光移向别处。

"你想保护她？"说着，Amanda将烟拿开，以便更好地看清对面的男人。

"怎么样？"说着，隋家伟也来劲了。

"不怎么样，不过你也许不知道吧，上个月你回加拿大……"说着，她伸出细长的手指在空中比划了一下。

这次该轮到隋家伟吃惊了。

"我怀孕了。"说完，她定定地看着他，眼神中流露出无限的哀怨。

随家伟一时不知该说什么，脑子里乱哄哄的，一会是Amanda鲜红的嘴唇，一会是那天夜里她温润的身体，一会又是肇美伶冰冷的眼神。

"你说你爱她，我知道，可你知不知道我爱你！我对你的爱让我放弃了前途，放弃了学业，放弃了名誉，难道这些还不够吗？！为什么我就不能做这里的女主人？！她嫁给你是因为她需要你的钱！而我呢？家伟你应该知道的，我从十六岁就爱着你，现在我已经二十九岁了，我爱了这么多年，爱得这么辛苦，难道你就看不见吗？！你说过的，等我到了二十五岁就娶我，可为什么在我二十五岁那年你却娶了二十七岁的她？"一口气说了这么多，Amanda喘着粗气。

"我承认我移情别恋，可我已经给了你一家纺织厂和一千万的资金，难道这些还不够吗？"隋家伟用疲惫的声音说。

"我说过，我要的不是钱！"Amanda的眼泪渗出眼圈。

隋家伟别过头去，说："对不起，我的儿子还在楼上睡觉，请你不要打扰我们。"

"既然你那么爱他们，为什么还在那次回加拿大后和我上床？"她收起眼泪，用嘲讽的语气道。

"那是因为……我受不了她的冷漠。"隋家伟坦白地说。

"那你就从我这里寻安慰？"说着，她用狐狸眼瞪着隋家伟。

"我只能说对不起。"随后，隋家伟便一个字也不说了。

Amanda见他无意再和自己纠缠下去，便知趣地起身："孩子怎么办？"她希望这最后的王牌能起到作用。

隋家伟用手指狠狠地按住额头："打掉。"

两行泪水模糊了眼睛，Amanda快步离开。隋家伟沉沉地叹了口气。可他却不曾想过，这个女人将在隋家掀起怎样的波澜。

此时肇美伶也早已到达林渠，匆忙来到师父刘世微老人的病榻前。刘老已经陷入昏迷，肇美伶和几位师兄弟轮流守候。刘老无儿无女，老伴也已先他而去，弥留之际只能依靠这些弟子。转眼三天过去，老人的情形时好时坏，众人都无法散去，就这样耗着。这天，是三师弟的班，于是肇美伶和曾云蝶得空一起给老人准备寿衣。

这也是二人在六年后的第一次相聚。

"你过得还好吧？"曾云蝶问。

"嗯。"肇美伶有点尴尬地应了一声。

"都六年了，孩子也五岁了吧。"曾云蝶说。

"是啊，六年了，我是不是老了？"肇美伶忽然觉得好沧桑。

曾云蝶看了看她："不，怎么会，你永远都那么美。"他由衷地赞叹着。

肇美伶笑了笑，内心却是感慨万千。眼前正是自己曾爱过的人，可自己却躺在另外一个男人身边，这个世界充满了错位。

"其实，"曾云蝶有些迟疑，"我一直很后悔，有些事，现在我才想明白。"

肇美伶抬起头看着他。

"我一直没有忘记你，而且永远不会！"曾云蝶坚定地说，一时之间，肇美伶不知该说什么才好，便想转身离开，却被他一把拽住。

"美伶，你听我说。"曾云蝶恳求说，"你父亲说你被强奸过的时候，我很无助，很乱……我受不了人们的流言。后来隋家伟来了，见到你父亲在地上破口大骂，而你正好晕倒，于是他给了他钱。我知道，你是因为钱才嫁给他的是不是？你并不爱他！是他用钱抢走了你！"曾云蝶的眼神露着凶光。

"是的，我是为了他的钱，可是——"肇美伶刚想说可是我现在很爱他，却被曾云蝶再次打断。

"现在，我们走吧！我带你走，你父亲已经去世了，你不需要他的钱了，我的工资足够养活你了，怎么样？"说着，他激动地看着肇美伶。

"不，我不可能跟你走，我有孩子——"还没说完，肇美伶竟觉一阵恶心，连连干呕了几下，登时心里一动。

"你怎么了？"曾云蝶关切地问，并伸手去扶她。

"不。"肇美伶忽然挣脱了他的臂膀，"不，我想我该回家了。"说着，她飞快地跑进屋里。

谁知，此时的曾云蝶仿佛失去了控制。美伶要走了，这次她如果走掉，可能就再也不会回来了。于是，他快步跨进屋内，反手关上了房门。

"你要干什么？！"肇美伶愣住了。

曾云蝶什么都没说，一双眼睛已经被欲火点燃，一把将肇美伶按在床上。

"师兄，你？"肇美伶没想到曾云蝶会失去理智。

"你本来就是我的。"曾云蝶喘着粗气说。

"你疯了吗？我怀孕了！是隋家伟的孩子……"肇美伶凄然喊道。

刚才还欲火中烧的曾云蝶一下子僵在那里。

"当初你为什么不留住我？"肇美伶躺在床上喘着气说。

曾云蝶不知所措地退到墙脚，一屁股坐在地上："我真他妈混蛋！"

就这样，两人谁都没再说话，一个小时后，肇美伶收拾好东西。

"师兄，其实我一直都很爱你，从你做我师兄那天起，已经快二十年了啊。可最近我发现我几乎要把你忘了，也许家伟才是真正爱我的人，我应该好好珍惜他，以后我们不要再见了。"说完，肇美伶消失在旅店门口。

肇美伶本来准备好回到家里挨丈夫责骂的，谁知隋家伟竟像什么事也没发生过一样，对她出奇的好，还特地给她买了件碎花连衣裙。久别的二人一夜缠绵后，隋家伟去了加拿大，走得很急，美伶还没来得及到医院检查自己是否真的怀孕，他就匆匆离开了，而且这一去竟连电话都打不通。肇美伶哪里知道，这时的隋家伟是去加拿大陪Amanda打胎。

终于在三个月后，肇美伶迎回了隋家伟，却不料……

"谁的孩子？"隋家伟冷冷地说。

"你的啊！"肇美伶意识到似乎要出什么事。

"有人告诉我，我没在的时候，你去见了别的男人！"隋家伟气愤地说。

"不可能，我从没离开过这里。"肇美伶争辩说。

"谁能证明？"隋家伟点燃了一只雪茄。

"李妈啊！"美伶眨了眨眼睛说。

这些年，她已经习惯了隋家伟的神经质，以前的她从不辩解，但现在她发现自己已经非常爱眼前这个抽雪茄的男人了，所以也开始尝试解释，可这却让隋家伟更相信她是在掩饰，此时的他已经走火入魔。

"哼！"隋家伟用鼻子冷冷地哼了一声。

"李妈！"肇美伶大声喊道。她希望这个家里唯一的仆人能为她作证。

"是。"不一会，李妈从外面进来，躬着身子，斜眼看了看肇美伶。

"你说，我这三个月有没有出去过。"肇美伶有点疲倦，重重地坐回椅子上，轻抚着微微隆起的小腹。

"太太，这我可怎么说啊！您自己做的事情怎么还问我？"说着，她把身子向隋家伟拱了拱，随即把脸扭向一旁。

"你？"肇美伶顿时定定地看着李妈竟说不出一个字。

"你还有什么可说的。把孩子打掉吧！我不想给那个不男不女的人养孩子！"说完隋家伟起身离开。就这样，肇美伶噩梦般的生活开始了。

原来是这样，我愣在那里，手里捧着那封厚厚的信，一切都明了了。

可似乎这里还有一些疑问，算了，来不及想那么多，关键是小林在哪？

我仔细查阅了一下包裹上的地址，准备亲自动身去找小林。

第二天一早，我找到徐欧，他是妇产科的大夫，带孩子应该有一套吧，至少我是这么想的。

"那可不行。"说着，徐欧一个劲摇头。

"管不了那么多了，你务必帮这个忙，否则……"我看着他。

"否则怎么样？"他一脸惊讶地说。

"否则……"当了这么多年老板的我，忽然意识到，此时没理由命令他，

"否则，就没有人能帮我了。"不知道为什么，我的声音变小了，小得连我自己都觉得不适应。

"我从来都没见你这个语气和别人说过话。"说着，他接过了孩子。

"别怜悯我。"我脱口而出。

"怜悯？"他忽然间愣住了。

"哦，我要走了，去找小林。"我忙别过头去。

"关心和怜悯是不一样的，小姐。"说着，他严肃地看着我。

正待我不知该如何回答时，有一个声音说：

"我和你一起去吧。"

我和徐欧一起回过头去，来人是吕意卓。

"你一个人去恐怕不行。"他说。

"可你妈妈。"我知道他的母亲是因为心脏病才住到这里的。

"没事，她还要观察几天再手术，现在一切都安排好了，病情也很稳定。这里有医生和护士，请徐欧帮我照看着吧。"说完，他看了看正抱着孩子冲他挤眉弄眼的徐欧。

"你们真行啊，把什么困难都扔给我。"说着，他不情愿地看着吕意卓。

当我和吕意卓到达三营子时已经是下午三点多了，我们顾不得初冬的寒冷找到曾云蝶的住处，却不料这里已经人去楼空。曾云蝶一生没有娶妻，晚年生活得很孤独。邻居告诉我们说，这个男人一点不像唱戏的，他从不晨练，似乎有意不再碰戏曲这东西，每天最多出来散散步，其余时间就待在家里。他家门前有个不大的院子，里面种了许多花草，却说不出都是些什么，初冬的寒霜已经将它们打得歪歪斜斜。主人久病，院子也无人打扫。

"这里以前可好看了，他种了满院子的玫瑰，一到开花的时候，那个香啊！"说着，一位老妇人轻轻抚弄着院子里的残枝，"哎！可惜哦，这么好的人走喽！"

"他女儿回来过吗？"吕意卓问。

"这个？那就不知道了。不过就在前几天，这里好像来了两个人。"老妇回忆道。

"什么样的人？"我忙追问。

"一个女的，看起来应该挺有钱的样子，另一个是个年轻男人，戴个墨镜，看不清脸。"

"那女人什么样子？"我问。

谁知，那老妇却皱着眉头想不起来。

"是不是狐狸眼？"我忽然想到Amanda的外貌特征。

"哦，对，是。那眼睛挺勾人的呢。"老妇答道。

我已经在来的路上把事情的经过和吕意卓讲得清清楚楚了。这次他也皱了皱眉头，看来事情真如我们想象一般，小林很可能出事了。

"关于这个男人，你还知道什么？"吕意卓问道，口气像极了警察。

"这个……"老妇人一时有些反应不过来。

"大婶，慢慢想。"我安慰着她。

"哦，这个男人刚来的时候，很奇怪，从不和人说话，就算是他小时候的玩伴他都不理，我们都觉得他在城里有出息了，看不起我们这些农村人。不过他倒是挺热心的，有次我孙子掉进村口的池塘里……"说着，她伸手朝村东头指了指，"还是他给救上来的，你给他道谢，他也不理会。所以大家都知道，这实际上是个好人，只是脾气怪了点。"说完，老妇又叹了口气。

"其他的呢？"吕意卓又问道。

"哦，还有……"说着，老妇人拉了拉我的胳膊，又朝屋子里看了看，好像在确定曾云蝶到底有没有在偷听一样。

"您说吧。"我见她这次似乎要说什么关键性的问题，忙催促她。

"嗨！人都死了，这些也不知该不该说！他带着他女儿来这里的时候，我们都觉得好奇怪，因为听同在城里的人说，他根本就没结过婚！"说着，她又看了看屋子的方向。

"大婶，你放心吧，其实我们是他女儿的朋友，这次来是想帮助他们家，希望你能直言。"我解释道。

"哎，好吧。于是，有人猜测，这个女孩和他到底是什么关系。因为一次我家老头曾在地头上无意中听到这父女二人的谈话。这个人不让他女儿叫他爸爸，可那女孩子却固执地和他理论。当时就听她说'你知道我受了多少苦才找到你吗？为什么你到现在还不肯认我，我知道，我就是你的孩子。'"说完，她眨巴着眼睛看着我，仿佛等待着我惊讶的神情。

"原来这么复杂！"我故作吃惊，好引她说下去，这些老太太总是喜欢探究人家的私事。其实，对于小林不是曾云蝶的女儿，我已经心知肚明了。

"还有一次，这里也来了一个女人。"说着，她的脸上浮现出一丝向往，"那个漂亮啊，我从没见过那样的美人，简直就像电影明星……"

像明星一样的女人？难道是肇美伶？

"然后呢？"

"那女人来的时候他正在院子里侍弄花草，他女儿去上学了。这个我是听村西头的老吴太太说的，当时她碰巧从他们家门前经过。那女人问他什么女儿怎么样的事情。可奇怪的是，他却说他没有结婚哪来的女儿。当时老吴太太见他们发生争执，忙躲了起来，怕被看见不好，谁知道竟听他们说到什么解药的事。老吴太太躲在窗户外面，他们二人的话，她也没听太清楚，但她觉得挺奇怪的，好像那女人和他要什么解药，而他说他搬家时给弄丢了，总之最后那女人哭着走了。"

"那他的尸体呢？"我想到了一个问题。

"已经被火葬场的人抬走了。"老太太说，"他家里也没什么亲人，哪里有人送葬啊，再说，他平时也不和人家接触，最后也就只有我来这里简单给他收拾了一下东西。"

"这么说，他女儿并没有回来？"我抓住关键问道。

"是啊，他女儿一直没露面，反正我是没看着。"

原来是这样。

见从老太太那里实在是得不到其他线索了，我们也只能找到村里的招待所住下。我洗漱完毕，发现吕意卓的房间仍亮着灯。敲过门后，我来到他的房间。

"为什么对小林的事这么好奇？"我问道。其实这事他完全可以不管的。

"我不想待在医院。"他说着，语气竟很无奈。

"为什么？你妈妈不是病了吗？你可真不孝顺哦！"我开玩笑地说。

"你不了解。"说着，他把眼睛看向窗外。

"能和我说说吗？"我问道。

"有时候面临选择是很痛苦的，尤其是爱情和家庭。"他懒懒的眼睛里多了些我暂时还读不懂的东西。

"你有女朋友？"我问道，这几日没见他和什么女人联系过啊。

"我也不知道，事情总是很复杂，所以我想逃避，尽量让自己忙碌些，这样才能放松点，不去想那些我解决不了的问题。"他快快地说。

我也陷入了沉默，一直我都沉浸在自己的痛苦悲伤里，却不知道其他人也都在经历着生活的磨难。其实老天对任何人都是公平的。齐玫、青丸、姜瑶、吴亚京、吕意卓，似乎每个人都有自己必须面对却又束手无策的难题。这就是生活吧，总是那样没有头绪。

"对了，你怎么看今天老太太的话。"吕意卓打断了我的思绪。

"哦，我觉得，似乎小林现在正在Amanda手里，可他们为什么一定要难为她我不清楚，暂时也猜不到。但是有一点可以确认的是，曾云蝶他一直都在对小林说谎。"我看着紧皱眉头的吕意卓。他示意我说下去。

"其实，早在他们刚到这里不久，肇美伶就来找过自己的女儿，可曾云蝶因为恨她，竟没告诉她小林其实就在自己身边。他的隐瞒使小林一直以为自己的母亲并不爱她，在她失踪后甚至都没有想过找她。的确，肇美伶是可以料到女儿去处的，因为隋家伟每天都在念叨小林是曾云蝶的野种。这样的话，对一个小孩子来说，影响实在太大了。她生活在父母互相猜疑的环境中，根本得不到爱，只希望找到所谓的生父，做个普通的孩子。结果铸成大错。"我分析着。

"是啊，可是，解药的事情该如何解释？"吕意卓问道。

"这个……"我忽然电光一闪。那包裹里面的青花小瓷瓶。

"可如果是那样的话，这个东西为什么会在曾云蝶这里？"

是啊，这本是肇美伶家传的东西，怎么可能最终落到曾云蝶的手中呢？这当中难道还有什么我们不知道的隐情？

第二天，我提出去曾云蝶的住处看看。这里已经被打扫得很干净，能找到什么线索吗？我反复问自己。

"看来这里很正常。"吕意卓说。我们在屋子里转了几圈，的确没什么特别之处。正待我们要离开的时候，几个孩子从门口经过。他们见到我和吕意卓感到很奇怪。

"喂！你们干什么？"一个小男孩冲我喊道。

"我们……我们是他家的亲属，来收拾东西，你们是谁？"吕意卓走出去蹲在门口看着几个小孩。

带头的孩子大概十几岁，脸色黝黑，瘦瘦的，鼻子上有一道很深的疤痕。

"林叔叔有亲人吗？"说着，他回过头去看着后面的几个孩子。

几个孩子摇了摇头。

"我们是城里来的，你们和林叔叔很好吗？"他问道。

"是的，他是个好人。我掉到水里，还是他救了我呢。"那个孩子坦然地看着吕意卓。

"那能跟我说说你林叔的事吗？"吕意卓的确有一套。

"好啊。"小孩说着，走过来，坐到他旁边的门槛上。

"林叔走的前几天，这里来了两个人，我看见了。"孩子眨着眼睛说，"他们要林叔交出一个叫什么伞的东西。"

"什么？"吕意卓和我大吃一惊。

"是，我当时觉得好奇怪，就躲在外面偷听。那天我本来是想来看看林叔的，可那两个人在我之前进了屋子。他们开着一辆特别好的车，黑色的。我从来没见林叔家来过什么客人，所以觉得好奇，就跟了过去。刚开始他们说话声音太小了，我什么也没听见，可后来林叔好像很生气，声音大了，那两个人也跟着提起嗓门，我才听到的。"

"他们说了什么？"我马上凑了过去。

"他们说……"孩子挠了挠头，学着那两个人的语气，"你不要以为自己躲在这里就没人找得到你，肇美伶是个笨女人，我可不是。把解药给我。"

"接下去呢？"吕意卓问道。

"后来，我看林叔哭了，奇怪，他从来不哭的。然后他又笑了。接着他说，这一切都是报应。其实他们说的这些我都不懂，但那个女的和他要那个什么'伞'的事儿我还是听明白了，她说不给就让他永远见不到女儿。"

我和吕意卓都愣住了。

"我觉得似乎该报警了。"我轻声说道。

吕意卓什么也没说，只是看了看那孩子："还有什么？"

那孩子摇了摇头，看着我们两人："林姐姐有麻烦吗？"

"可能。"我俯下身子看着他清澈的眼睛。

他没再说什么，只是默默地看着自己的脚尖。

就在这时，我的电话突然响了。

"是魏小姐吗？"电话那头传来一个陌生女人的声音，听不出年龄，唯一能确定的就是，这个人我一定不认识。

"是的。"一丝警觉跃上心头。

"太好了，我想你的朋友失踪了吧。"那个女人用轻蔑的口吻说道。

"你是Amanda？"我并不是个笨蛋。

"看来你知道我。她在我这里，我想你不用报警了。"说着，嘴里轻哼了一声。

"你在哪里？"我忙问道。

"这个你不需要知道，不过，我想和你做笔交易。"

"什么交易？"我顿时发觉自己已经卷入一个巨大的漩涡。

"泄香散。"她狠狠地说。

"不知道你说的是什么！"我在心里反复思度，这到底是个什么东西。

"你替我去个地方就知道了。"电话那头，她冷冷地笑着。

"什么地方？"

"复盛，听说你的朋友也在那里。"她好像对什么都了如指掌。

"你怎么知道？"我顿时一惊。

"龄雪，是我。"电话那边传来小林颤抖的声音。

"你好吗？"我焦急地问道。

"是的，我很好。她看到那张报纸……"

还没等她话说完，就被Amanda打断了。

"魏小姐，实话说了吧。我看到了那张报纸，泄香散已经被许家大小姐还回了隋家，而这个许青丸就是你大学时候的同学，我没说错吧。"

"你怎么知道？"我的斗志被她激起，可仍觉得很迷惑。

"以我的能力，调查许青丸顺便查查你，并不是件难事呦！"

我这才明白，原来她派人调查了许青丸，发现我是她的同学。是啊，以前因为小林，我和Amanda的确曾见过面。看来这次真的遇见高手了。

"好吧，你想我怎么做？"看来只有暂时顺从。

"去帮我把那东西偷回来，顺便查查是不是还有个叫移情丹的东西。"说完挂断了电话。

吕意卓站起身："出什么事了？"

我转过身去："看来我们要去趟复盛才行。"

第三季

玫瑰小姐：字条

一转眼，我在复盛已经住了半个多月了。初冬临近，海滨城市的冬季也是温润的。

"看来要下雪了。"我看着外面昏黄的天空。

"你还不回去报到？"许青丸坐在客厅的沙发里，旁边依偎着TOM，她披散着一头卷发，深咖啡色的毛线衫配着一条泛白的牛仔裤，纯净的脸上没有一丝粉妆。

"你连粉底也不擦吗？"我瞥了她一眼，又看向窗外。

"你为什么总把时间浪费在化妆上？"她抬起头，似笑非笑地看着我。

我们在隋家的屋檐下已经相处好多天了，虽然到现在我仍不能原谅她，但似乎她的到来让我终于有了和她一较高下的机会，精神也随之振奋起来。

正在这时电话响了，不一会只听赵妈喊道："齐小姐，少爷找您。"是隋重华，他约我晚上去老酒鬼。看来他有事要单独跟我说。我用余光瞥了瞥许青丸。她仍坐在那里，手里多了本杂志，看得很投入，似乎并不关注我的举动。

晚上，我告诉奶奶要出去逛逛，便准备去赴约。

"你去哪？"许青丸站在我的身后。

"隋重华约我晚上在老酒鬼见面。"我淡淡地说。

"可以叫他晚上回来再谈。"许青丸的语气出奇的严肃。

我回过头去，看着她："为什么？"

"我有种不好的预感。"她的眉头飘过一丝乌云。

"我去去就回，放心好了。"我拎过高跟鞋穿上。

许青丸好像还想说什么，我已经飞快地转身离开了。就在关门的一瞬间，我看到她无奈的眼神和拧紧的眉头。

已经是晚上七点半了，初冬，天色渐黑。我穿着豹纹短风衣，齐腰的发卷随风飘舞。在朦胧的夜色中，我的高跟鞋踩着规律的节奏。

迎面正好驶来一辆出租车，我拦住钻进去。忽然觉得好闷，便随手摇下窗子，看向窗外，一辆辆汽车疾驰而过，激起一股强劲的气流，刺激着我的鼻孔。我就这样呆呆地注视着窗外流动的景色，心里却变得沉沉的。忽然，对面车子里一张脸在我的眼前停住，我顿时一惊。

微微上扬的嘴角，轻蔑的笑容。那是李桥生！

我猛地向后缩回身子，倒吸了口凉气，接下来的是一阵剧烈的心跳。

"怎么了？"司机大哥意识到我的异样，回过头来。

"没……"我看了看他，"没什么。"

他奇怪地又看了看我，才转过头去。我缓缓坐直身体，理了理头发，又用眼睛向窗外瞟去。没有，什么也没有。奇怪，这次竟连一辆汽车都没有。难道是我的错觉？我下意识地趴在车窗上仔细寻找。的确没有。前方只有一辆的士，在以和我们差不多的速度前行着。

来到老酒鬼，已经是晚上快八点了。我一个人坐下，奇怪，重华一向很守时的。十分钟后，我打通了他的手机，竟没人接听。算了，先去下洗手间吧。

通过酒吧狭长的走廊来到尽头画着红色牛头的洗手间，掏出粉饼，镜子里的自己面容洁白。生活已经重新开始，拿出勇气来！我对着镜子努力笑了笑。

"心情不错嘛。"

我一个激灵，缓缓抬起头。镜子里的自己面色惨白，好像刚从坟墓里爬出来的幽灵。一个高大而清瘦的古铜色面孔出现在身后，微微上扬的嘴角，米色的风衣——是李桥生！我顿时僵在那里，浑身的关节似乎失去了活力，除了颤抖我的大脑一片空白。

"很奇怪吧，为什么我能找到这里。"他说着，一只手撩起我的头发放在鼻子下面，微微皱了皱眉头，随即又怅然地舒展了一下。

"你想干什么？！"我的声音有些嘶哑，他迷乱的目光让我感到绝望。

李桥生慢慢抬起头："你怕了？"他的眼里掠过一丝得意。

"为什么？为什么一定要我和你结婚？！"我终于有机会问出了自己一直以来都不明白的问题，"你这样的人没必要被婚姻拴住！"

他的脸色顿时变了，嘴角缓缓下沉，左眼皮微微跳动："否则你怎么保证一辈子都不离开我？可我没想到的是，你竟这么快就背叛了我！"

我心跳加速，只能尽力控制："你不是有很多女人吗？为什么不娶她们？"

他轻哼了一声，紧抿的嘴角神经质地颤抖着。

"为什么？！"我问道。随后将身子略向后撤了撤，希望找个机会逃脱。

谁知他竟然大笑起来，笑得很怆然，竟有几滴眼泪溢了出来："因为你是最像她的人。"

我冷不防的一个问题，竟问出了这个男人心中深藏的秘密。原来他不过是在我身上寻找其他女人的影子。

"这个人是隋蝶住？"我问道。一阵彻骨的寒意袭上心头。

"看来，你知道得不少。"他轻轻把手放在水龙头下面，水花飞溅。

"那直说吧，你想怎么样？"我一边问，一边偷偷将身后背包里的手机握在手里。

"是时候了……"说着，李桥生从兜里掏出一支烟，缓缓放在唇上。随着打火机"啪"的一声，一只手已经死死扣住我的脖子，我刚要喊叫，他用另一只手狠狠捂住我的嘴。

一些画面在我的眼前飞速划过，李桥生扭曲的面孔、蝶住房间的天花板、许青丸临别时的眉头。朦胧中，我感到他的脸和嘴在我的脖颈和胸前滑行，好像要吸走我周身的能量。

我整个人都在下沉，无力的双手在背后死死按住了一号键。

重华啊，你在哪里？

正在意识逐渐从我身上抽离的时候，门忽然"砰"的一声被人踢开，紧接着搏斗声传来，我拼命地大口喘着气，空气猛地灌进口鼻。一时间胸腔如炸裂般的疼痛，我只看见一个穿着灰衣服白裤子的人和李桥生滚在了一起。

待我再次醒来时，重华焦急的脸出现在我的眼前。

"太好了，你醒了！"他开心地握着我的手。

"这是在哪里？"

"当然是在医院。"他笑着说。

"你是怎么赶到的？"

"我接到你的电话，可不知道为什么你不说话，我只听见电话那边有个男人的声音，他好像在欺负你。当时我很着急，不知道你是在哪里。那时我已经到老酒鬼了，忽然电话里传来一声非常大的踢门声，同时洗手间的门发出了很大的声响，很多人都听见了，我就马上奔向洗手间。"他说着，表情越来越严肃。

"是这样……"我松了口气，"可……"我抬头看着他的眼睛，"到底是谁第一时间赶到我身边的？"

他看了看我："那个人在我到来以后就离开了，是个中年人，个子不高，很瘦弱。"

"那个男人呢？我是说……欺负我的那个人？"我不知该怎么跟他说李桥生的事情。

"我冲到洗手间的时候，他正好夺门而出，撞到我身上。我当时并不清楚状况，没有适时拦住他，是我的疏忽……"

"哦，是这样。"我真希望李桥生已经被抓住。

"不过那个人的脸我看清了，我刚刚报了案，你放心好了。别想那么多了，好好休息一下吧。"隋重华握着我的手，用另一只手深情地抚上我的额头，白色的衬衫上多了些许汗渍，"小玫，对不起，我晚了几分钟……以后，我不会再让你出事了。上次你在蝶住的房间晕倒，我一直想让你回申州，但，现在，我想留住你，留在我身边，我会保护你。"

"保护我？"一股暖流从心底涌起。

"是的，我没想到回国后会碰上你，而你却几次在我眼前发生危险。"他说着，额头上现出一根青筋，"一直以来，甚至是你发生危险的前一秒钟，我还想叫你离开复盛。可当我在电话里听到那个男人的声音，听到你的挣扎……"他紧握着我的手，顿了一下，似乎在缓解激动的情绪，"我浑身的细胞都在咆哮，这不是对妹妹的感情，是爱。"

我看着他，简直不敢相信自己的耳朵，有许青丸的地方我总是不能自信，可这次我没想到，重华真的爱上了我。

除了惊吓外，我的身体并没有受到太大的伤害，一直在心底默默感激那个第一时间赶来救我的人。重华说要把我们的事告诉奶奶，我很开心。可令我万万没有想到的是，当我在两天后回到隋家时，许青丸铁青着一张脸站在门口。

　　"干嘛一副死人面孔？"我轻蔑地哼了一声，顺脚把门边的拖鞋穿上，扔掉挂在手臂上的包包。这几天在医院，回到家还真舒服啊！

　　"赵妈，给我杯咖啡，送到楼上。"我喊道，暗自得意，我已经是这个屋子的女主人了。隋重华的女人，就是这个家里的女皇，我有资格命令任何一个人。

　　"哦，是。"赵妈见我突然间转变态度，愣了一下才缩进厨房里。

　　推开蝶住的房门，我把沉重的豹纹风衣甩在床上，脱下里面的黑色套头毛衫。后面许青丸"咚咚"的脚步声停在了门口。

　　"为什么？"她愤愤道。

　　"什么为什么？"隋重华的告白让我变得越发嚣张，好像终于找到了可以发泄不良情绪的理由，尤其是在许青丸身上，我终于可以平视她了。

　　"为什么不听我的？"她抱着双臂，还是一身天蓝色的运动服。

　　"你是说去老酒鬼？"我把衣服脱得只剩一件胸罩，转过身去对着她。

　　"你知道自己面临什么样的危险，可为什么还单独出门？我说了，这样很不安全！"许青丸有点愤怒了。我站直身体，把脸凑到她的眼前。她的身高和我不相上下，我看着她那双黑白分明的大眼睛："真不明白你怕什么！重华会保护我的。"我故意扬了扬眉毛。

　　她无奈地摇了摇头："可，张怀敬来电话了，现在他正在来复盛的路上。你准备怎么处理？"她好像很疲惫，一屁股坐在我的床上。我也惊呆了，"他怎么会来？是你告诉他的？"我狠狠地看着眼前的许青丸。

　　"你醒醒吧。张怀敬打你手机总是关机，他能不着急吗？现在他已经办好工作，人都去了申州，可到申师大一问，说你居然还没上班，他自然会联系我，问我有没有你的消息，我能说什么？"许青丸腾地站了起来，伸手把椅子上的一件粉白色开衫丢给我。

　　我愣愣地接过打在身上的衣服，一时间不知道该说些什么。

　　"如果选择他，就不要再利用隋重华，否则，就老老实实告诉张怀敬你已经爱上别人了。"许青丸转身离开，走的时候狠狠地带上了房门。随着砰的一声门响，我瘫坐在床上。事情总是在我毫无防备的时候突然发生戏剧性的变化。

张怀敬，隋重华，隋重华，张怀敬……我一遍又一遍地重复着。这两个人都爱着我，可我呢？我爱谁？为什么问到自己这个问题的时候，才发现心里空空的。我好像从没爱过，从没为谁付出过。和张怀敬在一起是为了躲避李桥生，和隋重华在一起是为了永远甩掉李桥生，而和李桥生在一起仅仅是为了考研。天哪，这就是我的爱情吗？

一上午我都没有再出过房门，我在思考该怎样甩掉张怀敬。可毕竟他曾毫无怨言地帮助过我。但生活就是这么残酷。我不想请求他的原谅，我只知道，有些人如果错过就再也找不回来了。

晚上，六点十五分，隋家大小正在进餐。

"难得今天人这么齐，"隋重华抬头看了看章知远，"过两天我们一起去旅行吧。"

章知远看了看他，又看了看我，只咧嘴笑了笑。他以前不是这个样子的。

"去云海吧。"重华说。

"好啊，那里这个时候去最美了。听说有低低的云层，很厚很厚，好像结了冰一样挂在半山腰，而且那里旅馆都很有特色，去玩玩吧！"奶奶笑眯眯地看着重华和许青丸说。看来，她现在并不知道我和重华的事。许青丸似乎胃口不好，顿了顿："对不起，我吃不下，先回房间了。"说着，她站起身子，临走时狠狠瞥了我一眼。

我有些得意，暗自好笑。还口口声声说自己不喜欢重华，现在知道我们在一起又这副嘴脸，真是虚伪。

"哦，我也吃好了，你们慢用吧，我还要给你美国的姨奶奶打个电话。"说着，奶奶也起身离开了。

我和隋重华对视了一下，还没等我说话，章知远就开口了："或许有件事我该告诉你。"说着，他笑眯眯地看着我。

"什么事？"我说。

这时，我发现隋重华狠狠地瞪着章知远，似乎示意他不要说。

244 猎香

"哦，是这样的，"章知远假装没看见，这倒很符合他的性格，"还记得你从天棚上找到的那张字条吗？"他很神秘地看着我，声音压得很低。

"记得，怎么？"我说。

"知远——"重华想阻止他。

"齐玫应该知道。"他连看都没看重华，兀自说了下去，"其实，重华分析蝶住是在离开前把什么东西藏在某个地方，而这个地方，很可能是园子……"

我终于恍然大悟。难怪他深更半夜在院子里乱挖，就是为了找寻蝶住留下的线索。我忙看了看重华，只见他表情严肃极了："好吧，跟我来。"

我忙放下碗筷随重华来到楼上，章知远懒懒地跟在我的后面。不知道为什么，我总觉得这个人变了，似乎对我不再那么热情，是什么使他在一瞬间对我生疏了呢？

来到重华的书房。

"齐玫，我本不想告诉你这些，是希望你不要再参与到这复杂的状况中来，可是这个家伙……"说着，他瞥了倚在门边的章知远一眼。

其实我早就对这件事情不关心了，只要能抓住重华，一切问题都可以解决，但我还是尽量做出很惊讶的表情示意重华说下去。

"是这样的……"重华从书桌的抽屉中掏出一个黑皮面的笔记本，这个本子我见过，当初重华就是把那纸条夹在里面的。他翻开本子，抽出那张已经被透明胶带粘好的字条。

原来的字迹很不清楚，那些断掉的字节已然被人用红笔重新填写好了。

"我刚看到这个字条，也觉得没有头绪。前面的内容很好理解，大概意思应该是这样的：蝶住发现了什么让她认定自己不是爸爸亲生女儿的证据，然后决定离开这个家，可后面的这句话就有问题了……"说着，他指了指字条。

> 看来只能找……了，只有他是真……我的……。我把……在……子，
> 永远也不让……就当……留在……唯一……

这里重华没有进行填补，留下了断断续续的空白。章知远凑过来，坐到旁

边的沙发上，用奇怪的眼神看着我。重华并没有理会他："看来，她可能去找了什么人，这个人和她很熟悉，可蝶住从没和其他人说起过这个神秘人。现在我的猜测是，这个人很可能就是帮助蝶住离家出走的人。"重华显得有些兴奋。

"这和你去园子里有什么关系？"我问道。

"你注意到下面的话了吗？"坐在一旁的章知远终于发话了，"蝶住想把什么东西留在家中，作为她曾经在这里生活过的唯一纪念。我们只能从她留下的东西下手，结果真的被重华猜中了。"说完，他微笑着看了看重华。

重华坚定地点了点头："是的，我那天就躺在这里，"说着，他指了指章知远坐的沙发，突然间想到，"她很可能把东西藏到她平时最喜欢去的地方。……子，可能是柜子，于是，我便偷偷起身去了阁楼。"

"阁楼？"我觉得很奇怪。

"是的，以前我们总到那里玩。那个时候许小姐还没来，阁楼里什么也没有。我找遍了每个柜子，甚至地板缝。可结果什么都没找到。后来忽然想到，还有一个地方。"

"园子？"我和章知远齐声说道。

"没错。"重华看着我。

其实发现重华床下泥泞的皮鞋后，我就知道那天并不是梦，一切都是真的。可今天听重华亲口承认，还是让我吃惊不小。

"对不起，我不想你和奶奶担心，所以……"重华看着我说。

"可你发现了什么？"我迫不及待地问。

"这个……"说着，重华从另一个抽屉里拿出一个小方盒子放在桌上。

这是一个透明的餐盒，是可以放进微波炉用的那种，被泥土埋了这么久，却也并没有什么损坏，只是微微发黄，上面还有泥沙擦磨的痕迹。透过盒子可以清晰地看见，里面是一本厚厚的笔记本，淡蓝色的封皮上还有两个正在飞舞的小天使。重华打开盒子，拿出日记本。

"我没想到竟然是本日记，我们可以从中得到很多线索。"重华开心地说。

"由此我们可以断定，蝶住并没有死。"说话的是章知远。

"何以见得？"我看着那厚厚的日记本说。

"我第二天便带到了公司，那一天我取消了所有的会议和应酬，一字不漏地仔细翻阅了整本日记。"

"写了什么？"我忙问道。

"原来是这样的。蝶住那时候被送到申州住校，情绪很低落的时候认识了一个画画的男生，和这个男生很谈得来。渐渐的蝶住爱上了他，而这个男生也发誓要为她做任何事情。蝶住只告诉他自己叫小林，因为她觉得自己并不是隋家的孙女。在她小小的内心中，这个家没有一丝温情。从生下来她就处在爸爸妈妈的争吵中，每天都在担心忧虑中过活。她在日记里说了这样的话：'对我来说，这个家没有温暖，我很怕爸爸，可我又是那么喜欢他。可爸爸不喜欢我。妈妈就像没有灵魂的躯壳，每天都在唱我听不懂的东西，很怕人。一次夜里我去洗手间，发现妈妈一个人在客厅，穿着戏服咿咿呀呀唱着什么。从此以后，她那张惨白的面孔和青白的水袖总出现在我的梦里。我经常被吓醒。这个家里唯一对我好的人是奶奶，可奶奶身体不好总在国外，我很寂寞！还有另一个人就是李妈，说不好为什么，我不喜欢她，因为她对妈妈说话总是阴阳怪气的，可对我还是很好的。她经常安慰我，说妈妈精神不好，说这都是命。李妈是家里的老人了，很多事她都知道……'"重华停了下来，看了看我。

"然后呢？"我看着他。

他又向后翻了几页，原来这些地方，他都插了纸条，看来他已经在重要的位置做好了标记。

"'我和他经常在顶楼见面，每次都不说什么，可心里觉得很快乐。这样的快乐对我来说实在是太少了。他长得很好看，有点像爸爸，我喜欢所有像爸爸的人。今天他拿来了他的作品，很漂亮。我不懂美术，可还是觉得很好看，那么亮的黄色很夺目。我们就这样坐着，谁也不说话。忽然他转过头来看我，我很纳闷，问他看什么。他说，今天我身上有种很特别的香味。我笑了，想起昨天晚上发现妈妈好久不戴的香瓶掉在地上，便偷偷放进口袋里。于是，我开心地朝他摇了摇手里的深红色小瓶子。他的表情很怪，竟要伸手来拿。我忙收了手，那瓶子是栓了红绳挂在脖子上的。他一定是喜欢这味道而忘形了，见我把瓶子塞回衣服里，他也觉得很不好意思……'"

"等等，这是什么意思？"我发现了问题，叫住了重华。

"这是关键所在，"坐在沙发上的章知远说道，"蝶住偷拿了肇阿姨的香瓶，这香瓶里面装的……"

"就是泄香散。"重华说道。

"是什么？"我愣愣地看着二人，"是盒子里能导致幻觉的东西吗？"我忽然把好多事情联系起来了。

二人赞赏地点了点头。

我真没想到原来事情是这样的！那个神秘的东西叫做"泄香散"。

"我很想知道盒子里的东西是什么样的。"我看着重华说。

"是红色的粉末，有点像沙子。"许青丸站在门口，抱着双臂看着我们。

"你在偷听？"我很气愤。

"你们又没关门。"许青丸径直走了进来。

"你怎么知道里面有什么？"我惊奇地问道。

重华也疑惑地看着她，这次就连章知远也觉得奇怪了。

"别忘了，这东西是我叔叔送还的。"许青丸轻轻坐下。

"这么说你打开过盒子？"隋重华瞪大眼睛看着她。

"而且，你不被那气味控制！"章知远也惊讶地看着她。

一股无名怒火从我胸中燃起。

她点了点头："和你一样。"说着，看了看愣在那里的重华。

"这，太神奇了。"章知远很兴奋，站起来把手搭在重华的肩头，"可你是遗传，许小姐又是为什么呢？"

"叫我青丸就好了。"许青丸笑了笑。

我最讨厌她这样的笑，浅浅地露出一个小虎牙。奇怪，她的皮肤越来越好，光泽剔透，虽不是很白，却均匀柔腻。那双黑白分明的大眼睛总是神采飞扬，真令人气愤。

"下面还有。"重华说道。他又重新拿起手中的日记，示意大家把精力收回到他手里的东西上。接着，重华读到了一个令人震惊的段落。

一个星期天，蝶住自己去了学校的顶楼平台。她心情很不好，可不知该如何发泄，因为就在前一天晚上，一个叫Amanda的女人找到她，说："你现在的爸爸不是亲生的！你的生父另有其人。这个人现在在林渠京剧团，艺名叫曾云蝶，所以你妈才给你取名蝶住。"蝶住不相信，那女人说："不信你可以去问李妈，她什么都知道。"就这样，天真的蝶住请假回到复盛，想找李妈问个究竟，却发现李妈正在卧室给老太太打电话，只听她不住地说："是我的错，老太太您别生气，现在蝶住还不知道，事情就这样算了。她妈妈也可怜，明明不爱少爷却为了钱。哎！老太太，虽然曾云蝶是蝶住的生父，可也不能就这样将小姐送走啊！"蝶住简直被吓住了，原来奶奶已经计划将她送走！

正在这时，李妈发现了立在门口的蝶住，她意识到蝶住什么都听到了，一脸的尴尬。

"小姐，对不起，刚刚是老太太打来电话。"李妈不知该如何向她解释。

"李妈，奶奶要将我送到哪里？"蝶住很怕，她不知道自己如风中之烛的小小生命还要面临多大的波澜。

"孤儿院。"李妈说着，用手轻轻抚着蝶住的后背。

蝶住一下子崩溃了："我该怎么办？"

"孩子，离开这里吧，去找你的亲生父亲，否则就要去孤儿院，那里不是你去的地方啊！"李妈佝偻着身子用衣襟擦着眼角的泪痕。

"走？"蝶住一直封闭在这隋家老宅里，她真不知道自己该何去何从。

"这样吧，"说着，李妈从兜里掏出了几百块钱，"这些钱你拿着，也许以后你奶奶年纪大了，就认你了。毕竟你也是少夫人的女儿，可惜现在少夫人疯疯癫癫，先去你亲爸爸那里避一避吧。"

蝶住接了钱却愣在那里，不知该如何是好。

"难道这就是蝶住离家出走的原因？"我惊讶地问道。

重华停下来，抬头看了看我们："我估计的的确没错，李妈有问题。"

"难道你们一开始就怀疑她？"我问道。

重华点了点头。李妈是奶奶从加拿大派回来的，她一直是隋家的忠仆，世代跟随隋家做事，她的女儿也是隋家出钱读书留学的。

"问题是……"许青丸微微皱了下眉头，"难道奶奶真想送蝶住去孤儿院？"

重华赞赏地看着青丸："没错，我也发现这里很蹊跷。"

章知远又坐回墙角的沙发道："奶奶绝对不会这么做，直到今天她都在寻找蝶住的下落。"他草绿色的丝巾在紫灰色衬衫领口显得格外精致。

"难道李妈在撒谎？"我插嘴道。

重华沉沉地点了点头："蝶住一直认为奶奶是最疼她的人，可李妈却说奶奶要送她走，我们可以设想一下，此刻的蝶住是什么心情。"

"万念俱灰……"许青丸轻声道。

"而且，以蝶住当时内向的性格，她一定没有勇气问奶奶。"章知远道。

"可李妈为什么要在蝶住面前演这么一出戏呢？"许青丸自言自语。

一时之间，大家陷入了沉思。的确，李妈的动机在哪里呢？

正在这时，青丸的手机和隋重华的手机同时响了。

重华接了电话，却忽地从沙发上弹了起来："失火！？"

与此同时，许青丸的脸色骤然变化。

"等等，我马上去。"重华从衣柜里拉出西装。章知远快步跟了上去。

"怎么回事？"章知远问道。

"金艺着火了。"重华大声道。

在我正愣在一旁的工夫，许青丸已经将电话递给了我。张怀敬真的来了！我支支吾吾地应付两句，约好见面地点后，便慌乱地挂了电话。许青丸要和我一起去，没想到，被重华听见了，已经走到门口的他又折了回来。

"不可以。我回来前哪都不可以去！我不能再看着你出事！"他眼睛里燃烧着强烈的不安，似乎觉得只要我出去了，就不会回来。

"我和青丸去就好了，你公司失火，你快去吧，我不会出事的。"我说。心里竟真有点感动。

"不可以！我说了不可以！"他看看我，又看看青丸。

我们一时僵在那里，谁也不知道是否该让步。

"这样，重华你去应该可以处理。我陪齐玫去。放心，不会出事的。"章知远打破了尴尬。

见知远这么说，重华终于妥协了。

我坐在章知远的车里，回头看了看站在门口的许青丸。银色的宝马穿梭在笔直的马路上，与各式交通工具擦肩而过。我用眼角偷瞄了下章知远，还没等我说话，他倒是先开口了。

"什么朋友这么重要？这么晚了还要去接站。"章知远问道。

"以前的同学。"我顺口扯了个谎。

"重华是我的好朋友，我不希望他受伤。"他的话好像有着弦外之音。

"什么意思？"我问道。

"一会儿我在门口等你。"他什么都没再说。

我们就这样在沉默中到达车站。天忽然开始落雨。人群中，我很快发现一个穿着宽大浅色棉服、围着黑色大围巾的身影。

"快走，我已经给你定了旅馆。"我大声说，雨已经越来越大了。

"那你去哪里啊？"张怀敬问道。

"这里是我家，我知道该去什么地方，快去吧，明晚我们老酒鬼见。"我说着，给了他一张快乐行者旅馆的房卡。这旅馆就在车站旁边，站在这里已经看得见了。

"怎么这么匆忙？"张怀敬问道。

"我还有事。你快去吧。"我搪塞着。

"那这个先给你。"他伸手递给我一本日记。

"这是什么？"我说。

"姜瑶的日记。"

我怀揣着日记本回到隋家。洗过脸爬到床上，已经九点了，重华还没回来。我打了个电话给他，他说那边情况不乐观，恐怕要晚点回来。于是，我翻开了那本姜瑶的日记。怎么每个人都喜欢写日记呢！

咖啡色的纸页上姜瑶的字迹洋洋洒洒。我仿佛看到一个趴在床上一手执笔，一手撑住脸颊的女人，小麦色的皮肤，轻盈的眉毛，尖尖的下巴，桃红色的唇。夜晚温暖的光辉中，宛如一朵沁人心脾的蔷薇花。

蔷薇有刺，攀援而上，花开妖冶，闪瞬即逝。姜瑶，你是另一个我。

    2003年7月15日，晴。

    毕业了，终于毕业了。一切都将重新展开。同学们都依依不舍，只有我。一朵凶艳的妖媚之花正在我心中悄然升起。

从上学那天起，和齐玫、许青丸、魏龄雪生活在一起，我就注定只是蔷薇。没有玫瑰香艳迷人，也没有牡丹磅礴端丽，更没有百合清新温存。我只是掩盖在玫瑰光环之下的蔷薇，同样通体利刺，同样芬芳秀美，同样希望独占阳光雨露，却永远只能叫做蔷薇。可慢慢我发现，蔷薇有蔷薇的好处，在牡丹倾国倾城、独占天机时，当玫瑰伸展腰肢、姿情惬意时，恰百合暗自生香、坦荡安宁时，蔷薇已奋起带刺的手臂，借力而上，施展其凌霄之势。

我考上研究生，大家都以为是苦学的结果，其实并不是。许青丸也很用心，但她不会利用资源，她注定只能孤芳自赏。而我和齐玫是一样的人，她利用了李桥生，并且很成功。但谁也不知道我的事。在寝室我很低调，从不和人谈论自己的计划。那是因为早在大二，我就先她们一步，为自己的将来打下了坚实的基础。

我们当时的油画教授——权明寻，是我现在的研究生导师。大二的时候他给我们上油画课，那时我是学生会干部，经常单独到他的办公室。刚开始他还很正经，后来……呵呵。男人，不过如此。

权明寻五十三岁，妻子是外科医生，有一个儿子，名叫权奎。

他和妻子感情很不好，因为几年前，他曾和自己的研究生女学生搞婚外情，被他妻子发现，一直闹着离婚，结果因为儿子拖到现在。权奎是在去年结的婚。

我经常去他那，时间长了，他便按捺不住，时不时约我出去。我见时机成熟，便直接和他提出了要求。

我现在还记得当时他的嘴脸。听说我想考研究生，他一本正地说，这个不容易；当我坐到他的膝盖上，他说，不过专业可以通融一下；当我脱去外衣露出小麦色健康的肩膀和深深的乳沟，他说看来他可以弄到一些试题；当我把牛仔裤甩到墙角，他盯着我平坦的小腹，咽了咽口水说，其实考他的研究生不过是他说了算。但是如果我可以转个身，他愿意帮我弄个保研的名额。于是，我用朱红的唇瓣冲他挑逗地笑了笑，扭动着腰肢轻盈地转了个身，这个老色狼看到了我的黑色透明T裤。

接下来的日子里，我不停和他约会，我们到不同的酒店，消费很高。我知道他在外面有家装修公司，钱对他来说，就是买乐趣的。每次他都吃很多药，药盒上印着各式各样的性感女郎，这个老色狼的身体好得很。

可我仍讨厌他身上的味道，严重的口臭夹杂着臭汗味，让人作呕。但我仍保持着微笑，从小学过舞蹈的我可以摆出很多平常人做不出的姿势，可这老男人他并不真做什么，我知道他是怕出事，怕留下什么证据。每次他都带来各式各样的情趣装让我穿上，而他就像一条老不死的狗……

我看得惊心动魄。我们同住一个屋檐下，却没人察觉她有什么不对劲。姜瑶真是个可怕的女人啊！她为了考研竟和那个老头子做了这样的事，难怪那时候权明寻总在上课的时候夸她，原来是这样的。

我大致翻了一下，这日记本很厚，但上面最早的日期就是这篇。原来姜瑶是从毕业后才开始写的，大概是祭奠那些不堪回首的岁月。姜瑶在写这些的时候想着什么呢？

2003年7月17日，阴。

现在想来一切都像是昨天。我经常和权老头子出去的事，被他儿子发现了。那是个星期五的晚上，已经十点多了，我和老头子来到红枫国际酒店。

707，这是我们长期预订的套房。因为我喜欢这里宽大的欧式沙发和满墙的肉粉色玫瑰壁纸。落地的穿衣镜镶着镂空的花边，金色的宽大窗帘厚厚的，仿佛舞台上的幕布。铁艺高床上披裹金色纱幔，柔软的米色羊毛地毯舒适极了。

躺在盛满玫瑰色泡沫的大浴缸里，我舒服地浸泡着身体的每一个部位。当我披着绛紫色的薄纱睡衣出现在浴室门口时，那个老男人已经躺在沙发里，灌下药了。

他喜欢开着暖黄的灯光，给整个屋子制造出一种瑰丽堂皇的氛围，而我也是个聪明的女人，配合着这暧昧的格调，当然要上演点什么。

在绛紫色的薄纱轻轻滑落的同时，一个人冲了进来……

这是我第一次见到权奎。

一米八零的身高，壮实的身体。闪光灯让我不得不用手臂挡在眼前……该死的，我被人拍照了。权老头子慌乱中穿错了裤子，只听见他大声道："臭小子，你敢和老子玩这套把戏！"

"没办法，要不就给我妈一百万！"权奎洪钟般的声音在我头顶响起。

"一百万？"我放下挡在眼前的手臂，愣愣地看着眼前这个身材魁梧的年轻人。

也许这时权奎才真正看向我这里，我什么都没穿，除了脚边的睡衣。他直直地看着我，什么也没说。

一个星期后，我听说权明寻和妻子离婚了，他给了那女人一百万。

他开始回避我，这倒和我事先预想的不一样了。离了婚应该更方便吧。终于有一天，我到他的办公室，却碰上了另外一个女生，她像蛇一样缠在权老头子的脖子上。我冷哼着离开了。那个时候，我二十三岁，却被一个快六十的老头子甩了。正在我寻找下一个攀附的目标时，权奎打通了我的电话。再次见到他，才知道他是散打教练，难怪那身精悍的肌肉让人觉得很扎眼。他甩给我一个信封，然后眯起眼睛盯着我。原来是我的照片，照片里的我，简直就是艺术品。他简单明了地提出要求，我笑着勾起他的手臂。还是707号房，不过这次的男主角换成了年轻英武的权奎。而我的交换条件是让他用我和他爸爸的照片牵制权明寻，交换我的研究生名额。这一仗我打得很漂亮……

正在这时，外面传来咚咚的脚步声。是重华。我忙跑下床打开门。他面露疲惫，一只脚刚踩在最后一节台阶上。他张开双臂，我忙不迭投入他的怀抱。

"你可回来了！"我撒娇地说，心里充满了无限的幸福。

姜瑶要是坚持到现在，是不是也会碰到这样一个可以托付一生的男人？可她没有机会了，

"今天的事太突然了。"重华的身体显得异常沉重。

"到底是怎么回事？"

他拖着我的手，来到他的卧室，"砰"的一声关了门。我顿时一愣。他整

个人倚在门边，俯视着我，眼里流露出无限的温情，"小玫，嫁给我好吗？"他说着，双手抚上我的肩头。

我忙笑了笑："为什么说这个？"

他一手从后面揽起我，一手绕到前面轻抚我的额头："今天我很累，火很大，消防队的人忙了好一阵子才灭掉，初步判断是有人纵火。"他坚毅的脸上的确布满了疲惫，伸手松开他的衬衫和领带，露出坚实的胸膛，那些线条分明的肌肉光泽熠熠。

"等一切都处理完毕就嫁给我吧。到公司来帮我好吗？当然，如果你坚持不放弃学校那边的工作，我会同意你先回申州的。"他轻声在我耳边叙述着对未来的安排，小心翼翼地。

"让我考虑一下吧，我很喜欢我的工作。"我撇了撇嘴，用手指轻轻触摸着他紧实的胸膛。其实，这不过是我的撒娇罢了。天知道，当听见他的求婚后，我有生以来第一次有了全胜的感觉。

他笑了笑："知道我最喜欢你什么吗？"

"什么？"我抬起头，迎向他成熟俊朗的脸颊。

"自立。我最欣赏这样的女人，你是极品知道吗？"

我能闻到他身上清新的体香。我笑了笑，递上了一抹红唇。

我不想再看姜瑶的日记了，那好像是重新翻看我自己的经历，尽管她的遭遇更加不堪。不过今天的我已经不同于往日，嫁给隋重华就意味着拥有上亿资产，飞升为加拿大籍华人，每天什么不做都可以享受最安逸幸福的生活，可以成为殿堂级的购物狂。真难以相信，从现在开始，买东西不必再看价签了！如果说许青丸是公主，那我则是真正的皇后。一个女人的父亲如何富有，也不如她的丈夫是人中龙凤。许青丸，风水终于转到我这里了！

现在我要做的就是尽快赶走张怀敬。我盘算着该如何应对那个不速之客。

第二天，我还没起床，许青丸就跑到我的卧室来。令我更惊讶的是，魏龄雪竟然来了复盛！青丸要约我一同去接站。我却没这个心情。

"今天我有事。"我快快地爬了起来。

她定定地看着我："是去和张怀敬摊牌？"

"是的，没什么可说的，我必须甩掉他。"连我自己都没想到，说出这话的时候，我的心竟然很平静。

"你真是冷血。"许青丸看了看我。

"以后别这么跟我说话，重华已经跟我求婚了！"我炫耀地看着她。

许青丸穿着白色的运动服，仍然没有化妆："你知道吗？我联系过李桥生，可他换号了……"

"你联系他干什么？"我顿时疑惑地看着她。

她瞥了我一眼："因为我答应过张怀敬，如果可能找李桥生谈谈，请他放过你。可我没想到你竟要迫不及待地甩掉他！"许青丸这次真的生气了，我还从未见她这样过。

我扯了根皮筋把头发捆起来："现在我不需要你们的帮助了。我有重华。"我得意地擦着她的肩膀下楼去了。

我约张怀敬去老酒鬼见面，其实自从那次出事以后，我对这个地方仍然心存余悸，可当时为了搪塞张怀敬竟脱口说了这里，心里着实有些打鼓。老酒鬼里一切都还是老样子，昏黄的灯光，暧昧的男男女女。我找了个显眼的位子坐下，因为是白天这里人很少。白天的服务员和晚上的是不同的人，因此各个都是精神百倍。我暗自排演着待会儿的见面，不知不觉中一个男人在对面坐了下来。我猛地抬头，惊讶地发现来人竟是继父！几日不见，他的头发又白了好多，脸上的皱纹深深浅浅，嘴唇苍白，目光也有些浑浊。

"怎么是你？"我诧异地问。

"你自己来的？"说着，他探头探脑地四处看了看。

我厌恶地瞪了他一眼："我倒想问你。"说完，把目光移向窗外的大榆树。

"那天的男人是谁？"他点了根烟狠狠看着我。

我扭过头："什么男人？"

"那个差点弄死你的男人？"

我顿时一惊："你怎么知道？那天你也在这里？"

"哼。"他冷哼了一声，"当时我去洗手间……"

我手里的咖啡差点掉在地上："是你救了我？"

他没说什么，只是狠狠地吸了几口烟，然后郑重地看着我说："你是不是遇到什么麻烦了？"

真没想到，原来我准备千恩万谢的救命恩人竟是他！

"还有，为什么不回申州上班？上次我在这里看到你，却没机会问你。这次能给我一个满意的解释吗？"他这次倒是像极了一个父亲。

我该告诉他吗？我能相信他吗？正在我犹豫不决时，张怀敬已经出现在门口。"我只能说这一切都是有原因的。至于那个男人，是个无赖，我也不认识。我有朋友来了，希望你先离开。"我正色道。怕他坏了我的事。

"好吧，不过你别忘了，我也算是你爸爸，不管以前发生过什么事，都这么算了吧。以后如果有机会我会找你谈谈。"说完他立刻起身离开了。

"别告诉妈妈见过我。"我小声道。

他什么也没说。我知道他不会告诉妈妈。他在这里见到我已经不止一次了，也许他是怕妈妈担心。也许他是真爱妈妈的。

张怀敬很快发现了我。他仍背着美军包包，头戴鸭舌帽，身穿伞兵裤，上身是一件特大的黑色厚毛衣。

"这些日子怎么总不开机啊！"他握住我的手，一股暖流顿时袭上心头。

我一时有些语塞，不知该如何告诉他自己的想法。

"为什么不回申州？"他温和的语气让人觉得很安全。

"恐怕不能回去了。"我低下头。

他疑惑地看着我。

"对不起，我爱上了别人。"我选择了最直接的方法，有时候这是最有效的。我不想以那些冠冕堂皇的理由拒绝他。

他的微笑一下子冷却了。在短暂的沉默过后，叹了口气："是个什么样的人？"他似乎并没有太惊讶，只是声音异常低沉。

"我只能告诉你这些，很抱歉。"我说，并从他的手里抽回了手。

"他能保护你吗？"他定定地说，竟从兜里掏出一盒烟来。

他不抽烟的。

"是因为我吗？"我知道他听得懂我的问话。

他没说话，只是把烟点着放到嘴边："好吧，既然你已经决定了，我放你走。"他吐出一个白色的烟圈，然后将头垂了下去。我看不到他的眼睛，于是也只能默默将脸转向窗外。

我有些疑惑地看着他，不明白他为什么这么轻易就选择放手。

"你真就这么原谅我了？"我试探地问道。

他并没有看我，只是从包里面拿出一包东西，用报纸包得严严实实，是烤红薯。

"趁热吃了吧。"他的声音很低，仿佛掉进了谷底。

我望着热气腾腾的烤红薯，心里五味翻转。记得在旅阳时他就经常带着烤红薯来看我，那时候我非常落寞。那烤红薯好像冬日里的暖炉，让我得到短暂的安心和慰藉。而今，这热乎乎的红薯放在眼前，却变得难以下咽。

"是我的错。"我尽力不让眼泪掉下来。

窗外飘起了雪花，不大，细细疏疏，渐渐把地面染成了白色。

"没什么对不起的。"他盯着飘飘扬扬的雪珠喃喃自语。

我不解地抬起头。

"是我自己痴心妄想，你不是属于我的女人，你有着非凡的梦想，也有充分的理由和资本追求这些梦想。而我，我只是个小小的美编，每天做着同样的事，还乐此不疲。我们是多么不同的人啊！"他慨叹着，却始终不愿抬头看我。

"别这么说。"我的话又被自己硬生生咽了回去。我明明就是嫌他穷，不能担负起我的奢侈生活，而且艺术对我来说，不过是获取财富和名望的手段罢了。

见我把话吞了回去，他苦涩地笑了："是觉得我很没用吧，没有钱也没有地位。这些我都知道，只是我以为你经历了李桥生的事会有所改变，看来我太天真了。我觉得自己真不了解女人。我认为真心真意的疼爱就够了，但是你们最看重的可能是物质。"他无奈地说，然后顺手将烟卷扔进旁边的烟灰缸里。

"并不是所有女人都是爱情动物。"我突然坚定起来。他的话触及了我内心最真实的想法，令我觉得有些无地自容。

"这么说我没猜错？那人不是商人就是官员吧？"他略带轻蔑地说。

我是第一次从张怀敬嘴里听到这样的话，心里顿时一阵灼痛。

"是的，是个商人，归国华侨！"我扬了扬头，不甘示弱地说，并捧起面前的咖啡猛喝了两口。

"很好，很适合你。希望你能幸福。"他眉头紧锁，又从兜里掏出一根烟放在唇边，起身离开了。

望着他的背影，我重重呼出一口气。为什么一定要这样！齐玫，你真是个贱人！我在心底暗暗咒骂自己。当张怀敬高大的身影消失在门口，我的心也忽的随之一沉。他就这样走了吗？这个守护了我三年的男人就这样淡出了我的生活吗？我不自觉站起来，用力擦拭着身边的玻璃。玻璃窗外，他那宽大的黑色针织围巾随着凛冽的寒风在身后摊开，他并不去理睬，只快步穿过马路，淹没在人群之中。

我愣愣地站在窗边，喃喃自语："对不起，一定要比我幸福！"是啊！他一定会比我幸福的。张怀敬是个懂得生活、懂得爱情的人，他会诚挚地热爱一个女人，并愿意为她赴汤蹈火。如果说隋重华和章知远是绅士，那么他就是骑士。这样的男人一定会得到更多的爱。

怀敬其实你说错了，并不是我太优秀，而是我配不上你。老天让我向往财富，却剥夺了我爱的能力；他让怀敬热情洋溢，却剥夺了他争取爱情的资本；他让重华拥有金钱和地位，却夺走了他家庭的温暖；他给予青丸如此完美的一切，却让她曲高和寡；他给予魏龄雪自强自立，却让她失去了唯一的爱恋；他让姜瑶功成名就，却要以受尽凌辱为代价。这就是我们的生活，总是抛给你一个美丽的弧线，又将你推进黑暗的谷底。

我仍站在窗前，直到服务生来问我需要什么。我看了看表，已经接近中午，必须打起精神，失去的就是我应该放弃的，将要得到的，就是我要面对的真实生活。我迈开大步离开了老酒鬼。

就在这时，我的手机响了，这是重华送的新款三星。款式非常精致，深红色的机身洋溢着爱恋的颜色。

"喂，是重华啊！"我略带撒娇地说，尽管心里还有苦涩，尽管还有无尽的怅然，面对现实还是要微笑着接受。

"中午我不回去了，告诉奶奶一声。晚上我就和她老人家说清楚我们的事，你放心好了。"

"哦，不急。"我嘴里虽这么说，心里却是极兴奋的。希望奶奶不要反对，这样我和重华的前进道路上就没有任何阻碍了。

"我很急，不然怕你跑回申州啊！对了，奶奶同意后，我想去申州拜见一下你的父母。"重华的突发奇想吓了我一跳。

"啊！不用吧！"我顿时一惊，有些失态。

"那怎么行，这是必须的。"重华正色道。

这次真的要穿帮了。我搜肠刮肚，却想不到阻挡他去申州的借口："哦，等你把事情处理好了再说吧。再说，蝶住还没有找到。我们现在已经有线索了，应该乘胜追击才是。我们的事可以以后再说，先告诉奶奶就可以了。"我惊出了一身冷汗。

"好吧，那就过些日子再说，不过找不找到蝶住倒和我们结婚不发生冲突。"重华说。

我见暂时糊弄过去了，这才松了一口气，却暗自盘算起怎么解决见父母的问题。

回到别墅，我发现青丸已经出去了。估计是听魏龄雪诉苦去了。关于魏龄雪的事我断断续续听许青丸说过，完全是个为了爱可以放弃一切的傻瓜女人。这样的女人被甩掉本就没什么可惊讶的，况且整日把自己弄得跟个女企业家似的，哪个男人愿意要？笑话！我现在尤其瞧不起这个女人。

我脱了衣服，放下包包，卸去一脸的浓妆。对着镜子，感谢上苍，镜子里的这张脸依然明艳照人。张怀敬的离去不过让我失落了短短一个上午，此时的我早把他抛到九霄云外了。

我翻身上床找到塞在枕头下面的姜瑶的日记，那咖啡色的封面暗淡无光。这里面记载了一个女人成功的心酸和喜悦，屈辱和荣耀。当我再次翻开它时手竟禁不住地颤抖。

2003年8月1日，雨。

回忆是一个痛苦的过程。我和权奎的事终于传到他妻子耳朵里了。这个时候他们结婚刚刚两年，我又一次做了第三者。但这也没什么了不得的。权奎的妻子是个怕事的人，动不动就遭到权奎的拳脚，所以一直不敢对我有什么举动。

转眼间我已经上了大三，比起老男人来说，年轻人更容易掌控些。权奎不像他爸爸那么小心谨慎，所以我怀孕了。拿到诊断书的那一刻，我第一次感觉到内心深处的疼痛，那种似乎要把我整个人都撕裂般的疼痛。我很坚决，一个人找到一家小诊所打了胎。我没告诉任何人，当然包括权奎。这种男人图的就是刺激和痛快，如果让他知道这事，一定逃得比什么都快。现在我还不能让他走，他必须把我要的给我才可以离开。于是我加紧了脚步，终于他和我说了实话。原来权明寻早就答应把唯一的一个保研名额送给学校一位老教授的女儿了，他一直都在骗我，或者说其实权奎也在骗我。于是，我甩了他一个耳光后离开了。而我想他当时之所以告诉我这件事，不过是因为玩腻了罢了。

　　我开始发奋读书，和许青丸还有齐玫一起开始了疯狂的备战。

　　许青丸的功课是我们这几个人中最好的。我试探地问她准备考哪里，她说就考申师大。如果这样，她就成了我最大的对手。我依旧不动声色，告诉她我还没想好。

　　时间过得飞快，终于上了大四，一切就该尘埃落定了吧。

　　谁知刚开学，妈妈就来到学校。妈妈是个妓女，十八岁就生了我，今年我二十三岁，她却只有四十多岁，仍然很漂亮，我们两个在一起就像是姐妹。当时寝室的人见了都惊讶极了。天知道，其实我最怕在家乡和妈妈一起出现在大街上。而在申州却不同了，我甚至会因为我有这样漂亮时尚的妈妈感到自豪。妈妈告诉我，不要担心她，好好读书，然后塞给我两万块钱，叫我疏通关系。我知道妈妈现在也不年轻了，很少再有男人找她，难道是又找到什么靠山了？妈妈告诉我，最近她生意不好，就到复盛去了，那里有个故人，现在在照顾她。我点了点头，把钱揣进兜里……

　　看到这里，我忽然想起四年前的那天，姜瑶的确带了一个女人来寝室，说是她的妈妈。那是个很妖艳的女人，但很热情亲切，当时我还觉得这女人的气质和身形特别眼熟。

　　正在这时，楼下赵妈的声音响起。

　　"齐小姐吃饭哦！"

"哦，我不吃了，刚刚已经吃过了。"我又翻了一页。

2003年8月4日，晴。

今天心情不错，工作已经完全定了下来，看来我的努力得到了应有的回报。

当年大四的生活紧张有序，却沉淀着我的罪恶。眼看考试就快临近了，我下了最后的赌注。我去药店买了朱砂，经过一番心理斗争，我还是为了自己的前途放弃了道义。

许青丸有一只红色的陶瓷杯子，每天都要用它来喝水，这给了我一个很好的机会。趁她们不在寝室，我在她的杯子内壁涂了厚厚的一层朱砂。就这样，我每天都这样做，而她也每天都用那只被我动了手脚的杯子大口大口地喝水。每当她喝水的时候，我就盯着她的嗓子，看着那喉头一起一伏有节奏地上下蠕动，看着她握着杯子的纤长白皙的手指，额头便不知不觉布满细细麻麻的汗珠。我知道，从那天起，我会遭天谴的。

就这样，许青丸慢慢开始出现头晕眼花的症状，她的身体开始变得很敏感，渐渐她学习的劲头也松懈下来。而我，则开始了周密的复习计划……

可怕的姜瑶！我的手开始颤抖。她为了自己的利益，竟然对许青丸下毒！虽然为了前途我也一样不择手段，但绝对不会拿别人的生命开玩笑！我倒吸了一口凉气。真难以想象，那个总是留着齐耳短发、穿着橘色太阳花连衣裙的女生，那个喜欢逞口舌之快、喜欢挖苦别人的女生，背后竟是如此城府深沉，心狠手辣。

正在这时，电话响了，是许青丸。我一把抓起电话，她约我去老酒鬼。

"我太累了，刚刚见过张怀敬，你把魏龄雪带回来吧。"我懒懒地说，心里却乱乱的。

"那儿又不是我们的家，随便带朋友来不好吧！"许青丸迟疑着说。

我把姜瑶的日记本塞进枕头下面，正色道："没什么不好的，我说可以就可以。"随即我果断地挂了电话。她也许不知道今天晚上隋重华就要和奶奶摊牌了，如果奶奶同意，那我不就是这个家里名正言顺的女主人，有什么不是我说了算的！

我收拾了一下就下楼去了，看看奶奶在不在房里，我应该提前告诉她一声，以免她觉得突然。

推开她的房门，见她一个人背对着门口，好像在翻看什么。

"奶奶，我可以进来吗？"我问道。

她连忙转过身："可以啊，进来进来。"说着将手里的东西放在茶几上。

"下午许小姐有个朋友来，她现在去接站了，刚刚打电话叫我问问可不可以带到家里来住。"我笑嘻嘻地问道。

"当然可以了，你们这些女孩子越多我越高兴。奶奶老了，怕寂寞啊！"她开心地说。却掩饰不住刚刚流过的泪痕。

"您这是？"我看了看她，又看了看桌上的东西，是封信。

"家伟来信了。"奶奶说，随即泪水又仿佛海绵里的水，哗的流了下来。

"隋伯伯的信？"我惊讶地重复着奶奶的话。

她揉了揉眼睛，将信递到我手里："家伟一直到处漂泊，谁也不知道他在哪里。这信是刚刚收到的。原来他已经在一个星期之前回到加拿大农场，看来这次是想开了吧。"奶奶悠悠地说。这么说，重华更应该加快步伐，赶快找到蝶住，让他们父女团圆。

奶奶将信放进床头柜里，坐回我的身边："小玫，我知道重华一直都在寻找蝶住，可事情绝对不会那么简单。如果蝶住还活着，她又怎么会不回家呢？当时她去参加夏令营，去的是林渠的康崿山。当时我因为身体需要复查已经回到加拿大，却没想到，这孩子就在这个时候出事了。"奶奶说着，有些哽咽。

我倒了杯水递给她："奶奶，别担心。我想老天有眼，蝶住又是个善良的孩子，她不会有事的！"我坚定地看着她。

"孩子，我真希望你能永远待在我身边！"说着，奶奶将我拥在怀里，一股暖流顿时包围着我。我已经很久没有被人这样宠爱了。我的生活又比蝶住强多少吗？从小爸爸去世，妈妈改嫁，为了钱我们寄人篱下，继父和别的女人偷情竟被我撞见，从此和继父如同仇人。上了大学，为了争夺生存下去的机会，我利用自己的爱情，利用自己的朋友，虽然不像姜瑶那样残忍，却也没高尚到哪里去。我也希望能像许青丸那样悠然淡定地生活，可我没有资格。但今天，从今天晚上开始，我的人生就要真正改变了。

"谢谢你，奶奶。"我由衷地说。

晚上五点四十，起风了，外面的路灯泛着昏黄的光，路边的法桐只剩下光溜溜的枝干，突兀地立在暗淡的灯光下。白天的雪已经停了，却留下了一片银白。这是今年的第一场雪。我立在窗前，脑子里如光影般掠过不同的画面，许青丸娇艳的笑脸，姜瑶铁青着脸躺在雪白的床上，魏龄雪怀里抱着关池的孩子，隋重华穿着气派的灰色西装和人谈生意，章知远让我不安的犀利眼神，奶奶手里的墨绿色相册，张怀敬和李桥生交替出现的面孔……天哪！我使劲甩了甩头。不要不要，我不要这样乱七八糟的幻想，是我太紧张了，太紧张了！

"许小姐，有客。"赵妈敲了敲房门，最近她一定是感觉到我的气焰有些不对，所以变得乖乖的。

"知道了。"我冷冷道。然后换了套墨绿色羊毛套裙下楼去了。

许青丸和魏龄雪已经坐在沙发上等我了。魏龄雪的身上还带着一股湿冷的雪味儿。

"你好啊，魏女士。"我调侃着，迈步下了楼梯。

魏龄雪抬头看了看我，她穿了件黑色毛衫和灰色阔腿裤，刚到肩膀的头发染成艳丽的红色，倒和上学时有了很大的不同。如果在街上碰到，还真难认得出来呢！可是旁边怎么还坐着一个男人？很魁梧，不算英俊，但很特别。

"你好啊？怎么好像你是这里的女主人啊！"她上来就针锋相对，看来脾气和以前也没什么两样。

还没等我说话，旁边的许青丸就低声道："好了，我不是和你说了吗，不要说我们认识齐玫。"青丸倒是很信守承诺，我瞟了她们一眼，没再说什么。

奶奶端了菠萝和香瓜进来："你们慢慢聊。哦，对了，小玫，你好好陪陪她们，我要出去一下。"

许青丸站了起来："这么晚了到哪去啊！"

奶奶拍了拍她的手："我们老年活动中心有点事要去处理一下，我可是她们的理事哦！你们先聊着，一会重华就回来了。"说着，她带着司机离开了。

"这下好了，家里就剩下我们几个人了！"我看着许青丸说。她的拼色大摆长裙在我眼前仿佛一只鲜艳的孔雀，黑色的低领蝙蝠式毛衫刚好显出她凹凸有致的身材。那种松松落落的感觉让人觉得很舒服。脖子上的一串红色珊瑚珠更把她整个人凸显得品味不俗。

"你平时不是不怎么戴耳环的吗？"我望着她耳畔的两个银色大圈说道。

"你一定要扯这些无关紧要的话吗？我现在很想知道，你态度的转变和隋重华的求婚有关系吗？"她直截了当的问话让我没有想到。

我瞪了她一眼，什么都没说。

"好了，别这么斗下去了，魏龄雪这次带来了很重要的消息。"许青丸镇定地看着我。

"什么消息？"我看看她，又看了看坐在那里一声不吭的魏龄雪和那个奇怪的男人。

"这里不是丢了一位千金吗？"魏龄雪不慌不忙地说。

我顿时愣住。蝶住的事，怎么可能传到她的耳朵里？？

"不错，我们有她的消息。"坐在一旁的男人看着我，很清澈，让人无法逃避。

"到底是怎么回事？"我看着这两个人，心里顿觉不踏实。为什么每个人都是一副胸有成竹的样子，只有我被蒙在鼓里。

"抱歉，我是来见隋家少爷的，和你没什么关系。"魏龄雪的嘴倒是越来越厉害了。

我哼了一声，准备转身上楼去。突然门响了，是隋重华回来了，后面还跟着西装革履的章知远。

重华见屋子里突然多了两个人，有些疑惑。我只在旁边看笑话，什么也没说。许青丸见我根本不帮忙解释，便站起身来："重华，非常抱歉，我的朋友从林渠来了，为了方便我带他们来了家里，他们有蝶住的消息。"

这下重华也大吃一惊。

"你们好，"倒是章知远镇定，把手伸给魏龄雪和那个男人，"我们先吃饭吧，吃过以后到楼上谈。"

饭桌上我注意观察了一下，那个男人和魏龄雪很熟，和许青丸似乎更熟悉，这下我倒好像成了局外人。他应该是魏龄雪的新情人吧？哼，我还以为她有多痴情呢！不过也就这样。这才几个月，就把关池忘得干干净净。

许青丸招呼着魏龄雪和那个男人吃这吃那，不过她怎么总是偷眼看他们两个啊？难道她也怀疑魏龄雪和这个男人有问题？还有章知远看许青丸的眼神也大有问题，也许他爱上她了？

我看了看重华。重华倒是没什么，但样子很着急，吃得很卖力，他一定急于知道蝶住的事情。看来，今天我的事情要泡汤了，真该死！

"好了，我们到楼上去吧。"见大家都吃完了，重华招呼赵妈来收拾，带着大家上了楼。

我跟在最后面。其实对这件事，我也是关心的，虽然关心的不是蝶住本人，却很想知道到底她和李桥生是怎么回事。

最近太安静了，李桥生没有再出现过。

"是这样的。我和吕意卓来这里是为了小林，也就是你的妹妹。"魏龄雪正色道。

"你见过我妹妹？"隋重华道。

"当然，你妹妹曾给我打过工。"魏龄雪微笑着说。

"请你说得再详细点。"隋重华有些按捺不住了。

"当时我并不知道她的底细，只当她是个普通的打工妹。她平时话太少，我也没太注意她。后来我发现她被一些人威胁，那个人似乎叫Amanda。"魏龄雪的声音清澈有力，仿佛小锤子，砸在每个人的心头。这真是太巧了！我们千辛万苦要找的人，竟然在她那里。

"后来发生了一些事，拉近了我和小林的距离。我们成了无话不说的好姐妹，她的长相和她很像。"说着，她指了指一直站在最远处的我。

我无意识地缩了缩头，重华看了看我，马上转过身去："她现在在哪里？"

"很抱歉，她被Amanda带走了。"魏龄雪的声音忽然暗淡下去。

"带走？还是绑架？"一旁的章知远插嘴道。

"是带走，也是绑架。"那个叫吕意卓的男人开口了。他穿着一件淡灰色的毛衫，下面是一条洗得发白的牛仔裤。短短的头发，一双睡眼从我的脸上瞟过。

"那是什么意思？"我接口道。我不喜欢他的眼神，好像我还不如一瓶塑料花。

"就是说，她现在并没有什么不好，但对方的确对我们提出了无理的要求。"他的解释清晰明了，既暗示了蝶住现在没有危险，又表明那不代表永远安全。狡猾的男人，我狠狠地瞪了他一眼，转身站到重华身侧。

我渐渐觉得，只有站在他的旁边，别人才不敢用轻视的眼光看我。

"她想要什么？"重华问道。他眉头紧锁，似乎早已有了答案。

"那个能迷惑人的东西。"魏龄雪淡淡地说。

"我就知道是这个！"重华忽然从沙发上站了起来，"她难道还没玩够吗？这么多年的事了，为什么不能就这么算了！妈妈已经死了，一切都该结束了！"重华有些按捺不住情绪。

"你冷静点，别这样。"我忙上前拽住他的胳膊。

那边的章知远也站了起来，神色紧张地看着重华。

"你们不用介意，其实这边的事情我们都知道了。"魏龄雪说，然后同情地看着情绪激动的重华。

"你怎么会知道？"重华和章知远几乎是同时发问。

"因为这个。"魏龄雪从怀里掏出一封信交给重华。

魏龄雪和吕意卓好像两个从天而降的天兵，怎么什么都知道？我正暗自思量的工夫，重华已经把信看完了。

"可恶，可恶，这个男人实在是太可恶了！"他重重地将手里的信拍在桌子上，发出很大的声响。我被吓了一跳。"他明明知道蝶住不是他的女儿，他明明知道的！为什么还收留她？！为什么不告诉她真相？！"他冲着站在一旁的魏龄雪大声吼道。

这是我第一次见他情绪如此激动。他高大的身躯不住地颤抖着，仿佛一尊即将崩塌的雕像。

"重华！这和魏小姐没关系。"那边的章知远已经快步冲到他跟前，一把按住咆哮的重华。

那头，吕意卓也迅速站起身来，挡在魏龄雪跟前。

奇怪的是，一向洞察力极强的许青丸今天一直没有说话，而是默默坐在一旁，没有任何反应。我看向她，却发现她正用一种奇怪的目光看着吕意卓。

"是的，他很可恶！可他已经死了！"魏龄雪似乎一点也没有被吓到，她仍镇定地站在那里，酒红色的头发一丝不乱。

"死了？"章知远看着魏龄雪。

"是的，他一辈子没结婚，就那么等着你妈妈，没想到等来的却是你的妹妹。他当时很恨，恨这个世界为什么这么不公平，恨他一念之差放走了自己最爱的女人。为什么这个女人要为了钱嫁给一个自己不爱的男人？于是，他带着这些不平、这些愤恨接受了你妹妹，没对她做任何解释。他以为这样就能向他们夫妇讨回这笔情债，平复内心的伤口，却不知道，这伤口越来越大，最后成了要了他命的顽疾。"魏龄雪说得有些激动，我看见她的眼眶有些微微泛红。

"是啊，因为他的冲动和自私，也要了我妈妈的命！她因为女儿离家出走而自杀，那是因为她也恨，她恨为什么她的丈夫和女儿都不信她！"重华喃喃自语，眼泪已经流了下来。

是啊，难怪当时奶奶说，肇美伶死的时候手里握着一张亲子鉴定书。

"哦，对了，当时蝶住的日记上不是说，他爸爸曾拖着她去做亲子鉴定吗？"章知远说道。

"是啊！结果出来了，却是死的死，散的散！"我也有些伤感。

"人世间，许多猜忌和伤害都源自爱。"站在魏龄雪身边的吕意卓说道。

"可我不认为肇阿姨不爱隋伯伯。"许青丸终于开口了，"也许，一开始她是为了钱，但后来一定不是。"

"青丸说得不错。"魏龄雪赞同地看着她，"其实她一直爱着曾云蝶不假，但那是因为得不到。而她和你们的父亲朝夕相处，那才是发自内心的真爱。可惜，他们俩都被猜忌之心蒙蔽了双眼，看不见对方的心了！"说着，她叹了口气。

"好了，其实Amanda叫我来隋家偷那东西，但我是不会做那种事的。而且小林是你的亲妹妹，我想这事应该交给你来处理。"魏龄雪的言谈举止真是变得让人刮目相看啊。

"对不起，魏小姐。"重华终于长长地出了口气。看着眼前这个振振有词的厉害女子。

"没关系，我没那么小气，这是你们的家务事，我本就没必要管，但小林是我的好朋友，我的确不想她出事。"魏龄雪倒大方。

"可是，我现在……"重华有些迟疑，回头看了看站在他另一侧的章知远。

"那东西丢了。"章知远直爽地答道。

"丢了？"大家几乎是异口同声。

"是的，就在那次你被迷晕的时候。"隋重华看着我道。

"什么？这么说，是有人偷了它又来迷晕我？"我几乎是尖叫。

"可这到底是为什么呢？"我问道。

"这也是我们想不通的地方。"章知远道。

正在我们绞尽脑汁的时候，门忽然开了，奶奶风尘仆仆地推门进来，看见我们一个个的怪模样，有点吃惊："怎么？都聚在这里……"

重华见奶奶回来，看了看大家，一把拉过奶奶拥在怀里："奶奶，我们有蝶住的消息了，我想我们应该可以把她平安带回来。"

奶奶忽然听到这样没头没脑的话，一时反应不过来。可当她看见重华不住点头，看见章知远坚定的目光和紧握的拳头时，终于明白了。

"太好了，太好了！"她抑制不住的泪水终于流了下来。在那沧桑的脸上我看到了无比的欣慰。是啊，这件事对隋家来说比天还大。

"可是，奶奶，我还有件事，要先跟您谈谈。"重华开心地说，竟顾不得旁边的许多人了，也许在他心中早已把这些人当成了很亲近的朋友。

"我要和齐玫结婚。"他简短有力的几个子突然出口，竟让我没有任何准备，一下子不知该如何应对，于是忙从沙发上站起身来，局促地看着奶奶。

奶奶也被重华的话弄得很突然，她忙看了看坐在旁边的许青丸，又看了看重华："许小姐，我想知道这是怎么回事？"她没有直接问我和重华，竟来到许青丸的面前一把抓住她的手。

"对不起，奶奶，其实我和重华不过是好朋友，但他真正爱着的人是齐小姐，而且这是在我来复盛和他相亲之前就发生的事，我不能夺人之爱。"许青丸带着淡淡的笑意，用另一只手握住奶奶颤抖的双手。

"我只想知道你到底爱不爱重华？"奶奶竟问出了这样的问题。我有点耐不住了，只见远处的魏龄雪正轻扬着嘴角看着我，我狠狠地瞪了她一眼。

"奶奶，您真不明白吗？如果我爱他我会去争取他，但我们只是朋友。"许青丸说着，看了看那边焦虑等待中的重华。

"我明白了。"奶奶回过身来看着我们，"可是我不能接受。"

我顿时觉得眼前一黑，无地自容得想找个地方钻进去。

"为什么？"重华快步上前。

"不为什么，就为不让你重蹈你爸爸的覆辙。"奶奶坚决地说。

"什么意思？"重华青筋暴起。一场暴风雨即将来临。

我知道，现在不需要我说什么，重华会料理一切的。

"你爸爸就是因为迷恋你妈妈的美丽，娶了一个根本不爱他的女人，而你妈妈是因为钱才嫁给你爸爸的。你们两个呢？"说着，她眼神犀利地看着我。

在这样的问题面前，我不得不把头转向一边。

"奶奶，我和爸爸不一样！"重华大声道。

"不一样，有什么不一样？你从小对妹妹的关心和爱，我是看在眼里的。蝶住的失踪对你来说是一生最大的打击！而她，齐小姐，她长得太像蝶住了。难道这不是你在转移伤痛吗？"奶奶大声说。我从没见奶奶和重华发生这么激烈的冲突，这一切竟然是为了我。

重华使劲扯掉脖子上的领带，顺手打开衬衫领子："奶奶，我想现在我已经是个经济上和生活上都很独立的人了，很抱歉，我要定了齐玫。"这次他竟说得心平气和。

奶奶刚要说什么。

他把手一挥，竟仿佛在公司给员工开会一样："好了，您放心，我绝不是爸爸。想念蝶住没错，但这和齐玫没有关系。我会在一个月之内找到妹妹，我的婚礼就定在一个月后的今天，到时候观礼人群之中一定有我妹妹的位置。"

我顿时大惊，没想到重华能说出这么坚决的话来。今天，今天是12月6日，一个月后，那不就是1月6日。婚礼？我和重华的婚礼？我的天……

"奶奶，重华从小失去家庭的温暖，他一直拼命工作，一直暗中寻访失踪的蝶住，就是为了要还这个家安宁的生活，您就不要再阻拦了。"章知远说道。

奶奶含着泪光，看了看他："好吧，既然你也这么说，那好吧。可期限就是一个月，如果一个月内你们能找到蝶住，我就什么都同意，开开心心去给你们观礼；可如果找不到，我马上回加拿大，我不想再主持一场荒唐的闹剧！"说完，她丢开我们独自下楼去了。

重华递给我一杯咖啡，然后指了指门口，"跟我来。"

我跟在他身后，来到花园深处一架何首乌藤旁边。他伸手推开眼前的藤萝，在浓密的叶子背后惊现出一扇破旧的铁门。

"这也是我前几天才想起来的。"他说着，低头啜了口咖啡，"那时候我经常和蝶住通过这个门跑出去玩。但我早早随奶奶去了加拿大，这个门几乎被我淡忘了。不过随着对蝶住日记的研究，一些淡忘的记忆又重新回到心头。"他眼神凝重地看着那里。

"你的意思是，李妈有可能从这个门再次回到隋家？"

"不是可能，而是一定。"他坚定地说，又低头看了看我，"其实这里应该是在我走后就被封起来了，你看。"说着，他把蝶住的日记递给我："爸爸又和妈妈吵架了，这都怪我。西门一直都是锁着的，我和哥哥偷偷配了钥匙，经常跑出去玩，但现在哥哥已经出国了，我却仍旧时不时打开西门跑出去，可今天爸爸却说这门是妈妈留给别的男人的。爸爸总不回家，他怎么会知道这门总被打开呢？又怎么能确定是妈妈打开的呢？……看来我真该离开这里……"

难怪隋家伟这么坚决地一口咬定肇美伶有外遇，原来在这硕大的别墅之中还有着这样一个小门。对于常年在外的生意人来说，家里有个如此美丽却心不在焉的年轻太太的确很让人不放心，更何况她结婚前还爱着别人。

"可是，蝶住的疑问，我也一样有。为什么你爸爸断定你妈妈是通过这扇门跟其他男人往来呢？"我问道。

"前两天我们不是看到一篇日记吗？里面提到爸爸怀疑妈妈放人进来，而当妈妈向李妈求证的时候，她是什么反应？"隋重华反问道。

"是啊，李妈默认了！"

重华没再说什么，我却什么都明白了。这件事的罪魁祸首一定就是李妈。她暗地里挑拨隋家伟和肇美伶的关系，见隋家伟带着蝶住去验了DNA，怕事情败露，便诱惑蝶住离家出走，而隋家伟也随着蝶住的离去和肇美伶的死而崩溃。

可这个李妈到底为了什么？她不是隋家多年的忠仆吗？

"我看，有些事还要麻烦一下许小姐。"重华没头脑地竟冒出了这样一句。

"为什么？"我有些不明白。许青丸能做什么？她能做的我也同样能做。

"今天我和奶奶因为我们的事已经闹得很不愉快了，我现在不好向她打听过去的事情。你去就更不妥。奶奶极欣赏许小姐，我猜奶奶应该会给她面子的。"

听了这话，我有点不悦。但仔细想来确实很有道理，便只能点头。

第二天一早，奶奶因为老年协会的事又出去了，恐怕这几天她会很忙，却正好给了我们这些年轻人聚在一起的机会。

重华习惯晨练，冬天也不例外。我一个人百无聊赖地坐在屋子里看着外面晴朗的天空。复盛的冬日总是清澈得让人炫目。青丸起得很早，奇怪的是，她好像没怎么睡好，脸黄黄的。魏龄雪和吕意卓还没有下楼来，大概还没起床呢。

今天还好，她穿了件淡绿色的低领毛衫，配一条白色运动裤，一头大卷发悠闲地披在肩头。一张未着粉妆的素面，因为睡眠问题显得有些暗淡无光。她手拿画笔正画着效果图，看来又设计了些新款婚纱。她自己虽然不太注重打扮，可设计的婚纱却的确漂亮，我见过几张她画的效果图，大气、洒脱而且华丽。她骨子里的贵气让我嫉妒。

正在这时，重华推门进来了。

"吃过早饭了吗？"他问道。

"哦，是的，你一会自己吃吧。"我笑着答道。顿时感觉我们好像一对相濡以沫的夫妻。

许青丸抬头看了看我们，眼神很奇怪，又接着去做她自己的事了。

"许小姐，我有件事想求你。"重华走过来，坐到我旁边，面对着许青丸。

许青丸抬起头看着我们："什么事？"她似乎早有预料，并未觉得惊讶。

"请你问问奶奶，有关李妈的底细。"重华诚恳地说道。

"好的。"说着，她又低头继续自己未完成的作品了。

"你不问问为什么？"我有点奇怪。

"昨天你们和奶奶剑拔弩张的，今天就让重华去问这样的话，恐怕重华会难为情。"她仍低着头。

重华欣赏地点点头，我却狠狠瞪了她一眼。

"哦，对了。那个门？"许青丸忽然抬起头，看着重华道。

"这么快你就看见了？"重华问道。

"嗯，我突然在牡丹和玫瑰花丛的尽头发现了一个小小的黑色铁门，看起来很破旧，已经生了锈，也没人重新漆它。况且，以前那里本来是一大堆杂草的，哪里有门？"

"没错，是我昨天刚刚打扫出来的。"重华解释着。

正在这时，许青丸的手机响了，她看了看就直接挂掉了，这个举动让我有些惊讶。难道这个世界上也有她不想见的人？重华见青丸答应了他的请求，就放心地吃饭去了。我看着坐在对面的许青丸："为什么不接电话？"

她已经有点心不在焉了，见我问她，便停了画笔，慢慢抬起头，却什么都没说。反正我懒得理她，现在重华已经有了线索，我只祈祷我们的事情可以完美解决，至于其他的，都和我没关系。正在这时，青丸的手机再次响起，这次她接了，看来不是同一个人。我幸灾乐祸地转身准备离去。

"等等，齐玫！"青丸竟大声叫住我，声音有些颤抖，"你继父出事了！"

我和青丸并不知道，此时在我们身后还站着另外一个人。我们两个飞奔出去，打了的士，匆忙赶往家中。回到家，眼前的一切令我惊呆了，妈妈披头散发地坐在地上，屋子里乱七八糟，我的卧室也被翻得底朝天，张怀敬也目光呆滞地看着我。

"这是怎么回事？"许青丸一把拉过张怀敬。

"我本来是要今天回申州的，想过来看看伯父伯母，却没想到，伯父被人带走了。"他也显得焦躁不安。

"被谁带走了？"许青丸还想问得再确切些。

"别问了！"我顿时爆发了，发出恐怖的尖叫，"他吸毒、贩毒，还能是谁！是警察！你走开！别在这里看热闹！"我一把揪过青丸，狠命地把她推到门边。

她没想到我会如此激动，待她回过神来，已经被我推到门口处，她忙伸手扳住门框。张怀敬也快步上前，狠狠把我抱住。

"你走！"我愤怒地拼命朝许青丸大声喊叫，仿佛继父的入狱和她有关。

不知道为什么，只要我遇到困境，总是不自觉把这一切和许青丸联系起来，好像一切都是她的错。

"齐玫，你疯了！这和许小姐有什么关系？她一直都在帮你，你怎么就那么不懂事！"张怀敬这次是真的生气了，他的手狠狠抓住我的胳膊，好像十只铁钳，深深地嵌了进去。

"放开我，你也一样！你们都是来看我笑话的！"我有些失去理智。为什么我的生活总是一团糟？在一切都要好起来的时候，在我即将赢得属于自己的幸福的时候，我的家庭又一次破碎了。以前，我是多么盼望这个继父能早点离开，可现在，为什么我的心如此之痛。

正在我疯了般地挣扎咆哮的时候，一记响亮的耳光重重打在我的脸上。这一巴掌瞬间打掉了我所有的愤怒哀怨，我慢慢抬起头，只见许青丸的胸口上下起伏着，她漂亮的大眼睛充满了痛恨和不耻。

"许小姐……"张怀敬也被许青丸的这一巴掌吓了一跳。刚要出口的话却被许青丸犀利的目光挡了回去。

"你不用埋怨我，这个女人该打！"说着，她走到我跟前。她站得很近，我能看见她眼睛里的自己，蓬头散发，犹如一只游走的鬼魂。

"你知道吗？你手机关了，出事之后你妈妈找不到你，急成什么样子！幸亏张怀敬好心到你家看看，这才打了我的手机通知你。你怎么就这么爱慕虚荣！我真后悔，我不该帮你瞒着重华一家人！明天我就回申州，你的谎你自己圆吧！"

"伯母！你怎么了！"这时，张怀敬的叫声把我从许青丸的离去拉了回来。

"妈妈！"妈妈已经经受不住，倒了下来。

她不明白，为什么自己相信的男人要骗她，为什么偏偏是毒品。我抱住妈妈，压抑了许久的泪水，不停地滚滚而下。我的家庭就在今天，完全破裂了！

"留在家陪你妈妈吧！"张怀敬拍着我的肩膀说，"她现在很需要你。"

我看着躺在床上的妈妈，怎么我才离开这几天，她的鬓角都白了。

"人的一生，很短暂，我们最亲近的人却往往成了我们最忽略的人。她已经老了，别让她一个人承受这样的痛苦。"张怀敬再次紧握我的肩头。

以前他从不戴黑色围巾的，经历了这么多之后，他变了很多。那个潇洒阳光的大男孩不见了，取而代之的是一个无奈和沧桑的男人，这地地道道都是我的功劳。

妈妈躺在那里，眉头拧得紧紧的，眼角明显下垂，重重叠叠的皱纹下藏着一行泪痕。

"我们能去看看他吗？"我喃喃道。

"恐怕不行，警方审查期间不允许探视。"张怀敬遗憾地说。他用一只手轻轻抚着我的脊背，我知道他是在安慰我，他还是不能适应我已经是别人的女人这个事实，他惯有的温存却让我的心更加痛苦和疲惫。

"你什么时候离开？"我问道，声音却有些不一样了，也许张怀敬并没有听出它的惨烈和坚决。

"我买了今天的票，但我不会走，我在这里陪你，和你共同进退。"他说着握住了我的手。

"那好，妈妈就先交给你。一个月后，一切都会好的。"我起身拿起包包，准备离开。

"齐玫！"张怀敬接近愤怒，他低沉的声音压制不住自己的情绪，仿佛带着气浪。

"一定要走吗？她是你妈妈！难道地位和财富就那么重要？！"

"是的。"我转身离开。

冬季……漫长的冬季，法桐犹如水墨线条，蜿蜒盘劲，苍蓝色的天空空空如也，连一丝斜云都不曾有，裹着水汽的寒风呼啸着从耳边掠过。我披着厚厚的罗马呢大衣僵硬地立在海边一处高高的礁石上，脚下的海浪发出艰涩的吼叫，挣扎在严冬凛冽的气流中。我拉了拉衣领，眼畔汹涌着愤怒的液体。我就如同这海浪，被命运的礁石碰撞得体无完肤，瞬间化为粉末。

为何此时的我有种魂飞魄散的感觉？他被抓了，若是换了从前，我会高兴，可如今我的心里乱得很。我不想再探究关于继父的过往，如今我什么都不想知道。我需要冷静。我该静下来想想我到底失去的多，还是得到的多。到底是人负我，还是我负人。

当我再次踏进隋家时，奶奶犀利的眼神让我吓了一跳。

"我果然没有猜错。"她回头看了看西装革履的隋重华。

"重华，你不是在上班吗？"我有些奇怪。一丝不祥的预感袭上心头。

"今天许小姐有事出去了，我只想问你一句话。"奶奶看着我，摇了摇头，"你是不是和许小姐早就认识？"她忽然间问道。

她的话仿佛一个炸雷当空一击。

"我……"为什么她知道这些？难道是许青丸告诉她了？还是？正在这时，我发现魏龄雪和吕意卓出现在奶奶和重华的身后，听到我们的对话，二人也僵在那里。

"齐玫，告诉我到底是怎么回事？"重华神色有些慌张，我知道他的迷惘。

"没有，奶奶你是不是误会了。"我忙赔着笑脸，希望能把这次的事情圆过去。

"齐玫，你真让我失望。其实我很喜欢你，我不同意你和重华的婚事，是因为我怕他对你的爱是一种错觉。而你，我真没想到，你是在骗我们。今天早上你和许小姐的话我都听见了。当时我回来拿东西，碰巧听见许小姐接了电话，然后告诉你你继父出事了。"奶奶失望地叹了口气。

"这是怎么回事？那我们是不是需要回申州一趟？"重华焦急地问道，他急切的眼神是想向我求证，这不过是场误会。

"申州？她的家就在复盛！"这次奶奶真的恼了，将手里的一杯水重重地放在茶几上。

"你怎么会知道？"隋重华大声道。

"因为我派人跟踪了齐小姐。"奶奶拉长了声音，然后翻开眼睛看了看我。这个眼神充满了不屑和鄙夷。我痛苦地闭上了眼睛，我知道，自己苦心经营的一切就要败露了。

"齐玫，这到底是怎么回事，我想听你的解释。"隋重华把我揽在一旁。

"这有什么好解释的。"魏龄雪的声音从后面传来。

奶奶和重华一起转身看向她。她慢步来到客厅中间，后面的吕意卓似乎想要说什么，却叹了口气转身上楼去了。

"我，许小姐，和这位齐小姐都是故人。"说着，她笑着看了看我。

一股怒火从我心头燃起："你想怎么样？"我压低了声音。

"你想瞒骗到什么时候？"她看着我。

"你们俩最好给我说清楚。"隋重华的手指已经握得咯咯响。

"她以前的男朋友有心理障碍，我猜她是想在这里避难，否则她一个人的确很危险。但至于她对你的心，就要问她自己了。"说着，魏龄雪看着我。

"是真的吗？"重华怒目圆睁，狠狠地看着我，一步步踱到我眼前。我被他的震怒逼得连连后退。

"重华，我……对不起。请你听我说……"

"啪"的一声，就好像有闪电劈落在脸上，身子不由自主地倒了下去。这是今天的第二个嘴巴，重华犹如被激怒的雷神，他英武的身体抑制不住地颤抖。

"为什么骗我？我最恨人骗我！"他怒吼着。

我拼命爬起来，此刻的我已经顾不得风度，狼狈地推开门冲了出去。我已经无法忍受了，无法再坚持自己的抗争。生活用它庞大的压力，迫使我不得不放弃。我知道这次他不会原谅我了，他那么高傲，那么优秀，怎么可能原谅我那龌龊的谎言呢？我被自己逼进了绝路。我拼命跑着，不知该去哪里，只希望大地忽然裂开，让我掉进去。就让我这样死掉吧！我终于被自己的虚荣击垮了。

冰冷的寒风钻进我的鼻子里，刺得肺叶生疼。我忽然间理解了什么是撕心裂肺。也不知飞奔了多久，我终于累了，泪在睫毛上冻成了冰凌。我抱着手臂，一个人走在寂寞的街头。路边摊冒着热气，吵嚷的人流涌动如潮水，女孩子们和自己的男朋友撒着娇。虽然冬日的寒风吹打在她们脸颊，但那甜蜜的笑颜仍是红粉菲菲。我痛苦地晃着头。我的苦心经营难道真的全盘皆输了吗？骤然的清醒把我吓了一跳。

正在这时，我的手机响了，是个陌生的号码。尽管我不断"喂"着，电话那边始终沉默然后匆忙挂断了。难道是重华？一丝侥幸的希望燃起在我的心头。是不是他觉得自己太过分了，可又不知道该如何开口？

我低头看看手表，已经是下午四点多了，再过一个小时天就黑了。我站在十字路口看着对面的绿灯一次次闪着，我该去哪里？回家？

不知不觉，我已来到家门口。就差这条马路，只要走过去，我就重新回到那个没有温暖、让人胆战心惊的家了。妈妈在等我，她需要我的支撑。是啊，我已经游荡得够久了，是回家的时候了，一切又回到了原点。

我轻轻耸了耸肩，准备迈出这我一生中最沉重却也是最轻松的一步。忽然，我的手机在挎包里疯狂地振动起来，竟把沉思的我吓了一跳。

是条短信。

"小玫，对不起，请回来吧！刚才我太冲动了！重华。"手机里这几个呆板的小字看得我一阵惊喜。

重华，是重华。我看了看号码，果然是刚刚打过来却莫名挂掉的陌生号。

对面的信号灯，又一次变成了绿色，我却开心地转过身去。隋家其实离这里并不远。雀跃的我竟连打车都忘记了，踩着高跟鞋我开始一路狂奔。大红色的风衣仿佛一只振翅的蝴蝶飘舞在人来人往的街头。我只觉得似乎每个路人都和我是反向的，我一直在逆流而上。

我跑散了头发，于是索性将它彻底松开，扯下围巾握在手中。重华总是站在巨大的玻璃窗前，孤单的背笼罩在烟雾里。他沉默的时候就抽烟。他的话太少，连问候都经常省略。可当我倒在血玫瑰的幻象中，他惊慌失措地掉了眼泪，那泪摔碎在我的额头上……现在我知道其实我是爱他的，我并不仅仅向往他的权位。爱，我想我真的感觉到爱了。我疯狂地奔跑起来，穿越小巷、马路、十字路口、公园……我的高跟鞋再次击打出金属色的蝶。

终于，我停下脚步。前面就是隋家别墅了，我清楚地看见重华的车就停在门口。路边的法桐只剩萧索的枝丫凄厉地颤抖着，柏油马路一尘不染，我的高跟鞋踩在上面发出清晰的"嗒嗒"声。我举起手臂，抹了抹头顶的汗珠。自从毕业后，就没再这么玩命跑过。我猜现在的自己应该像个粉色泥娃娃，妆一定花得一塌糊涂。但我还是开心地笑了，重华，我回来了。我会告诉你我爱你，我是真的爱你。

忽然，有人在背后拍了我一下。我很自然地回过头去。古铜色的脸膛，鹰一样犀利的眼神："你好啊。"一只大手捂住我的口鼻。

我圆睁着双眼狠命地瞪着眼前这个从天而降的不速之客。整整高出我一头的他使劲把我按住，我无论如何都无法挣脱。

"真是守时。呵呵！"说着，他用力将我揽在胸前拖入旁边的法桐林中。

正在这时，我看见，隋家漆黑的铁门开了，隋重华从里面走了出来，钻进车内。我狠命挣扎着，隔着李桥生的大手发出"呜呜"的声音，却只能眼睁睁地看着他仿佛一道闪电般从眼前划过。终于我体会到什么是万念俱灰。我离幸福只差一步，却永远栽倒在幸福来临的前一天。

李桥生见隋重华的车已经去远了，这才拼命拖着我往林子深处走去。我用尽浑身力气想挣脱，却被他拖拽得浑身是伤。树枝刮破了我的脸、衣服和腿。在走了很远一段后，他把我塞进一辆白色捷达，自己也顺势钻了进去。

"你想干什么？"慌乱中我问道。

"带你回家！"他从牙缝里狠狠挤出几个字。

接着，他不知从哪里掏出一只透明胶带，封住我的嘴，只留出鼻孔来给我呼吸。

回家！回家！

牡丹小姐：日记

阳光艰难地爬进窗子，照在我的脸上，我似乎能看见自己浓密的睫毛在阳光中变得透明。外面起风了，法桐瘦削的枝干似乎颤动得可以发出声响，阵阵寒气从封闭的窗子外面冲了进来。我泡了杯咖啡，其实我从不喝这东西的，它太苦涩了，我不喜欢，可现在我想让自己打起精神来。齐玫离开已经整整十个小时了。张怀敬来电说她并没回家，以我对她的了解，她也不会带着这么大的伤害回家。可她究竟会去哪里呢？正在这时，重华进来了。

"我想和你谈谈。"他一屁股坐在我对面的蒲团上。

他脸色晦暗，满眼血丝，领带像条死鱼似的斜挂在脖子上，一阵浓烈的酒气迎面扑来。

"很抱歉。"我知道，他认为我和齐玫合伙骗了他。

他宽大的肩膀和健壮的身体一瞬间变得瘫软无力，无辜的眼神让我的心忽然间好疼。

"章知远已经都告诉我了。我只想知道，你……"说着，他凑了过来，双手抓住我的手臂，牢牢地抓着，巨大的力气让我有些不适，"你，这么可信的一个人，怎么还会骗我！你知道吗？我有多爱齐玫！我以为我碰到了真爱，我以为她是个勇敢的女孩，可以和我并肩作战，却没想到，原来我的一厢情愿都是从她的谎言开始。"他越说越愤怒，用力地摇动着我的身体。

我被他晃得难受："你别这样，为什么到现在你还执著于她的谎言，难道你不担心她的安危吗？"我使出全身力量和他对抗着。

"你在干什么！"随着一声断喝，疯狂的隋重华被一只同样有力的大手狠狠摔向地板。

突然间失去重华的拖拽，我的身体一下子失去了平衡，沿着相反的方向倒了下去，却被吕意卓接住。

从他来到这里，这是我第一次和他这么近距离接触。他好像和以前有点不同了，似乎有意回避我而刻意接近魏龄雪。我不知道为什么，但这期间一定发生了什么事情。他见我没事了，便松开手退到旁边，却并没有看我。

"你算什么东西！"隋重华愤怒地大吼。

"我说你不是个东西才对！"吕意卓一把抓起烂醉的隋重华，将他摔到旁边的蒲团上，"这和她有什么关系！你也说了，你知道事情的原因，可最重要的不是有没有人骗你，而是你自己的心。"

我惊讶地看着同样激动的吕意卓，忽然觉得他不像是个只有二十几岁的年轻人。这几日不见，他似乎成熟了好多。

隋重华愣愣地歪在那里看着他，一下子虚脱了一般。

就在这时，门开了，章知远从外面进来。

"我就知道他会找你，刚才他很激动吧？"章知远关切地看了看我，"放心，我已经派人去找齐玫了，相信她不会出事的。"

几个大男人使我的阁楼显得特别局促，我示意他们坐下，大家慢慢筹划。我觉得自己的确欠重华一个解释。

"重华，齐玫的确没办法和你说实话。你想，你们的认识是很突然的，她当时正受到李桥生的威胁，为了自己的安全，她在到处躲避，正巧在这时碰到了你们。"说着，我看了看章知远，章知远点了点头，"你让她怎么和你们这些陌生人解释自己的尴尬境遇？"

吕意卓和章知远谁都没再说什么，大家都陷入了自己的深思。

"我不想评价齐玫以前的做法到底对不对，我想我也没有这个权利，她为了前途选择了自己不爱的人，这个我是可以理解的。她的继父吸毒，妈妈是个普通工人，可命运却把可怜的她放在了我们这群生活条件如此优越的人中间，她该怎么平衡自己失落的心灵？"我接着说道。

吕意卓忽然抬头看着我，我不知道此时他在想什么。

"等等，你刚才说的那个人叫什么？"刚刚还恍恍惚惚的隋重华忽然间清醒了。

"什么？"我一时之间没反应过来。

"李桥生。"吕意卓镇定地说道。

我惊讶地看了他一眼。

"就是这个人！"重华忽然间眼睛一亮。

我们不约而同盯着重华，不知道他在说什么。

"虽然蝶住的日记里，一直没提那个男孩的名字，但……我在她日记的最后一页发现过这三个子。李、桥、生。"

"原来我们分析得很对，蝶住就是李桥生说的小林呀。"我长长地叹了口气说。

吕意卓看了看我们："我和魏小姐也是为了这件事来的，希望你们能尽快想办法找到泄香散。"

"他说得很对，齐玫不一定会马上出事，而且现在虽然报案了，但还不满四十八小时，警方还不能立案侦查。再等一下她可能就回来了。"这时门开了，魏龄雪端了咖啡进来递给大家，不紧不慢地说道，然后盘腿坐在我的旁边。

章知远点了点头，伸手松了松灰色的衬衫领口，随手将外套脱下，低头啜了口咖啡："我已经派人到处打听过，李妈好像人间蒸发了。"

"我想应该有很多事，奶奶没有对我们说。"我说着，起身到门口喊来赵妈，让她把奶奶请到阁楼上来。

隋重华无精打采地坐在墙角，愣愣盯着地板的某个地方。我能理解他现在的心情，可如何才能解决现在纷乱的局面啊？

当奶奶出现在阁楼的时候，我们都显得迷惘而疲惫。她看着我们这群心力交瘁的年轻人，重重叹了口气："你们想知道什么？"奶奶问道。

"我只想知道李妈到底是什么人？"重华喷着酒气大声说。

奶奶听罢，皱了皱眉头。

"奶奶，现在齐玫已经走了，我相信你反对他们在一起一定有您的理由。不过她现在正面临危险，而这一切又和您的孙女有关，我们已经知道她还好好地活在这个世上，不过我们必须团结一致确保俩人都能平安归来，至于其他的，我们以后再说，好吗？"我拉住奶奶冰凉的手臂。我知道，当她看见唯一的孙子对自己大声呵斥的时候，心里一定充满了委屈和自责，但像她这样高高在上的女士，又怎能轻易承认自己的错误呢？我想她也需要时间。

她看了看我，眼神闪动。

"说来，也惭愧。李妈本名李翠凤，跟了我半辈子，她家世世代代都在我们隋家做事，可在我的眼中她始终不过是个仆人。想当初我嫁到隋家来，就是她跟在我身边。那时候我们都还很年轻，她很漂亮。不是她父亲的亲生女儿，当年李家男人不能生育，在跟随你太爷爷到中国做生意的时候，收养了一个女儿，就是李妈。"奶奶缓缓说道，我们似乎回到了四十多年前。

"当时，你太爷爷突发胃出血，情势非常危急，李家男人在医院陪护，却在这时碰到受伤住院的翠凤。当时人们找不到任何能证明她身份的证件，问她什么她也不记得，看起来有些神志不清。李家男人见她可怜，又没有亲人，就自己掏钱负担了她所有住院费用。一个星期后，你太爷爷回加拿大休养身体，李家男人就带着翠凤一起离开了中国，并认她做了女儿。"

"可，我们看到的李妈并没有神志不清啊？"隋重华问道。

"是啊，刚回去的时候，问她什么都不说，只是躲着人，可渐渐的，她告诉别人她姓李，这样李家男人非常开心，觉得这是上天赐给他的女儿。当时他们老两口也已经年过半百了，于是，给她取了名字叫翠凤。慢慢的，翠凤的精神恢复了好多，也变得开朗了，而且越来越漂亮了。那时候我正和你爷爷谈恋爱，我第一次到隋家时，翠凤就给我留下了很深的印象。她很漂亮，话不多，每天只是跟着她母亲在厨房里出出进进，端茶给我的时候总不时地偷偷看我。还记得有一次，我穿了件洋红色带荷花图案的旗袍去隋家拜访，她见了非常羡慕，也做了一条，后来听说因此被她养父狠狠训斥了一顿。"

"她是怎么受的伤？"我忽然觉得似乎有些事情没有交代清楚。

"这个我就不清楚了，听你爷爷说，翠凤性格内向，很会烧菜，但每当问起她受伤的情形时，她都反应强烈，所以大家也就不再追问了。在隋家，人们都不怎么注意她，不过是个仆人的女儿而已。"奶奶说着，露出一丝遗憾。

"我曾经和您说过，我们怀疑是她把东西偷走了，这个您怎么看？"章知远说道。

"她，我也想过这个问题，当时我们召开那个发布会也是希望引出和这件事有关的人，因为我们怀疑这个人和蝶住的失踪有关，因为蝶住失踪后，她妈妈死了，而泄香散也丢失了。"奶奶说道。

"难怪你们要把那场宴会搞得那么高调。"我喃喃自语。

奶奶看着我，点了点头。

"是啊，可没想到引出的人却是她。"重华狠狠地说。

"至于动机，我还是猜不透。"奶奶看着我们意味深长地说道。

众人一时陷入沉默。我的眼皮忽然猛跳起来，接着一阵剧烈的心慌袭来。

"你怎么了？"魏龄雪发现了我的失常。

"我，我觉得很不安！"我用手按住胸口。一抬头竟迎上了吕意卓关切的目光，可他却在一瞬间把头转向一边。此刻我顾不得这些了，"齐玫一定出事了！"我脱口而出。

"什么？"大家几乎是异口同声。

"我有预感，李桥生一定找到她了！"

"你怎么知道？"魏龄雪惊讶地抓住我的手臂。

"上次齐玫出事，我就有预感，但没有这次这么强烈，这次……"我用力扶住头，怎么头疼得好像要炸掉了。

人一个个离去，转眼间阁楼里只剩下我自己。

我歪在榻榻米上，微闭着眼睛，听着窗外呼啸的寒风，满脑子都是齐玫浑身是血的样子。不行，我不能这样下去。我蹑手蹑脚地来到楼下，齐玫的卧室就在二楼。她走得匆忙，屋子里还保留着当时的样子。一件墨绿色羊毛套裙扔在床上，豹纹风衣搭放在化妆椅背，窗帘还有一半没有拉开，甚至枕头上还留着几根断发。我的手轻轻抚过褶皱的床单，真希望她没事，却不想碰到一个硬硬的东西。我顺手从她的枕头下面掏出一个本子。

这是什么？我随意翻开，齐玫不是个喜欢用文字记录生活的人，以我对她的了解，她从未写过日记。

咖啡色的纸张带着压力扑面而来，一种不祥的感觉笼罩在我的周围。让我没有想到的是，这笔迹居然是姜瑶的。

2003年8月23日，阴。

研究生好考，但学费难筹！想想当年我能勉强支付攻读硕士学位的学费，妈妈付出了可怕的代价。那个以前给她钱的人早就结婚了，自从上次和他要来两万块钱后，就再也联系不上他了。妈妈不得不重操旧业，但年老色衰，没有客人照顾。无奈之下，我只好做家教赚点钱，可生活过得很艰难，我已经习惯花钱大手大脚，现在忽然没钱了，实在受不了。

这个时候，我通过齐玫认识了张怀敬。他是个很实在的男人，不知道为什么，看到他后，我的思想发生了巨大改变，我希望能和他成就一段正常人的爱情，可他却不可救药地爱上了齐玫。我恨他们。

那天，我给张怀敬打了电话，我问他到底爱不爱我，他的回答很干脆，不爱。我笑了，跟他说，我会让你爱上我的。

于是，三天后，我只身来到旅阳。当然，齐玫是不知道的。我约了张怀敬，我不相信他能抗拒我。可谁知，见我开始投怀送抱后，张怀敬的反应令我大吃一惊。他迅速起身，并义正词严地告诉我自重，还说他最讨厌像我这样轻浮放荡的女子。我望着他纯净正直的面孔，一下子失去了方向。我没做错什么，我只是爱他，并想告诉他我在爱他，这难道不对吗？

当他转身离开时，我开始狂笑。他不解地问我为何。我说，玫瑰和蔷薇是一样的货色。他没再说什么，只是定定地看着我，从牙缝里挤出一个字："不。"

我再次笑得摇摇欲坠，两粒浑浊的泪珠从空中坠落："风尘与红尘有什么区别？"他没有再看我，只是从桌子上拿起一只瓷杯，重重地摔在地上。随着清脆的叹息，杯子碎成一朵白色的莲花。

"风尘会让洁白的你变成灰尘，而红尘会让你变成洗练的白莲。"他像个哲人般屹立在门口。

"白莲？"我发出低低的冷笑，"灰尘？"我抬起头，透过自己颓废的刘海，看着他俊朗明澈的眼睛。

"我会成为灰尘？还是白莲？"我仰着头，声音哑哑的，似乎在等待着一场命运的审判。

在一阵沉默后，他关门离去，把我一个人留在午夜梦回的小旅店里，独自流连于灰尘和白莲的较量。

姜瑶的日记在我手中越来越沉，最后好像被水浸过的海绵。原来齐玫说的是真的，姜瑶果然真诚地爱过一个人，那就是张怀敬。我缓缓收好这本日记，姜瑶的笔记清晰有力，它唤醒了我对昔日老友的记忆。这个年轻鲜活的生命曾那么澎湃地存在过，很多事情，很多人，都因为她的存在而发生了改变，当然也包括我。可既然来了这个世界，又为何要匆忙离开呢？我始终不能理解。

我又顺手翻了几页，接下来，我却发现了一个和我有关的惊天大秘。我常用的红色瓷杯，朱砂！原来，当年我突感身体不适，终止考研，竟是她在背后"谋划"。

人生，当真是你方唱罢我登场！

正在这时，我的手机突然响起，我顺手接了电话，却发现，这是我最不想见的人。

"我已经到复盛了，为什么在隋家住了这么久？"方云澳愤怒不满的声音从电话那头清晰地敲打着我的鼓膜。

"我是来爸爸的朋友家疗养的，顺便相亲，这个我告诉过你。"我冷冷说道，真是防不胜防，本来这几日就一直回避着他的电话，却不料刚刚被姜瑶出人意料的日记搞得一时麻痹，没有看来电显示。

"我已经在隋家门口，你出来吧。"方云澳坚定地说。

"笑话，我出去？这几个月，我一直不接你电话你该明白是为什么。"我直截了当地说。

"是，我知道为什么，但我想挽回，你再给我点时间……"他有点着急了。

"对不起，我不是你腾云驾雾的棋子。"随后我"啪"的一声挂断电话。

竟追到复盛来了。我气冲冲离开齐攻的屋子，夹起那本日记，准备回阁楼。谁知刚关上房门，就听见魏龄雪在后面喊我。她一脸惊讶地看着我，齐肩的酒红色头发笼罩着柔美的光芒，白净的面孔妆容细致，像个瓷娃娃。"你怎么了？"我见她如此怪异的表情忍不住问道。她指了指外面，"他来了！"

我顿时明白她说的是方云澳。这时，一张表情复杂的脸孔出现在她的身后。吕意卓身穿一件乳白色的毛线衣，下面是条灰色的粗布裤子。

"是的，他来了。"我重复着魏龄雪的话，转身准备上楼。

"你却往上走？"魏龄雪惊讶得张着嘴巴，手指胡乱地比划着。

我看了看站在她身后的吕意卓。他真的变了。自从他来了复盛后，就很少主动和我说话，我不知道发生了什么，但他和魏龄雪的关系似乎很亲密，两人时常凑在一起嘀嘀咕咕，也许他们相爱了！

此刻的吕意卓什么也没说，见我看他，便将眼神游移到其他地方去了。一阵痛楚掠过心头。其实我早已经发现自己爱上了这个比我小的男人，一度我不愿面对这个现实。可后来，随着时间的推移，我开始接受，并且是很幸福地接受，期待快点把齐攻的事情解决，早些回到申州。

可……

"喂！你怎么了？"魏龄雪上来轻轻推了我一下。

"龄龄，我想告诉你一句话。"我郑重其事地看着她。

"什么？"她有点纳闷地看着我。

"不管发生什么事情，你我都是最好的朋友！"我重重地说。

"当然啦！"魏龄雪被我突如其来的话弄得有点懵。

我想她身后的吕意卓应该是能明白的吧。我不相信从一开始他就没有一点喜欢过我。当我转身下楼的瞬间，一种从未有过的悲伤流过我的心头。

外面，风更紧了。我拉紧宝蓝色披肩，两穗银色耳环晃得我心烦意乱。在这样的寒风中，我的羊绒裙有点单薄，紧紧贴在腿上。风瞬间就吹乱了我的卷发，仿佛一只乍起的孔雀，我不得不用手将它们从后面轻轻握住。

方云澳穿了件齐膝的深灰色羊绒大衣，里面暗绿色的衬衫领子立得高高的，刚好挡住他满是胡须的下巴。一条同样暗绿带黑的欧式丝巾一丝不苟地填充在衬衫的缝隙里，短短的头发配着长长的鬓角，勾勒出一个精致而有品味的男人。见我来了，他并没有马上迎上来。

　　我远远地看着他，停住了缓慢的脚步。

　　"你不常穿高跟鞋的。"他看了看我脚下的棕色牛皮长靴。

　　"一切都会改变。"我已经完全停了下来，抱着双臂看着他。

　　"为什么不过来？"他把身子正对着我，皱了皱眉头。

　　"要不是魏龄雪，我根本就不会出来。"我冷冷地说。

　　谁知他根本就没有说话，就那么静静站着，看着我的脸。我不明白他想要做什么。接着，他叹了口气，径直向我走来。

　　他要干什么？在他距离我不到两步的时候，我不由自主地后退了几步。让我没有想到的是，他竟越过我，直接向隋家大门走去。

　　"等等，你要干什么？"我连忙追了过去。

　　这个时间大家正为齐玫的事情担心，他怎么也来添乱！还没等我追上他，他已经进了客厅，魏龄雪正趴在门口偷看，被他撞个正着。

　　"你好啊！魏龄雪。"他笑眯眯地看着惊讶万分的魏龄雪说道。

　　魏龄雪看看我，又看看他，支支吾吾不知道该怎么回答。

　　"是谁啊！"奶奶从卧室出来了。

　　"这位是隋老夫人吧？我是许小姐的同学，也是他父亲的秘书，我姓方。"他振振有词地说。

　　秘书？真够能编的。我狠狠瞪了他一眼，却只能朝奶奶点点头。事情已经很乱了，不必把我个人的私事也搅和进来。

　　"方先生这次来？"奶奶不知为什么一个陌生人会如此贸然闯进她的家。TOM也不知道从哪里钻了出来，冲着方云澳"嗷嗷"乱叫。

　　"是这样的……"方云澳看了看大家，"我可以坐下说吗？"

　　"哦，当然，赵妈备茶。"奶奶把他请进屋里。

　　我和魏龄雪尾随其后，吕意卓也端了杯咖啡默不作声地跟了进来。方云澳发现人群里的吕意卓，转身看了看我，眼里满是疑惑。我知道，他一定不能相信我居然和这个撞伤我的人成了朋友。

"很抱歉，隋夫人，今日无端造次也是迫不得已。"他皱着眉头看着我。

这个家伙要干什么，我连忙上前："奶奶，他……"还没等我说完，就已经被方云澳打断。

"是这样的。"说着，他把眼睛转向我，我狠狠地看着他，"许夫人派我来这里的分公司办点事，顺便接许小姐回去。"

他果然搬出妈妈来了，我冷冷地立在旁边。

就在这时，门开了。

方云澳见又有人来了，忙起身，并且换上了一副桀骜不驯的眼神，却不知碰上了一双更加高傲的眼睛。章知远一身黑色西装，配着深红色黑条纹衬衫。他好像永远都不会打领带似的，领口总是松松的。他的皮肤在冬季的寒风中显得白皙干净，嘴唇却洋溢着健康的红润，一时竟发现他跟韩剧中的权相宇倒有几分相像。

"哦，知远，这位是许先生的秘书，也是青丸的同学，真是后生可畏。"奶奶向章知远引荐道。

"你好。"方云澳伸出手去。

谁知，章知远定定地看了看我，又看了看他："你要接她回去？"

"是的，没错。"方云澳抬起头注视着眼前这个高他半个头的俊朗男人。

"你要回去吗？"章知远用手肘轻轻碰了碰我。

"我……"还没等我说话，一旁的方云澳就开口了。

"我想这个不是许小姐一个人说了算的。许先生身体不好，许夫人又从不过问公司的事情，现在是许小姐回去的时候了。"谁知还没等他说完，章知远已经稳稳坐在我旁边的沙发上。

"我想许小姐已经找到了人生的伴侣，现在只是个时间的问题，你……"说着，他斜着眼睛看了看方云澳，"你不过是个秘书，又何必那么认真呢？"说着，爽朗地笑了。

"是的，我现在还不能走，有些事情还没处理完。我想爸爸是可以理解的。况且，是他要我来相亲的。"说着，我狠狠瞪了方云澳一眼。

方云澳的脸色瞬间改变，不过马上又恢复了常态，随即又笑容可掬地说：

"那么，请问是什么样的人呢？"说着，他用眼睛在周围巡视了一圈，"怎么许先生还不知道？"

这次让我没有想到的是，章知远没再说话，只是用一只手扶住额头。他的头垂得很低，我看不见他的眼睛。我抬起头来，不想正碰上站在魏龄雪身后的吕意卓的目光，他正定定地看着我。这是我来复盛后，他第一次这么长久地注视着我。

我朝他轻轻点了点头，我想他应该明白我的意思。谁知他眼里忽然闪过一丝暗淡，随即苦苦地抿了抿嘴，缓缓地摇了摇头。还没等我开口，他已经转身飞快地离开了。这一瞬间的惊愕，让我仿佛掉进了冰窟。一种无地自容的自卑感迅速将我包围。却在这一刻，章知远叹了口气，然后转向一旁的方云澳："我想我正要追求她。"说着，他露出一副笑眯眯的调皮模样。

方云澳顿时一惊。

"没错，我对许小姐一见倾心，但她似乎还没有准备好接受我，所以，请方先生给我个机会，我会很感谢你的！"说着，他坏笑地看着愣在一旁的方云澳。

我吓了一跳，正要说什么，却因他笑嘻嘻的表情释然了，不过是玩笑，帮我解围而已。

方云澳离开的时候，齐玫已经失踪了十六个小时。

接下来是无尽的等待。张怀敬赶来了，我不知道他是怎样面对齐玫为他设下的感情陷阱。

隋重华推门进来，我惊奇地发现他已经整理好了情绪，不再像一开始那样激动。也许这就是大人物的厉害之处。爸爸说得不错，隋重华绝对是个奇才。

我向他引荐了张怀敬，重华很大方地握住了他的手。两个男人的手不因应酬而握，着实不易。看着眼前的一幕，我不由得长舒了口气。

"我希望我们齐心合力救出齐玫，至于她到底选择谁，那是她的事。"张怀敬说道。

重华若有所思地点了点头。

"你那边查得怎么样了？"章知远问道。

重华点了根烟，将一打照片扔到桌子上。

我们凑近一看，顿时一惊，画面上的女孩非常像齐玫。

"这是小林！"一旁的魏龄雪叫道。

"是我今天早上收到的。"重华眼里燃烧着怒火，"在我公司门口，没有署名，也没有地址。"我猜对方是想催促我们马上交出东西。

"我这里也有了一些线索。"章知远默默打开笔记本电脑。

"记得几天前抓到的那几个放火的人吗？"章知远斜斜地倚在沙发上。众人诧异地看着他。

"警方今天提供了一份对面商场意外录下的监控录像……"说着，他将笔记本的屏幕转向我们。

那画面并不清晰，然而仍可以辨别出是一辆白色捷达的影像。它停靠的位置正是金艺大厦对面大概一百米的地方。当时是凌晨一点左右，前方燃起点点火光后，白色捷达便调转车头离开，留下一排不算清晰的车牌号码。

"警方怀疑这辆车？"重华道。

"是的。"章知远一手托着下巴，"所以这该是个很好的线索，或许我们该把所有线索连起来分析一下。"

我仍盯着已经黑掉的电脑屏幕发呆。听到章知远的话，忽然想到了什么，忙俯下身子重新按下回车。

画面又一次重演。这次，我适时按下暂停键，画面停留在光线最好的那个刹那。

"这个人……"我喃喃自语。

那边的魏龄雪突然问重华："你见过Amanda吗？"

"这个……其实我并没见过这个女人。"重华摇了摇头道。

"她从未在你们隋家出现？"吕意卓想了想，歪着头问道。

"不，应该说，从未在重华在的时候出现过吧。"魏龄雪道。

大家瞬间陷入沉默。

"你的意思是……她在重华出国后曾经来过？"章知远道。

"我有种直觉，似乎她和李妈是认识的。"魏龄雪道。

"你曾说过，肇美龄去林渠照顾她师傅的时候，这个女人到过隋家，并扬言一定要报复，当时隋奶奶和重华都在国外。"吕意卓说。

"为什么这些我都不知道？"重华诧异极了。

"这事，我也没听说过。"奶奶端着一盘水果放在茶几上。

"只能说，有人刻意隐瞒了。"张怀敬突然开口了。

"李妈。"说着，章知远看了看重华。

重华默默咬着下唇："看来，第一个该怀疑的人就是她。"说着，他看了看一旁的奶奶，"我想我们还是要同时展开寻找齐玫的行动。"

奶奶没再说什么，只是默默起身离开了。我知道，其实奶奶也很自责。不管怎么样，一定要尽快开始行动，直觉告诉我，齐玫现在一定和李桥生在一起。

等等……

我重新注视电脑中那模糊不清的画面，车里的人影似乎很熟悉……

"为什么我觉得李妈一直都在帮助那个女人？那种感觉很特别，无法形容。"重华含糊地说。

"重华！李妈是不是有个女儿？！"章知远眯起了细长的眼睛，盯住重华。

"我知道这个人是谁！"我忽然一个激灵，迅速将笔记本转向隋重华。

重华马上回过头看着我，又看了看那个白色捷达的画面。

"龄龄。"我看着魏龄雪，希望得到肯定。

魏龄雪见我这样反常，忙俯身跪在地板上，凑近电脑仔细辨认着。

众人不约而同将目光集中在这个不太清晰的画面上。终于，她缓缓抬起头，睁圆了双眼："李桥生！"

我狠狠点了点头："没错。"

听到我和魏龄雪的指证，张怀敬和隋重华不约而同抢身上前。

"就是这个男人，让齐玫如坐针毡。"张怀敬狠狠地说道，另一只手已经握成拳头。

看着模糊不清的画面，车里的男人隐约穿着米色的衣服，大大的墨镜与子夜显得极不相称。虽看不清五官，却能感受到一种冲破屏幕的压抑和紧张。

"就是这个人？"重华也从牙缝里挤出了几个字。接着，他重重将身子倚在沙发上，眼神中充斥着隐隐的杀气。

"看来，他是有备而来，还买通了这里的黑势力。"章知远眯着眼睛盯着我说。

"他完全有这样的实力。"我看着他，"他是李震江的儿子，这个人你们也该知道吧。"

"卓尔马场的主人？"隋重华看着我。

"没错，我们的父亲一直都有生意上的往来，这个人我了解一些。"我说道。

"不过，似乎很少见他父亲在公共场合露面，这个人非常低调。"章知远若有所思地说。

我看了看表，距离齐玫失踪已经三十个小时了。

"看来，他已经调查过你们了，并用这样的方法反击。"吕意卓说道。

"大家放心，我已经和警方联系过了，他们已经对这辆车展开追踪，相信他出不了复盛。"章知远看了看我，说道。

我知道，他在安慰我，不过但愿吧。有时候，我并不太相信警察。

"刚才，你说到Amanda的事，难道你见过她？"隋重华看着魏龄雪问道。

"是的，我的确见过。"

"请你形容一下。"重华继续道。

"这样吧，我可以凭着记忆画幅肖像给你。"说着，魏龄雪从包里掏出了纸和笔。

蝶住的事我当然也是担心的，不过直觉告诉我，齐玫现在的处境才是最凶险的。我默默把身体坐回原处，双手扶住太阳穴。我的心太乱了，以至于不能正常思考。

"没事吧？"章知远见我很疲惫，起身坐到我这边，关切地扶住我的肩膀问道。

我仰起头看了看他。真羡慕他的体质，长时间的高压和睡眠不足，并没有影响到他的气色。

"我没事，可能有点累，我去倒杯咖啡。"我说着，准备起身。

他却一把拉住我的手，这是平时没有过的。我一惊，却并没有挣脱。

"好了，够辛苦了，这里有我们这些男人，你们女人先去睡一会吧。"他的手很温暖，很像爸爸。

我缓缓回过头去："没关系的。"

"好了，我可要先去睡一会儿了。这个已经画好了，你们先研究一下吧，三个小时后叫醒我。"说着，魏龄雪起身离开了。

吕意卓并没有跟过去，也许他也想加入这场战斗，虽然他的话并不多。我看了看他，他并没有注意我，而是盯着重华手上的Amanda肖像发呆。

"那好，我就在这睡一会。"说着，我倔强地将自己窝在沙发里。

"还是回楼上去吧。"重华看着我。

"不。"其实我很怕错过他们分析的每个细节，因为我的眼皮开始跳个不停了，这是个不好的预兆。

"看来只有这样了。"说着，章知远站起身来，笑着看着我。

我不知道他要干什么，一时愣在那里。他忽然俯下身子，一把抱住我。

"喂！你干什么？"我第一次这么大叫。却在这时，我看到了吕意卓愤怒的双眼。

"她不想去睡！"吕意卓终于站了起来，一把抓住章知远的手臂。

我顿时停止挣扎，盯着眼前剑拔弩张的两个男人。

"她是个女人，必须休息！"说完，章知远甩开他，抱着我上楼去了。

吕意卓僵直地站在客厅的中央，很快就消失在我的面前。

当章知远把我摔在床上的时候，我才如梦初醒。"我可以坚持的！"我大声喊道。他什么也没说，只是狠狠地看着我，松了松衣领，长吐了口气。

我猜不透他的用意，傻傻地看着他的一举一动。

"为什么？"他的脸瞬间变得可怕。

"什么？"我不明白他在说什么。

他看着我，甩掉外套，俯身凑到我的旁边。

"你爱上那小子了？"

我这才明白，于是把脸撇到一边。他嘴里的热气瞬间扑到我的脸上，我下意识地缩了缩脖子。我并不怕这个男人，却不习惯和他这么近距离对话。

"看着我。"他一把抓住我的胳膊，把我刚刚转到一边的脸硬拧了过来。

他对我从未如此唐突过，我有些被激怒了。

"那又怎么样？难道不可以吗？"我大声反驳道，顺手准备将他甩开，却不料被抓得更紧。

"你们不可能在一起的！他怕你！"说着，他再次将我扭到一个适合的位置。我痛苦地挣扎着："那也比苦苦追求我的富贵家世强！"

见我受不住了，他缓缓松开双手，却依然盯着我不放。我忙扶住胳膊："我的痛苦你能明白吗？虽然你也很富有，但你是男人！男人本来就该养女人，可我不一样！"我终于有机会将自己的委屈和抱怨一股脑渲泄出来，"我是女人，很普通的女人，不是很漂亮，不是很温柔，不是很可爱，却很有钱，这简直太可笑了！"我第一次在异性面前如此乱套。

"下午来的那个男人就是我的前男友，可知道他一开始爱的人是谁吗？"我站起来，鼻子就要碰到他的下巴，"是齐玫！多可笑！结果就因为我更有钱，更能给他想要的生活，他开始追求我，他甚至查了我的档案！"泪水打湿了我的脸颊。章知远渐渐靠近我，轻轻把我拉进他的怀中。我的确很累，缓缓把自己沉在他的怀里，任眼泪一点一点浸入他衬衫的纤维中。

"所以，你选择了一个怕你的人？一个惧怕你显赫家世的傻小子？"他轻轻拍抚着我的背，仿佛怀中抱着的是个婴儿。我把整个人的重量倾注在他的身上，他坚实的躯体无言地承受着。我清楚地知道，自己心里的痛楚和压抑，已经让他感同身受。

"其实你还有其他选择的，不过最好还是先休息一下。"他轻抚着我的长发，并打开我脑后的发髻。我抬头看着他，他眼里湿湿的。

"可我真的还想试一试。"我抹了抹眼角，用颤颤的声音说。

他叹了口气："如果那小子真的很胆小呢？"说着，他高傲的嘴角扬起了一个浅浅的无奈的微笑。

"那时候再放弃。"我也以同样的方式笑了笑。他用双手扶住我的肩头，低下头，仔细地看着我，"如果再有痛苦就不要继续了。我想，你该明白我的意思，你是个聪明的姑娘。"说着，他用手指轻轻抹去我脸上的泪痕。

"好像你很老到。"我看着同岁的他。

"我比你成熟多了。"他笑着拍了拍我。

"你有一直珍爱的人吗？"我傻傻地问道。

他看了看我，把一只手放到胸前，微闭着眼睛："向上帝发誓，我从见到她以后就爱上了她，但我希望她能幸福，其余的都不重要。"说着，他睁开一只眼睛，偷偷看了看我，见我正呆呆地看着他，又接着道，"同时我也向上帝忏悔，在此之前，我曾和很多女人有过感情，并且上过床。"说着，他又睁开眼睛偷偷看着我，眼神很奇怪。

我顿时觉得有些尴尬："这种事，还那么大方地拿出来讲。"

"好了，你好好休息一下吧，一会儿我叫你。"说着，他起身离开了。

我躺在床上，整个人越来越沉，眼前开始模糊。也不知过了多久，我看见一个大红色的人影从远处跑来，停在了不远的前方。我仔细分辨，是齐玫，真的是她！我大声喊着她的名字，却怎么也发不出声音。只见她站在那里不停地朝我这边张望，红色的风衣在冬日的寒风中显得格外刺眼。忽然，一个黑影从她身后窜了出来，一把捂住她的嘴。

"齐玫！齐玫！"我大喊着从梦中惊醒。

我的身体不住发抖，为什么这种感觉如此强烈。齐玫一定是在向我求救，她一定出事了。

我忙起身下床，却发现手里紧紧握着那本姜瑶的日记。大拇指正好插在其中的两页之间，难道是姜瑶要向我暗示什么？有时候我不否认自己相信宿命。

我迅速翻开日记。

2006年1月，雪。

下雪了，太好了，这是今年的第一场雪，好漂亮啊！我已经上研三了，生活到底没有亏待我，我终于笑到了最后。可就在今天，我才知道妈妈吸过毒！但好在已经戒掉了。妈妈已经老了，我会负担起我们母女以后的生活。生活不过就是那么回事，没什么好怕。研究生的工作也不好找，无奈之下，我又找到了权奎。

这个家伙一年前就离婚了，最近正和一个外国女人打得火热。在我人生最重要的时候，我不介意再低贱一次。他经常和那个女人去一个叫"花花猫"的迪厅，而正好我认识那里的一个小头头，于是通过关系，我在那里表演了一场性感的钢管舞。

当时小小的圆台上我施展了平生所学，极尽能事地展现着身体的极限。昏黄的灯光下，我其实只在为一个人表演。果然，权奎没有让我失望。在我披上外衣准备离开的时候，他拉住了我。

所以我说生活不就是那么一回事吗，没有贞洁烈女，也没有白马和绅士，人们只不过是在各取所需罢了。用身体交换下半生的安定幸福，我还是愿意的。

我提醒他，别忘了，他爸爸已经提副院长了。他笑了笑，对我说，一切都将按照我的意愿进行。当时我好开心。从酒店出来，我一个人来到麦当劳，点了四五个人的份，独自狼吞虎咽地享用着。当时天已经黑了，我一个人靠着窗子，看着外面行人麻木的表情，一阵阵苦涩涌上喉头，我努力用鸡翅和汉堡填压着，直到胸口仿佛顶着一个大大的气囊。一行泪水夺眶而出，这样肮脏的交换要到什么时候？

上大学的时候，只有我是自己一个人去报道，陪伴我的是一摞破烂的行李。青九坐着小汽车，魏龄雪有妈妈爸爸陪着，就连齐玫也是妈妈和继父一起送来的，为什么只有我！我的人生怎么总是这么孤独？

我的眼泪掉在鸡翅上，掉在汉堡上，我第一次这么痛快地大哭。

权奎终于没有骗我，他果然说服自己的爸爸把我留在申州师范大学做了美术系的教师，我的付出总算没有白费。当我得到这个内部消息时，我开心地跳了起来，可权奎却一脸冷笑地看着我。

"为什么这么看我？"我瞥了他一眼，其实我打心眼里瞧不起这个纨绔子弟。

"祝贺你啊！你真幸运！"说着，他表情奇怪地转身离开了。

奇怪，他没说任何挖苦的话，也没要求以后的事。

我迫不及待翻到了后面的一页，我想快点知道结果，似乎我从拿到这本日记开始就已经和姜瑶的生活连在了一起。或许姜瑶希望我把它看完。

留在申师大是我多年的梦想，我终于可以享受衣食无忧的生活了。可渐渐我发觉有点不对劲，也说不出到底是哪里，总之一切都太平静。权奎再也没找过我，他爸爸也对我避而不见，仿佛我的人生里，从来没有出现过这两个人，可这正常吗？

我买了妈妈最喜欢吃的老婆饼和高档化妆品，准备回家看看。其实，妈妈从来没有过过一天像样的日子。谁知，我竟在家里碰到一个男人。通过妈妈的介绍我才知道，就是这个男人给了妈妈两万块钱，而我也是借着这笔钱才读完了我的研究生课程，但此人我还是第一次见到。他个子不高，长相很猥琐，可为什么我觉得他这么眼熟呢？我一定在哪里见过。妈妈告诉我说，其实当时她和这个男人要钱时，说好了会还的，现在我已经毕业了，将来的生活也不需要发愁了，于是妈妈拿出自己最后的家底儿，叫来了这个男人，准备一次还清这两万元。

跟着，妈妈示意我先回自己房间去，他们两个有话要单独谈。我虽觉得奇怪，但也不得不离开。于是我悄悄把卧室的门开了条小缝，偷听到了一个天大的秘密。

"秀云，我希望你没把事情告诉你女儿。"那个男人说道。

"放心吧，不管怎么说，你都帮过我们娘俩。"

"我不希望小玫知道，你也知道的，她小时候撞到过我们……"说着，那男人略显尴尬地晃了晃脑袋。

"是，我知道，那次我吸得多了点。没想到孩子竟然成了同学，这是不是报应！"妈妈叹了口气。那男人干咳了两声，没再言语。妈妈忙道："以后我们都开始新的生活吧，一切就当没发生过。我也不吸了，你再不用给我送了。这些年也谢谢你的照顾……"

过了好久，男人才怏怏地说："我是个孤儿，当年要不是你父母，不知道自己还能不能活下来。虽说当时他们嫌弃我没钱，但咱们毕竟也算是有过那么一段感情，如今再说这些客气的话，倒显得你见外了。"

那个男人走了，我愣在门边，原来他就是齐玫的继父，难怪我觉得这人这么眼熟。他送齐玫来报到时我曾见过他。

那一夜我没睡，第二天我匆匆赶回申州，因为我发现自己生病了。高烧、腹泻，搞得我实在吃不消。妈妈也很着急，可我执意回申州检查。

大夫的表情让我觉得自己的病一定很严重。

"你这样高烧大概持续了多长时间？"他皱了皱眉头。

"快半个月了。"我回答。

"腹泻呢？"他又看了看我。

"也差不多。"我眨了眨眼睛。

"皮肤上的褐斑呢？"说着，他用眼睛瞥了一下我的手臂。

"半个月左右。"我简单地回答着。

"哦，你到检验科做一下血样检查。"说着，他开了张单子给我。

查血样？我的心忽然间狂跳不止。

三天后，我独自来到申州市人民医院，我的检验报告已经出来了。

体重骤减，长达半个多月三十八度以上高烧，皮肤斑块，严重腹泻。这些终于得到了合理的解释——我，得了艾滋病！

我才刚刚得到我梦想的一切，妈妈才刚刚有了永久的依靠，这一切却仿佛昙花一现，在我眼前就只那么轻轻一闪，便消失得无影无踪。我多想伸手挽留，却发现自己行将灰飞烟灭。

我拖着沉重的脚步回到办公室，我的案头仍放着学生的论文，一杯绿茶已经凉透了，对面的同事早已开始收拾东西，大家互相调侃着，要去隔壁商场买本季特卖的打折货，而此时的我，对任何事情都无法再提起兴趣，我的生命即将走到尽头，难道我就这么死掉？我好不甘心！

权奎，一定是权奎，是他！我嗖的起身，抓起包包，冲出办公室。

我匆匆翻到后面几页，在这里，我终于找到了答案。为什么一直对生活充满斗志的姜瑶会在一切愿望得以实现后，毅然决然地放弃了自己的生命，我终于什么都明白了。

这时，我的门被敲得震天响。

"来了！来了！"我应着。就在我起身的刹那，一张纸页从这本日记里掉了出来。我连忙捡起，还没来得及放回原位，便匆匆跑去开门，只见魏龄雪一脸焦急地站在门口，"快，青丸，他们，他们找到李妈了！"龄龄的声音有些颤抖。

"太好了！"我也顾不得许多了，马上冲下楼梯。来到楼下，果然见到李妈。她看上去很苍老，脸上的皱纹让她本就粗糙的皮肤显得格外暗淡，她浑浊的双眼从我们脸上一一扫过。

隋重华看了看我："章知远这小子还真是有办法，在车站截住了她。"

我疑惑地看了看章知远，他笑着说："我的兄弟们很尽责哦！"说着，歪着脑袋看着李妈。"为什么急着离开复盛？"隋重华将一杯咖啡递到李妈跟前，动作虽然绅士，可谁都看得出他身上的每根肌肉都是紧绷的。

谁知，李妈却一反常态，只用眼角瞥了他一下，便扭过头去不做声了。

"这么说，连为什么偷走泄香散也不肯解释喽？"章知远看着李妈眯起眼睛，"看来直接报警来的好些。"

李妈只是轻哼了一声，看了看章知远和隋重华："你们隋家的猫腻还真多啊！如果想上明天头条，随便你们。"

这哪里是以前的李妈，分明是蓄意经营的一场阴谋。李妈的背后到底掩藏着什么样的秘密？

正在大家陷入僵局的时候，奶奶忽然出现了。

"你终于回来了。"奶奶的声音仿佛一只玻璃瓶摔碎在客厅里，人人都觉得一阵紧张。

李妈见到奶奶，镇定自若地站直了身子，眼神里带着些许傲气，丝毫不似昔日下人的身份。

也许大家也都发现了这一细节，于是不约而同地看向奶奶。

"坐下吧，其实在这个家里你是有资格的。"奶奶边说着，边来到沙发边款款坐下。

李妈并没有说什么，只是安静地坐在奶奶的对面。

"东西应该是你拿走的吧？"奶奶看着她声音柔和地问道。我不得不暗自佩服这位年近八旬的老人。

"是的。"李妈坚定的回答让我们大吃一惊。

"请把它还给我们。"奶奶这次并没有再看她，而是端起桌上的咖啡，抿了一口。

"不可能。"李妈又一次斩钉截铁的回答让每个人都惊了一身冷汗。

"我想，我们可以交换一下，我需要它换取我孙女，你也说说你想要的吧。"奶奶的眉头在咖啡的蒸汽里轻轻皱了皱。

"我什么都不要，只要它。"李妈的回答淡定得可怕。

我隐隐觉得奶奶和李妈之间必定发生过什么事情，否则奶奶不会对她这么忍让。

"好了，别和她废话了，快告诉我你把东西放哪了？为什么你的随身包裹中什么都没有？"隋重华愤怒地大吼。原来他已经派人私自翻检了李妈的行李。

"你这样做我可以告你！"李妈狠狠看着隋重华。

"放肆！她正在和你奶奶说话！"让人没有想到的是，重华的话竟令奶奶震怒了。看来奶奶并不希望别人插嘴她和李妈的事，包括她的孙子，"好了，翠凤，几十年了，我知道你一直都在怨我，但这和孩子们无关。"奶奶压低了声音，仿佛怕我们听见。

"几十年了，我在你身边做了一辈子的仆人，耽误了一生的青春，葬送了一世的爱情！"李妈也逐渐放慢了语速，声音变得凄凉起来。这景象，让我们觉得非常压抑。

"我知道，你爱他。"奶奶摘掉金丝眼镜，避开李妈的眼神，似乎陷入对往事的追忆当中，"可我才是他的太太。"

"是的，我知道，你是隋家的少奶奶，可我呢？我怎么办？"李妈忽然间变得很激动，"我从到了隋家开始，就一直爱着他，他也曾经给过我承诺，他说他会娶我的！如果没有你的介入，一切该多么完美！"

"可是，你有没有想过。你的身份能逃脱隋家长辈的挑剔眼光吗？"奶奶看着对面的李妈，"毕竟，你只是隋家的一个下人，一个不记得自己父母是谁的可怜女人！"

"可是，我们有孩子啊！那是个男孩！"李翠凤忽然间好像失去了控制，双眼冒火般直逼奶奶。而奶奶却在这一瞬间被打垮，一行老泪夺眶而出。

"如果不是你，他一定还在这个世上……"

终于在这个距离齐玫失踪后的第四十六个小时，李妈的哭诉向我们揭开了隋家残酷的往事。

刚刚来到隋家，李翠凤无所适从，这里的一切都不熟悉，加拿大的气候又和中国很不同，她开始生病。李家男人叫李忠道，妻子叫阿云。因为婚后一直没有孩子，而今忽然得了翠凤，心情非常好。李忠道托人为她办了加拿大户籍，并准备送她去上学。翠凤当时已经十七岁了，虽然李忠道希望她能继续读书，却发现翠凤的精神状况不是很好。她总是生病，还疑神疑鬼。

当时翠凤并不记得自己是怎么出的事，而且时常出现幻觉，她总感觉后面有人跟着她，时不时做出一些常人无法理解的事情。

一次，翠凤正在午睡，忽然被一阵"呼嗙"声吵醒。她趿拉着拖鞋从楼上下来，由于刚刚睡醒，意识还不太清楚，再加上夏日午后的阳光尤其刺眼，翠凤只觉得眼前一个穿着紫色衬衫的男人，手中拿着斧头缓缓朝自己走来。她怎么也看不清这人的五官，只觉得那团紫色幽暗邪恶。他游移飘忽的身影仿佛从地狱爬上来的恶鬼："往哪里跑！财产是我的！"那个人终于开口了，声音含混不清，翠凤的心瞬间抽紧。

"啊！"翠凤大叫着昏倒在门口。

就在这时，一个穿紫色衬衫的男子跑过去，一把抱起她……

当翠凤再次醒来，发现自己又回到了刚刚睡觉的小屋，旁边没有任何人。难道是自己做了一个梦？翠凤爬到窗口，朝楼下望去。

院子里空无一人……

"翠凤！"正在这时，阿云焦急地一把扳住翠凤的肩膀，"快，让我看看！"说着，抚摸着她的两颊和脊背。

"怎么了？"翠凤不知道为什么养母这么奇怪。

"刚才，竟寻少爷说你晕倒了，他把你抱回来的。"

"哦，是这样。"翠凤落寞地朝窗外望去。

阿云干脆坐到翠凤的对面，挡住了她的视线："为什么昏倒的时候好像很怕呢？浑身抽搐的样子，都吓到少爷了！是不是想起什么来了？"阿云紧紧盯着翠凤。

"我，我也想不起来了，我好像看到一个穿紫色衣服的男人要用斧子砍我！"翠凤说道。

阿云皱了皱眉头："竟寻少爷，刚才的确穿着紫色衬衫，不过……"

"那人还说，财产什么的。"翠凤摸了把冷汗说道。

阿云摇了摇头："你出事时一定和穿紫色衬衫的人有关。不过，现在不要想了，先好好休息。"

翠凤也喃喃道："别担心我了，这一定又是我的幻象。不过，有件事可不可以答应我？"

阿云见翠凤精神恍惚，既心疼又担心。

"我不想去上学了，我这样怎么去啊！"翠凤说着，流下眼泪。

阿云轻轻抚摸着翠凤的秀发，并把她拉进自己怀里。

"好，妈妈答应你，以后你就是我的亲女儿，妈妈不会再让你吃苦了。虽然不知道你的生父母是谁，但你能跟我们到这里来，也是我们的福气，就跟着我们一起生活吧，我们会好好照顾你的。"说着，阿云伤心地哭了。

隋竟寻就是重华的爷爷。

生活像流水一样逝去，翠凤非常害怕竟寻，似乎就因为他总是喜欢穿紫色的衬衫。竟寻当时正在读大学。自从那次翠凤忽然晕倒，他开始注意这个时常出现在自己眼皮子底下的柔弱女孩。竟寻功课不是太好，但他天性开朗，调皮，和很多下人都合得来，但唯独这个翠凤，每次见到他，都像看见瘟神一样，东躲西藏的，这反倒让他觉得很有意思。渐渐的，竟寻对翠凤产生了很特殊的好感。此时，竟寻正和于梅香——重华的奶奶交往。

翠凤也在竟寻的温柔中逐渐恢复正常。尽管她仍想不起自己的遭遇，却可以很开心地和别人交谈了。李忠道夫妇很开心，却不知二人已经暗自相恋。

隋竟寻希望说服自己的父亲同意这门亲事，却不料在和隋家老太爷摊牌后，遭遇了前所未有的暴风雨。尽管他据理力争，老爷子仍顽固反对。在他心中，翠凤再好，也不过是个来历不明的女孩，而且是家仆之女，这样的婚姻实在有违常理。而且，老爷子心中已经认定梅香为自己的准儿媳了。

无奈之下，隋竟寻准备带着翠凤私奔，却在车站被隋家抓了回来。此时，翠凤已经怀孕，但大家并不知道。隋老爷怕被梅香知道，便给了李家一笔钱，辞了他们。一年后，隋竟寻娶了于梅香。

奶奶手里的咖啡还在冒着热气，李妈怨恨的眼神让每个人窒息。我暗自吸了口凉气。章知远在沙发里眯着眼睛，深深看着李妈。

"你们的过去，我也不过是在一些下人那里略微听到过一些，不过我一直以为那只是简单的爱情游戏，的确不知曾这样轰轰烈烈，竟还怀了孩子！"奶奶叹了口气，说道。

　　李妈狠狠看了奶奶一眼："我们被赶出隋家后，我的身体开始有了反应。呕吐、眩晕，让我不堪忍受。这时我才知道自己怀孕了。我很开心，希望能借这个再次见到竟寻。于是，我几次三番想找老爷和太太好好谈谈，却不料连隋家的大门都进不去。"

　　奶奶看着李妈苍老的面容，什么也没有说。

　　"真可笑，当时的你甚至都不知道我的存在。"李妈神经质地发出了艰涩的笑声。

　　"是啊，早知这样，我是万万不会嫁进隋家的。"奶奶沉重地叹了口气。

　　李妈抬眼看了看奶奶，神情复杂。

　　"可为什么你说是我害死了你的孩子？"奶奶不解地问道。

　　李妈冷冷看了奶奶一眼，眼眶中噙满了泪水："因为无法见到隋家老人，我想到了你。"

　　"我？"奶奶惊讶地看着她。

　　"是的。那天我见你从隋家出来，便跟在后面，希望能找你谈谈，却不料……"李妈说着，声音开始颤抖，这是从她进门为止，第一次显得无助。

　　奶奶默默地看着她，不知道后面还发生了什么。

　　"就在我鼓起勇气准备追上你的时候，一辆汽车迎面驶来……"李妈把头扭了过去，我能看到她颤抖的肩头。

　　原来是车祸让她流产了，可这又能怪谁呢？我再次相信了宿命。

　　奶奶无奈地摇了摇头："可你既然这么恨我，为什么还要回来？"奶奶的问话，正是我心中的疑问。

　　李妈冷哼了一声："报复！"我和奶奶几乎同时无奈地摇了摇头。

　　"就在被撞的一刹那，我什么都想起来了。"才发现，李妈的眼睛轮廓很长，斜斜地插入鬓角，很似魏龄雪画中的Amanda。等等，我忽然意识到什么。

　　"我本是李氏财团的大女儿，父亲去世后将我列为第一继承人。谁知，我的堂兄见利忘义将我绑架，我在逃跑时受了伤，开始失忆……"李妈的情绪有些激动，"我并不是来历不明的女人，我有着显赫的家世，我是配得上竟寻的！可什么都晚了！孩子没了，我万念俱灰！我没有证据，既回不去李家，又失去了孩子。于是我决定报复。我要利用你重新进入隋家。"李妈的眼里充满了怨恨。

"所以，那次你找到我，跪在我面前，说你走投无路了，希望重新回来做佣人？"奶奶叹了口气说道。

"是的，可笑的是，你什么都不知道，当时就同意了。"李妈瞥了我们一眼说。

原来是这样，这下我全都明白了。

忽然一道电光从我脑海中闪过："请允许我插一句，卓尔马场是你们家的吧？"我的心提到了嗓子眼。

李妈的眼神落在我身上的刹那，我感到无比寒冷。

"是。可现在已经和我无关了。"

"这么说，你的堂兄在你失踪后，顺理成章接管了那里？"我直接地问。

魏龄雪在远处向我投来惊异的眼光。她知道，这意味着什么。

"据说是这样，因为我爸爸只有我一个女儿，而我当时还小，堂兄比我大好多，李家的基业都是伯父和我父亲共同开创的，堂兄一直认为他才该做李氏集团的第一继承人。"李翠凤瞥了我一眼。我顿时明白了，李翠凤，应该就是李桥生的姑奶奶。

"你本名应该不是李翠凤吧？"坐在一旁一直没说话的隋重华此时淡淡地说道。

"是的，我叫李盈。"李妈很坦白地说。事到如今，她已经不需要再隐瞒什么了。

"你处心积虑地重回隋家，到底进行了什么样的复仇呢？"章知远眯着眼睛说道。

"一开始，我还以为竟寻会和我重新开始，结果我发现自己错了，感情没了无论如何都难以修复。于是我开始酝酿，却不料隋家老爷子一直提防着我，没多久就把我嫁给了一个银行小职员，很快有了一个女儿，就这样一切都得重新开始……"

我忽然间觉得一切开始明朗起来。

章知远原本是坐在那里的，听到这里竟站起身来："其实你本来就没想好复仇计划，你只是不服气，不相信自己的命运如此崎岖，你希望通过坚持为自己找到合适的位置，对吗？"他说着，看了看李妈。他额头的疤痕让他显得有些玩世不恭，但这理性的分析却与我的分析不谋而合。

"你回到隋家，不过是因为你再次记起自己的身世，你知道自己是配得上隋竟寻的，于是你希望再次获得他对你的爱，可惜的是，事情没有按照你的预想发展……"说着，章知远看了看李妈。李妈什么都没说，面色却多少有了些变化，"当隋家老爷把你嫁给银行的小职员时为什么不反抗？那是因为你彻底绝望了，对吗？"章知远这次踱到我的面前，看了看我，"后来你生了孩子，这个孩子带给了你新的生活，你其实根本就没想过要复仇！我说的对吗？"章知远突然的结束语，让每个人都感到意外，尤其是魏龄雪，她愣愣地看着我们。

"为什么这么说？"吕意卓插嘴道。

"因为这么久了，李妈从未做过任何伤害爷爷和奶奶的事情。"隋重华长长地出了口气，声音低沉压抑。

"是啊！李妈帮过我不少忙，却真没做过什么对不起我的事情。"奶奶赞同地说道，同时把眼睛看向愣在一旁的李妈。

"你这样，不过是为了保护一个人。"章知远深深地把空气沉进腹腔中。李妈顿时一惊，刚想辩解。

"一个对你非常重要的人。"隋重华接口道。

"你们在说什么？"李妈显得有些不知所措，一只手悄悄拿到胸前。

"这个人就是Amanda，你的女儿。"说出这个名字后，自己竟异常轻松。

"我听不明白！"李妈的神色开始慌张起来。

"原来是这样！那天是你放你女儿进来见隋家伟的！"魏龄雪几乎是惊叫起来。

"可有一点我们还是不明白，你要泄香散干什么？"吕意卓说出了最关键的问题。

"你们疯了！我不知道你们在说什么！"李妈神经质地站起身来，一双眼睛里充满了恐惧。

"其实在你向隋竟寻说出自己身份、而他并不打算和你破镜重圆时，你的心就已经死了。你知道那个显赫的李家你回不去了，而这个你曾深深恋着的男人也不会再要你。所以，你心甘情愿嫁给了一个银行小职员，并迎来了你的第二个孩子……"我走过去，一手握住李妈的胳膊，希望她能安静下来，"一个甘心嫁给自己不爱的人并为他生了孩子的女人，不能说善良，但至少不会太恶毒。何况，李妈，你一直以来都尽职尽责地侍奉隋竟寻夫妇，或许你是想以这样一种方式永远留在你爱的人身边，看着他幸福吧！"我的心里不知为什么充满了沉重的痛楚，李妈用一生来守候一个男人，这样的女人难道不伟大吗！

李妈惊恐的眼神逐渐转成哀怨，那是种浓得让人窒息的惆怅，随着一行老泪划破我的心房。

她沉重地跌坐在沙发上。我知道，她的心扉已被打开。

"而不巧的是，你的女儿，却恋上了隋家伟，或许这真是命运的安排。"我轻声说道。她缓缓抬起头，眼里已经没有了先前的抗拒和冷漠。

奶奶无奈地摇了摇头："我什么都明白了！李妈，这些年苦了你了！"说着，奶奶伸出手去，牢牢握住李盈苍老的双手。

"美伶身上的香气的确让人觉得怪异，一开始我对她的印象不好，可一闻到那浓郁的玫瑰气味，我就开始执拗地喜欢上这个儿媳。后来重华告诉我，那个匣子可以使很多人产生幻觉。"奶奶看向坐在一旁始终不太言语的重华。

"是的，这匣子我以前也见到过，那时候妈妈曾把它藏在一个雕花的箱子里面。听妈妈说，这是她的嫁妆。"重华缓缓起身说道。

"这盒子里装的东西是宫里秘制的情欲香粉！"魏龄雪的话，让在场的每个人顿时一惊。

"你说什么？！"李妈张大了嘴巴。

"我是说，这东西其实就是一种类似香水的东西，不过是粉末状的。它的用量不能太多，否则会导致幻觉，甚至死亡，因为它是剧毒的。"说着，魏龄雪无奈地摇了摇头，"其实肇美伶不过是想用它来留住自己的丈夫，却不料你们竟把它渲染成了什么绝世宝贝，你争我夺。"

李妈圆睁着眼睛，一时僵在那里："这么说我猜得不错，果然不是什么好东西！"她喃喃自语。

"你猜得不错？"隋重华牢牢看住颤抖的李妈。

她猛地抬起头："是啊，那天Amanda知道许家送还了泄香散，就让我偷出来交给她，可我……"

"难道不是你偷的？"章知远眯着眼睛问道。

"是，是我偷的。可直觉告诉我，这个东西邪得很，我真担心我女儿会出事，所以这东西我偷到了，却一直不敢给她。可我女儿却说，就是它让隋家伟痴迷肇美伶的，所以一定要看看这里到底有什么玄机……"

"所以，你把它交给了你女儿？"我问。

"是的，"李妈惊慌得点了点头，"就在前天下午。"

魏龄雪大吃一惊："就在我们来这的第二天？"

"糟糕！"吕意卓闷闷地说了两个字，却让我们每个人的心都提到了嗓子眼儿。

"如果严重，会死吗？真的吗？"李妈哆哆嗦嗦地一把抱住了重华。

"是的，但愿Amanda别打开它，请你现在马上带我们去找她！"章知远说着，已经从沙发上站了起来。

"等等，你没打开过匣子？"重华忽然问道。

"没有。"李妈的脑袋摇得像拨浪鼓。

"那为什么齐攻会在丢掉匣子的那天晕倒在卧室里面？你撒谎！"重华狠狠地看着一脸无辜的李妈。

"齐小姐晕倒？"李妈努力回忆着。

"就在那天晚上，我偷了匣子，胆战心惊地往外走，路过齐小姐的窗子，谁知，一阵风吹来，窗子猛地打开，吓得我半死，一个趔趄，手里的匣子撞在反弹回来的窗子上，盖子自动弹了起来，里面的东西随着风飘起了好多，我吓得一把按住盖子，没命跑了。难道是……"李妈愣愣地看着重华。

"我明白了。"重华舒了口气。

"原来只是一个巧合，但齐小姐差点因此而丧命！不过，你为什么没事？"吕意卓抓住了问题的关键。

"我想，恐怕是风的原因吧。"章知远微笑着说。

"是啊，能把齐攻的窗子猛地吹开，恐怕风力不小，这样猛灌进屋子的风卷着药粉直接吹向齐玫，她当然受不了，但李妈可是逆风。"我分析道。

李妈惊讶地看着我们，张了张嘴，什么都没再说。

就在这时，章知远的手机响了。

"好的，我明白了。"

章知远挂断电话后，猛地抓住我的手臂："齐玫有消息了！"

"查到那辆车子了？"隋重华和张怀敬几乎是异口同声。

"是的。"章知远看着愣在一旁的我解释道。我这才恍然大悟，原来章知远已经先行一步了。

"重华你别急，他们说，车子已经开往申州，我们只差了一步，但相信还来得及。"章知远用力拍了拍重华的肩头。

"好，那我们开始行动！"隋重华点了点头。

"等等，我们要先救谁？"奶奶忽然站起身来。

"要两个一起救。"重华踱到屋子中间说道，"我不能失去她们中的任何一个！"

"好，你安排吧，我们这些人随时待命！"站在一旁的吕意卓开口了。

"我要参加救助齐玫的队伍，我想你没有意见吧！"张怀敬根本听不懂刚刚有关李妈的一切，这些对他都不重要，而今他能坐在这个灯火通明的屋子里，只是为了齐玫，这个在一天前刚刚甩掉他的女人。我看向重华，他的大眼睛里已经满是血丝，额头已布满了汗珠，"好！"他严肃地点了点头。此刻我真觉得齐玫比我幸福，两个如此优秀的男人肯为她赴汤蹈火，如今她该懂得爱情了吧！

"重华，你要去救谁呢？"奶奶意味深长地问道。

是啊，一个是重华的妹妹，一个是他最爱的女人，重华你该如何选择呢？

"我……"重华下意识地用手扶住胯部，也许他一时也被难住了，"知远，我可以信任你吗？"说着，他刚毅的目光落在站在对面的章知远脸上。

"当然，就像信任你自己一样！"这是我第一次见到他这么严肃认真地回答别人的问题。

"好，我把妹妹交给你了！"说着，重华的大手重重地拍在他的肩头。随之，章知远的嘴角轻轻抿起，一种紧张的气氛扑面而来。

"吕先生可以陪同知远一起吗？"重华拜托地看向远处的吕意卓。

"很乐意。"

"等等，我也要去！"一旁的魏龄雪拉住重华央求道。

"太危险了！"重华忙阻止。

"我可告诉你，隋先生，我和你妹妹是好朋友，别以为我是个柔弱的女子。我想，没有我的帮助，恐怕你还真不见得救得回你妹妹。"魏龄雪很自信地扬起眉毛。重华摇了摇头，却没再说什么，算是默许了。

"我和张先生去救齐玫……"重华看着张怀敬说道。

"我想我必须跟去。"我斩钉截铁地说。

"这很危险，许小姐，以前我希望你能出面帮忙，但现在这种情况，不行。"张怀敬忙扶住我的肩膀说。

"我没办法坐在家里等你们的消息，我想我应该可以帮上忙。"说着，我转身上楼去了。需要找件厚实的衣服，外面的寒风可不是闹着玩的。

就在这时，我的手机忽然响了。是爸爸！

"爸爸……"我接了电话。

"青丸，什么时候回来？"爸爸的声音听起来不太对劲。

我从柜子里拿出一件红色的棉服："恐怕还要过几天，爸爸……"我忽然心底一阵酸楚，停下手里的动作："爸爸，我爱你！"

过去的我太过木讷，从不敢真诚地表达自己的情感，就连对自己的父母都是一样。爸爸，其实我现在就准备回申州，去拯救自己的良知，挽回友情，可我无法对你说，因为我知道此行的危险。

"原谅我以前的执拗……"我竟泪眼模糊了。

"傻孩子，说这些干什么，好像要去远行一样。"我难以想象电话那端的爸爸能否听出我话里的玄机。

"我是想告诉你一件事……"爸爸的声音有些低沉，似乎情绪很不好。

"什么事？"我的心里顿时一沉。

"还记得顺着我们家往北走不远，有一栋老式别墅吗？"爸爸缓缓说道。

我端着电话，对着空气茫然地点了点头。我怎么会不记得。

"那是李桥生家的！"爸爸似乎刚刚才发现这个秘密。

"嗯。"我无力地点了点头。

"你知道？"爸爸的声音惊异万分。

我用一只手穿上棉服："嗯。可为什么突然告诉我这些？"我有些奇怪，觉得这样大惊小怪并不是爸爸的作风。电话那头，顿时一片沉寂。

"爸爸……"我重复道。

"孩子，爸爸承认曾骗过你。"他斩钉截铁的语气令我有些摸不着头脑。

"什么意思？"我问道，觉得似乎爸爸要说什么我可能接受不了的事实。

"你曾经从那里背出过一个女孩子。那个女孩儿当时身受重伤。你晕倒在路边，被你罗叔叔看到了，送到了医院。"爸爸用很沉重但清晰的声音缓缓说道。我的心随着他的一字一句越来越沉，果然，那些支离破碎的梦境，都是真的。

"当我得到消息赶到医院时，你们都还在昏迷。医生说你是惊吓过度加上体力透支导致了休克，需要休息。我不知道发生了什么，但从那女孩受伤的情形来看，好像是遭到了绑架。于是，我立即报了案。"

"可我为什么一直都不记得？或者说，不确定。我一直以为那是个梦，可这个梦很真实。"我有些责怪地说道。

"我怕你受惊吓产生阴影，于是请医生给你打了一针镇静剂，可能是药物作用的原因。"爸爸解释着。难怪当爸爸发现我什么都不记得时，表现得那么镇定。也许是我自己也不愿意再想起那可怕的场景，逃避的潜意识令我出现了记忆的空白。当我受到齐玫的刺激，内疚感击退了怯懦，记忆重新回来了。

"听说，那里发现了许多动物残肢，这是我后来才知道的。"爸爸的声音有些沙哑。

"是的，我都记得，很恐怖。"我说道，声音淡定得连自己都没有想到。

"这么说，你都想起来了？"爸爸激动地问道。

我默默地点了点头，我觉得爸爸一定感觉得到，我们父女是有感应的。

"这些应该都是李桥生干的，因为那时候他父母还都没有回来。爸爸真是后怕，当时还把你介绍给他！"他的声音充满了愤慨。

我忙安慰道："爸爸，我知道，什么都知道，但我相信这世界上的罪恶都是有原因的，一切的怨恨都是可以化解的，一切的过错都是可以原谅的！"我深切而真诚地加重了语气。

电话那头再次陷入了沉默。

"听说，那女孩后来自己从医院跑掉了，又没有人报案，警方也没有继续追查，这案子便搁浅了。"爸爸说道。原来是这样，一切真相都在浮出水面。

"我刚刚和方云澳通过电话，他说有个年轻人追求你，样子放浪不羁，爸爸很不放心，既然你对重华没有意思，就快点回来吧。"我知道爸爸一定是被李桥生的事搞得有些草木皆兵了。

"你别担心，我不会有什么事，那个人是好人。"我解释着。

一回头，却见章知远已经出现在我的身后。

"爸爸知道你的判断力，但是我已经告诉云澳把你接回来，他可能马上就到了，跟他回来吧。"爸爸的声音有些无力。

"可是……"我看了看对面眯着眼睛看我的章知远，转过身去，我不想他听到爸爸近似哀求的声音。

"也许爸爸真的老了，这几天总被这件事情折磨。你和重华相亲的事让爸爸想起李桥生，于是有些心神不宁。爸爸真怕自己会再看错人。"他的声音有些颤抖。

"重华很好，我们不会成为恋人，但绝对会是朋友。"我做出开心的样子安慰爸爸。

"爸爸，我会回去的，我答应你，但再给我一天的时间，只一天，好吗？"我请求道。

"爸爸有种很不好的感觉，似乎要失去你一样！"不知道为什么爸爸竟脱口而出这样的话。

我一时愣在那里，难道这是命运在向我警示什么？我使劲甩了甩头发："爸爸，就一天，给我一天的时间，我一定会回去！"我斩钉截铁地回答，仿佛是自己对自己的承诺。

当我挂断电话回过身去，章知远还是那个动作，倚着门，似笑非笑。

他看了看我，抬了抬手："你爸爸来的电话？"我默默地点了点头，却没说什么。

"他很担心你，一定要去吗？"他看着我，眼神开始变得严肃。

"嗯。"我面无表情地回答，然后用一根黑色的皮筋把头发一股脑捆在脑后，镜子里出现了一个利落的自己。章知远踱到我的身后，看着镜子里的我，"干净得就像个高中生。"他的玩笑并不好笑。我转过身去，盯着他。或许我真该爱他，可为什么我的心里这么冷，冷得连我自己都在颤抖。我可以轻易原谅别人，比如姜瑶，比如齐玫，比如方云澳，为什么原谅自己却是那么困难？章知远忽然间张开双臂，紧紧把我抱住。我心里一惊，身体晃了晃，却并没有挣扎。

"为什么这么冷？"他的声音第一次这么温柔。我没有说话，只是僵直地挺立着。

"你的眼神，跟我第一次见到你的时候不一样。"他叹了口气。

我伸出一只手，轻轻地推了推他，却没想到，这次他竟抱得这样紧。

"答应我，保护好自己！"他将头深深埋在我的肩头。我第一次感受到一个男人如此真挚的拥抱，好似要将整个生命注入你的体内。

"可我想要的并不是这样的爱情。"我轻声说道。在挣脱章知远的同时，我的心感到一阵酸楚，"我知道，论条件，你是个不错的选择。"我从柜子里拿出一个黑色的旅行包，将桌子上的纸巾和琐碎的杂物装了进去。章知远无奈地用手扶住额头的伤疤，眼神恢复了以往的骄傲。

"我不跟你论条件，不过，吕意卓不是你的。"他说着，转身离开了。

当我收拾停当来到楼下，发现大家都在沉默，一起抬头看向我，而沙发里已经多了一个人。深灰色的中长大衣，精致的衬衫，长鬓角，短发，五官干净得像电视里的主持人。

"你果然来了。"我淡淡地盯着方云澳。

此刻面对他，我的心里已经没有了怨恨，不过是个想发迹的男人，不过是一段少不更事的感情。

"我大概了解了，你们要去救人？"方云澳的声音还是那么有力和清澈。我沉默地点了点头，转过身去，吕意卓立在那里，眼神很复杂。

"和我回去吧，别闹了，这事本来就和你无关。"方云澳站起身来。

我抬眼看了看他："和我无关？我明明知道李桥生有问题，却没有告诉齐玫，你说这和我无关？"我的情绪有些激动，"我不像你们想象中那么完美，知道为什么我没说吗？因为嫉妒！"我看了看方云澳，又转身看向章知远，"嫉妒她的美丽……"吕意卓的眼神闪动着异样的东西，章知远有点诧异地睁大了眼睛。

方云澳握住我的手："好了，你别激动，别把过错揽在自己身上。"

我甩开他的手："你最开始爱的不是她吗？"我突如其来的问题把方云澳弄得很尴尬。

"难道这不是因为她惊人的美貌吗？难道不是吗？选择我，不过是因为我的家世。我什么都知道！所以，别把我想得那么好！"

我来到隋重华身侧："重华，我们走！"

"目的地是哪里？难道就在申州乱转吗？"张怀敬突然说道。

"我知道。"我看着他们，肯定地说。

"你知道？"隋重华意外地看着我。

"是的，申州万豪区最北角有个老宅，一定在那里。"刚刚，爸爸的那通电话提示了我。

"等等……"方云澳喊住了我们，"我和你们一起去！"

已经是早晨了，阳光刺透寒冷的云层，给每个人紧张的神经注入了一剂强心剂。我顺手拉开车窗，冰凉的晨风灌入沉闷的小空间里。方云澳开着车，飞快，但很稳健。我能感觉到，这男人身上，某些东西正在改变。他瘦削的肩膀坚硬地支撑着外面沉重的羊毛大衣，领口已被汗水沁湿。隋重华将头顶在靠背上，闭着眼睛，我不知道他在想什么。张怀敬坐在我身旁，黑色的大围巾盖住了下巴，挡住了他迅速生长的胡须，只能看见两腮浓密的青茬。

此刻，没人再说什么，大家都沉浸在各自的世界里翻江倒海。我抬手看了看表。

"放心，警方已经介入了。"重华好像脑后长了眼睛。

我默默闭上眼睛，脑海里出现了许多乱七八糟的画面。这是什么？我插在衣兜里的手指碰触到一张薄脆的纸。原来是姜瑶日记的那一页，我顺手打开。

　　我知道，得了这种病是无论如何也好不了了，可我仍会到医院去复查，希望抓住一切机会让自己多活几天，记得那天……

我下了车，竟发现李桥生出现在医院门口。真是奇怪，这个男人不是一直在旅阳吗？我跟了过去，竟发现他来到后面的精神科。这是干什么？我很惊讶。

我躲在门旁，大概几分钟的时间，他出来了，后面跟着一位医生："李先生，我想遗传的事，也是没有办法的……"他还想说什么，却被李桥生挥了挥手挡了回去。

精神科？精神科！

我忽然间弹起身子，这个动作，竟把所有人都吓了一跳。

"怎么了？"张怀敬忙看着我问道。

"我觉得……"我的手不自觉地在空中比划着，"似乎，李家有什么遗传的疾病，比如，精神方面的问题。"我有些支支吾吾。

"你的意思是……"重华回过头来。我用力点了点头。是啊，李妈的堂兄，也就是李桥生的祖父，绑架人难道只是为了要钱？他不应该缺钱啊！还是，他自己也控制不了自己的行为？

"李震江的确很少出现在人多的场合，不过他家的生意倒是做得不错。"重华说道，同时陷入了沉思。

"李桥生的父亲，我不敢说，但他祖父很可能患有某种精神上的疾患。而如果真是这样的话，很有可能遗传给李桥生，就像你母亲不被香味控制的体质不是也遗传给你了吗？"我解释着，同时一个更大的疑问升腾起来，我忙晃了晃头，将那可怕的想法打了下去。

"我明白了。"隋重华也摇了摇头，看来事情的复杂性令他也感到疲惫。

"看来我们要小心了。"开车的方云澳也开了口。

张怀敬握紧拳头："这种人最可怕，我们要谨慎。"

是啊，李家有这样的精神病史能不低调吗？难怪他很少带着儿子出席各种社交场合，甚至连自己都不常露面。李桥生说他曾经做过治疗，因此有过一段比较正常的时期，但遇见齐玫后，什么东西刺激到他那根最危险的神经，使他的病情出现了反复。

蝶住身上的香瓶让李桥生欲罢不能，而齐玫惯用的玫瑰香水引得这个男人一步步走向深渊。这时，李桥生用鼻子贴着一片树叶的痴迷画面又出现在我的眼前。

"难怪，他本来就喜欢气味这东西……"我喃喃自语。

"闻东西？"隋重华好像想起了什么，猛的回过头来。

"是的。"我对他突然的反应感到有些奇怪。

"等等，青丸，李桥生也是从加拿大回来的？"他紧盯着我问道。

"没错。和你一样。"我回答着，脑海中忽然掠过章知远额头的伤疤。

"章知远……"我和隋重华几乎是异口同声。

张怀敬听不懂我们在说什么，着急地拉着我的手臂："到底怎么回事？"

"如果我没猜错的话，李桥生的原名该叫李明启，曾和我们一个学校，章知远还和他打过架……"隋重华解释着。

"打架？为什么？"方云澳问道。提到章知远，他来了精神。

"因为他闻东西的时候样子很奇怪……"我说道。

"是的，李桥生，李明启，就是他。"隋重华重重地握住拳头。

百合小姐：解药

真没想到方云澳竟会加入，看来以前我还真是看扁了他。只不过，青丸离开时，看向吕意卓的眼神让人浮想联翩。我回过身来，定定地看着吕意卓。

"你在利用我。"我不满地说。他仍注视着青丸离去的背影，似乎并没听见我说的话。

"你认识她。"我继续道。听到我这句话，他才慢慢回过头来，用他那朦胧将醒般的眼睛看着我。

"而且你爱她。"我并不退让。

他狠狠地看着我："好了，别胡说了。"随即转身上楼去了。我不理会众人的目光，大步跟在他的后面。

"为什么利用我来排斥许青丸？"我有些愤怒了，"回答我！"

"这么说，你爱上我了？"他回过头来，用略带轻蔑的眼神看着我。我正待发作，一个黑影早已冲上前去，只听见"砰"的一声，吕意卓沉重的身体摔倒在地。

"小子，你有什么资格说这种话！"竟是章知远。

吕意卓被突然的打击弄得有些懵了，他青肿的嘴角轻微地颤抖着："打得好……"

我目瞪口呆，转脸看着立在旁边喘着粗气的章知远。

"你这是干什么？"我有些不知所措。

听我这样说，章知远伸出一根手指，指向躺在地上的吕意卓："你！明明喜欢青丸，却刻意躲避，算什么男人！你不仅伤害了青丸，还伤害了魏小姐！更会损害她们二人多年来的友情！"

章知远能这样说，我着实没有料到，我总觉得他是个放浪形骸的家伙。

"对不起。"吕意卓整个人翻了过来匍匐在地板上，我能感觉到他的内心极度痛苦。

"为什么不能大胆爱她？"我有点茫然地问道。

"我没有资格。我去万翔找罗经理道谢，却在无意中得知，青丸是许格楠的女儿！我真傻，本来就该想到的。她姓许，那么有修养，怎么会想不到呢……"吕意卓断断续续地说道。

"原来是这样。"我忽然间明白了，男人都是这样，把尊严看得比性命都重，关池不也是因为我的能干而对我敬而远之吗？这个吕意卓事业刚刚起步，和青丸相差何止十万八千里，难怪他会有如此大的落差感。

"所以，你就退缩！"章知远吼道。

"我不像你！"吕意卓猛地从地上爬起来，揪住章知远的领口。

"你有的我都没有，学历、地位、财富、风度……我什么都没有，拿什么自信！"他额头的V字形青筋忽然间暴起，让我感到有种窒息的痛楚。章知远扶住他的肩头，以稳定自己跟着他的摇晃而左右摆动的身体。

"果然笨！你这个混蛋！"说着，他重重地甩掉了吕意卓的手臂，奔下楼去了。

吕意卓一手扶住桌子，一手摁住太阳穴，看来刚才的激动让他很难受。

"的确，章知远什么都有，可他只缺一样……"我看着眼前摇摇欲坠的吕意卓，"那就是青丸的爱情。"说完，我也转身离开了。"哦，还有，我不是个感情丰富的人，除了关池，我不会爱上任何人。"

吕意卓到底怎么想，我不知道，但我知道他一定很爱青丸，一个认为自己无能为力的男人甘心情愿选择离开，这并不是懦弱，而是保护，保护那个自己所爱的女人。我想，他是希望在一段短暂的痛苦过后，青丸能够找到一个真正适合的男人。

咦？怎么回事？我看了看跟在我们身后的李妈。

"我想，要找到女儿，非母亲莫属。"章知远眯着眼睛，头也不回地朝门口走去。

十分钟后，我们坐上了章知远的车，开往不远的林渠。青丸，加油！魏龄雪，加油！我们一定可以赢得胜利，这将是我们生命中最值得纪念的一次战斗。

"李妈，你可以联系上你女儿，是吗？"我看着一脸沧桑的李盈问道。

她窝在我旁边，闭着眼睛，默默点了点头。林渠，这个对我来说，既熟悉又陌生的地方，我的爱情迷失在这里，我的爱人永远安息在这里，也许我还要在这个地方养大他的孩子。看来这里以后就是我的家了！但，为什么提到林渠，我的心头就充满了浓厚的哀怨。

"李妈，你女儿和隋家伟是怎么好的？"吕意卓忽然问道。

"他们从小一起长大，后来我发现他们两个相爱了，便把云娇送到国外去，希望她能多多读书，以便可以堂堂正正嫁入隋家。可谁知家伟对云娇的感情却在碰到少奶奶后发生了改变。"李妈叹了口气。

"这么说，在你把你女儿送去国外前，奶奶并不知道他们相爱的事？"我问道。

李妈抬眼看了看我："是，那时她还不知道，她整日忙着和丈夫应酬外面的生意，哪里有时间管家里的事。我劝云娇稍安毋躁，谁知道后来少爷真的娶了肇美伶，还带她回到中国。夫人派我跟回来照顾他们，那时候家里很多事情都是我来做主的。"

"我明白了，你女儿的英文名字是Amanda，云娇是中文名字。"章知远说道。难怪奶奶一开始也没有猜到这个叫Amanda的女人是从哪里冒出来的。

"所以，她才能在重华母亲不在家时，自由出入隋家！"吕意卓恍然大悟。李妈看了看我们似乎又想起了什么似的。

"可那东西是怎么流落到外面的呢？"是啊，明明泄香散一直都被肇美伶藏着，怎么会流落在外，以至于被万翔送还呢？我看了看吕意卓，他也皱紧了眉头，什么也没说。按说，这该是重华不在家而小林出走以后的事情，可到底是什么时候？我翻来覆去折磨着自己，却始终找不到一个合理的解释。

"那个时候奶奶应该在这里，我觉得这个还是该让奶奶回忆一下。"章知远好似看透了我的心思。果然是个聪明过人的家伙。命运还真是会开玩笑，这个在任何女人眼中都毫无缺陷的男人，却偏偏爱上了对他不感冒的许青丸。真该让这个家伙也去昭平寺测个签。

正在这时候，吕意卓的手机响了。

"喂，你好。"他很礼貌地接听了电话。

"嗨！我们成功了！万翔的罗总又为我们介绍了几个客户，都是大手笔，真是太好了！"我能听见电话那头一个激动的小伙子几乎是在高声喊叫。我抬眼看了看吕意卓铁青的脸色。他什么也没说，默默挂断了电话。从他不大的眼睛里，我能感受到一种强烈的焦虑。

"难道找个有钱的女友不好吗？"我有些不解。

"我妈妈不喜欢。"他第一次这么斩钉截铁地回答我的问题，却让我一愣。

"为什么？"章知远问道。

"我妈妈不希望我找这样的女人，怕我以后被人瞧不起。"他很无奈。

"哼。"章知远冷哼了一声，车猛地拐了个弯，把李妈晃得紧紧贴在我的身上。

来到林渠，已经是一个半小时以后的事情了，李妈却无论如何也打不通Amanda的电话。

李妈拉住我的胳膊："她怎么不接电话？现在她该收到东西了，可怎么联系不上了……"

"很可能正是因为东西已经到手，所以才这样。"章知远将车停在路边。

"等等。"我忽然间想到什么。

李妈顿时看住我，也许她不懂自己都找不到女儿，我这个外人能做什么。吕意卓却并不看我，将眼光游移开去，他知道我的手机里存有那个女人的号码，就是因为她，我才来到复盛。

当我拨通Amanda的手机时，李妈脸上的惊讶可想而知。

"是我，魏龄雪，我想知道小林是否还好。"我十分干脆地说道。

"原来是魏小姐啊，你现在对我来说已经没有什么价值了。至于大小姐，我看你就不用操心了吧。"她说话的语气很特别，带着生硬的卷舌音。这个女人够可恶，现在看东西到手，就开始变卦。不过我不明白的是，既然她要的是泄香散，那么小林对她来说还有什么用呢？直觉告诉我，事情并不那么简单。

"不好意思哦，云娇女士，我知道你要的东西已经到手了，但还有一样东西你恐怕还惦记着吧。"我故意提高声音，似乎满不在乎。果然不出我所料。

"你怎么知道我的名字？"电话那头的她表现出震惊，这正是我想要的。

"我的朋友在你那里，你的母亲在我这里，我想这很公平吧？"我轻松得好像在说别人的事。

"哼，魏小姐你果然有些意思。"她一改刚才的震惊，很淡定地说道。

"放心，我不会让你吃亏的，隋家和我没有任何关系，我只希望我的朋友安全。你想要的东西，你母亲已经给你了，你怎么还不放回我的朋友？"

"别忘了，你还有件事没帮我办好。作业没有完成，还想要糖吃？"她轻笑着，似乎要挂断电话。

"等等，你也太心急了，这么说，我拿到移情丹，你就放了小林？"我进一步问道。

"先拿到再说吧。"她轻蔑地笑道。

"泄香散都遗失了，移情丹又怎么还会在隋家？"我再次问道，希望抓住和她通话的机会，了解更多的真相。

"泄香散的遗失是肇美伶自己做的，而移情丹却一直都在她身上。"她毫不犹豫地说道。

"我还是不明白。"我实在难以理解那个时候她们之间都发生了什么。出乎我的意料，电话那端竟传来一阵刺耳的笑声。

"想要知道就带着我妈妈和东西来见我。"看来，她并不打算在电话里和我说这些。不过，看来小林应该还没什么事情。

"好，不过我要听听我朋友的声音。"

她倒也干脆："可以。"不一会，电话那头，传来小林纤细的声音，"我没事，他们没对我怎么样。"

"好，那就好，你放心，我会救你出来的。"我很严肃地保证着。我正待继续说几句安慰她的话，不料那头已经换人了。

"好了，现在该我听听我妈妈的声音了吧。"我转身把手机递给李妈。李妈搞不清楚状况，莫名其妙地接住电话。

"云娇，怎么不接我电话啊！"李妈的眼圈有些红肿。不知道Amanda说了什么，只看见李妈不住地摇摇头，又点点头，随即挂断了电话。吕意卓倚在车边，双手插进口袋里，风很大，吹着他有些凌乱的头发。经历了这么多，他有些疲乏，皮肤干干的，嘴角也有些龟裂。

"为什么？"他看着李妈问道。

李妈什么都没说，钻进车里。

这对母女还真像，我边想边跟在李妈的后面。车子内窄小的空间，此刻因气氛的改变显得更加局促。

"她知道那东西的厉害，不会轻易打开。"李妈一改来时的焦虑，语气轻松了好多。也许在她看来，自己的女儿没事，就什么都不需要担心了。我看向窗外，林渠的早上空气特别好，不远的一处路边摊，摆满热气腾腾的龙抄手，三五成群的上班族，正狼吞虎咽地往嘴里塞，准备迎接这繁忙的一天。冬天快要过去了吧，这是我有生以来最压抑的一个冬季。

"现在该去哪里？"吕意卓也钻了进来。

我有些不耐烦了，转眼看着李妈："你女儿准备在什么地方见我？"

李妈瞥了我一眼："她说，你一时半刻找不到那个解药，还是先回复盛吧，大小姐在她手上还有别的用处。"

"你们也知道解药？"章知远冷冷地看着李妈，"要蝶住做什么？"

"对不起，我不能告诉你。"李妈扬了扬眉毛，不再说话了。

这下我真的被激怒了，我们辛辛苦苦找到这里，小林的身世现在我一清二楚。这都是这两个女人搞的鬼。我不像青丸那样，遇事不慌。在我的字典里没有忍耐。我腾地抓住李妈的手臂，她吓了一跳。

"李盈，你别想和我耍花招，我知道她要干什么！别忘了，你在我的手里，他们是绅士……"说着，我朝章知远他们扬了扬下巴，"可我不是。现在是在林渠，不是复盛，我有我的关系网，更何况……"我狠狠地用眼睛瞟了一下李妈苍白的面孔，"你女儿就不担心你的安全？我可和她一样，什么事都干得出来！"

李妈诧异地看着我："你想干什么？"

我揪住她的手臂，再次加了力道，章知远他们也只是默默看着，谁也没有阻止我："你不相信？好！"

我将另一只一直插在衣兜里的手伸向窗外。

"那是什么？"李妈惊叫道。

接着章知远诧异地看着我，只有吕意卓什么都没说。我冷哼了一声，李妈老弱的身体无论如何也难以从我有力的手臂下挣脱。

"你女儿心心念念想要的东西。"寒风里，我手中的青花瓷瓶闪着冷艳的光。

"移情丹！你怎么会有？"李妈万万没有想到，"你到底是什么人？！"她老迈的眼神里竟透着恐惧。

"你可以不告诉我你女儿要小林做什么，不过，很可惜啊！这个东西，你们就别想要了！"我用手指尖掐住瓶口，任它在半空中摇摇欲坠。

"这……"李妈顿时语塞，支支吾吾地用急迫的眼神盯着我手中的瓶子。

"这东西脆得很，只要一着地，必定尘归尘，土归土！你看着办，给你三秒钟！"我斜着眼睛看着李妈，胜败在此一举！

"等等……"李妈知道这次我是动真格的了。也许她现在才看出，我和隋家的人不一样，和优雅高贵的许青丸、长袖善舞的齐攻都不一样。隋家和我没有任何关系，我不关心这青花瓷瓶里有什么，现在我已经被激怒了。

"三……"我已经开始倒数。就让我赌上一次，佛祖保佑！

李妈闪烁的眼神慌乱异常，豆大的汗珠出现在额头上，顺着她深刻的皱纹不住滑向脸颊。

我涂着亮粉色甲油的指尖，开始有些颤抖。

"二……"我继续倒数，仿佛看不见李妈眼里的游移。

空气仿佛被车窗外袭来的寒冷气流冻结，我似乎听见了咯吱咯吱的声响。章知远不知道我葫芦里卖的是什么药，只能默不作声地配合着，紧抿的嘴角暴露了他紧张的情绪。

吕意卓用眼睛紧紧盯着我的手指，我不知道此刻他在想什么。

"我怎么知道你手里的东西到底是不是移情丹……"李妈竟冒出这样一句话来。我轻轻扬了扬眉毛，一抹冷笑掠过唇边，锐利的眼神从李妈苍老的脸上跳过。

"一……"当这声音清晰掠过鼓膜的一瞬间，那只寒风中微微发红的指尖轻轻张开，一道寒光从亮粉色的指甲中一滑而过。

"她要用大小姐试药！"李妈猛地抱住脑袋，尖叫道。

试药？！

吕意卓已经半个身子探出窗外，牢牢接住了那个只差二十公分就要落地的小瓷瓶。

我的心顿时一紧："试药？"章知远额头暴起青筋，那个本不明显的伤疤顿时跳了出来。见吕意卓迅速得如同一只猎豹，他长长出了口气，随即把冰冷的面孔对准了瑟瑟发抖的李妈。李妈并没听到瓷瓶落地的声响，缓缓抬起头来，惊慌地看着我，瘦削的肩膀颤抖得很厉害。

"带我去见她！"我狠狠瞥了她一眼，从牙缝里挤出几个字。

李妈愣愣地看着我，圆睁着一双浑浊的眼睛，不知道刚刚几秒钟究竟发生了什么。吕意卓轻咳了一声，转过身去，将一只手举过头顶，在半空中摇了摇，青花瓷瓶泛着冷白的光晕。

李妈铁青着脸："你……"

"我？我就是这种人。实话告诉你，我恐怕不比你女儿善良多少。所以，带我去见她！"我说着，那只一直揪住李妈的手狠狠将她甩开。此刻在我眼里，她并不是个值得同情的老人，我只关心我最终的目的，至于过程和手段，没必要计较。我从来就不淑女，关池的死更是让我的心蒙上了冰霜。人，不过就是那么回事！

"你骗我……"李妈战战兢兢地盯着我。

我冷冷地笑着，用一种接近妩媚的眼神看着她："你不也骗得小林离家出走吗？我最喜欢的一句话就是'以彼之道，还施彼身'。"

李妈惊慌地看着我，却已经失去了刚刚的气势，整个人就像被揉皱了的纸团。

"我能摔它一次，就敢摔第二次。反正这东西和我没关系，但你女儿似乎很想得到。"我说着，将身体倚在车座靠背上，李妈作何感想我不知道，也不想知道，反正我打的是心理战，她已经明显处于劣势了，这很好！

"好吧，她也没告诉我她的具体位置，她只说让我盯着你们，如果拿到东西就告诉她。因为怕我一个人去找她打乱她的计划，所以她刚才才不接听我的电话。"李妈怏怏地说。

我看了看章知远，他浅浅地笑了笑，转过身去："那就麻烦你联系一下你女儿，说东西其实就在我们身上。"章知远淡淡地说道。

当我再次听到Amanda的声音，是三分钟以后的事情。得知其实解药一直都在我身上，她很气愤，她不知道原来我早在她盯上我之前，就已经得到了解药。经过一番交涉后，她约我在多利威尔贵宾餐厅见面。多利威尔餐厅有很多分店，而贵宾餐厅是其中最豪华的一个。

章知远的车轻快而舒适，大家却都如在弦之箭，蓄势待发。

"有件事，我想你必须告诉我。"我很强势地说道。李妈抬眼看着我，有些莫名其妙。

"不管有什么事，你去问我女儿好了，我什么都不知道。"说着，她将身子向旁边扭了扭。我知道，此刻这个老女人对我开始畏惧了。好，这正是我想要的。狭路相逢勇者胜！

"不过，这件事，你也有答案。"我说着，用犀利的眼神看着她。她没做声，这女人一生的确做错了很多事，所以才这样小心翼翼。

"为什么当初要趁奶奶不在赶走小林？"章知远竟突然问道。我很惊讶，这正是我想问的，却被他冲口而出。是啊，也许，此刻谁都有这样的疑问。李妈诧异地看着我。

"你敢说这和你没关系吗？"我冷冷地说。

李妈瞥过头去，我能感受到她心底的慌张。

吕意卓什么都没说，他总是话最少的一个。

"难道就那么不想说吗？"我瞥了李妈一眼。李妈战战兢兢，却没有开口的意思，"好，不说没关系，一会见到你女儿就什么都明白了。没有解药，她是万万打不开匣子的。"我冷冷地说道。

"哼，她不需要解药一样能打开那东西。"李妈这次好像胸有成竹的样子。我顿时一惊。

吕意卓看了看我："你这话什么意思？"

正说着，章知远的车已经拐了一个弯，多利威尔贵宾餐厅快到了。

"蝶住可以打开匣子。"章知远冷冷地说道。

我怎么就没想到，蝶住是肇美伶的女儿，很有可能也可以抵抗这诱人的香粉。我狠狠瞪了李妈一眼，她一脸僵硬，似乎什么都不愿再说。

好，我倒要看看这对母女的背后有多少阴谋！

上午十点，多利威尔贵宾餐厅。

精致的陈设，品味的装修，淡金色的咖啡杯，深红色桌旗上用金线绣成的牡丹。墙上一幅贵族妇女的画像吸引了我的视线，她身穿浅青色维多利亚长裙，手中一只中国式象牙透雕折扇摇曳生风，鸭蛋脸上毫无表情，雪白的肤色隐隐透着诱人的桃红，金色长发高高盘起，冷艳迷人。

"你还有心思欣赏这个？"章知远调侃道。

吕意卓并不看我，只低着头注视着杯子里冒着热气的咖啡。李妈神色不安，不时地东张西望。

"你还有心思观察我？"我不示弱。我喜欢和这个男人说话，简单、清晰。

"你确定她会来？"章知远问道。

"当然。"我继续欣赏着眼前这位美丽的夫人。

"既然小林能打开盒子，她还要这东西干什么？"吕意卓终于开口了。

"是啊。"章知远也点了点头，若有所思，"蝶住如果和重华一样，对那香气不感冒，还怎么试药？试药？究竟是什么意思？"

墙上贵妇那毫无表情的脸僵硬得好似关池画里的女孩。她耳畔的珍珠耳环在阳光下瞬间闪过一道白光。我揉了揉眼睛，难道是眼花了？我慢慢起身，踱步来到画前，那明明是涂在画布上的普通颜料，怎么会在刹那间绽放光芒？

"你在看什么？"吕意卓的声音使我恍然大悟。

我猛的回过身去："很多时候幻觉是现实的投射，没什么东西无法解释！"我接近欢呼。

"什么意思？"章知远意外地看着我。吕意卓也向我投来询问的眼光。

"你们想……"我雀跃道，"还记得你们被泄香散迷惑时都产生什么样的幻觉吗？"我说道。

还不待他们二人回答，我便接了下去："那些都是你们心里所想，而这些想法就是你们生活的投射，这种投射说明着一些事情，也许是已经发生的，更有可能是对未来的一种预测。这就是第六感。"我兴奋地解释道。

"你的意思是，那些接近梦幻的东西很可能都是现实，只是被扭曲地显现出来？"章知远马上明白了。我使劲点了点头。

"可这和我的问题有什么关系呢？"吕意卓问道。

"青丸和重华不被迷惑，或许是由于他们体内的什么物质阻碍了这种幻象的发生，而我们体内却缺乏这样的东西……"我进一步解释。

"你的意思是，移情丹能弥补这种缺失？"吕意卓恍然大悟，举起手里的青花瓷瓶。

"是的。但我们都知道泄香散是有毒的，而它是解毒的。有句话叫做以毒攻毒……"我又看了看章知远。

"我明白了。"章知远重重地拍了一下额头。

吕意卓也点了点头。

"所以，她要试的很可能是这解药，而不是泄香散。"我喃喃自语。

"对毒药不感冒的人，不一定对解药也不感冒。很可能，重华他们的克星是这解药。"章知远看着我一字一句地说道。

在李妈惊恐的眼神中，我们看到事情正出现转机。

当一个披着墨绿色裘皮披肩的中年女子出现在我们面前时，我们全都吃了一惊。她走在前面，几个黑衣人毕恭毕敬地跟在后头，他们墨镜后的眼睛一定死死盯着我们呢！我暗自庆幸约了他们来这里见面，在这儿没人敢轻举妄动。

Amanda用那勾人的眼睛在我们脸上扫视了一番后，微笑着看住我："看来，我遇见对手了。"

我惊讶地看着她，她悉心打扮了自己。我默默地看着她，扯了扯嘴角。

"关于毒药和解药的事情，我们都已经知道了，你母亲就在我们手里。"章知远淡淡地望着他。

"那又怎么样呢？"Amanda望着他，露出一个略带怜悯的笑容，"你是个有身份的男人，会对一个老人家如何呢？"她的狐狸眼里透出不屑，然后幸灾乐祸地摇头。

"云娇女士，看这边。"我忽然间举起一根指头，在她眼前勾了勾。她疑惑地转过头来，媚眼里蒙上一层灰色。我有点不怀好意地笑了，然后清了清嗓子，"你查过我的对吧？那该知道我是个生意人，小生意人，和他们不一样。所以，本人为所欲为。"

她先是愣了一下，然后摇头笑了："是啊，魏小姐是林渠的地头蛇。好吧，看情势，我必须回答你了，想知道什么？"她看了看自己的母亲，又转眼看了看章知远。我暗自松了口气，这女人还没可恶到不在乎自己的母亲。

"我想先知道泄香散究竟是怎么遗失的。为什么你说那是肇美伶自己做的？"我很直截了当地抛出了问题。她并没看我，只是把细长柔韧的手指放在咖啡杯淡金色的边缘，随着热气的不断蒸腾，她的脸变得温暖而有光泽。我没有马上逼问，此刻，我知道等待是最好的方式。她的手指沿着那光滑细腻的瓷质杯沿缓缓滑动，深红色的指甲娇艳如一朵绽开的玫瑰。她抬起手臂，带起一片浓郁的馨香，仿佛生出生命一般，狠命地往我的鼻孔里钻。

"当年我和肇美伶的角逐进行得如火如荼……"Amanda的眼睛看向远处。

我仿佛看见两个女人，一个身穿碎花连衣长裙，高贵美艳。一个生就一对勾人的狐眼，体态风骚。她们为了同一个男人坐到了一起。体态丰盈的女人先开口了："我要你离开他。"高贵美艳的夫人淡淡道了声："绝不。"

"那是我最后一次见她。我，也是她生前见到的最后一个人。"Amanda说得很轻松，但我能感觉到她语气里难以察觉的沧桑。李妈重重地叹了口气，眼眶微红。

"肇阿姨那次出门回来后就自杀身亡，难道就是去见你？"章知远问。Amanda并没答话，只是继续她那自顾自的回忆。

"我厌倦了反复向她解释我和家伟的爱情，于是，我便直截了当地告诉她，其实家伟并不是爱她，而是爱她身上的气味。"我不解地看着眼前的这个女人。用一生来追逐一段畸恋，这值得吗？忽然间，我想起死去的吴亚京。女人总是用自己的多情作茧自缚。

"所以说，她真的很笨。"Amanda笑了笑，仿佛在说一个多年前老朋友的糗事，"她答应跟我公平竞争。"说完，她低头从小手包里掏出一根香烟，袅袅的烟雾从她芬芳的红唇中吐出。

我的心里忽然为之一动，这个女人还剩下多少良知？我能否再赌一把？

"公平竞争？"吕意卓重复着Amanda的话。

"是啊，她很倔强，我从没想过看似柔弱、甚至带着一点点神经质的她，竟能答应我这样的条件。"Amanda很熟练地将一只淡金色的烟灰缸拉到自己跟前，动作优雅迷人。在她俯身的时候，一道明显的疤痕出现在左胸处。

"她甚至向我承诺将那匣子扔掉，从此不再用它。"我和吕意卓对视了一下，这才恍然大悟，原来是这样。

"她真会这么做吗？"我有些疑虑。

"会的。"还没等其他人说话，李妈已经开口了。是的，李妈伺候肇美伶很久，怎么会不了解她呢？我轻轻叹了口气。

"那么，你为什么还要赶走蝶住呢？"章知远问道。

"家伟不相信蝶住是自己的女儿，不过每次我说起这事，他总表现得很不耐烦，后来我知道他准备带蝶住去做亲子鉴定，所以……"她淡淡地说。

"你怕一旦结果出来，隋家伟就会回到肇美伶身边？"章知远冷笑着道。

"哼，你说得不错。"Amanda很坦然地承认了。

我盯着眼前这张仍旧美丽的面庞，她眉宇之间的妩媚和小林邮包里肇美伶的照片很不相同，这是种温存诱人的美，仿佛要拉近距离，紧紧贴在你的身边。这样的女人注定多情。

"隋叔叔给过你很多物质上的补偿，为什么不罢手？"章知远眯着眼睛。

Amanda扬了扬弯弯的眉毛，用一种很暧昧的眼神看向坐在我旁边的章知远，她深棕色的眼影使得略泛棕色的眼睛闪闪发光。

"年轻人，你谈过恋爱吗？"说着，她又吸了口烟，那眼神似乎才注意到这个帅气的小伙子。章知远的表现却很令我意外。他陷入了沉思，修长的手指在桌面上轻轻抬起，又无声放下。我能感受到他内心的波动。他摇了摇头，随即很坦然地笑了笑。

"当然，我有过很多次恋情，不过现在想来似乎很恍惚。"

Amanda将一个大烟圈吐向空中："人这一生很短暂，我很幸运，碰到了那个我宁可放弃生命都不愿离开的人。年轻人，你们不会懂的。"说着，她用眼睛扫向我和吕意卓。的确，关池对我来说，不就是这样的人吗，只是我明白得太晚了。我使劲扬了扬头，不希望被Amanda看到心里的酸楚。吕意卓和章知远什么都没说。至于他们的爱情，谁又能预测呢？

"带我们去见小林吧。"章知远整理好了思绪。不论如何，现在不是讨论爱情的时候，有个人正在等着我们。Amanda笑了笑，抬起手臂，看了看表，随后朝身后的黑衣人点了点头。

Amanda在林渠刚刚买进一间别墅，坐落在郊区。林渠是座美丽的山城，可在12月的现在，树木已经凋零，一派苍灰，让坐在车子里的我们感觉压抑难耐。我暗自思量，这Amanda真是带我们去看小林吗？事情真会这么容易？一切似乎来得太简单了。

正在这时，吕意卓的手机响了。

"爸爸。"他接听了电话，一个劲儿地点头，我猜想是他母亲手术的日期快到了。大概几分钟后，他挂断了电话。

"怎么样？"我问道。

"我妈妈后天就手术，明天晚上我就必须回去了。"说着，他转过头来看着我。

我点了点头："手术一定会很顺利的，放心。好在现在我们也在林渠，如果需要，现在就回去吧。"

"什么都别说了。"吕意卓把眼光移到窗外。

当我们来到别墅，时间又过去了四十多分钟。这别墅是座很典型的现代住宅，很符合女主人豪华张扬的个性。我跟在Amanda身后，边走边欣赏屋子里的陈设。一切都很时尚，明亮的落地窗前一扇倾斜直下的水帘，外面的树影在水帘后扭动着。水沿着玻璃滑下，并没有声响，这安静的动态，让人心里说不出的畅快。大红色的沙发，宽大舒适，透明的茶几上只放了一个小盆景和米色的浴女造型烟灰缸。

我仍试图以艺术工作者对生活的独特观察力，来判断这个女人到底还有多少善良可寻。

"你们在这里等一下……"说着，她转身朝后门走去。

这屋子很大，但很方正，看来是一楼的客厅。客厅的前面是水帘窗子，后面是一扇不大的拉门。透过拉门透明的玻璃窗，可以看到一片很大的空地，只生长着些杂乱的小草。这房子的格局很像隋家别墅。

我们刚刚落座，就看见后门处一个黑衣年轻人冲了进来："夫人，那个女人……"看到我们，忙压低了声音，凑近Amanda嘀咕着。看二人的面色，似乎发生了什么难以置信的事情。

"怎么可能！"Amanda慌忙从后门离开。

我们无法等待，直觉告诉我，出事的应该是小林。随着Amanda的离开，我们几个也跟了过去。那几个男人马上冲了上来，挡在章知远和吕意卓身旁。

"这是什么意思？"章知远青筋暴起。还没等Amanda说话，那个黑衣人就整个人飞了出去。章知远的动作虽然很快，但衣服却被扯开了，露出里面精致的提花衬衫。

"看好他们！"Amanda恶狠狠地看着章知远说。

"我们上当了！"吕意卓大声喊道。那边他已经一手拉过李妈，牢牢牵制住了她。

"你想干什么？"李妈惊慌失措地大喊。

"那要看你女儿想干什么了！"章知远退到我身旁，我能感受到他血液沸腾的热力。

"云娇，你想干什么？！"果不出我所料，李妈也不知道是什么情况，看来事情绝不是那么简单。Amanda立在那里，一句话也不说，咬着嘴唇看向吕意卓手臂下不断挣扎的母亲。我知道，此刻她在犹豫。我朝吕意卓使了个脸色，看来Amanda需要点刺激。吕意卓手中用了力道，李妈的胳膊有些吃不消了。

"女儿，你做什么妈都支持，别管我了。"李妈竟冒出这样的话来。我大吃一惊，转身看了看吕意卓。

"我不知道你是怎么想的，自己的母亲在别人手里，你竟然置之不理！的确，我们不会对她做出什么过分的事情，但是你知道吗？她为你背负了多少罪恶！你爱上隋家大少爷，她送你出国，希望你学成归来堂堂正正嫁入隋家，可是你，竟然利用你的母亲进出隋家，威胁肇美伶，又让你母亲帮你偷泄香散，难道她是你的仆人吗？她在隋家做了一辈子下人，你知道她到底什么出身吗？"吕意卓越说越激动。我没想到平时不声不响的他，竟对这个恶毒的女人说出这样的话。

"出身？"Amanda适时捕捉到了这个词。

"什么都别说了，快去吧，站在这里干什么！"李妈打断了她，并厉声呵斥着眼前这个年过不惑的女儿。我忽然明白了，原来李妈从未向别人吐露过自己的身份，甚至是自己的女儿。也许，这正是突破口。我忙趁机上前一步。再赌一次，就赌这女人掩藏在冷酷外表下的良知，"你总说肇美伶笨，依我看，你才是最笨的女人！"我挑衅地看着Amanda。一丝疑虑从Amanda的眼中流过，随即蒙上一层冰霜，我的心也跟着一沉。她转身要离开。看来事情一定很紧急，这么多人，我们无论如何也冲不进去，不能让她就这么走掉！

"李氏集团你总该知道吧！"我和章知远竟是异口同声。Amanda的脚步只顿了顿，却连头也没回，淡淡地说："我现在没工夫和你们说别人的事！"有那么一刻，她红色的高跟鞋让我眩晕。不！难道他们正在暗地里进行什么计划？！而Amanda不过是在拖延我们？！

"你母亲曾经是李氏集团唯一的继承人！"我顾不得多想，几乎高喊出来。她不会对这个置之不理的。

果然，Amanda的背影僵直地停留在那个即将离开的动作。

"其实你也该是个富家女！"章知远抓住这个机会，和我一唱一和。李妈瘫软地依在吕意卓的身上，看来她不希望自己的女儿知道这一切，然而现在事情的发展已经不是她所能控制的了。Amanda缓缓转过身来，一对柳眉紧紧锁住，眉心出现了细小的皱纹。是啊，太可笑了，一个打拼了半辈子的女人，年过不惑却得知自己曾经和如此显赫的身份擦肩而过，该是怎样悲凉的心情啊！她本雍容艳丽的面庞，在这一瞬间变得僵硬呆板，嘴角和眼角明显下垂，眼里的疑惑和悲愤让我这个局外人也暗自心惊。

"他们骗我……"Amanda直直地盯着不住颤抖的李妈。李妈已经没有了说话的力气，她瘦小的身躯佝偻得像个真正的老人，我惊讶地发现，李妈在这短短不到一天的时间里，竟苍老了这么多。

"他们没骗你，这都是真的……"她深深地把头埋在双手之间。此刻，与其说吕意卓在挟持她，倒不如说是抱住她。

"你妈妈甘心情愿留在隋家，全都是因为隋竟寻老爷子！"虽然我不想如此直接地揭开李妈内心的伤疤，可实在情非得已。

Amanda狠狠摇了摇头。她看着李妈，眼神一刻也没有离开，而李盈却不敢抬头面对女儿。是啊，她毕竟是个母亲啊！我太残忍了！

"为了留在隋家，她嫁给你的父亲，生下了你。谁知，你也走了她的老路！竟然惊人得相似，难道这不是孽债吗？醒醒吧！带我们去见小林，我相信你不是个没有良心的女人，你妈妈已经够苦了，你忍心让她继续为你坐立不安吗？"章知远说着，Amanda的嘴角紧紧抿着，我知道，她还有很多疑问，但现在不是说故事的时候。

"至于你母亲为何会沦落为隋家的下人，以后她自然会告诉你，问题是，现在你什么都有了。该是你母亲跟着你抬头做人的时候了，给她一个安定的晚年，让她的一生有个完满的结局，这才是你这个做女儿应该做的！"我一口气说了下去，眼睛却始终不敢离开Amanda的脸。

大概有半分钟的时间，我们谁都没再说话。我知道此刻她需要安静，任何人都无法突然接受如此的事实。幸好眼前的这个女人是个久经沙场的老油条，她的美丽虽只是强弩之末，却沉淀出了一颗坚硬冰冷的内心。只有半分钟的时间，她已经恢复了坚定的眼神，挺直的背部一如刚进门时的优雅，唯一的破绽就是脸上苍白的疲态。她冷笑着转过身去。章知远的牙几乎咬出了声，我忽然感到一场打斗必不可免。

谁知……

"让他们跟过来。"Amanda淡淡地压低了声音。

"是，夫人。"几个黑衣人瞬间闪到两边，让出一条路。我看了看章知远和吕意卓，轻轻松了口气。

经过后面一片荒地，我们来到一栋貌似库房的建筑跟前。打开门，露出一道黑暗的楼梯。我和章知远对视了一下，他淡淡地问："蝶住被关在下面？"

Amanda不说话，只是径直朝前走去。她似乎很急，一定有什么状况是她没有想到的。我们连忙跟了过去。楼梯向下形成极陡峭的走势，空气里充斥着发霉的味道。我屏住呼吸，默默跟在他们身后。

这楼梯最后通向了一间不大的实验室。当看到那些实验仪器和一张铺着白色床单的铁床后，我的头皮顿时开始发麻。小林正坐在床上瑟瑟发抖，她的头发有些乱，一些碎发垂在眼前，遮住了她的脸。一旁两个穿着白大褂的人正奇怪地望着她。我拨开众人朝小林扑去，却被一个黑衣人拦住。我拼命挣扎着，吕意卓冲上去一拳打在那人脸上，那人刚要还击却被Amanda拦住。

我扑过去，捉住小林的肩膀，狠命地摇着："怎么样？你没事吧？"见是我，她有些不能相信，随后一把抱住我开始哭泣。

"这是怎么回事？"章知远将头扭向Amanda。他需要一个合理的解释，我看到他的胸膛开始起伏，我们都在愤怒。

"夫人，药已经喝下去半个小时了，可没有任何反应。"其中一个白衣男人目光空洞地说。

Amanda走到我跟前，用指尖扬起小林的下巴。我看见她紧咬的牙关和额头渐渐出现的皱纹："原来你没有继承你妈妈的血。"说着，她将手一甩，小林的脸扭向一边。

我猛地站起身来，一把拉住Amanda的手臂："你随随便便让她吃药，如果真发生什么事，你不会有好结果！"

Amanda似乎没听见我的话，只是冷冷地站在那里，用怪异的目光看着小林，然后忽然摇起头来："我的解药研制成功，却找不到可以试药的人，这真是可笑。"

"或许，是你找错了人。"站在一旁的章知远忽然间叹了口气，然后冷笑着走过来，示意我带着小林先走。出乎我意料的是，Amanda并没有阻拦。她疲惫地挥了挥手，众人为我们让开一条路。然后，她默默坐在那张惨白的床上，就像个可怜的孩子。

我们将小林扶上车，她开心地抱住我："谢谢你，谢谢你们带我回家！"章知远如释重负地将手抚上小林的长发："还记得我吗？我该叫你蝶住姐姐。"说着，他苦涩地笑了。是啊，面对这个从小就生活在父母爱情阴影里面的女子，每个人都会心痛。

小林缓缓抬起头："你是？"

"重华经常接到你寄给他的光碟，那时候你很漂亮，和现在一样。不是你母亲不找你，而是因为她已经死了。"章知远尽量把语气放轻。

"我已经知道了，从Amanda那里。"小林伤心地说，"是什么时候？"

"1998年7月25日。"章知远说。

"正是我失踪的那天！"小林惊叫。

正在这时，我的手机忽然响了，竟然是Amanda。

"你们几个里面，谁可以代表隋重华说话？"她的声音仍旧傲慢，但已经没有了先前的杀气。我将手机递给章知远。

"什么事，请说。"他很礼貌地说道，一只手整理着因为打斗弄得乱七八糟的衬衫。

"泄香散，可否借我用几天？"

章知远看了看我，我隐约听到电话那边的意思，可这事……

"我想我们有权利知道你要做什么。而且它现在不是就在你手里吗？"章知远镇静地回答。

"圆梦。不过，我想应该征得你们的同意。"我们顿时陷入一片沉默。Amanda说过，隋家伟快回来了，现在她已经自制了解药，打开盒子应该是易如反掌了。

"如果你确定你的解药没问题，那好吧。"章知远竟给了她这样的答复。

"这样重华会同意吗？"我忙插嘴道。

谁知小林伸手拉住我，示意我别再说什么："我已经安全了，算了吧。"我忽然间觉得每个人都好伟大。

"其实，我妈妈的死都是因为我。是我太固执了。如果当时我不离家出走，她也不会那么歇斯底里，以至于割腕自杀！我应该相信自己的妈妈，我不是个好女儿！"小林的眼泪，让我们顿时语塞。

我们迅速和奶奶通了话，告诉她小林已经找到，马上就可以回复盛了。吕意卓当下和我们告辞。大概在半个小时后，大家已经飞快地行驶在返回复盛的高速公路上。

"你被他们抓到后，都发生了什么事情？"章知远问道。

"一开始，我并不知道他们抓我干什么，后来我被他们转移到那个地下室，里面有两个穿着白大褂的人，看起来像医生，好像在研究什么，神秘兮兮的。那里有好多实验用的玻璃器皿，都封着口。再后来，他们拿着一个漂亮的匣子给我看，就是妈妈以前用过的那个。"小林说道。

"那一定是刚刚从李妈那里得到的泄香散，他们想找你确认一下。"章知远说道。

"他们都戴着很大的口罩，只能看到两只眼睛。"小林接了下去。

我忽然觉得好奇："可是，她完全可以穿上防护用具再来打开嘛，有必要兴师动众找来那么多专家吗？"

"NO。"章知远边开车，边从内视镜里看着我说。

"完全不一样呦。一个女人如果希望拥有这种神秘香气，是不会容忍自己必须穿戴护具才能碰它的。而且，我相信Amanda一定是个完美主义者，她希望完全占有这种能控制人的香气，找专家破解也是可以理解的。"他解释道。我和小林一齐点了点头，这的确符合Amanda的性格。控制了这香气，不仅等于控制了隋家伟，更意味着肇美伶的彻底失败。

"也许是那孩子的死，重新燃起Amanda心头的妒火。"我喃喃自语。

"是啊，也许，她也有着我们不知道的心酸历程，而且正是这些使她陷入歇斯底里不能自拔。"章知远摇了摇头。

"你怨恨她吗？"我看了看一旁低头不语的小林。

她默默摇了摇头："妈妈死了，我竟以为她陪着爸爸和哥哥在国外幸福地生活着！可是她死了！"一行眼泪，从她的眼中奔流而出。我和章知远对视了一下。

距离复盛还有二十多分钟的路程，我沉沉地睡着了。

阳光洒在我的身上，感觉暖洋洋的。一切都该结束了，我终于回到自己的轨迹里面，如释重负的我一下子放松了，冬天真的就要过去了！

好热啊！我伸手扯下脖子上的丝巾。远处一个身穿碎花连衣裙的女子朝我走来，面色苍白，两片鲜红的嘴唇在明朗的阳光里，显得异常诡异。不是肇美伶吗？她要去哪里？

我悄悄跟在她后面，就像当初跟踪小林一样。我们来到一家咖啡厅。奇怪的是……早已等在那里的女人竟是Amanda！此时的她，好年轻啊！眉头没有皱纹，眼角平滑如丝。

"你终于肯来了！"Amanda冷笑着。

"你叫什么来着？"肇美伶的声音涩涩的，好似嘴巴里很干，说起话来很费劲的样子。

"别开玩笑了，我们斗了几年，你早就知道，我是Amanda。"Amanda眼里有些异样，似乎今天的肇美伶和平时很不一样。

"哦，对了，我最近很健忘。你是Amanda，那个想抢走我丈夫的女人！"肇美伶的语气愣愣的，让人听起来颇有些毛骨悚然。

Amanda稍微顿了顿，仔细观察了一下肇美伶："你看起来很不好。"

肇美伶忽然之间绽开了一个奇怪的笑容，夺目的两片红唇以别扭的角度张开，牙齿之间竟怪异地沾着红艳艳的口红。Amanda一惊。

"开门见山吧，我希望你离开家伟，现在你的样子已经不适合做隋家少奶奶了。"Amanda紧紧盯着眼前这个诡异的女人。

肇美伶马上变换了表情，那速度之快，竟把躲在一旁的我吓了一跳。这哪里是一个普通人的表情，我忽然之间感觉，这女人的魂魄已经走了，剩下的不过是个不愿离去的躯壳而已。

"绝不。"肇美伶翘起嘴巴用一种近似动物的眼神看着坐在对面的Amanda。我倒吸了一口凉气。随即，肇美伶伸出手来，一阵迷人的玫瑰香迎风扑来，这是我第一次闻到泄香散的味道。就好像甜美中带有苦涩的野玫瑰，肆无忌惮地绽放着娇嫩香甜的花蕊，伸展着带刺的触手，撕扯着她触手能及的一切。虽然和Amanda身上的玫瑰香气很接近，但仍是不一样。这香味更霸气！

看来Amanda不但在悄悄制作移情丹，更在模拟这种泄香散。不过，还是有所偏差，这味道仍然不同。

"你知道吗？为什么家伟到今天也不愿离开你？就是因为你身上那可恶的香气！求你别再用它诱惑家伟了，他已经被你的自私透支了！"Amanda鼓起勇气凑近肇美伶那毫无生气的脸。

肇美伶什么也没说，好像根本就没听见一样。可就在两分钟后，她突然间拼命撕扯起自己的头发。这一举动，把周围的人都吓到了，包括Amanda和我。

"不可能的，不可能！你骗我！不可能！"她圆睁的双眼布满血丝，歇斯底里的样子一览无余。

"好，那你就答应我，我们公平竞争！"Amanda大声说道。此时，她已顾不得周围有多少人了。

"公平竞争？"肇美伶惊恐的眼神里飘过一丝疑惑。

"是的。"Amanda抓住了她的手臂，"扔掉你的泄香散，看家伟选择谁？"

"扔掉！扔掉！"肇美伶喃喃地重复着这两个字。Amanda的眼里顿时飘起一丝鬼祟的得意。肇美伶踉跄地走出了咖啡厅。

"不行，她会出事的。"我拼命喊道。可奇怪的是，根本没有人听见我的话。

Amanda仍伫立在那里，透过落地窗盯着肇美伶单薄的背影。人们只不过当看了一场闹剧，很快回复了原先的安静。我快步冲出咖啡厅。就在经过Amanda身边时，我惊讶地发现，她的眼里竟有些闪烁。顾不了那么多了，我快步跟上肇美伶。穿过几条街，我仍和她保持着不远的距离。不能太靠近，我怕那样反而会吓到她。行人见她蓬乱的头发和血一样的红唇，纷纷躲开。在拐弯处，一家钟表店引起了我的注意，我到过隋家，可拐角的路边明明是一道红绿灯啊！

　　不一会，她来到隋家门口。是的，是隋家，和现在的隋家没什么区别。正在这个时候，一个拾荒者从我身边经过。他推着一辆手推车，上面放着废旧玻璃瓶、纸盒，还有几块废铁。肇美伶回过头来，日光里，她的面容变得恍惚的很。怎么会这样，这么强的光线下，为什么她的脸那么不清晰。

　　"破烂……破烂……"拾荒者扯着嗓子喊道。

　　"我有个很漂亮的匣子，你要吗？"肇美伶的声音轻轻的，没有任何表情，好像从嗓子眼里气若游丝地发出一样。

　　"匣子？先看看什么样的吧。"拾荒者很精明地说，却在抬头撞见她怪异的脸颊后，猛地缩了一下身子。肇美伶转过身去，身影飘渺得好似风里的一片树叶，一瞬间就消逝在我的眼前。当她再次出现在我面前的时候，那片红唇更加妖艳。

　　"不要钱了，拿走吧！"说着，她又露出了那个奇怪的大笑容。牙齿缝里鲜红的唇膏，显得异常可怖。拾荒者颤抖着接过匣子，慌不择路地逃走了。肇美伶就那样站在阳光里，模糊的身影，模糊的脸颊，还有蓬乱的头发和诡异的红唇。

　　忽然间，一辆黑色轿车停在她的身后，从车上下来了一个带黑框眼镜的中年女人。那女人斜着眼睛瞥了一眼挡在前面的肇美伶，径直朝隋家大门走去。

　　"这里没人，除了我。"肇美伶淡淡地说，并朝那个女人走去。

　　"你？你是谁？"那女人翻了翻白眼说道，伸手摁了几下门铃。果然，没有人来开门。她转过身，看了看立在她眼前的怪异女人，"你是？隋家的佣人？"她推了推眼镜。

　　肇美伶用忧郁的眼神看着她，却什么都没说。

　　"他们都出去了。"

　　那女人犹豫了一下："好吧，那就请你把这个转交给隋家伟先生。"说着，她将一个牛皮纸袋交给肇美伶。我伸头朝那纸袋望去，会是什么？肇美伶大概也很好奇，在目送轿车远去后，她撕开袋子，从里面抽出一张纸来。瞬间，脸上浮现出一丝苦涩的笑容。我明白了，这张纸就是亲子鉴定。结果证明小林就是她和隋家伟的女儿。难怪她会是这样的表情。她伸出右手，一朵美丽的兰花绽开在指尖。

"好漂亮的兰花指！"我惊叹着。随后，她踏出一步，雪白的高跟鞋轻轻踏在路面上，眉目之间竟是无限风流，只是这韵致被那散乱的头发和血红的嘴唇映衬得诡异妖娆。

> 再难回弯弯曲曲的田野小径，
> 再难听清清澈澈的泉水淙淙。
> 我只有挥衫袖寂寞起舞，
> 我只有抬望眼寄语声声。
> 倘若是盛世年华太平宁静，
> 倘若是麦浪起伏五谷丰登，
> 我情愿冷落无邻血凝冻，
> 我情愿寒月凄清度晨昏。
> 从此后每到月华升天际，
> 便是我碧海青天夜夜心……

她的声音凄凉婉转，在这明媚的夏日里，清澈高远。我的心也随着她的《奔月》飘向遥远的虚空。这是个让人心碎的女人。

她转身消失在眼前，我这才松了口气。看样子，还不至于出什么大事。我笑了笑，这一定是一场梦，我真是太累了。

我沿着来时的路往回走，边走边欣赏路边的风景。夏日的复盛是这个样子吗？现在不是冬季吗？路旁的法桐潇洒地抖擞着枝叶，遮挡着荼毒的阳光，好清爽啊！我仰起头，感受着这梦里的恬静美丽。就算这是个梦也好，至少现在我们都自由了！

"快，隋太太本来精神状态就不好，现在知道她女儿失踪的消息会怎么样？真难以想象！"一个男人低沉的声音从我耳边飘过。我敏感地转过身去，只见两个男人，一前一后，快步朝隋家大门走去。

"等等！"我喊道。可那两个人却头也不回。难道是小林……这几个人是小林学校的人？

我飞快地翻出手机。怎么会？时间的部位怎么空空的？就在这时，肇美伶开了门，从里面探出头来。她重新盘好头发，身上还是那件碎花连衣裙。他们说了什么，接着肇事美伶将他们让进门去。我想跟过去，可是已经来不及了。就在这时，十字路口那家钟表店忽然跳入我的眼帘。

秦兴钟表行，对，就是这里。

我最后向隋家望去，这夏日微风轻抚下的静寂院落为什么那么真实！每一片树叶都光泽苍翠，在晴朗的蓝天下明晰爽利，交杂在空气里的人、树木、青草的气息清晰可闻。一缕头发随风飘下，轻轻滑过脸颊，感觉刺刺痒痒的。不，我忽然间惊觉，这不是梦！我猛地回过头去，朝那座落在十字路口拐角处树荫里的钟表店奔去。时间是不可逆的，在我心里这一直都是铁一般的定理。我穿梭在重重树影之中，却惊讶地发现，复盛的大街上为什么一下子没了行人？人们都哪里去了？我跑跑停停，甚至连机动车的声音都听不到。眼前，只有绿色的梧桐和灰色的马路，路边五颜六色的门市依然熙攘，可街上？怎么就只剩下我一个？在我冲到秦兴钟表行的一刹那，我的心跳成一团。

玻璃门后，一枚很大的电子表上赫然显示着红色的数字。

1998年7月25日，10点23分45秒。

我的天，是时间弯曲，还是梦幻一场？

我一路狂奔，回到隋家，汗水已经淋漓而下。虽然我不知道为什么会出现这样的幻觉，但我必须找到肇美伶，告诉她，她女儿不会有事。可不管怎么敲门，门都没有再开。我狠命敲打着那扇黑色的大铁门，它发出了接近嘶嚎的怪声，可院子里面仍旧安静得仿佛没人一般。我想打电话报警，却发现连信号都没有。我瘫坐在隋家门口。是啊，从没有人可以通过改变时间来拯救别人，这样的电影我们都看过太多。我深深将头埋在双臂中，泪水和着汗水滴落在门前的水泥台阶上，留下了六七个大大的水点。对不起，我只能做这场可怕事件的旁观者，我从来都只是旁观者！

1998年7月25日，明媚和煦，瑰丽却诡异。

1998年7月25日，小林失踪。

1998年7月25日，著名青衣演员，肇美伶的祭日。

而我，却在这似梦非梦的幻境下，亲眼目睹了整件事情的经过。这一天是我一生中除关池枪决外，最暗淡的一天。

"醒醒！你怎么啦！"小林使劲摇晃着我。我朦朦胧胧地睁开眼睛。眼前出现小林酷似肇美伶的脸孔。

"你刚才好像做噩梦了！看起来很热。"她关切地看着我，伸出手拭去我眼角的泪水。

"没什么。"我掩饰着伤心望向窗外，一排排枯瘦的梧桐闯入眼帘，我们正行驶在开往隋家的小路上，刚好经过那个十字路口，我拼命从车里探出身子。的确，那里并没有什么钟表店。

"这里一直都是这个红绿灯吗？"我突然问道。

"是的。哦不……去年这里还不是……"章知远说道。

"原来是秦兴钟表店吧。"我猛地问道。

章知远冲着后视镜里的我点了点头："你怎么知道？"

原来是这样！我转过身去看了看小林："你离家出走是1998年的7月25日10点前吧？"小林惊讶地看着我："是啊！是那天早上的事。"说着，她难过地转过脸去。

那到底是梦？还是时光倒流！我惊出了一身冷汗。记得大学时，我们传看过一本叫《幻境》的书。其中最著名的一句话就是："每个人一生都会至少一次经历幻境。"

我掏出手机。2009年12月30日。

第四季

结局：绽放

回家？

当齐玫被拖上车的刹那，脑海里还是隋重华车身从眼前掠过的冰冷弧线。李桥生说的家是哪里？后备箱对一个成年人的身体来说实在太小了，浓重的汽油味让人抑制不住想要呕吐，黑洞洞的空气中，看不到任何希望。

"难道要死在这里？死在这飞驰的汽车里？"齐玫渐渐失去了意识。

她做了个梦，梦到自己来到隋家门前，青丸就站在远处，可看不清她的脸。齐玫看见青丸在朝自己挥手，似乎还在说着什么，可她却连一个字都听不见。于是，她拼命朝青丸跑去，可青丸却离得越来越远……

"救救我！青丸！求你救救我！"

不知车开了多久，齐玫只记得，她的双眼是被一道阳光刺开的。她努力抬起酸涩的眼皮，耀眼的白芒令她的脑袋一阵眩晕，接着是眼球炸裂般的疼痛。光晕褪去，李桥生的脸逐渐清晰起来。他看来也有些疲惫，眼角下垂，清瘦的面庞在颧骨下出现了明显的凹陷，使得他原本方正的下颌看来有些突兀。

"我们到家了！"他轻声说道，轻柔得像对待情人一般。齐玫拼命摇着头。现在她已经知道，自己完全成了这个男人手里的羔羊，就像青丸描述中老宅里被残杀的动物一样。李桥生温柔的眼神一下子凝固了，他一把抓住齐玫的胳膊，将她拖出了后备箱。齐玫的大红色风衣被车子刮开了一角。她酸麻的腿脚已经不能动弹，于是痛得大叫，却只从封闭的胶条下发出艰涩的呻吟声。李桥生发现齐玫的手脚还被牢牢捆着，便俯下身来，解开绳子，顺手扔在一旁。

"走吧！"他在齐玫耳边轻声耳语着，随后抱起她大步朝黑色的老旧宅邸走去。齐玫强忍着痛楚，抓住这个间隙观察四周的情形。看样子现在应该是早上，这里很荒芜，根本就没人经过，眼前是片很广阔的空地，杂草丛生。有的蒿草长到齐腰高，在寒冷的冬日仅留下一段僵硬的骨架。齐玫安静下来，难道这里是申州？那宅子？她勉强支撑着酸涩的眼皮，阳光里孤独屹立的宅子好像蛰伏在空气夹层中的海市蜃楼，透过清晨湿冷的气流，显得苍灰枯朽。

李桥生颠簸的脚步没有因她身体的重量有一丝的懈怠。齐玫微微抬眼，眼前这个男人真的是李桥生吗？李氏集团的公子？著名的画家？他遒劲有力的眉宇之间一片迷茫，眼睛里空洞如漆，嘴唇苍白，顺着深深浅浅的唇纹渗出些微血丝。齐玫眼前的这个濒临崩溃的男人正在严重透支着自己年轻的身体。

随着木门的开启，一阵奇怪的腐味钻进鼻孔。这是个黑暗的大屋，开启的门缝带来一道强烈的光柱，瞬间延伸开去，将人们的双眼带向空洞的尽头。

蛛网，这是映入齐玫眼帘的第一件事物。密密麻麻的蛛网，横七竖八。好像时间走过的痕迹，交错捆绑在人们的心头，挥之不去。李桥生好像并没注意到眼前破败不堪的一切，笔直地走了进去。他就那么抱着她，像一位贵族绅士抱着自己的新婚妻子，庄严而高贵。

门，就在这一刻又反弹回来，重重地把阳光关在了另一个世界里。齐玫眼睁睁地看着阳光在这一瞬幻灭。绝望的她，闭上了眼睛。

李桥生将她放在一把落满灰尘的椅子上。自己缓缓俯下身子，跪在齐玫的身边。齐玫惊恐地睁大眼睛，借着窗帘外渗入的暗淡光线，她看见李桥生眼里的悲伤。他将齐玫的腿捧在怀里，头深深埋进两腿之间，一动不动地保持着这个近似忏悔的动作。

齐玫的手仍被束在身后。

青丸曾很详细地描述过他发作时的情形。那时，他恐怕并不知道自己面对的人是谁，而且无法控制自己的情绪和行为。总之，在这样危险的一个男人手里，最好还是静观其变。齐玫粗声喘息着，额头渗出了豆大的汗珠。

李桥生在高中后期就开始接受专业的治疗，经过一段时间的医治，的确恢复很好，甚至连他自己也认为可以做个普通人了。可就在这个时候，他遇到了齐玫。更确切的是，齐玫用他最敏感的玫瑰香，诱惑了这个一直以来在气味中痛苦挣扎的男人。

齐玫勉强回过头去，观察着屋子里的陈设。这是间很开阔的客厅，桌椅都是老旧的款式。不过奇怪的是，桌椅横七竖八地摆着，似乎曾经发生过什么事情。墙上贴的壁纸看不清图案，但依稀可辨深深浅浅的花纹。大理石地面上，尽管穿着皮鞋，却仍能感觉到冰冷的寒气。

　　忽然间，李桥生抬起头来，用直勾勾的眼神盯住齐玫。

　　"还记得我们以前一起看星星吗？"齐玫痛苦地注视着眼前这个可怜的男人。慌乱中，她点了点头。是啊，那还是大三的时候，五年了。那时候她一心只想着出人头地，却没料到今日，竟成了别人案上的鱼肉。

　　"那时候，星星总是很多，很亮。在我们的心里，那是最接近天堂的地方！"说着，李桥生干脆站起身来，俯视着齐玫。从这个角度看他，暗淡的光线给他的脸颊蒙上了一层黑雾。空洞的眼眶里，眼球竟像浮动在里面的玻璃珠，死死地盯着齐玫。齐玫的衣服已经被汗水浸透，黏在身上，大红色的风衣几乎掉落到腰际，露出里面的低领米白毛衫。

　　她努力使自己镇静下来，却仍抑制不住颤抖。

　　"我的画笔……"李桥生从怀里掏出一把尖刀，咧着嘴凑到齐玫跟前。

　　"看，我找到啦！"说着，他用另一只手紧紧搂住抖作一团的齐玫。

　　李桥生将那柄三寸多长的尖刀放在她的脸旁，用刀背反复擦抚着齐玫光洁白皙的皮肤。

　　他高高地把手扬起……

　　齐玫惊恐万分，无助地闭上了双眼，却听见"唰"的一声，李桥生揭下了黏在她嘴上的胶条。她缓缓睁开眼睛。李桥生正在戏谑地挑战着她能承受的极限，齐玫觉得自己快死了。

　　"你怕吗？"他看着齐玫额头的汗珠，喃喃问道。

　　齐玫干涩的双唇早就和胶条粘在一起，胶条被撕落，她的嘴唇也被揭掉一大块皮肉。瞬间，血迹殷红了双唇。此刻的她已经感受不到痛楚，身体似乎不受支配，只是僵硬地坐在椅子上，任由李桥生摆布。李桥生站直身体，侧身转到齐玫身后。齐玫的嗓子里发不出任何声音。她不知道自己被抓住有多长时间了，只知道从那时起，就没再吃过东西，也没有喝过水。

一只冰凉的手握住她的脖颈。齐玫张了张嘴，无力地喘着粗气。那手冰冷坚硬，贴着她的皮肤，缓缓向前，伸进她的衣服里，齐玫打了一个冷战。

"真温暖。"李桥生喃喃自语。

"你为什么那么怕？这里是我们的地方啊！"李桥生轻声自语着，动作轻柔而温存。

齐玫恍然间一惊。我们的地方？这里？一幕幕往事划过脑海。这里不就是青丸说的老宅！难道李桥生一直把自己当成小林？一起看星星？李桥生曾和小林在学校的露台上看过星星！最接近天堂的地方？那个露台见证了他们的初恋！怕？他曾不住地问青丸是否怕他！也许就是因为在这里发生了令小林害怕的事情，所以才会让李桥生记忆深刻，以至于每次发作之时，都会产生这样的幻觉。齐玫忽然间明白了一些道理。她努力平复自己的情绪，使劲咽了口吐沫："我不怕！"此刻的她，模仿着许青丸倔强的语气，艰难地说道。果然，李桥生摸索的手停了下来。齐玫强忍喉咙里的干涩："我为什么要怕你？你有什么可怕的！"

李桥生僵在那里，一动不动，似乎在辨别着什么。

"你不认识我了吗？你说过的，欠我一个承诺！"说着，齐玫的心已经提到嘴边了。

"承诺？"李桥生有些困惑了，手，竟缩了回去。

见李桥生果然还记得曾经许给青丸的承诺，她鼓起了最后的勇气，略顿了顿，把心一横："是啊！别忘了，是我救了你的命！"齐玫大声说道，却掩藏不住内心的慌张。

李桥生默不作声，也许他的精神真的已经严重崩溃，恍惚得厉害。一时之间，竟无法分辨眼前的这个女子到底是许青丸还是小林或者……

齐玫仍老老实实地坐着，她不敢转过身去。就在这一瞬间，她想到了狼。狼如果绕到你的身后，最好不要轻易转身，否则暴露出的脖颈就是最致命的弱点。所以，越是面对强敌，越要沉着应对，齐玫的脑子已经开始清醒起来了。

"写生的时候……"李桥生立在那里，有些慌乱地喃喃道。

齐玫试探着："是啊，你差点掉下山崖，是我救了你。"李桥生忽然绕到前面，一把抓住齐玫的肩膀。

"青丸，我求你件事！"他一双惨淡的眼睛，无神地翻了两下。昔日的倜傥公子，如今已然不复存在，留下的尽是一具令人作呕的癫狂躯壳。李桥生瘦削的十指牢牢嵌进齐玫的胳膊，硬生生将全身酸痛的她提了起来。

"帮我弄到那个东西！我要那个匣子里的东西！"李桥生布满血丝的眼睛里顿时弥漫着贪婪和祈求，干裂的双唇不住颤抖着，一股浓浓的苦涩味从唇齿之间喷出。齐玫闭住口鼻，别过头去。看来，李桥生的病情已经非常严重了。

"那个匣子！那是小林的，我要她们！"他声嘶力竭地摇着齐玫的身体。

"好的，好的……不过，你要先放了我！"齐玫惊慌中仍不忘观察着李桥生的神色。李桥生用祈求的眼神看住齐玫，见她答应了，才渐渐松开十指。齐玫用眼睛瞥了一下四周，这客厅十分宽阔，自己根本就无处可藏，看来还要继续和他纠缠下去，能拖一时是一时吧。

"你要的东西是泄香散吗？"齐玫假装好奇地问道。李桥生点头如捣蒜一般，样子就像个想要糖的孩子。齐玫慢慢向后挪动着身体："你要那东西有什么用呢？"她一边观察着李桥生的变化，一边环视屋子里的情形。此时她已经适应了这里的黑暗，一切都看得非常清楚了。就在离她不远的墙边，是个非常古老的壁炉，壁炉上方挂着一幅中年男子的油画，画中男人五官清秀俊逸，看来应该是这屋子的主人。

"那味道我知道，林告诉过我，是她妈妈的香粉，玫瑰的气味……"李桥生抽动着鼻翼，眼睛微闭，一副沉醉其中的样子。可就在这个时候，他发现眼前的齐玫并没有老老实实地听他说话，而是将眼睛斜向旁边的墙壁。于是他缓缓回过头去。

"嘿……嘿……"李桥生的笑声让齐玫顿时回过神来。他的高个子向前倾了下来，俯身在齐玫眼前。

"想知道他是谁吗？"说着，他邪恶地笑着，惨白的脸上泛着青白的光。齐玫的汗毛顿时竖了起来。李桥生来到画旁，仰着头，"他是我的祖父，一个伟大的男人！"说着，他苦笑着跌坐在一把落满灰尘的椅子上面。

"这里是他的！"李桥生的声音提高了许多，"不过之前，却是我姑奶奶的。青丸，我没你那么幸运，我们家的地位和财富都是爷爷抢来的！"李桥生说着，压低了声音，仿佛在说一个和他自己无关的秘密。齐玫看了看墙上那足有六十公分长的画像，有些不解。抢来的？李家的财富是抢来的？李桥生将两手一摊，整个人从椅子上滑出，细长的双腿支住悬在空中的半个身体。

"我爷爷是个强盗！哈哈！"他戏谑的笑声带着讥讽和自嘲，让齐玫的心感到一阵寒意，在屋子里激起层层回音。

"为什么？"齐玫希望拖延时间，以备找到自救的方法。现在最需要的就是麻痹这个疯子的意识，让他放松警惕。

"这些产业本来都是一个女人的，可惜……女人！除了在床上，她们没有什么用处！"李桥生痛快地大笑着，同时用拳头使劲砸在桌子上，掀起团团尘埃，呛得齐玫一阵咳嗽。

"那你爷爷现在在哪里？"齐玫试探着问道。随即，眼睛瞟向李桥生背后壁炉旁交叉挂着的一对斧子。屋子里一下子陷入沉默，李桥生没有再接下去。他保持着那个懒散的姿势，一动不动，仿佛陷入了沉思。齐玫不解地看着眼前这个既陌生又熟悉的男人。

这次李桥生并没回答她，而是呆呆地看着远处，眼神飘渺空洞。现在几点了？距离自己被抓有多长时间？齐玫暗自盘算着，自己被拖进车内后不久就昏了过去，可这中间是否还发生过其他的事情？

就在这时，门外传来一阵短促的敲门声。李桥生"嗖"的站起来，一把捂住了齐玫的嘴，另一边已经推着她踱步朝门口走去。齐玫没有挣扎。在现在这种情况下，显然配合比激怒要安全些。敲门的人似乎很用力，好像知道这里有人的样子。

"谁？"李桥生冷冷地问道。

"送盒饭的。"门口的人回答着。李桥生松了口气，将齐玫拉到一旁，按在墙边，一手举起刀子，对准她的脸，接着，做了个噤声的手势。当他转过头去的刹那，那道门开了一条小缝。

刺眼的光柱照在李桥生惨白的脸上。他将手放在眼前，稍微适应了一下，这才勉强睁开眼睛，顺手掏出五十元钱，递给那人。

"不用找了。"说着，他接过盒饭，重重关上了大门。齐玫的身体紧紧贴着冰冷的墙壁，那刀尖正抵在她左侧的脸颊上。李桥生转过身，示意齐玫跟他到桌边。齐玫并没见他联系过任何人，难道是下车前，他就已经预定了盒饭？看外面的光线，应该已经接近正午，自己被他抓走的时间大概是傍晚时分，而现在应该是在第二天中午。

齐玫打开饭盒，却食之无味。李桥生倒是狼吞虎咽，不一会就打扫干净了。齐玫只吃了几口，就将筷子推到一边。李桥生转身朝门口转角的楼梯走了过去。他的皮鞋踩在理石地面上，发出清脆的声响。不一会就消逝在齐玫的眼前。终于，李桥生暂时离开了。齐玫飞快地跑到窗边，青丸说过，这里是一扇很大的落地窗。随着哗啦一声，厚重的窗帘被拉开了，飞扬的灰尘使齐玫使劲咳嗽了两声，然而此刻的齐玫却愣住了，闯入她眼帘的是用木板牢牢钉死的窗子。先前进门时窗帘后隐约的光晕，不过是从木缝里穿进来后借着帘布厚重的花纹形成的错觉。绝望和无助一下子占领了齐玫的内心。她用手狠狠地摇动木板，却犹如蝼蚁撼树般微乎其微。急促的呼吸声催促着齐玫。她转过身去，那里还有一扇窗子。又一片落满灰尘的帘子被拉开。齐玫终于跌坐在旁边的椅子上。那整齐的木板仿佛艺术品一样均匀地平铺在硕大的窗子跟前。一种强烈的屈辱感涌上齐玫的心头。难道自己今日真如笼中之雀，插翅难飞了吗？李桥生有什么权利决定别人的生死？他不过是个精神病人。对，是的，他是个病人。忽然间，齐玫意识到了一个问题。就算自己死在李桥生的手上，他也不可能被绳之以法。于是，齐玫飞快起身，冲向壁炉。除了自救，她不知道此刻还能期待什么。

齐玫迅速摘下那高高悬挂在壁炉旁的青铜斧子，塞在她大红的风衣下面，转身藏在墙角的一把椅子下面。李桥生的脚步已经在楼梯上响起，齐玫忙理了理头发，坐回桌边，眼睛盯着那还没吃完的盒饭。李桥生瘦削的身体仿佛行走的僵尸，直直朝齐玫走来。

奇怪，他居然换了一身衣服。白色的衬衫，领口敞开，一直露出胸膛，下面是条很软的白色阔腿裤，随着他的行走甩动着。他赤着脚，好似鬼魅邪灵一般。可现在是冬季啊！齐玫下意识缩了缩身子，却在这个时候，发现了他手里的东西，被拎在他手里就像一团褶皱的破布。忽然间，那东西一阵抽动。还没待齐玫反应过来，李桥生已经将它狠狠甩在齐玫的怀里。

齐玫被他突如其来的举动吓了一跳，可就在这时，一种毛毛湿湿的感觉碰触到她的手臂。齐玫定睛一瞧，顿时尖叫起来，疯了般弹起身子，掀翻了桌椅，整个人扑倒在地。那是只正在抽动的猫。头身几乎分离，被丝丝落落的皮肉连接着，瞪着一双玻璃珠般的绿眼睛狠命盯着齐玫。鲜血从它血肉模糊的脖子汩汩涌出，染红了齐玫的双手和衣裤。

她匍匐在地上，身体难以自制地颤抖着，哽咽声自喉咙里浑浊地发出。看着自己血淋淋的双手，她眼前一黑。李桥生冷冷笑着，声音越来越大，激起一阵回声，仿佛整个屋子的灰网和尘埃都随之颤抖。接着他从怀里再次掏出那把尖刀，对准齐玫的胸膛。

随着"嘶啦"一声，齐玫米白色的毛衣被李桥生划开，露出里面枚红色的文胸。羊脂般的肌肤借着零星的光线散发着惨白的光晕，两朵凶艳的玫瑰绽开在圆润的双峰之上。

李桥生伸手抚摸着那文胸上的玫瑰图案，冷冷地笑着："青丸，哼。"他将手里的尖刀顺着齐玫光洁饱满的皮肤轻轻滑下，行至腰间，他干裂的嘴唇微微向上扬了扬。李桥生轻轻握住了齐玫的双脚，俯下身子，将双唇贴在她冰凉的脚背上。嘴唇里，不住发出冷冷的笑声，就像夜枭在低吟。

"为什么骗我！你明明不是许青丸！告诉我，你是谁？"他说着，疯狂地亲吻着齐玫裸露的脚背，而齐玫，就这样几乎赤裸地躺在冰冷的理石地面上，气若游丝。

李桥生抬起头，注视着她的脸庞，一滴泪水，滴落在齐玫的额头。他的手颤抖地抓住齐玫雪白的肩膀。

"你不是青丸，也不是林，你是齐玫，对不对？"李桥生似笑非笑的声音刺透房间里的每个角落。

"放心，他们不会找到你的，我没那么笨，我带着你在外地换了车，那帮笨蛋现在恐怕在林渠的荒郊野外找到那车了。不过，他们谁也想不到，我已经开着另一辆车回到了申州，哈哈……"

李桥生扭曲的脸就像是魔鬼，齐玫如一只落入魔鬼手中的灵魂。

"没错，我想要的是林，但我找不到她……"李桥生的唇抽搐着，眼睛无助地左顾右盼，手下却越来越用力。齐玫的肩膀，已经现出一道青紫的抓痕。

"不过，还好，我有你，你不是也需要我吗？我给你地位和金钱，你是我的人，从今以后，我们就生活在这里。看！这里我是国王，你，就是我的女奴。"李桥生瞪着血红的眼睛。

齐玫在昏厥中似乎感到了疼痛，咧了咧嘴，轻声呻吟着。

"虽然你没有泄香散，但一样是玫瑰！"说着，李桥生将她扛在肩头，转身朝楼上走去。

齐玫乌黑的长发顺着李桥生的肩膀滑下，如云雾般在他身后漂浮着，她光滑细致的皮肤，在黑暗中惨白如鬼魅。

齐玫感到一阵刺痛，勉强睁开双眼，却被迎面而来的一盆凉水灌了个透心凉。

刺骨的寒气让她打了个冷战，冰凉的水滴顺着她额前的长发滑落在胸前。齐玫忽然间惊觉，自己竟一丝不挂地被绑缚在一个生铁十字架上。此刻的她彻底清醒了。

"欢迎回家！"李桥生气息深沉，站在对面餐桌的尽头，一张脸在明灭的灯火处忽明忽暗。

这里空间并不算大，齐玫对面是一张欧式餐桌，桌脚镂刻着小天使和玫瑰花，上面铺着大红色餐布。最中间是一盏精致的铁艺烛台，飞舞的小天使手中擎着三只蜡烛，烛托是一朵盛开的玫瑰。

四壁爬满了密密层层的攀援玫瑰，那香艳的红色花瓣正如从前梦里出现的血玫瑰一样，在齐玫眼中汨汨颤抖，发出簌簌的声响。那狂劲的藤蔓缠绕在花枝之间，妖冶诡异地层叠出一个令人窒息的深度空间。诱人的玫瑰香气，在整个空气中弥漫。

齐玫粗重的喘息失去了规律，喉咙里干涩咸苦，水滴不住地顺着头发滑落到胸前，滴在腹部，流进双腿间，再纷纷滴到一个木质高台之上。

这是个一米见方的高台，深棕色，能看见木质粗壮的年轮，上面赫然屹立一枚近两米高的生铁刻花十字架，而齐玫就被牢牢绑在这硕大的铁家伙上。

空气并不如外面那么寒冷，这里非常温暖，屋子两侧摆放着宽大的花槽，难怪这些爬藤玫瑰可以在这个时候绽放。

"这是我精心为你培植的。"李桥生沉醉地眯起眼睛，张开双臂，深深吸了口气。当清甜醉人的玫瑰香盈满胸膛时，他的眼神瞬间冰冷起来。

"你答应过，永远不离开我！"他凶狠地看着瑟瑟发抖的裸身女子。两个女人的面孔在他的脑海里交错，一个直发青春，红唇清新。另一个妩媚多姿，卷发翻飞。到底是不是一个人？

　　李桥生迷惑地睁大眼睛。林？还是玫？

　　她们就像上天安排给这个男人的魔鬼，用香气勾引他的心，却不断离他而去。那个叫林的女孩子身上时常带着沁人心脾的玫瑰香，从他第一次在露台上闻到，就再难忘记。那香气开始挥之不去地将他缠住，就像这满墙的爬藤玫瑰，纤弱绵软却能令人迷失自我。由于对气味的天生敏感，李桥生很快便察觉那并不是简单的玫瑰花香，他开始希望能拥有并支配这样的气味。于是，他开始追求那个叫林的女孩。林并不知道这些，以为这个贵族般的少年爱上了自己。少女初开的情窦纯真而危险。随着时间的累积，林对他的爱深信不疑。而李桥生也终于知道，那诱人的香气是从女孩脖颈上挂着的香瓶里发出的。

　　阴谋就这样开始了。他开始进一步提出要求。吻她，她无疑是美丽的，红润鲜嫩的双唇，少女如花。这吻甜美芬芳，仿佛亲吻一朵承带露珠的玫瑰。李桥生从未问过自己是否爱过这个女孩，他不需要知道，那精致的味道已经占满他的胸腔。爱情，已经不是什么问题。只是，那时候他们都还太小，十七八岁的年纪，无法为前途负责。

　　李桥生曾在深夜无数次拿起电话，又轻轻放下。辗转在理性与放纵之间，他初次体味了什么是欲念。他总是这样追随在林的身后，闻着她走过的空气，他想象着用这样的方式将这个女子装进自己体内，永远囚禁。

　　终于，林给了他一个机会。1998年的一个夏天，林很沮丧，她得知自己并不是父亲的女儿，想要离开这个冰冷的家庭。于是，林给当时已经到申州读高中的李桥生打了电话，央求他带她离开这个地方，说她愿意跟他在一起。那天，桥生开心极了，他从未想过这一天会来得如此之快。就这样，他开始策划如何帮助林逃跑。最终，他们选择了学校迫在眉睫的夏令营。然而，令林没有想到的是，林到了申州后，两人因以后的事情发生了争执。

　　当时林希望桥生将她送到林渠，找她的父亲曾云蝶，可李桥生却迟迟不愿行动。就这样，二人就暂住在这所老宅里。

两个星期过去了，申州的夏季走入尽头，秋天来了。林终于忍受不住，想要离开。李桥生苦苦哀求，二人在大街上发生争执，而这一幕却恰好被放学经过的许青丸看到。桥生觉得自己被骗了，一种无名的恼怒击穿了他的理智。林被他囚禁了，就在这老宅里。这老宅是李桥生小时候最喜欢来的地方，他喜欢这里封闭的感觉和沉重的家具，他经常站在空旷的一楼客厅中大声朗读雪莱的诗集，洪亮宽阔的音域使得这座古老的宅邸更为肃穆庄严。

　　李桥生经常赤着脚在这冰凉的理石上行走，那种刺痛脚心的寒意，让他觉得痛快无比。他会穿着白色如印度僧侣般的麻衣盘坐在内堂里，微闭着双眼，倾听门外桃花落地的声音，他喜欢这里丰富的气息，树木、花朵、青草、石头这些交杂在一起的味道让他感觉满足。

　　他也时常焚香沐浴，带着一身檀香味道。来这里静坐，这是他克制自己的最好方式，因为桥生深知自己家族有着不可告人的遗传病史。

　　李桥生幼年曾亲眼目睹过祖父发疯时的样子，那可怕的扭曲肢体令他幼小的内心受到极大的创伤。那次后，他病了很久，险些送掉性命。但直到他遇见林以前，从来没出过任何异样，如果说他有什么特别，那恐怕就是对气味的热衷。可命运往往不给人们喘息的机会，当他在露台上初次见到林时，那擦身而过的瞬间，令这个少年的人生发生了彻底的改变。从此，他再不能逃脱那香气的控制，走上了一条颠覆理性的歧途。

　　终于，他在一个雨夜强暴了林，但仅仅是为了那令人魂牵梦萦的味道。林，不过是个载体，他要的并不是林的身体。这个男人始终是干净的，干净得像个僧侣，头发短短的，只留下青青的胡茬，脸上的皮肤油亮光滑，巧克力般盈泽健康，鼻梁坚挺，厚厚的嘴唇半张半合，时刻搜索着周围有价值的气息。

　　但事后，他后悔了。看着林倒在地上，他发自内心地后悔了。于是，他举起刀，狠狠刺向自己的手臂。后来，当他再次来到老宅时，惊讶地发现窗子竟被砸开，林早已不见了踪影，阳光下屋内围了好多人，于是他混在人群里匆匆离开。因为没发生任何伤亡，李老爷子暗示警方将案子压下，并没有立案侦查，从此李桥生也再没踏进这老宅半步。后来，他碰到了一个令他真正倾心的女子——许青丸。那个时候，她还是个小丫头，很清瘦，脸上的雀斑很可爱，圆圆的小脸总是阳光明媚，一笑就露出小小的虎牙。她是个学美术的女生，总喜欢扎一条马尾，甩在身后。一开始李桥生并没在意这个不起眼的小姑娘，可那次写生后，李桥生却发现，这个女孩子的内心强悍得令他害怕。

桥生母亲早逝，父亲一直在国外打理生意，他在上了初三后，就回国住在姑姑家里。从认识林后，他开始陆续发作，一次比一次严重。姑姑找不到原因，只能给他转学，希望到更好的学校改变桥生的心态。奇怪的是，当在申州认识了许青丸后，李桥生就没再发作过，直到他工作一切都非常顺利。更让他庆幸的是，青丸的父亲，竟把他介绍给自己的女儿。当桥生在青丸的生日宴会上再次见到她时，他对生命是感激的。他知道，如果和青丸在一起，一切都会好起来，自己会从此彻底走向正常人的生活。青丸身上有种神奇的力量，能镇定人心。任何人只要靠近这个女人，就会感到安定和快乐。桥生曾不止一次想拉住青丸的手，但，这个女子却始终没有给过他机会。就在这个时候，齐玫恰好填补了这个空当。她带着光华的玫瑰香气走来，在李桥生因青丸的冷漠不知所措时，她适时出现在他的生活里，并带着交换条件向这个男人绽开了怀抱。

一切就这样被命运的大手推动，偏离了各自的轨道。

齐玫身上强烈的玫瑰香，再次唤醒了李桥生心里那只沉睡已久的魔鬼。此时的桥生已不再是个青涩少年，他成熟得令女人向往。他的眼神不再自责，他开始寻觅，寻觅那朵在人群中盛开的玫瑰。

李桥生，立在齐玫对面，倒了一杯红酒，眯着眼睛，晃动着杯子，那琥珀般殷红的液体在透明的玻璃中摇曳，跳动的烛光投下了一串闪烁的亮斑。他结实的胸膛油亮光滑，掩藏在衣下微微起伏。李桥生从花丛里摘下一朵玫瑰，插在齐玫的耳畔。

"这才是你。"说着，他远远退到对面，眼神飘忽地望着十字架上的女人。

齐玫哆哆嗦嗦，长发滑落在胸前，乌黑犹如水草般缠绕着雪白的身体，一朵凶艳妖冶的红玫瑰斜斜垂在鬓角。苍白的嘴唇不住抖落滴滴汗水，沉重的呼吸声令人毛骨悚然。

几百公里外的高速公路上，一辆小轿车风驰电掣地划过人们的视线。车内的人有些耐不住了，摇下车窗，露出一个女人焦虑的面孔，凛冽的寒风将她鬓角的碎发吹得向后倒去，一双灵动的眼睛却显得异常孤独，两片紧闭的嘴唇，有些失去了血色。她身穿普通的红色棉服和水洗蓝的牛仔裤，平底运动鞋，两手紧紧扣在一起，仿佛在想着什么，一动不动。

坐在他旁边的男人略瘦弱些，身穿军绿色帆布风衣，围着黑色的围巾，头发已经长到齐耳长，下巴整个埋在围巾底下，一双不大的眼睛谨慎地注意着前方的路况。

通往申州的路上开始下雪了，细密的雪珠打在玻璃上，又瞬间反弹回去，融进远处的水汽之中，形成一片飘散的薄雾。

许青丸越来越紧张。李桥生并不是个普通人，如果李家真的有精神疾患的病史，那齐玫的处境就更加危险。事情如果揭露出来，恐怕李氏集团也会随之崩塌。而随着齐玫事件的逐渐清晰，另一个疑问正悄悄在许青丸的心中升起。不过，现在还不是思考这件事的时候。

一个小时后，这辆豪华轿车终于驶进了申州市内。

"青丸，你来指路。"隋重华的声音有些嘶哑。坐在后面的女人点了点头。沿着兴旺路一直向东行驶，就是申州最豪华的别墅区。林林总总的店铺擦身而过，行人越来越少，路面也逐渐上升。万豪区地势很高，可以俯瞰整个申州。湿冷的空气扑面而来，让车内的几个年轻人为之一振。看来，这是最后的角逐了。青丸淡淡看向窗外，一群鸽子从天空划过，留下一片空旷的蔚蓝。

"一直走，这条路的尽头，就是李家老宅。"

"去那里？为什么？"方云澳惊讶之极。

张怀敬回头看了看她，有些担心地说："你肯定他们一定会去那里？"

正在这时，隋重华的手机响了。他低头看了看，兴奋地挂上耳机说："是警方。"

张怀敬马上贴了过去。青丸却连动都没动，把头扭向窗外。相信此时警方一定找到了那辆车，不过……许青丸对自己的直觉非常自信，李桥生绝不会那么轻易就被跟踪到。

只见隋重华目光如炬，双手的血管根根分明，雪白的衣领出现了层层汗渍："怎么样？找到了吗？"他压低了声音。旁边的张怀敬牢牢地看住他的眼睛，双唇紧闭。

"很抱歉，隋先生，车里是个四十多岁的男人，并不是你们形容的那个李桥生。"

张怀敬狠狠拍了一下大腿："他妈的，这群废物，居然跟丢了！"

隋重华猛地拔掉耳塞，手肘重重地顶在车窗上，发出一声闷响："我不信找不到他！"说完愤怒地看着前方。

"狡猾！"张怀敬恨恨地说。

"并不是他想躲着我们。"许青丸皱着眉头，看着前方不断向后退去的玉兰树。张怀敬惊愕地回过头来，隋重华也挺直了身子，等待青丸做进一步的解释。"他是个病人，一个智商过人的病人，不能用常人的思维来衡量他。"青丸知道，他们不会明白，所以也没再说什么。车就这样，一直行驶到李家老宅门口。

张怀敬看了看表，已经下午三点多了。起风了，枯草瘦骨嶙峋，被狂风吹打得东倒西歪。四人下了车，看着前方玄黑色老宅，它立在肃杀的寒风里，仿佛披着黑衣的死神。

"这是？"方云澳指着离他们不远处的一辆小汽车。

隋重华踱步来到车旁，仔细端详了几秒钟，脸上露出了一抹神秘的笑容："许小姐，你高明，他的确在这里。"当绕到车后时，"看这！"他指着车后备箱盖夹住的一块大红色罗马呢说道。

青丸点了点头："是齐玫的。"

"那我们现在就进去。"张怀敬看了看隋重华。

"不。我先去看看。"重华伸手挡住了他，牢牢地盯住那座老宅。他向前走去，风卷起长长的衣角。隋重华已经习惯了决策，不过，生死攸关，这还是第一次。不能失败！不但要救回齐玫，更要保护身后的三个人。

"等等我们！"方云澳追了过去，却被隋重华一个嘘声的手势制止了。

"我们就在这里等他吧。"张怀敬一把拉住方云澳。

青丸站在最后，眉头紧锁，却隔着中间的两个人，朝隋重华微微点了点头。

隋重华俯身慢慢接近老宅。那些齐腰高的枯草，恰好成了最好的掩体。他悄悄摸到老宅后身，青丸曾说过，这里有一处非常大的后窗，当年就是通过这扇窗救出了蝶住。后院原本应该是假山池塘，废弃后留下了许多碎石瓦块。枯草仍旧浓密，可眼前的景象却让隋重华的心凉了半截。硕大的窗子，被人用木条钉得死死的。缝隙很小，连指头都无法插入其中。怎么会这样！他透过木板缝向屋内望去，一片漆黑。

隋重华按原路返回，将刚才所见讲给许青丸等人，大家一时也找不到好办法。张怀敬一脸紧张，想了想说道："不如，我们把他们的行踪通知警方吧。"

方云澳也点了点头："这是最好的办法了。"说着，大家一齐看向隋重华。重华双手叉腰，眉头紧锁，转过头去看了看一语不发的许青丸："以你对李桥生的了解，我们现在该怎么办？"隋重华眼神凝重地看着许青丸。是啊，现在的每一个决定都可能关系到齐攻的生命安全，不能大意。

许青丸抬头看了看这几个男人："听他们的吧。"许青丸的声音有些无奈，但仍然坚定而清晰。重华点了点头。他明白，现在连青丸都建议报警，说明问题非常严重。那边，张怀敬见大家一致通过，忙掏出手机报警去了。这头，许青丸拉过重华："我想，即使警察来了，也未必管用。"

重华一惊："什么意思？"

"这是申州。"青丸的大眼睛里满是担忧。

重华咬了咬牙齿，腮部的肌肉纹理清晰。他明白青丸的意思。这里是申州，李家的大部分产业都在这里，是他们的势力范围。即便来了几个警察，恐怕不过草草了事而已。

"那怎么办？"隋重华压低了声音。许青丸转过头去，注视着那远处的老宅，这个自己曾光顾过的地方。当时的情景顿时跳上心头，满地的动物尸体和满身青紫的小林。

"你在想什么？"方云澳凑过来，很认真地看着她。

许青丸没有收回目光，仍旧端详着那深黑色的建筑："在想李桥生的软肋。"说着，她缓慢朝前踱去。

"软肋！"隋重华重复着，看着许青丸高挑的背影，一种奇异的感觉冲上心头。这个女人到底有什么力量？为什么他总觉得青丸似乎要挑战什么，并不只是李桥生。现在他终于明白了，为什么自己面对如此优秀的一个女人却爱不起来。因为这女人太杰出，甚至让男人自惭形秽。青丸啊，这样的你，什么样的男人才能给你幸福？

许青丸在寒风里拉紧棉服的领子。

就在这时，重华接到章知远的电话，蝶住已经被平安救出。"太好了，谢谢你。真是我的好兄弟！"重华难掩激动，冲着电话有失常态地大声道。

许青丸忙问道："是蝶住回来了吗？"

"是的，很安全。"重华兴奋得竟一下子抱住了许青丸。

"泄香散？带回来了吗？"许青丸焦急地说道。隋重华脸上的笑容一下子僵住了，他不住地打量着眼前这个女人，"还在Amanda手里。"隋重华仿佛明白了许青丸的意思。是的，如果说李桥生有软肋的话，恐怕就是这个东西。

难道？

"你要用它来换齐玫？"张怀敬惊讶地看着许青丸。

其实隋重华也早有这样的想法，只是，泄香散实在危险，一旦取出，怕真的难以控制局面。但如今恐怕也只有一试了。立即拿起电话准备联系家里，却被许青丸一把拉住。

"让蝶住也一起过来。"她知道，这是最危险的一步。

"这，太危险了吧？"张怀敬担忧地看着隋重华。这毕竟是他千辛万苦找回的妹妹。

"相信我。任何人都不会有事的。"许青丸坚定地说。

隋重华有些犹豫，毕竟蝶住是自己的妹妹。刚找到就让她这么冒险，自己这个做哥哥的是不是太自私了。

"你究竟有什么打算？"方云澳紧紧盯着许青丸，他有种很不好的预感。青丸的话里有一种孤注一掷的悲壮。方云澳对这个女人的了解远远超过张怀敬和隋重华。他知道，这个女人太聪明，太有责任感，这些无疑都是美德，可这些崇高的品质常人无以负荷，最终的结果就是被压垮。青丸也会为此付出代价的。想到这里，方云澳不禁一阵战栗。当初追求青丸，的确因为她的家世。但经过毕业后的分手，这三年独自走来，遇到的任何一位女孩，都无法和她相比。方云澳终于明白自己错过了什么。"青丸，"他顾不得身边还有两个大男人，伸出手去拉住了青丸冻得发红的双手，"原谅我！我们回家，现在就离开这里，重新开始，好吗？"

许青丸没料到方云澳会忽然这样。在这一瞬间，她发现了这个世故的男人眼里，竟涌动着前所未见的真挚。她笑了笑，轻轻抽出手来，抄进棉服兜里："我知道你在想什么，但欠别人的，一定要还。"

　　隋重华和张怀敬并没注意这两个人的谈话。现在，齐玫是他们最关心的："这样吧，我先问问蝶住。但我们不能勉强她。"隋重华拿起电话说。

　　许青丸点了点头，转身向老宅的方向望去。齐玫到底怎么样了？李桥生的病情一定在恶化。她不知道这场角逐最终的赢家会是谁，但她不能输。

　　战斗，即将开始。

　　大概十分钟后，三辆警车，齐刷刷地驶进了隋重华的视野。警笛鸣得震天响。

　　"这些笨蛋！"张怀敬整个人冲了出去，挡在马路中间。隋重华紧皱起眉头，这帮家伙，到底是来帮忙的，还是搞破坏。

　　"来得很快。"许青丸淡淡地说，随后转过头去，注视着那森严的老宅，"警察来了，让他们别喊话，最好带上武器，守在门口。"

　　方云澳猛地抓住她的手臂："不行，我不让你去冒险！"

　　"是啊，警察来了，他们会有办法。"隋重华说道。他心里很清楚这个女子要做什么，也许能敲开那扇门的，除了警方的武力，就是她许青丸的手。那头，张怀敬正拼命挥舞双手示意警方噤声。

　　"我想李桥生早就听到警笛声了，以他现在的状况，我们无法估计会发生什么，恐怕能暂时安抚他的只有我了。放心，我会保护自己的。李桥生和我之间，不是还有个生命的承诺吗。"许青丸冷静地说道。

　　"你心里很清楚，这有多危险。"方云澳实在看不透眼前的这个女人。

　　"这是我们男人的事。"隋重华郑重地看着许青丸。谁知，她竟轻声笑了。

　　警车熄了警笛，悄悄滑过隋重华的身旁。几个身材魁梧的刑警钻了出来。

　　青丸感到一阵战栗。这个冬天快过去了，但她和齐玫交织的命运，却仿佛被冻结的冰坨，压在她的心头。方云澳望着远去的许青丸。不知道为什么，自己会那么听话，一动不动地看着那个渐行渐远的背影。张怀敬和隋重华正忙着向警方交代事情的经过，谁都没有注意青丸的远去。

九十公里外的复盛，隋奶奶正捧着小林的脸老泪纵横。她曾经无数次想象过和孙女见面的情景，却没料到会是如今这般惨烈。

　　小林抚摸着奶奶颤抖的双手，她知道，这次自己终于回家了。就在这时，魏龄雪敲门进来，她脸色苍白，看来是发生什么事了："刚刚青丸打来电话，我们要去一下申州。"说完，她看向小林。

　　"你能和我们一起去吗？现在青丸需要我们的帮助，这都是为了齐攻。"魏龄雪知道，现在小林体力透支得很厉害，她本来就不是个坚强的女人，要她一下子承受这么多，还真有些强人所难。

　　小林仿佛看出她的顾虑，缓缓站起身："当然，她是我哥哥爱的人，我和你们一起去。"她心里清楚，如果不是自己当初的懦弱无知，妈妈不会自杀，哥哥不会一直背负着痛苦的记忆。事到如今，所有人都可以退缩，唯独她没有这个资格。

　　魏龄雪点了点头："我必须告诉你，他们正在李家老宅，你要做好准备。"这个地方对小林来说意味着什么，魏龄雪很清楚。果然，小林的身体猛地颤抖起来。

　　"孩子，你没事吧！"奶奶忙扶住小林，心疼地看着她。

　　魏龄雪甚至能听见小林的心跳声，的确，她对那个地方的惧怕，是深入骨髓的。

　　"听我说，林，我知道那个地方对你来说意味着什么，但是，我也知道，今天即使你能坐在这个家里，你仍然不安，因为肇美伶是因为你才死的！"

　　"别说了！"奶奶愤怒地瞪着魏龄雪。对于她来说，孙女已经回来了，这就足够了，她不想再提那些伤心的往事，更不想给孙女任何压力。

　　"奶奶！"魏龄雪转过头去，"现在不是保护她的时候，人生的错误是需要弥补的！"

　　奶奶马上挡住小林，苍白的脸一阵阵泛青，看来真被魏龄雪激怒了："她妈妈的事，我不许任何人再提！小林也不能去那个地方！"

　　魏龄雪什么都明白，但她不能示弱。因为千里之外，许青丸正等着她们："林，你自己决定，你的懦弱，已经害死了妈妈。如今，你哥哥和他最爱的女人都在那个地方，你难道要退缩？这个故事要怎样结尾，就看你能否战胜自己！"

说完，魏龄雪转身离开，她要再赌一次。

章知远已经有些坐立不安了，他有种很不好的预感，似乎会失去什么。他起身来到窗边，冬日的阳光很单薄，仿佛一碰就破。不知道魏龄雪和小林谈得怎样了。小林一直不是勇敢的女人，再加之之前受过李桥生的惊吓，要说服她不是那么简单的事。手边的咖啡已经冷掉，一个女人朝老宅走去的幻象不断出现在他眼前，这到底是怎么回事。

难道……章知远忽然记起，自己第一次遭遇那个匣子时看到的就是这个幻象，难道这幻觉，真的可以预言？

正在这时，房门开了，魏龄雪面色严肃地走了出来："我们到车里等她。"说着，她朝章知远递了个眼神。

"说通了？"章知远将信将疑地看着走到门边的魏龄雪。

"还没有。"魏龄雪淡淡地说。章知远跟了出来，只见魏龄雪掏出电话，竟打给了Amanda。章知远没有听下去，而是直接钻进了车子。他已经有点迫不及待了，似乎申州的郊外正发生着什么可怕的事情。不到一刻钟，魏龄雪就钻了进来。她用嘴哈着气，又使劲搓了搓冻得微红的双颊。"我们马上就去林渠，"她低声说，"把泄香散拿回来。"章知远通过后视镜瞥了她一眼："Amanda同意吗？"

魏龄雪点了点头。章知远没问她是如何说服了那个顽固的女人，总之，现在他必须听这个娇小女人的话。魏龄雪是个善于谈判的女人，总是能找到别人的软肋，让他就范。

正在这时，车门开了，小林换了件厚厚的灰色羊绒大衣，面色稍有缓和。她安静地坐到魏龄雪的身边："可以出发了。"

魏龄雪看了看她，又转身看向一脸惊讶的章知远："青丸现在应该已经进入老宅了，我们必须马上拿到泄香散。"

寒风吹打在一人高的蒿草上，它们枯黄僵硬的身躯以奇怪的姿势摇摆着。许青丸来到老宅门前，漆黑的大门挡住了里面的世界，齐玫现在的情况不得而知。

她深吸了一口气，伸出手去重重地拍了拍沉重的木门，发出了"邦邦"的声音。

远处的隋重华只能焦急地等待。他看见许青丸在敲门，但没有任何回应。

诡异的灯光下，一个脸色惨白的白衣男人正举起酒杯，将里面的红色液体一饮而尽。他深邃的双眼和枯槁的额头暗淡无光，瘦削的肩头一高一低，仿佛已经这样待了好久。一双赤脚踩在冰冷的理石上，脚背上突起的血管，紧张地跳动着。

青白的手指划过空气，他优雅地转过身来，眼中闪过一丝令人恐惧的笑意。他的周围，满壁血红色的玫瑰，像一个个颤抖的舌头，舔舐着齐玫刚刚清醒的神志。烛光跳跃中，李桥生的脸阴晴不定："这是属于我的时空，在这里，我就是主宰。"李桥生的嗓子眼儿里发出咯咯的响声。他伸出手，一只精美的项链从指间流淌下来。一颗沉重的红宝石，怪异地摇曳着身体，发出忽明忽暗的亮光，仿佛一滴凝固了的血珠。他来到齐玫身后，齐玫勉强睁开眼睛，此刻的她意识完全清醒，李桥生的神情举动让她的心越来越冷。当那颗摇曳的红宝石在胸前带来刺人的寒凉时，齐玫知道，地域之门即将打开。她的呼吸已经接近抽搐。随即又是一个东西在她眼前滑落，重重地落在她的锁骨上，竟是个绳套。

齐玫无助地想转过身去，却被李桥生的大手一把按住。接着，他猛地一抖手，齐玫的脖子就被绳子紧紧卡住，她还没来得及发出的尖叫被牢牢锁在了喉咙里。

李桥生像个游走的魂，他的一袭白衣在血红色玫瑰的映衬下，仿佛没有真实质感的影像："知道吗，林，地狱是什么颜色？"李桥生空洞的眼神从齐玫的额头掠过。

齐玫呼吸困难，头脑里不时冲出一些奇怪的画面。她看见老酒鬼洗手间里，镜中闪过一张苍白的面孔，她又看见许青丸带着鄙夷的笑容站在李桥生身后……

忽然，李桥生享受的表情一下子僵住。他立在那里一动不动，随即上前一步，将齐玫脖子上的绳索松了下来。他似乎听到了什么，耳朵敏感地扇动着。

齐玫眼圈发黑，这突如其来的空气让她一下子活了过来。她拼命地喘着气，却没有注意李桥生的举动。

李桥生歪着脑袋仔细辨别了一会，似乎感到有什么不对："别怕，我不会让你自己走的，我会陪着你。"说完，他转身下楼了。

齐玫此时万念俱灰，强烈的恐惧感将她包围。她知道，这次自己一定在劫难逃。

李桥生天生就具有超常的听觉和嗅觉，他来到楼下，果然，门外有人。他赤脚踩在地板上，所以没有任何声音。当门再次被敲响时，他已经飘到了门边。

许青丸已经是第五次举起了手臂，她预感，这次，这扇门后一定有人。

她转过身去，天空已经由刚才的晴朗转为阴霾，大片的乌云从东南方聚拢过来，遮住了青丸头顶的太阳。她拉了拉棉服的领子，朝远处的隋重华挥了挥手，示意三个男人再走远些。这个位置，连自己都看得到他们，更不用说机警的李桥生了。隋重华很快就明白了许青丸的意图。只见他转过身去和后面的人嘀咕了些什么，不一会，这一行人就消失在许青丸的视线中。蒿草长得很高，加上足够的距离，现在应该可以了。青丸确定万无一失后，才转过身来。

她的心剧烈地跳动着，她从没想过自己竟有这样一天，与李桥生面对面站在一扇沉重的大门两边，为的竟是齐玫。

"我知道你在。"许青丸清了清嗓子，声音并不大，里面仍没有动静，只有风，呼呼地吹过她的额头，掀起一缕头发。

"你应该知道我会来的。"许青丸再次试探性地说道。可对方仍旧是一言不发。

"李桥生，你欠我的，要还给我。"许青丸下了最后的赌注。门的那头，仍是一片寂静。许青丸忽然间意识到，李桥生现在的状况很可能非常不好，恐怕连他自己都不知道他在做什么，又怎么还能记得那个承诺？正在青丸有些无措的时候，李桥生开口了："我早就警告过你，离开这里。"他的声音仿佛绷紧的皮筋，尖细而敏感，仿佛随时都会断掉。

"我来要回自己的东西，有什么不对吗？"许青丸马上抓住这来之不易的机会，"只有我自己，李桥生，我不会伤害你，让我进去。"

"不行！"

许青丸的话还没说完，就被李桥生打断。他的情绪有些失控。他太寂寞了，一直以来他都在孤军奋战。

"我保证，我只拿回我自己的东西。"许青丸对着面前沉重的木门，用尽全力。是的，她要平安带走齐玫，也不希望桥生出什么事。

门的那头一下子没了动静。青丸有些慌了，她不能让李桥生就这样走掉，至少要进到屋子里去才能了解状况。恐怕能敲开这扇门的只有自己，当然，还有千里之外的小林。

许青丸不是个把希望寄托在别人身上的人，况且齐玫的失足，她的确要负有一些责任。这些惭愧已经日渐沉重地堆积在她的心中，如今，她希望自己可以亲手解救齐玫。

"桥生，我有件东西要给你，让我进去，我用我的生命向你保证，只要有我在，没有人会伤害你。相信我吧，我是这个世界上你唯一可以信赖的朋友！"

许青丸没有哄骗李桥生，她不会撒谎，即使在面对一个病人时，她也不会采取欺骗的手段来解决问题。

"你的生命？"李桥生似乎很惊讶。

漆黑的屋子里，李桥生从壁橱里拿出一根蜡烛，当一道烛光笼罩住他灰白的脸庞，他的眼睛有些发酸。"生命！"他已经好久没听过这么真诚的语言了。一时之间，他的头脑开始苏醒。他伸出手，轻轻放在木门上。他知道，许青丸就站在它后面，只要一开门，这个女人就会来到他的世界。

"青丸，这里不属于你。我不知道我会做出什么事情来，我的状况你最清楚。"他把脸贴在门板上，喃喃地说着。烛光跳动，李桥生的脸忽然温暖起来。的确，在他的内心中，最不希望伤害的，就是这个女人。

"桥生，我都知道。还记得那次写生吗？我能救得了你一次，就会再救你第二次。"许青丸坚定地说，她感到那巨大的木门后面一颗冰冷的心正在融化。她将修长的手指伸展开来，轻轻放在门上，她觉得那扇漆黑的门，似乎在变暖。

林渠市中心医院门口，一辆飞驰的银色宝马急急地刹了车，一个穿着深紫色貂绒马甲的女人将一个精致的雕花木匣子递到一个身着灰夹克的男人手里。

　　当男人转身上车后，忍不住问道："你怎么让她交出泄香散的？"章知远觉得这一切似乎都来得太容易了。

　　"因为我猜到了她的秘密。"说完，魏龄雪淡淡地笑了。章知远没有再追问，他现在不想关心其他的事情，除了许青丸。小林很紧张，坐在车里一声不吭，眼睛死死盯住前方，身体不住地发抖。魏龄雪轻轻将身子往她那边斜了斜，伸手握住小林泛青的手臂，"相信我们，谁都不会有事的。"

　　魏龄雪的话还没有说完，章知远已经以令人咋舌的速度，踏上了前往申州的征程。

　　"你们两个大男人，还有你们。"方云澳指着隋重华和几个警察，"还让青丸去冒险！"他明明知道自己也顺从地留了下来，可现在他开始后悔了，于是他开始攻击除自己之外的其他男人。

　　"先生，"那个带头的警察开口了，"其实你们根本不能确定里面到底发生了什么，要不是章先生和隋先生，我们根本就不会来。一切仅凭推测，这怎么行！而且这是李家的老宅，谁都不希望无端引来什么麻烦。"

　　方云澳狠狠瞪了那警察一眼，转过脸去。

　　就在这时，隋重华和张怀敬几乎同时冲到了方云澳的前面。方云澳忙挤过去，只见那扇沉重的木门慢慢开启，接着，许青丸一闪身，钻了进去。看来青丸的攻势奏效了，谁也不知道里面的情形，但至少李桥生允许青丸进去，就说明他还没完全失去理智。这时，那边的高个子警察走上来，递给隋重华一支烟："隋先生，我看事情应该没有你们想象的那样严重，别把事情闹得太大，不然我们也没法交代。以李家现在在申州的地位，我们也不希望趟这个浑水，毕竟你们没有证据。"

　　隋重华将刚吸了两口的烟扔在地上，用脚狠狠地踩得粉碎。

　　"好，但是你们必须保证里面两个女人的安全，她们一个是我的未婚妻，另一个是万翔的大小姐，你自己看着办。"

高个子领队点了点头，他心里清楚，光是一个隋家他就已经吃不消了，更何况还有万翔。

隋重华明白，这些警察畏惧李家的淫威，所以当年小林的案子才被按压下来。在他们手里，什么事情都有不了了之的方法。

"你是不是怕事情闹出去影响你的生意？"张怀敬死死盯着隋重华问道。

"你太小瞧我了。我隋重华，到哪里都能重新开始。"他边回敬着张怀敬边掏出手机，打给千里之外的章知远。

张怀敬望着这个男人，忽然间有些释怀。齐玫爱上他，或许是对的。

许青丸只一闪，对面的烛光就被寒风熄灭，扑面而来的黑暗立即将她吞噬。她一时还没有习惯，僵直地立在那里。

"跟我来。"李桥生伸出手，许青丸下意识地向后退了一步。

黑暗里，李桥生再也没有动，隔着发霉的空气，两人相对而立。许青丸忽然觉得这屋子远比外面还要冷，没有暖气、空调，甚至连阳光都照不进来，不觉得打了个冷战。

李桥生仔细端详着眼前的女子，还是那个不施粉黛的女人，还是那个从小就倔强难驯的女人，可她如今，还是向后退去。

渐渐的，许青丸的眼睛开始适应，她发现李桥生只穿着麻质长衫和水裤，仍旧是一副行者模样。可这么低的温度，难道他就没有感觉？她试着放松下来，注视着李桥生。

"跟我来。"李桥生的脸上毫无表情，再次朝青丸伸出手去。青丸在视力逐渐恢复的情况下，迅速观察屋内的情况。

这是个极大的厅堂，坐北朝南，南墙空荡荡的，西墙有个大型壁炉，但没有炉火，看来已经荒废很久了。壁炉旁高悬着欧洲风格的装饰斧，奇怪的是，只有一只。东墙是一幅超大的油画，由于光线的原因看不清画里的人物。从地板上乱七八糟的椅子不难推测，这里曾经发生过搏斗。

"我们要去哪？"许青丸轻声说。

李桥生并未回答，而是带着她来到大厅的西北角，原来这里有一道楼梯可以上二楼。

木板发出吱吱的声响，许青丸回过头去，俯瞰整个大厅。就在这里，她曾经把小林背出来，十几年后竟又来到这里。难道真是命运的安排？两个长相相似的女人都将被她拯救吗？

李桥生带着许青丸来到二楼，却并未停留，直接上了三楼。

许青丸在二楼缓步台上停了下来，从刚进门，腐败的霉味就一直驱之不散，而只有这里，竟飘来阵阵幽香。这香味混杂在变质的空气里，让人一时分辨不出到底是什么味道。

李桥生略停了停后，再次头也不回地向上走去。许青丸也来不及多想，忙快步跟上。李桥生径直穿过一道长廊，停在最尽头的一个房间门口，随手推开房门。

原来这里是书房，几乎进入视线的都是书架，上面摆满了各种书籍，老旧不堪。许青丸轻轻踱步进屋，这是老宅的第三层。许是先前的主人怕读书时被人打扰，所以才将书房安置在这个偏僻的角落。

李桥生点燃一根蜡烛插在烛台上。昏暗的烛光中，许青丸发现这里非常干净，跟楼下的大厅判然有别。整面墙是巨大的藏书柜，看来这里有人经常打扫。靠窗的一个大写字台上，整齐地摆放着几本书。青丸顺手拿起一本。

"我从小就最喜欢这里。"李桥生的白衣在烛光中忽明忽暗，"你相信有另外一个世界吗？"他喃喃自语。青丸看着满是烛泪的铜质烛台，叹了口气。

他到底把齐玫藏在什么地方？难道是二楼？那奇怪的香气一定有问题。

那香气，应该是玫瑰香！

李桥生并没注意青丸闪动的眼神。他缓缓抬起手，轻轻地在空气中舞动着，那陶醉的神态让人难以理解："有时候，感官可以指引我们，它可以颠覆一切。"

青丸沉了沉气息，她知道现在必须先稳住李桥生。

"这种感觉是幸福吗？"她盯住李桥生。

李桥生忽然迟疑了一下，眼中闪烁的光一下子暗淡下去。

"是痛吗？"青丸继续问道。

李桥生的眉头痉挛地跳了跳，他紧闭的双唇微微颤抖，呼吸有些急促。

"我不知道。很奇怪，难以形容。"他喃喃自语，似乎连他自己都显出了迷惑。

许青丸上前一步："桥生，那种感觉不过是迷醉，就像吸毒！"

李桥生转过脸来，此时此刻他的眼神哀伤而无助，瘦削的双肩在黑暗中隐隐地抖动。

"是你的病，加上这该死的毒，才让你拼命追随这迷醉癫狂，不得自拔。"还没等青丸说完，李桥生抖得更厉害了。他不住地摇头："不，我没病，谁病了？"

青丸忙扶住他的肩："桥生，冷静，现在能控制局面的只有你自己！听我说，不要伤害别人，把手给我！"青丸紧紧地握住李桥生举在空中的手，另一只手将桥生按在旁边的椅子上。

"别怕，什么都别想，照我说的做就好了。"青丸轻轻地抚着他的额头，那里细密的汗珠已经爬满，融在手心里却是冰凉的。李桥生现在不但精神脆弱，就连身体也极其虚弱。

"桥生，阳光下的露珠是什么味道？"

"香……香甜的。"

"古柏盘桓的湖边是什么味道？"

"冷冷的，腥香的。"

"少女手中的玉石是什么味道？"

"热热的胭脂的味道，还该有着大地的……"

"是啊，桥生，这个世界太美了！而你，嗅觉天才。我们约定，当一切都过去后做个调香师吧，把你对气味的独特感受用在对的地方！"

青丸将李桥生的头揽入怀中，轻轻抚摸着，就像母亲对孩子。奇怪的是，这个极端的、残忍的男人，竟真的安静了下来。

"你的嗅觉为我展开了一个画面，你既是画家，又是位天生的调香师，用你的才能为我们创造最原真的艺术吧！"

李桥生无助地抓住青丸的双臂，用迷离的眼神望着这个突如其来的故人。

"我没有伤害谁！"他静静地说，眼神闪烁着。

青丸扳过他的脸："齐玫，你伤害了齐玫。"

"不，我没有！"李桥生仿佛被电击一般弹了起来。

"原来你也在骗我！你们都只想着自己，没有人注意过我的感受！齐玫是这样，你也是，你们不过是在利用我！"他一手掀翻桌子，书本重重地摔在地上。他愤怒的眼睛里，不停地喷射着火舌。

"你不是说，要拿回自己的东西吗？在哪里？"他恶狠狠地将许青丸逼到墙角。

青丸的背已经抵在冰冷的墙面上，看来真是无路可退了。

"那个你对我的承诺！还给我！"青丸大声说。

她不知道这会不会是她最后的机会。李桥生按住青丸的肩，把脸凑到她的鼻尖，烛光闪烁，青丸的心一步步下沉。

"好啊，我还你！但，要在我杀了那女人之后。"李桥生猛地将青丸揽在怀里。

他的拥抱竟像铁牢一般冰冷。青丸还没来得及说什么，就被李桥生迎面扑来的吻封住了嘴巴。她拼命挣扎，却无论如何都甩不掉这深深冷冷的亲吻。

李桥生在这一瞬间是清醒的，他想起了那个飘雪的圣诞夜，想起了那个郊外夜里盘旋着的玫瑰香。也想起了，许青丸拼尽全力拉住自己的手臂。他比任何时候都明白，这个女人不是他的，他不能贪恋。但，这个吻，却是无论如何也要留下的。他知道，自己注定要和齐玫一起幻灭，但他要让青丸记住，也要给自己一个交代。许青丸——他这一生，唯一清醒着爱过和吻过的女人。

许青丸从没想过李桥生的吻会是这样，一个冷漠残忍的人的吻，怎会如此深情缠绵？李桥生在眼泪还没滴落在青丸脸上的瞬间，狠狠将她甩在墙角，转身离开了。青丸愣在那里，这是怎么回事？为什么一种很奇怪的感觉涌上心头？李桥生要去做什么？她奋力起身，却发现门已被反锁。

"知远，太快了！"小林有些怕了，车速已经超过一百八十迈。

"是啊！章先生。"魏龄雪也有些担心了。

章知远忽然觉得心神不宁，想马上就赶到申州，初次遭遇泄香散时的幻象不住地出现在他的眼前。

一个女孩，朝偌大的黑色建筑走去。

那个女孩会不会就是许青丸？

"章先生，别着急。相信只要将这个匣子交给李桥生，他一定会放了齐玫。"魏龄雪见章知远完全没有慢下来的意思，反倒向二百迈靠近了。

"我担心的并不是齐玫。"章知远终于吭声了。魏龄雪看了看小林，没有再说什么。她早就看出来了，章知远爱上了许青丸，但许青丸却偏偏爱上了与她极不相称的吕意卓。也许，这就是命运的安排。

"龄雪，我们大概还需要多长的路程？"小林问道。

"二十分钟。"魏龄雪答道。

隋重华望着灰蓝的天空，看来将要有一场大雪，该不会是今冬的最后一场雪了吧。张怀敬默默地坐在地上，闭着眼睛。他告诉自己，一旦齐玫获救，自己会要多远走多远。方云澳倚在车边，点了根烟。如果人生可以重来，在那毕业的重要关头，他会怎样选择？三个男人，各自想着自己的心事，静静的，谁也没有再埋怨谁。就这样，青丸进入老宅已经有一个小时了。就在这时，一辆银色宝马，以飞行般的速度闪入人们的视线。

"是知远。"重华忙朝远处挥了挥手。看来，他们漫长的等待终于到了尽头。当魏龄雪抱着匣子走下车子的瞬间，隋重华长长地松了口气。他从未像现在这样感激一个女人。张怀敬什么也没说，却坚定地将目光看向远处的老宅。章知远一把拉过隋重华："青丸在哪里？"

"一个小时前，进了老宅。"重华干咳了一声。

"什么？"章知远额头的青筋一下子全部暴露出来。

"相信我，不会有事的。警方已经将别墅全部包围了。"隋重华只能抱歉地说。

"把这个给我！"章知远抢过魏龄雪手里的匣子。

"不行！"张怀敬挡在章知远面前，"你去一定打草惊蛇，对里面的人不利！"张怀敬一脸怒火。

章知远狠狠地推开张怀敬："你们心里想的只有齐玫。那个女人是自作自受！青丸怎么办？她的安全怎么没人考虑？"章知远还是第一次这样暴跳如雷。众人有些惊讶。

"你们别吵了！许小姐的事情，还是我来解决吧。"人们顿时一惊，回过头来，竟是小林。

"是啊！那扇门，除了青丸，还有一个人能敲得开，那就是她。"魏龄雪说道。

小林走上前去，从章知远手中接过匣子。

"大家放心，这一切因我而起，现在也是我为自己赎罪的时候了。"

"赎罪？"隋重华吃惊于妹妹的措辞。

小林点了点头。没想到这兄妹两人十年来的首次相见，竟是在这样紧张的气氛中，连声问候都来不及。重华不仅心中一阵悲凉，声音顿时软了好多。

"哥，我当时爱上李桥生，为了吸引他的注意，偷了妈的泄香散……"重华闻言不住摇头，暗叹妹妹的年幼无知。小林下定决心，见众人都惊魂未定，忙转身朝老宅走去。众人望着她远去的背影，禁不住暗自叹息。

女人对爱情的贪婪，有时会变成追命的毒药，直至最终害了所有人，当然也包括自己。

李桥生将青丸关在书房，刚出房门，竟觉一阵眩晕，他强打精神来到二楼，其实关着齐玫的花房就在三楼书房的正下方。他长期压抑，又不见阳光，身子十分虚弱。如今不过是靠意志力硬撑，身体已经透支。他扶着走廊的墙壁不住喘着气。他可以完全不用灯光在黑暗里行走，可这走廊此时却在他的眼里晃动起来。他意识到，现在不动手，恐怕还会有人来打扰他的计划。他大口喘着浑浊的空气，推开花房的门。谁知，随着花房大门的开启，他惊呆了。

人呢？怎么可能？

他踉跄来到十字架下，麻绳已经被割断，齐玫不见了踪影，李桥生愤怒得一脚踢翻桌子，红色桌布像舞台华丽的帷幕，轰然而下。葡萄酒瓶"乓"的一声，鲜血般的汁液飞溅。李桥生惨白的脸，已经转为铁青。

许青丸摸索着寻找能撬开房门的东西，却忽然听到一阵爆响，她忙停下仔细辨认。应该就在楼下，难道出事了？李桥生真的要杀了齐玫？

青丸使出全身力气，朝房门撞去，却被撞得五脏六腑仿佛移了位一般。怎么办？正在这时，外面传来沉重的脚步声。李桥生"乓"的推开房门，许青丸忙向后退去。此时的李桥生已与野兽无异，他满眼仇恨，一把拎起许青丸，铁钳般的大手，牢牢扣住她的双肩。转眼间，许青丸已被他拖下二楼。还未待她反应过来，就被塞进一间黑黢黢的屋子。

"桥生，你这是干什么？"她颤抖着向后退去，手和腿经过之处，皆是玻璃碎片，顿时鲜血淋漓。

"你不是想找齐玫吗？"李桥生喘着粗气低声道。

空气中浓郁的玫瑰香气瞬间灌满了青丸的鼻孔，这里，不就是刚刚经过的地方吗？难道齐玫真的被关在这里？青丸忙四下张望，不对，这里满地狼藉，除了自己和正在发抖的李桥生外，一个人也没有。不行，这样下去，不但救不了齐玫，连自己都会很危险。

"桥生，你怎么了！这里没有齐玫，你冷静下来。"

"你把齐玫弄哪去了？！快告诉我！"李桥生慢慢朝青丸走去。满是灰尘的走廊中，一个颤抖着的人影躲在门后。是齐玫！

她亲眼看见李桥生将许青丸拖进屋子，现在该怎么办？齐玫的腿已经瘫软得无力起身。刚才她用尽全力将左手的麻绳磨断，桌子上有启红酒的瑞士军刀，她用力伸出手去，终于将它抓在手中，就在这个过程中，她的双脚和另一只手，已经被绳子勒得鲜血淋漓。

不行，我不能就这么坐着！李桥生什么事情都做得出来！可青丸这个傻瓜为什么要跟进来！

"好，你要我还你一个承诺，可以，这个承诺只能救一个人的命，留给你自己还是齐玫？"李桥生阴郁的声音回荡在空阔的屋内。齐玫躲在走廊的角落里，无助地闭上了眼睛。

"桥生，我没想过你会这么残忍，齐玫人在哪里？"青丸并没有直接回答他的问题。

"她不见了。"李桥生冷冷道。伸手抓起那把遗落在地上的军刀。

不行，不能这么等待，必须逃走。李桥生很快就会发现自己就在门后。这样想着，齐玫忙拖着受伤的腿朝外爬去。青丸脑中很乱。齐玫跑了？难道她已经逃走了！可就在这时，一个蠕动的人影从走廊匍匐而过。没错，是齐玫！

就在这时，李桥生似乎听到了响动，猛地转过身去。不行，不能在这个时候让他发现齐玫。许青丸飞快扑到桥生身边。李桥生没想到青丸会这样，扭过头来。

"桥生，既然这样，就用我来换齐玫吧！"青丸大喊道。李桥生被许青丸的话惊呆了。他万没想到，在这样生死存亡的关头，青丸会做出这样的举动。齐玫也被惊住，当下回过头去。此刻，她与青丸四目相对。

青丸正死死抓着李桥生，见齐玫正瞪着惊魂未定的眼睛看着自己，一颗心顿时提到了嗓子眼。

"为什么要这么逼我？！"李桥生狠狠地说，声音里却早已现出疲惫。

"齐玫是个可怜的女人。"青丸朝门口使了个眼色。

"她完全是在利用我，从未爱过我！"李桥生的声音撕心裂肺，这恐怕是这个男人心里最痛的伤口。

青丸见齐玫已经愣在那里，毫无离开的意思，心急如焚："因为爱之深，所以恨之切。为了爱而要一个人的命，你会后悔的！"许青丸仍死死抓着李桥生不放。

就在这时，齐玫扭过头去，头也不回地消失在门口。见齐玫顺利逃走，青丸终于松了口气，不过还要为她争取时间，只要她成功出逃，门外的人就会马上知道，自己也很快就安全了。

"桥生听我的。不要杀人，想想自己以后的生活。为什么要做这种蠢事！"青丸抚摸着桥生的脸，却发现他的脸上竟有泪水。

"以后的人生？我的病时好时坏，要一辈子吃药！我的人生里没有一个人是真心爱我的！她们都有各自的目的！为什么？为什么要这么逼我？说我残忍，不如说女人最残忍！"李桥生狠命地抓住青丸的肩头。

"不，你错了。林是因为爱你才用了泄香散，可她没想到会让你就此沉沦。齐玫更要原谅，她从小就没了爸爸，要靠自己的打拼才能生存！你只知道自己心里的伤，却没想过她们的心中有没有痛！如果当初你不那么束缚她，也许你们早结婚了！"青丸惋惜地看着李桥生。

"我多想有个健全的家庭！即使没有爱情。"李桥生竟泣不成声。

青丸紧紧地抱住他。他从小虽生活富足，可爷爷有精神分裂症，生意的事几乎都是父亲在处理。或许正是因为这样，他的成长被人忽视。

"放心吧，桥生，所有人都会原谅你的，跟我一起出去。你什么都没做过。你可以开始新的生活。放掉齐玫好吗？"许青丸终于将李桥生安抚住。只要出去后耐心治疗，她相信这个男人会康复的。

可就在这时，李桥生的身体忽然猛地一颤，他大呼一声转过身去，吓得青丸连连后退。

"血！"一道鲜红的液体顺着李桥生的脊柱汩汩而落。

青丸惊呼，展眼望去，竟是齐玫。她身披红色大衣，里面几乎赤裸，紧紧握着斧柄的双手猛烈地颤抖着，急促的呼吸让青丸的心一下子跌到谷底。

"齐玫！"李桥生狠狠地从牙缝里挤出了两个字，随即朝齐玫扑去。

齐玫慌乱地朝屋外退去，她没想到，装饰斧太钝，自己的奋力一击只让李桥生受了点皮外伤。此刻，她双腿已经毫无力气，仿佛被抽空的摆设，在楼梯处险些跌倒。就在这时，李桥生步步逼近。他一把抓住齐玫的领子，将她拖下楼梯。许青丸已经顾不得正在流血的双手，慌忙追了出去。这次李桥生彻底失控了，他抓起散落在地上的凳子。

"不行，桥生！"许青丸从后面死死抱住了他。

"放开我！放开我！"李桥生狠命挥动着手臂，想甩开许青丸。就在这时，门响了。

"快去开门！"青丸大喊。双手仍不放开。齐玫强忍住双腿的剧痛，挣扎着朝大门爬去。

"放开我！放开！"李桥生见齐玫要去开门，整个人咆哮起来，连同许青丸和凳子一起甩到了墙角。

青丸重重地跌落到地板上。见李桥生朝齐玫奔去，她忙爬起来。此时虽然她已经浑身酸痛，但只要齐玫能把门打开，阳光射进的一刹那，一切就可以回到原位了。就在李桥生马上抓住齐玫时，青丸一把抱住了他。

"青丸，再坚持一下。"齐玫努力地向前爬着。

"我会向你赎罪的。"

就在青丸抱住李桥生的同时，一个冰凉的物体刺进了她的身体，接着又迅速抽了出来。青丸的世界似乎一下子没了声音，她看见李桥生像野兽一样冲向齐玫，手里还多了一把沾满鲜血的瑞士军刀。

"怎么会！"青丸低下头，有什么东西顺着手指流了下来，瞬间便将她的红色棉服浸成了黑色。此时，她只能听见自己粗重的喘息声，"不能就这么倒下。"青丸使劲睁了睁眼睛。

一道刺眼的阳光仿佛上帝的呼唤，就在齐玫在被李桥生抓住的一刻，打开了大门。

阳光里，一个灰色的人影逐渐清晰……

李桥生高举的刀子，竟停在了空中。"小林！"李桥生惊呼。他从未想过，会在短短的几个小时之内，遭遇他生命里最重要的三个女人。小林站在阳光里，手中捧着一个精致的木匣，脸上带着释然的表情。

"桥生，我来了。"她从阳光里慢慢走来，带着清冷的空气，让齐玫一阵哆嗦。

她第一次见到小林。这个女人成年后真的与自己好像，但她的脸更平和些，没有自己那盛气凌人的妖娆。

"我想，你该惩罚的那个人，是我。"小林也没有想到，再次光临这个人间地狱，自己竟如此淡然。

李桥生愣在那里，不知该说什么，他已然分不清什么是现实，什么是虚幻。十年没见小林，本来以为这辈子都不会再见的。

"你，真的是小林？"李桥生的声音有些颤抖，手中，却仍不放掉齐玫。

"为什么爱那个女人？是因为我们长得很像吗？"小林含泪凝视着不知所措的李桥生。

就在这时，章知远、隋重华率先从外面冲了进来。不一会儿，连同几名警察在内，已经将大厅牢牢包围。李桥生夹着齐玫退到墙角，他如纸般的脸孔，透着让人胆寒的凶光。章知远第一个发现瘫倒在地的青丸。他飞奔过去，一把把她抱起，发现她身下已经满是鲜血。

"哈……哈！"李桥生的怪笑弥漫在空气中。

"没想到来了这么多看热闹的啊！齐玫，你走得不屈！"他死死卡着齐玫的脖子。

"放了她，我跟你交易！"隋重华狠狠盯着眼前这个扭曲的男人。

"什么交易！"李桥生不耐烦地看着隋重华。这个男人他见过。

"就是这个。"隋重华从小林手里夺过匣子，举起来，以便让李桥生看得更清楚。

"那是什么？"李桥生轻蔑地说。

"泄香散。你用生命追寻的，不是齐攻，也不是我妹妹，而是这个！"隋重华大声说道。

章知远紧紧抱着许青丸，此时此刻，他不想把她交给任何人。谁知，就在这时青丸开口了。

"桥生，你答应我的，用我来换齐攻，为什么失言！"众人以为青丸已经昏迷，没想到此时她竟神奇地清醒了。

李桥生看向青丸，眼中浸满了泪水，他没想到无意中竟把刀尖指向了自己最不希望伤害的人。这个女人救过他的命，却倒在了自己的刀锋之下。

"我杀了齐攻，再把我的命还给你！"说罢，他高高地举起了尖刀。

不行，不能再等了，隋重华知道现在是最重要的机会。青丸让小林带着木匣来这里是最后的一张王牌，应对李桥生看来只能出此下策了。

隋重华"啪"的一声，将木匣的盖子打开，一阵浓郁的玫瑰香裹着尖利的号叫涌入浑浊的空气中，如凶猛的毒蛇窜入人们的鼻腔，牵动着无数的神经，世界正在颠覆。

章知远感到身体变软了，双手再也无力抱住青丸。眼前出现了无数怪异的脸孔，他们狰狞地朝他飞来，仿佛要将他吞噬。

小林看见了一片树林，一个穿白衣的女人走在前面，时不时停下来回头张望。小林忙追了过去。那个女人真美，好像画里的仙子。不一会儿，那女人回过头来，头上戴着一朵血红的玫瑰。"妈妈！"小林朝那女人扑去。

魏龄雪发现自己的身子越来越沉，仿佛掉进了万丈深渊。就这么下落……下落……却永远没有着地的日子。

李桥生的刀再次停在空中，就像刚刚见到小林一样，他被一片白色的浓雾围住，看不见方向。那神奇的香气仿佛无数鬼魅，向四面八方撕扯着他。他慌乱地奔逃着，跌跌撞撞。他看见小林躺在一片白色的浓雾下，他俯下身子想看个仔细，却在一瞬间，小林的脸变成了齐攻。齐攻冷笑着看着李桥生，而就在他朝齐攻举起刀时，那张脸又变成了青丸。李桥生顿时感到胸口一阵刺痛，重重地倒下了。

晚二十点三十八分，中心医院，忙得一团糟。手术室中，一个年轻女子，再次面临生命危险。走廊里，几个男人一夜未睡。

"知远，对不起！"隋重华把一只手搭在章知远的肩头。章知远从将青丸送进监护室就没合过眼，连衣服也没换过。听到隋重华和自己抱歉，他摇了摇头："真想知道青丸她们到底经历了什么。"章知远将背倚在墙上。

他从未想过，几个弱小的女子竟能如此顽强。这样的女人，让他怎能不爱。

二十点三十八分，由林渠开往申州的火车上，一个穿白色布衣的青年男子，一直看着窗外。还有十五分钟就到申州了，在这十五分钟里，他必须做好决定。

一个小时前，他正和父母激烈地争吵着。为了一个女人，一个自己想爱却不敢爱的女人，最终他还是跑了出来，带着不多的几件衣服。直觉告诉他，这样做是对的。

二十点三十八分，魏龄雪将一笼热气腾腾的包子放在齐玫眼前："放心吧，医生说你只是受了惊吓，手和脚有些骨裂，很快就会好的，不过脖子上的伤，可能会留下疤痕。"魏龄雪轻声说着，将一束粉色的康乃馨放在床头。

齐玫看了看眼前的包子，泪水浸红了眼眶："我没事。青丸怎么样？她不会死吧？"

看着齐玫恳切的眼神，魏龄雪深深叹了口气。是啊！青丸，你不会死的！春天就要来了，那是百花盛开的季节。透过病房的窗子，外面一片漆黑。可她知道，阳光就在不远的前方。

小林坐在床上，呆呆地看着天花板。这时奶奶推门进来，手里端着晚餐。

她见孙女一动不动地看着天棚，不觉心里又是一阵心酸。这个傻孩子啊，一个天花板又能隐藏多少秘密？是啊！和家人为什么要有秘密？小林忽然觉得自己好傻，这次自己真的回到了原位。经历了这么多，还有什么理由不坚强。

一辆黑色小轿车，稳稳地停在申州中心医院的停车场。一对年过半百的夫妇走下车来，男的有些发福，脸色苍白，紧缩的眉心渗出细密的汗珠。他一手搀扶着泪眼模糊的夫人，另一只手重重地关上了车门。此时此刻，许格楠苍老了许多，唯一的女儿命悬一线，他哪还顾得了手头的生意。

章知远不安地坐在走廊的椅子上。医生、病人、护士，在他眼前来来往往。

今天下午三点半，当他从医院醒来，才得知青丸已经被送进手术室了。由于失血过多，生命垂危。于是他拔掉手上的输液管，直到现在，他都坐在这里守护着许青丸。

"知远，去睡会吧。"隋重华咬了口三明治。

章知远回过头来，隋重华一脸疲惫，齐玫已经醒了，可他仍没去见她，而是牢牢地守在这里。即使不说，知远也明白，他是在替齐玫赎罪。或许，他还没有真正整理好情感来面对那个曾骗过他的女人。

"重华，谢谢你。"章知远诚恳地看着这个自己一直当做大哥的男人。隋重华什么都没说，只伸手拍了拍他的肩膀。是啊，当时一片混乱，李桥生连同众人都被麻醉。是他先抱起青丸，送到刚刚抵达的护士手里，并禁止其他人进入老宅，然后将陷入昏迷的人们一个个背出。当一切结束后，他又跟到警局把事情解释给警方。就这样，如此混乱的局面，在短短几个小时内又恢复了平静，一切就这样尘埃落定。

"知远，一切都结束了，你能相信吗？"重华沉重地叹了口气。

章知远把眼睛移向窗外："是啊，结束了。很抱歉在最后时刻没帮上什么忙。"他将身体向后倒去，把头靠在椅背上。

"去休息一下吧。"重华看了看已经很疲倦的章知远。

章知远眯着眼睛，额头的伤疤依然清晰。虽然身体疲惫，但他的意识却从未像现在这么清醒："这次，我不会放手。青丸的人生，我来负责。"他淡淡地说。就在这时，张怀敬从楼梯边拐了上来。他穿了件黑灰色的大毛衣，另一只手拎了个超大的美军包。见是张怀敬，重华和知远一起站了起来。

"我去倒杯咖啡。"章知远知趣地离开了。

隋重华什么都没说。爱上同一个女人的两个男人，也该算是有缘人吧。

"我要走了，回旅阳。"张怀敬努力让自己显得很轻松。

他实在不想在这个强势的男人面前，表示出自己对齐玫的不舍。

"很抱歉，对齐玫，我必须全力以赴。"隋重华直截了当地回答道。

见他如此坦率，张怀敬一下子释然了："刚刚，我去看过齐玫了，她现在很好。"张怀敬说道。

"道别了？"重华看着有些犹疑的他。

"你把这个交给她，就算道别了。我知道，现在这个时候，她最想见到的人是你。"说着，他将一个白色信封递到隋重华手上。

重华接过信，默默地看着张怀敬，这是个温暖的男人，能被这样的男人爱着，齐玫是个多么幸福的女人。就在张怀敬转身的瞬间，隋重华忽然觉得还有些话没有说完。

"等等。"他上前一步。张怀敬回过头来。

"也许你不相信，但我不讨厌你。还有，谢谢你，这么爱齐玫。"张怀敬没有想到，冷漠少言的隋重华也会说出这么让人感动的话。他坚定地笑了笑，转身，消失在重华的视线里。

不远的地方，章知远端着咖啡，注视着二人。是啊，有时候命运还真是会开玩笑，这两个大男人的关系该如何形容？情敌，还是朋友？可谁知，章知远刚送到嘴边的咖啡险些掉在地上。那个人！吕意卓！

重华刚要转身回到原位，只见远处一个人正朝自己奔来："吕意卓！"

而就在这时，电梯的门开了，许格楠夫妇从里面走了出来。

"谁是许青丸的家属？"手术室的门"砰"的一声开了。一个护士，面色严肃。

"我！"

"我！"

许格楠刚走出电梯，就听见护士喊家属，已经顾不得许多，忙搀扶着夫人疾步上前。那边，章知远已经飞快跑了过来，和吕意卓异口同声地说道。

"病人血型特殊，血库里备用的血已经用完，家属可否提供？"护士看了看许格楠和章知远。

还未等许格楠说话，章知远已经挽起袖子："我是O型血。"那边，吕意卓也已经抢到护士跟前。护士摇了摇头："病人是O型RH阴性血。"

许格楠顿时老泪纵横，许夫人当时便晕了过去。

"你们是？"隋重华和吕意卓忙扶住二人。

"我是她父亲。"

"难道你们的血型不符？"章知远有些吃惊。

"哎……"许格楠叹了口气，泪水再次夺眶而出。护士见几个人还未商议好，连忙又说道："现在情况紧急，要快点找到血源，病人非常危险！"

"还是我来吧。"重华转过身去，对护士正色道，"我也是O型RH阴性。"

一时的变故令众人睁大眼睛。

吕意卓见众人愣在那里，忙试着解释道："重华与青丸都能抵御泄香散，难道是因为血型的原因？"章知远疑惑地看着吕意卓。就这样，重华在献了800cc血液后，终于不得不暂时躺在病床上。守护在手术室门外的人，变成了许氏夫妇、章知远和吕意卓。

吕意卓坐在那里一动不动。林渠的医院里，母亲一定挺着虚弱的身子抹泪，父亲的怒骂仍声声在耳。他们是很传统的人，希望找个能勤俭持家的儿媳，而不是十指不沾阳春水的富家小姐。母亲辛苦一生，满以为以后可以在儿子媳妇的照顾中安享晚年，可儿子竟爱上了大财阀的女儿。想到这吕意卓狠狠搓了搓脸，并未注意一旁盯着自己的章知远。

两个小时后，手术室的门打开了，四人一涌而起。只见被推出的青丸满身管子，面无血色。

"手术很成功。"一个大夫长长地出了口气，对许格楠点了点头。

章知远疲惫地回到家里，冲了个澡，重重摔倒在床上，沉沉地睡了过去。他做了个很长很长的梦，梦到自己骑着一匹黑马，在沙漠里狂奔。没有方向，没有目标，干裂的嘴唇像针扎一样痛。

清晨六点，一个身穿淡黄色病服的男人，走进铺满阳光的病房。病床上的女人，长长的卷发像黑色的海藻。感到有人走动，她勉强睁开眼睛。

四目相对之时，齐玫的眼里波光闪动。她刚要起身，却被男人一把按住。隋重华轻轻地抚摸着齐玫的额头，嘴角苦涩地向上勾了勾，眼前竟也模糊了。他没想抛弃齐玫，这是他第一次如此投入来爱的女人。尽管她曾骗过他，但背后的因由已经明了。人都有不堪的过去，他又何必去为难一个受伤的女人呢。

"对不起，重华！"齐玫抓住重华滑落的衣角。

这句对不起，她想了一整晚。对一个人犯下如此大错，一句对不起又能挽回什么。但她必须去忏悔，对每一个爱她却被她伤害的人。

"别说这句话。既然真的那么惭愧，就用以后的日子来补偿我。"隋重华深情地抚摸着她满是泪痕的脸颊。这张脸如此完美，却让人心痛。

"这是张怀敬给你的信。"说着，隋重华从怀里掏出那个白色信封。

齐玫：

　　谢谢你幸运地活下来。当看到你安全的那一刻，我发自内心地原谅了你所做的一切。重华是个少见的君子，相信我。

　　看来你真的不适合我。崭新的人生正在等待着我，别犹豫，嫁给他吧。我会在旅阳遥祝你们幸福。

　　最后，待青丸醒来，告诉她，真诚地感谢她。

怀敬

齐玫望向窗外，几只麻雀"啾啾"的叫个不停，又是崭新的一天。怀敬，我永远不会忘记你的，谢谢。

吕意卓停好车，空气已经很暖了，看来春天真的不远了。

他对着后视镜看了看自己的脸，白皙的皮肤，不大的眼睛，额头的伤疤，红润的嘴唇，他还是那个长相酷似权相宇的男人，只是眼里多了些惆怅。

"银色西装很衬你啊！"一个清亮的声音在他身后响起。

章知远微笑着转过头去，这个机灵的女人真是无处不在。魏龄雪抱着双臂眯着眼睛上下打量着眼前这个干净帅气的男人。

"白色衬衫也不错，很有品位。"说着，她举起手中的保温盒。

章知远笑了笑，接了过去。魏龄雪桃红色的双唇浅浅地笑着。即使是在最危急的时刻，这个女人都会保持着那股子明媚，就像一朵绽放着芬芳的百合。青丸如果醒了，她也就没必要留在申州了，林渠还有她刚刚起步的事业和关池幼小的女儿，这一切都要求她打起精神。魏龄雪甩了甩头，仿佛把所有的烦恼都甩掉，齐肩的头发在阳光里泛着温暖的红色光泽。

"你的孩子，我来做她的干爹怎么样？"章知远朝魏龄雪顽皮地眨了眨眼睛。

"你？"魏龄雪瞪大了眼睛，惊讶地看着章知远。

"哎！要不要随你。"章知远眯着眼睛走开了。他的心情特别好。如果青丸醒了，他有好多话要告诉她，他甚至带来了一枚戒指。不知为什么，他总觉得青丸醒来后，就会马上离开他。所以，他一早就跑遍各大商场，却没有一家营业的，结果在一个小学前的文具店里，他找到了这个，一个塑料指环，粉红色，上面是一朵盛开的牡丹花。

医院走廊里刺鼻的氨水味让他猛地打了个喷嚏。真可笑，章知远，金艺的股东之一，竟拿着这种玩具戒指求婚。他无奈地摇了摇头，推开了青丸的房门。

只见吕意卓正坐在床边，一口一口喂青丸米汤。

"喂，怎么不进去啊！"随后而至的魏龄雪见章知远一反常态，觉得十分奇怪。

章知远做出一个噤声的手势。魏龄雪踮起脚跟，隔着门玻璃，竟见吕意卓，这才知道原委。她真没想到，这个既霸气又顽劣的男人，竟也会如此善解人意。

她拉过章知远，到门边的椅子上坐定。

"告诉我，你真的爱她吗？"魏龄雪看着章知远问道。目光里充满了担忧。

"当然。"章知远毫无犹豫地回答，"你看我像是在开玩笑吗？"

魏龄雪知道此时此刻章知远的心是真诚的，但，富家子弟的爱情有几个是能长久的？

"不是为了家族利益？"她淡淡地说，同时用眼角瞟了章知远一眼。

章知远没想到魏龄雪竟会把自己想得如此不堪。家族利益？这是自己最不屑提及的词。"一个男人如果连自己的婚姻都要考虑金钱，那他就是这个世上最无能的人。"章知远轻蔑地说。

魏龄雪深深看着这个男人，他和隋重华当真是这世上少有的好男人，自己也许应该相信他的真诚。

"还记得那个叫方云澳的男人吗？"魏龄雪正色道。

章知远点了点头。那小子自己第一眼见了就烦，一身名牌打扮，活像个公子哥，其实不过是青丸父亲的小跟班。想到这里，也的确奇怪，这小子和青丸似乎是大学同学，听说话的样子，以前关系很近。

"他们是恋人？"章知远忽然惊觉。

魏龄雪点了点头，看来，应该把青丸的感情经历告诉他。

"方云澳查过青丸的档案，得知她是万翔的女儿，便开始追求她。就这样，二人不咸不淡地谈了两年恋爱。毕业时，方云澳想利用青丸进入万翔集团，结果被青丸识破。从此以后，青丸对追求她的男人非常戒备。我想，她爱上吕意卓也是因为他心胸坦荡，正直自立吧。青丸和他的相识相知源于一个良好的基础，就是吕意卓并不知道青丸是许格楠的女儿。"魏龄雪解释道。

章知远这才恍然大悟。为什么青丸总是用那么深邃的眼神看着别人，为什么对男人的追求表现得那么克制。原来她在保护自己，她怕下一个男人仍是为了她的钱。

"傻瓜。"章知远站起身，透过玻璃看着许青丸疲惫的脸孔。然后转身离开了。

青丸看着吕意卓手里的汤匙，勉强笑了笑。她知道，这是个听话的孩子，生活在传统的家庭中，他们要找的是一日三餐侍奉公婆的传统女人，而自己，无疑不是人家眼里理想的人选。

"对不起。"那几日对你很冷淡。吕意卓叹了口气。

"你走后，我去万翔结账，听见几个人议论，说我是大小姐的朋友，这样我才知道，原来你就是许格楠的女儿。"吕意卓觉得有必要解释清楚。

"你父母不喜欢这样的我。"许青丸淡淡地说。

吕意卓没有说话，而是把目光转向窗外，好久才缓缓说道："我和初恋女友差点就结婚了，可我买不起房子，结果，她走了。我求她给我点时间，她却说，'找个有钱的女朋友吧，可以少奋斗几年。'"

阳光无声地温暖着这对男女。生活用神奇的大手，再次把二人推回原地。

许青丸轻轻地叹了口气，他再次递上汤匙的一刻，青丸推了推他的手。

"我不想吃了，谢谢。"

一个月后，树梢已经冒出嫩绿的芽苞，风中多了些潮气，护城河的厚厚冰层下，能看见有水在流动。齐玫已经完全康复了，雪白的脖子上多了一条红色的丝巾。隋重华已经回到复盛，开始张罗婚礼了。

午后的时光总是悠闲美好，青丸手捧着书倚在暖洋洋的阳光中。门忽然开了，一个身材高挑的长发女人走了进来，怀里还抱了一束淡粉色的牡丹。

"原谅我，这么晚才来。"齐玫恳切的目光中闪烁着令人感伤的东西。

许青丸眨了眨眼睛，果真是她。"只要我们还活着，一切都不算太晚！"青丸强忍住泪水朝她伸出双手。

齐玫放下手中的花，缓缓来到床前："对不起，因为太惭愧，都不敢来见你！"

青丸紧紧握住齐玫的双手，含着泪摇了摇头。有什么能比生命珍贵？只要彼此都拥有生命，就什么都来得及。忽然间，二人都不知该如何表达自己的感情，一时竟只有沉默。

"哦，对了，我要结婚了。一个月后。"齐玫擦了擦眼泪。

青丸开心地点了点头："早该这样，你能找到这么好的归宿，真为你感到高兴。"青丸诚恳地说。

齐玫忽然想起三天前方云澳的到来。在看过青丸之后，他大醉了一场，并对齐玫和重华说了一些令人意想不到的话。他说自己是世界上最傻、最卑鄙的人，竟利用一个女人去成就梦想。于是他辞职了，办了护照，利用这几年积攒的钱几日后就去英国。他要重新学习绘画，做回他自己。

现在这些对青丸也许都变得毫无意义了吧，可她的下一步该怎么办呢？齐玫看着脸色依旧有些泛黄的青丸叹了口气。

"你也不小了，该给自己找个伴了。吕意卓和章知远你更中意哪一个？"齐玫关切地问道。见青丸沉着脸若有所思，齐玫又问："那个章知远打你醒来就没露过面？"青丸点了点头，随即又释然地笑了。这样不是更好？各自回到自己的位置，一切都如最初一般。

许青丸深邃的眼神像一潭幽静的湖水，安静却灵动。齐玫定定地看着眼前这个大病初愈的女人，真如瓶子里的粉色牡丹，憔悴中带着温润醇厚的力量。

许青丸现在脑子里很乱，不是为了吕意卓和章知远。

自从泄香散事件后，她开始怀疑自己的身世。

一个月后，青丸在母亲的陪同下回到了家中。

父亲坐在沙发中，母亲端上水果，静静地看着女儿，她从未想过在这种情况下告诉青丸真相。家，还是老样子。青丸抬起头，浅咖色的壁纸，深红的窗帘，麻灰色的欧式沙发，笼罩在清透的晨光里，一切都仿佛吸饱了水，在心里慢慢盈满。

"来，坐下，爸爸有话对你说。"他推了推眼镜，无奈地说。

许青丸静静坐在父亲的对面，目光落在他手中的蓝色文件夹上。

"孩子，有些事，我想你必须知道。"许格楠艰难地说，仿佛每个字都是千金铁锤。许青丸没做声，她在等待，等待父亲亲自说出真相。尽管这一个月来她躺在病床上，笑着或是哭着面对每一个来看她的人。但，在夜里，她睡不着。她越来越清楚地发现，原来自己才是最迷失的那一个。

"其实，你是我们领养的女儿，很抱歉瞒了你这么久。"许格楠不得不摘掉眼镜，揉了揉眼睛。许夫人转过头来看着青丸，她不知青丸会有什么反应，虽不是亲生，却也是她唯一的女儿。许青丸忽然间觉得一切都变得明亮了，心里一直的怀疑都得到了证实。

"为什么不收养一个男孩，而选择了我？"她抬起头，注视着许格楠的眼睛，这是她一直都想不通的事情。

"那天，我和你妈妈到福利院去，的确准备收养一个男孩。但是当看到你后，你妈妈改变了主意。你就在那天出生，被遗弃在医院门口，医院给福利院打来电话后，我们马上到了现场。就在这一刻，我们两个人同时做出了一生最英明的决定。谢谢你成了我们的女儿。"许格楠老泪纵横，而许夫人在一旁不停地擦拭眼角。

"这是我们想带进坟墓的秘密。"许夫人哽咽着。

"这是认养协议，你看一下。"许格楠将手边的蓝色文件递给了许青丸。

"如果你想找回自己的亲生父母，我们可以联系当时的那家医院，应该有产妇记录。"许夫人说道。

"我为什么要找他们！"许青丸说道，同时将那份文件掏了出来，撕成两半儿。

"我是许格楠的女儿，就算万翔垮掉，爸爸不名一文，我也是许格楠唯一的女儿！"这是她有生以来第一次为自己的身份感到自豪。她再也不是衔着金汤匙出生的富家女，她不过是个平凡的女孩，但却是最幸运的。因为有了同情和慈悲，她才生活到了这个幸福的家庭里。

"谢谢你们选中了我！"青丸紧紧抱住了坐在一旁的妈妈。许格楠重重地点了点头，没错，这是他的女儿，在错综复杂的境遇中，总能以最快的速度找到最合理方式解决问题的女儿。

"看来，我今生最大的成就不是万翔，而是我的女儿！"

吕意卓来到申州，不仅是为了青丸，他还带来了自己的全部家当，他要在这里大展拳脚。几天前，他租下了申州百货商厦地下停车场的四分之一。这是申州最大的地下停车场，四分之一也有四百六十多平，他想利用这个空间办一个影棚。通过这次的事，他和张怀敬成了好朋友，二人经常通话。张怀敬告诉他，现在大城市非常流行影棚出租，每小时租金高达万元。

吕意卓是个现实的人，让自己配得上青丸的办法就是创业。只有这样，他才能真正自信起来。不管多苦，他都乐于付出。谁也不曾料想，一支商界新贵力量正在申州的霓虹中悄然升起。

2月18日，复盛最豪华的旋转餐厅，宾朋满座。

精美的水晶吊灯从人们的头顶散下清透的柔光。玫红色餐布的下角都绣着两朵金色的玫瑰。服务生手中端着光洁的酒瓶走来走去，莫扎特的小夜曲和圆舞曲被来回演奏。空气里蛋挞的奶香和红酒的果香让人迷醉。穿着晚礼服的人们三三两两聚在一起。

齐玫头上的钻石头冠熠熠生辉。魏龄雪利落地为她打着腮红。许青丸身穿米色连身礼服站在窗前。粉红色的窗纱为屋内笼上了一层柔柔的幸福感，白色桌布上一束白色玫瑰手捧花静静地躺在那里。齐玫雪白的肩头被魏龄雪撒满银色的闪粉，香槟色的五米长托直铺到了许青丸的脚下。

齐玫站起身来，修长的身姿凹凸有致，魏龄雪将一副宽版的三层碎钻项圈戴在她的脖子上，刚好遮住了那道紫红色的疤痕，和婚纱胸前的米粒钻石相映生辉。

"怎么样，像不像红地毯上小眼睛版的奥黛丽·赫本。"魏龄雪满意地看着齐玫说道。随后，又在自己的鼻翼和额头补了点妆，转过身来，抱怨地看着齐玫，"见过我这么辛苦的化妆师吗？还要兼职做伴娘。"说着，又整了整自己身上的白色伴娘装。

齐玫笑了笑，随手将一朵玫瑰插在她的头发上："这么漂亮的伴娘，小心被预订。"

许青丸微笑着看着两个人。曾经的阴云终于散尽，一切都回到了最初的位置。

"大家快点，新郎来了。"吕意卓一身正装走了进来。谁知在见到齐玫的一刻，他竟愣在那里。齐玫身上的婚纱不是许青丸为自己准备的吗！他转过头去，窗边的青丸穿了件米色半身礼服，金色的吊带显得很贵气。

隋重华也跟着进来，他一身黑色西装、白色衬衫精致干练。

"今天你真美，不愧是我的新娘。"他骄傲地看着齐玫。

吕意卓站到青丸身边，小声道："那礼服是怎么回事？"青丸只是笑了笑。自己花了半年的时间制作的嫁衣，如今竟穿在齐玫的身上，可她心里并不难过。既然自己用不上，就让给需要它的人，"是我送给她的，现在仔细看看，和齐玫还真配。"青丸笑着说。

这衣服穿在齐玫身上无疑是最美的。送人玫瑰，手有余香。隋重华拍了拍魏龄雪的肩膀，"我带来的伴郎你是否满意？"听重华这么说，众人也都觉得好奇，一起朝门口望去。只见一个身着银灰色西装的高个子男人走了进来。黑框眼镜，光洁的面孔，额头一道不太明显的疤痕，再加上不羁的坏笑。

"章知远！"魏龄雪上前一步，难怪一早上没见他人影。

她歪了歪嘴巴："我还以为是一帅哥呢！"章知远瞟了众人一眼，又看向发着牢骚的魏龄雪，"我也是看在我干女儿的份上，才和你搭伴的！"说着他用眼睛斜了斜依在窗边的许青丸和吕意卓。

青丸什么也没说。自从她醒来，就再也没见过章知远，两人甚至连电话都没通过。对于未来她已经有了打算。

吕意卓见青丸似乎略有所思，便俯身在他耳边轻声道："青丸，婚礼结束后，我有话和你说。"许青丸抬起头，看着他点了点头。忽然吕意卓的手机响了，他接了电话随后离开了。看来又有人租场子了，吕意卓的影棚正在飞速成长，这个男人注定是要成功的。许青丸微笑地看着他的背影。

中午十一点零八分，一场盛大的婚礼吸引了众多媒体。

隋重华和齐玫在众人的簇拥下交换了戒指，闪光灯不断地捕捉着这甜蜜的瞬间。章知远倚在花柱边，一只手插在裤兜里，轻轻抚弄着那枚塑料指环。

台下，最前排，魏龄雪拉着许青丸的手，这个幸福的时刻，她需要有人分享。看着台上的一对璧人，她想起了关池，他们也应该有这样的婚礼的，于是一行泪珠落在唇边。青丸推了推魏龄雪的手，暖暖的温度令她的嘴角不自觉向上勾起。

青丸已经订好了机票，下午一点的飞机，去法国。所以在吕意卓对她说有话要说时，她点了点头，因为她也有话要讲。

台上的二人深深吻了下去，青丸真诚地祝福着他们。谁知就在这时，一只大手牢牢地握住了她的手腕。青丸和魏龄雪都愣住了。章知远犀利的眼神让人避之不及。

"跟我来！"他抓起青丸的手臂，将她带出了礼堂。

魏龄雪刚要起身，却忽然瞥到台上齐玫欣慰的笑容，忙回过头去，望着二人离去的背影似乎明白了什么。的确，就这么放弃青丸，不是章知远的风格。

吕意卓也未想到会发生这样的事情，忙追了出去，却在门口处停下脚步。

在医院，青丸推开自己的手臂，在刚才，青丸见到章知远时若有所思的神情。他停在了那里，抬起头，长长地叹了口气。

记者的闪光灯，不迭地追随着镜头前光艳迷人的齐玫，竟无人注意到台下的一幕。

外面的凉风迎面扑来，章知远脱下外衣披在许青丸身上，随即二人钻进车内，朝郊外驶去。车内的BOSS香，隐约传来，温暖的空气让人很舒服。二人谁也没有说话。章知远凝神注视着远方，眉头紧锁，许青丸将头转向车窗。

"跟我去个地方，不管你怎么想，先别拒绝。"章知远的语气坚定决绝，让人不容迟疑。

十五分钟后，已经可以看到海岸线了，不一会，一片空地出现在眼前。章知远顺着这片宽阔的空地，径直开到半山坡的一栋白色小别墅跟前。这栋别墅是全木结构，美式简约风格，一扇不高的白色铁门立在前面。章知远下了车，推开铁门，许青丸跟了过去。这里似乎很熟悉。院子里暂时空着，只有草皮。上了三层小台阶，就来到一扇不大的白木门前。章知远掏出钥匙，在开门的一瞬间，许青丸惊呆了。

房子的整个北墙几乎都是超大的落地窗，外面是木制的露台，上面摆放着一对木椅和餐桌。远处，就是一望无际的大海。青丸忙脱了鞋来到窗前，早春的海，安静得很。风不时地带来几道不大的白色浪花，安闲自得。推开窗子，风灌进屋内，吹动了许青丸额前的几缕发丝。

"这里。"许青丸忽然转过神来，"这里我们来过。"章知远倚在墙边，点了点头。他眯起眼睛看向远处，"还记得那边吗？"他伸手指了指远处海边的一片山坡空地。

许青丸顺着他的手指望去："是啊！那里曾铺满了野百合！"

就在这里，章知远从青丸嘴里得知了齐攻的秘密，也就在那时二人达成了共识。

"我曾说过，要买下这块地。"章知远走了过来，站在青丸身边，俯视着青丸柔和的脸庞。青丸点了点头。

"戴上它，和我生活在这里吧！"章知远的眼睛有些湿润，他没想过自己会像现在这样需要一个女人的爱。许青丸有些失措，转过身来，却迎上了章知远举起的戒指。这是枚塑料戒指，粉红色，上面有一朵盛开的牡丹。她没有想到，久日不见，章知远竟是在这里盖房子，准备向自己求婚。看着知远热切的眼神，青丸竟第一次不知该如何回答一个男人。

下午一点整，一个身穿黑色风衣的长发女人出现在复盛机场，踏上了飞往法国的客机。

　　章知远戴上墨镜，租出别墅，他要去趟申州。不知为什么，此时此刻，他特别想见见李桥生。青丸走了，他觉得自己和李桥生同病相怜。

　　魏龄雪刚走出礼堂，就见一个身穿蓝色短貂绒的夫人立在门外，她笑了笑迎面走了过去，将手里的木匣递到那女人手里。

　　"奶奶说，这个暂时借给你。"她说，同时仔细打量着Amanda。Amanda释然地叹了口气。

　　"我只想拿着这匣子去向他求证一件事，他到底是为了这香气，还是真的爱她。"

　　"有这个必要吗？"魏龄雪问道。

　　Amanda什么也没说，转身钻进车里。谁知那车打了个圈，竟又回到魏龄雪面前。Amanda摇下车窗："告诉奶奶，无论如何，我会把他带回来的。至少要让他见见自己的女儿。说完，她转过头去，彻底消失在魏龄雪的视线中。

　　看着远去的Amanda，魏龄雪重重地叹了口气，又是个执著的女人。她追寻泄香散的目的不过是为了这个，虽然她早就猜到，但如今Amanda亲口承认，仍让人感到一阵悲怆。女人为什么总是为情所困？魏龄雪摇了摇头，举起右手，雪白的手腕上挂着一串油亮的佛珠。

　　"你真的开始信这个了？"吕意卓走了过来。

　　魏龄雪笑了笑："情爱本就是变幻莫测的，与其像Amanda一样用一生来期待一个人，不如相信这个，解放自己。"说着，她将戴着佛珠的手轻轻在吕意卓的眼前挥了挥，转身离开了。

　　吕意卓刚刚接到青丸的电话，她已经坐上了飞往法国的飞机。他说自己有话要说，可青丸却说什么都不必再说，好好照顾父母，认真做好生意。其他的，就顺其自然吧。吕意卓很委屈，他说这不公平，为什么没给他表白的机会。青丸迟疑了一下，然后告诉他，她会去进修服装设计，三年后回国。那时她刚好三十岁，也许只有岁月才能告诉她，到底她的一生要不要选择爱情。

　　魏龄雪回到林渠，关池的女儿已经会咿咿呀呀发出古怪的声音了，徐欧每天都来看她们。隋重华和齐玫并没进行什么蜜月度假，因为金艺的确有许多生意要做。

一个月后，Amanda果然带回了隋家伟。他手捧木匣子，步行来到肇美伶的墓前。小林和隋重华夫妇紧随其后，虽阴阳相隔倒也算是全家团圆了。

远处，一棵大榆树已经发芽，Amanda倚在树下，远远地注视着他们。自己执著高傲的前半生，不过是一个又一个的错误，最终毁了自己也毁了他人。她重重地叹了口气，给魏龄雪发了个短消息。

"丫头，看来我错了。家伟是真的爱美伶。谢谢你，纠正了这个我犯了二十多年的错误。"

几天后，奶奶和隋家伟一起回了加拿大农庄，将复盛的别墅留给了重华和齐玫。在这栋房子里，隋家伟和肇美伶毁了自己的人生，也就在这里，重华发誓，将是与齐玫幸福生活的开始。

夕阳下，二人坐在园子的长椅上，远处的牡丹和玫瑰已经抽出新芽。

三个月过去了，李桥生正在接受专业治疗。他经常一个人坐在外面的草地上，闭着眼睛，聆听大自然的呼吸。那风、那雨、那虫鸣、那阳光、那树叶的婆娑声。他要用这美好的声音满足自己过于发达的感官。

"你一个星期前刚刚来过。"他忽然笑了笑，并未起身。

章知远仿佛已习惯了李桥生的冷漠，摸了摸额头的疤痕，干脆地坐到了他对面的草地上。

"还记得我吗？"说着他指了指自己的额头，"我们两个打过架，在加拿大。"

李桥生奇怪地看着他，好一会才疑惑地点了点头。

"你挺能打的。"说着，他又闭住了眼睛。

章知远笑着点了点头。是啊，那时候自己还是个十几岁的小子。

"转院来复盛还习惯吗？"章知远问道。李桥生点了点头，仍未睁眼。章知远渐渐收了笑，注视着眼前这个平静的男人。如僧侣一般，他冷漠的脸上让人产生莫名的敬畏，那种深深的孤独让男人看了都会心疼。

"你到底是个什么样的男人？"章知远凝视着李桥生。

"为什么放她离开？"李桥生忽然问道。同时深吸了口气。

章知远不知李桥生为何如此发问，竟一时不知该如何回答。

"那天，看到你抱起青丸时的表情，我就知道，你爱她。"李桥生的语调依旧平静。

章知远淡淡地苦笑着，自己还真狼狈，连李桥生都一眼看穿了自己的感情。

"青丸说，三年后，她会回来。到那时，我就知道答案了。"他摇了摇头无奈地说着，连章知远自己都觉得奇怪，自己为什么要和李桥生说这些。

李桥生点了点头："你比我聪明，至少对女人你懂得放手。"

章知远自嘲地笑了笑，他又何尝不想像重华那样，马上就为青丸披上婚纱呢？可发生了这么多事，青丸的内心怎能没有伤？她尽全力甚至是生命去解救别人，她内心的疲惫比任何人都深，她需要时间来让自己释放。在这个时候他怎能自私地去困住这个人？何况他对这女人的心根本就没有任何把握。

"可三年并不短，你会等她吗？"李桥生问道。

章知远斜了他一眼："笑话，你都三十多了，为什么还是自己？"

李桥生笑了笑。他没想到章知远的个性是这样的。可不管怎么说，他觉得这个男人还不赖："如果我是个正常人，你绝对不是我的对手。"李桥生终于睁开眼睛，略带微笑地看着他。

章知远先是一愣，随后竟大笑起来："好啊，那你就快点好起来。你、我、吕意卓，我们共同较量一下。"

一年后，齐玫生下了一个漂亮的男孩，隋家上下一片欢喜。章知远又成了这个孩子的干爹，他开心地往返于公司和隋家之间。在这里，他总能感受到与青丸在一起的回忆。每日来后，他都要立在院子里那丛磅礴的牡丹前看上一阵，仿佛这就是青丸。

第二年，他亲自从山东菏泽带回了十株牡丹，种在了海边别墅的院子里。渐渐的，他开始能分辨出它们的名字，白色的两株分别是"香玉"和"昆山月光"，红色的是"芳记"和"芙蓉锦帐"，还有一棵"赵粉"和一棵"二乔"……

可是，已经两年了，他的心越来越沉。青丸并没有给他任何联系方式，甚至连手机都换了号码。她会不会已经把自己忘了？但越是这样，他越想赌上一把。所以，他没有去问许格楠，也不去问吕意卓，他只想等待三年后的那个时刻。他不会去机场，也不会去许家，他就待在这个别墅里，等着青丸的到来。

吕意卓开始把全部精力倾注到生意上。渐渐的，他已经拥有了一个千米影棚、一家摄影会馆、一家大型电脑公司和专门生产主板的工厂。

吕意卓整日奔波，他已经找到了自己的位置，通过努力拼来的财富他要牢牢守住。渐渐的，青丸已经很少出现在他的梦里了。前几天，他被母亲逼着相了一次亲，对方是个公务员，长相很漂亮，可他仍觉得少点什么。所以，没有再联系那个女人。

五月的天气，清爽宜人。三年过去了，复盛的街头依旧繁华如昔。机场外是个不大的广场，有鸽子在悠闲地注视着路人。一个穿着白色布衣的女子提着旅行包拦住一辆的士。

"复盛的海边有个开满野百合的地方，您知道吗？"她问道。

"哦，知道的，那里建了一座私人别墅……"

那女人脸色红润，微卷的长发蓬松自然，一枚幸福的微笑荡漾在唇边。

"是的，就去那里！"